北岳风·中国原创长篇小说

张行健／著

中国劳工

山西出版传媒集团

北岳文艺出版社

图书在版编目（CIP）数据

中国劳工 / 张行健著. —太原：北岳文艺出版社, 2018.1
ISBN 978-7-5378-5272-2

Ⅰ. ①中… Ⅱ. ①张… Ⅲ. ①长篇小说—中国—当代 Ⅳ. ①I247.5

中国版本图书馆 CIP 数据核字(2017)第 159956 号

书　　　名　中国劳工
著　　　者　张行健
责任编辑　陈学清
装帧设计　张永文

出版发行　山西出版传媒集团·北岳文艺出版社
地　　　址　山西省太原市并州南路 57 号
邮　　　编　030012
电　　　话　0351-5628696（发行部）
　　　　　　0351-5628688（总编办）
传　　　真　0351-5628680
网　　　址　http://www.bywy.com
E－mail　bywycbs@163.com
经 销 商　新华书店
印刷装订　山西人民印刷有限责任公司

开　　　本　710mm×1000mm　1/16
字　　　数　407 千字
印　　　张　27.5
版　　　次　2018 年 1 月第 1 版
印　　　次　2018 年 1 月山西第 1 次印刷
书　　　号　ISBN 978-7-5378-5272-2
定　　　价　59.80 元

题材的选择与艺术的精神（代序）

——关于《北岳风·中国原创长篇小说》系列丛书

杨占平

由山西省委宣传部指导，山西省作家协会和山西出版传媒集团主持，北岳文艺出版社编辑出版的《三晋百部长篇小说文库》，是一项意义深远、里程碑式的文化德政工程，也是当代山西文学史上规模较大的一项文学基础建设工程，更是展示山西文化实力、文学魅力的自信工程。

山西长篇小说创作，在当代中国长篇小说格局中占有重要位置，是山西作为文化、文学大省的重要标志之一。以赵树理、马烽等为骨干的"山药蛋派"作家，在长篇小说创作上成绩显著，新时期以成一、李锐、柯云路等为主将的"晋军"作家，代表作也都是长篇小说。从张平的长篇小说《抉择》获"茅盾文学奖"为标志的山西第三次创作高潮，到以刘慈欣、葛水平、李骏虎等为代表的一批中青年作家频频摘得国内外文学大奖，都进一步巩固了山西长篇小说创作作为中国文学重镇的地位。近年来，一批充满朝气、富有理想、敢于探索的生机勃勃的80、90后作家，也都有长篇小说新作问世，表明山西长篇小说创作后继有人。

《三晋百部长篇小说文库》出版工程，坚持正确的方向，务实创新，去伪存真，从2014年启动，三年来具体实施，已经出版了赵树理、马烽、成一等作家的近三十部经典力作，唐晋、浦歌等中青年作家的原创作品近十部。可以说，这些作品比较全面、客观、真实地反映了近百年山西长篇小说创作轨迹，集中展示了山西长篇小说创作实力，在文学界和广大读者中产生了良好的影响。

在实际运作中，有一个环节是公开征集原创长篇小说，作家们出乎意料地踊跃，三年时间竟有一百多部作品应征，作者都是山西省内的老中青作家，显示出大家创作长篇小说的积极性。这么多作品经过专家组的认真审读，只能有十几部入选原创作品之中出版，还有不少作品质量已经达到正常出版水平，却离《三晋百部长篇小说文库》的原创要求有一些距离。为了尊重广大作家的创作热情和付出的努力，专家组经过充分讨论，提出可以将这些达到正常出版水平的作品，以《北岳风·中国原创长篇小说》系列丛书方式出版。省作协党组同意了这个建议，于是，第一批共十部长篇小说入选，经过规范化审读和编辑程序，现在，这套书将出版发行。

一

创作最能体现作家对某一个社会进程生活经历深刻思考和昭示作家艺术追求的长篇小说，是每一位踏上文学写作道路者的良好愿望；而文学史家、批评家和阅读界对某一位作家的成就和价值的评估，长篇小说无疑是重要的一个尺度和参照依据；后代人们评价某个历史时期的文学成就高低，也是要看那个时期是否有一批高质量的长篇小说。因此，近些年来，山西大多数在中、短篇创作上有过一定业绩的作家，都转入了长篇小说的构筑。据有关资料介绍，仅就进入新世纪以来的十多年，每年全国出版或发表的长篇小说大约有近千部，山西省也有几十部。从数量上看，是改革开放以来最为活跃和创纪录的时期；从作者队伍看，中年作家是主力，老作家中也有不少新贡献，青年作家则初露锋芒。

我认为，长篇小说创作出现这种繁荣现象，应该说是文学创作内部发展规律的必然走向。当然，读者对文学的热情逐渐减退和各种文娱形式的兴盛，也促使作家们不必再追赶阅读写短平快作品而沉下来做长篇大活。从创作内部发展规律分析，经过"文革"十多年的严重摧残，使得整个文艺创作园地一派凋零；进入新时期以后，随着社会政策的拨乱反正，作家们爆发出前所未有的热情，显示了十分旺盛的活力，大家多年积蓄的生活感受汹涌喷发，短篇小说自然首先得宠，成为作家们表现形式的最好选择。几年过去后，作家们似乎感觉到短篇小说难以将他们对人性的深层思考和对探索艺术的愿望全部承载，于是，中篇小说以从未有过的显赫登上文坛，为作家们纷飞的思绪和艺术创新的热情提供了最佳工具，也为读者逐步增长的阅读要求提供了机会。随着文学作品在文艺形式中一枝独秀的局面开始衰微，同时，作家们经过十来年的左冲右突，把过去的体验大都宣泄于尽，探索新的艺术表现方法的热情也告一段落，意识到认真地思考一些社会问题和确立自己艺术风格的时候到了，而这种"思考"和"确定"的结果，非长篇小说表现不行，所以，长篇小说创作开始走俏。从20世纪90年代至今，假如你碰到任何一位有过一段创作经历的小说作家，询问他的创作计划，无疑，都会以正在写长篇作答。

从外部条件分析，读者经过十几年的时间，对阅读文学作品的热情逐渐减弱，只当作一种业余生活的消遣方式。随着科技的发展和社会的进步，尤其是互联网横空出世后，娱乐形式越来越丰富多彩，人们的注意力被分散，阅读文学作品一家独大的局面不复存在。再加上现代生活节奏加快，市场经济冲击着一切领域，人们都在为了生计奔波，休闲或余暇时间只想轻松愉快一些，而阅读小说是很难做到这一点的，尤其是新潮小说中所追求的深沉、探索、寓含、意识流、时空交叉等等，让许多读者感觉不是在消遣娱乐而是增加疲惫。另一方面，随着人们观念的改变和与国际交流的加强，大多数人的主动参与意识不断增强，被动地接受作家的思想已经让他们不喜欢，他们也要参与创作，比如风靡一时的卡拉OK、网络小说，就是因为给人们提供了参与自娱的条件，所以倍受欢迎。这些外部条件虽然不是专门为对付文学作品而出现的，但是，它们对作家的自尊、清高、以我为中心等多年形成的意识，却是一个不小的打击，作家的崇高地位开始动摇，职业的优越性转向了危机感。如此，促使作家们开始冷静地思考文学的热情减退之后，创作应当采取什么对策，进而认识到应该从艺术的角度多表现些人生、历史的实在内容，让读者在为了消遣娱乐而阅读文学作品的同时，也不无某种生活的启示。长篇小说的基本属性契合了作家的意愿和社会发展的要求，因此，也就从中、短篇转到了长篇创作。

二

1. 题材丰富多彩

选择何种题材进行创作，是每一位长篇小说家进入写作前必须有的程序。近年来，一些作家和理论家对于题材理论有些异议，认为创作不必拘泥于题材的限制，可以完全凭着感觉和意识去驰骋，宣泄思想是不管题材的。我认为，这种看法对于某些情感型作家突发灵感后进行创作，有时是正确的；而且，也只有写短篇小说或个别中篇小说适合这种理论。相对而言，长篇小说的创作，如果不强调题材的作用，或者有意回避题材界限，那么，作者是很难驾驭整部作品和整个创作过程的，就我迄今阅读到的古今中外长篇小说而言，很少有难以确定题材归属的作品。我之所以特别强调题材这个问题，是因为宏观上研究某一段时期某个地域或者某个文学刊物或者某家出版社长篇小说的走向，首先应当从题材角度去审视，这样，才可能得出合理的结论。

纵观这次出版的《北岳风·中国原创长篇小说》系列丛书，从题材上看，可以说是丰富多彩，多点开花。传统的农村题材、城市题材自然还是占有重要位置，而历史题材、知识分子题材、风俗小说、爱情小说等等，都各具特点，自成体系，构成社会生活的各个方面，都有作品予以反映。无疑，题材的丰富和广泛是值得肯定的，这也是整个国内长篇小说创作在这三十年的一个特点。出现这种现象，最基本的原因是社会生活呈现为前所未有的活跃和多姿，置身于任何一个行业的人们，都有丰富的生活感受，有复杂的人生思考，有变化着的人际关系需要处理，有不断袭来的观念需要更新，这些都为长篇小说创作提供了非常厚实的内容，生活在任何一个职业中间的作家，都会获得他所希望得到的创作素材。

2. 农村题材为主导

在丰富多彩的题材中，农村题材一直占据着山西长篇小说的主导位置。这是因为，中国是一个农业大国，农民，包括工作在城市的农民工，占总人口的一多半，农村社会的变迁和农民思想的动荡，影响着整个国家的发展，标志着民族的文明程度，体现着进步与落后的水平。中国历史上的每一次重大变革，绝大多数是从农村发生、发展，然后才走向城市的。因此，作为社会生活和人类情感全面反映的长篇小说创作，绝对不能不以农村题材为主要选择对象。另外，我们都应当承认的一个事实，当今中国的众多小说作家，特别是山西作家，基本上是以农村为基础成长起来的。他们中的一部分是生在农村、长在农村，以后由于种种原因进了城，写起了小说，但无法抹杀农民的习惯、农民的心理，甚至农民的生活方式；也有一部分作家虽然生长在城市，可他们的父辈却是农民出身，他们跟农村有着千丝万缕的联系，骨子里流动的依然是农民的血液；还有一部分较为年轻的作家，从来没有离开过城市，可是我们都应当承认，中国的几百座城市中，属于真正意义上的城市只是有数的个别几座，大多数城市人的生活传统、思维习性，尤其是文化心理，仍然是农民式的。这几类作家由于上述特点，决定了他们写农村题材小说会感觉轻车熟路，非常顺手，而他们无疑是中国作家群体的主要组成部分。这套《北岳风·中国原创长篇小说》系列丛书中，像《肥田粉》《玉香》《柳暗花明》等，都是典型的农村题材。

3. 城市题材的典型性

与农村题材长篇小说占主导地位相比，这套书中城市题材长篇小说是偏少的，只有《天上有太阳》一部。面对三十年中国城市快速发展现状和内涵丰富的现代工业社会的形成过程，长篇小说创作的步履显得比较乏力。从全国范围看，也很难列举出一系列在读者中引发轰动效应，或者在文学圈子内引人注目的长篇小说的篇目。实际人口已经超过总人口一半的城市人，阅读不到多少真正反映他们丰富生活、复杂感情、追求希冀的长篇佳作。应当说，大多数市民是具有阅读能力和阅读要求的，他们的文化基础已经和他们的前辈不同，不必围在一起听别人读，阅读的选择性越来越明显。

我以为，城市题材长篇小说创作之所以不尽如人意，关键是众多作家对快速发展的城市生活有一种隔膜感，他们还停留在传统的、单调的老式城市生活认知层面，这样，自然难以激发出创作时具备的热烈情绪、流动意识、审美感受等等，人们在现代文明与传统观念发生撞击时爆发出的火花，负载到城市题材中，似乎还进入不了熟悉的境界。另一方面，我们也不排除一个事实：由于熟悉写作对象，作家们更乐于去农村或者历史生活中寻求较为捷径的创作素材，去相对于稳定的农民和古人心态中挖掘民族文化特色，而动荡不定的现代城市生活，让作家们在短时间内就思考出较为深刻的内容来，显然是勉为其难的。这种现象也反映到《北岳风·中国原创长篇小说》系列丛书作品中。

4. 历史题材的启示性

历史题材长篇小说的创作，一直是小说家投入较多的一个方面。这是因为，相对于现实生活的变幻莫测，历史题材更容易被作家们所把握，已经成为历史的人物或者事件，可以承载小说家的诸多艺术手段的尝试，承载小说家关于民族、关于社会、关于人生的多方思考。另一方面，读者对历史题材有着陌生感，求新、求奇的心理，驱使他们对历史题材小说不能不产生兴趣，这种阅读心理自然是作家熟悉的，也就要多在这个题材领域下点功夫。这一点也体现在了《北岳风·中国原创长篇小说》系列丛书作品中，从《中国丈夫》《中国劳工》等几部作品可以看出，作家们都是用新的历史观表现历史人物或历史事件，能够产生较强的启示现代的作用。

三

三十多年来，整个国内长篇小说创作，比较趋向一致的艺术主张，可以概括为：追求平实的叙事风格，直面社会，冷静表达，强调故事的感染力，注意可读性，让读者阅读之后能够获得某种对人生、对社会、对历史，甚至对未来的启示或联想。事实上，这也是山西长篇小说创作的基本艺术特色。

我理解，这种艺术现象表明了这一代长篇小说作家已经开始走向成熟；他们似乎要寻找一条既能充分显示自己关于人生、关于生活、关于艺术的探索，又能唤起读者的阅读兴趣的写作途径。这样的途径按说是不难寻找的，然而，几十年来的长篇小说创作总是把握得不够准确。由于20世纪50年代、60年代是被动地适应读者的阅读能力而忽视作家自己的理解，导致80年代、90年代则偏向重视作家个人主体意识的宣泄而忽视读者阅读要求的一端，造成创作与阅读的隔膜。长篇小说创作属于艺术生产的一种方式，存在着生产与消费的过程，如果处理不好生产与消费的关系，会影响到作品的传播力。可喜的是，经过一段时期的探索，长篇小说创作的艺术走向，越来越适应阅读的需求，找到了一条合理的道路。

从《北岳风·中国原创长篇小说》系列丛书作品中可以看出，这些年来作家们切入的角度，往往是凡人俗事较多，更接近普通老百姓的日常生活。我们在20世纪50年代、60年代长篇小说中常常读到的悲壮、英雄、理想主题和宏阔的大场面大冲突等等，已经很少出现在当今的作品中，让读者阅读到的主要是逼真的生活过程，逼真的细枝末节，逼真的人物心态，逼真的文化氛围。

由《北岳风·中国原创长篇小说》系列丛书艺术特点，我产生了一点关于长篇小说创作艺术精神的思考。近三十年来山西的长篇小说创作，数量是创纪录的，一些代表性作家在创作方法上的有益探索也是值得赞赏的。但是，如果我们站在文学史的位置上观照，就会明显地感觉到，真正可以称得上具有突破性意义的扛鼎之作还是少数，大多数作品属于探索之作。

为什么会出现这种乐观的数量与有待提高的质量共存的现象呢？我以为，简单地概括其直接原因，不外乎作家生活经历简单，人生体验不够深刻，感情投入不彻底，艺术积累不厚实等几个方面。实际上，这些直接原因的基本症结在于，作家缺乏一种博大精深的艺术精神。这种艺术精神决定着作家在理解人生、透视历史、叙述故事等过程中，能否具有不同于别人的独特风范。

不难确认，在大多数小说家的思维里，虽然不能说没有急功近利的意念，但是，他们总还是希望自己的作品能跳出平庸的圈子，用艺术的魅力感染读者。那种就事论事的思维方式，那种肤浅单一的生活判断，那种直奔主题的建构形态，都不可能是作家在创作长篇小说时愿意出现的景况。我不否认，由于整个国家的社会环境的冲击，例如随着经济体制改革的不断推进而强化了人们的务实精神，商品经济大潮的席卷使许多人转向了"向钱看"的实惠主义，国外各种思潮的渗透致使部分人的价值观出现了某些失落，等等，这些都会对作家产生一定的影响。但是，长篇小说创作毕竟是一种艺术精神的活动，不能让外界的干扰过多。所以，能否写出优秀作品，关键还是艺术精神本身的体现。

从明、清时期的《红楼梦》《三国演义》《水浒传》等经典大作，到"五四"以来茅盾、巴金、郁达夫、老舍、钱钟书等文学泰斗的长篇代表巨著，之所以能够成为传世之作，成为中国文学发展史上的一个个辉煌纪录，成为长篇小说创作永远的楷模，最根本的一点，就是这些作品有着一种悠远而充满了生命力的博大艺术精神的缘故。当代长篇小说作者，必须要在生活阅历、艺术修养、思想基础、情感投入等方面向经典作家学习，才能逐渐树立自己的艺术精神和品位，创作出优秀作品来。

2017 年 5 月

（杨占平,山西省作家协会副主席、《三晋百部长篇小说文库》专家组组长）

目录

楔　子

　　中国苦力在秘鲁的境遇是可悲的。苦力绝不是为了他们的利益才被送到秘鲁来的。他们在这里是为了秘鲁的雇主的利益服务的。发财致富是在澳门不惜采取一切手段招募苦力时的主导精神;获取利润是把苦力送到新大陆来的主要目的;积累万贯家私是种植园主或其他使用苦力劳动的人的主要动机。苦力不被当作人来看待,苦力不过是一架生产财富的机器,苦力的灾难——生理、社会和心理方面——确实是骇人听闻的。

　　　　　　　　　　　　——(美国)瓦特·斯图尔特《秘鲁华工史》

　　苦力的进口和役用是另一次非洲奴隶贸易,而且比罗马帝国的奴隶制、中世纪的农奴制,甚至比秘鲁和其他任何地方曾经存在过的近代黑人奴隶制都更坏。

　　　　　　　　　　　　　　　——(秘鲁)《民族报》1869 年 3 月

1861 年 2 月,秘鲁,利马。

铺着青石板路面的图格纳大街,一张用黄纸写的悬赏告示很显眼地贴在街道旁边的墙上。对这座城市的居民来说,这类告示根本算不上什么新鲜东西。近几年来,不仅在利马的大街旁,就是在偏僻的小巷里,也经常能够看到。但今天,这张告示标出的酬金特别高,吸引得行人纷纷围上去观看,以至交通都被堵塞了。

正行到这里的一辆两轮马车也不得不停了下来。马车很普通,从外观上看,甚至还有些破旧,深蓝色的车厢内坐着国会议员埃杜瓦多。他要去国会参加一个重要会议,会议的内容是表决一份名称为《移民法案》的议案。因为《移民法案》针对的主要是中国人,所以,议员们都称该法案为“中国人法令”。

“怎么回事?乌加特。”埃杜瓦多隔着车厢的门帘问车夫。

“先生,他们在看一张告示,把道路堵住了,马车从这儿无法通过。”车夫在车前边对着门帘说。

“什么告示?”埃杜瓦多又问。

“悬赏捉拿苦力的告示,是捉拿一名从种植园逃走的苦力。”车夫说完,又加了一句,“先生,五百索尔的酬金哪。”

又是中国人。埃杜瓦多心里念叨了一句。在利马,只要一提到苦力,大多数居民都知道是指中国人,苦力似乎已经成了中国人的代名词。

埃杜瓦多掀起窗帘,从车厢内伸出头,他大约五十岁,脸形消瘦,一头灰白的短发。他朝贴告示的地方望了望,那张告示的标题很醒目,也很有诱惑力:悬赏五百索尔。标题旁边,画着一幅拖着长辫子的中国人头像。下边,详细写着该人的身体和面部特征,以及逃跑时所穿衣服的色彩、样式和新旧程度。

"五百索尔,五百索尔哪!快去找啊!"围着的人群中响起一阵乱哄哄的叫喊声。

埃杜瓦多皱了皱眉头,掏出怀表看了看,催促车夫赶快想办法绕过人群。

急匆匆赶到国会大厦,会议已经开始了。讲台上,提案人卡内瓦罗正在陈述他提案的理由。埃杜瓦多找了个位子坐下来,他的旁边,一个是《民族报》的主编格雷斯,另一个是菲里加制糖厂的厂主菲里加。

宽阔的大厅里,卡内瓦罗粗粗的嗓音在回荡:

"先生们,你们都知道,近几年来,美国和其他国家的市场对蔗糖和棉花的大量需求,为秘鲁农业发展提供了极为有利的时机。按理说,我们应当紧紧抓住这个机会,增加各种农作物的产量,改变已经陷入困境的秘鲁经济。但可惜的是,由于黑奴制度的废除,使我们的劳动力极度短缺,农业几乎处于瘫痪状态,产量和品种都大幅度减少。另外,自 1845 年以来,我国进出口的平衡状态已经被完全打破。到今年,进口总值已达到出口总值的四倍。由于农业产品根本无法满足出口的需要,我们只能从鸟粪的出售中换取预付款来弥补对外贸易中的亏空。当然,也只有用鸟粪换取外国的贷款来平衡政府的财政赤字,以避免秘鲁经济滑入崩溃的边缘。为了达到这个目的,我们首先要解决劳动力短缺的问题。而解决这个问题的办法只有一个,那就是,必须引进更多的苦力,把他们输送到种植园、鸟粪场、矿山和其他需要劳动力的地方,以解决我们面临的危机。先生们,为了秘鲁的利益,这就是我请求国会通过《移民法案》的主要理由。"

说到这里,卡内瓦罗停住了,用充满信心的目光向听众席上扫视了一遍。他觉得,自己的讲话完全会得到议员们的支持。

会场里响起一片议论声,有人站起来举着拳头大声叫喊:"卡内瓦罗先生,我们完全同意你的意见。"

"是的,秘鲁需要劳动力,苦力贸易绝不能停止。"

"谢谢。"卡内瓦罗微笑着扬起手,向支持者点着头,"谢谢诸位。"

埃杜瓦多望了望神采飞扬的提案人,扭过头对身旁的格雷斯说:"格雷斯先生,看来,不达到目的,卡内瓦罗先生是绝不会罢休的。"

"你的话很对,埃杜瓦多先生。"格雷斯赞同地点点头,"贩运苦力有着丰厚的利润,当然也给他带来了巨额财富。作为拥有独家经营苦力权的卡内瓦罗公司的首脑,毫无疑问,他希望苦力贸易能永远繁荣下去。从这一方面说,我们完全能够理解卡内瓦罗先生的心情。"

"可是,他应该知道,"埃杜瓦多说,"从开始到现在,总统先生对这个法案一直持的是反对态度。"

"亲爱的朋友,你也应该知道,总统和政府更需要钱,整个官僚机构的运转要靠金钱来支撑。"格雷斯说,"卡内瓦罗先生干的这一行,对财政收入有着直接影响。所以,他才有胆量和总统对抗。"

听到格雷斯的话,埃杜瓦多看了看旁边的菲里加,不吭声了。他和格雷斯都是《移民法案》的坚决反对者,一个月前,也就是 1 月 15 日的那次国会上,他们就同卡内瓦罗进行过激烈的辩论。但是,没有取得成功,法案还是被通过了。庆幸的是,1 月 24 日,总统卡斯蒂利亚元帅将法案退回到国会,并提出了严厉的批评。总统是秘鲁黑奴制度的废除者,他本人认为苦力贸易是黑奴贸易的另一种形式,而奴隶贸易绝不应当出现在一个文明社会中,所以,不批准颁布《移民法案》。埃杜瓦多和格雷斯都认为事情就此结束了,不料,在卡内瓦罗和许多私有者的影响下,国会决定再次对法案进行表决。如果这次被通过,按照法律规定,总统也无权阻止,只好批准实施了。

会场上的议论仍在继续,这时,卡内瓦罗走下演讲席,径直来到埃杜瓦多和格雷斯面前。

"两位先生,你们好。"卡内瓦罗面带笑容,"作为《移民法案》的反对者,这次,对本人重新提请国会表决,你们还有什么看法呢?"

"我们当然会表示反对,卡内瓦罗先生,这是我们始终不渝的态度。"埃杜瓦多一脸严肃的表情,"苦力贸易是黑奴贸易的延续,即使用法律的形式将其肯定下来,这个本质也无法改变。这一点,你不会不知道吧?"

"你很直率，埃杜瓦多先生。但是，你错了，苦力贸易同黑奴贸易完全是两回事。黑奴贸易靠的是暴力，血腥的暴力。但苦力贸易就不同了，每一个来到秘鲁的苦力，完全是出于他们自己的意愿。在离开中国之前，他们每个人同雇主的代理人都要签订契约。他们来秘鲁做工，是为了改变在中国的贫困状况和苦难命运。我想，从人道主义的立场来说，我们没有权力阻止他们的发财梦想。况且，作为秘鲁共和国的公民，推进国家的发展是我的责任。你可以想象一下，如果没有苦力，秘鲁的经济现在会糟糕到何种程度。所以，为了祖国的利益，我必须要让苦力贸易持续下去。"卡内瓦罗说，他脸上仍然带着笑容。

"是吗？"埃杜瓦多用嘲讽的目光看了卡内瓦罗一眼，"到底是为了谁的利益呢？"

"当然。"卡内瓦罗没有回答埃杜瓦多的问题，转而指了指糖厂主菲里加，"我想，在使用苦力方面，菲里加先生一定有深刻的体会。"

"是的，完全是这样。"头发落了有一大半、身材矮胖、头上发着亮光的菲里加站起来说，"卡内瓦罗先生的话很对。从目前的状况来看，秘鲁不仅确实需要苦力，而且需要大批的苦力。"

"菲里加先生，你的糖厂里有多少苦力？"格雷斯问糖厂主。

"一百五十名。"

"数量不少，菲里加先生。从你的话里边，我能想到，他们一定为你创造了很多财富。"格雷斯的口气有些讥诮的味道。

"是的，没有他们，我的糖厂也许早已经不存在了。"菲里加露出一副满意的神色，"那些鬼东西很能干，也很聪明，不管黑奴、白奴，还是印第安人，根本无法同他们相比。特别是他们的'真空平锅'技术，那是他们在中国制糖时使用的，现在用到了我的厂里，这个办法使糖的产量得到很大提高。买进他们不到三个月，我的收入就增加了两万多。"

"你们听，菲里加先生说得多么精彩，他的例子多么生动。"卡内瓦罗把手朝糖厂主摆了一下，"我还可以举出很多例子来说明这一点。比如甘蔗，1826年，我们仅仅生产了五万六千七百金塔尔。而现在，年产量已达到一百万金塔尔。为什么呢？就是因为我们引进了大批苦力，让他们加入到了种植甘蔗的行列。再比如，我们出口的棉花，百分之十四来自皮乌拉，百分之三十八来自利马专区，百分之四十二来自伊卡省皮斯科市。而这些地区的种植园里，正是苦力最集中的地方。还有，是苦力开创了秘鲁的水稻种植业，才使我们不再依赖从美国进口大米。先生们，从这所有的一切，你们一定会感到，苦力对秘鲁有多么重要。"

说到这里，他回头望了望其他议员。见许多人停止了议论，正向这边观望，便提高了声音：

"当然，最重要的，还是鸟粪的生产。我们都知道，鸟粪收入构成了秘鲁经济的基础，并在一定程度上左右着秘鲁民族的命运。从1840年到现在，我们一共向欧洲出口了四百万吨鸟粪。每吨鸟粪是六十二万五千比索，先生们，你们可以算一算，这是多么庞大的一笔收入，它对殖民统治结束后的秘鲁共和国有多么重大的意义。而鸟粪的开采者，几乎都是苦力。仅从这一点来说，我们不仅要更多地引进中国人，同时还要感谢苦力贩运者。"

大厅里响起一阵热烈的掌声，卡内瓦罗高举起双手向议员们致谢。

格雷斯和埃杜瓦多明白，同上一次一样，反对不会产生预期的效果。因为，议会里有钱的私有者太多了，他们大多数都在役用苦力。停止对中国人的引进，毫无疑问是在损害他们的利益。既然如此，谁还会对《移民法案》进行反对呢。但是，对苦力贸易的憎恨，使他们仍然坚持着自己的观点。

"卡内瓦罗先生，你说得很正确，是中国人促进了秘鲁经济的发展。"埃杜瓦多站起来，走到卡内瓦罗跟前。他先看了看会场，然后大声说道："可是，对于他们所受到的残酷虐待和非人折磨，你为什么闭口不谈呢？要知道，这种虐待和折磨不是个别的，它存在于每一个有苦力的地方，而且每时每刻都在发生。这一点，卡内瓦罗先生，你心里很清楚，但是你在故意掩护。你故意为这种丑恶的现象进行掩护。黑奴制度虽然被废除了，可黑奴的遭遇仍在苦力身上重演。实际上，在许多方面，苦力所处的地位还不如黑奴。关于这一点，我也可以举出很多例子。比如，在所有的奴隶制中，不论奴隶还是农奴，他们都有一个家庭，能够过正常人的生活。但苦力却失去了这种权利，他们被剥夺了家庭和家庭生活。卡内瓦罗先生，作为苦力贸易的实践者和捍卫者，对于这种摧残人性和人的尊严的行为,你不感到羞愧吗?"

卡内瓦罗的脸色微微有些泛红,他表情不自然地撇了一下嘴角,稍微放低了声音:"埃杜瓦多先生,我承认,你说的事情确实存在。不过,我们制订《移民法案》的目的,就是为了使他们能够受到公平的对待。"

"能公平吗?卡内瓦罗先生。"格雷斯接过来说,"早在1849年11月,国会就通过了一部《移民法案》。当然,到1856年3月,那部法案就被宣布取消了。可是,在那十多年中间,也就是法案施行的那一段时间里,苦力的状况改变了吗?没有,丝毫也没有。对于这一类情景,我想,菲里加先生会比我们讲得更清楚。"说完,他瞥了糖厂主一眼,"菲里加先生,我想,你一定明白我的意思。"

菲里加摸了摸光秃秃的脑袋,不好意思地笑了一下。

"卡内瓦罗先生,"格雷斯接着说,同时,他把目光转向整个大厅,"各位议员,先生们,中国人为秘鲁创造着财富,可他们却在牢狱般的鸟粪场、种植园和其他被奴役的地方受着非人的待遇。法律的阳光照射不到他们,文明和人道离他们十分遥远。他们没有自由,享受不到人的基本权利。他们所拥有的,只是无休无止的劳动,是疾病和死亡。面对这些,面对苦力役用中的丑恶行径,我们还能容忍苦力贸易存在下去吗?不能,绝对不能。法律如果不能保护人的尊严,也就失去了它自身的尊严。先生们,制订这样的法律,究竟有什么意义呢?"说完,他又转向卡内瓦罗,"卡内瓦罗先生,我想,你应该收回你的提案。"

"你认为可能吗?格雷斯先生。退一步说,即使我愿意,议员们也一定会反对。"卡内瓦罗说,"最好,还是你和你的朋友改变主意。"

"你想错了,卡内瓦罗先生,这根本办不到。"格雷斯的口气很坚决,"即使这一次不能成功,我们仍旧会不懈地斗争下去。请你相信,苦力贸易一定会被废止。而且,这个日子不会太久远了。"

卡内瓦罗耸耸肩,摊开双手:"但愿你们成功,格雷斯先生。不过,这一次只能听从议员们的裁决了。我想,结果一定会让你们非常失望。"

通过表决,《移民法案》继1月15日之后,第二次在国会获得通过。议员们都知道,这一回,就连总统也无法阻挡"中国人法令"的颁布实施了。

会议结束后，在议会大厅门口，望着春风满面、钻进一辆豪华四轮马车的卡内瓦罗，格雷斯和埃杜瓦多心中都涌起一股无奈的感觉。

"格雷斯，事情就这样结束了吗？"

"不会的，埃杜瓦多。不管怎样，我们都不能放弃。"

"那么，下一步我们应该怎么办呢？"

"我想，要让《民族报》发挥作用。我计划把记者派到雇主们役用苦力的地方，像种植园、鸟粪场、矿山，对虐待苦力的行为进行无情的揭露，以引起社会广泛的关注。"

"如果再有几家报纸就更好了，这样会形成强大的舆论压力。"

"你说得很对，我跟其他报社联系一下。"

两个人说完，刚要离去，一转身，看见两个中国人坐在大厅的墙角处。他们蓬头垢面，衣衫褴褛，有一个是瞎眼，另一个断了一条腿。

不用问，这肯定是已经干满规定的年限，同役用者解除了契约的苦力。不然，雇主是不会放过他们的。格雷斯和埃杜瓦多互相对视了一眼，谁也没有说话。他们走过去，各自从兜里拿出几块钱，默默递到那个断了腿的中国人手上。

"谢谢，先生。"中国人很有礼貌地点了点头。

"你们原先在哪里做工呢？"格雷斯问。

"我在恩克尔种植园。"断腿的中国人说，"他在钦查岛的鸟粪场。"

"罪恶的苦力贸易。"格雷斯低低地说了一句。他想了想，又取出几块钱给了中国人，便和埃杜瓦多离开了。

第一部　遭劫巴腊坑

由于秘鲁人到广州寻求挖掘钦查岛鸟粪的劳动力，而于 1849 年开始的苦力贸易的历史是强加给中国和中国人民的对外关系史中一个悲惨的苦果。在推行苦力贸易的过程中，在外国人为得到苦力而付出的酬金刺激下，当地人彼此之间犯下了十恶不赦的罪行；同时在广东省，特别是在农村的居民中，所有的外国人都声名狼藉。许许多多受蒙骗的人们在巴腊坑中被迫签订契约时以及上船后他们所遭到的残酷的待遇，完全被证实是千真万确的……

——(美国)莫尔斯《中华帝国的国际关系》

从事引起中国人的投机分子的贪欲恢复了应受惩罚的奴隶贸易的全部罪恶。利用不幸的亚洲人的无知和贫困，他们用诱惑和欺骗的手段把这些亚洲人从自己的国家掠走，而且编造了一些亚洲人不知内容的契约。

——(秘鲁)《秘鲁人报》1861 年 3 月 26 日

一

1864年9月,清朝同治三年九月。广州。

连绵秋雨没完没了地下着,断断续续,时大时小。天上仿佛有一个到处漏水而且永远也漏不完的池塘,整整十七天了,还没有一点要停止的迹象。雨水洗涤着显露在大地上的一切:街道、树木、房屋……铺着石板的大街和铺着青砖的小巷,都被雨水冲刷得干干净净,比知府衙门里的地面还要光洁。

这雨下得让人急躁,让人心烦。有多少该干的事情,都被它搅得不得不停下来。走亲访友的、盖房垒屋的、摆摊设点的、走街串户卖针头线脑的,以及各种各样需要在外边奔走的生意人,全都因为这恼人秋雨窝在了家里。

胡来顺便是这许许多多生意人中的一个。不过,此刻的他并没有待在家中,而是走在行人稀少的大街上。

这里是河南地,也就是珠江南边一片的地带。早先,河南地只是稀稀落落地住着一些贫苦农民和每日挣不了几个钱的小商小贩,这里房屋破旧低矮,街道高低不平。道光二十年(1840年),英国人用大炮轰开了广州的大门。两年之后,皇帝恩准洋鬼子的要求,把广州开放为通商口岸,这里便陆陆续续住进了一些洋人。随后,不少给洋人跑腿当差的,或是同洋人做生意的,都先后把家搬到河南地,这里的人才逐渐多了起来。自然,原先满目疮痍的河南地也就有了石板甚或水泥的街道,有了满街的林林总总店铺,有了热闹的赌场、客来客往的妓院和一排排鸦片烟馆。

胡来顺的一座院子就点缀在河南地的一片繁华里。

在这样的天气里,胡来顺根本就不愿意走出家门。尽管连阴雨影响了他的生意,使他整天坐立不安,除了喝酒,就是抽鸦片、睡觉,他也宁愿在家里待着而不想到外边淋雨。可是,现在不行了,他必须得走出来。刚才,罗杰尔先生专门派人来叫他,他不能不去,也不敢不去。

雨,仍在不紧不慢地下着,胡来顺加快了脚步,头上的油布伞在雨点的敲击下发出鼓点一样的响声。也许因为顾客少的缘故,街道两旁的店铺大都关着门。传入耳中的,只有临街的赌场里不时响起的粗野叫骂声和妓院里飞出的女人们娇滴滴的笑声。之外,往日喧闹的大街上便再也听不到其他的声音了。

又往前走了不多远,胡来顺来到一座灰色的二层楼前。到了,这就是今天他要来的地方:华怡洋行。

华怡洋行是英国人罗杰尔开办的商行,楼房从咸丰六年(1856年)开始动工,到咸丰七年(1857年)才建成。人们一直弄不明白,这座看上去普普通通的小楼,怎么就建了一年多时间? 只记得,小楼完工不到两个月,大清朝的军队没做任何抵抗,就让英国和法国的军队大摇大摆地进了广州城。按照洋人的说法,那是1857年。

胡来顺是华怡洋行的常客,由于某种业务上的缘由,他知道小楼之所以建了那么长时间,是因为楼下边有几乎和地面上房间一样多的地下室。但让他不解的是,当初,不知是罗杰尔还是设计人的主意,洋行的大门建成了很怪异的形状:它的两边不是直上直下,中间呈现出的是半圆形。门的上边,也同样是一个不太明显的半圆。再往上,是有着生动逼真圆鼻大眼的老虎头像。这样,门上部的半圆便成了老虎的上嘴唇。远远看起来,华怡洋行的大门就是一只大张着的虎口。胡来顺常常想,这不就等于告诉人,进入这道门,不就是进入老虎口了吗? 不过,对于熟客胡来顺来说,当然是没有这种感觉的。

"笃——笃——笃——"胡来顺带有几分小心地敲了敲紧闭的大门,皮肤黝黑的印度看门人从瞭望口向外望了一眼,见是熟人,立即打开门。同时,还点头微笑了一下,伸手做了一个请进的姿势。

胡来顺先走进门房,他脱下脚上湿漉漉的鞋,又从怀里取出一双新鞋换上,才到了二楼的会客室。

罗杰尔正在屋里,他的旁边,坐着另一个外国人。看见胡来顺进来,罗杰尔没有理睬他。直到和那个外国人谈完话,才转过脸,用不满意的口气说:"胡先生,你好,好久没有见到你了。"

什么好久,不就是下雨这十多天吗? 胡来顺想。但他没有把这想法流露出来,而是做出一副为难的神色:"罗杰尔先生,你看,半个多月了,这雨总也停不下来,实在让人无法出门。"

"雨,一点小小的雨算什么!胡先生,我们需要的是赚钱,难道躲避下雨要比获得金钱还重要吗?"罗杰尔说着站起来,走到窗前向外看了看。他是个瘸子,走起来一脚高一脚低。很快他又坐回到椅子上,对那个外国人说:"加尔维斯先生,不知你是否同意我的看法?"罗杰尔的金黄色的眼珠儿深嵌在眼眶里,有些深不可测的样子。

"同意,完全同意,罗杰尔先生。"加尔维斯立即响应道,"除了金钱,我们还能有什么追求呢?"

"听见没有,胡先生?金钱才是我们唯一的奋斗目标。"罗杰尔瞥了胡来顺一眼,"我向你介绍一下,这是秘鲁国卡内瓦罗公司的代理人,'科拉'号船长加尔维斯先生。我们这次的货物,就是为他提供的。"

胡来顺露出一副真诚的笑脸,连说了两句欢迎。他走到加尔维斯面前,想和对方握手。但加尔维斯坐着动也没动,只是冲他点了点头,这使胡来顺感到有些尴尬。

罗杰尔摆了一下手,让胡来顺坐下。"我们还是说正题吧。胡先生,你的货准备得怎么样了?"

"还差五十多个。"胡来顺说,他的声音不高,表情上显得有些不好意思。

罗杰尔不高兴了,他盯着胡来顺:"我对你很失望,胡先生。加尔维斯先生的船再过十天就要启程,你这样拖延下去,不能按规定的数量给加尔维斯先生交付货物,就会使我们蒙受很大的损失,这个你知道吗?"

"我知道,罗杰尔先生,这个道理我明白。可是,这雨实在让人无处可去。就算是我们出去了,到处都没有人,还不是白跑吗!"胡来顺用无奈的口气为自己找着理由。接着,他又像是自言自语似的说:"他妈的,这雨真是要从年头下到年尾,一两个月中没几个晴天,又是一个铁定的灾荒年喽!"

"灾荒年。"罗杰尔重复了一遍胡来顺的话,说,"胡先生,有一个很简单的道理,我想你应该知道。同样的一件事情,如果对一部分人没有利,那么对另外一些人来说,就一定有好处。"

"好处?"胡来顺眨了几下眼睛,似乎明白了罗杰尔的意思,连连说道,

"对,对。罗杰尔先生,我怎么就没想到这一点呢!"

"那就赶快行动吧,"罗杰尔说,"你的货必须在一星期之内按要求的数量准备好。当然,多一些也没有关系,我们还有空闲的巴腊坑。"

"一星期哪能够用呀!"胡来顺差点要叫起来了,"十天,最少给我十天时间,罗杰尔先生。现在,这类事在广州周围已不太好干了,我准备到远处想想办法。"

"这个,你要问加尔维斯先生。"罗杰尔看了看秘鲁人,说道,"不知道他是否愿意让他的那艘船长期在澳门停留下去。"

加尔维斯摇摇头果绝地说:"不行,绝对不行。"

"一星期。"罗杰尔用不容反驳的口气说道,"按照协议,到期不能提供足够数量的货物,你不仅要退回预付的货款,还要赔偿卡内瓦罗公司的损失。胡先生,这个数字,我想,你一定能算出来是多少。"

胡来顺不吭声了。奶奶的,鬼佬。他在心里狠狠地骂了一句。

胡来顺同罗杰尔的交往,早在这座小楼盖起来之前就开始了。对眼前这个英国佬的底细,他了解得一清二楚。罗杰尔原先是伦敦街头一个无赖,他父亲是个穷困的制鞋匠。早年间,罗杰尔就不务正业。整天游逛街头,打架斗殴,无事生非。1840年,他参加了英国的远征舰队,来到中国。第二年,在侵占虎门的战斗中,被大清朝的军队打伤了腿。退役后,便在香港、广州一带混饭吃。一开始,他只是给别的洋商跑腿当差。后来,总觉得在别人手下的滋味不好受,况且也发不了大财,便自己单独干了起来。

罗杰尔的生意可以说是五花八门:贩卖鸦片、走私货物、收购古董,等等。用他的话说就是什么能挣大钱就干什么。他的目的,是赚到足够的钱以后,回到英国买一个爵位,使自己进入上流社会。

胡来顺看了看罗杰尔一眼,后者也正在注视着他。

"胡先生,你有什么困难,请提出来。为了共同的利益,我们一起解决。"罗杰尔此时态度和缓了一下,他说完,给加尔维斯和胡来顺每人递了一支粗大的雪茄烟。

胡来顺接过烟,想了想,说:"这次因为下雨,搞得时间太紧。广州近处不好干,往远处走吧,花销太大。罗杰尔先生,你看,费用问题是不是——"他把目光转向窗口,故意留着后边的话没有说出来。

这个可恶的东西,借机抬价。不,简直是敲诈!罗杰尔咬了一下牙,真想骂一句混蛋,但咽了口唾沫,终于还是忍住了。他仍旧面带微笑,温和地说:"可以理解,可以理解。胡先生,每个人我再给你加一块钱,怎么样?"

"行,行。罗杰尔先生,你真是通情达理。我早就看出来,你一定能成就一番大事的。"胡来顺满意地点着头,顺便伸出拇指在罗杰尔面前晃了一下。他点着雪茄,吸了一口,又提出一件事:"前几天,我手下的几个人被官府抓去了。我们和官府说不上话,请你帮我出面把他们要回来。不然,我的人手就不够用了。"

"是巡抚衙门还是知府衙门?"罗杰尔问。

"我也不知道人在哪儿。"胡来顺说。

"行了,这件事你不用管了,我明天就去见郭松先生。"罗杰尔说着,走到会客室旁边另一间屋子门口喊了一声:"露西亚小姐。"很快,出来一个黑头发、褐色眼睛、白皮肤的外国姑娘。

看到胡来顺的神色有些惊奇,罗杰尔说:"这是加尔维斯先生从秘鲁带来的露西亚小姐,也是他送给我的临时礼物。"说完,他让露西亚去倒三杯酒来。

"恭喜恭喜。"胡来顺说着,禁不住朝胖乎乎的露西亚多瞅了几眼。

露西亚是典型的欧美混血儿,苗条而丰腴,白皙的脸颊上是一头乌黑的头发。她穿着一袭天蓝色裙裾,举手投足间,把雪白颀长的大腿和同样白皙的双臂裸露出来,显得热情而性感。

"加尔维斯先生虽然是第一次来中国,但对我们从事的这个行当很有经验。"罗杰尔不理会胡来顺的恭维,说,"他希望同我们长期合作。胡先生,难道你不想以主人的身份,好好招待他一番吗?"

"没问题,没问题。来的就是客人,见面就是朋友,何况我们还是同行。"胡来顺说着,转过脸问加尔维斯:"加尔维斯先生,你哪天有时间,我请你吃饭。"

"不用吃饭,胡先生,你们中国人,真是饿怕了,动不动就是吃饭,难道就没有比吃饭更好的请客形式吗?不用你花钱请客。"罗杰尔摆了摆手,继续说道:"你只要为加尔维斯办一件事,就是为他找一个中国姑娘。"

"这是小事,一定办到。"胡来顺说完又加了一句:"今天我就把人领来。"

听到胡来顺的话,罗杰尔向加尔维斯嘀咕了几句,那是对他翻译着胡来顺的话。一直坐着没有说话的秘鲁人站起来走到胡来顺跟前,满面微笑着向他点点头,并主动伸出一只手,用生硬的中国话说:"谢谢。"

这时,露西亚用托盘端来了酒,三个人拿起杯子砰地碰了一下。

"为了金钱,为了我们的顺利合作,干杯。"罗杰尔说过,居然呵呵地笑了两声。

"干杯——"胡来顺赶忙补说了一句,脸上挤出了一团儿笑。

二

胡来顺是个人贩子。广州一带的老百姓称人贩子为拐子手。

拐子手胡来顺现今五十岁,干这一行已经有些年头了。早先,他只是为没有子嗣的人家贩个小孩,给没有媳妇的光棍拐个女人。那都是零敲碎打,今天有明天无。有时半个月二十天都找不下一个,成不了气候,也挣不了几个钱。久而久之,他倒是有了一点名声。周围有这方面需求的人家,大多都来找他。及至后来,洋人也登门拜访,主动同他联系了。当然,洋人并不是让他找儿子,也不是让他找老婆。洋人想同他合伙,往海外贩卖中国人。

那是咸丰二年(1852年)六月的事了,找他的人就是英国人罗杰尔,罗杰尔要他贩卖一批中国人到国外去。那也是胡来顺第一次真正和洋人打交道。在这之前,由于行道不同,他可以说没有和外国人做过生意,更没有赚过他们的钱。唯一的一次,是给一个洋人领了一段路,洋人赏了他一块外国银圆。不过,那算不上做生意。

对罗杰尔的话,胡来顺想了好几天。

胡来顺的家世居广州,得地气之利,领风气之先,见的外国人多,对他们的事耳闻目睹的也多。就说掠贩人口吧,据老辈子人讲,早在明朝正德年间就有了。按照公历,大约是 1519 年。有一个叫西冒的葡萄牙人就在沿海一带和珠江口拦截中国商船,拐贩人口。后来是西班牙人、荷兰人。大清朝建立以后,从顺治爷开始,近三十年间,朝廷严禁商民下海,这类的事才收敛了一些。到了康熙二十三年(1684年),台湾回归,皇帝诏开海禁,允许浙江、福建、广东的百姓在海上贸易,海上贸易本是件好事,可以互通有无,发展经济。但是,有一利必有一弊,贩卖人口的事又逐渐多了起来。在这期间,英国、法国和其他国家的人也有不少来到中国,专门从事这项勾当。他们把中国人贩卖到爪哇、婆罗洲、文莱和美洲的一些国家,给洋人做牛做马,吃苦卖命当奴隶。

往海外贩卖人口的营生,几百年间就没有停歇过,一直延续到现在。现在,胡来顺可不仅仅是耳闻了。广州一带拐贩人口成风,他知道那些人贩子用的办法,也知道他们在拐贩人口中的细枝末节。并且,还知道被卖到南洋的叫"猪仔",被卖到美洲的叫"苦力"。

胡来顺犹犹豫豫,过了好几天,也没有定下来是和罗杰尔一起干,还是干脆不和洋人打交道。按照这么多年耳闻目睹的事情,他很清楚,要想挣大钱,和洋人一起干,确实是一条再好不过的途径。可是,广州人都知道,洋人不是好东西。自从他们占领了广州之后,烧杀抢掠、胡作非为的事情几乎天天不断,还是不要招惹他们为好。再说,自己虽然也是贩卖人口,毕竟还在广州,在中国,没有让那些孩子和女人远离家门。况且,细想起来,给没有后代的人家找个儿子,给搂着枕头睡的光棍汉们领个女人,还有点积德行善、助人解困的意思。要是把中国人贩到海外去当牛做马,让洋人去欺负,那就实在是伤天害理了。

想过来想过去,胡来顺总也决定不下来该走哪条路。有几次,他甚至暗暗骂自己,真他妈的没出息。要么就顾着良心,免得遭人骂,遭人恨;要么就去他妈的良心,同洋人合伙,一起挣大钱。

胡来顺下不了决心,罗杰尔倒是不怕麻烦,极有耐性,天天到他虽不寒酸却也不怎么富裕的家里,一次又一次地鼓动劝说他。

罗杰尔从军队退役以后,本想在中国发一笔横财。但是,混了几年,仍旧两手空空,没有混出什么名堂。看到那些成了富翁的同胞,他眼红、妒忌。他不甘心只带着一个铺盖卷灰溜溜地回到英国,那会终生成为熟人们的笑料。他要在中国挣大钱,把一箱又一箱的银圆运回去,以有钱人的身份踏上伦敦的街道。

罗杰尔尽了自己最大的努力,梦想却一次又一次地落空。他没有钱,没有做生意所需要的资本。他找遍了所有认识的人去借,到终了一分也借不到。这也难怪,那些等级观念极强的女王陛下的臣民,谁能看得起一个穷鞋匠的儿子,又有谁肯把钱借给一个地位低贱、赤手空拳、拐着腿的退伍兵呢!

就在罗杰尔感到发财无望,准备回伦敦重操无赖生涯的时候,他认识的一个法国人,一个干海盗时被人割掉一只耳朵、身材粗壮、满面凶相的家伙,因人手不够,联络他结伙去海上抢劫一艘中国商船。法国人已得到确切的情报,那是一艘装满茶叶、丝绸、瓷器和十几箱银圆的货船,船上几乎没有任何武装。

事情进行得相当顺利。在那个月黑风高的夜晚,他们对中国商船进行了突然袭击。船上的人还没明白过来是怎么回事,当然还没有来得及进行任何抵抗,就全部成了俘虏。法国人把船上的一部分财物分给参与抢劫的人,其余的装进了自己腰包。此外,他还得到几十个中国人。事后,干过海盗的家伙把俘虏卖到了古巴。

那次行动等于给罗杰尔引了一条发财之路,不过,他看中的不是抢劫船只,而是贩卖人口。他以前从来没有想到过要干这一行,是法国人给了他启示。这个职业实在太美妙了。不需要投资,不需要垫本,买主根据需要的人数预先付钱。对于两手空空的罗杰尔来说,这是再理想不过的行当。经过短短几天对情况的了解,他决定用他一长一短、轻重不一的两条拐腿踏上这条充满诱惑也不无风险的路。

单枪匹马地干肯定不会成功,必须要有一个得力的帮手,这帮手只能是熟悉本地风情世事的中国人,而且最好是广州当地人。罗杰尔联系了几个拐子手,有的是因为另有其主,有的是罗杰尔看不中,都没达成协议。最后,他按照一个拐子手的指点,拐弯抹角地在一条满是破烂房屋的小胡同尽头找到了胡来顺的家。

脸形消瘦、身材矮小、眼睛眯成一条缝的胡来顺从外表上看去很不起眼,根本就不是干大事的模样,甚至还让人感到有些猥琐。第一次见面,罗杰尔很失望。只简单地聊了几句,他就准备去另找高人。但是,从后来的谈话中,从对方不时闪动的狡黠目光中,罗杰尔才觉出了这个不打眼的中国人的精明来。

几次交谈都没有成功,胡来顺不说干,也不说不干。罗杰尔看出了对方的矛盾心理,但他不能放弃这个最合适的人选。他要促使富有经验的人贩子下决心,和自己合伙,一起做一桩长久的大生意。

蓝眼睛、高鼻梁、腮帮子上长满黄毛的英国人对胡来顺晓以利害,不厌其烦地讲述往国外贩人的诱人利益和美妙前景。同时,还举了一些让人心动的例子。十多年的广州生活没有白过,他的中国话说得很流利。

"胡先生,你这破旧的屋子又窄又小、又潮又湿,应该拆掉才是,应该在废墟上建一座宽敞明亮的宫殿。"罗杰尔说。

是该拆了。住了几辈子的老屋,到了自己手里,是该有个变化。胡来顺想。可是,钱从哪里来呢?

"胡先生,中国人很看重为后代造福。作为父亲,你难道不想给你的儿子积累一笔财富吗?"罗杰尔说。

看着眼前的两个儿子,十五岁的胡大和十二岁的胡二,胡来顺在心里嘀咕了一句:怎么不想呢。可是,从哪儿能弄到钱呢?

"胡先生,漂亮的胡太太整天操持家务,烧火做饭,这是对她美丽容颜的摧残。你应该为她雇一个女仆,体现丈夫对妻子的关怀。"罗杰尔说。

胡来顺没有吭声,他的老婆苗彩玉在一旁开了口:"罗先生说着容易,我们小户人家,哪有钱雇人呀!"

罗杰尔的功夫没有白费,胡来顺几经思考,终于打消了顾虑,下决心和洋人一起干。闪着光亮的银子诱惑着他,在这个世道上,没有钱就得当孙子,没有钱就什么也办不成。既然有挣钱的机会,不干才是他妈的傻蛋一个。

"你说怎么干吧?"胡来顺问英国人。

罗杰尔笑了,有这个精明的人贩子合作,往后的买卖一定会顺顺当当。他友好地拍拍胡来顺的肩膀,伸了伸大拇指:"胡先生,你这是最明智的选择。"

第一笔生意就从这时候从胡来顺破旧的小屋里开始了。

二人压低了嗓音,进行了认真而诡秘的商谈。从要购买的人数、年龄、体质到交人的时间、地点以及方式,一切定下来之后,罗杰尔按每个人四块大洋的价格,预先付给胡来顺三百个人的人头钱。

从那以后,胡来顺开始了他真正的国际人贩子生涯。这项买卖很兴隆,一次接一次,整年到头几乎没有间断过。有时候,他自己都想不通,洋鬼子是不是断子绝孙,人都死光了?不然,他们怎么会花大把的银子买那么多中国人呢?

十二年了。

世事沧桑,十二年间,罗杰尔发了大财。他把一箱又一箱的银子运回英国,不仅在伦敦购置房产,而且还买了爵位。金钱和地位一起上升,昔日远征舰队的一个普通士兵成了许多富豪和高官的座上客,以至香港总督兼英国驻军总司令德皮时还专门召见了他几次。商讨如何遏制其他国家的苦力贸易,从而由英国人独自经营,以及为喜爱动物的女王陛下捕捉云南金丝猴等一系列相关问题。

胡来顺也水涨船高地成了广州城里的大户,罗杰尔当初给他说的话都成了活生生的现实。这还不算,他还开了几家当铺,在城外的村里买了二百亩土地,又给成了家的胡大和胡二各自盖了一座宅院,手头的财宝两辈子也花不完。如今,他实实在在地满足了。人活着,不就是图个发家致富吗?十二年前,多亏听了罗杰尔这个洋鬼子的话。

从华怡洋行回到家,胡来顺立即打发人去叫两个儿子。现在,早已长大成人的儿子不仅是他的帮手,有许多事情还得靠他们去干。

这里其实并不是胡来顺真正的家,他和两个儿子的家都在广州城里。河南地的这座院子,是华怡洋行的小楼盖起来以后,为了同罗杰尔联系方便才建起来的。一年当中,他有多一半时间住在这里。

佣人很适时地送上来一壶茶。胡来顺坐在一把楠木太师椅上,眯缝着原本就小的眼睛,边等着儿子,边筹划明天的行动。

近几年,贩卖人口的这碗饭越来越不好吃了。一是干的人太多,手太稠,除了香港和澳门,广州就有十几家招工馆从事这项生意。另外,福建和浙江也不少。平时,那边经常有人贩子到广州来。二是城里和周围乡村的老百姓,许多人都听说过中国人到了外国后的情形。据说,那里简直就是地狱,谁还愿意去人间地狱呢?自己住的地方即便不是天堂,也比地狱强多啦。因此,想在近处招到人,实在是太难了,真好比要找三条腿的蛤蟆一样。

这次,胡来顺同罗杰尔订了四百八十个人的协议。下雨之前,已经交了四百三十人。剩下的,他本想等雨停了之后再去找,现在看来不行了。耽误了买主的开船时间,退回人头钱是小事,要是真让赔偿损失,那可就惨了。

胡来顺呷了一口茶,又把明天的安排在心里过滤了一遍,这时候,两个儿子相跟着进来了。

胡大长得身材壮实,个头也高,说话粗声粗气。进门刚站定,他就用不高兴的口气冲着胡来顺说:"阿大,下雨天把我们叫来干什么?"

"干什么?"胡来顺瞪了胡大一眼,"还是那五十个人的事,商量一下,明天就动手,一星期内得把人弄齐。"

"不是说等雨停了再找吗?怎么现在又着急起来了?"胡二眨巴着眼睛问。他比胡大显得瘦弱,个子也矮一些。

胡来顺把同罗杰尔谈话的情况向两个儿子讲了一遍,然后加重语气说:"洋人的船正在澳门等着装人,不能再往后拖了,明天就是老天爷下刀子也得出去。"

胡大和胡二相互看了一眼,没有吭声。从小对贩人的事耳濡目染,长大以后又加入了这一行,不用父亲多说,他们也明白其中的道理和厉害。

见两个人都闭着嘴,胡来顺有些不高兴。他皱了皱眉头:"你们都讲一讲,用什么办法才能尽快弄到人。"

"阿大,这种天气,连鬼都躲着不愿意出来,到哪里去找人!"胡大说。

"真是猪脑子。"胡来顺骂了一句,随后把口气缓和了一些,"你们干的时间也不短了,遇事总得有自己的主意,不能总是干现成的。要是这样,以后让你们单独干起来,非把老本都赔光不可。"

"阿大,以后是以后,我们长点记性。这一次,你说怎么办吧?"胡二说。

胡来顺站起来,在桌子前踱了几步,说:"回春堂药店的刘掌柜不是正在盖房子吗？因为这场雨,盖到半截停了。他那里在乡下雇了二十几号人,现在是回不去也没活干。老二去看看,办法你自己想,把人弄来就行,最少也得五六个。老大,你找一条船,到水上转一转。还有,烟馆、赌馆这类地方也不要放过。另外,明天一大早就把小三子给我叫来,让他和我一块到乡下去。"到底是这一行当干的时间长了,胡来顺的脑袋里有着多少个让两个儿子学也学不过来的办法和点子呀。胡大和胡二点点头,觉得还是老爹这颗生姜辣。

"阿大,我们还有十几个人在衙门里关着。现在正等着用人,得想办法把他们要回来,不然,人手不够。"胡二说。

"这事我和罗杰尔说了,他答应明天到巡抚衙门走一趟。"胡来顺说。

"肯定？"胡二问。

"你明天再去催一催。记住,要一大早去。"胡来顺说完,突然想起一件事。"还有,你给我找一个窑姐来。"

听到胡来顺的话,兄弟俩惊异地瞪大了眼睛,一时不知说什么好。过了好一会儿,他们对视了一下,胡大满脸严肃地说:"阿大,你这么大年纪了……再说,也不该把婊子领到家里来呀。"

"别他妈的胡思乱想,这是我答应给那个秘鲁船长找的。"胡来顺瞪了胡大一眼,"你也别闲着,回去给我买些肉和酒送过来,我明天要带着走。"说完,他又叮咛胡二:"找下窑姐后,尽快送到华怡洋行去。"

一切安排妥当,两个儿子走了。胡来顺靠在椅子上,计算着这一次的进项。一个人头一个人头地算完之后,他情不自禁地笑了一下,心里美滋滋地想:还行。

三

出广州城往北五十里处,有一条通向西北方向的小路。顺小路再走三十里,是一个名叫石桥的村庄,那就是胡来顺今天要去的地方。

一大早,胡来顺就和小三子上了路。

很幸运,一夜绵绵缠缠不断的秋雨,到天亮时终于停住了。只是天依然阴得很重,丝毫没有要变晴的兆头。

胡来顺和小三子各骑着一匹马,在路上不紧不慢地走着。胡来顺想快一些,他时不时在马屁股上拍一下。可是,不起任何作用。望望身后,泥泞土路上那深深的马蹄印使他放弃了快速行走的想法。

"这路真不好走。"他对旁边的小三子说,"一直都是这样吗?"

"可不是!"小三子笑着说,"胡爷,我劝你别来了,你就是要来,有我们在,何必劳你老人家亲自出马。就是要去,也挑个好天气呀。"

"英国人那边催得很紧,等不及了。小三子,让你跟着我遭罪了。"胡来顺望着前边没有被任何活物踏过的路面说。

"胡爷,这算什么遭罪呀。"小三子说,"只要是为你老人家办事,我什么都不怕,吃点苦更是理所应当的。我是为你老人家着想,年纪大了,在外边风吹雨淋的,对身子不好。"

听到小三子的话,胡来顺不吭声了

小三子刚满十八岁,个子不算太高,浓眉大眼,瘦脸盘,看上去很精神。十四岁那年,父母得病相继去世。家中本来就穷,加上再无亲人,他便到处讨饭,最后流浪到广州街头。有一次,讨到了胡来顺的门上。胡来顺看他长得机灵,正好家中要找一个打杂的,便收留了他。此后,他不仅在胡家干杂活,有时胡来顺出去做生意,还把他领着一起去。时间一长,慢慢就增长了不少见识。特别是对贩人当中的门道,也多少有了一些了解。不过,他没有同洋人接触过,也不知道外国的情形。所以,有时候,他还很羡慕那些被送到国外去的人。

小三子的家就在石桥村,这是胡来顺带他出来的原因。贩人不像别的生意,干别的不管认识还是不认识,买卖双方只要谈定,便一手交钱一手交货。做人头不行,在一个完全陌生的地方,谁也不认识,两眼一抹黑,如果没有熟识的中间人介绍,就不可能让人轻易相信,自然也不会有人自觉自愿地跟你走。

"小三子,你估摸这次去了,能带回来多少人?"过了很长一会儿,胡来顺问道。

"这可说不准,胡爷。"小三子说,"你知道,自从我出来之后,好几年了没有回去过。并且,我在村里的时候年纪还小,和大人们也没有交往。"

"小三子,跟着我干,我不会亏待你。"胡来顺看了小三子一眼,"这次我给你按人头算,带回来一个就给你一块大洋。"

小三子心里一阵高兴,胡来顺提出要给他按人头分钱,这种事情,以前从来没有过。但他没有让高兴从表情上流露出来,仍旧用谦恭的口气说道:"胡爷,你老人家说到哪儿去啦! 当初,你收留了我,供我吃供我穿,你就是我的再生父母。为你老人家出力是理所应当,还谈什么钱不钱的。你就是一文钱也不给我,我也情愿给你老人家跑断腿的哟。"

"这就是你的不对了,小三子。"胡来顺用长者的口气说,"咱爷俩不说见外的话,你的心意我领了。不过,做买卖嘛,就得大家伙都有利,哪能我吃肉让你啃骨头。再说,你年纪不小了,也该攒点钱,为以后成家做些准备。"

胡来顺说得倒是实话,小三子想。这几年,除了不愁吃不愁喝,要说钱,手头还真没有一丁点积蓄。

路越来越难走,马行走的速度明显地慢了下来。这是那种发黏的红土路,路面很软,看得出来,平常走的人不多。它不像大路那样,路基被无数双脚踩得结结实实。即使下雨,也不会一脚下去一个深深的泥坑的。

这场雨不仅下得时间长,也确实很大。放眼望去,路的两旁和远处,田里到处都积满了深深的水沟。大片大片的稻子倒伏在水里,看上去轻飘飘的,有的根本就没有穗。地势高一点的田地里,被水冲出一道道深浅不一的沟,稻穗埋在泥里,地面上只露出弓起的杆子和黄绿相间的叶子。可以想象,在这样的大田里,根本就指望不到收获到什么东西了。

离开农村四年的小三子尽管早已对收成的好坏漠不关心,但是看到眼前的情景,他还是禁不住叹了一口气:"这年成,村里人又该饿肚子了。"

"没饭吃就得出去找活干,你说是不是?"胡来顺紧接着说一句。

小三子心里动了一下,可不是,总不能在家里等死吧。真是人心不同,拐子手和种稻人不一样,他们就盼着灾荒年哪!

"小三子,还有多远?"胡来顺问。

"快了,过了前边那棵大树就是。"

"记住，不管谁问起来，都说我们是招工的。"胡来顺又一次叮咛道。

"知道了，胡爷。"小三子说。

到村口了，小三子停下来四下看了看，石桥村没有任何变化。映入眼中的，依旧是高低不平狭窄弯曲的街道，依旧是破烂不堪东倒西歪的房屋。就连村口路旁的那块大青石，四年了，也依旧静静地躺在原地。

进了村，小三子领着胡来顺走到一座破旧的砖瓦院子前，他敲了敲门，又大声喊了一句："阿财。"

不一会儿，门开了，出来一个高个子、胖乎乎的年轻人，他是小三子在村里时的好朋友陈玉财。

"小三子？"看到几年不见的儿时伙伴，陈玉财惊喜地叫了一声，几步走到小三子跟前，"你什么时候回来的？"

"刚到。"小三子满脸高兴地说着，又亲热地拉住陈玉财的胳膊，"几年不见，你的个子长得好高唯。"

"他是光长个子不长心眼，傻大个儿。"随着说话声，从院子里出来一个五十多岁的男人，他是陈玉财的父亲陈全。"小三子，是你呀。不在城里好好待着，跑回来干什么？看来，你还没忘了咱石桥村啊！"陈全说。

"大伯，你老好。"小三子走到陈全面前，笑着说，"哪能呢！别的记不住，也不能忘了根呀。这不，雨刚停，我就回来看你老人家来啦。"

陈全哈哈笑了："行，你这小子，挺会说话。到底是在城里混过的人，听说话就知道是越长越机灵了。穿戴也不一样。哟，还是骑着马回来的。看这模样，这几年是混出名堂来了。"

"不行不行。"小三子边说边摆手，"我一个要饭的，哪有什么本事！只是跟着胡爷跑跑腿，混饭吃。"说完，他给胡来顺和陈全互相做了介绍。

"胡老板，快进屋快进屋。"陈全伸出手，一边热情地招呼胡来顺，一边吩咐儿子，"阿财，把马拉到圈里，喂草时加点料。"

"老哥，打扰了。"胡来顺抱拳行了一个见面礼，"以前就常听小三子提起你，说你为人厚道，人缘好。早就想来拜访，只是一直忙于生意，没有空闲。"

听到这话，小三子瞥了胡来顺一眼，心想，我啥时候和你说起过陈全，这不是当面撒谎嘛！不过,他心里明白,胡来顺想给他个人情,以便下一步好办事,还是见过大世面的人会来事儿。

"不打扰,不打扰。"陈全领着胡来顺进了屋,"平时,我们这里很少有外边人,你来了就是贵客,欢迎还来不及呢。"说着,他朝里边屋子喊了一声:"财他妈,来客人啦,沏茶。"

"婶子。"小三子对从里屋出来的玉财娘亲热地叫了一声。

玉财妈一看,笑着说:"哟,我当是什么客人呢,原来是小三子。三子,几年不见,长成大小伙子啦。"

"还有呢。"陈全指了指胡来顺,"这是胡老板。沏好茶你就去准备饭。"

"不用麻烦了,陈大哥,我们有带来的肉和酒。"胡来顺说,"小三子,你把我们的东西拿来。"

"哪能要你的东西,这不成了吃上门客。"玉财妈说。

"都一样,都一样。嫂子,既然到了一起,就不分你的我的了。"胡来顺说着,打量了一下陈全的房子。

这是一座在当地农村很少见的院子,格局居然和北方的四合院一模一样。房子已经很破旧了,房檐上腐朽的椽头,走廊上裂着缝隙的柱子,墙上被风雨侵蚀得斑驳陆离的青砖,都使人感觉到年代的久远。但是,透过这座同当地习俗完全不一般的建筑,也能使人很自然地联想到当年房主人的富有。

"老哥,这房子的气派,和咱广州一带不一样。看来,你们以前不是一般的人家,祖上一定很风光的。"胡来顺说。

"说来早啦。"陈全说,"那是康熙爷时候的事了,当时,我们家有人在京城做官。后来告老还乡,因为住惯了北方的屋子,就按那种样式造了这座院。当年确实是风光过一阵,不过,以后是一代不如一代,早就不行咧。"陈全说着,一副羞惭而颓丧的样子。

这时,小三子提着一只口袋走进来。他取出一块肉给玉财娘送到厨房里后,便找陈玉财闲聊去了。

"现在咋样,日子还过得去吧？"胡来顺问。

"我年轻的时候还好点,道光二十年(1840年)以后,下坡路就一天比一天走得快了。别的不说，光是官府的这样税那样税就交不完。而且一年比一年多，立了好多名目，变着法子向老百姓收钱。十来年间，我把祖上留下的地都快卖光了。这不，现在还租种着别人的二亩地。"陈全叹了一口气，"一路上你也看到了，如今又遇上这样的年成，田里什么也收不回来，今年的日子可怎么过呀。"

"是挺艰难的。"胡来顺也跟着叹了一口气，又问："老哥有几个儿子？"

"两个。"陈全说，"阿财是老大，老二到他舅舅家去了。"

"老哥好福气啊。"胡来顺用羡慕的口气说。

"好什么呀，都长着一张吃饭的口，又挣不来钱，都快养活不起啦。"

天渐渐黑了，屋子里变得模糊起来。胡来顺从早晨到现在还没有正儿八经吃一顿饭，肚子里咕咕直叫，他闻到从厨房里飘出的一股香味。

陈全点着灯，问："胡老板，广州的情形还好吧？"

"说不上好也说不上坏。"胡来顺嘴上应付着，心里想，玉财娘应该把饭做熟了吧。"你去过广州？"他顺口问了一句。

"去过一次，二十多年前，就是林则徐林大人烧鸦片的那一年。"陈全说，"提起鸦片，洋人实在是太可恶了。你什么生意不能做，偏偏要卖那种东西，这不是成心害人吗？"停了一下，他又说："怪不得三元里的老百姓要杀洋人，我看也的确该杀。不然，再让他们这么折腾下去，大清朝可就真的要完了。"

听到这话，胡来顺心里一惊，坏了，他对洋人有这样的看法和偏见，看来招人的事还有点麻烦。他赶紧说："老哥，洋人确实是坏。不过，话又说回来，他们里边也有好人，就如同咱中国人里边也有坏人是一个理。你说对不对？"

陈全想了想，点了点头说："倒也是。"

饭做好了，除了胡来顺带来的肉，别的菜都是青菜。陈全有些不好意思："胡老板，实在没有好招待的东西，将就着吃吧。"

"不客气，老哥。咱们都是老百姓，也不奢求吃什么珍贵东西，这家常饭菜就挺好。"胡来顺说。

"小三子，吃饭了。"陈全喊了一声。

几个人坐到桌前，胡来顺让小三子取出带来的酒，给一人倒了一杯。他对陈全说:"老哥,初次见面,我先敬你一杯。"

"不敢不敢。胡老板,能到一起是我们的缘分。来,同饮一杯。"陈全说。

"大伯,胡老板敬你,你就喝吧。"小三子在旁边劝道,"完了他还有话要对你说。"

陈全一扬脖子喝完酒:"我刚才就估摸到了,你们不会平白无故地下雨天来这儿。有什么事,尽管说。"

胡来顺示意小三子把陈全的空杯子倒满,他端起来放到陈全面前说:"这第一桩,老哥,我们想在你这里住几天——"

"行,我别的东西没有,空房子还有几间,你们愿意住多久就住多久。"陈全打断胡来顺的话,很痛快地说。接着,他又吩咐儿子:"阿财,吃过饭你把西屋收拾一下,让胡老板和小三子住到那里。"

"知道了。"陈玉财答应道。

"这第二嘛,我们是来招工的,就是找人去外边干活挣钱。"胡来顺接着说,"老哥,明天还得麻烦你,抽空和村里人联络联络,看大伙儿愿意不愿意出去。我觉得,遇到这样的灾荒年,总得找条活路吧。"

对胡来顺的这番话,陈全没有马上回答。趁这个间隙,陈玉财问小三子:"外边比村里强不强?"

"强多了,不但好吃好喝,还能见世面。"小三子说,"哪像在咱村里,什么都看不到,也听不到,外界的情形一点也不知道。"

听到小三子的话,陈玉财露出满脸羡慕的神色:"要是外边真比村里好,我也跟你们出去。"

陈玉财的话刚落音,胡来顺往他碗里夹了一块肉,用夸赞的口气说:"阿财这么高的个头,出去干活一定是好样的,一定能挣不少钱。"

"爸,胡老板同意了,你让不让我走?"陈玉财问。

陈全没有回答儿子的话,他问胡来顺:"胡老板,你招的人到哪里去做工?是在广州还是别的地方?"

胡来顺摇摇头,说:"老哥,不瞒你,是到海外。"

"这么说,是去给洋人干活了?"陈全声音沉沉地说了一句,同时,脸色明显地暗了下来。

"大伯，咱出去是为了挣钱，又不是为了看人。只要他能给钱，给谁干不都是一个样？"小三子说，"再说，能挣到洋人的钱，还不好吗？"

"我看不一定。"陈全的目光在小三子脸上盯了一下，说，"听官府的人讲，朝廷还给洋人打着欠条呢，那数目多得都数不过来。现在这个税那个捐的向老百姓收，就是给他们送的。你想想，洋人那么贪心，都敢问皇上要钱，我们想让他从兜里掏出钱来，有那么容易吗？"

陈全的话让胡来顺对招人的事又担心起来，看来，要想在石桥村顺顺当当招到人，就先要说通陈全。不然，他不仅不能成事，说不定还会坏事。

"老哥，你常年在村里，不知道外界的情形。近十几年间，广州那边到外国去的人多啦。许多人走的时候赤手空拳，回来时，带着满箱子的外国银圆。知道是怎么来的吗？都是给洋人干活挣下的。"胡来顺边说边观察着陈全的神色，"你要是不相信，过两天走的时候跟我到广州去看看，我领你见几个从海外回来的人。眼见为实，不信都不由你。这两年，广州附近的年轻人出去的太多了，招工都招不到。要不，我们何必大老远地下雨天跑到这儿呢。"

"大伯，胡老板说得一点没错，句句都是实话。从外国挣了大钱回来的人，我就亲眼见过不少。"胡来顺的话刚落音，小三子紧跟着说。

"老哥，实际上，我根本用不着说这么多。"胡来顺一脸诚恳的神情，很知心地说，"谁想挣钱就出去，不想呢，就在家里待着。不管挣多挣少，我都得不着一厘，我也就是拿着我应得的那一份儿。所以，也没有必要强求大伙儿。我到咱这里招工，一是广州那边人不好找，二一个，是看今年年成不好，想给乡亲们寻条出路。要是家里能过得去，自然还是待在家里好。出门千般难啊。老哥，你说是不是？"

在胡来顺之前，不仅石桥村，包括周围十里八乡，都没有人来此地招过工。因此，对在海外做工的情形，也根本没有人知道。陈全当然也没和洋人打过交道，对外国人的不信任，完全产生于耳闻中洋人的一些所作所为。现在，胡来顺和小三子的话使他对出外做工变得半信半疑，想了好一会儿，他问胡来顺："要是干了活洋人不给钱咋办，那不是回都回不来了？"

"这一点你不用担心,出去的人都要和他们订契约,写文书,签字画押。大清朝有律令,外国也有法度,哪能回不来呢?"胡来顺肯定地说。

陈玉财和小三子相跟着收拾屋子去了,陈全还是不放心,又问:"照你说的,出去干活能行?"

"老哥,你信不过我,总该信得过小三子吧。"胡来顺的口气和神情都显得十分真诚,"他是你看着长大的,难道还会骗你不成?"

"不是信不过。"陈全笑了笑,"这样吧,咱们明天再聊。你们赶了一天路,一定累了,早点歇息。"

胡来顺说了几句客气话,便出了屋子往西厢房走。在院子里,他抬头看了看天空。早晨还显得厚厚的云层此时已经变得稀薄了许多,月亮偶尔从云缝里露出半张朦胧的脸,又匆匆忙忙地钻了进去。

天!就要放晴了。

四

华怡洋行的地下室,当初完全是按照巴腊坑的用途设计的:厚厚的、又窄又小的楠木门,门的上方有一个小小的窗户,窗户上钉着粗粗的铁条。房间很小,地上铺着一层薄薄的稻草,每间屋子里勉勉强强能睡六个人。

在这样的房子里,只要门不从外面打开,里边的人就休想出来。

罗杰尔对这幢建筑很满意。以前,也就是楼还没有盖起来的时候,他经常得借用别人的巴腊坑。那大多是一些简陋的草房或者围栏,封闭状态极为不好。每次把苦力关到里边,必须另外找一些人看守,不仅要时刻操心,还增加了许多费用。有时,为了制服不愿意出国的苦力,在采用必要的手段当中,还不得不专门让人在巴腊坑外放鞭炮、敲锣鼓,以防止他们的哭喊声被周围的人听到。华怡洋行建立起来,有了自己的巴腊坑,那些麻烦事就都不存在了。

巴腊坑不是中国话,也不是英国话。到底是哪一国的语言,罗杰尔也不知道。他只是听人说,早在前几个世纪,殖民主义者在非洲贩卖黑奴时,他们把关押奴隶的地方一律称为巴腊坑。后来,随着对中国人的贩卖,巴腊坑这个名称也被外国人贩子带到了大清王朝的国土上。

罗杰尔每天早上的第一件事情,是去看巴腊坑里关押的苦力。那些人是他的财富,是他口袋里金钱的另一种形式。他不能让他们生病,不能让他们因为打架斗殴或者别的原因而躺倒。他要让他们带着良好的身体和精神状态到澳门,在那里,只要通过驻澳门葡萄牙当局的审查,把苦力送上加尔维斯船长的船,金钱就到了他的手上。因此,在一般情况下,苦力没有过激行为,表示愿意出国,他倒也能和他们平安相处。不过,在罗杰尔长期的贩人经历中,这种能够平安相处的情况是非常少见的。

往常,罗杰尔起得都很早,今天却起迟了。胡二在客厅里等他的时候,他还搂着加尔维斯送来的"礼物",沉浸在对昨晚销魂时刻的回味之中。

也难怪,这个露西亚实在太迷人了。比起那些忸忸怩怩的中国姑娘和伦敦街头那些身材消瘦的英国女郎,胖胖的西班牙人和印第安人混血儿的露西亚身体既绵软又有弹性。她那毫无掩饰的挑逗,她宽厚又性感的嘴唇,她两座小山一样高耸丰挺的胸脯,还有,她的腰身却苗条而顾长。因了忽然细束起来的腰身,她的臀部愈发显得浑圆饱满起来了,那是一个东方女性绝对不会有的硕壮肥美的丰臀,只需看上一眼,就立刻燃起他强烈的占有和泄欲的熊熊火焰。她的私处简直是一片南美茂密的丛林,罗杰尔用他肥大的手掌费力地拨开草丛的时候,他看到了一大朵盛开的鲜花,那可是南美洲一朵野性的喇叭花儿,此刻,它纵情开放着,为他这个暴富起来的英国佬儿。

罗杰尔疯狂而粗暴地进入了露西亚的身体,没想到露西亚比他还要疯狂,她甩动着那一头柔美的黑发,居然引导他变幻出许多从未经历过的姿势,她噢噢地叫唤着,用狂放的喊叫和多姿多彩的肢体语言来调动着罗杰尔,也宣泄着她青春而饱胀的激情。

我要死了,我就要升入天堂了……

罗杰尔一次次走进美妙刺激的云端里,又几次跌落下来……

罗杰尔整整一夜都很亢奋,他简直就不想起来了,真希望这世界上永远都没有白天。

同胡二匆匆照了一面,罗杰尔让他先等一会儿,便习惯性地到了楼底。

地下室里弥漫着一股股浓郁的潮湿、发霉的气味,给人一种沉闷、压抑的感觉。走到第一个门前,罗杰尔朝里边看了看,房间里的人有的坐着,有的躺着,一个个显得神情沮丧,无精打采。

"先生们,你们好吗?"由于夜里露西亚给他带来从未有过的疯狂和愉快,因而罗杰尔此时的心情是轻松愉悦的,他甚至有些喜形于色地问了一句。

听到声音,屋里的人几乎是同时抬起头,看到门洞口露出的那张脸,立即响起一阵粗野的叫骂:"好你妈个熊。""罗杰尔,我操你姥姥,放老子出去。""鬼佬,老子出去非扒了你的皮不可。"

对于这类骂声,罗杰尔听得多了,早已经习以为常,他根本不在意,也没有理会。是啊,苦力都是一些无知的、没有教养的愚民,完全没有必要和他们计较。他装作没听见,他不想让这些无知又无奈者的骂声败坏了他的情绪。在骂声中,到了第二个门前,把头伸向门上的窗户,这间屋子里的情形同前边一样。他在心里笑了笑,对着屋里说道:"先生们,恭喜你们。用不了几天,你们就会离开这间令人厌烦的屋子。我想,你们一定非常高兴。"

"罗杰尔,你他妈的王八蛋。""快开门,放老子回去。""洋鬼子,滚回你的英国去。"这间屋子里的人也不友好,随着叫骂声,还有人在砰砰地敲门。

罗杰尔耸耸肩,轻蔑地朝叫骂的人看了一眼。"一群没有教养的劣等人,蒙昧社会的产儿。"他嘟囔了一句,颇有些无所谓地继续朝前走去。

华怡洋行里的苦力,是罗杰尔这次贩来的一小部分,其余的大多数都关押在澳门。葡萄牙澳门当局为了收取租金,专门在那里开设了一些大大小小的巴腊坑,提供给人贩子使用。人贩子也知道朝廷严禁私自拐贩人口出境,让苦力在广州上船离开中国根本就不可能。所以,倒也乐意把人集中到澳门。

罗杰尔贩卖的苦力,去的地方几乎都是秘鲁。这一次是他同秘鲁的卡内瓦罗公司做的第三笔生意,他负责提供四百八十名苦力,每人的价格为二十块大洋。下一步,等加尔维斯先生的船离开的时候,他将同卡内瓦罗公司再签订一份供应六百人的合同。那将是他最后一次贩卖人口的生意,做完之后,他就要回到大英帝国舒舒服服地去过贵族的日子去了。

几缕微弱的阳光从走廊尽头贴近地面的窗口吝啬地挤进去,暗淡的地下室里顿时显得明亮起来,空气似乎也清新了一些。走到另一扇门前,罗杰尔把头探向门洞。这间屋子里很安静,苦力们都靠墙坐着,一个个低着头,面无表情,像是在思考什么问题,又像是什么也没有去想,如同一根又一根立着或倒下的木头。偶尔,有人低低地说一句话,接着又没有声音了。对罗杰尔的出现,他们没有任何反应,甚至没有人抬起头看他一眼。

这是让罗杰尔最满意的情形。看样子,到外国去做工完全出于他们的自愿。否则,到了巴腊坑里的人不可能有这样平静的心态。积多年来贩运苦力的经验,罗杰尔知道,但凡是自觉自愿出国的苦力,一般来说表现得都很安静,能够循规蹈矩,不惹是生非。对于这些人,在上船之前,当然也就没有必要对他们采用强制手段。他微微笑了一下,顺便在门洞口打了一个响指,刚要转身离去,这时,屋里站起一个满脸络腮胡子的人,阴沉着脸向门边走来。

"鬼佬。"那人冲罗杰尔喊了一声,"放老子回去。"

罗杰尔重新把脸对着门上的窗口。"回去? 你想回去?"他摇摇头,从鼻孔里哼了一声,冷冷地说道:"先生,也许你不知道,那么,我告诉你:凡是进了巴腊坑的人,还从来没有从这里回去的。"

"鬼佬,放老子回去。"络腮胡子已经到了门口,他瞪着罗杰尔,固执地说道,"老子不愿意去外国做工。"

"不愿意?"罗杰尔哈哈笑起来,"不愿意就可以不去吗? 不,不。先生,也许你有过这样的经历,对于自己不愿意干的事情,是可以不干的,可是,现在不一样了,情况不同于以前了,现在再不愿意,也必须得去做。是不是?"他停顿了一下,耸耸肥胖宽厚的双肩,恢复了冷冰冰的口气,"在这里,一切都得按照我的意愿。当然,你放心,你会愿意的,我有办法让你完全出于自愿。"

络腮胡子的脸色变得有些发青,目光中射出一股仇恨。他暗暗握紧拳头,想照着罗杰尔的那张脸凑过去。但是,高高的窗户和上面的铁条使他无法把拳头伸到门外。他向前迈了一步,把脸贴近门洞,恶狠狠地骂了一句。紧接着,"噗"的一声,吐出一团浓痰,不偏不倚地飞到罗杰尔的鼻眼窝中间。

事情发生得太突然,一时间,罗杰尔没有反应过来。他本能地顺手抹了一把,一股黏液顺着鼻梁滑了下来,他这才明白了是怎么一回事。

罗杰尔多毛的脸顿时变成了猪肝色,他气冲冲地瞪了络腮胡子一眼。"臭苦力,你要为你的行为付出代价。"说完,一拐一拐地走出地下室。

没过多久,罗杰尔带着几个打手返了回来。他打开门,铁青着脸向屋里指了指,打手们一拥而上,把络腮胡子摁着头拉出屋子。紧接着,按倒在地下室的走廊里,二话没说,劈头盖脸,周身上下就是一阵猛烈的拳脚。

"注意,不要在他身上留下伤痕。"罗杰尔急忙告诉打手。

"明白,罗杰尔先生。"一个打手说,"可是,就这么几下,太便宜这小子了。"

罗杰尔想了想,说:"那么,敲掉他的两颗牙齿吧。"

"这个办法太妙了,看他的痰还能吐多远。"打手说完,照着络腮胡子的嘴狠狠地给了一拳。

打手很有经验,活干得干净利落,地上出现了两颗带血的牙齿,满嘴鲜血的络腮胡子被拖回了房间。

经过对络腮胡子的制服,罗杰尔刚才的气完全消了。他没有再看其他房间,浑身轻松地回到会客室里。

"罗杰尔先生,你快点呀。"胡二已经等得有些着急了,一见罗杰尔回来,立即催促道:"手下的弟兄要不回来,我单枪匹马的怎么去给你弄人呀。"

"马上就走,马上就走。"罗杰尔一边喊仆人备马,一边问胡二:"你不是有一百多号人吗? 他们都到哪里去了?"

"嗨,下了十几天雨,今天早上刚停。他们住的四分五散,城里城外四处都有,我一时间哪能召集起来。"胡二说。

"好啦好啦。"罗杰尔摆摆手,"去把我的帽子和拐杖拿来。"

说话间,仆人已把马牵到大门口。罗杰尔回到卧室,见露西亚依然在床上睡着懒觉,见他进来,故意把一条肥白的大腿露出被子外面。罗杰尔贪婪地啃着她的大腿,随后匆匆同她告了个别,就同胡二一起向广东巡抚衙门走去。

五

广东巡抚郭松正在书房里看一份由广州知府呈来的案牍,事由是:一伙老百姓出于义愤,群聚围打了几个公然在大街上绑人的拐子手。结果,引发了南城一带的百姓不断骚扰洋人的事件。案牍上说:……歹徒奸民,私通番货,勾结外类,与洋人混以图利。此行由来已久,然于今尤烈。拐骗乡民,招诱亡命,掠买子女,挟往海外,民受其害……郭松皱着眉头刚看到这里,差人进来禀报:华怡洋行老板、英国商人罗杰尔求见。

正看着洋人犯的事,洋人就来了,郭松想。他坐着没动,一边继续看着案牍,一边告诉差人:"让他在客厅里等一会儿,我看完就过去。"

郭松是道光年间的进士,湖南人,曾于咸丰三年(1853年)协助曾国藩创建湘军,后因同太平军作战有功,去年被提升为广东巡抚。

上任之前,郭松就知道广东不同于别的省份,不仅要处理内政,还要同洋人打交道。处理内政好办,同洋人打交道就麻烦了。洋人太奸诈、太狡猾,他们要求太多,得寸进尺,贪得无厌。这些,从近二十多年来他们和朝廷订的那些条约中就能看出来。广东是洋人来的最早的省,不仅人数多,而且各国人等杂居,各怀各的鬼胎,谁知道他们会向自己出些什么难题呢。

还好,到广东一年多来,见过不少洋人,并没有碰到太麻烦的事情。眼下,就是发生了广州知府送来的案牍上说的这类事。

往境外贩运人口,郭松未到广东之前就听说过。其实,何止是广州呢?湖州、汕头、南澳、厦门,顺着海边绕过去,包括浙江和福建,东南沿海一带到处都有。据说,几十年间,被贩往海外的人口就有四五十万。那些人大多有去无回,十有八九客死他乡,难怪老百姓对拐子手恨得咬牙切齿。

郭松很清楚,按照大清的律令,绝对禁止私贩民人出海。如若拐子手被人举报到官府,一经查实,刑律定的就是砍头,绝不轻饶。可是,法度归法度。自从英国人打进中国,再加上后来长毛作乱,他们自建太平国号,朝纲日渐废弛,皇上尚且自顾不暇,哪里还有心思过问民情?远离京都的广东官员,原先就是天高皇帝远,对朝廷的谕旨经常阳奉阴违的,而今,由于洋人参与拐贩人口,就更对此类事情睁一只眼闭一只眼,装作不知道了。是啊,连朝廷对洋人都是唯唯诺诺,下层官员谁还愿意多管闲事,去招惹他们呢? 更有甚者,有的官员竟坐地分赃,向拐子手收取人头钱,管他什么律令不律令了。

现在这个罗杰尔,郭松曾经见过一面的。那是去年到任不久,在英国驻广州领事巴夏礼举行的欢迎宴会上。当时,他们还说了几句客气话。过后,在向下属询问广东洋人的情况时,听说此人就是靠贩卖中国人成了巨富。现在,他来干什么呢? 该不是和案牍上说的事情有关系吧。

郭松整整衣帽,平静着表情起身走进客厅。

罗杰尔正和胡二商量着用什么办法向巡抚开口要人,一见郭松,立即站起来走上前去,满面笑容地说:"巡抚大人,你好。"

郭松脸上毫无表情,他只是微微点了点下颌,"你好,罗杰尔先生。"

"巡抚大人,"郭松的话刚落音,罗杰尔接着说,"你一定记得,一年前,我们曾经见过一面。今天,有幸和你再次相会。"

郭松没有应答罗杰尔的话,他伸手做了一个请坐的姿势,把目光转向旁边的胡二:"这是——"

没等罗杰尔开口,胡二急忙在郭松面前跪下来,低着头说:"回大人,小的是华怡洋行的雇员胡二,跟着罗杰尔先生跑腿听差的。"

听到这话,郭松便知道了胡二是何等货色。以贩卖人口为业的罗杰尔,决不会雇用安分守己的老百姓,手下的人肯定是拐子手。

"起来吧。"郭松坐下后对胡二说。他表现出一个巡抚的不亢不卑来。

"谢大人。"胡二起来站到罗杰尔旁边。

"罗杰尔先生,你来找我不会仅仅是为了见一次面,一定有什么事情要办吧?"郭松的话不冷不热。

"是的,巡抚大人。"罗杰尔说,"华怡洋行有几个雇员,被关押到广州知府的衙门四五天了。现在,我正等着用人,可他们回不来,这使我的生意受到很大影响。巡抚大人,我希望他们能够获得自由。"

果然是案牍上说的那一档事,郭松想。但他没动声色,继续问:"他们是因为什么被关起来的？"

"这个——"罗杰尔语塞了，他不知道该怎么回答。

一旁的胡二看见这情形，急忙说："大人，那几个是在做生意时和别人打架被抓走的，大概是一场误会吧。"

"多嘴，这是你说话的地方吗？"郭松板着脸斥责道。

"对，对，那完全是一场误会。"罗杰尔立即接着胡二的话说，"我的雇员正在做一笔生意，进行正常贸易——"

"恐怕不对吧，罗杰尔先生。"郭松打断英国人的话，"难道拐贩人口，在光天化日之下绑架百姓也是正常贸易吗？"

"拐贩人口？不、不。巡抚大人，我做的完全是合法的生意。"罗杰尔把两手一摊，"我招募劳工出海，是为了解决大清朝廷子民的生计问题。劳工出国没有受到任何人的强迫，完全是出于他们自己的意愿。况且，我同他们每一个人都签有契约，契约上有他们的签名或者画押。巡抚大人，你应该知道，《中英天津条约》和《中英续增条约》都有明文规定，准许英国人招募华工出国。"

"不错，是有规定。可是，你贩运的中国人里边，有几个是真正自愿出国的。这一点你比我更清楚。"郭松瞪了英国人一眼，提高了声音，"罗杰尔先生，你们采用的办法，还需要我再说出来吗？"

"巡抚大人，请你不要激动，激动对身体没有好处。"罗杰尔仍不紧不慢地说，"也有可能，招募苦力时，我的雇员在贸易当中出现了一些不理智的行为，但那也是为了大清皇帝的子民。作为朝廷官员、一省巡抚，不用我说你也知道。你治下的民众正受着灾荒的困扰，饥饿和贫困折磨着他们，他们正在死亡线上挣扎。你不觉得，为了能够让他们活下去，应该给他们寻找一条更好的出路吗？"

简直是个大无赖！郭松真想叫人把罗杰尔赶出去，但最终还是忍住了。"照你的意思，罗杰尔先生，你就是救世主，拐贩人口倒是在拯救受苦的生灵啦？"过了一会儿，郭松用讥讽的口气问。他想看看罗杰尔还有什么歪理。

罗杰尔不想再这样谈下去了，他来的目的不是同郭松探讨问题，而是为胡二要回他手下的人员。否则，找不够协议规定所需数量的苦力，延误了加尔维斯的启程时间,卡内瓦罗公司的损失大多数就都得由他来赔偿了。

"巡抚大人,我不想和你探讨饥荒问题,我们还是回到开始时的话题上来吧。"罗杰尔说,"我想请你告诉广州知府,让他立即放回华怡商行的雇员。我没有耐心无限期地拖延下去,我现在正急于用人,我的生意正在等待雇员们去做。"他的话里带着明显的不耐烦和不容商量的意味。

太放肆了!一个外国人贩子,竟敢用这样的口气同朝廷命官说话。要不是顾及自己的身份和因为罗杰尔是外国人,郭松会立即痛骂他一顿,再施以官刑,然后把他抛到大狱里边去。

郭松强忍住心中的怒气,瞥了罗杰尔一眼,冷冷地说:"那些奸民违犯了朝廷的禁令,他们是中国人,理应受到官府的惩罚。"

"我再说一遍,郭先生,他们是我的雇员。《中英南京条约》规定:凡系中国人为英国事被拿监禁受难者,加恩释放。这一条,我想你不会不知道吧?"罗杰尔的声音不高,但口气变得强硬起来。

"我也再说一遍,罗杰尔先生。他们是朝廷的子民,在天朝法度管辖之内。作为外国人,你这是在干涉中国官府的政事。"郭松提高了声音。

"你错了,郭先生。"罗杰尔根本不把郭松放在眼里,"领事裁判权同样适用于华怡商行的中国雇员,有权处置他们的只有英国领事巴夏礼先生。这一点,连你们的朝廷也不能否认。"

跟这些外国人是讲不出道理的,郭松不想再谈下去了。"看来,我无法满足你的要求,罗杰尔先生。既然你说到朝廷,那么你就去向朝廷要人吧。"说完,他站起来伸出一只手,摆开让他走的架势。

罗杰尔却稳稳地坐着不动,他脸上带着令人难以捉摸的笑意,冲郭松说:"巡抚大人,既然你不肯给面子,我只好让巴夏礼先生请皇帝本人来裁决了。"

听到罗杰尔的话,郭松心里一动,想了想,又回转身坐下了。这个瘸子挺难对付,看样子,如果不放人,他还真有给你把事情闹大的可能。洋人为了自己得到好处,什么事都干得出来。咸丰六年(1856 年),英国发动攻打广州,后来同法国人一起打到北京,烧毁朝廷营造了几百年的圆明园。其借口,就是中国官员和兵勇在检查一只名为"亚罗"的船时,抓捕了几个在那条船上当水手的中国人。那件事情实在微不足道,最后却酿出了大乱子。这一次,英国人会不会以此为由头,干出别的事情来,还真难说。如果真的闹出意想不到的后果,朝廷那里可就无法交代了。

这次广州知府抓拐子手,本来不是什么大事,郭松完全可以不管,由广州地方自行处置。但近来民间百姓为亲朋好友经常失踪而告状者甚多,围攻外国人贩子的事也时有发生,他才想借此机会进行整饬,以儆效尤,打击拐贩人口行为。孰料,第一步还没迈出去,就在罗杰尔这里卡住了。

郭松想来想去,权衡利弊,觉得还是顺应时势,不招惹洋人为好。以史为鉴,当年,一心为国的林则徐的下场不就是教训吗?

罗杰尔见郭松一直不吭声,估计是自己的最后一句话起了作用。他向胡二微微笑了一下,又转过脸对郭松说:"巡抚大人,我想,你已经答应了我的要求。"

郭松此刻确实在想着放人的事,但却不准备痛痛快快地答应对方。毕竟是一省巡抚,他要给自己留个面子。不管怎样,朝廷命官的尊严不能丢。何况,让罗杰尔就这样轻易地把人领走,也太便宜他了。

郭松站起来,做出思忖的样子踱了几步,才慢慢地说:"好吧,罗杰尔先生。"他的口气显得很勉强,像是在对方的一再要求下才同意的。"你可以把人领走。不过,你得保证,以后不再有绑架百姓的事情发生。"

"我以女王陛下的名义向你担保,巡抚大人。在华怡商行的雇员中,绝不会再出现那种可耻的、令人愤慨的行为。"罗杰尔口气很坚决,说完,他挂着拐杖站起来,对胡二摆了一下头,向门外走去。

"且慢。"郭松抬手拦住罗杰尔,"还有一件事,罗杰尔先生。你得为你的雇员交出足够的赎金,我才能让广州知府放人。"

罗杰尔愣了一下,想表示反对,但念头一转,还是答应了。"巡抚大人,我答应你的条件。明天,不,今天下午我就让胡二先生把钱送来。不过,我也有一个小小的要求,赎金的数量不能太多。"

"这件事你去和广州知府商量,数量多少由他来定。当然,赎金也交给他。"郭松说完,起身叫人送客。

罗杰尔和胡二走了。回到书房，郭松坐下来想了一会儿刚才的事情，又重新拿起那份案牍。他想接着看下去，但目光刚滑过几行，立刻就觉得没有必要了。堂堂的一省巡抚，在自己管辖的地盘上，竟然惹不起一个外国人贩子，再看下去又有什么用呢？想到这一点，他的心里不由得涌起一阵苦涩。

六

陈全终于答应了儿子的要求，同意他到外国做工。这是陈全经过反复考虑，又同老伴儿商量了几次才决定的。一开始，他不打算让儿子走。但看看这年景，想想这一二十年来一天不如一天的光景，在村里实在是没有什么奔头了。人挪活，树挪死，就让他出去闯一闯，或许能混出个名堂。即使挣不了大钱，见一见世面也好，反正用不了几年就回来了。

陈玉财心里非常高兴，走起路来都感到脚步比以前轻快了许多。从小到现在，除了离石桥村十里路的舅舅家，他还没有去过更远的地方。而今，用不了几天，他就要到外国了。外国是什么样，他不知道，也没听人说过。大概总比石桥村强吧。不管怎样，他要出去挣钱。以后回来，盖一座比财主王新胜家更排场、更阔气的院子。现在，村里人种的地差不多都是王新胜的。以后，他要把这些地全买到手，像自己的祖先一样风风光光地过日子喽。

胡来顺心里也很高兴。他知道，在这些同外界没有联系的乡村里，村民们对离开家乡都是顾虑重重。在家千般好，出门一日难。不是到了万般无奈的地步，他们一般不愿意外出。现在，陈玉财总算愿意出去了，这是一个好兆头。连陈全这样的人家都感到了日子的艰难，其他的人也就可想而知了。根据经验，有了陈玉财开头，下一步不用费多大的事，报名的人一定不会少。

吃饭的时候，胡来顺又拿出带来的酒。酒坛盖一打开，屋子里立即弥漫起浓郁的香味，很是诱人。

"胡老板，哪能光喝你的。"陈全说，他的语气有些不好意思。

"不客气，不客气。"胡来顺说，"住在这里就麻烦你了，一点酒算啥。小三子，给你大伯倒酒。"

吃喝间，话题又说到招工的事情，小三子说："大伯，胡老板夸你有见识。"

"我们这些乡下人有啥见识。其实，外边的日子也不一定好混。出去碰碰运气吧，混不好就再回来。"陈全说。

"老哥，你这样就做对了。死守在村里有啥出息。人不能在一棵树上吊死哦! 年轻人嘛，就该出去跑跑，闯闯江湖总是有好处的。你说是不是这个理? "胡来顺很知心地说。

陈全点点头，看了看旁边的陈玉财，说道："这孩子从小就不爱和人交往，心眼实，口齿也不伶俐，到了外边人生地不熟的，我是担心他受屈。"说着他叹了一口气，"走就走吧，这也算是一条路。"

"这一点你不用担心。"看着陈全的样子，胡来顺急忙说，"出去的又不是阿财一个人，都是乡亲，有事大家互相帮着点，不就得啦。再说，你总不能跟着孩子一辈子吧。让他出去见见世面，闯荡一番，对今后为人处事也有好处。"说着，胡来顺从兜里拿出一块大洋，"老哥，按规矩，孩子走了，我得给家里两块大洋。另外这一块，就算打扰你的，给老嫂子做身衣服。"

陈全推辞了一阵，终于还是收下了。

借着陈全装钱的机会，胡来顺向小三子使了个眼色。

小三子端起酒坛给陈全倒了一杯，说："大伯，还有一件事求你老人家。"

"都是自家人，还求什么，有什么事尽管讲。"陈全说。

"是这样，大伯。胡老板想多招一些人，可他谁也不认识。我呢，出去几年了，又年轻。所以，想请你给联络联络村里的人。一个村去的人多了，阿财也不孤单。乡里乡亲的，人多了也是个帮衬。"小三子说。

"行，我就给胡老板跑跑腿。"陈全很痛快地答应了，"不为我自己，也图为乡亲们谋一条生路嘛。"

陈全虽说家道中落，总算还有一座破败的院子和二亩薄地，比起村里那些住着土坯垒墙、茅草盖顶的房子和完全靠租种别人田地过活的赤贫人家，可就强多了。他为人厚道，平时，经常尽自己的能力帮助周围的邻居。再加上承袭家传，识文断字，谁家有红白喜事坐账房，逢年过节写对联都少不了他。有时闲来无事谈古论今，也比那些扁担横在地上不知道是一字的村民们见解深。这一切,就使得陈全人缘极好。说起话来,也颇为亲朋好友四邻八舍信赖。

吃过饭,陈全就去了周围的几户邻居家,给胡来顺联络愿意到外国做工的人。

其实,广州来人招工的消息,像雨后的秋风一样,早已在村落里刮了一遍又一遍。有不少人想报名,但对估摸不透、前途未卜的事情,他们不敢贸然决定。陈全的联络,使那些人下了决心。是啊,陈全的日子比咱们好过,都准备让儿子出去了,咱还怕什么呢?就这样在家里熬下去,到了断顿的时候,不也得逃荒要饭吗?话又说回来,天下荒年,到处都是穷人,去哪里要?还是陈全说得有道理,出去碰碰运气,说不定还真能发财。退一步讲,就算发不了财,总不至于比现在的日子还苦吧。

于是,陈全家里的人骤然多了起来。询问情况的,报名的,还有小三子少年时的伙伴来找他聊天的,几乎要踏烂了门槛。这种人来人往、自觉自愿想去海外做工的场面,胡来顺从事贩人行当以来还从没有遇到过。看来,到石桥村和把陈全家作为落脚点,这一步真是走对了。

屋里的人越来越多,连站脚的地方都没有了,大多数只好站在院子里,胡来顺干脆让小三子把桌子搬到屋外。人们你一言我一语,不断提出各种各样的问题。开始,胡来顺还能时不时回答几句,小三子也能在旁边帮帮腔。到后来,就半句话也插不上了,他们只好静静地听着。

问题终于提完了,人群慢慢安静下来。胡来顺咳嗽了两声,清了清嗓子,用很诚恳的语气说:"各位乡亲,我叫胡来顺。干招工这行已经有些年头了,经过我的手出去的也不算太少。不瞒各位,我干这一行没有别的想法。咱老百姓日子过得太苦,又遇到灾荒年,我下雨天来到咱石桥村,就是想给大伙儿谋条好的出路。这次去的地方是南洋,离广州不远,坐船十天半月就能到。去那里的中国人很多,有不少人都发了大财。好多人都不想回来了。为啥?日子好过呗。这次去的人和以前的一样,都是挖金矿。有的人担心挣不下钱,你们想想,坐在金子堆上还能没有钱?还有,外国的钱一块顶中国的两块,耐花。挣得多花得少,这样的好事到哪里去找啊。当然,这也是凭力气吃饭挣钱呢!所以,想出去的人,你尽管放心地走。干上几年,带着钱回来盖房子买地就是了。"

"胡老板,我们要是出去,得干几年才能回来?"有人问道。

"按契约规定是八年,时间一到,如果愿意回来的话就会回来,绝对不会久留你。"胡来顺肯定地说。

"八年?"问话的人啧啧了一声,"年头可不短呀。"

"不长。"旁边的小三子赶紧接过来说,"外国的算法和咱中国不一样,他们一年只有六个月。这么算下来,才四年,一晃就过去了。"不知出于一种什么动机,小三子言不由衷地说了这句可笑的假话。人们居然听不出破绽来。

胡来顺用赞赏的目光看了小三子一眼。

"我们没有路费,怎么办?"又有人问。

"路费大家放心。吃饭、睡觉、坐船,这几样都有人管,都不用你们花钱。"胡来顺说,"愿意走的,我这里每人先发给两块大洋,算是零花用。这钱是白给,不用还。到了澳门,还要和大伙儿写文书,订契约。另外,每人还要发三身新衣服。大家想想,要是干别的,哪里会有这样的好事。"

胡老板说得对,现如今,这样的好事真是没地方去找。不仅什么都管,还先发钱和衣服,打着灯笼也找不到。原先犹豫不决、想看一看的人都下了决心。小三子跟前挤满了人,一个个大声报着名字,唯恐把自己落下。

热闹的场面持续了好长时间,院子里时不时还荡起一阵阵呵呵的笑声。遇到喜事的年轻人是不会掩饰自己的喜悦心情的。登记完的人拿着两块大洋心满意足地走了。院子里只剩下胡来顺、小三子、陈家父子和一个三十岁左右的人。胡来顺记得他刚才已经登记过,名字和这个村名一样,叫石桥。

"胡老板,我想问问。"石桥走到胡来顺跟前,说,"你们招工要不要女人?"

"不要。"胡来顺果断地说。

石桥脸上顿时露出一副失望的神色,停了好一会儿,他低声对小三子说:"要是这样,我就不去了。"

"这位兄弟,哪能轻易说不去!"胡来顺唯恐少了一个人,急忙说,"你好好想一想,放着好事不干,家里的穷日子你还没过够呀。"说完,他仔细打量了对方一眼。只见石桥身上的衣服又破又旧,膝盖和肩膀处都打着补丁。不过,浑身上下倒是挺干净。他个子匀称,黑红的脸膛有些消瘦,面相看上去很和善。

尽管不愿意放过石桥,胡来顺却真的不想要女人。如果这批人是往南洋去的,他就连女人一块招收了。那里的洋人愿意让中国女人过去,他们希望中国人在南洋生儿育女,以此不断增加干活的人。但这次去的是秘鲁。据他知道的情况,不论是秘鲁,还是古巴、智利,几十年来,往那些美洲国家去了至少有三十万中国人,没有一个女人。以至胡来顺有时和同行议论起来,都有些愤愤然。美洲的洋鬼子真他妈的惨无人道,不通人性。男人需要女人这天经地义,谁也离不了谁的事情,他们竟然不管不顾,连一点人味儿都没有了。

胡来顺想了想,最终打消了不要女人的念头。他不能因为一个女人,眼睁睁地放跑一个到了手的男人。先带到广州去吧,如果罗杰尔不让女人跟着走,就在广州给她找个人家。能挣几个算几个,放羊拾柴,捎带的事。

“兄弟。”胡来顺叫住正要往门外走的石桥,问:“女人多大了?”

“二十八岁。”石桥转过身,停住脚步说。

“叫啥名字?”

“杨兰草。”

旁边的陈全和陈玉财一开始还不知道石桥问话的意思,听到这个名字后,两个人都禁不住吃了一惊。

“石桥哥,你这不是说的嫂子吗?”陈玉财问。

“是呀。”石桥很平静地说。

“石桥,你想让兰草也跟着出去?”陈全跟着问。

“不出去咋办。我走了,留下她一个人,日子怎么过?”石桥的话仍然很平静,但平静中给人一种无可奈何的感觉。

“石桥哥,嫂子一个女人家,她出去能行吗?”陈玉财说。

“女人也得活命,谁叫咱穷呢。”石桥的话变得沉重起来。

“石桥兄弟,把人领来看看吧。”胡来顺催促说。

石桥答应一声,走了。小三子问玉财是怎么回事。

“你走后第二年,石桥娶的兰草。”陈全告诉小三子,“去年夏天,他们的儿子被毒蛇咬了,就没有救过来。石桥家两三辈子了,都是靠租种别人的大田过日子。现在,又遇到这样的年成,也是没法子,才不得不走这条路。”

说话间,石桥领着老婆来了。

杨兰草一副高挑身材,虽是庄户人家,但看上去眉目清秀,细皮嫩肉,蛋圆形的脸庞白白净净。她叫了陈全一声大叔,便远远地站到了一边。

"胡老板,这就是。"石桥对胡来顺说,又叫老婆过来。

杨兰草站着没有动,胡来顺也不强求。他上下打量了一眼,说:"行,就这样定了,过两天你们一起跟着走。"说完,给了石桥两块大洋。

石桥和杨兰草走了,陈全也叫上陈玉财干活去了。胡来顺和小三子回到屋里,数了数登记的人,一共有三十八个。

"胡爷,这次的事,办得挺顺当。"小三子说。

"顺就好,小三子,这里边也有你的功劳。"胡来顺笑着说,"咱们再待上一两天,看看别的村里还有没有人来。"

"我听你的,胡爷。"小三子说,"不过,明天我得到我爹娘的坟上去看看,以后啥时候才能回来还不一定呢。"

"去吧,算你小子有孝心,没忘本。"胡来顺说,"给你两块大洋,买些纸和香,到了坟上多烧点。"

"胡爷,我替我爹娘谢谢你了。"小三子说。

胡来顺没有吭声,他按报名的人数算了算账。心想,我这里挺顺,也不知胡大和胡二干得怎么样,能弄到多少人。

七

钱送到知府衙门之后,被抓去的人当时就全都放了回来。看着他们耷拉着头、神情沮丧、落水狗一般的模样,平常很少发脾气的胡二就感到火气不打一处来。他真想把这些人骂个狗血喷头,但想了想,还是忍住了。

胡二坐在自家厅堂的椅子上,胡大在他的斜对面。回来的八个人有的蹲着,有的站着,呈半圆形围在他们周围。

胡大虽然跟胡来顺干的时间比胡二长,但他头脑简单,遇事没有胡二机敏、灵活,只会干现成的。所以,胡来顺不在的时候,家里主事的就是胡二。

"阿保，你说说，你们到底干了什么蠢事，怎么会让衙门抓进去？"胡二对蹲在地上的一个胖胖的小个子说。

"二哥，是这样。"阿保站起来，往胡二跟前走了几步，"那天，我们在衙门前碰到一个小子，看样子像是乡下人。我们想把他弄回来。前几天胡爷不是正为弄不够人发愁吗？可我们刚一上手，那小子就叫起来。还没走几步，围上来一伙看热闹的。也他妈的真不凑巧，正在这时，知府刚好回衙门，后边还跟着一伙兵丁。就这样，把我们抓进去了。"

"那乡下小子呢？"胡大问。

"知府问了几句，就把他放了。"阿保说。

"真是一群废物，成事不足败事有余。"胡二狠狠瞪了阿保一眼，"你们的脑袋都长到脚后跟上去了，心眼让狗吃了。不看时辰，也不看地点，光天化日之下竟敢到衙门前抢人。是觉得大牢里边舒服，还是活腻歪了，想找死啊。你们知道不知道，就是官府不追究，老百姓也会把你们打成肉饼的啊！"

"二哥，都怪我们，没把事情办好，还让你破了财。"阿保放低了声音，脸上还露出一副愧疚的神色。

胡二没有理阿保，继续说："给你们讲了多少次，诓死人不偿命。不管是来硬的还是软的，都要分清时机、地点，有时候还要掌握分寸，你们就是不听，就是满不在乎。你们看看胡爷，干了几十年了，失过手没有？"

"我们怎么能跟胡爷比呀。胡爷经得多、见得广，吃的盐比我们吃的米还多，我们连给胡爷提鞋都跟不上趟。"阿保说，"二哥，你不要说了，我们保证以后干得利利索索。"

"老二，算了吧，人放回来就是好事。"胡大在旁边劝了一句，接着又教训几个垂头丧气的手下人："往后大伙儿都长点心眼，该用手的时候就用手，不该用手的就用嘴。我们都是吃这碗饭的，不要自己把自己的碗砸了。"

胡大的话使气氛缓和了一些，胡二却仍感到火气难平。此刻，这股火气倒不是因为手下人，而是他想起了钱。罗杰尔这条老狐狸，如果好好和郭松谈谈，钱完全可以不用出，但这个鬼佬偏要充大头地一口答应了。说起来轻巧，反正不用他掏腰包。奶奶地，自己花钱给罗杰尔在官府里买了个人情。

"老二,别的不说了。给弟兄们安排一下,大伙儿好及早动手。"胡大说。

面前的几个人已恢复了一些活气,胡二也觉得不宜再多说气话。他平静了一下自己的情绪,说道:"刚才的事就算过去了,今后谁也不准再提。现在就你们八个人,分成两拨。"他用手一指,"阿保,你们四个一拨,跟着我。许有根,你们四个跟着老大,至于怎么干,回头再说。"

胡二说完,胡大叫起几个人准备出门,胡二叮咛了一句:"今天弄到的人,不要在广州过夜,要连夜送到澳门去。"

胡大"嗯"了一声,带着四个人走了。

剩下的人围着胡二坐下来,催促他赶快安排。

胡二扫视了一下面前的人,说:"今天我们不到远处,目标就是给药铺刘掌柜盖房的那些人。听说他们是从北边山里来的,没有见过什么世面,这事就好办了。你们明白了我的意思没有?"

"明白。"阿保说,别人跟着点了点头。

"明白就行,天黑以前准备好一辆车,要带篷子的,最少能装七八个人。马就不用找了,把我的这匹和老大的那匹套上。记住,还有袋子,别忘了拿上。"说到这里,胡二停了一下,"关键是下一步,吃饭的时候,无论如何得把那伙人弄到酒店里去。阿保,你有没有办法?"

阿保叫刘保,这时刘保想了想,说:"这事好办,二哥,你放心吧。"

"好,这事就交给你了,我在船上等你们。"胡二说着给了刘保五块大洋,"一定要办好,要是弄砸了,回来我饶不了你。"

回去准备了一番,天刚黑的时候,刘保他们一副乡下人穿戴,背着铺盖卷,到了刘掌柜盖房的工地。

工地上堆满砖瓦、石灰、木料,干活的人正要收工。刘保拦住一个刚从墙上下来的人问:"老哥,我们想在这里找点活干,行不行?"

那人边搓手上的泥灰,边打量着刘保说:"这事我管不了,你得问掌柜的。"

"刘掌柜不在,下乡收药材去了。"旁边一个小伙子说。

"那就得问我们头儿了,不知道他能不能做得了主。"那个人指着站在不远处的一个穿着整洁,大约有五十岁的高个子,"就是他,你问问去。"说完,又喊了一声:"头儿,有人找你。"

刘保走到头跟前,看样子,他像是领着这伙人干活的。

"什么事?"头儿问刘保。

刘保把要求干活的事说了一遍,又解释说:"是这样,师傅。城北也有一家盖房子的,我们已经说好了在那里干,可是得等天晴了才能动工。所以想在这里先干两天。就两天。"他伸出两个指头比画了一下,同时,脸上露出一副讨好的笑意。

"我们这里的人手够用了,你们到别处去看看吧。"头儿不想要人,毫无表情地说完,转身就要走。

"师傅,你听我说。"刘保急忙拦住头,用央求的口气说,"我们在你这里干活,不要工钱,只管饭就行。"

听到对方的话,头儿有些动心,停住了刚迈出的步子。他们盖房子是包工,工钱是固定的,每人一份,但饭归房主人管。工钱有数,吃饭无底。现在有人愿意给自己干活,吃主人家的饭,倒是好事。他看看刘保胖胖的身材,像是干活的料,其他三个也都是年轻力壮。想了想,问:"你们是哪儿的?"

"东北边,增城的。"刘保说,"家里没有收成,活不下去了,出来混碗饭吃。我们这会儿也是只顾自己,连妻儿老小也管不了了。"他的声音一下子变得低沉起来,说完,还吸了吸鼻子。

"都一样,这年头,家家都一样。"头儿的口气里有了一些同情的味道,他停了一下,对刘保说:"你们留下吧。那边要是开不了工,多干几天也行。"

"师傅,谢谢你了。"刘保鞠躬似的点了点头,接着,转过身对跟着自己的三个人说:"都过来见见师傅。"

"不用了,过两天自然就熟了。"头儿说完,招呼正在干活的人:"大伙儿洗手吧,歇一歇就准备吃饭。"

刘保暗暗数了数,工地上有近二十个人,二十来岁的有十多个。

"师傅。"刘保对头儿说道,"初次见面,又素不相识,你就把我们留下了。刚才我们几个商量了一下,想请你们喝酒,算是见面礼。也借机和大伙儿认识认识，明天干起活来方便些。请师傅赏脸。"刘保的态度十分恳切。

头儿眼睛亮了一下，毫不客气地说："行。"但很快又露出为难的神色，"要是都走了，掌柜家做的饭谁吃，剩下也不好看。"他想了想，"这样吧，少去几个人。你们是干小工的，就叫上几个年轻后生一块去。"

这正合刘保的心意。他压抑住心中的高兴，说："师傅，时间不早了，现在就走吧。我谁也不认识，人还得你老来定。"

头儿叫了八个年轻人，大概都是平时干活勤快的。只听他说了一句："谁好好干就给谁酒喝。"

刘保领着人转了半条街，最后走进一家离建房工地很远，又在一条小巷里的酒店。坐下之后，头儿想起一件事："你看我这脑子，该把住处给你们安排好嘛，还让你们背着行李出来啦。"

"不要紧不要紧，这东西轻飘飘的，喝完酒再背回去。"刘保说完，又问头儿："师傅，你老人家爱吃什么？"

"大伙儿都不富裕，随便吃点就行。"头儿说。其他人也跟着说："随便，随便。"

"那好，就听师傅的。"刘保说完，叫过来店伙计吩咐道："先上几样凉菜，等酒喝得差不多了，再要热的。"接着，他又叫自己手下一个瞎了一只眼的，"瞎眼，跟我上里边看看，有什么好酒，取两坛来。"

"哪能喝那么多。"头儿说，"一坛就够了，不敢多破费！"

"不够不够，十多个人还不喝两坛酒。"刘保说。

不一会儿，刘保和瞎眼一人抱出一坛酒。刘保刚要给头儿倒，一看酒杯，说："这杯子太小，哪能喝出味道。伙计，拿几个大杯来。"

店伙计换掉桌上的小杯，盖房的人一看，都说杯子太大。其中一个长着两颗虎牙的小伙子嚷嚷道："这杯子，喝两下就该躺倒了。"

"喝就要喝个痛快，躺倒不要紧，正好美美地睡一晚上，明天干活更有精神。"刘保笑着说。

几个人不吭声了，刘保从自己抱来的坛子里给头儿倒了一杯，满脸真诚地说："师傅，你心肠好，非亲非故的，在我们有难处的时候帮了我们。我先敬你一杯。"

"不客气。"头儿端起杯子一饮而尽。

刘保又转向那八个人:"各位兄弟,初次见面,这杯算是见面酒。"他给每人倒了满满一杯,又让瞎眼从他抱的那个坛里给自己的人倒上。

满座的人同时端起酒杯,虎牙对刘保说:"兄弟,刚见面,我们就沾你的光了,真不好意思。"说完,把杯子在刘保面前举了一下,一仰脖子喝了下去。接着,又把杯子倒过来,底朝天让刘保看了看。

其他人也做了同样的动作。

"好样的。"刘保拍了拍虎牙的肩膀,"怎么称呼你?"

"韩山河。"虎牙说。

"人豪爽,名字也响亮。"刘保说,"吃菜吃菜,大家吃菜。"

"小老弟,我还没有问你的大号。叫什么名字?"头儿夹起一筷子菜,刚送到嘴边,又停下来问刘保。

"庄户人哪有什么大号,往后,你叫我阿狗就行了。"刘保说着,又给几个人倒满酒,"师傅,各位兄弟,明天我们就要在一个锅里吃饭了,干活当中有差错和不对的地方,还请多多指点。来,再干了这杯。"

谁也没有犹豫,端起杯子喝了个精光。

放下杯子,又说笑了几句,刘保问头:"师傅,你要什么热菜?"

"要、要一、要一盘——"头儿忽然觉得自己的舌头僵硬、麻木起来,脑袋也变得昏昏沉沉。他努力想把话说完,舌头却怎么也不听使唤。他抬起头,无神的目光直直地看了刘保一眼,终于支撑不住地一下子趴在桌子上。

"师傅的酒量也太小了,才喝了这么一点就醉了。"刘保笑了笑,回头一看,那八个人也齐刷刷地变得人事不省了。

刘保得意地朝瞎眼他们瞥了一眼,这时,店伙计过来问要不要上热菜。

"人都醉成这个样子了,还要什么菜。结账。"刘保说完,吩咐瞎眼:"把他们抬上车,送回去。"

结完账,刘保走出店门,八个年轻人已被抬上遮得严严实实的马车。瞎眼问:"还要不要那个头儿?"

刘保想了想,说:"算啦,年纪太大,出去也干不了什么。再说,人家也算帮过咱一回,放他一马。"

"用不用装袋子?"瞎眼又问。

"装上装上,万一醒过来怎么办。"刘保说。

瞎眼取出准备好的袋子,把八个昏睡不醒的人分别装了进去。

马车一溜烟朝珠江边奔去。坐在车里,瞎眼谈起刚才的情景,佩服地说:"刘哥,还真有你的,我在跟前都没有看见你是怎么放进去的。"

"放进去啥?"旁边的同伙问。

"蒙汗药。"瞎眼轻蔑地用一只眼斜了一下问话者,"听这话,就知道你小子没见过世面。刘哥真神,在我眼皮子底下就把药放到坛子里去了。"

"那咱们怎么没醉?"同伙问。

"真他妈的傻蛋。"瞎眼说完,和其他人呵呵笑了起来。

不一会儿,马车到了珠江边。胡二早已等得不耐烦了,一见刘保就抱怨:"怎么搞的,用了这么长时间。"

"这还慢呀,二哥,我们饭都没吃成。你问他们,别看是乡下人,不上钩,让我们费了不少事。"刘保说。

"弄来几个?"胡二问。

"八个。"刘保说着,用手比画了一下,"个个都是年轻力壮的。还有一个五十多岁的,我们嫌年纪大,没有带。"

"你怎么越来越不会办事了。"胡二不满意地说,"害怕钱多了咬手是不是?五十多岁大什么,又不是给咱们干活,带过来就是钱。"说着,掀开车篷布朝里看了看,"抬到船上去。"

布袋里如同死了一般的人被抬到了船上,胡二叫刘保和瞎眼跟着自己上了船,让别的人把马车送回去。"走吧。"他对刘保说。

这艘看上去很普通的船,在波光粼粼的江面上顺流而下。向着出海口,向着澳门方向急驶而去了……

八

澳门的这个巴腊坑不是华怡洋行地下室那样的小房间,也不是临时搭建的寮棚或围栏。这里原先是堆放货物的仓库,很大,能容纳一千多人。由于苦力贸易和"猪仔"贸易的繁荣,也由于澳门是唯一可以让这些人光明正大出海的地方,所以,被拐贩来的人便大批地集中到了这个弹丸之地。这一来,使得澳门原先大大小小的巴腊坑人满为患,很不够用。当局便把这个废旧的仓库改作巴腊坑,拐子手往里边存放一个人,要向当局交纳两澳元钱的租金。

胡二的船在天亮之前赶到了澳门,这时,布袋里的人已经完全醒了。他们拼命挣扎,闷声闷气地叫喊、谩骂,但不起任何作用。上岸之后,胡二雇了一辆车,很快把他们送进了巴腊坑。

以往,在这个巴腊坑里关的人,每一批当中都要被分别运到不同的地方。为了上船的时候容易区别,人贩子要在每个人的胸前或耳朵后边打上不同的外国字母的烙印。如 C 代表古巴,P 代表秘鲁,S 代表夏威夷,等等。这一次,因为全部都是运往秘鲁的,便省去了这一道程序。胡二以前也多次干过打烙印的活儿,但那并不是他们分内应该做的。按照这一行的规矩,把人送进巴腊坑,就等于把货物交给了买主或买主的代理人。

交了人,胡二从看门的葡萄牙人手里接过一张收条,上面写着:今收到胡二先生送来的苦力八名,1864 年 9 月 22 日,西斯科。

他把收条装进口袋里,便和刘保、瞎眼离开了巴腊坑。

此次来澳门的事情全都结束,剩下的就是回广州后向罗杰尔要钱了。

吃过饭,三个人在街上闲逛了一会儿。澳门的街道铺的是光溜溜的鹅卵石,往远处望去,有点像巡抚衙门大门上那一排排的铁钉盖。看上去圆滚滚的一片,但踩在脚底下却很舒服。

"阿保,"胡二想起一件事,"你们最近就不要回去了。这一段时间,官府对咱们盯得很紧。你们在澳门住几天,正好广州那边也没什么事了。"

刘保一听,便明白了胡二的意思。自从沿海一带开埠通商以来,虽说准许老百姓出国做工,但那指的是自愿,而且要经官府同意。强迫拐骗是违禁行为,朝廷有严厉的惩办刑律,一旦官府认真追究,就是死罪。所以,平常没活儿干的时候,他们这类人有许多都住在澳门。这里是外国人说了算,朝廷根本管不着。

"好吧,我也有一段时间没回家了,正好回去看看。"刘保点点头。他家在澳门西南边的一个小村里,三年前跑到澳门混饭吃时结识了胡二。

"你们都走了,我一个人在这儿干什么。"瞎眼说,"要不,阿保,我也跟你到乡下跑一趟。"

刘保想了想,说:"行,就带着你小子。"

三个人又约定好什么时候在广州见面,刚要分手,一辆两轮马车在他们身旁停住了,车上的人叫了声:"胡二——"

胡二扭头一看,是罗杰尔。"罗杰尔先生,我正要回广州找你呢。"他说。

"找我?是不是又有人被抓走了?"罗杰尔说着下了车。

"你说到哪儿去了,我可不想再出一次冤枉钱。"胡二走到罗杰尔跟前,从兜里取出葡萄牙人写的收条:"这个给你。"

罗杰尔接过来仔细看了一眼,明白了胡二的意思。"你先拿着,等你父亲回来我们一块结算,怎么样?"他说。

"也行吧。"胡二说,"那我们就走了。"

"等等,胡二先生,还有一件事。"罗杰尔拦住胡二,"你知道,每一个到海外的苦力,都应该是出于他们自己的意愿。可现在,许多人还没有这种想法。我想,你能帮助他们建立起这个愿望。"

"罗杰尔先生,你应该清楚,按照惯例,这不是我们干的事。"胡二说。

"我当然明白。"罗杰尔说,"不过,对于这件事,我会另外付给你报酬的。"

"好吧。"听说要付给报酬,胡二想都没想就答应了。

罗杰尔脸上露出满意的笑容。今天到澳门,他是专程找加尔维斯的。巴腊坑里的活,原计划在这里找人干,没想到遇上了胡二。于是,他临时决定让胡二把这件事给办了。这样,比在澳门要少花许多费用。

同加尔维斯约定的时间快要到了,罗杰尔刚准备上车,又觉得该向胡二表示点什么,以便使他办事时能尽心尽力。

"胡二先生,那八个人的钱,不必等你父亲回来了,现在就付给你。按照我们的协议,每个人二十块钱,八个人是一百六十块。来,给你。"

胡二接过钱,把收条给了罗杰尔。

罗杰尔把收条撕成碎块,放在手上轻轻一吹,纸片像凋谢了的紫荆花一样散落在大街上。然后,他匆匆赶往加尔维斯的住处。

加尔维斯住在秘鲁领事馆里。从秘鲁到中国,漫长的太平洋航行使他感到非常单调和乏味。到澳门以后,他想轻松几天,便把船上的事务全部交给大副布恩迪亚,自己住进了领事馆。

罗杰尔进去的时候,加尔维斯正在客厅里同领事蒂松聊天。

"你好,我亲爱的朋友,我已经等候你多时了。"看见罗杰尔走进屋子,加尔维斯站起来热情地说。

"对不起,我在路上处理了一件有关苦力的事务,耽误了时间。请你原谅,加尔维斯先生。"

"没关系,没关系。"加尔维斯说着,准备给罗杰尔和蒂松互相做介绍,只见罗杰尔走到蒂松面前说:"你好,领事阁下。"

"你好,罗杰尔先生。我们好久没有见面了,欢迎你的到来。"蒂松站起来,伸手做了一个请坐的姿势。他身材高大,皮肤黝黑,嘴上留两撇小胡子,同因为瘸腿而矮了许多的罗杰尔形成鲜明的对比。

"看样子,你们很熟悉。"加尔维斯说。

"领事阁下是移民签证的办理人,没有他的批准,我同贵国的生意就一件也做不成,你想想,我们能不熟悉吗?"罗杰尔说。

加尔维斯"唔"了一声。

坐下之后,罗杰尔端起侍者送来的咖啡喝了一口,他先向蒂松点了点头,然后对加尔维斯说:"我此次来,是想对苦力的价格进行重新商定。加尔维斯先生,我想,这个话题,你也一定很感兴趣。"

"是的,朋友。我确实很感兴趣。"加尔维斯说,"不过,难道你认为,卡内瓦罗公司付给你的钱还少吗?"

罗杰尔没有正面回答对方的问题："加尔维斯先生,也许你不知道,在澳门,现在的行情,每个苦力的价格是三十块大洋。"

对于苦力的价格,加尔维斯心里很清楚。每个人二十块大洋,是卡内瓦罗公司的另一艘承运船"海盗"号船长上一次来中国时同罗杰尔商定的。这次,公司规定最高不能超过三十块,他当然不会轻易按这个数给对方。

"罗杰尔先生,你说得很正确。"加尔维斯说,"但按照实际情况,在这个落后的国家里,买一名贫困的中国苦力,二十块大洋是富富有余的。"

"那是以前的事了,加尔维斯先生。"罗杰尔显得有些急躁起来,"现在的货源非常紧张,在广州附近,很难找到合适的人。我们要到外地,要去那些路途遥远的偏僻村庄。这样,每招募一个苦力,都要花比以前多几倍的费用。"

"那么,你要的数目是多少?"加尔维斯问。

"三十块。"罗杰尔很干脆地说。

"这不可能,罗杰尔先生。"加尔维斯的话也很果断。

"既然如此,加尔维斯先生。"罗杰尔耸耸肩,摊开两手,"对你所需要的苦力,我无法保证按期如数提供,'科拉'号也可能要推迟启航的时间。"

加尔维斯的脸色不像刚才那样平静了,他用手指轻轻敲着桌面。过了一会儿,又把目光转向一直没有开口的蒂松。

蒂松看出了加尔维斯的意思,他是想让自己说话,在中间做调解,以缓和快要形成的僵局。也真难为他了。第一次来中国,如果和罗杰尔达不成协议,短短几天,再到哪里去找代理人呢。

作为领事,蒂松希望秘鲁商人的每一次苦力贸易都能够成功。这不仅是出于对国家的责任感,更重要的是,他掌握着批准苦力进口的权力。每批准一个人,苦力贩运公司付给他一块大洋的报酬,这样下来,收入显然要比他的薪水高出许多。

蒂松看了看面前都沉着脸的两个人,知道到了自己起作用的时候了。他把椅子向前移了一下,说:"两位先生,你们不能达成谅解的根本原因,是没有认识到你们有着共同的利益。失掉对方就是失掉了自己,在生意行里,这是一个众所共知的道理。你们为什么不能互相做一点让步呢?"说着,他站起来,走到自己的同胞面前:"加尔维斯先生,谁都知道,贩运苦力有着惊人的利润。卡内瓦罗公司不应该计较一笔小小的收入,不应该因小失大。他们把金钱放进保险柜的时候,也应该想到,让他们在中国的代理人享受数钞票的喜悦。对不对?"

加尔维斯点了点头:"完全正确,领事先生。"

"罗杰尔先生,"蒂松又走到英国人面前,"我有一个问题,假如有一袋面包和一袋种子,你会选择其中的哪一个呢?"不等罗杰尔回答,他接着说:"我想,你要的一定是种子喽,这是聪明人的唯一选择。因为它能带来更长久的利益。罗杰尔先生,不知道你的见解是否和我一样?"

"领事先生,在这个问题上,我们之间不存在分歧。"罗杰尔说。

"那么,我可以告诉你,罗杰尔先生。由于美国的南北战争,那里的农产品极度缺乏,大多数都要依赖进口。在这种情况下,秘鲁的棉花价格正在直线上升。那些种植园主们正等着有更多的苦力,以增加棉花的产量。所以,你和加尔维斯先生的交易绝不会仅仅是一次。"蒂松说。

"当然,领事阁下,长期贸易是我的愿望。"罗杰尔说。他不想告诉蒂松自己只准备再干最后一次的打算。

"好啦,先生们,你们的分歧不存在了。"蒂松说,"作为中间人,我提议确定一个中间数,每个苦力的价格为二十五块大洋,怎么样?"

两个人各自算了算账,表示同意。

"那么,就这样定了。"蒂松说。

客厅里恢复了平和友好的气氛,三个人海阔天空地聊了起来。从苦力贸易、清朝政府的无能和腐败到大英帝国的强盛和繁荣;从秘鲁独立到需要开垦的大片荒地和需要繁荣的大片庄园,以及黑奴贩运、海上生意等等无一不包,谈得兴致勃勃。

"加尔维斯先生,我想问你一个问题。"罗杰尔说,"在苦力贸易中,你们为什么不要中国女人呢?"

"哈哈。"加尔维斯笑了起来,"你的问题很有意思,罗杰尔先生。不过,作为长期从事人口贸易的老手,这个问题太幼稚了。其实,不用我说,道理也很明白。苦力的职责就是劳动,劳动能够忘掉一切,女人对他们有什么用呢?假如你在鸟粪场上劳动一天,你一定会有切身的体会。"

"你很会说话,加尔维斯先生。"罗杰尔笑了笑,"我不了解鸟粪场的事情,不过,提到这一点,我不能不告诉你。有些中国人听到过苦力在秘鲁的情况,他们不愿意到地狱般的鸟粪场去做工。"

"什么?"加尔维斯顿时露出一副诧异的神色,"罗杰尔先生,难道你认为,苦力也有选择职业的自由吗?"

"真是荒唐的想法。"蒂松说,"不去鸟粪场做工,他们想干什么,总不会想去当秘鲁国的部长或总统吧?"

"当然不会。"罗杰尔戏谑地笑过说,"不过,我要提醒二位,如果他们的想法像瘟疫般蔓延开来,其他的苦力就会打消出国的念头。"

"你认为应该怎么办?"加尔维斯问。

"最好在契约中加以说明。中国人很看重契约,他们认为,写在纸上的东西就是信誉的保证。"在中国住了多年的罗杰尔很是了解中国老百姓的处世哲学了,他很道行地这样说。

加尔维斯想了想,问蒂松:"领事先生,你的意思呢?"

"罗杰尔先生很了解中国人,他的提议完全正确。"蒂松说。

"好吧,那就这样办。"加尔维斯说。

又聊了几句,罗杰尔起身向两个人告辞。他要赶回广州,一是等待胡来顺的消息,二是还要安排人把地下室里的苦力运到澳门去。

九

吃过早饭,小三子要到父母的坟上去。玉财娘临时给他准备了一些供品,陈全让儿子陪着小三子一块去看看。

村外的一切仍然是那样熟悉。只不过,由于水灾,现实比小三子记忆中的景象荒凉和颓败了许多。

可能在广州那样的大地方待了四五年的缘故吧,见识得多了,这时候眼中的故乡显得卑琐了许多,破败的房屋和荒凉的田野让小三子的心里一时不知是什么滋味儿……

他想起了小时候和伙伴们在这片土地上玩耍的情景。那时候,虽然也很穷,但他们少不更事,没有忧虑。对于大人们的唉声叹气,只是偶尔用不解的目光望上一眼。

日子过得真快呀!他看了看旁边的陈玉财,当年的伙伴们都已长大成人了。

"可惜,这次回来,没能见着海平。"小三子说。儿时最要好的朋友中缺了一个,让他感到遗憾。

"海平走的时候,说过几天就回来,可能是那边活儿太忙吧。"陈玉财说,"反正他一个人,无牵无挂,走多久也没人管"。

"阿福大伯呢?"小三子问。

"死了,前年死的。"陈玉财说。

回来之后,只顾忙着和胡来顺招工了,对离开村子这几年中的事情,特别是对洪海平的情况,小三子也没有多问。洪海平原来不是石桥村的人,他是被孤身一个人的阿福大伯从集上领回来的。那时他七八岁,同小三子后来的经历一样,到处讨吃要饭。他不知道自己的父母,不知道家在何处,只记得是从一个人贩子手里逃出来的。领回来之后,阿福大伯就收养了他。没想到,阿福大伯早早就死了。

小三子沉默了一会儿,转了话题,同陈玉财回忆起儿童时代的事情。走着说着,很快到了父母的坟地。

坟墓在一个土崖的下边,土崖是一个凹字形。除了一条窄窄的小道外,其他地方毫无出路。这一片风水确实不好。可是,他家地无一垄,又没钱买坟地,风水不好又能怎么样,只能将父母埋在这块巴掌大的荒地上。

小三子想,等将来有了钱,一定要将父母的坟迁到一块风水好的地方。

好几年没有来过这里,雨淋水冲使坟堆几乎和地面一样平了。加上遍野的荒草,小三子一时竟没有找见坟头。他心中涌起一股悲凉,挤了挤有些发涩的眼睛,仔细辨认了一会儿,才搞清地方。

"阿财，你替我往坟上添些土。"小三子对陈玉财说着，自己在坟前摆上供品，又点着香插在地上。这一切做完了，他从陈玉财手中接过铁锹，把坟头垒成一个大大的圆包。然后，跪下来点着纸，陈玉财也跟着跪到他旁边。

小三子很想对父母说几句话，一时却又不知道该从哪里说起。他连着重重地磕了三个头，站起来对着坟头默默望了一会儿，才用低低的声音一字一句地说："阿爸，阿妈——，儿子下次回来，一定要风风光光地重新安葬你二老。"说完，他扛起铁锹，对陈玉财喊了一声"走"，便头也不回地离开了坟地。

路上，小三子一句话也不说，只顾低着头往前走，显得很沉闷。

看见他的样子，陈玉财问道："小三子，你是不是有什么心思？"

"阿财，像我们这些人，父母死了都没有一块像样的地方安身。你说，不混出个人样能行吗？"小三子表情很严肃。

陈玉财点点头，没有吭声。他和小三子虽然是好朋友，但因家境不同，并且父母也健在，所以，他没有这方面的切身感受。

"小三子，你不是说外国能挣大钱吗？你怎么不去？"陈玉财问。

听到陈玉财的问话，小三子一时语塞了。虽然经常跟着胡来顺招工，但对于自己去做工这件事，他却从来没认真想过。外国的情形，他的确一点都不知道，也没有见过出洋做工回来的人。招工时说的那些，一是围着胡来顺的话转，二是他自己的想象。也许，外国真的好挣钱。不然，怎么洋人都那么阔气呢？

小三子想混出个名堂，但不知道自己究竟会走到哪一步。他原先的想法是跟着胡来顺干一些时间，等有了钱之后再干别的。不过，那是以后的事了。现在，陈玉财这么一说，他还真有些动心。其实，在石桥村住下来后，他就隐隐约约产生了这种出国外闯一闯的心思，只是没有和胡来顺坐下来好好谈过，真想去的话，还得征求他们的意见呢。

"走吧，小三子，我们一起到外国去。"陈玉财说。

小三子想了想，说："我回去跟胡爷商量一下。"

不一会儿，回到家里，有一个人和陈全在屋里坐着。陈玉财一看，回头喊道："小三子，你看这是谁。"

小三子放下铁锨,走进屋,陈全对面的人站了起来。

"海平!"小三子惊喜地叫了一声。

对方也同样惊喜地叫了声:"小三子!"

"刚才我还和阿财说起你,这次回来恐怕见不着了,没想到你突然回来了。"小三子拉着洪海平的手,仔细打量着四年不见的朋友。

陈全想让年轻人在一起多聊一会儿,便出去了。

洪海平长得很高,足足比小三子高出一个头来。脸上白白净净,高高的鼻梁,黑亮的眼睛里透出一团和善。小三子记得,小时候,他的性格就像他的面容,和人交往从不争强好胜,对谁都很友好。

"海平,除了个子,别的你倒没多大变化。"小三子说。

"你可是变了不少。"洪海平笑着说,"是不是省城里日子好过的原因?"

"好啥。不过比村里强一些。"小三子说,"你到外边干什么活儿?"

"也没啥可干的,给别人烧木炭,挣不了几个钱,只能混碗饭吃。"

"海平,小三子这次回来就是招工的。"陈玉财说。

"刚才我听你阿爸说了,还同胡老板谈了一会儿。"洪海平说。

"你去不去?"陈玉财问。

"去,胡老板已经给我登记了。反正就我自己,走到哪里都一样。"洪海平停了一下,"不过,我打算带一个人。"

"干活儿认识的?"陈玉财问。

洪海平点点头,有些不大好意思地说:"一个女的,叫吕秋雁,今年十八岁。不瞒你们,我要娶她。"

"胡爷同意了没有?"小三子问,"他可是不想要女人。"

"答应了。"洪海平说,"说起来,秋雁也挺苦的。母亲死得早,父亲给她找了个后妈。后妈一开始就待她不好,自己生了个儿子后,更不好了。就是没有招工这档事,我俩还商量着要到别处去呢。"

"行,有你的。连媳妇也混上了。"小三子说。

"哎,成了亲才能算数呢。你这几年咋样?"

"就那么回事,跟着胡老板落个肚子圆。别的都不行。"

"小三子，我看，咱们一块出去做工吧。"洪海平说，"到了外国，人生地不熟。人多了，有什么事我们也好互相照应。"

陈玉财听了，说："刚才我还和他谈起这件事，要是咱们三个能一起去就好了。小三子，走吧。"

"走就走。"小三子很干脆地说，"不过，我还是得跟胡爷商量一下。"

"你自己的事，怎么还跟别人商量？"洪海平不明白地问。

"不管怎样，我总算跟他老人家干了一场。况且，当初也是胡爷收留了我，还是听听他的意见。"小三子说。

"对，做人总得有情义。"洪海平说，"你们先商量，过一会儿我就去叫秋雁。明天一大早赶回来。"

"胡老板对你说啥时候走？"小三子问。

"明天。"

三个人又东拉西扯地说了一会儿各自的见闻，便分开了。

回到屋里，小三子对胡来顺讲了讲去坟上的情况后，便说起自己也想出去做工。

"什么？"胡来顺以为自己听错了，眼睛突然瞪了一下。小三子又用肯定的语气说了一遍，他才相信这是真的。

说实话，胡来顺并不同意小三子的决定。这不仅是因为相处了几年，毕竟有了一些感情。更主要的是，对做工的人到了国外的情况，他了解得一清二楚。他不愿意让小三子遭那份罪，说不定还得抛尸异乡。但是，这些，他不能对小三子讲白了，否则，石桥村的几十号人就带不走了。再说，在人头生意这一行里边，有些话不能讲出口，有些事也不能说白了，只能自己去观察，去揣摩。凭小三子的机灵劲，跟自己干上一年半载，他会什么都知道得清清楚楚，可能还会成为行里的好手。可现在，这孩子居然等不及了。

胡来顺低头沉默了好一会儿，才把目光转向小三子："小三子，这件事，你可得想好啊，后悔药是买不到的。"他的声音和目光都同平常有些不一样。

小三子也感觉到了胡来顺神态的变化，他认为这是胡爷不想让自己走的原因。刹那间，他的心里涌起一股留恋之情，甚至还产生了一些犹豫。不过，一想到少年时的朋友,能和他们一起去闯世界,犹豫很快就消失了。

"胡爷,你老对我的恩德,我一辈子都不会忘记。等我挣了钱回来,一定好好报答你老人家。"这时的小三子有些动情。

"那是以后的事了。以后,谁会碰到什么事,会走到哪一步,现在还说不定呢。也许,等不到你回来,我就离开人世了。不过,你有这份心意,也不枉我收留了你一场。"胡来顺声音沉沉地说,"小三子,有些事情办不好,是要后悔一辈子的。你要走,我也不能强留。现在离启程还有几天,你再仔细想一想。到时候要是改变了主意,就留下来继续跟我干。"

不管胡来顺怎样婉转地劝说,小三子还是铁了心。自己原先就是要饭的,从石桥村要到了广州,大不了再从中国要到外国去。

十

就在胡二派刘保到盖房工地的同一时间里,胡大带着许有根几个人,乘船在珠江上游荡。

雨后初晴,顺珠江而下,一直到江口外都是风平浪静。胡大他们转了一圈,没有发现理想的目标。所遇见的船,不是太大,无法靠近下手。就是太小,只有一个老头子划着,在寻找鱼虾什么的,不值得下手。

太阳快沉到西边的海岸边去了,胡大还是一无所获。真他妈的不走运。说不定老二已经把人弄到手了,自己还在这里瞎转悠。按理说,下了这么多天雨,平常那些运货的船应该趁着晴天出来了。可今天不知是怎么回事,一条也他妈的没有。胡大最希望的,就是出现那一类的船。船不太大,容易靠近,也容易上去。上边人不多,容易下手,也容易得手。刚出来的时候,胡大还信心十足,蛮有把握,觉得很快就能弄回去几个。可现在看样子,好像是没什么指望了。

胡大立在船头,朝远处又望了一遍,还是什么也没有。只有那种风平浪静下的流水声熟悉地置入他的耳中。这会儿,再朝远处看一眼,甚至连一条船也不见了。再在这里转下去,也是空耗时辰。他对许有根说:"阿根,还是回去吧。

水上看来不行了,到岸上去转转。"

许有根长得清瘦,个子细高细高,被人叫作麻秆阿根。听到胡大的话,他说了句:"大哥,早就该换地方了。"便吩咐掉转船头。

逆流而上,船慢了许多。胡大一看这情形,急了。他眉头紧皱,对划船的大声说道:"你们能不能使点劲?照这样子,回去就是瞪破了眼睛,也他妈的什么都看不见了。还到哪里去找人?"

"大家都加把劲,别的人也过来帮一把。"许有根跟着说,"事情早办完早交差。不然,今天晚上谁也别想睡觉。"

船的速度稍微快了一些。

出师不利,胡大心里很烦躁。他望着江面,想着到哪里去弄人。雨后的江水,除了岸边有些地方还算清亮外,整条江都比以前浑浊了许多。虽然无风无浪,水中仍时不时地卷起一个个漩涡。一团又一团沾着白沫的枯枝烂草顺流而下,在船头的碰撞中贴着船边打个转,又很快漂走了。

"大哥,你看。"又向前行了一段,许有根向胡大喊了一句。

顺着许有根手指的方向,胡大看见靠近岸边的一湾浅水中有一只小船。

"划过去。"胡大说。

船迅速向那边靠近,快到跟前才看清,那条小船上有一个四十来岁的中年人和三个十五六岁的少年。小船在那片不大的水域中缓缓漂动。船上的人说说笑笑,显得很开心,也很悠闲。看样子,像是在水上消遣。

他妈的,天无绝人之路,正发愁呢,货倒来啦!胡大狠狠地想着。

胡大使了个眼色,划桨的人用足了劲。顿时,船向对面直冲过去。那几个人还没明白是怎么回事,只听"哐"的一声,顷刻间,小船被撞翻了。

落水者在水里拼命地挣扎,胡大得意地看着面前的猎物,等他们的力气耗得差不多了,才让人把四个人拉到自己的船上。

年纪大的看上去身体很瘦弱,刚一上船,他顾不得抹一把脸上的水,便冲胡大说:"你们是干什么的,这不是成心害人吗?"

"老子就是成心害你,怎么着。"胡大眉毛一横,吼了一句。又转过脸告诉许有根:"先捆起来。"

许有根一伙人有的拿着绳子,有的拿着口袋,全是一副凶神恶煞的样子。几个孩子看着眼前的情景,其中一个小一点的吓得哭了起来。

"哭什么,再哭把你们扔到江里。"许有根一边捆绳子一边恶狠狠地骂。

"你们要干什么,凭什么捆人?"年纪大的见绳子已经搭到自己后背上,使劲反抗了几下,但不起任何作用。"我是王举人家的先生。"他大声说,"他们是我的学生。这里边有王举人的儿子,他知道了不会放过你们。"

王举人是河南地的大户人家,也算是一方名绅,且与知府有交往。教书先生抬出他,想使自己和弟子免遭厄运。

胡大却不吃这一套,他满脸露出轻蔑的神色:"别用王举人吓唬老子,老子谁也不怕,皇上来了老子也不怕。"

许有根打好教书先生身上的绳子结,说:"既然知书达理,就最好老实点。这样,你和这些孩子也少受点苦。"

"你们到底要干什么?"教书先生问。

"干什么?"胡大拉过一条口袋坐在上面,"老子是明人不做暗事。实话告诉你,要送你们去海外做工。"

"不去,我不去外国。"教书先生叫喊起来,"这些孩子更不能去,他们从小就没有离开过家。"

"这事是你说了算呢,还是我说了算?"胡大冷笑一声,歪着头问。

教书先生不吭声了。他明白,不管怎么努力,这场厄运是难逃过去了。

教书先生名叫辛怀礼,四十一岁,中过秀才,坐馆王举人家私塾授学。连着下了十几天雨,今天,看着天色不错,就把一直闷在家里的弟子们带出来开开心,不料却遇上了这档子事。拐子手的行径他听说过不少,看来,这伙人是不会放过自己,只好听天由命了。可是,这几个孩子,他得想办法把他们救回去。

太阳沉到了西山头的后边,江面上不时划过一阵凉风。辛怀礼觉得身上有些发冷,他想活动活动,但手脚都捆得很紧,根本站不起来。他转过脸看了看三个弟子,湿漉漉的衣服粘在他们身上,再加上被绳子捆着,几个人已缩成一团,正用求救的目光望着他。

"大哥,把人送到哪里?"许有根问胡大。

"先回去,吃点饭。"胡大说。

辛怀礼认定被称为大哥的是这伙人的头目。他把头转向胡大,一时间,不知道该怎么开口,想了想,还是先叫了一声:"兄弟。"

猎物到手,胡大的心情特别好,听见辛怀礼叫他,他甚至还对教书先生笑了一下:"这位先生,事还挺多。说吧。"

"兄弟,你看这样行不行?"辛怀礼说,"这几个孩子在家娇生惯养,年纪又小,出去也干不了什么活。你把他们放回去吧,我跟着你们走。"

"你的主意倒挺不错。"胡大撇了一下嘴角,很干脆地说,"不行。"

"他们都还是孩子。"辛怀礼喊了起来。

"孩子怎么啦!你从娘胎里出来就是大人?你不也是从孩子长大的?"胡大不耐烦了,说完,转身走到一边。

辛怀礼彻底无望了,他无可奈何地看着面前的学生。几个少不更事的少年哪里经过这种事情,他们听也没听说过。辛怀礼和胡大的对话使他们隐隐约约意识到再也回不去了,顿时,哭声和要回家的叫喊声响成一片。

对这种场面,胡大见得多了。他没有理睬辛怀礼,毫无表情地对许有根说:"阿根,把他们装到口袋里。"

无论几个孩子怎样拼命挣扎,还是被塞进了口袋。原先很响亮的哭喊声变成了沉闷的呜咽。

天色渐渐黑下来,船靠岸的时候,周围已变成模模糊糊的一片。许有根解开辛怀礼腿上的绳子叫他自己走,又让三个同伙扛起口袋里的人。

"先送到罗杰尔那里去。"胡大说。

"大哥,"许有根说,"到华怡洋行还有十来里路,我们又扛着人,是不是想法子找辆车,这样也快一点。"

"你是不是怕人不知道。"胡大在昏暗中瞪了许有根一眼,"先扛着,到了人少的地方再把他们放出来,让他们自己走。"

从珠江边到华怡商行,开始时的一段路,两旁住户多。再往前走,大约有五里长的地方没有人家。平时,到了晚上,更是行人稀少。上了这段路,胡大叫把扛着的人放下来歇一会儿。刚坐下，隐隐约约看见有两个人向这边走过来。

几乎没有思考，胡大脑子里便起了一个念头。他低声对许有根说了一句"看，送上来的货。"便扔下装人的口袋，让所有的人都藏到路边的树丛中。

过来的两个人，一个名叫郑永祥，三十八岁，是大夫。另一个叫崔诚信，三十岁，做小买卖的。郑永祥下午去城里买药，又看了两个病人，因而回家晚了。在路上，正好碰见同村的崔诚信。此刻，他们正急急忙忙往家里赶。

只顾赶路，不留神脚下。走着走着，崔诚信被什么东西绊了一下。低头一看，是三个口袋横放在路当中。他踢了踢，口袋里发出模糊的呻吟声。是人。他暗暗吃了一惊，来不及多想，赶忙叫住郑永祥，蹲下来想看个究竟。黑暗中，摸索着找到捆袋口的绳子，为防不测，又四下望了望，没发现周围有什么异常。他们刚要解开绳子，便听见身后有轻轻的脚步声。两人想站起来，但是，已经晚了。没等他们直起腰，头上就重重地挨了一棍子。连哼也没有哼一声，郑永祥和崔诚信软绵绵地倒在了地上，晕死过去了。紧接着，一根绳子捆到身上，嘴里也被塞了团破布。

尽管在黑暗中只能看出个大概情形，但这一切，还是让在不远处的辛怀礼惊呆了。以前，他也听说过拐子手劫人时打闷棍的事，但那毕竟是听说。现在，活生生的事实就出现在面前。这伙人的动作真是又快捷又利索。没有人说话，甚至连手势也不见一个，谁该做什么完全像是预先订好的。如果不是经常干这类事，配合绝不会如此默契。

"大哥，这两个人怎么办？"许有根问。

"把几个小孩放出来，让他们自己走。这两个，咱们轮流扛。"意外的收获，使胡大心里十分高兴。"你们已经扛了一会儿，也累了，这次我先扛一个。"

在口袋里闷到现在的孩子们总算畅畅快快地出了几口气。但是，眼前黑乎乎一片，既分不清东南西北，又不知身在何处的情景，使他们心中涌起一阵恐惧。王举人的儿子王江先哭了起来，紧接着，另外两个也你一声我一声地叫先生。

辛怀礼故意不说话。他明知不大可能，却仍然心存侥幸，希望弟子的哭声更大一些，以便能把人招引过来。

胡大刚才的好心情被破坏了，他把孩子们训斥了一通，又对辛怀礼说："教书的，让你的弟子老实点。不然，他们的皮肉就要受苦了。"

　　辛怀礼知道，对方的话绝不是吓唬，这些拐子手什么事也干得出来。他赶忙安慰了弟子一番，才使他们安静下来。

　　胡大正要去扛郑永祥，一低头，闻到从脚边的袋子里散发出一股药味。"原来是个郎中。"他自言自语地说了一句，把药袋挂到辛怀礼的脖子上。"教书的，把这个带上，也许你们以后用得着。"接着，又叫许有根看了看路上还有没有丢下的东西，一行人才开始拖拖拉拉地向前走。

十一

　　刘保的家在澳门西南部的平沙村，靠近海边，走水路不到半天行程。胡二回广州的第二天，刘保带着瞎眼搭上了一条途经平沙村的船。

　　这是一条既载人又载货的船，刚从香港返回来，正在澳门等着装货。乘客不少，上船之后，刘保碰见一个熟人，也是平沙村的，叫刘宗仁。两个人说了几句话，他和瞎眼在船头找了块地方坐了下来。

　　等了好一会儿，船还没有开动的迹象。刘保有些着急，想去问问船主什么时候才能走，这时，刘宗仁来到他们旁边。

　　刘宗仁和刘保年龄差不多，中等个子，浓眉大眼，吊在背后的辫子又粗又长。小时候刘保和他常在一起玩耍，知道他为人诚实，也很憨厚。只是有些胆小，从不惹是生非。近年来，刘保不在村里。他们见面很少，也没有任何交往。

　　"刘保，好久不见了，你这是干什么去？"刘宗仁问。

　　"回家看看，有一段时间没回去了。"刘保说。

　　"你阿爸前几天还说起你呢。"刘宗仁说着，把头向瞎眼摆了一下，"这是——"

　　"钟阿强，和我在一起给人做工的。"刘保眼皮都没眨一下，"这几天没活儿干了，跟我到村里转转。"

　　"做工好啊。"刘宗仁露出一副羡慕的神色，"不受累，也比在村里好挣钱。"

"好什么呀,照样吃苦受累。"瞎眼说,"还得时时看别人的眼色。"

"总比做水里的营生和侍弄田地强吧,那才叫累人呢。"刘宗仁说。他在家里不仅种稻,还要养蚝,活儿很辛苦。平沙村一带养蚝的人很多。年景不好,价钱卖不上去,有时还不好出手。

瞎眼不作声了。他是在广州长大的,对乡下的事知道得不多。

刘保等得不耐烦了:"这船怎么还不开,再等下去,什么时候才能到家!"

"早着哪。"刘宗仁说,"今天货多,有的东西还没拉到码头这边来。"

"要知道这样,今天就不走了。"刘保烦躁地说。

"等着吧,反正也没事,到天黑回去正好睡觉。"刘宗仁说。

刘保站起来朝码头那边望了望,确实如刘宗仁所说,一点动静也没有,他只得又返身坐下来。

"宗仁,你干什么去了?"为了打发这难耐的时光,刘保没话找话地说。

"往香港送点蚝。咱们那边不好卖,现在都往香港送。"

"就你一个人?"刘保又问。

"往常都是我父亲去,村里昨天有人出殡,他帮忙去了,让我跑一趟。"刘宗仁说,"正好我也在家里待闷了,出来转一转。"

"是该出来转转,老住在村里什么也不知道。"刘保附和着,"香港的洋人最近怎么样?"以前,他经常到香港去玩,对那里的情形很熟悉。近半年多来,一直跟着胡二在广州和澳门为苦力的事忙碌,没机会再去。

刘宗仁不经常去香港,对刘保问的怎么样不明白指的什么。他泛泛地说:"就那样吧。不过,好像洋人比以前多了。"

刘保想,广州都被英国人管了三年了,香港还能少吗?他没有和刘宗仁谈这些,随口问:"没找几个地方好好玩玩?"

"也没什么好玩的。"刘宗仁说,"就是昨天晚上到番摊馆去撞了撞运气。"

番摊馆是乡下人对赌馆的叫法。听刘宗仁一说,刘保有了一点兴趣:"手气还行吧?听人说,经常不赌的人总会赢钱。"

"嗨,别提了。"刘宗仁摇摇头,"昨天离开家时,我父亲给了我三十元(港币），是邻居让买鸦片的。到了番摊馆，我想用三十元做本钱，赢一些回去。谁知，最后反而输进去十块，鸦片也没给人买。现在我正发愁，回去怎么交代。"

听到刘宗仁的话，刘保心中一动。他职业性地看了瞎眼一眼，他很快用表情向瞎眼做了个暗示，瞎眼的那只眼窝里立刻道出了一片光亮，他当然立即明白了其中的意思。他往刘宗仁身边挪了挪，用安慰的口气说："输了怕什么，再想法赚回来就是了。看样子你不常进番摊馆，其实，只要摸着窍门，那里翻本是很容易的。"

刘宗仁用半信半疑的目光看了看瞎眼："哪有那么容易？"

"宗仁，阿强说得没错。"刘保一副见多识广的样子，"进番摊馆和做买卖是一个道理，有赔就有赚。你想想，要是不赚钱，那么多人跑进去干什么？他们总不会是专门为了往那里送钱吧？"

刘宗仁听了，觉得有道理。昨天晚上，他就看见过赢了钱的。"这么说，我要再去一次，也许就能赚回来？"

"没问题。头回输，二回赢。"刘保肯定地说，同时，他还拍了拍胸脯，"要是赚不回来，缺多少我给你补上。"

"不行。"刘宗仁想了想，有些犹豫地说，"我不想去了，万一再输进去，连这二十元也没有了。我又没有来钱的门路，怎么还人家呢？"

"你怎么光惦记输呢。"刘保很有耐性地开导刘宗仁，"我也常进番摊馆，就从没想过输。万一你要再赢二十元呢。"

刘宗仁没有说话，他在想着要不要再去一次番摊馆。去了，也许还能赢回来。如果不去，可就真的输了。

"兄弟，听刘哥的话没错。"瞎眼说，"他是番摊馆的常客，对这个行道精得很。只要听骰子落地的声音，不用看，他就知道哪个点朝上，哪个点朝下。这一次你跟上他，保你只赢不输。"

"阿强净吹牛，别听他的。"刘保笑了笑，"不过，话说回来。宗仁，我是为你着想。你想一想，鸦片没买到，总得给人家退钱吧。回到村里，你到哪儿去弄十元钱。番摊馆不愿意去就算了，反正也不干我的事。"

刘保这么一说，刘宗仁又动心了："保哥，我不是不想赢回来。可明天是我父亲送蚝，我去不了香港啦。咱们村里又没有番摊馆。"

"你怎么榆木脑袋。"刘保说，"我们现在就在澳门，澳门到处都是番摊馆，为啥还要专挑远路到香港去。"

一听刘保说到澳门，刘宗仁又摇头又摆手："不去不去，我不去澳门。"他虽然路过不少次，但从来没下船在澳门停留过。

刘保觉得很奇怪："澳门怎么啦？又不是十八层地狱，让你上刀山，下油锅。这不上了码头就是吗？"

"不去不去。"刘宗仁很认真地说，"听人讲，澳门的拐子手很多。他们会用种种办法把人弄到外国。要是遇到拐子手，不要说赢钱，恐怕连人也没有了。"

听到这话，刘保显出很不高兴的样子："宗仁，你怎么这样说话。咱们是同村，又是本家，从小在一起长大，我父亲还在村里，难道我会骗你不成？算啦，好心操不得，前边的话只当我没说。"

刘保一番话说得刘宗仁脸色发红，露出一副不好意思的神色。他想辩白几句，张了张口，却没有说出来。

"兄弟，这就是你的不对了。"瞎眼在一旁开了腔，"你还看不出来？刘哥是为你好，乡里乡亲的，是想帮你一把。你怎么能想到拐骗呢？难道我和刘哥都是拐子手？其实，拐子手的事都是别人瞎说呢，夸张呢。我和刘哥一直住在澳门，不都好好的嘛。"

瞎眼的话让刘宗仁又转了念头。如果不到澳门，那十元钱肯定就白白扔掉了。回到村里，还真没有办法退还给邻居。如果去了呢？钟阿强说得也有道理，澳门也不可能到处都是拐子手。何况，自己一个大活人，倘若真的遇见那类人，死活不跟他们走就是了。再说，刘保和自己是一个村的，从小一起长大，也不可能骗自己。要是他真的骗人，以后回到村里就没法做人啦。想来想去，刘宗仁决定还是到澳门。即使在番摊馆赚不到钱，跟着刘保给人做几天工也行。

这样翻来覆去想过后，刘宗仁的心里就有了一个主意。

"保哥，"刘宗仁的脸上的红色还没有褪尽，他叫了一声，喃喃地说，"刚才是我多心，现在我听你的，到澳门吧。"

刘保心里一阵高兴，但表面上露出一副无所谓的样子："宗仁，你错了。不是听我的，是你自己的事自己拿的主意。"

"对对，是我自己拿的主意。"刘宗仁连忙说。

"你早这样不就得了，何必费那么多口舌。"瞎眼说着站起来，"刘哥，这么一来，你也回不去了。"

"为了宗仁能把钱赚回来，我就迟回几天也没啥关系。"刘保也站起来，刚要下船，他似乎突然想起一件事："宗仁，咱们到菩萨跟前起个誓。"

"不用了，保哥。"刘宗仁说，"我信得过你。"

"不行，你跟我走。"刘保说着，把刘宗仁拉到船上供奉的菩萨像前。他跪下来，双手合拢发誓道："我带刘宗仁到澳门，是为了帮他赚回十元钱。倘使我拐骗他，或者让别人拐骗，不是被水溺死，天打雷轰，回不得家乡，便是以后生下儿子没有屁眼儿或干脆今生今世断子绝孙。"

这一下，刘宗仁对刘保完全相信了。起完誓，他们相跟着下了船，踏上了码头。

"保哥，真不好意思。为了帮我，你连家也回不成了。"刘宗仁感激地说。

"不用客气，谁让咱们是同村，又是同一个刘姓呢，咱们三百年前是一家啊！"刘保感慨地说。

走了不多久，到了一所有高大围墙的房子前。刘保敲了敲门，出来一个驼背的老头儿。只听刘保说道："何伯，这是我的一个朋友，要在这里住几天。"老头儿什么话也没说，便让他们进了院子。

院子里很清静，看不到一个人。刘保把刘宗仁领进一间屋子，屋子里放着三张床，有被褥。刘保说："宗仁，白天你先在这里休息。我出去察看一遍，看看哪个赌馆来钱容易，等天黑了咱们再去。晚上赌馆里人多，人多了就显得混乱，乱了才好做手脚。你就在这儿等着，吃饭的时候会有人给你送过来。"

刘保和瞎眼走后，刘宗仁倒头便睡。他昨晚在番摊馆里混到快天亮，困得很。所以，这一倒下就睡到了半下午。起来之后，他眼睁睁地盼着刘保和瞎眼，但一直到天黑，又到了半夜，也没见着他们的影子。

也许是还没看好去哪个番摊馆吧。刘宗仁想。

第二天,刘保和瞎眼相跟着来了。

一见面,刘宗仁就是一副抱怨的口气:"保哥,你让我好等啊。"

刘保满脸对不起刘宗仁的样子,抱歉地说:"昨天,正好一户人家有急活儿要做,我和阿强都去了,忙了整整一天。晚上又跑了几个地方,看了看赌馆的情形,所以才没有过来,让你等急了。"

"看好了没有?什么时候去?"刘宗仁着急地问。

刘保停了一下,才慢慢说:"真不凑巧。前几天,不知从哪里来了几个歹人,专门找赌馆闹事。这不,有的赌馆都不开门了。就是开门的,也没有多少人。唉——"说完,他还叹了一口气。

"兄弟,这都是你运气不好。"瞎眼说。

"那怎么办?保哥。"刘宗仁看着刘保,"要不,我跟着你们做几天工吧?只要挣够十元钱我就回去。"

"不行,这边的活儿不像村里那样,有力气就行。你哪一行也不懂,干不了。并且,靠做工挣够钱,得多长时间呀。"刘保停了一下,想了想,又说,"宗仁,别着急,我倒有个法子,能让你赚到三十元钱,不知你愿意不愿意干。"

"什么法子?"刘宗仁急忙问。

"这几天,有许多人准备到安南去做工。安南,你知道不知道?"刘保说。

"知道。"刘宗仁说

"去的人每人先给三十元钱,阿强也想去。"刘保接着说,"可他一只眼睛看不见,招工的肯定不会要,检查的时候也肯定过不了关。他想让你顶替一下,只要替他上了船,招工的三十元钱就归你了。"

"是让我去安南?"刘宗仁问。

"不是。"刘保耐心地说,同时压低了声音,"只是让你顶替他过检查那一关,上了船以后他就去把你换下来。"

刘宗仁一时没有吭声,瞎眼一看,急忙说:"宗仁兄,求你帮帮忙吧。我实在想去安南做工,可这不争气的眼睛害得我船也上不去。你这次帮了我,有刘哥作证,以后挣了钱,我一定报答你。"他的态度和口气都十分诚恳。

刘宗仁有些犹豫,他决定不下来这三十元钱该挣不该挣。

瞎眼看出了刘宗仁的心情,换了一副央求的口气:"宗仁兄,咱兄弟能认识,是缘分。我一辈子就求你这一次。要不,我给你磕个头吧。"说着就要下跪。

"不敢不敢。"刘宗仁急忙拉住瞎眼,脱口说,"行,我答应你。"

"谢谢你了。"瞎眼显得很感激,"等我上船以后,把三十元钱给你。"

"宗仁,既然你答应了阿强,有些事我给你交代一下。"刘保说,"去了招工的地方,你要自称名字叫钟阿强,年纪二十岁,是从东港来的,情愿出去做工。如果说不情愿,招工的会把你关到土牢里,还要送到香港吃三年官司。那我可就没办法了。另外,你不要和别人攀谈。要是让人知道了你是冒名顶替的,也要吃官司。记住了吧?"

"记住了。"刘宗仁说。

"那就好。"刘保把脸转向瞎眼,"阿强,我给你说清楚,开船那天,你一定要把宗仁换回来。"他停了一下,脸上的表情突然变得凶狠起来,话也成了恶声恶气,"记住,要是不去,我非扒下你的皮不可。"

"刘哥,你把我当成什么人了。我们交往这么长时间,在啥事情上失过信呢?"瞎眼神情严肃地说着,伸出大拇指比画了一下,"我钟阿强也是堂堂正正五尺高的男子汉,哪能说话不算数!"

"好,一言为定。我就算是中间人,给你们作保。"刘保的嗓音高出了几分。

不多一会儿,刘保和瞎眼把刘宗仁送进了巴腊坑。进门以后,刘宗仁对瞎眼叮咛了一句:"阿强,我等着你,到时候你可一定得来啊。"

十二

今天是离开石桥村的日子,一大早,胡来顺就起了床。他把发放后剩下的钱装到贴身处,然后叫醒了还在睡梦中的小三子。

"胡爷。"小三子揉着惺忪的眼睛问,"我们今天往哪里走?"

"到澳门。"胡来顺说,"把人直接送到澳门去,这样少折腾一次。"

"那我还回广州不?"小三子又问。

"你就不用回去了,到澳门以后,在那里和他们一块走。以后日常用的东西和铺盖,我让老二给你带过去。不,置办一套新的。"胡来顺说完,对小三子深深地看了一眼。

这时,外边响起了"小三子!"的叫声。

"海平来了。"小三子说了一句,刚要出去,洪海平已经进了院子。

洪海平换了一件灰色的干净衣服,辫子盘在头上,看上去很精干。他用木棍挑着一个小小的行李卷,身后跟着一个姑娘。姑娘高挑个子,梳一条长辫子,蛋圆形的脸上留着风吹日晒的痕迹。看上去,完全是庄户人家出身的姑娘。

"海平,这么早啊。"小三子说。

"我还担心赶不上呢,天不亮就起来了。"洪海平说着,把脸转向身后的姑娘,"这是吕秋雁。"

吕秋雁冲小三子点头笑了笑,红扑扑的脸上显出两个酒窝。

小三子也对着吕秋雁笑了一下:"坐到屋里去吧。"

"不啦,就坐在院子里。"吕秋雁说着,坐到洪海平放下来的行李上。

"阿财呢?还没起来?"洪海平问。

"早起来啦。"随着说话声,陈玉财边系裤带边从屋里往外走。走到小三子他们跟前,说:"海平,往后我们三个又在一起了。"

"哪里是三个?"小三子朝吕秋雁努努嘴,"还有一个呢!"

陈玉财顿时明白了,他对吕秋雁点点头,问洪海平:"海平,我们怎么称呼,是不是该叫嫂子?"

"就叫秋雁吧。"洪海平说,"不过你想叫嫂子也行。"

洪海平的话刚落音,吕秋雁站起来对小三子和陈玉财说:"两位大哥,我从小就一直在家里,没见过世面,以后有什么事,还希望你们多照应着。"

"都是自家人,还客气什么。"小三子说。

这时,院子里陆陆续续进来不少人。有父母送儿子的,有妻子送丈夫的。一会儿的工夫,就站了一大片。

"阿财。"陈全站在屋门口喊了一声。

"听见了。"陈玉财边答应着边回屋里去了。

"人来得差不多了。"小三子说,"我问问胡爷是不是该走了。"

洪海平看见了石桥和杨兰草。两口子穿一身洗得干干净净的衣服,石桥背着铺盖卷,杨兰草提一个花布包裹,一副要出远门的样子。

"石桥哥,怎么,你和嫂子都要出去?"洪海平问。

"没别的办法,也算是一条路吧。"石桥放下铺盖说。

杨兰草露出一脸无奈的神情:"他一走,剩下我一个人咋办。干脆,相跟着,死活都在一块吧。"

"倒也是,在一块互相也有个照应。"洪海平眼里闪过一丝阴郁,他想到自己和吕秋雁。是啊,有半点奈何,谁愿意抛家弃舍、背井离乡呢?

要出去做工的人已经到齐了,满满地挤了一院子。没有人大声说话,只听见一片低低的交谈声,几乎都是对即将漂洋过海的亲人的叮咛和嘱咐。偶尔,不知从哪里传出一声女人的抽泣,给本来就显得阴沉的场面增添了几分悲凉的气氛。

胡来顺和小三子按照登记的名单清点了人数。"大家还有什么话和事情,赶快说一说,交代交代,完了我们就准备上路。"胡来顺说了一句,转身到屋子里去向陈全告别。

此刻,陈玉财正在听着父母的交代。

"阿财,出去后头脑要灵活一些,多长一些心眼。不管干什么,都要勤快,勤快才能讨人喜欢。"陈全说。

"儿啊,你从小没有离开过家。到了外边,是冷是热,你得自己操心自己。衣服我都给你放到包袱里了,要是去的地方冷,一定要穿厚点。"陈全妻子说。

"记住,不要惹是生非。和一块去的村里人好好相处,有事多和石桥他们商量商量。挣钱多少是小事,先看好自己的身子,我和你妈等着你平平安安地回来。"陈全说,他的语气听起来很沉重。

陈玉财觉得鼻子发酸,泪珠在眼眶里打转。他提起行李,深深地望着两位老人,一字一句地说:"爸、妈,你们的话我记住了。"

"记住就好。"玉财妈的声音有些哽咽,"捎信方便的话就多往家里捎几回信,免得我们惦记。"说着,她的眼睛里滚出两行泪水。

"爸、妈,弟弟还小,你二老也要多保重,照顾好自己。"陈玉财说完,擦了擦眼睛,又放下包袱,给父母磕了三个头。

刚进门的胡来顺正好看到这一幕,他连声夸赞了陈玉财几句,对陈全两口子说:"你们养了个孝顺儿子啊!"

"孩子从小没有离开过家,第一次出门,就漂洋过海的去异国他乡,当父母的,哪能不挂心啊。"陈全说。

"这话在理,十根指头连着心哩,天下父母都是一样的。"胡来顺说,"老哥,打扰了几天,我们马上要走,向你们告辞了。老嫂子,告辞了。以后有机会再来看望你们。"说完,他抱拳行了个礼,走到院子里,宣布上路。

人群不像刚才那样平静了,孩子的哭叫声、女人的哽咽声,以及亲朋好友之间说不完的话和难分难舍的情景,使人产生了一种生离死别的感觉。直到胡来顺又高声说了一句"咱们上路吧——"他和小三子带头走出院子,人们才开始缓慢地向外移动。

石桥和洪海平并排走在一起,杨兰草和吕秋雁跟在身后。除了同邻居的告别,没有亲人为他们送行。因此,他们也没有和亲人离别时的那种依恋之情。但是,走在村中还有些泥泞的路上,他们的脚步和心情仍然都不轻松的。

出了村,他们站住了。四顾看了看家乡的山水,又回头望了望熟悉、破败的家园,石桥的目光突然变得茫然起来。在这里生活了三十多年,他曾无数次诅咒过永远也熬不到头的贫穷日子,也曾无数次诅咒过这块贫穷的土地。但现在,真要离开了,他的心却不由得一阵阵绞痛,仿佛这一离开就永远永远再看不到这一切了……

"海平,我们真的就这样走了吗?"沉默了一会儿,石桥说。他的声音很低,听起来苍白伤感,显得很无力。

"还能怎样呢,石桥哥?走吧。"洪海平说。他虽然对家乡怀着深深的眷恋,但自从决定出去做工以后,他想得更多的是未来。过去的一切就要结束了,新的日子就要开始。未来如何,外国会是什么样,洋人的地方就比这片土地好吗?他不知道,也想象不出来。他只希望,这一次决定会改变过去的一切。

石桥没有再说话,他把目光转向老和尚的百衲衣一样的田野,静静地凝视了一会儿,似乎要把这熟悉家园中破败不堪的情景深深刻在心里。然后,他从地上掬起一抔泥土,捧在脸前闻了闻。这是养育了他和石桥村人的泥土,由于在水中浸泡得太久,散发出一股潮乎乎的腥味,沁人心肺。他又抬头望了望周围的群山和飘着几朵白云的天空,山是那样绿,天是那样蓝。多好啊,这生他养他的土地。他本来不想走,可是,贫困逼迫他不得不走。这一离开,不知道命运的船只会把他们颠簸到什么样的码头上去……谁又能说清楚什么时候才能重新看到眼前这熟悉的一花一草一山一水啊!

"走吧,石桥哥。"洪海平催促道。

石桥低低地答应了一声,但却站着没有动。过了好一会儿,他让杨兰草从包袱中取出一块白布,将手中的泥土包起来揣进怀里。然后,迈开步子头也不回地向前走去。

十三

吃过午饭,胡二带着几个打手来到华怡洋行。按照罗杰尔的安排,今天,要把关在这里的苦力运到澳门去。

按照往常的习惯,运人的行动一般是在晚上进行。但是,这次还有一件事没有干完。就是在离开广州之前,要让每个苦力都做到是自觉自愿地要求去海外做工的,否则,不仅官府知道后要惹麻烦,就是到了澳门,对于不愿意走的人,苦力审查委员会也不会轻易让他们上出海的船只。如果到那时候再想办法,难度可就大了。所以,罗杰尔叫胡二午饭后带人过来,就是想利用下午把这件事办完。只要苦力表示是自愿要求出国,就等于把他们交到了加尔维斯的手中。

让苦力表态的地点设在华怡洋行地下室的一间大屋子里,这是一个非常适合干这类事的地方。因为在苦力中间,总有一些顽固的坚持不愿出国的人。要想让他们同意,不管是和颜悦色地谈话还是诚心诚意的许诺,都行不通。办法只有一个,就是采取非常手段。而这里,无论使用什么样的方法,绝对不会被外边的人察觉。

空荡荡的屋子里,只有一张桌子和一把椅子。桌子上点着一支蜡烛,蜡烛的火苗摇曳着,忽明忽暗,飘忽不定。罗杰尔坐在烛光的阴影里,整个人都笼罩在黑暗之中。他的旁边,是胡二和其他拿着皮鞭、木棍和藤条的打手。

第一批带进来的,是教书先生辛怀礼和他的学生。

罗杰尔坐着没动,也没有说话。这类事情通常是手下人唱主角,他们都是干这行当的老手了,知道该怎么办。

果然,辛怀礼还没看清屋里的情形,胡二便喝了一句:"把名字报上来。"

没有听到回答。

"怎么,哑巴了?"胡二抬高了声音,围着四个人转了一圈,然后站在辛怀礼面前,把目光定定地射向对方。

辛怀礼同胡二对视了一下,赶忙转过脸。"辛怀礼。"他低声说道。

"干什么的?"胡二紧接着问。

"在王举人家当先生。"

"还是个识文断字的。"胡二把双手叉在胸前,歪着头问:"知道不知道让你来干什么?"

辛怀礼眨了眨眼睛,露出一副莫名其妙的样子:"不知道。"

"不知道?真不知道还是假不知道?"胡二冷笑了一声,"那好,我告诉你。是让你们到海外去做工。"

"不去,我们不去,凭什么让我们去呢?你们不可以强人所难啊!"胡二的话刚落音,辛怀礼便大声叫起来。

"来到这里可就由不得你了。你们不但要去,还得自觉自愿地去。"胡二说着转向旁边的打手,"你们说是不是?"

"对、对。""妈的,也不看看这是什么地方,还敢说不去。"打手们七嘴八舌地叫道,有的还抡起皮鞭甩了一下,随即是"啪"的一个响声。

辛怀礼瘦瘦的脸上抽搐了一下,对于这些拐子手,你纵有满腹经纶,又能跟他们讲出什么道理呢?他明白,要想回去是根本不可能了。难道自己这后半辈子真的要漂泊海外、沦落天涯吗?他不愿意去,他想着怎样能让拐子手改变主意。可是,面对眼前的情景,他一筹莫展,想不出任何办法。

秀才遇着兵，有理讲不清。辛怀礼无奈地想。

"先生。"王江带着惊恐的哭腔叫了辛怀礼一声，同时紧紧地拉住了他的胳膊。

另外两个孩子也跟着叫起来。

有了。辛怀礼绝望的心中涌起一线希望。他堆起满脸的笑容对胡二说："兄弟，王举人你们听说过吧，他可是咱这一带的大户，我这学生里边就有他的儿子。你看，能不能让王举人出些钱，赎我们回去？"

听到这话，胡二觉得办法还不错。贩卖苦力，就是为了挣钱。现在，不用把人送到澳门，钱就可以到手，这不是好事吗？想到这里，他问辛怀礼："王举人能出多少钱？"

还没等辛怀礼回答，罗杰尔狠狠地瞪了胡二一眼先开了口："胡二，这是一个愚蠢的主意。"

直到这时，辛怀礼才知道黑影里坐着一个人。听说话的语气，还是外国人。他明白了，这个叫胡二的家伙只不过是帮凶，真正当家的是洋人。

罗杰尔的话让胡二不理解。"罗杰尔先生，为什么？"他问。

"这么简单的道理你还不明白吗？用你们中国人的话说，这叫贪小便宜吃大亏。"罗杰尔说，"如果我们不能把合同规定的人数送到澳门，那么，赔偿给卡内瓦罗公司的数目有多少？胡二，那一定会让你倾家荡产的。"

"我懂了，罗杰尔先生。"胡二点点头，又转向辛怀礼，"听见没有，你说的办法不行，我们不能贪小便宜吃大亏。"接着，他从桌子上拿起一张纸，递到辛怀礼面前，用不容拒绝的口气说："把你的名字写到上面。"

辛怀礼凑到蜡烛前看了看，纸上只写着短短的一句话：我自愿到海外做工。下面是日期：同治三年九月。

"你们看，我这副身板，哪是干活的样子？还有三个孩子，他们从小就衣来伸手饭来张口，就是到了外洋，也什么都干不了。还是让我们回去吧，王举人会给你们很多钱的。"辛怀礼高声说，他想最后做一次努力。

"干不了？到了海外，洋人有办法让你干得了。"胡二说着，走到辛怀礼面前，晃了晃手中的鞭子，恶狠狠地说："少废话，快签字。"

事情至此,辛怀礼知道,不可能有别的选择了。就是让皮肉受一顿苦,也还得按拐子手划定的路走下去。是死是活,听天由命吧。他叫过三个学生,四个人在那张纸上依次写上了自己的名字:

辛怀礼、王江……

"把他们带回去。"胡二命令打手。

过了一会儿,第二批人又被带了进来。这次是三个,胳膊都用绳子捆着。

"妈的,这几个家伙不老实,看来得给他们来点厉害的。"一个打手说。

胡二开始重复前边的问题。

"老子行不改名坐不改姓,名叫田云山,你们要把老子怎么样?"胡二的话刚落音,为首那个满脸络腮胡子的高个子瞪着眼睛大声吼了一句。他的嘴好像漏风似的,吐字不大清晰。

罗杰尔认出来了,这是那天早上被打掉牙齿的那个人。

"我们也不想把你怎么样?"面对田云山的吼声,胡二的话音反而低了下来,"我们只是想让你在这上面写个名字。"他拿起桌上的纸让田云山看了一眼,"就这么一点小事,没别的。"

胡二的手还没收回去,田云山朝那张纸上吐了一口唾沫。"老子不识字,就是识字也不会给你写。"

"别耍横,咱们是好说好商量。"胡二的话不紧不慢,同时还笑了笑,"你是嘴硬还是骨头硬。我刚才跟你好好说,是抬举你。你也不想想,去不去能由你吗?实话告诉你,像你这样的人,我们见过得多啦。不管是谁,再硬,也得按我们的要求去做。"说完,挥手朝田云山背上狠狠抽了一鞭子。

"伙计,你不是问怎么样吗?就这样。"胡二把鞭子伸到田云山面前,"你不识字没关系,只要画个押就行。"

"小子,做美梦去吧,不画,打死老子也不画。"田云山斜了胡二一眼,忽然转过身来,冷不防朝胡二的裤裆处使劲踢了一脚。

这一脚着实不轻。黑暗中,谁都没有注意到下边。胡二"哎哟"了一声,一下子倒在地上。他咧着嘴,捂着裆部大声叫手下的人:"弟兄们,上手! 教训教训这个野家伙——"

几个打手一拥而上，把田云山按倒在地，皮鞭、藤条、木棍劈头盖脸地打下来，直打得田云山满地打滚。

罗杰尔稳稳当当地坐在旁边，冷冷地看着这一切。昏暗的烛光下，田云山已满脸是血，口中还在不住地叫骂。他挣扎着刚要站起来，又被打倒在地。这样反复了三次，罗杰尔这时候喊了声："住手。"

"先生们，"罗杰尔对打手说："让他站起来吧。把脸上的血给他擦掉，'科拉'号船长加尔维斯先生不接受有伤残的苦力。"随后，他走到田云山跟前，毫无表情地问："你是否已经改变了主意？"

田云山瞪了罗杰尔一眼："改变你妈个鸟，鬼佬儿。老子到死也不会改变。"

罗杰尔没有在意田云山的态度，他坐回到椅子上，告诉已经站起来的胡二："看来，这位先生需要别人的帮助。让他按个手印。开始下一个。"

打手们架着田云山，死死地摁着他的头，用力掰开那紧握着的手，在纸上按了一个鲜红的指印。

另外两个人目睹了眼前的一切，知道再抗下去不仅要挨打，而且也不会有任何作用，便先后在纸上画了押。

紧接着，第三批，第四批……整整用了一下午的时间，才把事情办完。天黑以后，胡二和打手们把所有的苦力押上了开往澳门的船。

直到这时，罗杰尔才松了一口气。

十四

刘保送刘宗仁去的巴腊坑，和盖房工地上那几个人进去的是同一个。它位于澳门的码头附近，运送货物和人员都很方便。

巴腊坑的墙比一般房屋的墙高出了许多，足足有三四丈。墙壁的上方，是一排供通风用的小小的窗户。下边一端的山墙上，有一个大约九尺高的大门。门很厚实，上面还钉着一道一道的铁条。除了运送苦力、市政当局来人办理公务或者商贩搬运东西外，平常，大门总是关得严严实实。

进来两天了，刘宗仁没有说过一句话。一来是他谁也不认识。二来，他担心万一说漏了嘴,露出是冒名顶替的,那就糟了。

闲着无事,除了睡觉,刘宗仁就是在巴腊坑内转来转去,看看热闹或者听别人聊天。

睡觉的地方很拥挤,靠墙的一圈铺的都是稻草,稻草上放着花花绿绿、大小小的包袱和各式各样的行李卷。从已经被压成很短、很光滑的草杆上看,有成千上万的人在上边躺过。热闹处也有的是。除了将要出洋的苦力,还有被当局批准在这里卖各种吃食的、售鸦片的、设摊赌博的,使人感觉到这里像是一个集市。至于听别人聊天,场面就更多了。这些将要远走异国他乡的人,大多数来自乡下,平时在家中忙于生计,很少有空闲时间。现在坐着无事,便三个一群,五个一伙,天南海北地聊。谈自己的经历,讲以往的见闻,想外国的情形。好的坏的,荤的素的,想听什么就有什么。此外,他们的神态,有的兴高采烈、心满意足,有的垂头丧气、闷闷不乐,有的满脸怒容、骂声不绝,也有的一言不发,神态冷漠。观察这些,也让刘宗仁打发了一些时间。

就这样过了两天。到第三天,刘宗仁心里着急起来。他盼望能赶快上船,只要到了船上,钟阿强就会来换他。这样,就能挣到三十元钱回家了。还有,几天没回去,如何向父亲交代,得想个理由哩。

心里一着急,便对一切都失去了兴趣,刚进来时的新鲜感也很快流走了。刘宗仁觉得很乏味,脑子里只盼着钟阿强。他闷头躺在稻草上,想睡,但睡不着,便定定地望着高高的屋顶想心事。

"喂,兄弟。"有一个人和刘宗仁说话了,"两天了,怎么没听你吭过一声。是不是一个人来的,没熟人?"

说话的是和刘宗仁相邻而睡的年轻人,也是二十来岁。他手里拿着一支鸦片烟枪,正要躺下来。

"别想不开,既然来了,只能是走到哪一步算哪一步。"对方劝说着刘宗仁,边躺下来吸鸦片,吸足了,坐起来问:"你也来几口?"

望着伸到自己面前的烟枪,刘宗仁犹豫了一阵,最终还是摇了摇头。其实,在村里的时候他也经常吸。来巴腊坑后,不知道得在这里待几天,他不敢乱花钱。一是身上的钱得留着吃饭,二是回去之后还要向父亲交账。

"嗨,都要上一条船了,就是兄弟啦,还客气什么。给!"对方的语气和表情都很真诚,硬把烟枪塞到刘宗仁手上。

刘宗仁没能挡住诱惑。他坐起来,接过那支装好鸦片的烟枪。

"叫什么名字?"对方又问。

刘宗仁刚想说"刘……",话到嘴边,又咽了回去。"钟阿强。"他说。

"我叫韩山河,是被拐子手灌醉酒骗来的。"对方自我介绍着,又指指不远处赌摊旁的几个人,"还有他们,我们是一伙的。你呢,一个人?"

刘宗仁点点头,接着又补充了一句:"我是自愿来的。"

"自愿?"韩山河不相信地看了刘宗仁一眼,"你的神色不像。"

"是不像。"随着话音,一个四十多岁的人在旁边坐下来。此人长得很瘦,嘴上有两撇小胡子。看穿着,不是靠卖力气活吃饭的。

"永旺大叔。"韩山河叫了一声,又把刘宗仁做了介绍。

"我姓刘。"被韩山河称作永旺大叔的向刘宗仁点点头,说:"是汉高祖的后代,老祖宗的时候和他是一家子。"

刘宗仁没读过书,不识字,也不知道汉高祖是谁。出于礼貌,他也向刘永旺点了点头,同时还笑了笑。

"山河,听说后天就要上船了。"刘永旺一反刚才的神情,语气突然变得有些伤感起来,"这一下真要走远了,家里人连我们的死活都不知道。"

听到刘永旺的话,刘宗仁的心事顿时全没了,他感到浑身轻松,甚至还有些高兴。这么说,后天就能回家了。现在,他心里只有一个念头,到时候,钟阿强能不能按原先说的给那三十元钱。

心情一好,话也多了起来。看着两个人愁眉不展的样子,刘宗仁没话找话地说:"大叔,你们是一起来的?"

"不是,到这里才认识。"刘永旺说。

"你这么大年纪了,怎么还要到外国去做工?"刘宗仁又问。

"小伙子,你当我愿意吗?再说,你看我这副身子,能干得了什么活儿?"刘永旺叹了一口气,"我是被拐子手绑架来的。"

"绑架来的?"刘宗仁眨了眨眼睛,心里冒出一股凉气。看来,拐子手绑架人确实是真的。

"怎么,你难道还不相信吗?"刘永旺看了刘宗仁一眼,"实话告诉你们吧,我是个算卦的。前十来天,有几个年轻人让我算命。完了之后,他们说我算得不准。一开始让我赔钱,后来又逼着我跟他们走。就这样,把我弄到一条船上关了几天,又被送到这里来了。"刘永旺说着苦笑了一下,"我整天给别人算命,却没有给自己算出吉凶祸福。"

韩山河想起自己的遭遇,跟着叹了一口气:"人的命,由天定。"

"真是人算不如天算。不过话又说回来,世道上哪里有什么天算的事情。吉凶祸福看时势。时势好呢,凶祸就少一点;时势乱了,凶祸就多。俗话说,乱世多难民。我们就是没福气,逢上了乱世道。"刘永旺说着问刘宗仁:"小伙子,你是怎么来的? 真的是自个儿想去海外?"

刘宗仁点点头,没有吭声。

"家里过不下去啦?"

刘宗仁摇摇头。他担心自己把握不住说漏了嘴,不想在这方面多谈,便把烟枪递到刘永旺跟前:"大叔,你也吸几口。"

"不。"刘永旺皱着眉说,"那是毒药,是洋人给咱中国人种的祸根。当年林则徐大人虎门销烟,就是为了铲除这个祸根,可惜朝廷没让他干下去。唉,大清朝的皇上是一代不如一代了。要是皇上也能像林大人那样,洋人怎么敢在中国的地面上横行霸道,我们也不会落到今天这个境地。"

"大叔,议论皇上,可得当心点。"韩山河提醒刘永旺。

"没事,这里是澳门,朝廷管不着。"刘永旺说,"就是皇上本人来了,说不定还得被洋人训斥几句。"

两个年轻人不吭声了。他们想不明白,澳门不也是大清朝的地盘吗? 为什么在中国的地盘上,皇上管不着,却要由洋人说了算。

"洋人太凶狠,朝廷太软弱,在他们面前低三下四,害得老百姓跟着遭殃。唉,大清朝的气数快尽了。"刘永旺说。

这时,刘宗仁看见刘永旺耳朵后边有一个印记,形状是半个圆圈连着一道直杠,用烙铁烙上去的。

"大叔,你那儿怎么还烙了个印?"刘宗仁不解地问。

听了刘宗仁的话,刘永旺的脸色顿时变得有些阴沉。停了一下,他才慢慢地说:"是拐子手在船上给烙的。"

"为什么还要烙个记号?"刘宗仁没有注意刘永旺的脸色,又问了一句。同时仔细瞅了瞅韩山河,后者的耳朵后边却什么也没有。

刘永旺觉得身上被打烙印是一种耻辱,本来不愿意多谈。但看着两个年轻人询问的目光,犹豫了一下,还是说:"拐子手要把拐到的人卖到不同的国度,为了区分开,他们便给人分别打上了不同的烙印。这是个外国字,念P,表示要去的是秘鲁。原先我也不知道,在关押我们的船上时听拐子手说的。"

刘宗仁听了,庆幸自己没有遇到这一关。不然,回到村里,身上留个烙印,不仅不好看,也免不了被人笑话。

韩山河却认为,打不打烙印都一样。被抓来的人都是一块肉,已经被放到了案板上,想怎样切,横竖都由操刀子的人了。

接下来,三个人开始了漫无边际的聊天。刘永旺讲述了他算卦的经历和遇到过的各种各样的事情,两个年轻人津津有味地听着,不时插进一两句问话。就这样,一上午在不知不觉中过去了。

赌摊那边传来一阵吵闹声。他们循声望去,看见几个人脸红脖子粗地互相指着对方的鼻子在叫骂,乱哄哄的一片。有的还在挽袖子,看样子像是要动手。

"这些人呀,都成难兄难弟了。为了几元钱,闹得跟仇人似的,真不知道图了个啥?"刘永旺说着站起来,"民以食为天,走,咱们先喂喂脑袋去哦——"

正在这时,巴腊坑的大门打开了。随即拥进来一群人,有四十来个,一看就知道是从乡下来的。其中,还有两个女人。

"又是一堆肉。"刘永旺说。

十五

押送苦力的船只走后,第二天,罗杰尔带着露西亚到了澳门。加尔维斯的船近日就要启程,罗杰尔计划在这里住几天。按照规定,所有的苦力都平安地上了船,他才算做成了这笔买卖。

罗杰尔先到了自己在澳门的住所,安顿好露西亚后,便去秘鲁领事馆找加尔维斯。不料没有找到,加尔维斯已回到船上去做行前的准备。蒂松看着腿脚不便的罗杰尔,立即打发人去"科拉"号上叫船长。

罗杰尔不想在领事馆等待,便告诉蒂松让加尔维斯去找他。回到住所后,一进门,看见胡来顺坐在客厅里。

"你终于回来了,胡先生。你知道吗,我一直在焦急地等待你。"罗杰尔说完,着急地问:"事情进行得怎么样,一定都还很顺利吧?"

"倒是没有遇到什么大的麻烦。"胡来顺一脸疲惫相,"这是带回来的人名单,我已经派人把他们送进了巴腊坑。"

"胡先生,你是最优秀的合作伙伴。"罗杰尔说着,接过名单看了一遍,顺手在胡来顺肩上拍了拍,叫仆人上茶。

"不用了,罗杰尔先生。按照协议,我们应该钱货两清。"胡来顺说。

"对,你说得对,遵守信誉是我们交易的原则。一共多少钱?"

"每个人二十五块大洋,除去你预付的四块,还有二十一块。这次是四十一个人,总共是八百六十一块。"胡来顺很快报出了数。

罗杰尔重新算了一遍,转身去给胡来顺取钱。

"罗杰尔先生,"胡来顺叫住了正要走进里屋的英国人,"我这次带回来的苦力当中,有两个女人,能不能让她们跟着男人一起走?"

本来移动着的脚步忽然停了下来。罗杰尔转过身来,用疑惑的目光打量着胡来顺,看到对方肯定地点了点头。他有些不满意地说:"胡先生,不用我说,你完全应该清楚,到秘鲁的苦力当中从来没有出现过女人。我想,加尔维斯先生是不会接收她们的。"

听到此话的胡来顺并不担心,他笑了笑,似乎胸有成竹的样子。显然,当他在石桥村里接收下那两个女人的时候,就已经琢磨出如何去应对罗杰尔的拒绝了。

"不一定,你和他好好谈谈。罗杰尔先生。"胡来顺说,"物以稀为贵,有的时候,女人可能会卖出更好的价钱。这就要看他的思路是不是开阔了……"

罗杰尔想了想,好大一会儿的沉吟之后便说:"好吧,既然你已经带来了,我就去同他谈谈。不过,我只能付给你男苦力一半的价钱,并且是在加尔维斯先生同意之后。如果他坚决不要,那就只好由你去处理她们了。"

胡来顺的脸皮儿一阵抽动,心里想,真他妈的死心眼儿,放着年轻鲜活的女人就不会另做打算吗?难道除了苦力就没有更适合她们要做的工作吗?哼!不过,事已至此,胡来顺也不在乎两个女人的一半儿价钱了。

"胡先生,我还有一个小小的要求。"罗杰尔说,"在苦力上船之前,你最好不要回广州。也许,巴腊坑内的事情,我还需要你的协助。"

"行,我在这里住几天,等他们上了船我再回去。"胡来顺很痛快地答应了。

送走胡来顺,罗杰尔的心情格外愉悦。他一边哼着小曲,一边翻看苦力的名单。待了一会儿,加尔维斯还没来,做点什么呢?

走进卧室,露西亚正在睡觉。昨天晚上折腾了几乎一夜,此刻,望着那丰满的身体,罗杰尔又感到一阵冲动。他先把手伸进她的睡衣里抚摸了一阵,这时,露西亚醒了。

"罗杰尔先生,你真像一头野牛。"露西亚打了个呵欠,笑着说。

"英格兰野牛?"罗杰尔也笑了,"是西班牙的斗牛吧!多谢你的夸奖。"

露西亚坐起来,伸出双臂抱住罗杰尔的脖子,说道:"罗杰尔先生,你是真正的英国绅士。我真想永远留在你身边。"

露西亚的话让罗杰尔愣了一下,他连连摇着头,同时还摆了摆手,边脱衣服边说:"不、不,露西亚小姐,我不能夺加尔维斯先生之爱。在漫长的太平洋航程上,如果没有你,加尔维斯先生的那份孤独是难以想象的孤独。是的,他不能没有你。"说完,他一下子扑在露西亚身上,双手紧紧地握住那对丰满的乳房。"亲爱的,这是我们最难忘的分别留念。"

硕大高耸的乳房和散发着香味儿的白皙肉感的躯体,立刻又勾起了罗杰尔的勃勃性欲,他急切地把露西亚搂在怀里,整个脑袋和面门栽进了露西亚那一道深长的乳沟里……

"罗杰尔先生,罗杰尔先生。"正在这时,仆人的叫声在院子里响起来,"有位叫加尔维斯的先生前来拜访你。"

"知道了。"罗杰尔高声答应了一句。他觉得很扫兴,急忙穿好衣服,抱歉地拍了拍露西亚肥白的屁股,走进客厅。

"你好,加尔维斯先生。"

"你好,我的朋友。"加尔维斯满面笑容,"我想,你找我,一定有令人高兴的消息。"

"是的,按你要求的人数,苦力今天已经全部到达澳门,他们都急切地盼望尽快踏上'科拉'号的甲板。"罗杰尔说,"加尔维斯先生,你为这六百多人的旅行所做的准备,是否完全妥当啦?"

"完全妥当啦。"加尔维斯说着,露出一副抱怨的神态,"可是太困难了。澳门真是一个令人失望的地方,这里什么东西都很缺乏,都很难买到。我所需要的淡水、食物和其他船用物资,都不能得到及时供应。听说在香港,所有的物资都很充足。包括改建船舱和夹层,也有极为便利的条件。罗杰尔先生,我真不明白,大英帝国驻香港当局为什么要禁止苦力船驶入香港呢?"

"加尔维斯先生,你也许不知道,以前,香港也是自由停泊苦力船的地方,英国当局非常支持人口贸易,并为苦力船提供了一切方便。后来,由于在一些贸易者当中多次发生虐待苦力和'猪仔'的行为,引起国际社会的严厉批评。大英帝国出于人道的考虑,才禁止苦力船驶入香港。"

"是吗?"罗杰尔的话让加尔维斯想起一件事,他撇撇嘴,轻蔑地一笑,"罗杰尔先生,不久前,在香港附近的海面上,我还看见过贵国的三桅船'胜利'号上面就满装着运往海峡殖民地的华工。这做何解释?"

罗杰尔摊开两手,耸耸肩膀,尴尬地笑了一下,没有作声。他知道,"胜利"号确实是英国的船只,而且是一艘苦力船。在1861年驶往秘鲁的途中,船上发生了起义,苦力杀死船长后驾船返回中国。该船修复后,一直在香港从事往菲律宾、文莱、马来半岛贩运"猪仔"的活动。

"罗杰尔先生,"加尔维斯说,"我想,大英帝国的人道,只不过是为了遏制别的国家。其实,你们的真正目的,是想垄断中国的人口贸易。这一点,作为职业人口贸易商,朋友,你不会否认吧?"

"加尔维斯先生,这是一个带有政治性的问题。不是我和你所能解决得了的,我们最好不要涉及它们!"罗杰尔不想就这个话题再谈下去,"作为商人,我们关心的应当是商业贸易才对。"

"我完全同意你的看法,罗杰尔先生。"

"那么,亲爱的朋友,我想问你。在六百多名苦力中,如果出现两个女人,你一定不会表示反对吧?"罗杰尔说。

"什么,女人?你的话是什么意思?"加尔维斯瞪大了眼睛。看到罗杰尔微笑着,一言不发地望着他,他猛地一下站起来,"罗杰尔先生,你一定是发昏了。'科拉'号要去的地方是西印度,不是海峡殖民地。秘鲁荒芜的种植园需要的是强壮的苦力,而不是女人,难道让她们到那里去绣花装扮和生孩子吗?"加尔维斯有些气愤和讽刺地说道。

"可是,孤独的苦力需要她们,加尔维斯先生。没有女人,对于他们是不人道的行为。海峡殖民地的英国当局,就鼓励'猪仔'携带他们的妻子儿女到菲律宾群岛。"罗杰尔的口气仍旧不紧不慢,"还有,从澳门到卡亚俄,一万一千多英里的漫长旅途,只有女人才能改变'科拉'号上单调的生活。朋友,这一点,你应当比我更清楚。"

"你完全错了,罗杰尔先生。我需要的是赚钱,而不是为那些蠢猪一般的苦力调剂生活。"加尔维斯大声说。

"请你冷静,朋友。"罗杰尔耐心地说,"我要提醒你,利马的男人也需要女人,可利马街头还没有出现过中国女人。中国人在贸易中有一句话,叫作物以稀为贵,你明白其中的意思吗?"

罗杰尔的话提醒了加尔维斯,如果把这两个女人带回去,或许真会卖出个好价钱。他想了好一会儿,说:"我同意你的劝告,罗杰尔先生,我不妨先把她们带到秘鲁去。"

"我们终于达成了共识。"罗杰尔笑着站起来,走回卧室叫出露西亚,"加尔维斯先生,我把这珍贵的礼物还给你,感谢她给我带来的快乐,当然,最应感谢的是你喽。"

"不要客气,不要客气。"加尔维斯说完,转过脸来带有几分淫狎地问露西亚,"露西亚小姐,我想,这几天,罗杰尔先生一定使你非常满意吧?"

"是的,除了那条无法使劲的、让人讨厌的腿。"露西亚说完,脸上涌起一片绯红。

两个男人呵呵地心照不宣地大笑起来……

加尔维斯带着露西亚告辞了,罗杰尔看看表,已经到了十二点,胡二还没有来。昨天晚上,从广州动身之前,他们商定好在这儿见面,该不会有什么事吧。他决定先到巴腊坑去看看,然后再到秘鲁领事馆,让蒂松在苦力名单上办完签字手续。对啦,还得把钱给蒂松带去。那个贪婪的家伙,原先,办理一个签证,罗杰尔付给他一块大洋。现在,他竟然开口要两块。

刚出门,迎面碰见胡大。只见他辫子缠在脖子上,衣襟掖在腰间,汗流满面,大口大口地喘着气。看样子像是急匆匆赶来的。罗杰尔预感到不妙。

果然出事了。胡大告诉他,昨天晚上,胡二他们还没驶出珠江口,就被一伙人连船带人一起扣住了。

"是些什么人?"罗杰尔急忙问。

"知府衙门的。"胡大说。

罗杰尔松了一口气,刚才,他还以为是别的拐子手团伙打劫苦力,那样就难办了。既然是官府,就不必担心,他们不过是想要点钱。罗杰尔估计,上一次因为要人的事,他去找巡抚的郭松大人,广州知府那边肯定很恼火。这一次,只不过是想借机敲诈一下。在中国十几年,他摸透了清朝政府的官员,他们上上下下都是如此。难怪这个运行了几千年的大国,居然连一个小小的广州城都守不住。

胡大的话印证了罗杰尔的想法。胡大说:"官府传出话,说胡二是私掠民人出海。但鉴于有画押为证,出海人确系自愿。只要交够人头钱,随时可以放人。"

罗杰尔本来想赶紧回广州处理这件事,听了胡大的话,反而不着急了。他返回屋里,写了一封信交给胡大:"你马上回去,把这封信送给知府本人。"

"罗杰尔先生,你不回去,交不了钱,他们不会放人的。"胡大说。

"你放心,这点面子,知府还是会给的。"罗杰尔说,"至于钱,回广州后,我会一分不少地交到他手上。"

胡大半信半疑地看了罗杰尔一眼,转身走了。

"记住,告诉胡二,抓紧时间,不要耽搁。"罗杰尔说完,又叮咛了一句,"明天天亮前,一定要把人带回来。"

十六

从罗杰尔的住处出来,加尔维斯回到秘鲁领事馆。同分别了几天的露西亚调笑了一番,然后到了驻华领事蒂松的办公室。

"你终于回来了,船长先生。"蒂松递给加尔维斯一份文稿,说,"这是我的秘书为你起草的契约,但愿你能够满意。"

加尔维斯接过来扫了一眼,发现秘书的西班牙文字写得十分潦草。他皱起了双眉,不得不硬着头皮看下去。

契约是这样写的:

号码(   )

本契约订立于中国澳门,我主(   )年(   )月(   )日,以利马先生之代办人为一方,以(   )[中国(   )人,年(   )岁,(   )为业]为另一方共立此约。

做工人(   )按本契约,系自由自愿随雇主搭乘货轮"科拉"号前往秘鲁。到达后,做工人当遵照契约,听候雇主一切使唤。即无论何工,或从事农业劳动,或做园丁,或养家畜,或家中使唤,或打杂。即于工作之日起计算年限,时限八年。此间,做工人应耕田、除草,养牛,及在周围做工。各项工程概不尽名,悉皆听从指使。若为机匠及身怀手艺者,亦当尽力。唯不做岛上挖取鸟粪之工。

言明,做工人同意上述八年期限,当自做工人开始工作之日起计。做工人已知所谓"月份"系指"历月",每年系指十二个"历月"。

言明,八年期限届满,任由做工人自行谋生。雇主方不得托词欠银有据而延日推月,强留做工。如有欠银,当由当地法律公断。

言明,做工人可享有当地法律给予之权益。

言明,八年期间,做工人除为雇主或为雇主将契约转交之人做工外,不得为自己或他人等做工。做工人不经雇主书面承许,不得擅离其居所。

言明,做工人同意,按规定每月从工银中扣除一索尔,直至扣足八索尔为止。所说八索尔系指做工人从雇主(　　　)处预支定银。

言明,做工人每日用饭两餐,各有一小时。做工钟点则依做工人所在处之成规而定。

最后言明,为防止差错,做工人对雇主(　　　)及其继承人、受让人、代理人及遵照1859年1月7日法令经转让而得此契约之人承担以上诸款之义务。为此法令成效,做工人完全认可,从今委身雇主。如雇主将此契约转手他人,则此后之雇主不得重立它规。

签约人,该苦力之雇主(　　　)言明,上述货轮抵岸之日,本雇主(　　　)将付给苦力每月工银四索尔,提供住处以及充裕卫生之食物。

言明,凡遇有病,雇主务必令医生诊治、施药、看护至病愈为止。其病若系非自作之孽,工银仍应照付。做工人每年给衣服两套——法兰绒衬衫一件,羊毛毯一条。下船之日给衣服三套。

言明,做工人赴秘鲁途中所有船费、膳食以及一应费用,均由雇主(　　　)给足。

言明,做工人年初休假三天,可事宗教礼仪。

除以上诸款,现有明言。双方今于画押之先,业已逐款究明、朗读。因此双方于契约内彼此所许允者,无不了悉一切,日后万不能托词不知,再有它说。若有不遵者,难免置议。

恐空口无凭,双方立此契约,当中画名,交执为据。

立约人(　　　)

检察官(　　　)

移民监督(　　　)

总算看完了。加尔维斯点燃一支雪茄，想着有哪些地方应该修改。他是代理卡内瓦罗公司购买并为其承运这批货物的，不能不替公司考虑得周到一些，加尔维斯紧皱的双眉依然没能舒展开来。

"加尔维斯先生，不用再考虑了。所有的人都会认为，这是一份充满平等和人道精神的文件。"看着加尔维斯的神态，蒂松说，"苦力当然也不例外，他们一定会极为满意地同你签订这份契约的。"

按照加尔维斯的想法，这份契约完全是站在苦力的立场上写出来的，应当撕碎扔到废纸篓里去。不过，面对国家在澳门的代表，他没有过分表露出这种情绪。停顿了一下，只是用略带不满的口气说："是的，领事先生，苦力当然会满意。可是，秘鲁的雇主们会怎么样？你以为他们会接受吗？你考虑到他们的感受了吗？他们会愉快地认可吗？错了，对于那些一贯无拘无束地行使权利的雇主们，这份契约，会使他们感到难受，会使他们觉得自己受到了极大的约束。"

"我理解你的想法，加尔维斯先生。"蒂松的目光中闪过一丝狡黠，"不过，你应当记住。现在是 1864 年，贩卖奴隶的时代已经结束了。在文明社会，不应当再使用野蛮的方法。否则，会遭到人们的谴责。"

"你的话也许有道理，领事先生。"加尔维斯说，"但对苦力，应另当别论。他们是被这个腐朽的帝国遗弃的人，我们正在拯救他们，我们有权利，也有资格自由地对他们进行支配。"

"你错了，船长先生。"蒂松说，"按照你的想法和做法，我们的苦力贸易很快就有中断的危险。"

"为什么呢？"加尔维斯问。

"为什么？船长先生，这真是一个可笑的问题。"蒂松说，"如果把你放在苦力的位置上，你就不会这样提问了。"

加尔维斯若有所悟地眨了眨眼睛："领事先生，你的意思是——"话没说完，被进来的罗杰尔打断了。

"先生们，你们好，很高兴我们又一次见面。"罗杰尔手里提着一个皮包，"你们在谈论什么让人感兴趣的问题呢？"

"你好,罗杰尔先生,我们正在讨论关于同苦力签订契约的问题。"蒂松说。

"这是贸易中很重要的一部分,应该讨论。契约是贸易的信誉和保证,更应当引起重视。"罗杰尔把皮包放在桌子上,"不过,签订契约的双方必须处于平等的地位,即使同苦力,也不能忘记这一点。"

"太对啦,罗杰尔先生,你不愧是富有经验的人口贸易者。"蒂松说着,把脸转向加尔维斯,"我看,加尔维斯先生根本不适宜从事正常的人口贸易,而应当去干他的老本行。"

"老本行?"罗杰尔不明白地望着蒂松。

"去干海盗呀。"蒂松说完,哈哈笑了。

加尔维斯也尴尬地嘿嘿干笑了几声。

"罗杰尔先生,我能为你做些什么呢?"笑完了,蒂松问。

"领事先生,苦力去贵国的签证——"

"这确实是一件急需办理的事情。"没等罗杰尔说完,蒂松打断他的话。"来吧,我们现在就开始。

看到与自己无关,加尔维斯出去了。

"这次一共有多少人?"蒂松问。

"六百七十名。"罗杰尔说。

"六百七。"蒂松重复了一遍,接着说:"'科拉'号是今年开往卡亚俄的最后一艘货轮,那么,全年运到秘鲁的苦力应该是六千二百人。这是一个让人兴奋的数字,罗杰尔先生,秘鲁的发展也有着你的一份功劳哦。"

听到蒂松夸奖,罗杰尔露出一脸笑容,他得意地说:"领事先生,你也许不知道,第一批运往美洲的苦力,大部分都是我组织的。"

蒂松惊奇地看了罗杰尔一眼,拍了一下脑袋:"我想起来了,是不是1850年在依基克港出现的那批契约华工。"

"对,就是那一次。领事先生的记忆力真让人佩服。"罗杰尔的口气像是在夸奖着蒂松先生,其实在为自己的功劳而颇显得自豪。

"罗杰尔先生,你虽然不是秘鲁公民,却为秘鲁共和国的发展做出了贡献。我要请求政府给你颁发一枚勋章,以表彰你在为秘鲁提供劳动力方面的功绩。"蒂松边说边打开文件柜,把一些签字用的东西放到桌子上。

"谢谢你的夸奖,领事先生。"罗杰尔说着,朝门口望了望,迅速从皮包里取出一沓钱送到蒂松面前。

蒂松没有吭声,也没有任何推辞的表示,他很自然地接过钱揣进衣服兜里。然后坐到桌子前,大声喊来秘书,让他准备好登记表格。接着对罗杰尔说:"罗杰尔先生,请把名单拿过来吧。"

十七

上船的日子到了。

广州知府果然买了罗杰尔的面子。第二天,天还没有放亮,胡二就把人带到了澳门,送进了巴腊坑。

天阴得很重,云层低低的,像是挂在街头的树梢上和楼房的顶子上。大街上没有一丝风,潮乎乎的空气让人感到压抑和沉闷;同时,也让人产生了一种想穿过阴云,飞到天上的欲望。

一大早,审查委员会的人就来到巴腊坑。他们要对即将出海做工的人进行审查,这是苦力离开中国之前的最后一道程序了。

审查委员会本来应该由六名成员组成:秘鲁雇主的代理人、运送苦力的船长、葡萄牙澳门当局的政府代表、翻译,以及分别代表政府和代理人的两名医生。由于加尔维斯既是船长又是代理人,所以,实际上只有五个人。审查的内容,是要确定苦力到外国做工是否出于自愿,有没有同雇主的代理人签订契约,还有他们的年龄情况和在长途航程中身体的适应能力。按照澳门政府向外界公布的条件,不到二十岁是不许到海外做工的。

胡家父子和手下人也按照罗杰尔的安排到了巴腊坑里边。本来,进行这道最后的程序已经和他们毫无关系。罗杰尔叫他们来,是为了防止意外,应付苦力中随时都可能发生的不测事件。

罗杰尔没有去审查现场,他坐在街道旁边的一辆马车里。离他不远的巴腊坑门口,是一队扛着滑膛枪的葡萄牙士兵。

巴腊坑内,即将去秘鲁的苦力被集中到了一起。一个中国翻译可着嗓子喊了一阵让大家安静下来,审查便正式开始了。首先由政府代表做开场白。

"先生们,你们将要离开自己的故乡,去一个遥远的国家。"个子很高、脖子却很短,脑袋似乎要缩进身子里边的政府官员代表高声说道,"为了保障你们每个人的权利,在审查当中,请如实回答我们提出的问题,葡萄牙澳门政府将会完全尊重你们的选择,让你们按照自己的意愿行事。"

接下来,翻译宣读蒂松和加尔维斯议论过的那份契约。

翻译是个瘦小的中国人,没有辫子,留着和洋人一样的短头发。他说的既不是官话,也不是广州附近的地方语言。从四面八方来到这里的苦力,许多人都听不懂。尽管他声音很大,以至到后来嗓子都有些沙哑了。但除了个别地方外,人们最终也没有弄明白契约的全部的详细内容。

"你们有谁愿意看看这份契约?"宣读完后,翻译举着手中的纸张高声问道。他知道,苦力中很少有人识字,问这话只是做个样子。

然而,还是有人挤到前边来了。他是辛怀礼。教书先生从翻译手中接过用西班牙文写成的契约,但他只瞟了一眼,又无奈地还到对方的手中。

安静持续了短短几分钟,人群中出现了议论声。

"胡老板讲的四年,怎么现在变成了八年了?"

"我们是被人欺骗啦,是被拐子手拐来的!"

人群旁边的胡来顺听出来了,说话的是从石桥村来的人。他把头缩了缩,赶快站到打手的背后。但还是有人看见了他。

"那不是胡老板吗。"

"走,找他去。"

"问问是怎么回事。"

随着说话声,有人想挤过人群往胡来顺那边走。

"安静。先生们,安静。"政府代表举起双手,大声说道,"没有人强迫你们出国,你们想到哪里,完全由你们自己决定。"说完,他同加尔维斯嘀咕了几句,急忙走出门外。很快,那队葡萄牙士兵端着枪走进来,把人群围了起来。

说话声消失了,走动的人停住了脚步。

翻译按照加尔维斯的吩咐,对人群宣布:"根据你们的要求,雇主的代理人加尔维斯先生同意,将做工期限改为四年。"

人群恢复了平静。随后,苦力被分批叫到审查人员的桌子前边,政府代表、加尔维斯和翻译对苦力逐个进行问话。同时,两名医生对他们做身体检查。

问话极为简单,只有一句:"你愿意去外国做工吗?"身体检查也只是对每个人很随便地目测一遍。两项内容完结之后,把苦力的名字填写到契约上,再由本人签字或者画押。通过审查的苦力,每人发放两块大洋和一身看上去十分粗糙的麻布衣服。至此,所有的项目就全部结束了。

审查进行得很快。不一会儿,第一批三十个人就出了巴腊坑。在葡萄牙士兵的押解下,三十个人排成一队,迈着散乱的步子向"科拉"号走去。

巴腊坑内,审查在继续进行。一切都还算顺利,为了能挣到每个月两块大洋的工钱,许多人都愿意去太平洋彼岸那个遥远而陌生的国家。

一批又一批的人被押了出去,在旁边盯着审查过程的胡来顺一伙,心里开始轻松起来。

"阿爸,我看不会有什么事了。"胡二说。

"可不,再有两批就完了,但愿吧。"胡大跟着说。

"先别松心,人都上了船才能算数。"胡来顺的话刚落音,就看见审查人员把辛怀礼的三个学生拦住了。

"坏了,肯定是觉得他们年龄不够。"胡二对胡来顺说,"过去看看吧。"

"等一会儿。你们看,那两个洋人的看法好像不一样。"

胡来顺说得确实很对,在让不让三个孩子走的问题上,政府代表和加尔维斯产生了分歧。政府代表认为,按规定是不应该让他们出去的。放任还未成年的孩子到另一个国家去做工,会影响葡萄牙政府的声誉。加尔维斯却认为年龄无关紧要,主要的是要看苦力本人的情况。"代表先生,"他说,"你看,他们的身体发育是多么良好,完全能够承担轻微的体力劳动。何况,"他指了指说自己是教师的辛怀礼,"他们还有监护人,秘鲁丰富的食物会使他们很快长得像牛一样健壮。"

经过一番商讨,政府代表同意了加尔维斯的意见。

下一个是刘宗仁。面对翻译的问话和几双盯着他的眼睛,刘宗仁低着头默不作声。他不敢说愿意,要是真的被送到外国去,可就全完了。但他也不敢说不愿意,那样,不仅三十元钱到不了手,说不定还会坐牢吃官司。他感到左右为难,拿不定主意。这时,翻译又问了一遍。他抬起头,不经意地向四周望了望。没想到,在人群中看见了刘保和瞎眼。

"钟阿强——阿保——"刘宗仁不顾一切地喊了两声。

刘保和瞎眼一直都在躲着刘宗仁,刚开始时人多,他们站在人群后边,离刘宗仁很远,还能避开。现在,巴腊坑里的人数已大大减少,无遮无挡,互相都能看到对方。他们知道躲不过去了。

"这是你们弄来的人吧。"胡来顺瞪了刘保和瞎眼一眼,"办事一点都不牢靠。赶快过去,想办法了结一下!"

两个人还没有迈步,刘宗仁已经跑了过来。他没想到问一问刘保和瞎眼为什么会在这里,只是吞吞吐吐地说:"刘保,我……"

"你什么你。"刘保眉毛一横,打断刘宗仁的话,"不是早就说过吗,要等到过了审查这一关,上了船,阿强才能换你。你这样吵吵嚷嚷,让审查的人知道了真情,不仅事情办不成,我们还都得吃官司。"

"兄弟,你放心。你和刘保哥是乡亲,我和他是朋友,我们不就等于是一家人吗?自家人总不会害自家人吧。再说,我要是成心骗你,还能来这儿和你见面吗?早跑远了。"瞎眼紧接着刘保的话诚恳地说,"你去吧,不要有别的想法,老老实实等着我,过一会儿上了船我就去换你。"

"那……那……那我可等着你啦,你早点来啊。"刘宗仁犹豫过后,他的心情稳定了一些,他对瞎眼叮咛了一句,慢慢地回到审查人员跟前。面对翻译的又一次问话,他只是略微点了点头。接着,用审查人员递过来的鹅毛笔在契约上画了一个横竖都不直的十字,便被推到了门口。临出大门的时候,他回头朝钟阿强望了一眼,那目光中满含着期盼,仿佛在说:"快点呀!"

剩下最后一批人了。在这些人中,胡来顺看见了小三子。

对于小三子的走,胡来顺始终放心不下。尽管小三子不是他的儿子,可毕竟在一起生活了几年,是在自己眼皮子底下长大成人的。这几天,他曾明里暗里地提醒过小三子,可是没起任何作用,小三子铁了心非走不可,他也不好阻拦,只能任由他去。此刻,在上船之前,在这样一个特别的地方看到小三子,他觉得心中有一股说不出来的滋味,眼睛里甚至还有一丝潮乎乎的感觉。他想把小三子叫过来说几句话,又不愿意让手下的人看见自己的神情,便转过身停了一会儿,使自己的心态平静了一些。然后,慢慢地走过去。

　　其实,小三子早已看见了胡来顺。只不过,为了不引起两个人分别时的伤感,他故意装作没看见,并且还尽量往人群的中间站,以免被对方看到。现在,见胡来顺来到自己面前,他急忙迎上去:"胡爷,你老忙了十来天,怎么还在这儿,没回广州歇息去?"

　　胡来顺没有说话,他从兜里拿出三十元钱,默默地塞到小三子手中。

　　"胡爷。"小三子推辞着不要。

　　"拿着,孩子。"胡来顺低低地说,他的声音有些发涩,"小三子,命里造化,让咱们在一起待了几年。如今,你要远走他乡,以后还不知什么时候才能回来。或许,这就是咱爷俩最后一次见面了。"

　　"不会的,胡爷。"小三子说,"不管外国有多好,能挣多少钱,干满年限我一定回来看你老人家。"

　　"漂洋过海的,难哪。"胡来顺摇摇头,把手按到小三子肩上,盯着他的眼睛,"到了外面,不管干什么,要先看好自己的身子。还有,遇事多长个心眼,和洋人打交道,不要太实心实意了。"

　　小三子点点头:"胡爷,你老的话我记住了。"

　　"还有,我让他们在这里给你买了一床铺盖和几身衣服,你带上吧。别的,我现在也没有什么可送给你。"胡来顺说完,招手让胡二把行李提过来给了小三子,又绕着他看了一圈,才迈着缓慢的步子离开了。

　　刚走到手下人跟前,苦力中间突然响起一阵叫喊声:"老子不去,老子不愿意到外国做工,你们放老子回去!"

　　"那是什么人?"胡来顺问。胡二顾不上回答,急忙带几个人奔了过去。

高声叫喊的是田云山,他站在审查人员面前,把递给他的契约撕成了碎片。

　　政府代表对这个大声叫嚷的人产生了兴趣,他歪着头说:"先生,你为什么不愿意出国做工呢? 中国这么贫穷,难道你的苦日子还没有过够吗? 秘鲁是一个美丽的国家,在那里,你会挣到很多很多的钱。钱能改变人的生活,也能改变人的命运,难道你不喜欢金钱吗? "

　　"去你妈的,鬼佬儿,老子就是不想给你们卖命。钱再多,老子也不干。"

　　翻译没有将这句话译出来,但从田云山的表情和语气上,政府代表认定不可能说服这个人。他无奈地对加尔维斯摊开手:"船长先生,出国做工确实不是他的意愿。这一点,我想你也看到了。"

　　加尔维斯没有理会政府代表的话,田云山强壮的身材吸引了他,他很希望把这个苦力带走。像这样的人,回到秘鲁一定会卖出好的价钱。"代表先生,"停了一会儿,他说,"你看他的身体,结实得像一只熊。这是最受雇主欢迎的苦力,他应该去为秘鲁服务。"

　　"我理解你的心情,加尔维斯先生。"政府代表说,"我也希望你能运走更多的苦力,那样,将会增加澳门政府的收入。可是,在这样的时刻,在这么多人面前,我们不能违背这个人的意愿。那样会损害政府的声誉。这个不用我多说,你自然会明白的。"

　　"你的话完全正确,代表先生。我也理解你的想法。"加尔维斯说,"可是,做工既然不是出于这个人自己的愿望,他为什么会来到这里呢? "

　　政府代表耸耸肩,不吭声了。

　　正在这时,胡二凑到翻译跟前告诉对方:"先生,这个人借了我们的钱。当初,我们就达成了协议。如果他无法偿还,就以出国做工来抵债。没想到,现在却反悔了。"说完,他递给翻译一张纸,"你看,这是他在协议上按的手印。"

　　翻译接过看了一眼,给了政府代表。然后又翻译了胡二的话。

　　翻译的话刚说完,胡二使了个眼色,刘保、瞎眼几个人立即七嘴八舌地证明胡二说的全是事实, 没有半点差错。他们指责田云山办事不讲信誉,想赖账。

政府代表经历过的这类事情太多了，不用问，他一眼就看透了面前这几个人玩的鬼把戏。不过，他没有揭穿他们，而是满脸严肃地对田云山说："先生，我要告诉你，违背诺言是可耻的行为。按照这几位先生的证言，我不能相信你不愿意做工的谎话。你应当遵守你的诺言，用你的行动履行你和这位先生达成的协议。"说完，他挥手让士兵把田云山押走。

田云山气得咬牙切齿，他瞪着眼骂了几声，握紧拳头，想冲过去跟胡二一伙拼命。但是，刚迈出步，几支枪杆就把他死死地挡住了。紧接着，被推到了门外。

胡二轻蔑地看着田云山，冷笑了一声，和手下人站回了原处。

审查全部结束了，最后一批苦力被押出巴腊坑。阴沉沉的天空，又不紧不慢地下起了小雨。即将上船的人们背着行李，默默地行走在通往码头的大街上。雨水从头上流下来，顺着额头流到眼角，又从眼角流到脸上，像是淌下的泪水。

胡来顺心情愉快地带着手下人走出巴腊坑，他同罗杰尔照了个面。之后，给想在澳门玩几天的人发了些钱，便准备返回广州。

"胡先生。"胡来顺正要走，罗杰尔微笑着叫住他，"我们现在还有一笔生意，我想，你一定会乐意接受。请你在一个月之内搞到三百名'猪仔'，时间充足，不会有什么困难吧。"

"哪里有那么容易，罗杰尔先生。现在，要弄到一个人太难了。你看，这一次费了多大的功夫哪。"胡来顺说着，脸上露出极其为难的神色。

"胡，我相信，事情再难，你也有办法解决。"罗杰尔笑着说过，还表示友好和信任地拍了拍胡来顺的肩膀。

胡来顺没有吭声，他想，这倒是一个抬高价格的好机会，顿了一大会儿他说："那么，价钱——"

"这个不用你考虑，我会满足你的要求。"罗杰尔打断胡来顺的话。

"好吧，我尽量想办法。"胡来顺说完，顺口问了一句，"下次是去哪儿的？"

"下次不是到遥远的南美洲，而是去海峡殖民地，菲律宾群岛。"罗杰尔告诉胡来顺，"当然，'猪仔'们可以带自己的女人和孩子。"

"本来想好好歇几天,这下又不行了。"站在旁边的胡大嘟囔了一句。

胡来顺刚离开,从巴腊坑内出来的加尔维斯来到马车旁边。罗杰尔让他上车,加尔维斯说让雨淋一会儿更舒服一些,罗杰尔只好陪他站在雨中。

"加尔维斯先生,审查委员会的其他先生呢?"罗杰尔问。

"政府代表和医生回去了,翻译跟着苦力到了船上。"加尔维斯说,"罗杰尔先生,你还有需要办理的事情吗?"

"为表达对审查委员会的谢意,我想请各位用餐。可现在……人员凑不齐,实在太遗憾了。"

"那就等下一次吧。"

"只好这样了。"罗杰尔说完耸了耸双肩,又问:"'科拉'号什么时候开船?"

"今天晚上。"加尔维斯说,"一百二十天的漂泊又要开始喽。"

"祝你旅途愉快,朋友。"罗杰尔用真诚的口气说。

"谢谢。不过,不会愉快,我的朋友。四个月,那是一段多么艰难的历程。"加尔维斯摇摇头,"我真是羡慕,罗杰尔先生,你有一个美好的职业。"

罗杰尔满意地笑了笑,没有吭声。

正在这时,刚刚闭上的巴腊坑大门被打开了。几十个背着行李的苦力在两名拐子手的吆喝声中走了进去。

望着那一队人,加尔维斯歪着头想了想,问:"罗杰尔先生,那么多中国人都要离开家园到外国去,这是为什么呢?难道他们不知道,躲避灾难,最好的庇护所就是自己的家吗?"

"也许,也许是他们太贫穷了。对于苦难的生活,谁会去留恋呢?当然,还有那就是愚蠢,愚蠢往往是贫穷的一个影子,它们时刻相随着呢!"罗杰尔说着,指了指重新关上的巴腊坑大门,"加尔维斯先生,你看,这个巴腊坑已经使用了很长时间。从开始到现在,它总是塞满了人,从来没有空闲过。"

"我还是想不通,罗杰尔先生。"加尔维斯没有理会罗杰尔的假装处带有哲理意味儿的话,仍旧按着自己的想法说,"改变贫穷的唯一方法是增加财富。可是,这些人不为自己的国家创造财富,却跑到异国他乡给别人劳动,这是为什么？"

"为什么？你去问那些愚蠢的苦力吧，只有他们自己能告诉你，也许他们自己也不知道，那就去问上帝吧！"罗杰尔有些不耐烦了，他提高了声音："加尔维斯先生，我也想不通，一个苦力贩运者，一个苦力船的船长，竟然会提出这样的问题。真是不可思议。"说完，他把加尔维斯拉进马车，"走吧，时间不早了，我送你到船上去，上了那艘船，你可能有时间去思考你提出的怪问题的。"

第二部　蒙难苦力船

投机分子认为他们有权把亚洲人带到秘鲁去,然后,他们把人数不断增加的亚洲人塞进挤挤压压的小船。这些船既不通风而且甚至连最起码的食物也不足,在航程中苦力们遭到野蛮的虐待。在那些船上,由于这些残酷行为所致,亚洲人绝望的可怖的场面一再出现是众所周知的。当这些人贩子带着他们的贪欲的牺牲品到达卡亚俄时,他们将这些亚洲人卖给了出价最高的投标人。

——1861 年 3 月秘鲁总统卡斯蒂利亚对国会通过的
《中国人法令》的批评意见

凡对黑奴贸易鼎盛时期,从非洲到美洲"中段航程"的恐怖略有所知的人,将会忆及很多黑奴因窒息而死的拥挤不堪的船舱;加在奴隶身上的镣铐,抽击他们的皮鞭,以及为了逃避被俘或是绞刑,船长命令把全体戴着镣铐的"乘客"抛下海去,以消踪灭迹的时刻。当把目光转向苦力的太平洋航程时,这些情景最好铭记在心。

——(美国)瓦特·斯图尔特《秘鲁华工史》

一

这是一个无法看见月亮的夜晚。流泪一般的秋雨已经停歇下来,浓重的乌云依然把天幕遮掩得严严实实。白日喧闹的码头,此刻死一样的沉寂。在远处的海面上,从停泊的船只中闪现出的明明灭灭的灯光,更增添了空旷茫然和无所依托的情绪。

一切都准备就绪,离港的时间就要到了。大副布恩迪亚请示了加尔维斯之后,命令水手起锚,解开缆绳。没过多久,一阵沉闷得像呜咽一般的汽笛声响过之后,"科拉"号缓缓地离开码头,划入茫茫黑夜中,向同样茫茫的大海里驶去。

加尔维斯看看表,12点30分。午夜已过,应该是第二天了。1864年9月11日,0点30分,"科拉"号从澳门出港,装运苦力共六百七十名。他在航海日记上写下这句话,又签上自己的名字。回头看了一眼正在熟睡的露西亚,准备掀开她的被子钻进去。想了想,还是抑制住了刚刚激起的欲望。他整理好身上的衣服,拉开门,走到桅灯闪烁的甲板上。

作为"科拉"号的首领,船才离开港口,还没有进入正常的航程,他怎么能放心地去搂着女人睡觉呢?

海面上几乎没有风,海水此时显出少有的平静。船在平稳地行驶着,没有一点颠簸的感觉。加尔维斯站在船尾向前望了望,黑乎乎的,什么也看不见。前方,仿佛是永远也望不到头的黑暗。他举起双臂,深深地吸了一口气,先在船尾部和驾驶室里转了一圈,然后,又慢慢地向前面走去。

对于"科拉"号来说,加尔维斯既是船长又是船主。在他四十五岁的人生经历中,就有过二十年的海盗生涯。两年前,他厌倦了那种出没无常、生死不定的职业。在打劫了一艘美国货轮,分到一笔财物之后,他决计洗手不干了。随后,他用积攒的钱从一个西班牙人手中买下了这条三桅帆船,把原来的"海狼"号改成了现在的"科拉"号,并在秘鲁注册了。

"海狼"号名为货轮,实际上,它成年累月都在非洲往美洲各地贩运人口,根本就没有运送过货物。加尔维斯接手之后，"科拉"号只在秘鲁的近海处跑了一段时间货运，便承揽了卡内瓦罗公司在中国的业务。

加尔维斯虽说干过多年海盗，那都是打家劫舍的勾当。到中国贩运人口，作为一种贸易，真正意义上的人口贸易，对他来说，还是第一次，没有任何经验。何况，他也没有到过古老神秘的中国，对那里的情况可以说一无所知。于是，便雇用了曾经多年从事黑奴贸易，又五次到中国贩运过苦力、富有经验的布恩迪亚为船上的大副，同时新招了一批水手。就这样，他带着卡内瓦罗公司给它的老供货人罗杰尔以及秘鲁驻澳门领事馆的介绍信，跨过浩瀚的太平洋，来到了陌生的中国。

载重量一千二百吨的"科拉"号装着满船的布匹、棉纱、棉花和其他日常用品先驶往香港。那个英国人统治下的弹丸之地，真是非凡的自由贸易市场，船上的货物很快就脱了手。他们没有在香港停留，很快把船开到了澳门，在等待苦力集中的同时对"科拉"号进行了简便却又巧妙的改装。

事情进行得相当顺利。原先想象中可能出现的麻烦，比如苦力的价格、短时间内能否招够所需的人数、中国政府的干涉等等许多棘手的事情居然一件也没有发生。这一切，使加尔维斯不禁想到以往干海盗的年月。那时候，要劫掠一条船，不流血，不搭几条人命，几乎是不可能的。而现在，只需坐在屋子里，所有的事情就有人替你顺顺当当地办完了。但愿这是一个良好的开端，他在心里默默念叨了一句。

加尔维斯一边走一边仔细检查着船上的每一个部位，走到主桅的后面，他站住了。在这里，横贯甲板竖着一道栅栏，栅栏是到澳门后安装的。用四英寸见方、九英尺高的硬木做成。每根木头的距离为八英寸，栅栏上开有一扇上着门闩的门。门边的甲板上，散乱地放着一堆木棍、手铐和脚镣。在船尾的一方，架着两尊加农炮，而两孔黑洞洞阴森森的炮口正对着栅栏的木门。夜色中望去，两尊铁炮像两只张着大口随时准备扑向猎物的猛兽。

在正常的航行中，白天，栅栏门口时刻有两名荷枪的水手站岗。苦力们只能在栅栏到船前部的甲板上活动，不许越过栅栏到船尾的一侧。夜晚，他们被关进船舱里。在厚重的木板封死舱口之外，还要派一名水手在那里把守。

加尔维斯用劲推了推栅栏,方木像是长在船上的树,根本推不动。他很满意,无声地笑了笑。刚开始安装时,他并不赞成用这么大这么重的木料。船上已经配备了各种武器和应付突然事变的其他装备,他觉得没有必要花这笔冤枉钱。布恩迪亚向他讲述了许许多多苦力们在船上暴动的事件后,他才勉强同意了。现在想想,尽职的布恩迪亚大副考虑周到而正确。在一百多天的航行中,谁能预见到会发生什么变故呢?要知道,苦力们有六百多人,而"科拉"号上,只有六十五名水手。

站在栅栏门口,加尔维斯向后望了望。从这里到船尾,是他和水手们的住处。除了甲板上的加农炮,他们还有三十支滑膛枪,一些刺刀、剑、左轮手枪以及火药和葡萄弹,一切都准备得万无一失。对付赤手空拳的苦力,这些完全够用了。

"苦力船,'科拉'号货轮成了标准的苦力船。"加尔维斯自言自语地说了一句,越过栅栏向舱口走去。

把守舱口的是一名来中国之前新招的水手,名叫阿梅罗,二十多岁,高高的个头、浓眉大眼和一头长而卷曲的黑发使他显得很英俊潇洒。据说,这个年轻人懂得并且会说一些中国话。

"阿梅罗,有什么情况没有?"夜色里传来加尔维斯的问话。

"一切正常,船长先生。"阿梅罗回答完,又加了一句,"请你放心,我一定会尽到我的职责。"

黑暗中,加尔维斯赞赏地点了点头。他弯下腰,掀了掀舱口的盖板,没有掀动。又贴下身听了听,船舱里面也没有异样的动静。看来,苦力们已经安静地入睡了。

船上的情况让人非常满意。加尔维斯站起身,准备回寝室里休息。这时,从船头方向过来一个人。走近一看,是布恩迪亚。

"大副,你还没有睡?"

"启航之后,对船只进行全面检查,是我的职责。船长先生。"满脸胡子的布恩迪亚嗓音很粗重。说完,他跺了跺船舱盖板。

"你是一个称职的大副,布恩迪亚先生。"加尔维斯说着指了指脚下,"不过,现在没必要操心了,他们早已进入了梦乡。"

"是的,船长先生。对于从巴腊坑里出来的人,在这样的环境里,他们一定会感到非常舒服。"布恩迪亚说着哈哈笑起来,笑声中带着几分自豪。

加尔维斯知道对方是指舱里的铺位,那也是布恩迪亚负责改装的。

这个西班牙和秘鲁血统的混血种,真不愧是贩运人口的老手。他不仅有管理苦力的丰富经验,对改装货舱也极为内行。据说,他的曾祖父在贩奴时代就是一艘贩奴船上能干的水手。

那几天,布恩迪亚先是对船舱进行了详细的测量,然后,他有条不紊地指挥人员在里面密密架起了上下三层铺位。每个铺位宽两英尺,长五英尺。铺位一头,用中国和阿拉伯数字写上号码,以便让苦力记住自己的位置。铺位之间留有狭窄的过道,仅仅能容纳一个人通过。为了使货舱的空间得到最充分的利用,最后,他又在货舱通往甲板舱两英尺高的过道内增加了两个铺位。

加尔维斯庆幸雇用了眼前这个长得粗壮高大的人,他不仅替自己操了不少心,而且把船上整理得顺顺当当。否则,到澳门以后自己根本不会有空闲时间。"布恩迪亚先生,"他说,"无论从经验还是从才干上来说,你都是贩运苦力行当里最优秀的人才。"

"可惜,黑奴贸易时代已经过去了。"布恩迪亚满是横肉的脸上和语气中都带着一种遗憾,"要不是政府可恶的检查制度,要是能够采用那时的方法,加尔维斯先生,我一定会让'科拉'号装进更多的苦力的。"

加尔维斯点点头:"我相信你的话,大副。不过,苦力毕竟不同于黑奴。现在已经进入文明社会,法律和舆论都认为,他们不应当受到歧视,而应当得到人道的对待。"说完,他担心布恩迪亚误解他的意思,又补充了一句:"当然,我们已经尽最大的努力,为他们提供了最好的睡眠条件。"

"可是,先生。"一直在旁边听着两个人说话的年轻水手阿梅罗禁不住叫了一声,"我觉得,这些苦力……"

"你有什么话要说吗?阿梅罗。"船长问。

阿梅罗不知道自己该不该发表意见。他犹豫了一下,才吞吞吐吐地说:"可是,我觉得,船舱里实在是太拥挤了。"

"拥挤？"布恩迪亚用不解的目光望着面前的年轻人，"阿梅罗，你觉得他们睡觉的地方不够宽敞，是吗？不。他们是苦力，不是秘鲁的客人。每人一个铺位，就已经足够了。同以前的黑奴比起来，这里简直就是天堂。"

　　"可是，那是怎样的床铺啊！"阿梅罗几乎要叫起来了。他想象不出，在两英尺宽、五英尺长的铺位上睡觉是一种什么样的滋味。

　　"年轻人，你以为，他们应该到船长室里去睡觉吗？"布恩迪亚的口气露出明显的讥诮，"我再说一遍，他们是苦力，是一批货物。对他们来说，七英尺长的铺位根本没有必要，那完全是一种浪费和奢侈。你也许不知道，那么，我可以告诉你。以前，在贩奴船上，每个黑奴只有一英尺半的位置。而且，从非洲海岸到美洲大陆漫长的航行中，他们只能坐着，根本不可能躺下睡觉。"

　　我的天哪！

　　阿梅罗感叹一声，再无言语。他是第一次上苦力船，毫无这方面的经验。对于以前贩运黑奴的具体情形，只是偶尔听人说过而已。

　　望着沉默不语的阿梅罗，加尔维斯走到他跟前说："年轻人，在贩运人口方面，布恩迪亚先生有极为丰富的经验，我们应该听他的。抛开所有的想法，记住你的职责才是。"说完，和布恩迪亚相跟着向船尾走去。

　　回到船长室，露西亚已睡醒一觉，正睁着眼睛静静地躺在床上。那媚人的睡态激起了加尔维斯的欲望，是的，在这较为宁静的夜里，在远方的海涛声为他们的"科拉"号伴奏着平和吉祥的乐曲的时候，加尔维斯船长觉得自己也应该为这次远航的良好开端做些什么了，而此刻抒发他亢奋激情的事情只有和迷人的露西亚小姐做爱，仿佛只有疯狂的做爱才能拉开这次顺利远航的美丽的帷幕。想到这里，加尔维斯一把捏住了露西亚高耸的半裸的乳房，笑着说："我的小甜心，我想，我给你带来的快感不亚于那个拐腿的英国佬儿吧！"露西亚眯缝着醉酒一般的长睫毛环抱着的漂亮眼睛，用柔韧的双臂紧紧箍了加尔维斯的脖子，撒娇道："可别小瞧了那个瘸腿的英国佬儿，他把浑身的蛮劲都用在那一条健全的大腿上了，我希望你能比他有所作为呢！"加尔维斯听罢呵呵笑着说："那你就好好领教两条健全大腿的力气吧！它会让你有全新的刺激和感受的……"说罢，他急忙脱掉衣服扑在了露西亚丰满性感的身上……

起风了,海浪涌起了波涛……

二

那盏点着洋油的灯早就熄灭了,船舱里没有一丝光亮,什么也看不见。时辰已是深夜,可在这装着六百多人的狭小空间里,从无数个铺位上传出的鼾声、粗壮的呼吸声,以及断断续续的呓语和偶尔响起的床板咯吱声,根本让人感觉不到夜的宁静。

躺在又窄又短的铺位上,石桥怎么也睡不着。一开始,他努力使自己不想任何事情,让头脑安静下来,但根本不管用。后来又数数。从一数到一千,连着数了三遍,仍然无济于事。无奈,他只好蜷曲着腿,静静地躺着。他不能像在自家的床上一样随便平躺着伸直身子,那样,小腿肚以下的部位会悬空搭在床外。他也不敢自由自在地翻身,倒不是担心滚下床去。他睡的是最下边的一层,紧靠舱壁,铺位一个紧挨一个,实际上等于是通铺,绝对掉不下去,他担心压着旁边的人,或是扰醒他们。还有,就是身子下边窄窄的、厚薄不一的木条,有的朝上翘,有的向下凹,高低不平。他带的铺盖卷铺到妻子杨兰草的铺位上去了,身上单薄的衣服根本就垫不平身下低的部分和木条的硬棱。躺着不动只是觉得不舒服,一旦转动一下,身体的某个部位便被硌得又疼又难受。

不知是什么时候了,大概是三更,也许是四更,石桥仍然没有睡意。黑暗中,他侧过头向两边看了看。左边,是个名叫郑永祥的大夫,下午到舱里后才认识的。右边,是洪海平。听着两个人均匀的呼吸,他真羡慕他们的睡意。

此刻,他很自然地想到了妻子。在此之前,他们从来没有分开过。现在,不知道她睡得怎么样。她的铺位,就在和自己头部一板之隔的那个过道里,和吕秋雁住在一起。

下午,进入这个大木箱一般的船舱,石桥和洪海平看了一遍之后,两个人犯愁了。从到船上的那一刻起,他们就注意到,在这几百人里边,只有杨兰草和吕秋雁两个女人。而今,面对这样的铺位,她们往哪里睡呢?想来想去,觉得还是最上层的拐角处好一些。正在他们往上爬的时候,小三子发现了那个过道。

　　几个人赶忙走过去,过道里早已钻进去一个人。那人二十五六岁,黑瘦黑瘦,鼓着一双金鱼样的眼睛,正躺在那儿吸食鸦片。

　　石桥向对方说了自己的想法,告诉他两个女人睡在大铺位上不方便,能不能换一下地方,让她们住到这个过道里。金鱼眼起初不答应,一口咬定决不让出这个位置,说是要住只能住进去一个男人。再后来,大约是经不住几个人的一再恳求,洪海平还露出不得到过道决不罢休的意思,他才勉强点了点头。但同时提出一个要求,用石桥的一副铺盖交换这个地方。

　　这回轮到石桥不同意了。金鱼眼表示,不给铺盖,他死在这里也不会出去。经过一番讨价还价,石桥答应让给他一条褥子。就这样,杨兰草和吕秋雁合伙铺一条被子住进了过道。事情过后,他们和金鱼眼聊了几句。知道他原先在一条外国船上当水手,是因为欠了别人的赌债被逼着来的,名叫王夜生。

　　"你妈生你的时候,一定是晚上吧?"听完王夜生的话,小三子笑嘻嘻地说。

　　"你算说对了,兄弟。"王夜生似乎忘记了刚才不愿让出铺位和讨要铺盖的事,一边卷着褥子,一边问了一句:"你们是怎么来的?"

　　"家里过不下去了,正好有招工的,就跟着出来了。"洪海平说。

　　"你们自愿去给洋人干活?"王夜生不相信地望了望面前的几个人,"你们没听说过出去做工的事?"

　　石桥他们瞪着不解的目光摇了摇头。

　　"我来这里是被人逼的,没办法,你们可是自觉自愿地上了贼船。"王夜生的话里带着惋惜和同情,"实话告诉你们,到外国做工,就等于是去给洋人当牛做马。"说完,卷起褥子找铺位去了。

　　当时因为忙于占铺位,对这个话题没有多谈。现在想一想,刚上船时的情形和在外国船上混过饭的水手那句话,也许不是没有根据的。

　　从巴腊坑出来以后,他们被端着枪的士兵像押犯人一样一直押到船上。很快,从船尾部过来三十多个同样端着枪或拿着皮鞭的人换走了士兵,散布在刚刚上船的人群周围。就这样,在甲板上站了好长时间,才看见有三个人向

110

他们走来,其中有那个留着短头发的中国人翻译。

人群中高高低低地说话声停止了,翻译介绍了身旁的两个外国人。一个就是审查时那个粗壮的高个子,叫加尔维斯,是船长。另一个叫布恩迪亚,是大副。

加尔维斯嘴里叼一根粗大的雪茄烟,脸上带着自得的笑意。他站到一条凳子上,用高傲的目光在人群的头顶上扫视了一遍,向翻译打了个手势,便开始讲话了。他说一句,翻译用中国话重复一遍。

"先生们,欢迎你们乘坐'科拉'号。"加尔维斯说道,"你们将朝着太阳升起的方向,越过太平洋,去到南美洲一个美丽而富饶的国家。在那里,好客的主人正急切地盼望着你们,你们将会受到热情的接待。同时,每个人都会得到一份轻松舒适而又报酬不菲的工作,实现你们发财的梦想。我相信,这次漫长的旅行,尽管不可能一帆风顺,但一定会使你们终生难忘。祝你们旅途愉快。"

接下来是布恩迪亚,那个洋人板着脸,用粗粗的嗓门宣布了船上的规定。规定总共有十五条,都是不准中国人这样,不准中国人那样。听到最后,有人大声叫喊起来:"这是他娘的什么规定。""是啊,我们又不是囚犯。""洋鬼子,这个规定不合理。"紧接着,响起一片高高低低的议论声。

"砰、砰。"两声枪响才使人群安静下来。

"乡亲们,乡亲们——"翻译同加尔维斯嘀咕了一阵后,说道,"没有规矩不成方圆,定规矩是为了让大伙儿平安到达目的地,不合适的地方你们可以提出来。我们都是中国人,我一定会尽力帮助大家。不过,现在这样七嘴八舌的议论不是办法。你们先到舱里去,安置好铺位以后选出一个代表来,有什么事我们也好商量。"

人们沉默了一会儿,便陆陆续续往舱里走。当甲板上剩下十几个人的时候,石桥看见后边一个年轻人呜呜咽咽地哭起来。他本打算过去问几句,想了想,又觉得出门在外,多一事不如少一事。快到舱口的时候,身后响起一阵"我不走,我要回家"的叫喊声。回头一看,那个年轻人正往船梯方向跑。然而,刚跑了几步,就被拿皮鞭的水手扭住胳膊送到船长和大副跟前。

"我不想去做工,我要回家。你们放我回去吧。"年轻人苦苦哀求着,话里带着哭腔,脸上露出一副可怜相。

"他在说什么?"加尔维斯问翻译。

"他说他想回家。"翻译说。

"你想回家,你还想干什么?"满脸横肉的布恩迪亚阴冷地笑了一声,话音未落,当胸一拳把年轻人打了个趔趄。没容对方站稳,又从腰间抽出皮鞭,在他身上狠狠地抽了一下。

这不是欺负人吗?不,简直是行凶。石桥看不下去了,他返回身,想把年轻人拉到舱里去,免得他再挨打。正在这时,一个满脸络腮胡子的人先他几步到了洋人跟前。"住手!"随着一声断喝,那个人伸手挡住了悬在空中的皮鞭。

看到一个苦力竟敢同自己作对,布恩迪亚暴怒了。"蠢猪!"他恶狠狠地骂了一句,又抡起鞭子,准备抽打络腮胡子。

"大副!"加尔维斯看到舱口周围向这边张望的苦力和走过来的石桥,制止住了布恩迪亚。他不愿意在船还没有离开港口的时候就惹出麻烦来。

"如果这位先生能付出足够的赔偿金,我们可以让他离开'科拉'号。"加尔维斯对石桥和络腮胡子说。

翻译很快把这句话译了出来。

"多少钱?"石桥想用自己和杨兰草的卖身钱帮助这个素不相识的年轻人。听翻译说完,他伸手就往兜里掏。

"五百块。"

石桥惊讶地瞪大眼睛,刚到了口袋边的那只手也无力地垂了下来。"你们这不是卖人吗?"他的语气有些愤愤不平。

"我是商人,不做赔本的生意。为买这个人,我已经付出了七十五块大洋。"加尔维斯冷冷地说,"先生们,还是回到船舱里去吧。美丽的秘鲁同样会成为你们的家。在那里,你们会有更好的归宿。"

年轻人明白自己是走不掉了,他向石桥露出一个苦笑,拖着沉重的步子进了船舱。经过短短的交谈,石桥知道了络腮胡子叫田云山,年轻人叫刘宗仁。刘宗仁在上船后一直抱着希望,等瞎眼来换他。直到人们开始进入船舱的时候,他用绝望的目光朝空荡荡的船梯望了一眼,才知道自己受骗了。

想到这儿,石桥冒出一个念头:说不定我们都受骗了。

他轻轻地翻了个身,尽管小心翼翼、缩手缩脚,肋骨部位还是被木板棱硌了一下。而且,旁边的郑永祥也被扰醒了。

"怎么,还没有睡着?"仰面躺着的郑永祥把脸转到石桥对面。

"今天不知怎么啦,"石桥也低声说,"横竖都睡不着,还把你也惊醒了。"

"我这人睡觉本来就轻。"郑永祥说完又问,"有心事?"

"没有。就我们两口子,都来了。等于把家背到了身上。"

"我不像你。父母七十多岁了,儿子才十五岁。他们连我的死活都不知道,今后可怎么过呀。"郑永祥叹了一口气。

石桥也跟着叹了一口气。下午,郑永祥曾讲过他和同村人崔诚信被劫的情形。

两个人都陷入了静默,黑暗中,传过来几句梦呓。过了一会儿,只听见"扑通"一下沉重的响声,紧跟着,有人"哎哟、哎哟"叫起来。

叫声惊醒了不少人,石桥和郑永祥爬起来挤了过去。这时,不知是谁划亮了一根洋火。借着光亮一看,原来是中间的铺位上,有一个人从三层掉了下来。因为过道太窄,没有掉到底下,而是将身子搭在了过道两旁的铺位上。头在二层,脚在三层,那样子,看上去确实难受极了。

大家急忙把那个人抬上去,郑永祥也爬上三层看了看。给他揉了揉扭得疼痛的腰和脖子,直到觉得没事了,才回到自己的铺位上。

经过一番闹腾,石桥反而有了睡意。他合上眼睛,昏昏沉沉地刚睡着。"咚"的一声,被惊醒了。睁眼一看,舱盖打开了,一缕阳光从舱口斜着射进来。

天亮了。

三

闷了一夜的人们大都上了甲板,船舱里剩下为数不多的人,有的仍在睡觉,有的坐在一起东拉西扯地聊着天。

洪海平也在船舱里。吕秋雁起来后,看见身上的衣服脏了,想换一件。洪海平便让杨兰草跟着石桥和小三子他们先上去，自己留下来等着她。

打开盖板的舱里比刚睡醒那会儿清爽了许多。洪海平深深吸了一口气，举起胳膊伸展了几下，又转身望了望全是滚过男人的铺位。心想，多亏还有这么一个小小的过道，不然，秋雁和兰草嫂子就只能挤在他和石桥中间了。看这情形，当时真不该带她出来。往后会怎样呢？不知道是救了她还是害了她。

洪海平和吕秋雁相识，完全是巧合。

那是四个月前的一个傍晚，他挑着给窑上砍的柴往回走。刚下了一道一人多深的沟，面前跑过一只兔子。他想追那个小东西，不料，在他弯下腰放挑子的时候，一把镰刀从头上飞过来，不偏不倚地扎在他面前的那捆柴上。

洪海平吓了一跳。他直起身，抬头一望，只见一个高个子姑娘提着篮子，正气喘吁吁地向沟里跑来。

她就是吕秋雁。

原来，在沟上边割猪草的吕秋雁也看见了兔子。她追了几步没追着，便把镰刀照着往沟里跑的兔子扔了过去。不料，这一扔，差点扔到洪海平头上。

看到自己几乎闯了大祸，吕秋雁连忙跑到洪海平跟前，红着脸不好意思地问伤着没有，接着又说了许多抱歉的话。到后来，洪海平反而不好意思了。

他们就这样相识了。吕秋雁的家离洪海平干活的地方不远，慢慢地，他们见面频繁起来。四个月后的结果，就是两个人从偏僻的山沟里鬼使神差地来到这条船上。

过道口紧闭着的门打开了，吕秋雁弯着腰走出来。她换了一件带花边的浅绿色上衣，头发梳得光光洁洁。虽然没有洗脸，但在衣服的衬托下，红润的面孔和乌黑的眸子依然露出楚楚动人的天生丽质。

"我们上去吧。"吕秋雁拿着换下来的桃红色上衣，带着一种自然的笑意对洪海平说，"把你的衣服也脱下来洗洗。"昨天，她看见船上有几个装满水的大铁箱子，箱子旁边放着木盆，大概是让人洗衣服用的吧，她当时想。

洪海平没有动，他深深地望着吕秋雁说："上边人太多，就在下边坐一会儿。好多天了，我们还没有单独在一起。"

吕秋雁顺从地坐下来，和洪海平并排靠在舱壁上。一时间，两个人谁也没有说话。对面二层铺位上,从聊天的人群中,时不时响起一阵哄笑声。

"雁子,想家不?"过了一会儿,洪海平问。

"不想,只要和你在一起,就什么都不想。"吕秋雁把头靠在洪海平肩上,低声说。后母操持的那个家,她实在没有什么留恋的。只是,有时候会想到父亲。

洪海平把吕秋雁搂到胸前,一边用手在她油黑的头发上慢慢抚摸着,一边轻声说:"雁子,往后,我们不知道会走到哪一步。要是真能挣下钱,我一定要回老家风风光光地娶你。让你后妈看看,洪海平不会一辈子都是穷光蛋。"

吕秋雁仰起脸,望着洪海平:"不管有没有那么一天,海平,我什么时候都会跟着你。就是讨饭,我们也要一起去讨。"

听到吕秋雁的话,洪海平心中涌起一股感情的潮水。他没有再说话,轻轻地捧起她的脸,轻轻地在那湿润的嘴唇上亲了一下。

"海平——海平——"舱口外边传来陈玉财的喊声,"还不出来,吃饭了。"

洪海平答应了一声,却没有动。又坐了一会儿,他才拉着吕秋雁爬上梯子,出了刚刚能容纳一个人的舱口。

甲板上到处都是人,三个一群五个一伙,有的蹲着,有的坐着,端着饭碗围在一起。发饭的地方在栅栏旁边,栅栏的门已经打开,有几个洋人抬着木桶从船尾向门口这边走来。洪海平和吕秋雁走到栅栏边,看了看已经放在那里的木桶,里边是碾碎的玉米熬成的糊糊,煮着一点萝卜和白菜。洪海平让拿着勺子的洋人舀了两碗,和吕秋雁端着走到石桥他们坐的地方。

围在这一块吃饭的大部分是石桥村的人,另外还有几个昨天刚认识的。看见洪海平和吕秋雁走过来,小三子怪腔怪调地问了一句:"海平,阿财早就叫你们了,怎么这么长时间才出来,你们在下边干什么事了?"

"没干啥呀。"洪海平一副莫名其妙的表情,"就等着秋雁换衣服。"

"换衣服就换了这么久,都够睡一觉的时间了。"小三子坏坏地笑着把脸转向旁边的陈玉财,"阿财,你说是不是?"

嘴里含着饭的陈玉财点点头,吐字不清地说了句:"差不多。"

面对这突然而来的玩笑,洪海平正想着如何应付的话,这时,不知谁又冒

115

出一句："海平,你帮她脱衣服了没有？"

"说呀,别不好意思。""是不是你解的扣子。""你们看,秋雁脸都红了。"人们七嘴八舌地起哄着。

杨兰草瞪了小三子一眼："都是你挑的头。"接着,她又对其他人说道："行啦行啦,你们别嘴臭了。"起哄的人们才停止下来。

"秋雁,你别在意,年轻人在一起说说笑话,热闹热闹。"石桥担心吕秋雁不高兴,劝说了一句。

"没啥没啥,石大哥。"吕秋雁笑着说,"大伙儿在一块寻寻开心,在村里的时候也常常是这样。"

说笑之间,饭吃完了。杨兰草和吕秋雁收拾起碗筷,准备送到栅栏那边去,但被石桥拦住了："别管它,就扔在这儿,让洋人自己去收拾。"接着,他叫了洪海平他们一声："走,到别处转转去。"

绕了一圈,也没有什么好看的。除了船中间有高高的一堆货物和一些乱七八糟的东西,剩下的就是人,一群一伙的人,遍布在栅栏这边所有的地方。只有满甲板上摊着的碗筷,放眼望去,还算是一道没有见过的景致。

"石桥大哥。"有人喊了一声。石桥转过身,看见刘宗仁正在向他招手,"过来坐一会儿。"

几个人相跟着走过去,田云山和郑永祥也在这里。另外还有几个上船的时候见过面,但不知道叫什么名字的。于是,大家互相报了姓名,就算认识了。

"石大哥,"刘宗仁说,"昨天多亏了你和田大哥。不然,还不知道他们会把我怎么样呢。"

"宗仁,这事你也不要挂在心上。"石桥说,"虽然我们以前都不认识,现在既然到了一块,就是兄弟。往后的时间还长着哪,有什么事,就该互相照应着。"说完,他转向其他人,"大伙儿说是不是？"

"石桥老弟的话有道理,出门在外,人不亲土亲。"田云山接着说,"对这些洋人,决不能在他们跟前发软,只要我们抱成团。"

"可是,铁匠。"小商人崔诚信打断田云山的话："洋人有枪又有炮,我们赤手空拳。他们要较起真来,我们不是用鸡蛋碰石头吗？"

"碰就碰，大不了拼个你死我活。"田云山粗声粗气地说。

"云山老弟，此言差矣。"教书匠辛怀礼慢条斯理地反驳道，"子曰：'身体发肤，受之父母。'哪能轻而言死呢？你看我这几个弟子，生不及弱冠，长未到成人。如你所言，他们能死而无憾吗？依我所见，和洋人相处，还是以忍为上，能忍则自安嘛。就连当今皇上，在洋人面前不也是一再忍让、委曲求全吗？"

"我们是老百姓，又不是皇上，怎么能一样呢？"洪海平瞟了一眼在水箱边洗衣服的吕秋雁和杨兰草，说："有些事情，需要忍的当然也应该忍。不过，忍让也得有个分寸，总不能让别人骑在脖子拉屎吧。要是洋人把刀架在你脖子上，你还能忍吗？再说，我们出来是为了挣钱，要是连命都保不住了，还挣什么钱。你说对不对，辛先生？"

"有道理，有道理。"辛怀礼不想跟人争辩，连连点着头，"洪小弟年纪虽轻，见识却不浅，说出话来让人佩服。"

"辛先生，我一个庄稼人，能有什么见识。"洪海平说。

石桥饶有兴趣地听完辛怀礼和洪海平的对话，把目光转向对面的刘永旺，问："这位大哥，你怎么光笑不说话？"

刘永旺一直微笑着听几个人议论，多年的算命经历使他养成了习惯，在别人说话的时候，尽量不插嘴，不轻易发表自己的见解。现在，看到石桥问他，就顺口说了一句："多用耳朵少用嘴。"

"永旺大叔，这又不是算卦，说错了也没人砸你的摊子。"刘宗仁说。坐在这一块的人里边，只有他知道刘永旺是算卦的。

一听到刘永旺的身份，大家来了兴趣，都要求他为自己算一卦。

"自家兄弟不说诳语。"刘永旺让走到自己身边的人坐下来，实实在在地说："算卦是欺人之谈，歪门邪道。我是为了混口饭吃才干这营生的，不像郑大夫，治病救人，才是正经行道。对吧，郑大夫？"

"各有其道，各有其道。"郑永祥胖胖的脸堆起一团笑意，"大伙儿往后有个头疼脑热的，尽管来找我。只要能看，郑某人绝不推辞。"

刘永旺本想把话题引到郑永祥那边去，不料人们却不接大夫的话茬，仍旧缠着他。特别是一些年轻的，不住地说好话，求他算卦。

"我要是算得准，就不会来到这里，和你们在一块受这个骗，上这个当啦。"刘永旺笑了笑，那笑里带着一丝苦涩。"生死由命，富贵在天。灾祸时时会出现，躲过躲不过，全凭你的命是贵来还是贱。俗话说，在家好躲，在外好避，在劫难逃。往后怎么样，就看每个人的劫数了。不过，劫数是瞎话。还是石桥兄弟说得对，大伙儿出门在外，都该互相照应着点。当然，照应也得人力所及。人力达不到的，就只能听天由命，看你的运气了。"

刘永旺的一番话虽无具体所指，但听的人都很自然地联想到自己。是啊，对于前面的路，谁能估摸到是白的还是黑的呢？

"跟洋人在这条船上，说不定我们就得遇上一场劫难。"大夫郑永祥对石桥低低地说了一句。

四

昨天晚上睡得太迟，做爱又有些过度疯狂，加尔维斯起床后，天已经大亮了。盥洗完毕，到了吃饭的时间，他没有去船上的餐厅，正好露西亚也不愿意去那个满是水手又乱哄哄的地方，便叫人把早餐送到了船长室。

早饭并不丰盛，但是很可口。特别是几样清淡的"中国"小菜和五种米熬出的五米粥，加尔维斯吃得津津有味。他不禁回想起在澳门吃过的丰盛的中国筵席。多少年来，他到过世界上许多地方，在别的国家，能与中国筵席相比美的几乎还没有。

"露西亚小姐，不知你感觉到没有，中国菜真是无与伦比的美食。"加尔维斯看着露西亚，用赞叹的口气说了一句。他拿起筷子笨拙地夹起色泽诱人的小菜，刚刚送到嘴边，不料，手指一松动，菜全掉了下来。

露西亚哧哧地笑了，她取来一把叉子放到加尔维斯面前，说："你应该扔掉那两根木棍，船长先生。难道在利马的饭店里，你还准备用它吃饭吗？"

"你错了，露西亚小姐。"加尔维斯重新把筷子伸到盘子里，"我想，经常使用筷子吃饭，这样能使手指更加灵活。还有，如果在利马开一家中国餐馆，一定会受到人们的欢迎。"他总算艰难地把菜送到了嘴里，"下一次来大清国，我

118

要带回去两个大清国厨师。"

露西亚用疑问的目光望着加尔维斯："你想开中国餐馆？"

"是的。"加尔维斯点点头。

"难道贩运苦力不是赚钱的行业吗？加尔维斯先生。"露西亚问。

"难道对金钱的占有不是越多越好吗？贩运苦力和开中国餐馆其实并不矛盾啊！亲爱的露西亚小姐。要知道，只有金钱才是世界上最可爱的东西。"加尔维斯说着站起来，"我得出去看看啦，虽然有称职的布恩迪亚大副，我也应该尽到船长的职责。"

加尔维斯先到了厨房，对厨师夸奖了一番，说他在如此短的时间内竟然能够学会做中国菜，真是聪明之极。如果能一直做出可口的饭菜，回到秘鲁以后，一定要奖励他。随后，又看了看水手们给苦力送的饭，便走出厨房，到了驾驶室。

布恩迪亚也在驾驶室里，加尔维斯问了问航行的情况，又用望远镜在海上观察了一番。一切正常，风力也很好，帆鼓得满满的，船正在全速前进。

"照这个速度，大副。明天天亮前我们就能越过台湾，驶出中国内海。"加尔维斯放下望远镜，到罗盘前看了看船所在的位置，说。

"是的，船长先生。"布恩迪亚说，"这是一个顺利的开端，但愿一万多英里的航程都能够如此。"

"上帝会保佑我们。"加尔维斯说着走下驾驶室，大副也随后跟了下去。

两个人相跟着到了前甲板，苦力们有的还在吃饭，有的围坐在一起说说笑笑，有的无所事事地转悠着。十几个拿着枪和皮鞭的水手在船的各个部位监视着他们。加尔维斯看到散乱地摆在甲板上的碗筷，先是愣了一下，继而露出满脸的不快。他伸出一只脚，朝一只碗猛踢过去。谁知，那碗居然没有被踢碎，而且它还飞了起来，在空中划了一道弧线，最后扣在一个仰面躺着的苦力脸上。

布恩迪亚惊异地看了加尔维斯一眼："船长先生，这是……"

"大副先生，你难道看不出来？"加尔维斯望着脑袋后边拖着一条尾巴的中国人，气呼呼地说，"这些可恶的苦力在向我们示威。"

听加尔维斯一说，布恩迪亚悟出了这摆满甲板的未曾洗刷的碗中所蕴含的意味，似乎感到从每个碗口都向外冒着不满。他抽出插在腰间的鞭子，迅速走到几个围坐在一起的苦力旁边，用鞭杆敲了敲他们的脑袋，又指了指栅栏边发饭的地方，恶狠狠地说："蠢猪，都起来，把碗送过去。"他没有叫翻译，五次运送苦力的经历，使他学会了一些简单的中国话。

坐在这里的是被胡二从建房工地骗来的韩山河和他的同伴。他们刚放下碗，正在聊天。有的人觉得不够吃，准备去再要一碗。布恩迪亚的到来，打断了他们谈话的兴致。几个人相互看了一眼，一时间，谁也坐着没有动。

这些下贱的苦力竟敢违抗自己的命令，竟敢蔑视自己的尊严，布恩迪亚不能容忍这种现象存在下去。他用西班牙话骂了一句，紧跟着抬起脚，向面前的人猛地踢了过去。

这一脚，正踢在背向布恩迪亚坐着的韩山河脊背上。毫无防备之中，韩山河一下子趴倒在地，前额重重地磕在船板上。旁边的一个同伴想去拉他，刚弯下腰，屁股上也狠狠地挨了一脚。

布恩迪亚又用鞭杆戳其他人的后背，紧接着，抡起了鞭子。有几个人看着情况不妙，乖乖收拾碗筷去了。

韩山河慢慢地爬起来，摇了摇有些发晕的脑袋。他四顾搜寻了一遍，然后，把目光阴沉沉地盯在了布恩迪亚身上。

自从在酒馆遭到暗算之后，韩山河的心里就窝着一团怒火。从乡下出来，是因为收成不好，想挣点钱，混碗饭吃，哪里会想到被人贩子给骗了。一开始，他还心存一丝侥幸，想着能有什么办法回去。到了澳门，看到那么多人，听了他们各种各样的遭遇，他彻底断绝了回家的念头。听天由命吧。反正在哪里都是靠干活吃饭，如果外国真能挣下钱，迟几年回家也行。不这样想，还能有什么办法呢？无奈之中，窝着的那团火也慢慢熄灭了。刚才，几个人还在谈论，到了外国要好好干活，不要惹是生非。想法多挣些钱，日后能够体体面面地回到家乡。现在，转眼之间，却平白无故地受到这个洋鬼子的欺负，韩山河胸中又重新燃起一团火。妈的，我们不惹是生非，可也不能平白无故地让洋人欺负我们。

就在韩山河怒目盯向布恩迪亚的一刹那间,布恩迪亚也觉察到了面前这个苦力逼人的目光。他抡起鞭子,刚想要抽过去,想了想,又收了回来。望着比自己几乎低一头的中国人他改变了主意,他轻蔑地哼了一下,用手做了一个过来的姿势。他要用拳头教训教训这个不驯服的家伙,要让满船的苦力都知道,胆敢有任何不满的表示,会尝到什么样的苦果。

　　韩山河没有想更多的事情,他只想出出这口恶气。要不是这些洋人,自己也不会被骗到这条船上。他向前走了几步,咬着牙对布恩迪亚说道:"洋鬼子,老子长到二十多从来没有打过人,也没跟人红过脸。今天,老子跟你拼了。"说完,随手抄起一只碗,照准布恩迪亚的面孔狠狠地砸了过去。

　　布恩迪亚没有听懂韩山河的话,只是从对方的表情和动作中意识到了可能发生的事情。他向前跨了一步,想猛扑过去。但是,已经晚了,那高高的鼻子正好碰在飞过来的碗底硬棱上,鼻腔里立即涌起一阵剧烈的酸痛。同时,碗在脸上响起一下沉闷的撞击声。碗破了,碎片的边缘像锋利的刀刃一样,在脸上犁开几道深深的口子,接着又划过他伸出的胳膊,"啪"地跌落在船板上。

　　不论贩运黑奴还是苦力,多少年来,除了不顺从的行为外,布恩迪亚从来没有遇到过反抗。现在,遭到这意外的袭击,他怒火中烧,像发了疯一般扑向韩山河。看到那高大的个子向自己压过来,韩山河明白,论个头,自己绝不是这个洋鬼子的对手。他本能地弯下腰,没容对方站稳,使尽力气用头直撞过去。这一撞,把布恩迪亚顶了个仰面朝天。紧跟着,他猛地一跃,骑在对方身上,朝那张流着血的络腮胡子的大脸响亮地扇了几个耳光。

　　"妈的,让你再欺负人。"韩山河一边扇一边骂,顺便还往对方脸上吐了一口唾沫。直到觉得气消了一些,才把沾着血的手在布恩迪亚的衣服上擦干净,气喘吁吁地站立起来。

　　也正在这时,他被几名水手死死地扭住了。

　　已经爬起来的布恩迪亚咆哮着,瞪着血红的眼睛,一脚把韩山河踹倒在地。他挥了一下手,水手们的皮鞭劈头盖脸地朝韩山河猛抽下去。随着鞭子的呼啸,韩山河翻过来滚过去,不住发出凄厉的叫喊声。短短几分钟,他的衣服被打成了布条,身上和脸上印满一道道血痕,滚过的地方染成了一片殷红。随后,叫喊声由大到小,渐渐变成微弱的呻吟。

这时,加尔维斯慢慢地走过来。他用手势制止住水手,又踢了踢韩山河,毫无表情地说:"扔到栅栏那边去。"

"船长先生,为什么要抬走呢?"布恩迪亚看了看往这边观望的苦力,"应该把他扔在这儿,给别的苦力做一个样板。"

"不,大副。"加尔维斯说,"你难道不明白吗?示众,越醒目越好。听说中国有一句老话叫作杀鸡儆猴儿,就是这个道理。"

说话间,韩山河被拖到了船尾一侧。加尔维斯让人把他反背着手捆起来,高高地吊在奉拉着秘鲁国旗的旗杆上。

仰望着那个脑袋低垂在胸前的苦力,布恩迪亚朝加尔维斯伸出大拇指:"船长先生,这真是一个绝妙的办法。"

加尔维斯得意地看着周围的人,说:"在海风中享受阳光的抚摸,对于他,将是终生难以忘记的享受。我相信,别的苦力也一定会想到这一点。"

"船长先生,这个人会死在旗杆上面的。"一个提着饭桶走过来的水手说。

加尔维斯一看,说话的人是阿梅罗。他冷冷地一笑:"阿梅罗,对待苦力,任何仁慈的想法和行为都是危险的。在'科拉'号,在苦力船上,所有的不满情绪和反抗行为都不允许出现,都必须受到严厉的惩罚。"

"你的话完全正确,船长先生。"布恩迪亚紧跟着说了一句,然后把脸转向阿梅罗,"年轻人,你要记住,他们——"他指了指栅栏那边朝这里观望的苦力,"只是一群会说话的牲畜。"

阿梅罗用怜悯的目光看了看旗杆上吊着的苦力,不吭声了。

五

韩山河被水手们用皮鞭抽打的时候,洪海平正同小三子和陈玉财在船的最前边。他们站立的地方,一排横贯半个甲板,高高堆放的货物挡住了视线,三个人没有看到韩山河同布恩迪亚打斗的场面。

虽说已经是九月了,太阳依然是悬在头上的一只火球。坐在无遮无挡的甲板上,热辣辣的让人难受。石桥他们不愿意在太阳下烤晒,回舱里去了。洪海平和陈玉财没有正儿八经地见过大海, 便拉着小三子在甲板上慢慢溜达,要看看大海的模样。

海实在是太辽阔了,洪海平和陈玉财用了自己的全部阅历和想象,也没有估量出它到底有多大,哪儿是它的边沿。放眼望去,只见说不清是绿色还是蓝色的海水,在阳光的照耀下泛着粼粼波浪,不断向前推涌,茫茫无际的海面,一直伸到天的尽头。那里,水天相连,成了细细的一条线。

"真大呀。"三个人看了一会儿,陈玉财惊叹地说了一句。

"不大能叫海吗?"小三子说。其实,他除了在珠江口外的水面上转过几趟,并没有见过真正的大海。

"要是谁能游过这海面,那就神了。"陈玉财朝远处望了一会儿,眨巴着眼睛对洪海平和小三子说。

呵呵呵呵……

听到这话,两个人禁不住大声笑了起来。

"你们笑啥?"陈玉财一本正经地说,"我看,肯定没有人能游过去。"

"你算说对了,阿财。"洪海平止住笑,"这是海,不是咱们村的池塘,一个猛子就能扎到头。"

洪海平的话刚落音,隔着货物传来几声惨叫。

"你们听,那边怎么啦?"小三子说。

"走,看看去。"洪海平说。

吃完饭的人们大都回到了舱里,甲板上还有四五十个人。除了有几个在收拾散乱地放着的碗筷,其他人都在望着什么。

三个人走到人群前边,正巧看到韩山河最后挨打的几鞭子和被拖向栅栏那边的情景。眼前的场面使他们惊住了。不要说洪海平和陈玉财,就是小三子,也没有见过打人打到这种残忍的地步。洋人真是太毒辣了。

"那是谁?"洪海平连着问了几个人,都说不认识。又问是从什么地方来的,也没有人知道。

过了一会儿,有人指了指几个收拾碗的,告诉洪海平:"他们大概是一块的,刚才吃饭的时候他们就在一起。"

"人都被打成那样子了,你们光在一边看,也不想法去帮帮他。这怎么能说过去呢?"小三子对旁边的人说。

"你说得轻松,怎么帮?洋人又有鞭子又有枪,能打过人家吗?说不定连我们也得搭进去。再说,我们又不认识他。"一个瘦高个说着,斜了小三子一眼。

"你这话好没道理。"瘦高个的话刚落音,陈玉财接过来说,"不管认识不认识,我们都是中国人,到了外边就是一家子,总不能看着他让洋人欺负吧。就算是打不过他们,说几句求情的话也行呀。"

"求情?"又有一个人说,"洋鬼子不通人性,你能跟他讲出什么名堂。现在这场合,还是自个顾自个吧。"

说话间,韩山河被拖到栅栏那边去了。

几个人的话,惹起洪海平一肚子气。他眼珠像凝固了一般朝洋人那里盯了一会儿,又回过身看了看面前表情各异的人们,也不管认识不认识,气呼呼地说;"你们都他妈的自顾自,有一天洋人欺负到你头上,看你怎么办。"说完,把头冲小三子和陈玉财一摆,"走,我们过去。"

刚刚迈步,一个人把洪海平死死地拽住了。他回头一看,是王夜生。

洪海平使劲推了王夜生一下,想挣脱他。没料到,对方那看上去瘦瘦的身体却十分有力。他不仅没有挣脱,反而被王夜生向后拉了几步。他火了,大声说:"王夜生,你想干什么?"

王夜生仍旧抓着洪海平的胳膊,他的目光很真诚,似乎还有一丝恳求。他望了一眼高高吊在旗杆上的韩山河和拿着武器的洋人,说:"海平,你可千万不能过去。你没有和洋人打过交道,不了解他们的性情,这些家伙什么事都能干出来。你要是去了,说不定和这个人是一样的下场。"说完,见小三子和陈玉财已经走出人群,又急忙喊了一声:"你们赶快回来。"

洪海平趁机甩开王夜生的手,不服气地说:"我就不相信。洋鬼子再厉害,他们总不会吃人吧。"

"你以为他们不敢?"王夜生说,"我在外国船上干过,知道的比你多。这些家伙坏透了,根本不把咱中国人当人看。"

这时,小三子和陈玉财也返回来了。走到他们跟前,问洪海平出了什么事。

洪海平没有理会两个人的话,仍旧盯着王夜生:"那你说怎么办?"

"按理说,这件事我们也该帮一把。畜生都知道护群,何况挨打的是我们自己人。不过,就你们三个,"王夜生摇了摇头,"他们根本不会放在眼里。最好多叫几个人,事情也许会好办一点。"

洪海平想了想,王夜生的话也有道理。三个人,势单力薄,说不定还真得让洋鬼子给收拾了。

"海平,王夜生说得对。就靠我们,想把人救回来,恐怕不行。"小三子说。

洪海平没有作声,他转过身看了看,周围的人已经不多了。有的离他们远远地站着或坐着,有的已经到了舱口,准备回舱里。剩下的,神色各异,大都是一副与自己无关,等着看热闹的样子。

洪海平想让小三子去叫石桥他们,只听王夜生又说:"海平,我看,过去给他们说说好话,求求情,让他们把人放下来。俗话说,三句好话顶个钱使,或许能顶事儿。千万不能来硬的,不然,吃亏的准是我们。"说完,他又指了指收拾完碗筷向这边走来的几个人,"他们和那个挨打的是一块的,把他们也叫上。"

洪海平迎上去,向一个三十多岁的人问了问情况。这个人叫牛天成,穿一身打满补丁的衣服,厚厚的嘴唇,浓黑的眉毛下却长着一双小小的眼睛,看上去,目光有些失神。听完洪海平的问话,他有些不好意思,声音低低地说:"我们和韩山河以前也不认识,在广州干活儿时才到了一起。本想出来挣碗饭吃,没想到出了这么一档子事,被人拐到这里。刚才,我们也想帮他。可是,看那阵势,谁敢去呀。唉!在人屋檐下,不得不低头。"

"是呀,到了这个份上,谁还能硬起来。"

"连官府都怕洋人,老百姓又能咋样。"

其他几个人随声应和着牛天成。

洪海平不耐烦地摆摆手:"算啦算啦,别说了。你们这些人,和韩山河相处了一场,连一点情义都没有。他现在有难,我们总该帮一把吧?我只问一句,如果向洋人去要韩山河,你们去不去?"

"只要有人领头,我们就去。"牛天成说。

"那好,我领头,现在就走。"洪海平招了一下手,小三子和陈玉财跑了过来。随后,王夜生和人群中几个不认识的也来到他们的跟前。

栅栏的门刚刚关上。

加尔维斯一直注视着栅栏这边的情况。一开始,看到苦力们聚集在一起,还以为他们要闹事,便叫水手做好准备。后来,见他们又散开了,就留下两个看门的,带着布恩迪亚和剩下的水手向船尾走去。

"洋鬼子,把我们的人放下来。"还没到栅栏边,洪海平就喊了一声。看到吊在旗杆上、头垂在胸前的韩山河,他早忘了王夜生让他向洋人求情的话。

跟在后边的人也一起喊着:"洋鬼子,把人放下来,赶快放下来!"

喊声使加尔维斯止住了脚步,他回转身看了看,听翻译把苦力们的话翻译完,轻蔑地一笑,对布恩迪亚说:"大副先生,这真是一帮不知天高地厚的家伙,他们居然认为自己拥有提要求的权利。"

对面的叫喊声越来越响,苦力们使劲捶打着栅栏。

加尔维斯火了,他让翻译向对方喊话,叫他们离开。翻译可着嗓子说了一遍,但毫无效果。苦力们用力推着栅栏,似乎不达目的决不罢休。

"船长先生,不能让他们闹下去了,应该给他们点颜色看看。"布恩迪亚摇晃着皮鞭。刚才受辱的经过使他耿耿于怀,虽说惩罚了那个人,但他并不满足,总想痛痛快快地教训教训闹事的苦力。

加尔维斯点点头,表示同意。本来,他让吊起韩山河,是要给所有的苦力一个警示,让他们知道反抗给自己带来的后果。没想到,他们竟然毫不理会,还要借机闹事。这是一种危险的前兆,必须立即制止,绝对不能任其发展下去。

布恩迪亚叫了几个水手,让他们分别带上木棍和皮鞭,准备去制裁栅栏边的苦力,但被加尔维斯招手止住了。"大副,我想,对于枪的威力,这些中国人也许还不大知道。让他们亲身体验一下,会产生更好的效果。"说完,他没有任何犹豫,板着脸,冷冷地命令水手:"开枪!"

一瞬间,随着滑膛枪沉闷的声音,子弹朝苦力们飞了过去。很快,有人倒下了。紧接着,响起一片呻吟和叫骂声。

看到眼前的情景,加尔维斯得意地笑了。他让水手停止射击,对哈哈大笑的布恩迪亚说了句"这场游戏结束了",便转身回到了船长室。

六

就在洪海平一伙人准备去救韩山河的时候,船舱里,一场打斗刚刚结束。石桥和田云山几个人分在两边,正劝说打斗的双方。

事情的起因很简单。

在铺位之间狭窄的过道上,一个叫李同的年轻人,行走时碰着了伸出铺位的一只脚。伸脚的是个四十多岁的中年汉子,名叫苏守文。苏守文一看对方,瞪起眼睛骂一句:"你瞎眼啦。"

"你才他妈的瞎了眼,不瞎眼怎么看不见有人走过来。"李同立即回应了一句,跟着,顺手在苏守文的脚上擂了一拳。

正躺着的苏守文一个鲤鱼打挺坐起来:"妈的,你碰了人倒还有理了。"他说着猛扑到李同身上。于是,两人开始厮打起来。厮打中,双方都有相助的人加入其中。极短的时间内,便形成了一场恶斗。

看到这种情形,石桥急忙叫了田云山和郑永祥过去拉架。船舱里的环境使打斗的人无法拥挤在一起,而是分散在铺位的空隙处。没有费多大事,李同和苏守文便被石桥他们连劝带拉地分开了。

经过询问,旁边的人才知道,苏守文、李同以及参加打斗的人都是从一个村子里来的。苏、李是他们村里的两户大姓,不知从哪一代起,两个宗族之间结下了怨仇。此后,苏姓和李姓便经常发生械斗。不仅每次都有死伤,而且对在械斗中抓到的异姓任意处置。现在打架的两伙,就是在不久前的械斗中成了对方的俘虏之后,被两个宗族的人几乎是同时卖给人贩子的。

"你们祖上到底结了什么冤仇?"听完苏守文的讲述,石桥问。

苏守文摇摇头。石桥又问李同,李同瓮声瓮气地说:"不知道。"

"啥也不知道,你们打个什么名堂。"田云山不屑地瞥了苏守文和李同一眼,"就算祖宗有冤仇,也不知几辈子的事了,和你们有什么关系。现在,都到了洋鬼子手下了，还要来个窝里斗。"

"苏大哥，还有李同兄弟，田大哥说得有道理。"石桥说，"冤家宜解不宜结，何况你们还不是冤家。乡里乡亲的，还是和好吧。以后到了外国，谁也有需要大家帮助的时候。总这么记恨着，万一有了事，怎么能互相照应。"

围着观看的人也你一言我一语地劝说着，过了一会儿，苏守文和李同满是怒气的脸色开始缓和下来。

"大伙儿说得都对。"苏守文抬起低着的头，"以前在村里械斗，每次都是族长来叫，我们不得不去。往后呢——"刚说到这里，从舱口传进来一阵枪声，打断了他的话。

石桥顿时浑身一惊，他想起洪海平他们还在甲板上。"是不是出事了？"他问了田云山一句，没等对方回答，便起身爬上了舱口，田云山随后也跟了上去。

面前的情景让他们愣住了。

离栅栏不远的地方，直挺挺地躺着两个人，他们身下都有一摊血。洪海平和几个人脸色阴沉，一言不发地蹲着围在周围。旁边，小三子和王夜生扶着一瘸一拐的陈玉财正往船舱这边走。

"出什么事了？"石桥和田云山几乎同时问。

洪海平向他们讲了事情的经过，两人这才注意到悬挂在半空中的韩山河。只见他头垂在胸前，身子一动也不动，只有长长的辫子在海风中来回摇摆。

"这些家伙，真他妈的蛇蝎心肠，没有一点人性。我真想宰了他们。"田云山恨恨地说着，朝被栅栏隔开的船尾望了一眼。那里，除了两个端着枪的水手在栅栏边站岗，再无其他人了。

石桥没有说话，他蹲下来看了看躺着的人。一个头上中了一枪，已经死了。另一个胸脯被打了一个洞，还在微弱地喘气。

"老田，郑永祥不是大夫吗，快去把他叫来！"石桥催促田云山，接着又问洪海平："阿财伤势重不重？"

"腿上挨了一下，倒不算太重。"洪海平的声音很低。他停了停，又用自责的口吻说:"石桥哥,这事都怪我。一开始,王夜生就提醒过,可是我没听。"

洪海平确实没有料到洋人真的会开枪。一开始,枪声激起了他的愤怒。他想找一件能够反击对方的武器。可是,光溜溜的船上什么也没有,唯一的武器只是叫骂。叫骂中,栅栏的方木为他挡住了一粒向面部飞来的子弹。直到陈玉财受了伤,而且有人倒下了,他才明白过来应该怎么办。就在这时,枪声停止了。

"这不能怪你。"石桥说,"只怪洋鬼子太坏了。不过,王夜生和洋人打过交道,他的有些话还是应该听听。"

正说着,郑永祥来了。自从英国人攻打广州之后,广州一带的老百姓遭受枪击的事情时有发生,郑永祥也因此积累了不少治疗枪伤的经验。他走到那个还在喘气的人跟前,解开他的衣服看了看,又轻轻在胸前摸了一遍。然后,失望地站起来,无奈地说:"不行了,救不过来。这一枪正打在要命的地方。"

谁也没有接郑永祥的话,大家都默不作声。沉闷的气氛中,眼睁睁地看着受伤者的呼吸越来越弱下去。

他终于死了。

两个死者中,一个是和牛天成一起从盖房工地来的,另一个谁也不认识。他们都仰面躺着,没有合上的眼睛直瞪瞪地望着苍天。湛蓝的天空中,几片洁白的流云逆着船航行的方向,急匆匆地向后奔去。

"海平。"一声呼唤打破了沉寂。是吕秋雁的叫声,她后边跟着杨兰草。原来,两个女人看到受了伤的陈玉财,向小三子简单问了一下情况,又放心不下地赶紧跑了上来。见洪海平好端端的,吕秋雁放心了。她们朝两个躺着的人望了一眼,急忙把头扭到了一边。"这些外国人心太黑,咋就把人往死里打呢?"杨兰草重重地出了一口气。

"我看,他们从根上就没安好心。"吕秋燕说。

石桥没有理会两个女人,沉默了一会儿,慢慢地对牛天成说:"这两位兄弟,只能用海水葬他们了。牛大哥,你们看呢?"

"也只能这样了。"牛天成闷着头说,他的语气显得很沉重。"海里也好,还有鱼虾什么的活物和他们做伴。"说完,他伸手抹合上那两双一直睁着的眼睛,又加了一句:"兄弟,下水吧,对不起你们了。"

谁也没有再说话,石桥站起来,做了一个手势。几个人小心翼翼地抬起两具尸体,迈着沉重的步子缓慢地向船边走去。

杨兰草和吕秋雁回过身,用木然的眼光默默地看着这一切。尸体快被抬到船边的时候,杨兰草突然喊了一声:"等一下!"

抬尸体的人停住脚步,不知道她要干什么。只见杨兰草对吕秋雁说了几句话,两个人急步走过来,把死者垂下的辫子放在胸前,给他们扣好开了的扣子,又整了整衣服。然后,各自从兜里掏出一块白布手绢,轻轻地盖在两张满是血污的脸上。做完这一切,杨兰草拉着吕秋雁向后退了几步。

像是在放两个刚刚睡着的婴儿,两具尸体被轻轻地放进了大海。

洪海平站在船边,默默地望着波浪奔涌的海面。此刻,他看清了。海,的确是蓝色的。但是,他总觉得在眼前晃动着一片绿绿的颜色,就像家乡的稻田,在风的吹动下连绵起伏。融入海中的两个人,似乎是隐没在了滚滚的稻浪之中。

七

陈玉财的伤势不太重,右小腿侧部被子弹穿了一个洞,幸好没有伤着骨头。郑永祥给他上了点药,又找了块旧布简单地包扎了一下。尽管大夫的手很轻,陈玉财仍然疼得直叫唤。

"阿财,忍着点。"小三子在旁边不住地劝慰。

过了一会儿,陈玉财不叫了。看着腿上的伤口,他想起了父母,想起了从没有让自己受过委屈的家。"小三子,我们不好好在家里待着,却跑出来挨洋人的枪子,这不是自己找罪受吗!"他带着一脸哭相说道。

小三子没有吭声,陈玉财的话使他想起和胡来顺回村里招人的经过。他隐隐约约觉得阿财受伤和自己有牵连。细想一下,可不是吗,要是不回去招工,阿财就出不来,后来这一连串的事自然也就不会发生了。想到这一点,他心中不由涌起一股自责和歉疚来。

"玉财,别的你就不要想了。"王夜生也安慰说,"想也没用。就这一条路,硬着头皮走吧。"

"是啊,我们还不如你哪。"郑永祥指了指崔诚信,对陈玉财说,"我和诚信是遭劫,你还是自个愿意来的。"

"愿意和不愿意一个样。"崔诚信说,"广州城里的老百姓谁不知道,握在洋人手心里,哪会有什么好日子过。"

这时,从周围的铺位上陆陆续续围过来一些人,纷纷询问舱外发生的事情。有的还走到陈玉财跟前,看了看他腿上的伤势。

死人的事还没有在舱里传开,沉闷的枪声以及被扶回来的陈玉财也没有引起多少人的注意。狭窄的船舱里,上下三层的铺位和乱哄哄的场面影响了人们的视线和听觉。何况,这六百多来自四面八方、以前素不相识、没见过什么世面的乡下人,大多数也懒得去管别人的事情。谁也不知道到达目的地还要走多久,谁也搞不清要去的地方在哪里。还是自个顾自个吧。拥挤的铺位上,睡觉的、聊天的、吸鸦片的、用猜拳进行赌博的……人们采用各种各样的方法消磨着似乎无尽的时间。

辛怀礼和刘永旺也在不远的地方,他们没有过去问陈玉财的伤势。算命先生盘腿坐着,正在听教书匠考他的弟子。头顶的铺位上,刘宗仁探下脑袋,眨着眼睛在观看他没见过的新奇事。

辛怀礼的考试没有题目,他讲了一件事:有几个文人出去游春,来到一座塌了半边的破庙前。庙里没有塑像,没有供桌,庙门上也没有匾额,只有一副对联:先武穆而王,大宋千古,大汉千古;后文宣而圣,山东一人,山西一人。

"你们谁能说出来,这是什么庙?"讲完了,辛怀礼问他的学生。

学生们都显得心不在焉,不住地回过头往陈玉财他们那边观望。

辛怀礼有些不高兴了。他手中没有戒尺,无法在弟子的手心中打板子,只得在铺板上拍了一下,沉下脸说:"都静下心来。圣人云,'学而不思则罔,思而不学则殆。'你们忘了吗?"

"没有。"王江回答了一句,忍不住又转过头瞥了一眼。然后,吞吞吐吐地说:"先生,我们想去听听他们说话。"

"先把考题答出来。"辛怀礼说。

学生们低着头想了一会儿,又互相瞅了瞅,悄悄交谈了几句,也没有答出来是什么庙。

一直坐在旁边的刘永旺觉得眼前的场面很可笑。前途未卜,生死难料,教书匠还要一本正经地教学生子曰诗云。不要说到了外国以后没有用处,就在时下所处的景况中,也有点不伦不类。这个辛怀礼也太迂腐了。

"辛先生,还是让他们去吧。在这种地方,不要说孩子,就是大人,能有几个安下心来的。再说,你以为他们还有机会考状元吗?"刘永旺说。

辛怀礼白了刘永旺一眼,对于弟子,他有自己的想法。他觉得,当着学生的面为他们求情,不仅是纵容他们读书不专心,也是对自己的不尊重。

自从那个下午被劫之后,辛怀礼虽然预感到厄运难逃,但无论何时何地,他总是尽量想法保护着没经过世事的孩子。他打算,如果有一天能回到广州,要让他们不仅完好无缺,而且还要带着满肚子学问去见父母。因此,不管在巴腊坑里还是在船上,他都没有让他们中断学业。然而,突遭的变故,使这些过惯了优裕生活的孩子觉得从天上跌到了地下。几天中的经历和耳闻目睹,在他们十五六岁的心中产生了一个又一个疑问,留下了一片难以抹掉的阴影,他们在短短的几天里似乎成熟了许多。在这种情况下,谁也没有心思再学下去了。

"辛先生,我替孩子们说了吧。"刘永旺又说。

"你——"辛怀礼不相信地摇摇头。

"你以为我不知道?"

辛怀礼不置可否地笑了笑。

"那我就不怕露丑,代孩子们回答了。"刘永旺说,"辛先生,这对子里不是提到武穆吗?武穆抗金,精忠报国。现在我们也受洋人欺负,何不让孩子们去听听,说不定他们也会成为武穆呢。"

辛怀礼一开始并没有把刘永旺看在眼里。在他的印象中,这些跑江湖的只会用嘴皮子骗人。此刻,听了刘永旺的话,他觉得对方的肚里还有些真东西,不禁对这个算命先生产生了好感。"你也懂得对子?"

刘永旺微微一笑："何止懂得。不然,我怎么敢大着胆子在辛先生面前弄斧,替你的学生答题呢。"

"那你说这是什么庙?"辛怀礼紧接着又问。

"关帝庙。"刘永旺也紧跟着说。

王江和几个伙伴叫了一声:"知道了,知道了。"

一直在上铺听着的刘宗仁不明白这里边的道理,他问刘永旺:"大叔,为什么就是关帝庙而不是别的庙呢?"

刘永旺看了看几个孩子,说:"武穆就是岳飞。自古以来,武将里边被人们称作王的只有关羽和岳飞,也就是关王和岳王。关羽在汉朝,岳飞在宋朝。汉朝在宋朝前,所以说关羽是先武穆而王。再说下联,文宣就是孔子。孔子生在春秋,山东人,是文圣人。关羽被称为武圣人,是山西人。而春秋在前汉朝在后,所以说后文宣而圣。这不就是关帝庙吗?"

刘永旺一番话,说得辛怀礼不住点头。他不得不对这个算命的另眼相看了,"刘兄,真没想到,你竟有如此学问。佩服,佩服。"

"辛先生过奖了。"刘永旺说着,又把目光转向辛怀礼的学生。

辛怀礼明白了刘永旺的意思,他恢复了严肃的面孔,对弟子说:"看在刘大叔的分上,今天的考试就免了。去吧。"

三个孩子互相挤了挤眼睛,匆匆爬下铺,拥到了小三子那伙人跟前。

小三子和王夜生正在讲述救韩山河的经过,说话声断断续续地传过来。刘永旺也想过去听一听,却被辛怀礼拉住了。这几天,教书先生遇到的尽是没念过书的粗人,同他们不是无话可说,就是谈不投机。刘永旺对那副对子的解说,使他认定此人还有些学问。所以,很想跟他多坐一会儿,聊聊诗词歌赋、文雅趣事,借此解解几天来少言寡语的烦闷。

刘永旺确实是读书人,年轻时曾两次参加过乡试。当初,家道还算殷实。道光二十五年(1845年),因一桩人命案,其父被豪绅诬陷,后死于狱中,弄得家破人亡。为躲避灾难,他不得不远走异乡,四处流浪。后来,跟一个道士学了五行八卦,才操起算命的行当。辛怀礼想和刘永旺聊天,刘永旺却毫无心思。不过,他也不愿意拂了对方的面子,想了想,说:"辛先生,刘某生性好奇,再说韩山河是我熟识之人。同胞受辱，相识遭难，哪有坐视不闻之理！先生如有雅兴，我这里有一上联，你先对着。闲暇之时我们再聊，如何？"

"也好，也好。"辛怀礼说。

"冰冷酒，一点水，两点水，三点水。"刘永旺说着怪怪地笑了一下，"你好好想想，说起这个联来，还有一段趣事呢。"

刘宗仁这时也到了铺下边，他看见刘永旺的表情，问："大叔，什么趣事？"

"等辛先生对完再给你讲。"刘永旺说。

小三子已经讲完了事情的经过，刘永旺过去的时候，人们正在议论。有的痛骂洋人，有的摇头叹息，也有的默不作声。他看了看陈玉财的伤势，同郑永祥交谈了几句。只听旁边的崔诚信说："人没救回来，反倒把自己搭上了。这赔本的买卖你们可不能再干了，不然，还得有人走这条路。"

"真是生意人，说出来就是行话。"刘永旺接过来说，"虽然做买卖人人都想赚，不过，我觉得，有时候赔本的生意也得做。比如和洋人吧，就得让他们知道，中国人不是软蛋，不好欺负。在这类事情上，不先赔一点，往后，就只有洋人赚的份。而我们，也只能一路赔下去。你说呢？崔老弟。"

"对，对。"崔诚信不愿意和人争辩，连忙回应了一句。

谈论中间，上面的人下来了，他们阴沉沉的脸色使人产生了一种压抑感。接着，石桥给大伙儿说了说处理死者的情况。很快，洋鬼子打死人的事儿传遍了全舱。

八

西沉的太阳收敛了灼人的光芒，到傍晚时分，天气凉爽了许多。在舱里闷了一天的人们陆陆续续上了甲板，船上黑压压的，到处都是人。

栅栏的另一边，加尔维斯正坐在椅子上观看苦力们的活动。他的旁边，是身穿一套粉红色衣裙的露西亚和手握皮鞭的布恩迪亚。多年的海上生活，使布恩迪亚养成了一种习惯，除了在休息室里，除了睡觉，他总是拿着那把不知抽打过多少人的鞭子。否则，就感到手里空荡荡的，好像失去了什么东西。

134

苦力当中，一切都显得正常，平静。上午发生的事情，似乎和他们毫不相干，看不出有任何反应。在拥挤的甲板上，他们正利用各种方式消磨时光，有些身体强壮的，还扭在一起进行摔跤。

对于这种情景，加尔维斯很满意。当初，苦力刚到船上的时候，布恩迪亚曾主张除了吃饭以外，不让他们上甲板，他没有同意。看来，让他们呼吸一些新鲜空气，在舱外活动活动筋骨，是完全必要的。如果他们能一直保持这种良好的精力的话，回到秘鲁，每个人都肯定会卖出一个很好的价钱。

加尔维斯抬头看了看旗杆上的韩山河，这个人已经吊了整整一天了，估计苦力们也看到了这个场面。这就好。吊在旗杆上的人会提醒所有的苦力，在"科拉"号上，自己应该怎么做，或者不应该怎么做。

"大副先生，"加尔维斯站起来走了几步，对布恩迪亚说，"我想，我们的惩戒已经起到了作用，这个人应该放下来了。"

随着加尔维斯的手势，一直没有抬头的露西亚看到了旗杆上直挺挺的苦力。她禁不住惊叫了一声，满脸失色，连声说道："太残忍，太可怕了。先生们，你们应该有一颗仁慈的心。否则，上帝不会饶恕你们的。"

看到露西亚的神态，听到她的话，加尔维斯和布恩迪亚哈哈大笑起来。笑声传到栅栏对面，引得一些苦力不住地向这边观望。

"亲爱的，"加尔维斯拉住露西亚的手轻轻拍了拍，"上帝会理解我们的，因为上帝也是被钉在十字架上的不正是吗？"

"露西亚小姐，船长说得很对，这个人将与上帝同在。"布恩迪亚用鞭子向上指了指，"你也许没听过黑奴贸易时期的情况。同黑奴比起来，我们对苦力只是进行一点轻微的惩罚，这又算得了什么呢？"说完，他叫来几个水手，把韩山河从旗杆上放了下来。

放下来的已是一具冷冰冰的尸体。加尔维斯看也没有看一眼，他挥了挥手，让人把尸体抬得高高的抛进了海里。他想把这个场面搞得夸张一些，故意显露给苦力，看看他们有什么反应。

没有，什么反应也没有。苦力们似乎没有看到发生的事情，他们仍旧进行着自己原先的活动。或许，他们对别人的事根本就不关心。加尔维斯回转头朝布恩迪亚笑了笑。不过,他还是注意到,有不少苦力把目光转向了抛人的场面。

"大副,看来,这些苦力已经知道了自己的行动准则。"加尔维斯说。

"是的,船长先生。"布恩迪亚说,"只有暴力才能使人屈服,暴力惩戒所起的作用是无法估量的。"

"可怜的中国人……"露西亚喃喃地说了一句。

加尔维斯重新坐回到露西亚旁边,说:"对这些苦力,我倒是希望能把他们全部平安地运回秘鲁。要知道,死一个,我就要减少几百块大洋的收入。可是,在苦力船上,仁慈是灾难的根源。不对这些下贱的苦力采取必要的手段,毁灭的就可能是我们。对不对,大副先生?"

"我们的看法完全一致,船长先生。苦力同黑奴一样,只是一群会说话的牲畜。对于他们一切不顺从的行为,惩罚是最有效的手段。"布恩迪亚说着转向露西亚,"露西亚小姐,你在利马过惯了平和的生活,不知道苦力船上的残酷。告诉你,在去年夏天的一次航行中,我曾用枪一连打死了五个苦力。"他的脸上露出得意的神气,语气中充满了自豪感。

露西亚惊讶得瞪大了眼睛,她呆呆地望着身边的两个人。布恩迪亚是她到船上以后才认识的。对于加尔维斯,同刚结识的那段时间相比,她觉得对方陌生了许多。

露西亚是利马城里的酒吧女郎,在光顾酒吧的顾客中,她认识了加尔维斯。尽管这个男人比她大二十多岁,但是,加尔维斯很有修养的风度、文雅的举止,以及出手大方的花销,都深深地吸引了她。而加尔维斯也看中了十分性感的露西亚。很快,他们便打得火热。当时,加尔维斯正在筹备贩运苦力的事。为了消除旅途的寂寞,他提出让露西亚陪他做一次横跨太平洋的长途旅行。除了利马以外,从小到大没去过任何地方的露西亚出于好奇,很痛快地答应了。酒吧里单调、乏味的端盘子、倒酒一类的工作实在是太让人厌烦了,轻松的海上旅行一定很浪漫,很愉快,一定别有一番情趣。何况,她在利马街头也见过背后吊着长辫子,或是瞎眼,或是跛脚,端着破碗要饭的中国人。中国究竟是什么样子呢?她不知道,想去看一看。

露西亚的愿望实际上并没有实现。到中国以后,加尔维斯只让她陪那个瘸腿的英国人罗杰尔睡了几天,便又把她带回了船上。不要说中国的风光,就连坐车经过的澳门大街,她都没有能仔细瞧上一眼。加尔维斯想的只是如何贩运更多的苦力,如何赚到更多的钱,而不是她个人的感受。

好一会儿,露西亚大睁着的眼睛才眨巴了一下。她回过神来,问布恩迪亚:"大副先生,你们那样对待中国人,难道他们不反抗吗?"

"反抗?"布恩迪亚觉得这个问题问得太天真了,事实不就在眼前吗?"露西亚小姐,你一定知道,皮鞭和子弹同肉体比起来,哪个更厉害。至于反抗的结果,我想,你刚才已经看到了。"

露西亚不吭声了,她瞪着眼定定地望着栅栏对面的中国人。他们不知道将来会干什么,不知道自己的命运如何,甚至连何时失去生命都不知道,却还要远隔重洋地跑到秘鲁。这是为什么呢?她实在弄不明白。

闲着无聊,露西亚想到栅栏对面去看看。加尔维斯同意了,还叫过来一个水手跟着她。那个水手是阿梅罗,年轻人很乐意干这样的差事。一来,陪伴一位漂亮女郎,无疑是一件惬意的事。二来,也是最重要的,他想借此机会了解了解中国人。

两个人在船前边转了不久,露西亚就觉得有些乏味起来。她不懂中国话,无法同中国人交谈,只能看看他们那各式各样的衣着和不同的神态。何况,每到一伙人跟前,那齐刷刷向她射过来的目光,倒让她感觉到好像是在展示自己。相反,阿梅罗却很有兴趣。他走走停停,时不时同中国人说几句话,似乎是在提一些问题。阿梅罗态度很好,说话时始终带着微笑。然而,中国人却很冷淡。对阿梅罗的问话,有的人简单地同他交谈几句,有的就干脆莫名其妙地翻翻眼睛,把头扭到一边去了。看得出来,他们怀着一种戒备的心理。

露西亚没想到阿梅罗还会说中国话。她有些不高兴了,连声责备阿梅罗只顾自己寻找乐趣,而忘了她的存在。

"对不起,露西亚小姐。"阿梅罗赶快赔着笑脸,"你想说什么,或者是想听什么,我一定为你尽力翻译。"

阿梅罗一说,露西亚反倒有些不好意思了。对于这两点,她都没有想过。

停了一会儿，她向周围看了一遍，指着一伙对自己指指画画的人，问阿梅罗："他们在说什么呢？"

"露西亚小姐，他们称赞你漂亮，像美丽的天使。"

"真的？"露西亚惊奇地追问了一句。

"当然是真的。"阿梅罗肯定地点点头。

露西亚的情绪又好了起来。她拉着阿梅罗走到几个站着的苦力旁边，顺手托起一个人背后的辫子。那辫子看上去油黑发亮，握在手里不仅光滑，而且沉甸甸的。自从在利马第一次见到中国人以来，她就始终没有想明白，为什么一个男人的背后要拖一条长辫子。

被握住辫子的是小三子，他没有看见从背后走过来的露西亚。直到觉得后脑勺被拽了一下，同时，对面的王夜生向他使了个眼色，才回过头来。刚想发作，一看，是刚才在不远处转悠的那个外国女人。猛然间，他有点发愣，不知道这个女人想干什么。

看到小三子的神态，阿梅罗冲他笑了笑，解释说："她没有恶意。只是出于好奇，想看看你的辫子。"说完，又向露西亚嘀咕了一番。

露西亚也对小三子微微笑了一下，那笑很温柔，很诱人。小三子回过神来，轻轻抽回辫子："这有什么好看的。"

"你们中国男人为什么要留辫子，是为了好看，还是有什么别的意思？"露西亚用询问的目光望着小三子。

"不知道，这是祖宗传下来的。"小三子说，他的声调干巴巴的，脸上也毫无表情。

面前这个眉目清秀的中国年轻人让露西亚产生了兴趣，她向前走了一步，笑着说："我叫露西亚，你叫什么名字？"

阿梅罗把露西亚的话对小三子翻译出来，又加了一句："我叫阿梅罗。"

小三子说了自己的名字。

"小——三——子。"露西亚生硬地重复了一遍，想再问点别的问题。正在这时，加尔维斯打发人来叫她回去。

露西亚刚转身，王夜生几个人就你一言我一语地取笑小三子。

"小三子,那个洋姑娘八成是看上你了。"

"小三子,说不定你还能娶一个外国老婆。"

"看那娘们胖乎乎的,睡在她身上,准和睡在棉花包子上差不多。"

话声传到露西亚耳朵里,她问阿梅罗那些人在说什么。阿梅罗起初不愿意讲,在露西亚的再三追问下,他才吞吞吐吐地告诉了她。

阿梅罗还没翻译完,露西亚的脸上已飞起了一片红晕,她不由回头看了看。这时,小三子也往这边望了一下。这一望,两个人的目光正好碰在了一起。

"小三子,洋妞还舍不得你哪。你交桃花运了。"不知谁又说了一句。随即,人群中响起一阵哈哈的笑声。

九

陈玉财的伤势不算太重。由于郑永祥的精心治疗,再加上他的刀枪药很管用,几天之后,便能一瘸一拐地走路了。不过,大夫不让他多到外边活动。所以,大部分时间,陈玉财只能安安稳稳地躺在铺板上。

像往常一样,到了半下午,人们大多都出了船舱。洪海平和小三子带着吕秋雁、杨兰草也上去了,石桥留在舱里陪陈玉财。自从陈玉财受伤之后,石桥和洪海平、小三子就这样每天轮流陪着说说闲话,免得他一个人寂寞。出门在外,有了事,乡亲就是亲人。

刚和陈玉财聊了几句,石桥听见有人叫他,扭头一看,是田云山和苏守文,两人叫他到舱外去。

"你们上去吧,我陪阿财坐一会儿。"

"石桥哥,不用陪我了。"陈玉财说,"要不,咱们一块上去。"他在舱里躺了几天,闷得心里难受,想出去散散心。

"也行,反正在哪儿也是坐着。"石桥说,"不然这样吧,再等一会儿,天凉快了再上去。"

正说着,田云山和苏守文相跟着来到他们跟前。"阿财,我们也陪陪你。"田云山的粗嗓门刚冒出一句话,不留神脚底下被绊了一下,低头一看,是人们

139

挑行李用的扁担和木棍,有几根从铺底下伸到了过道里。他把那些东西朝里踢了踢,问陈玉财:"今天咋样了,还疼不疼?"

"不疼了。"陈玉财说着就要往起坐,"大叔,咱们非亲非故的,还让你们操心。"

"咋能说非亲非故呢?"田云山按住陈玉财,说:"出了国门,咱中国人就都是一家人。"

"铁匠说得对。"苏守文说,"在家靠父母,出门靠朋友。就是在家里,谁也难免会遇到什么事,也难免需要人帮忙,何况是现在这个时候。"说完,他一屁股坐下来,压得铺板咯吱咯吱响了几声。

"看你这块头,铺板都撑不住了。"田云山笑着对苏守文说,"以前在村里打架的时候,你肯定很厉害。"

苏守文不好意思地笑了笑:"厉害管啥用,还不一样得上这贼船。"他的身材确实很壮实,个头也高,比田云山高出半个头。在苏李两姓打斗中,一直是苏姓的带头人。因此,每一次他都是李姓攻击的主要目标。

见他们提起打架的话题,石桥问苏守文:"这几天,和李同他们和好了没有?"

"倒是开始说话了,可心里的别扭劲一时半会儿哪能转过来。"苏守文说,"想想以前,真是没什么意思。都是一个村里的,打得你死我活,图个啥。还不如像阿财这样,就是挨一枪子,也比打斗受伤值得。"

"道理是不错。不过,我倒希望平平安安,不要再出事。"石桥说,"你们原先就是被迫来的。可我们村里的人,本来是想出去寻条活路,要是又跑到了死路上,那还真不如死在家里。就是做鬼也不是野鬼。"

"有事没事由不得咱们。"田云山的话刚落音,杨兰草从上边回到了舱里。

"怎么你一个人下来了,海平他们呢?"石桥问。见杨兰草没回答,又问:"是不是有事了?"

"没有没有。"杨兰草说着摆了摆手,"我是……"她吞吞吐吐地说了半截,看看旁边的两个人,脸上泛起一片红晕。

看到眼前的情景,苏守文向田云山使了个眼色:"铁匠,咱们到上边坐坐

140

去。"

田云山也看出来杨兰草像是有事,他站起来和苏守文刚要走,陈玉财也要到外边去。于是,两个人扶着陈玉财出了舱口。

"怎么啦?"石桥看看周围没人了,不明白地问。

"马桶。"杨兰草有些着急地说。

石桥扑哧一声笑了:"我还以为是什么事呢?"

"笑什么。"杨兰草噘了一下嘴,"船上满是男人,到处无遮无拦的,不下来往哪里去。别坐了,快提过来。"

石桥赶忙从铺板底下找来一只马桶,放进杨兰草和吕秋雁睡的那个过道里。

方便完了,石桥没有让杨兰草到甲板上。夫妻俩已经有好多天没单独在一起了,他想趁这个时光和妻子静静地待一会儿。

上铺位有几个人在赌博,你吵我嚷的,声音一会儿高一会儿低。在这个小小的船上,哪儿都避不开人。他们钻进过道里,靠板壁坐了下来。杨兰草斜偎在丈夫身上,石桥一只胳膊搂在妻子胸前,另一只手握着她的手,下巴轻轻地在她头上磨蹭。妻子往日干净、柔软的头发,由于近来一直没洗,变得有些灰暗、发燥。

石桥不由得暗暗叹了一口气。

在石桥村,杨兰草是出了名的贤惠妻子。成婚几年,她从来没有和石桥红过脸,拌嘴吵架就更谈不上了。石桥心情好,她和丈夫一起高兴。石桥心情烦,她想着法地去抚慰。即使自己遇到不顺心的事,也是和声细气。穷困的生活中,吃饭,她先想着丈夫的口味;穿衣,她把有限的钱花在他身上。石桥常常为自己能娶到这样一个妻子而高兴,而心满意足。他总想让她过得好一点,可是,日子太窘迫了,成家以来可以说没给他添过一件新衣服。他觉得对不起她,让她跟着自己受罪。每当他流露出这种想法,杨兰草总是说:"穷人家,哪有不受累的。讲不起吃穿,恩恩爱爱、和和气气就是福。"

两个人默默地坐着,过了好一会儿,石桥松开一只手,伸进杨兰草的衣襟里,在她的胸脯上轻柔地抚摸着。妻子的胸脯不像有的女人,从衣服外边看上去就圆滚滚,肉乎乎的。除了奶孩子期间有过那样的情景,平常总显得又扁又平。

石桥的抚摸使杨兰草的脸上涌起一片红霞,呼吸也有些急促起来。她不由自主地紧紧贴住丈夫,仰起脸,双手搂在他的脖子上。

石桥感到一阵冲动,他刚要伸手去解妻子的衣扣,一想到随时都可能回到舱里的人,便产生了一些犹豫。他捧起她的脸,在那湿润的嘴唇上亲吻了一阵,想压抑一下心中的欲望。然而,亲吻中,欲望却更加强烈起来。终于,他抑制不住了,也没有再去想舱里舱外的人。现在,过道里这片小小的天地,就是他和杨兰草的。他把妻子轻轻地平放在褥子上,慢慢地解开她腰间的红裤带……

不像在自家的床上那般从容,事情草草地就结束了。两人又重新靠到板壁上,杨兰草也重新把头靠到丈夫的身上,像是自言自语,又像是问石桥:“也不知道,这船哪一天才能走到头。”

石桥摇摇头,没有吭声。

“我真担心,到了外国,洋人会把咱们拆散。”杨兰草又说,她的声音很低,像是自言自语,还带着一丝忧虑。

“你放心,谁也拆不开。”石桥坚决地说,“不管走到哪里,我们都会在一起的。”

“话是这么说,你看船上的洋人,现在就那么凶。到了外国,那是人家的地方,还能由得了我们。”杨兰草的声音仍旧是低低的。

“我的好老婆,你不用担心了。洋人和洋人哪能都一样呢？还不和中国人一样,也有好有坏。也许,我们会碰上好洋人。”石桥用安抚的口气说道,“不管咋样,就是拼了命,我们也不分开。挣上几年钱,就回家好好过日子。”说完,他在杨兰草的脸上亲了一下,“走,到上边去透透气。”

出了过道,刚走到梯子前边,只见小三子一边喊着“石桥哥”一边急匆匆地下来。

“出什么事了,小三子？”石桥问。

“海平和洋人打起来了。”小三子说。

石桥一听,顾不上多问,也来不及等杨兰草,几步跨上梯子出了舱口。

十

刘永旺出的对子,辛怀礼搜肠刮肚,把学过的诗书回忆了一遍,也没有琢磨出恰当的下联。有好几次,他想问问到底应该怎样对才合适。但是,总感到面子上过不去,不好意思去问。这天下午,实在憋不出来了。他心不在焉地教学生背了几首唐诗,破例让他们自由自在地去玩耍。然后,自己挨着人群去找刘永旺。在甲板上绕了几个圈,才看见他和洪海平、小三子一伙人围坐在一起。走近一听,他们正在议论前几天死人的事情。

辛怀礼对这类话题不感兴趣。活者苟且生,死者长已矣,挂在嘴边,就能活过来吗?况且,又不认识他们,是死是活和自己有什么相干呢?

辛怀礼坐到刘永旺身边,看了一眼周围的人,压低声音说:"刘兄,惭愧。那个对子,我……我实在对不出来,还要请刘兄赐教。"他的话语和表情都显得很不自然,看上去有些难为情。

从辛怀礼的神色中,刘永旺一眼就看出了对方要面子的心思。他笑了笑,用一种无所谓的口气说:"一个对子,又不是什么大事。闲着无聊,解解闷、开开心而已,何必认真呢?其实,我哪里会出对子,这是走街串户听来的。辛先生不必难为情。据说,上联出来后,好久也没有人对出下联来。"

辛怀礼长出了一口气:"原来如此。那么,下联到底如何呢?"

刘永旺刚要开口,旁边的洪海平说:"你们两人在谈什么,说明白点,让我们大伙儿也听听。"

"他们是在对对子。"刘宗仁说。

"对对子?"洪海平不解地摇摇头,望了一眼不远处的吕秋雁。刚才,和她在一起的杨兰草到舱里去了,吕秋雁一个人坐在船边。

"不就是过年时门上贴的对子吗?"小三子说。

刘永旺点点头:"意思差不多。不过,倒不是一定要往门上贴。"

洪海平明白了,他问辛怀礼:"辛先生,洋人贴不贴对子?"

辛怀礼露出不屑的神色："洋人都是蛮荒小国,不比我中华数千年礼仪之邦,他们哪里懂得联之高雅呢!"说完,又催促刘永旺,问下联是什么。

刘宗仁忽然想起刘永旺前几天的话,便说:"大叔,你不是说,这里边还有一段趣事吗? 给我们讲讲吧。"

"行,我就从头说吧。"刘永旺说,"以前有一大户人家,主人很有文才,喜欢舞文弄墨。但是,此人心眼不好,性情凶暴,经常虐待下人。一个秀才想打抱不平,就教给下人一个办法。有一次,主人宴请客人。吃饭中间,大家说说笑笑,谈兴正浓之时,下人送上来一壶冷酒。主人见了很恼火,责问为何要送来一壶冷酒。下人跪下说:'冰冷酒,一点,两点,三点。请大人对出下联。'主人想了好长时间没对出来,下人也长跪不起。就这样,宴席不欢而散。主人丢尽了面子,不久,因闷气抑郁而死。到了第二年春天,坟头上长出一株丁香花。他的同僚看见之后,悟出了其中的意味,说道:'他终于把下联对出来了。'"说到这里,刘永旺停住了,他看着辛怀礼问道:"辛先生,你悟出来了没有? "

辛怀礼没有回答,他一边来回踱步,嘴里一边念叨着丁香花、丁香花,低头想了一会儿,忽然一拍手,兴奋地说:"明白了,明白了。丁香花,百头,千头,万头。妙对,妙对,真是妙对。"说完,他得意地问刘永旺:"刘兄,如何? "

"冰字旁边不是两点吗,怎么成了一点水啦? "有人问了一句。

"不错,我们平常写的都是两点水。不过,冰字还有另一种写法,就是对子中说的一点水。"刘永旺解释完,又用赞赏的口气说:"辛先生,你学识渊博,聪明过人。确实是妙对、妙对。"

"什么妙对,辛先生像是拾了个元宝。"随着田云山的说话声,他扶着陈玉财和苏守文走过来,"腾个地方,让我们也坐下。"

有人问起陈玉财的伤,大伙儿的话题又转到了洋人身上。有的说,要是再出现这类事,非和洋人拼个你死我活不可。

"不可不可。"辛怀礼连忙摆了摆手,"诗曰:'既明且哲,以保己身。'洋人如同疯犬,还是以不招惹为宜。二十多年前,林则徐林大人为国为民,虎门销烟,力拒洋人。结果又如何呢? "

"辛先生,你这话可就差了。"苏守文说,"朝廷昏庸,官吏无能,林大人独木难支,怎能会有好结局呢?何况,又不是我们先招惹洋人,而是洋人打到我们家里来了。你说,不还手,就坐着等死吗?"

"是啊,就和这船上一样。你本想平平安安,他却处处找你的麻烦。我们要是一味忍让,受人欺负可就没有底了。"洪海平说。

大伙儿正议论着,猛然,栅栏那边传过来一阵凄厉的哭喊。其间,还夹杂着"先生,先生"的叫声。

哭喊声使辛怀礼愣了一下。"是王江他们。"他说了一句,屁股底下像是着了火一般,呼地一下站起来。平素文质彬彬,连走路也是优哉游哉的教书先生此时一反常态,顾不上斯文,三步并作两步地朝喊声那边跑去。

栅栏的门没有关,对面,王江和他的两个伙伴躺在地上。几个水手一边说说笑笑,一边对他们踢来踢去,还时不时在他们身上抽几皮鞭。三个孩子抱着头满地打滚,撕心裂肺的哭叫声让人听着心里发颤。

"你们放了他们,他们还是孩子。"跑在前边的辛怀礼一边喊着,一边不顾一切地向栅栏那边冲去。但刚到门口,就被站岗的水手当胸狠狠地打了一拳。教书先生瘦弱的身子哪里经得住这样的猛击,"咚"地一下,他重重地仰面倒了下来。"辛先生!"跟在后面的人喊了一声。辛怀礼的脑袋本来被磕得有些发蒙,一声叫喊让他清醒了许多。救回弟子的强烈愿望使他挣扎着爬起来,想再次越过那道门。然而,这一次连门口都没有迈到,只听见"嗖"的一声,同时,头上掠过蛇一般一道黑影。他本能地偏了偏头。但是,没有躲过,鞭子顺着脸颊狠狠地抽了下来。他只觉得脸上像被刀子拉开一道沟,被剥了一层皮,又像是着了热辣辣的一团火。顿时,他感到头脑发晕,眼睛发黑。一个趔趄,双腿支撑不住,又跌倒了。

随后赶来的人急忙扶起辛怀礼,有几个跑到栅栏门口。对面,孩子们的哭喊已经变成断断续续的呻吟,但洋人的鞭子和脚踢仍然没有停止。

"住手。"洪海平可着嗓子喊了一声。

"我操你姥姥,把人放回来。"田云山横着眉骂道。

"妈的,狗东西,你们平白无故欺负几个孩子。""可不是,洋鬼子也太心狠手黑了。"一起跟过来的人也在大声叫嚷。

听到这边的叫骂声，散布在船上的人想过来看看是怎么回事。但是，还没走出几步，就被端着枪在四处站岗的水手拦住了。

叫骂声持续了好一会儿，洋人那边毫无反应。洪海平和田云山想冲过去，这时，翻译走到了栅栏门口。

"你们不要叫喊了。"翻译说，"刚上船时船长就宣布过，任何人都不许越过栅栏。这三个小孩违犯了规定，大副先生对他们进行了必要的惩罚。现在，大副念他们年纪尚小，同意放了他们。不过，有一个条件。你们中间出来一个人同大副摔跤，而且必须要赢了他，这三个孩子才能回去。"

翻译的话刚说完，一直站在水手身后的布恩迪亚走到前边。他满脸带着自得的笑意，用傲视一切的目光望着眼前的中国人。船上的生活太枯燥、太单调了。好多天来没什么新鲜事，没有让人感兴趣的活动。光用皮鞭抽打这些苦力也过于乏味，他想找点事情开开心。摔跤，是他最值得炫耀的拿手好戏，他料定中国人根本不是对手。把他们一次又一次摔倒在地，用胜利者的目光看他们挣扎着往起爬的情景，肯定别有一番乐趣。

望着又粗又壮，几乎比中国人高出一个头的布恩迪亚，人群中响起几句"不是对手""看那个头，哪能摔过人家"之类的话。有的人还往后退了几步。

布恩迪亚那高大的身材使洪海平开始也犹豫了一下，但是对方那傲慢的目光让他产生了一种耻辱感。他瞪了一眼往后缩的人，迈开步子向前走去。这时，身后被人拉住了。回头一看，是田云山。

"大叔，你——"洪海平不明白田云山要干什么。

"你摔不过他，那个头就能把你压倒。"田云山一只手按在洪海平肩膀上，"我这身板比你强，去跟他比试比试，看看这个洋人到底有多大的本事。"说完，他沉沉稳稳地走到布恩迪亚面前。

已经清醒过来的辛怀礼喊了一声："田兄弟，你小心点。"

望着眼前这个身材不高，看上去却十分壮实的苦力，布恩迪亚想起上船的第一天。那一次，就是此人挡住了他打人的鞭子。"蠢猪，这一次，可是你撞到我的手上了。"他在心里说了一句，轻蔑地撇了撇嘴角。然后脱掉上衣，露出满是黑毛的胸脯，向田云山勾了勾手，示意对方过来。

田云山稳稳地站着,一动也不动。他冷冷地盯着布恩迪亚,除了眼睛里射出一束逼人的光芒外,整个面部毫无表情。

　　布恩迪亚先声夺人。他吼了一声,直扑过去,双手紧紧抓住田云山的肩膀,使劲往旁边一扭。不料,田云山的脚下竟像生了根似的,一点也没有扭动。而这时,田云山也顺势抓住了布恩迪亚的胳膊。由于对方没有穿衣服,胳膊滑溜溜的,他那铁钳似的手很自然地用了用劲。这一捏,布恩迪亚的手不由得松了一些。借此机会,田云山猛地往前一拉。布恩迪亚支撑不住这突然而来的拉力,身子跟着向前倾倒下来。田云山顺势弯下腰,用头顶着布恩迪亚的肚子,同时,又用双手死死卡住对方的两肋。布恩迪亚只觉得肋部一阵疼痛,他还没明白过来是怎么回事,早被田云山连顶带举,高高地举到头上。紧接着,田云山使劲往下一扔,布恩迪亚重重地摔到了地上。

　　人群中响起一阵啧啧的称赞和鼓掌声。

　　布恩迪亚笨拙地爬起来,脸变成了猪肝色。他恶狠狠地瞪着眼睛,抡起拳头朝田云山劈面打去。田云山明白这已不是什么摔跤了。他头一歪,身子一偏,灵活地绕到布恩迪亚身后,往对方的腿腕上使劲蹬了一脚。跟着,又用铁锤一般的拳头在他脖颈后边猛地一击。布恩迪亚顿时感到脖子后边的颈骨像是被砸碎了,又酸又疼。他吼了一声,转过身来刚要还击,不料,田云山一个扫堂腿,他又一次趴倒了。

　　"打得好,打得好!""铁匠,好样的。""再给他两拳。"人群中又一次响起欢呼声。

　　田云山脸上没有显出特别的激动,他一只脚踏在布恩迪亚的身上,两眼露着凶光,用命令的口吻说:"把人放过来。"

　　布恩迪亚抬起头,不服气地朝田云山翻了翻眼皮。好一会儿,才不情愿地对水手们挥了挥手,示意放人。

　　田云山长长地出了一口闷气。妈的,龟孙子洋人,也就是这两下子。看着人们抬着三个孩子向舱里走去,他鄙夷地对布恩迪亚冷笑了一下,松开了脚。

　　布恩迪亚翻起身,迅速抽出鞭子,朝刚走了两步的田云山挥了过去。他的技术十分熟练,看见的人想提醒田云山。可是连"小心"两个字都没说完,鞭子就极其准确地绕着田云山的脖子缠了几圈。他猛地一拉,把几乎喘不上气来的田云山拉倒在地,又招手叫来几个水手。正抬着孩子的洪海平他们听见响动回过身来,田云山早已被拽到了栅栏那边。水手们把他胳膊拧到背后戴了一副手铐,之后,又在脚脖子上加了一副重重的脚镣。

辛怀礼见状,顾不上再管他的学生,匆匆对抬孩子的人说了句"看好他们",便返回身向栅栏跑去。

栅栏那边,洋人正在凶狠地抽打手脚都不能动弹的田云山。田云山满脸是血,衣服的扣子也被打开了。他顽强地站在那里,圆睁着眼睛,用最粗野的语言不停地叫骂,那沙哑的嗓音使人产生了一种悲凉的感觉。在皮鞭和棍棒的交替之下,声音渐渐微弱下去。终于,他再也支撑不住了。随着一根木棒折断的声音,他的头重重地磕在了船板上。

"云山兄弟,你是为了我们呀。"辛怀礼带着哭腔喊了一声,不顾一切地向栅栏扑了过去。

十一

洪海平真的和洋人打起来了。出了舱口,石桥一眼就看到了打斗的场面。不过,参加打斗的,不是洪海平一个人,而是一伙,总共有六七个。

原来,就在田云山被铐起来,辛怀礼往栅栏那边跑的时候,洪海平和小三子也准备跟着过去看田云山。不经意间,洪海平朝吕秋雁坐的地方望了一眼。只见离她不远处站岗的两个洋人,一个年轻的,长着像鹰嘴一样的勾鼻子。另一个年纪比较大,满脸络腮胡子。两个人互相打了个手势,便一起迅速围到吕秋雁身旁。鹰嘴鼻子把手伸进她的衣襟一阵乱摸,络腮胡子则紧紧搂住她,强按着想要亲嘴。吕秋雁一边拼命地挣扎,一边大声喊着:"海平,快来呀! 快来救我! "

洪海平只觉得一股热血从胸中涌起,直贯头顶。他脸上的肌肉抽搐了几下,浑身如同着了火一般,飞快冲过去。"我操你姥姥的,洋鬼子。"一句恶狠狠的骂声还未落音,早已挥起拳头,使出全身力气砸在抱着吕秋雁的络腮胡子脖颈上。几乎是同时,又在鹰钩鼻子的脸上响亮地扇了一耳光。

"快去找石桥哥,再看看兰草嫂子在不在舱里。"洪海平吩咐随后赶来的小三子。

正在兴奋之中的洋人冷不防挨了一击,很自然地松开了吕秋雁,吕秋雁趁机躲到了一边。洋人叽里咕噜说了几句,接着,一前一后直扑洪海平。洪海平只顾对付前面挥拳而来的鹰钩鼻子,没防备背后的络腮胡子朝他猛地踢了一脚。这重重的一脚使他不由自主地伸开双臂扑向前边,正好扑到鹰钩鼻子身上。于是,鹰钩鼻子在下,洪海平在上边按着对方,两人同时摔倒了。

络腮胡子趁机又给了洪海平一脚,洪海平觉得腰部一阵疼痛。他咬着牙,眼光里射出一股仇恨,呼吸也变得粗重起来。他先锤了鹰钩鼻子一拳,接着翻转身想站起来。不料,络腮胡子抓住他的辫子使劲一拉,他又疼得倒在地上。这一下,鹰钩鼻子反而站起了身。

两个洋人得意地一笑,又要对洪海平下手。这时,快走到舱口的苏守文、王夜生和其他人放下孩子赶了过来。

"妈的,你们是想找死吧。"最前边的苏守文说着,拿出了在宗族械斗中练出的本领,连拳带脚一齐出动。先是把络腮胡子打得仰面朝天,哇哇乱叫,继而又把鹰钩鼻子踢得爬到了他的同伙身上。随后,人们你一拳他一脚就是一阵痛打。

散布在船上站岗的水手看见了这里发生的事情。一开始,为了防止苦力集中到一起参与闹事,他们都守在原地没有动。后来,听见一阵哨子声,才迅速聚集起来,跑到络腮胡子和鹰钩鼻跟前支持他们的同伙。

刹那间,七八个赤手空拳的中国人同拿着木棍、皮鞭和枪支的二十多个洋人混战在一起,打成了一团。

石桥看到的正是这一幕。

中国人没有武器,而且人数也少,很明显地处于劣势。石桥本想问一下事情的缘由,但眼前的情形使他打消了这个念头。"快去帮他们。"他边说边和小三子拔腿跑过去,加入了同洋人打斗的行列。

没有了站岗的水手阻拦,散布在各处的人渐渐涌到这边。除了大多数在观看,有一部分也陆陆续续对洋人动了手。短短的时间内,原先宽敞的场面变得狭小拥挤起来,人和人之间的距离很近,只能用胳膊来丈量。而且打斗的双方混杂在一起,已经看不出明显的分界。在这种情况下,洋人的鞭子和木棒发挥不了任何作用,互相打击对方的唯一办法就是以拳脚做武器。

石桥、洪海平和小三子都没有经历过这种打群架势的场面,对于从四面八方出现的攻击,往往是顾了前边顾不上后边。因此,背后时不时会挨上一拳或者一脚。苏守文则不同,从少年时代起就经常参加群斗,使他不仅练就了一身功夫,而且也积累了丰富的经验。在这种场合里,他对来自前后左右的攻击应付自如。那高大的身材在拥挤的人群中显得十分灵活,浑身上下像是长着眼睛。不论洋人从哪个方向打过来,或是挥拳,或是出脚,或者拳脚并用,他都能给以准确的还击。

洋人看出了这个大个子苦力的不同凡响,他们用眼色暗示了一下,几个人很自然地拥到他周围。手脚并用,四面出击,一番交锋过后,洋人没有制服苏守文,也没有占到便宜。这时,苏守文甩起的辫子梢在络腮胡子脸上划了一下,虽说热辣辣的一阵疼痛,但使络腮胡子猛地想起刚才对付洪海平的办法。他不失时机地双手抓住那根黑油油的辫子,使劲一拉,苏守文顿时觉得头皮像要被撕下来一般,整个身子抑制不住地要往下倒。络腮胡子得意地朝同伙瞥了一眼,正想再加一把劲。突然,面前掠过一阵风,同时闪过一道黑影。他还没明白过来是怎么回事,一只手掌早已重重地劈在他拉着辫子的手腕上。络腮胡子"啊"的一声,不由自主地松开了手。

苏守文一看,是李同。这个以前的仇人,在村里时两姓械斗中打得你死我活的对头,关键时刻帮了他一把。他想说几句感谢的话,又担心分散注意力,只是友好地点了点头。李同也对他回了一个微笑,两人便转过身对付洋人去了。

围过来的中国人越来越多,虽然和洋人打斗的还是开始时的那些人。但是,此起彼伏的叫骂声、高高低低的助威声,以及望过去黑压压的人群,都自然而然地造成了一股强大的声势,形成了一种让人心慌的气氛。洋人感到再纠缠下去不会有什么好结果,说不定参加到打斗中的中国人会越来越多,或许还会酿成一场暴动。他们胡乱朝天放了几枪,在混乱中挟持了几个苦力,慌慌张张地跑回到栅栏那边。

一场打斗结束了。

围观的人们发表着各种各样的议论,很长时间才慢慢散开。石桥他们从乱哄哄的人群中聚集到一起,发现小三子不见了。大家用目光搜寻了一遍,才看到他也在被抓走的人当中。那几个人都被戴上了手铐,蹲在两门大炮的炮筒下。偶然,互相歪过头说句话。看样子,洋人还没有把他们怎么样。

"石桥哥,得想个办法,让洋人把他们放回来。"洪海平一脸焦急相,真想立即去向洋鬼子要人。但接受前两次的教训,他不敢再莽莽撞撞地贸然行动。

"还有老田呢。"苏守文说着又朝栅栏那面看了看,"哎,怎么不见老田?洋人把他弄到哪儿去了,该不会放过来吧?"

"大叔,你别想好事了。"王夜生说,"他把洋人打得那么凶,特别是那个大副,他们能不好好整他一顿。"

石桥不明白他们这番话的起因,他也奇怪怎么一直没有看见田云山。"老田怎么啦?"他问。

洪海平想起石桥还不知道开始时的情况,就把事情的经过讲了一遍。

听了洪海平的话,石桥才注意到辛怀礼的三个学生躺在船上,刘永旺和郑永祥守在旁边。刚才只顾和洋人打斗,又因为人群的阻隔,他没有看见。"既然已经这样,别的就不要说了。看用什么办法能把人要回来?"

"用什么办法?只有来硬的管用,和他们拼。这些洋人,我看也就是那两下子,没什么可怕的。"苏守文说。

"大叔,不管洋人有几下子,我觉得,只用硬办法也不行。洋人有枪又有炮,硬拼,吃亏的肯定是咱们。"王夜生说,"我看,还是跟他们好好说。他们要人是去干活的,如果都死了,或者是都伤残了,即便到了外国,谁还能去干活?这个道理洋人不会不明白。"

"夜生的话有道理。"石桥说,"好汉不吃眼前亏,该忍的时候也得忍一忍。身子就是本钱,不管怎样,我们得先保住本。"

苏守文勉强点了点头。

商量已定,几个人到了栅栏边。辛怀礼双手扒着栅栏,呆呆地望着对面。刚才船上的打斗,丝毫没有引起他的关心。

　　"辛先生,你不照看你的学生,老扒在这儿干什么。"王夜生走到辛怀礼身后,在他的背上拍了拍。

　　"老田救了孩子们,我想在这儿看着他。"辛怀礼头也不回地说,他的声音很低,低得几乎让人听不见。

　　"嗨,你这个老夫子呀,真是书呆子。光看管什么用,光看就能把他看出来。"苏守文把辛怀礼拉离了栅栏,"还是去看看你的学生吧。他们伤得不轻,躺在那儿连起也起不来,是死是活还说不定呢。"

　　辛怀礼惊愕地瞪大了眼睛,"真的?"他问了一句,没等苏守文回答,急忙朝弟子那边奔去。

　　"老苏,辛先生胆子小,你别吓唬他了。"石桥说。

　　"不这样说,他能离开吗?"苏守文说。

　　石桥没有再说话,他把栅栏对面的情景看了看。那边,除了散乱地躺着和坐着几个水手之外,没有看见那个船长和大副。被抓过去的人也分别蹲在各处,个个显得垂头丧气。令他奇怪的是,居然有一个洋人和小三子面对面地蹲着,像是很投机地在谈着什么。他们旁边,是中国翻译。

　　"小三子。"石桥喊了一声。

　　小三子起身跑过来,愁眉苦脸地说:"石桥哥,也不知道洋人会对我们怎么样。"

　　"大伙儿正在想办法,让洋人把你们放过来。"石桥说,"你怎么和洋人勾到一起了?"说完,他皱了皱眉头。

　　小三子眨着眼睛,不明白石桥的意思。

　　"石桥哥见你和洋人谈得挺亲热,才这么问的。"洪海平对小三子说,"是不是那个叫阿什么的?对,阿梅罗。"见小三子点了点头,他对石桥讲了讲前几天洋女人摸小三子辫子的经过。

　　"那小子看上去倒挺和善。"小三子说。

　　石桥的眉头舒展了一些,他让小三子把翻译叫过来。

小三子返回去对翻译说了几句话,翻译慢腾腾地来到栅栏边。

"什么事?"翻译问。

石桥堆出满脸的笑意,说是请他跟洋人求求情,让这些人回来。

"不行不行。"翻译一听又是摇头又是摆手,"这事我可不敢答应。万一洋人起了疑心,怀疑我和你们串通在一起就麻烦了。"

其他人也连忙赔着笑脸求他帮忙,但翻译一口咬定说不行。

眼看这条路走不通了,石桥没了主张,不知道下一步该怎么办。这时,王夜生用手暗暗比画了几下。石桥恍然明白了,他从身上掏出一些钱,塞到翻译手上。"这件事,我们大伙儿求你,你无论如何也得帮着办。满船的中国人,只有你能和洋人说上话,你不能见死不救呀!"

翻译回头看了一眼,见没有水手注意这边。他露出一副为难的神色,用勉强的口气说:"看在都是中国人的分上,我给你们说说。不过,丑话说在前边,我可没有十分把握,要是说不成,你们可别怪我。"

"谢还来不及呢,哪能怪你呢?"石桥说。

翻译转身走了。大伙儿问小三子见没见着田云山,小三子摇摇头说没看见。

船上就这么大的地方,洋人能把田云山弄到哪儿去呢?联想到同样不露面的两个洋人头子,几个人的心中都涌起不祥的感觉。

十二

睡醒午觉,加尔维斯和躺在床上的露西亚调笑了一阵,便开始了每天都必须例行的事务,取出羽毛笔,写航海日记。

"1864 年 11 月 8 日,'科拉'号驶过克利纳林岛。"只写了这么一句,就无事可记了。平静的航行连航海日记也如此简单,加尔维斯觉得不尽意,还想记点什么。他翻开航海图看了看,又加了一句:克利纳林岛位于西经 168 度 20分、北纬 18 度 15 分。

快到夏威夷了。在那里,他们将停留两到三天,给船上补充食物和淡水。然后,再航行五天,就结束了自澳门出港以来一直向东的航路,改为往东南方向行驶。最多再有两个半月,卡亚俄的码头就会出现在面前。也就是说,六十多天之后,船上的苦力将变成大把大把的金钱装进他的口袋。

近一段时间,加尔维斯的心情很好。过去五十多天的航程,船上没有发生大的事件。当然,也有个别苦力挑起过事端。不过,他们很快就被制服了。对于一艘装着六百多人的苦力船来说,那根本算不了什么大事。另外,海面上一直风平浪静,太平洋上在这个时期常有的风暴一次也没有出现过。感谢上帝保佑,愿幸运的光环始终笼罩在三桅帆上,使"科拉"号顺利地回到卡亚俄。

合上航海日记,加尔维斯望着和衣躺在床上的露西亚,走到跟前拍了拍她的屁股:"宝贝,该起床了。睡懒觉是一种不良的习惯。"

露西亚慢慢腾腾坐起来,伸了个懒腰:"我的船长先生,打发这乏味的日子,不睡觉,又有什么办法呢?"

"你不是要学中国话吗?"加尔维斯说,"小姐,海上的日子不会太长久了。不抓紧时间,回到秘鲁,你到哪儿找阿梅罗呢?"

"谢谢你的提醒。"露西亚说着翻身下了床。前几天,闲极无聊的她说起想跟阿梅罗学中国话,以打发这枯燥的海上航行。加尔维斯同意了,并且建议她跟翻译学,因为翻译是中国人,但露西亚更希望让年轻的阿梅罗来教。

"船长先生,船长先生。"门外响起布恩迪亚的喊声。加尔维斯的"请进"还没有落音,大副已推开门走了进来。

"船长先生,他们打起来啦。"布恩迪亚急促地说,"请你快去看看。"

望着头发散乱、衣衫不整的布恩迪亚,加尔维斯以为出了大事,急忙问:"大副先生,你怎么变成了这个模样? 谁和谁打起来了?"

布恩迪亚报告了自己看到的情形。他是在苏守文刚加入打斗时跑来找加尔维斯的,还不知道后边发生的一幕。

加尔维斯松了一口气:"我还以为发生了暴动。大副,用不着惊慌。不就是几个苦力闹事吗? 对付他们,站岗的水手就足够了。"说完,他看了露西亚一眼:"罗杰尔先生说得很对,女人,在这枯燥的航海中,真是最好的调味品。"

"可是,船长先生,我们不能大意。"布恩迪亚急促的语气中带着忧虑,"虽然他们闹事的人数现在还很少,说不定下一步参加的人会越来越多,会成为

154

一次暴乱。我想，应该让我们的炮手做好准备。"

"完全没有必要，大副先生。"加尔维斯摆了摆手，"你难道看不出来吗？那些中国人像一盘散沙，他们每个人都在为自己的利益着想，根本就成不了气候。"他停顿了一下，又说："当然，必要的时候，我们绝不会手软。"

"船长先生，作为大副，我要提醒你，对苦力闹事不加制止，会助长他们的不满情绪。在苦力船上，这是很危险的。"布恩迪亚的脸色一下变得严肃起来。

加尔维斯想了想："好吧，就按你的意见办。走，我们看看去。"说完，带着露西亚走出船长室，来到栅栏前边。

甲板上一如既往，除了几个戴着手铐、垂头蹲着的苦力，没有任何拼打过的痕迹。布恩迪亚一言未发，冷冷地看了看面前的俘虏，挨个抽了每人一鞭子。

鞭子抽得很重，小三子禁不住叫了一声。他抬起头，正巧碰上露西亚的目光。想起上一次这个洋女人对中国人的态度，他立即装出一副可怜相。

露西亚也认出了眼前的中国人。看着对方痛苦的样子，她对加尔维斯说："太野蛮了。无缘无故地抽打双手被铐起来的人，船长，这不是文明人行为。"

"对付苦力，难道还要找出什么理由，采用什么文明的行为吗？"加尔维斯说，"宝贝，如果你去过种植园和鸟粪场，就会加深对文明的理解，真正明白文明的含义。"

这时，从栅栏对面传过来一阵叫喊声。

加尔维斯问翻译："那些人想干什么？"

"船长先生，他们抗议大副先生鞭打苦力的行为，要求把这些人员放过去。"翻译看着加尔维斯的脸色，说："我想……"

"你的意思是满足他们的要求。是吧，翻译先生？"加尔维斯打断翻译的话。

"是的，船长先生。"翻译的脸上毫无表情。

"因为他们是你的同胞吗？"加尔维斯的脸色变得有些不快，准备教训翻译一番。但又想到在到达秘鲁之前离不开这个人，下一次去中国也还得用他，终于还是忍住了。他只是用一种责备的口吻说："我理解你的心情，翻译先生。

作为中国人,你有理由对你的同胞表示同情。不过,你要记住,你的话超越了自己的身份。"

"这绝不仅仅是同情,船长先生,还有更重要的原因。"翻译也明白自己在这条船上的作用和所处的位置,他没有理会加尔维斯的态度和语气,继续说,"不用我说,你也很清楚,我的命也系在这条船上。万一发生了我们不希望出现的事情,不幸同样会落到你我的头上。所以,我还是想提醒你。当然,还有大副先生。"他瞥了一眼旁边的布恩迪亚,"为了避免引起更大的骚乱,让步和容忍都是必要的。否则,不论中国人受伤还是死亡,对你和他们都没有任何好处。"

加尔维斯没有吭声,想了想,觉得翻译的话也有道理。他望着满船的中国人,问布恩迪亚:"大副,你认为应该怎样处置抓来的苦力?"

"应该把他们扔到海里去喂鱼。这些下贱的中国人。"布恩迪亚狠狠地说。

"不,不,大副,那是在往海里扔钱。明白吗?扔钱。"加尔维斯摇摇头,"翻译先生的话很对,我们应当尽量减少不必要的损失。只要苦力没有过激的行为,不对我们构成威胁,有些时候,我们可以采用宽容的态度。"

"可是,船长先生——"布恩迪亚还要说什么,被加尔维斯抬手制止住了。"还是放他们回舱里去。当然,大副,你可以用皮鞭帮助他们减弱抵抗情绪。"

戴着手铐的苦力被拉起来站成一排,布恩迪亚让水手抡起皮鞭挨个地抽过去,打完一个往栅栏对面放一个。顿时,船上响起一阵接一阵尖厉的叫喊。

排在最后的小三子心里直打鼓,他倒不是害怕。如果像刚才那样,是在和洋人的厮打中挨几下,倒也罢了。现在,乖乖地伸长脖子挨鞭子,不仅不值得,还让人窝火。他四下望了望,对面,石桥和洪海平他们眼睁睁地看着这边,根本帮不了什么。他想求助翻译,但估计翻译也不可能帮他逃过这场劫难。最后,他把目光落了那个外国女人身上。

就在这时,露西亚也向小三子看了一眼。对方那满脸无奈的神情,也许还有上一次接触时留下的印象,使她产生了要帮助这个中国人的念头。于是,她向加尔维斯求情,要他放过这个苦力。开始,加尔维斯不答应。经不住露西亚软磨硬缠,他同布恩迪亚商量后,小三子总算免除了一顿鞭打。到了这时候,免除鞭打的小三子是实实在在地后悔了,可以说他后悔得肠子都发了青。他不但自己踏上了这条贼船,把自己推到了一片苦难的海洋里,他还牵连了一个村里的几十个兄弟姐妹。如果没有他帮衬胡来顺到石桥村的那一番运作,弟兄们是无论如何也不会走到今天这一步的,他害了自己不说,更可恨的是害了别人……回想起几年来跟着胡来顺鞍前马后地跑跑颠颠,他还一直被蒙在鼓里,原来胡来顺干得是坑蒙拐骗伤天害理的事情。而他又自告奋勇要同石桥村里的兄弟们一块去出国,一块去跳入火坑,这可真是一种报应啊,报应啊……

小三子不觉中流下了悔恨的眼泪,为他身上火辣辣灼疼的鞭伤,更为他内心无法言说的疼痛。

我真是跳到大海里也洗不清啦!

小三子这样想着,一副垂头丧气的样子。

对敢于闹事的苦力惩罚完毕,布恩迪亚心中的怒气并没有平息下来。现在,还有一个他决不能放过的人,就是田云山。

田云山被反捆着双手装在一只竹笼子里。这种竹笼是苦力贩子为了拘押苦力而专门制作的。笼子编得很密,也很结实,大小仅能容一个人蹲在里面。上边的盖子一盖,没有别人帮助,里面的人就休想出来。装田云山的那只笼子紧靠一堆杂物,旁边还摞着几个空的。难怪石桥他们一直没有看到田云山,甚至小三子也没有注意到竹笼里边有人。

布恩迪亚叫人把竹笼抬到空旷显眼的地方,他咧着嘴,冷笑着哼了一声,隔着笼子朝田云山踢了几脚。然而,无论他用什么办法对待眼前这个苦力,田云山已经无力动弹了。水手们的毒打,粗壮的身躯长时间蜷曲在狭小的笼子里,再加上干渴和伤口不停地流血,他的生命已走到垂死的边缘。当笼子扳倒的时候,他连爬也爬不出来。水手们费了好一会儿工夫,才把他拽到笼子外面。

布恩迪亚用鞭杆在田云山头上敲了敲,田云山慢慢睁开眼,那目光看上去很浑浊,但仍然带着一股逼人的寒气。他含混不清地骂了一句,艰难地翻动了一下身子,想站起来,可终于还是失败了。

布恩迪亚朝这个没有一点反抗能力的苦力踢了一脚,又同加尔维斯嘀咕了几句,便叫水手把还在喘着气的田云山扔到海里。

石桥和洪海平他们目睹了眼前发生的一切。面对洋人的残忍行为,尽管怒火中烧,却毫无办法——一道栅栏死死地挡住了想迈出去的脚步。他们只能眼睁睁地看着田云山被拖到船边,被抛进大海。一个铁铮铮的汉子,转眼之间就消失了。

"狗娘养的。"苏守文可着嗓子,冲说说笑笑的加尔维斯和布恩迪亚骂了一句。

谁也没有再说话,沉闷的气氛笼罩在人们中间。大家默默地朝田云山沉没的方向望了一眼,迈着沉重的步子离开了栅栏。

十三

时间到了傍晚,白天的暑气不仅没有退去,反而变得更加闷热。船上恢复了以往的平静,人们像先前一样,和亲友、同乡、熟人围坐在一起,东拉西扯地闲聊。白天发生的一连串事情,对于大都互不相识的人来说,尽管觉得和自己毫不相干,但谈论之中,还是在心里引起了一些震动。

石桥他们走到辛怀礼一伙人坐的地方。三个受伤的孩子还躺在甲板上,呻吟和哭泣已经停止了,只有脸上还露出一副痛苦的样子。郑永祥已给他们做了包扎,伤势不算太重,没有伤到骨头,用不了多久就会好起来。

"这些可怜的孩子,小小年纪就被绑架出来遭这份罪,拐子手真是太可恨了。"刘永旺叹了一口气,又对石桥说:"石桥兄弟,想法把船上的人串通起来,要是大伙儿能抱成一团,洋人也许就不敢那么欺负人了。只是,可惜了云山兄弟。又耿直,又讲义气,好人呀!"

提到田云山,石桥还没有答话,辛怀礼先呜呜地哭了。他一边哭一边说:"云山兄弟是为了我们,他是为了我们才死的呀!"受到他的影响,几个孩子也跟着长一声短一声地哭起来。

旁边的人纷纷劝说,但无济于事,辛怀礼的哭声反而更大了。几十年过惯了平稳的生活,却在不惑之年后遭到这突然而来的变故。生死难料,学生挨打,还让以前素不相识的田云山搭进一条命。几天时间内,辛怀礼变得苍老了许多。

郑永祥抬手制止了大家的劝说:"让他哭一会儿吧,把闷气倒出来,心里舒坦些,不然,会憋出病来的。"

辛怀礼的哭泣是那种伤感而无奈的哭泣,受了传统的儒家教育大半辈子的他却不幸遭到了这样的变故。他现在已把自己的生死置之度外了,他担忧的,依然是他的弟子,是那三个未曾成年的孩子,他们就像自己的亲生儿子一样啊……

过了一会儿,辛怀礼的哭声总算止住了。正如郑永祥所说,闷气一出,脑袋似乎也清醒了。他强迫躺着的弟子爬起来叩了三个头,又表情严肃地叮咛道:"记住,以后不管到了哪里,都不能忘了你们的恩人,就是救你们的田大叔。并且,还要记住,无论做人还是做事,都要学他的样。"

三个孩子庄重地点了点头。

望着眼前的这一切,王夜生想开个玩笑缓和一下气氛。他凑到辛怀礼跟前,说:"辛先生,你怎么带了这么多孩子,是不是——"刚说到这儿,刘永旺听出了王夜生想说什么话,立即用手势示意他别说了。但是,话到嘴边的王夜生还是把"拐来的"三个字说了出来。

辛怀礼用不满的目光瞟了王夜生一眼:"兄弟,我一个知书达理之人,难道不懂得礼义廉耻,能干那伤天害理之事吗?"

"我们是被人贩子抢来的。"辛怀礼的话刚落音,王江紧跟着大声说。

自从上船以来,辛怀礼根本没有向人提起过当初在珠江上的遭遇。他觉得没有看好学生,是自己无能,是很丢人的事。现在,王江既然已经说出来,路也已经走到这一步,没有什么可顾虑的了,便把遭劫的经过讲了一遍。

听了辛怀礼的话,大家才明白了他像老母鸡护着小鸡一样保护孩子们的原因,也知道了他的良苦用心,不由得产生了一些敬意。王夜生用满带歉意的口气说:"辛先生,实在对不起。请您别介意,我并没有其他意思,其实,我们在心里一直很敬重您的……"

"没关系没关系。"辛怀礼脸上恢复了常态,"不知者不怪罪嘛。"

"辛先生,你是个好人。"一直没有开口的石桥说,"以后,不管到了什么地方,这些孩子永远都会记住你的恩德。他们一辈子都不会忘记你。"说完,他问几个孩子:"你们说是不是?"

"是。"孩子们齐声说。跟着,王江又加了一句:"不管什么时候,我们都不会忘记先生。先生就是我们的父亲。"

辛怀礼的脸上泛起一片笑容。人们看得出来,那笑容带着发自心底的欣慰。

天色渐渐昏暗下来,石桥招呼人把受伤的孩子抬回舱里。随后,其他人也陆陆续续下去了。他和小三子没有插上手,俩人相跟着找到陈玉财。回舱里的时候,阿财还要让人扶着才能走下舱口的梯子。

从栅栏那边被洋人放过来之后,整整半下午时间,不管人们谈论什么,小三子一直没有吭声。开始,石桥并没在意。到后来,他同三小子说了几次话。小三子不仅没有回应,而且总是沉着脸,目光呆呆的,他才觉得小三子心里似乎在想什么。

"小三子,你到底怎么啦?是不是有心思?还是有什么难处?"在陈玉财旁边坐下来,石桥问。

"石桥哥,小三子怎么啦?"看着两个人的神色,陈玉财不解地跟着问。

"还是问他吧。"石桥说。

陈玉财刚把目光转向小三子,还没有开口,小三子忽然抽泣起来。接着,他话不成声地说:"石桥哥,阿财,我……我对不起你们,也对不起咱们村里的人。要是我不回去,你们也不会出来,在这里受洋人欺负,阿财也不会受伤。都怪我,都怪我,是我和胡爷骗了你们,骗了咱村里人。"

石桥这才明白了小三子一直不说话的意思,是因为领着胡老板回村里招工的事。他连忙劝慰:"小三子,这事不能怨你。要怨,只能怨我们太穷了,想出来找条活路。再说,你也不知道外边的情形,也是为了咱村里的人好,才回去招工的。不要胡思乱想了,咱们村里的人都不会埋怨你,也不会记恨你。"

"石桥哥说得对,小三子。"陈玉财跟着劝说,"是胡老板骗了你,不是你骗了我们。你要是知道有这些灾难,也不会和我们一块出来。对不对?以前的事不要想了,以后我们照样还是好兄弟。"

这时,把几个孩子送下舱的洪海平返回到甲板上。听石桥讲了小三子的想法,洪海平说:"我们都上了胡老板的当。以前也听说过人贩子的事,可没想到轮到了我们头上。小三子,这事和你没有关系。当时,就算不是你,别人去招工,我们也会跟着走的。"

一番劝说后,小三子的哭止住了。他仍旧低着头,没有吭声。他总觉得是自己把石桥村的人领上了一条通向灾难的道路,要是这些儿时的伙伴和乡亲们真有什么不测,那的的确确是自己的罪过。不过,朋友们的话,毕竟使他的心情轻松了许多。

这时,一阵粗暴的外国话传了过来,中间夹杂着翻译的声音。他们听见,是水手在催赶甲板上的人返回舱里去。

石桥坐着没动,他准备向小三子问一问胡老板的情况。话还没出口,看见一个人向这边走来,随着是一句生硬的中国话:"赶快回舱里去。"

来人是阿梅罗,走到跟前,他才看清了坐在这里的人。"小三子。"阿梅罗叫了一声。

"是你呀,阿梅罗。"小三子说着,把身边的三个人做了介绍,"我们都是好朋友,也是一个村的。一个村,懂不懂?"

"明白,明白。"阿梅罗说着,对三个人友好地点了点头。

石桥、洪海平,特别是挨过打的陈玉财,对外国人有一种本能的戒备心理。不过,看到这个洋人对小三子的态度很和气,而且,在船上从没见过他欺负中国人,便也向对方点了下头。

出于对这几个人友好态度的回应,阿梅罗在他们旁边坐了下来。他似乎忘了自己的职责是来催赶这些人回舱里。

"阿梅罗,你的中国话是在哪里学的?"小三子没话找话地问。

"在秘鲁,向你们中国人学的。"阿梅罗说。

原来,阿梅罗不是真正的水手,而是秘鲁《民族报》的记者。来中国之前的几年间,他曾采访过许多在秘鲁种植园和鸟粪岛以及其他地方做工的苦力,不仅写了一大批有关苦力受虐待的文章,还跟他们学会了一些中国话。这次,报社计划对贩运苦力的情况做连续性的详细报道,便派他化装成水手,应招到加尔维斯手下,随同"科拉"号到了中国。然而,在船上,阿梅罗是绝对不敢公开自己的身份的。因为,苦力贩卖者最讨厌的就是报纸和记者,特别是《民族报》这类对苦力贸易持反对态度的报纸,他们不愿意自己所做的一切被公布于众。如果加尔维斯知道了他的真实身份,一定会把他关起来。甚至,把他同造反的苦工一起扔进大海里去的。因此,两个多月了,阿梅罗的行动是必须谨慎从事,讲究分寸的,稍有不慎,便会被人起了疑心的。尽管阿梅罗想了一些办法,还是没有了解到多少苦力的情况。现在,他想借机会同这几个人谈谈。

阿梅罗的自我介绍使石桥和洪海平消除了戒备心理。他们也看出来这个洋人没有恶意,便实实在在地进述了从家乡出来的经过。

"你们做了一个错误的选择。"阿梅罗听完,摇摇头,"难道你们认为,外国比自己的家乡还要好吗?"

这句话使石桥觉得脸上发烧,他不由放低了声音:"家里太穷,又遭了灾,实在是过不下去了。没办法,只好出来。"

"可是,秘鲁并不是天堂。"阿梅罗的声音变得有些沉重,"对于苦力来说,似乎更像一座地狱。"

几个人都暗暗吃了一惊。要真像阿梅罗说的那样,这不是从穷窝里出来往虎口里奔,自己找着往火坑里跳吗?

"阿梅罗,你讲讲中国人在秘鲁做工的情况吧。"小三子说。

"对,给我们说说吧。"另外三个人也说。

"这个……"阿梅罗犹豫了一下,"你们以后会亲身感受到的。时间不早了,走吧。我得看着你们回到舱里去。"

"阿梅罗,舱里太闷了,我们想在上面多待一会儿。"小三子说。

"不行。"阿梅罗的口气很坚决,同刚才相比仿佛换了一个人。

几个人只好站起来,扶着陈玉财,慢慢向舱里走去。

十四

陈玉财十分强烈地想着自己的家。想着回家。

这个念头是在腿被洋人打伤之后产生的。近一段时间,父母和弟弟的身影时常出现在他的眼前。此外,还有所熟悉的那个破旧却亲切温馨的四合院,那几亩他和阿爸和弟弟流了多少血汗的水田,还有家乡的水磨,小小的土路,一切的一切……一想到这些,他就感到心里难受,有几次还暗暗流出了眼泪。家里的生活虽然不像财主家那样富足,但和穷苦人家比起来,可就好多了。现在,看着自己受伤的腿,他很后悔走上出海这条路。

今天,船上发生的事情,使他回家的念头变得更加强烈起来。思前想后,他实在不愿意到外国做工去了,就是给一座金山,他也不想去。

陈玉财的眼睛有些潮湿,他想哭,想痛痛快快地大哭一场。但是,为了避免让大家跟着自己不痛快,他强忍住了心中的难受,没有哭出来,只是把自己的想法告诉了洪海平和小三子。

回家?听到陈玉财的话,望着一块长大的伙伴,洪海平在心里默默念叨了一句。从小就成为孤儿,四处漂流,他早已没有了家的印象,没有了对家的温馨回忆和眷恋情感。埋藏在心灵深处的,只有故乡那永远忘不掉的山山水水。他不想回家,也无家可回。这次,带着吕秋雁踏上这条漂洋过海的路,就是想飘落到哪儿,便在哪儿建立个家,过安定的日子。可是,在船上两个多月的经历,洋人一桩又一桩欺负中国人的暴行,击碎了他并不过分的希望。特别是阿梅罗的话,还有他不愿意回答他们提出的问题之后表现出来的神态,更让洪海平对未来产生了怀疑。也许,确实是不能往前走了。真应该返回家乡去,赶快从这条前途莫测的路上返回去。

可是,怎样才能回去呢?

洪海平不知道,他没有办法。在这漫无边际无依无托的大海上,即使想逃跑,又能跑到哪儿去呢?因为,傻瓜都明白,谁也不可能离开这条船。

"小三子,你说,我们该怎么办?"过了一会儿,他问。小三子毕竟在广州混过几年,见的世面多一些。

小三子摇了摇头。此刻,他的心情比洪海平还要沉重。回忆起胡来顺不大同意自己出国做工的态度,他才醒悟到,胡来顺很清楚到外国后的情况。之所以不说破,是担心影响招工。说穿了,就是害怕小三子告诉石桥村的人。

想到这一点,小三子不由咬了一下牙,在心里恨恨地说:胡爷,我跟着你胡说八道,骗了石桥村的人,把大伙儿拖上了这条黑路。往后,要是再能见了面,我非跟你清算这笔账不可。

"喂,你们怎么啦?怎么都闷着头不吭声。"随着话音,王夜生在昏暗的灯光中走过来。他一屁股坐在铺位上:"海平,你该去陪着媳妇,和他们在一块有啥意思。"见三个人仍旧不说话,他有些奇怪:"你们是不是吵架了?我说,不管出了什么事情,可千万不能内乱啊。"

"夜生。"洪海平说,"我们不想去外国啦。"

"什么?不想去啦?这可由不得你,也由不得我,这得洋人说了算。"王夜生说着,又是摇头又是摆手,"你们这个想法根本就是胡思乱想,办不到。既然已经走到这一步,就别想再回去了。前边就是万丈悬崖,也得往下跳。对洋人,我比你们知道得多。这一路上的事,你们不是全都看到了吗。"

"正因为看到了,我们才想回去。"陈玉财说。

"说实话,我也想回去。可是不行,做做梦还差不多。船掌握在洋人手里,舵把子由着他们转。你不乖乖跟着走,又能怎么样。"

"照你说,就没办法啦?"小三子问。

"也不是没有。"王夜生想了想,说:"除非你能掌握了船,把舵把子握在手里。那就由你了,想往哪开往哪开。"

"对呀。"洪海平手往铺板上一拍,"这话说得对。只要能把船夺过来,还不就由着咱们啦。"

"你们今天是怎么回事,夺船?活得不耐烦了吧。看不见洋人有枪又有炮。知道不知道那是干什么用的,就为了对付我们。"

"知道,这一点谁还不清楚。"洪海平从铺位上跳下来,拉住王夜生说,"我看,这事说不准能成。你在洋人船上干过,到时候,不但离不了你,你还得唱主角。走,和石桥他们商量商量。"

石桥和刘永旺、苏守文几个人坐在一起,正谈论着白天发生的事情。他们旁边,一伙人正吆五喝六地猜拳。不过,没有酒和菜,连水也没有。输了的人,被赢家弹一下脑门。

洪海平对石桥谈了自己的想法。

石桥没有吭声,洪海平的念头让他吃了一惊。尽管他已经完全意识到这次出来是受了胡老板的骗。而且,从那个叫阿梅罗的洋人口气中,隐隐约约感到前景不妙,但他还没有想过要返回去。他觉得那几乎就是空想。不说别的,单是走了两个月的路程,谁知道有多远呢。何况,在这茫茫大海上,既不知身在何处,又不知陆地在东南西北哪个方向,就算是夺了船,又往哪里去呢?

"石桥哥,我们还是干吧,反正是豁出去了。你想想,阿梅罗要是不知道中国人在秘鲁那里的事情,他能说我们是自己往火坑里跳吗?"见石桥好一会儿不表态,洪海平又说,"再说,船上这么多中国人,只要大家一起动手,那些洋人根本不算一回事。"

"海平说得对,干脆和洋人干一仗。能回去就回去。闹不成事,大不了,也就是让这一百多斤到海里去喂鱼。"苏守文拍了拍胸脯,紧接着洪海平的话说。

"老苏,咱们不能光想着死。要是那样,可太容易了。"石桥望了苏守文一眼,"我觉得夺船这事把握不大。我们什么家伙都没有,能不能成功还在两可。就算是成功了,谁来开船。要是没人会干,我们还不是照样回不去吗?"

"这里不就有在船上干过的人吗?"洪海平指了指王夜生,问:"你会不会开船?"

"多少懂一点。"王夜生说。

"这不就得了。"洪海平说,"石桥哥,干吧。我们明天就动手。"

"不行。"石桥果断地说,"这事牵连着船上几百条人命,哪能说风就是雨。我们起事是为了活,不是为了去死。即使真要动手,也得仔细谋划谋划。"说完,他把脸转向刘永旺:"你说呢? 刘老兄,谈谈你的高见。"

刘永旺没有马上开口,他用目光在船里扫视了一圈,才说:"这舱里的情形,你们都看见了吧？能不能悟出里边的名堂。"

听到刘永旺的问话,旁边的人仔细看了一遍,连角落都没有放过。船舱里和以前一样,仍旧是每个人都用习惯了的那种方式在消磨时间,没发现有不同于以往的地方。大家眨了眨眼睛,不明白刘永旺问话的意思。

刘永旺也看出了人们目光中的疑问,他说:"舱里的情形和以前没什么两样,是不是？你们想过没有,这意味着啥？就说今天白天发生的事吧。这是上船以来最大的一次,可除了在上边人们议论了一阵,下来之后还有人提起没有？没听见吧。这就明摆着,谁也不愿意管别人的事,大家伙不是一条心。自古以来,凡是起事成功的,都得有一大帮人。在这船上也一样,单靠你们几个不行。得把大伙儿联络起来,拧成一股绳。先把这件事办好了,再找合适的时机。"

"对,说得对。老刘,你不愧是算卦的,把事情看得透彻。"苏守文用佩服的口气说,"在这条船上,你是高人。以后有什么事,还得你出主意。"

"高人不敢当,只是出出主意大家一块商量。"刘永旺说,"不过,要是动起手来,可不要指望我。我是手不能提,肩不能挑,只会卖嘴皮子。"

"多亏你这嘴皮子,不然,海平明天就要动手了。"石桥说着望了洪海平一眼,洪海平不好意思地笑了笑。

"年轻人嘛。血气方刚,勇有余而谋不足,急于求成是常有的事。"刘永旺说完,把脸转向王夜生:"夜生,夺船这件事,你还得多想一些点子。这些人里边,只有你和洋人打过交道,见识比他们多。"

王夜生连忙摆摆手:"不行不行,我能有什么点子。况且,这是秘鲁的洋人,又不是英国的洋人。这洋人和洋人不是一个国度的,脾气性情都不同,谁能猜得出他们在想什么。"他对眼前商量的事没多大的兴趣,干也行,不干也行。原先在海上的生活使他对漂泊成了习惯,到了哪里都一样。

"不过,我倒是想起一点。"王夜生觉得不谈一点看法对不起大伙儿的信任,他想了想,又说:"要动手就尽量快点,以我经过的事情看,这几天太闷热,恐怕要变天。一旦起了风暴,就不好办了。"

"咱们现在就开始联络人。"洪海平说。

"先别急,还有一件事。"刘永旺拦住洪海平,"这里边得有一个挑头的,蛇无头不行。我看,这副担子还是让石桥老弟挑起来吧。"

"我?我怕不行。"石桥摇摇头,"老苏吧。老苏会拳脚,又有带领人打斗的经验,最合适了。"

"我哪是这块料,还是石桥干吧。"苏守文说,"上一次大伙儿就推选过你和洋人交涉,这一次你就接着干。咱弟兄们肯定听你的!"

"行!为了大家能回家,我把这个头挑起来。"石桥想了想,点头答应了,"不过,我什么也不懂,有事还得大伙儿出主意。"

事情就这样暂时定了下来。

十五

事情不像想象的那样顺利,经过一番联络,有的人愿意参加夺船的行动,有的人不愿意。一部分一心想着出国发财的人,干脆就表示坚决反对,认为夺船根本就是胡闹。那样做,只能断送了大伙儿的美好前程。回家干什么呢?穷家破屋,缺吃少穿,难道家里的苦日子还没有过够吗?现在既然有了挣钱的机会,而且在向那个目的地进发,不抓住就实在太傻了,万不敢半途而废,而这种"废",是自己酿成的,这不是胡搞吗?尽管石桥他们讲了许多道理,证明再往前走绝不会有好结果,仍然不能改变那些人的想法。反过来他们还问:"你又没有去过外国,怎么就知道那里不好呢?""你说外国不好,为啥洋人都那么有钱?"有的还劝阻联络的人:"兄弟,别没事找事了。洋人是狠了点,咱中国人里边不也有狠的。这兴许是他们的脾气,谁能没有个脾气呢?忍着点吧,或许以后会有好日子。"

三天时间过去了,几个人在一起算了算,大约联络了还不到少一半人。

"这也不算少了。"刘永旺说,"各人有各人的想法,不能勉强。况且,以前都互不相识,现在突然要让人家跟着你一起干,干成干不成都说不定。你们想想,谁会那么轻易地相信你。"

"那些人,让洋人挨个抽一顿鞭子,就醒悟过来了。"苏守文不满地说。

"别怪人家。老刘说得对,人各有志。要想让船上的人全都和我们一起干,也办不到。有现在这些人，别的也许会慢慢参加进来。"石桥说，"来，我们商量一下，看啥时候动手合适。还有，怎么个干法，也得心中有数。"说完，他看了看四周。人们大多到上面去了，铺位上稀稀落落地躺着几个，谁也没有注意这边。

"赶早不赶晚，今天吃晚饭时就动手。"洪海平说，"正好栅栏的门开着，我们能冲过去。"

"恐怕不行吧，有些事还来不及说清楚呢。谁也不知道自己该干些什么，到时候怎么办，你往东他往西，还不乱了套。"王夜生说。

"那就明天吧，明天吃晚饭的时候。这样，我们还有一天的准备时间。你们看行不行？"石桥说。

大伙儿表示同意。

"那就这样定了。"石桥接着说，"人嘛，我的想法是分成四伙。我带一伙，对付站岗的水手，把他们手中的家伙弄过来。咱们不会用枪，就把它砸烂，反正是不能让洋人握在手里。夜生带一伙，小三子也跟着去，想法把开船的舵把子夺过来。海平呢，你领一伙人，你去制服守大炮的洋人。你们动手一定要快，绝不能让他们开了炮。万一洋人先动了手就不好办了。老苏，那个船长、大副，还有其他洋人，就都归你啦。就这些，大伙儿说说，还有哪里不合适，我们再合计合计。哦，对了，一旦大伙儿动了手，老刘呢，你就动用你的一张嘴努力说服大伙儿儿，动员大伙儿，最起码不要炸了窝，不要混乱，要有秩序地对付洋鬼子……"

"好，就这样"。"就这样吧！"大伙儿说。

"要是没有其他意见，就先这样定下来。谁干什么就这样定了。现在不要去说，等天黑以后再告诉大伙儿。至于人，谁联络的就归谁带。"石桥说完，又叮咛道："记住，说话都小心点，要装出没事的样子，不要让翻译听见。对了，还有那个阿梅罗和大副，他们也能听懂咱们的话，谨慎点，要提防他们觉察出来。"

"石桥哥，这一点你不用操心。"王夜生挤了一下眼角，"我们不会和洋人穿一条裤子。"

"正经点，别贫嘴。"苏守文瞪了王夜生一眼。

"行，正经点。"王夜生一边点头答应着，一边又嘻嘻笑了一声，"你们都板着脸，神神秘秘的样子，让人一看，就会猜疑在密谋什么事，还是别正经啦。"

"要是没有别的事，我们就散伙，到上边透透风去。"石桥说。

"等一等。"刘永旺说，"我看，你们动手的时候，对会开船的那些洋人和翻译不要太狠，更不要往死里打，得手下留情。为啥？王夜生你不是对开船不太熟吗。所以，最好能让他们送我们回去。"

"还有那个露西亚。"小三子低声说了一句。他似乎感到不好意思，脸有些发红。

王夜生冲小三子撇了撇嘴角："小三子，你是不是看上那个洋妞了？"

"别胡说，人家不是帮过我吗。"小三子说，"当时你们也看见过的。"

"这事包在我身上了。"苏守文接过来说，"小三子的话不错。别人帮过我们，就不能忘了人家。得让洋人知道，咱中国人是有礼数的，懂得知恩图报，不是好坏不分。"

刘永旺笑了笑，把大拇指往苏守文面前一伸："说得对，老苏。"

商量停当，大家又说了几句闲话，便出了舱口。

石桥没有走，他想一个人静静地坐一会儿，把行动的安排再仔细考虑一遍，看有没有疏漏的地方。这次夺船是他平生遇到的最大的事情，说白了，就是起义。想不到，活了三十多岁，以前在村里从不惹事，现在在这条船上，竟要和毫不知根底的洋人斗，还被大伙儿推到了领头的位置。他明白，这是大家把他看成是自己人，才这样相信他。所以，对这件牵涉几百条人命的事情，他一直叮咛自己：一定要慎重，一定要考虑周到。万一搞不成功，那可就全完了。即便想到外国去受罪，恐怕连机会都没有了。

"石桥兄弟。"一声呼唤打断了他的思路。他一看，是辛怀礼。受伤的弟子不能行走，教书先生只好待在舱里。同他们在一起的，还有郑永祥和崔诚信。在石桥的印象中，小商人崔诚信除了和同村的郑永祥之外，极少跟别人交往，也不多说话。真不知道他以前是怎样做生意的。

石桥过去看了看孩子们的伤情，郑永祥正在给他们的伤口上药。其中的一个疼得直哼哼，眼睛里还不住地往外冒泪水。

"郑大夫,船上多亏有了你,也多亏他们没把你的药袋子扔掉。"石桥帮着上药的孩子翻了个身,说道。话刚出口,他就觉得说得不太合适,好像郑永祥应该被抓来似的。他赶忙抱歉地笑了笑。

"没啥,没啥。"郑永祥看出了石桥的心思,不介意地说。

辛怀礼想问问夺船的事,却又有些犹豫。停了一下,他终于还是忍不住了:"石桥兄弟,你们刚才的话,我们都听见了。这,偷听不为过吧! 你说,这事真能闹成? "

"只要大伙儿齐心,就一定能行。"石桥说。

"那就不用去外国,我们就能回家啦? "崔诚信用疑惑的目光望着石桥。

石桥肯定地点点头。

崔诚信侧过头想了想,然后坚决地说:"石桥兄弟,你们动手的时候我也去。不为别的,就为了能回去。"

"行,到时候你跟着大夫。"石桥说。

看到眼前的情景,辛怀礼觉得有些不好意思,吞吞吐吐地说:"石桥兄弟,你看,我什么也干不了,也帮不了你们。不,你们看我能干点啥? "

"不用不用。"石桥摆摆手,"明天不管外边发生了什么事情,你就在舱里待着,照看好你的弟子就行了。"说完,又叮咛几个孩子千万不要乱跑,才转身出了舱口。

船上像往常一样平静,表面看,丝毫没有要发生任何事情的迹象。但是,细心的石桥还是看到,围坐在一起的人中,窃窃私语的多了起来。他扫视了一遍,见杨兰草和吕秋雁坐在船边,便向那边走过去。

洪海平也在这儿,他们正议论着明天的夺船行动。

对于将要同洋人进行的拼杀,两个女人都很担心。在这无遮无挡的船上,赤手空拳的中国人除了仇恨和回家的愿望,其他的一无所有。而洋人枪炮在握,刀剑俱全。只要对方一开枪,可就躲都没地方躲,只能用身体去挡子弹了。

杨兰草说出了自己的想法,问石桥:"这事到底有没有把握? "

"石桥哥,动了手之后,如果别人都往后缩,只剩下几个人了,把你们搁在前边,怎么办? "吕秋雁也担心地问。

石桥笑了笑,问洪海平:"你没跟她们说?"

"说了,可她们不相信我。"洪海平说。

"我们是担心。"杨兰草说,"要是没把握,就不要用鸡蛋碰石头。"

"该倒过来,我们是石头。得先觉着自己能行,才能干成事。要是自己都看不起自己,那就什么也干不成了。"石桥说,"你们的担心有道理。不过,你们再想一想。一旦打起来,船上就这么点地方,双方混在一起,洋人有枪也使不上。咱们人多,就是压也把他们压倒了。再一个,船上这几百人里边,大多数都是被拐子手拐骗和绑架来的,真正死心塌地想出去的不多。还有,这一段时间,洋人欺负中国人的事,大伙儿也都看到了,多数人心里都憋着一股气。所以,只要一起事,参加的人绝不会是少数。就凭这些,制服洋人应该不成问题。"

两个女人不吭声了,石桥觉得该让气氛轻松一下了,便问吕秋雁:"雁子,回去之后,该和海平成亲了吧?"

吕秋雁不好意思地笑了笑,她把头斜靠在杨兰草肩上,朝洪海平瞥了一眼,说:"他不着急,我也能沉住气。"

"那你们就互相等着吧,看谁能沉住气。"石桥说着站起来,往船的后边望了望。平展展的海面上,他仿佛看到有一条伸向远方的路。

海面此时平静着,有早已熟悉的涛声在远处轰响,而石桥此时的心海里,却激起了轩然大波……

十六

吃过晚饭不久,突然刮起了大风。这风来得很急促,也很猛烈。许多人还没有反应过来,便看见海上涌起连绵不断的波浪。随后,风推着水,水挟着风,波浪越涌越高,呈现出排空而来之势。紧接着,天上的云层由白变灰,由灰变黑,越积越厚。霎时间,电闪雷鸣,紧接着,一阵大雨瓢泼似的倾泻下来。

这是出海以来第一次遇到的大风大雨。在陆地上生活惯了的人们没有想到海上的天气变幻得这样快,风雨把他们迅速逼回了船舱。有些行动迟缓、在后边下到舱里的人,过了好一会儿,还觉得被雨点抽打过的身上生疼生疼。

171

甲板上已空无一人，大雨仿佛把外边的热量全都挤进了这个狭小的空间，加上六百多人一下子涌了回来，船舱里顿时变得又闷又热。许多人都脱掉了上衣，有的干脆只穿一条小小的裤衩，甚至还有的把裤衩也扒下来扔到了一边。在明明灭灭的昏暗灯光中，抬眼望去，坐着的、站着的、躺着的，有的黝黑，有的白净，满眼都是隐约着人的肌肤。同时，混合着汗腥味、鸦片的烟味和其他气味的空气在船舱里弥漫，一股一股地钻进鼻腔。置身于这样的环境，有的人感到难以忍受。高高低低的说话声中，无奈的抱怨和粗俗的叫骂声此起彼伏。人们用最难听、最恶毒的话语咒骂洋人，咒骂拐子手，咒骂棺材一般的船舱。其间，时不时夹杂着几句极其下流的语言。有的冲着船长，有的冲着大副，有的冲着水手，还有的联想到洋女人露西亚。

这是一个男人的世界，蒸笼似的环境，使许多人变得烦躁不安。他们无所顾忌、无所避讳，用各种各样的语言发泄着心中的不满、怨恨和愤怒。刚下来时靠着舱壁聊天的杨兰草和吕秋雁，实在忍受不了眼前的情景，赶紧躲进属于她们两人的过道里去了。

石桥却对舱里的气氛感到高兴。这真是老天有眼，在动手之前也来帮着鼓动人们，增加人们对洋人的仇恨。他希望不满的情绪继续增长，这样，明天就会有更多人主动参加到起事当中。

怀着抑制不住的兴奋，石桥向洪海平和小三子谈了自己的看法。然后，又分别找了一些联络好的人，把明天要干的事项重新交代了一遍。直到大家都清楚了，他才放心地躺到铺位上。

一切都准备就绪，明天会怎么样呢？

石桥闭着眼，在心里设想了一下。洋人绝不想让中国人得手，一场你死我活的打斗也肯定不可避免。如果有五个中国人对付一个洋人，对方就必败无疑。现在看来，从人数上说，这一点没问题。还有，打斗中一定会有死有伤。对于活着的洋人，得把他们带到广州。等人们下船以后，再把船交给洋人，放他们回去。对，就这样办。想到这儿，他迷迷糊糊地睡着了。

然而，事情不像石桥设想的那样顺利。第二天，雨没有停，也没有小。坐在舱里，无数雨点敲击舱板的声音，像毫无节奏的鼓点，清清楚楚传进耳中。风浪似乎更大了,船在剧烈地颠簸、摇晃,忽高忽低,时起时伏。使人觉得整个身子都轻飘飘的,一会儿跃上高峰,一会儿跌进深谷。

一个多月来平稳的航行被打破了,许多从来没有经历过这种大风大浪的人出现了强烈的反应。他们感到头晕、恶心,浑身软弱无力,有的已忍受不住地大口大口呕吐起来。此刻,走出舱口成了所有人的唯一愿望。无论有多大风雨,同舱里相比,甲板上就是天堂。

然而,舱口一直没有打开。

大约到了半下午,头上有了响动。舱盖终于掀开了,随着密密射进来的一串串雨水,人们看到一方块灰蒙蒙的天。

有人爬上梯子,想借机出去。但是,头刚伸出舱口,便被水手的木棒打得缩了回来。

"大伙儿听着,船长说了,谁也不许到甲板上,这是为了大伙儿的安全。"外面传来翻译的声音,"什么时候雨和风都停了,什么时候才能上来。"

随后,从上面吊下一桶桶玉米糊糊和两筐碗。桶口散发的热气中,一股发霉的味道钻进了人们的鼻孔。那些因晕船而感到恶心的人,在这股味道的刺激下,肚子里更加剧烈地闹腾起来。

"妈的,这是人吃的饭吗?"有人冲着上边大声喊,"翻译,你告诉洋鬼子,再送这样的饭我们就不吃了!"

"兄弟,忍着点吧,现在不是讲究吃喝的时候。就这东西,从今天起,每天只有一顿了。"翻译的话刚落音,舱盖"咚"的一声被盖上了。

走出船舱已经没有任何可能,原先的计划也无法变为行动。昨天还被石桥称赞有眼的老天,此刻成了诅咒的对象。

"看来,是我们运气不好,老天也跟我们作对。"端着饭碗,石桥慢慢喝了一口,对身边的洪海平和小三子说,"这雨下得真不是时候,明天不知道能不能停下来。"

"等着吧。出不去,有什么办法。"洪海平说。

"古人的话真是没说错,要想成事,天时、地利、人和,缺一不可。"石桥苦笑了一下,扭过头看见陈玉财爬在铺上,脸色发白,一副痛苦不堪的样子,碗

173

里的糊糊一点也没动。"阿财，怎么不吃？"

"他觉得恶心，想吐，不愿意吃。"小三子说。

"那怎么行，多少总得吃一点。不然，身子更撑不住了。"石桥说过，走到跟前看了看玉财的伤口。

三个人连说带劝，陈玉财总算勉强喝了半碗。可是，过了没多大的功夫，又"哇"的一声吐了出来。

坐在过道口的杨兰草和吕秋雁见状走到这边，杨兰草摸了摸陈玉财的额头，"真是造孽。"她说着让洪海平扶起陈玉财，"阿财，来，嫂子喂你。眼睛闭上，就当是吃药。喝一点，再喝一点。"

杨兰草温柔的女性气息勾起了陈玉财对母爱的回忆。"嫂子。"他带着哭腔叫了一句，又抬起溢满泪水的眼睛望着面前的几个人，声音酸楚地说："我想回家。石桥哥，我们啥时候能回去？我们还能回去吗？"

"能，阿财，我们一定能回去。你忘了，临走的时候，你爹妈还说要等着你回去呢，要想回去，身子骨就不能垮了，就要多吃饭啊！"石桥避开陈玉财的目光，说道。

"假如能回去，我以后再也不出来了。"陈玉财的声音变得软弱无力，"外边再好，也比不上家里，还是咱们家里好。海平、小三子，你们说呢？"

洪海平和小三子几乎是同时点了点头。"阿财，金窝银窝，不如自己的土窝。你说得对，我们也不想出来了。"洪海平说。

伙伴们的共同想法使陈玉财感到很欣慰。他微微笑了笑，侧过头看了一眼吕秋雁，突然想起一件事。"海平，回去以后，你结婚要是没地方，把我家的屋子给你腾一间做新房。不知你愿意不愿意和我们住在一起。"

"愿意，愿意。我和雁子高兴还来不及呢。"洪海平的眼睛湿润了，"阿财，你真是我们的好兄弟。"

船猛地摇晃了一下，站着的人支撑不住地打了个趔趄。扶着陈玉财的洪海平没有防备，两个人同时翻滚到铺上。

陈玉财觉得肚子里所有的东西都在急剧地向上翻涌。他张着嘴，脸色惨白，呼吸沉重，额头上渗出一层密密的汗珠。小三子和洪海平刚帮着他把头伸出铺沿,杨兰草喂进去的半碗糊糊就一点不剩地吐了出来。

看着眼前的情景,周围的人都束手无策。石桥找到郑永祥,问他有什么办法。但是,大夫也无能为力。

"一点办法都没有吗?"石桥有些不甘心,"再这样下去,人就受不了啦。"

"喝点生姜或许能管用。可是,"郑永祥无奈地摇摇头,"现在,到哪儿去弄那东西呢?"

十七

海风仍旧猛烈地刮着,没有任何要停止或减弱的迹象。翻卷的巨浪发出闷雷般的轰鸣,以排山倒海之势一次又一次地扑向"科拉"号,用不可阻挡的力量将其压进波谷之中。然而,庆幸的是,每一次,在即将被卷入水下的那一刻,它又被汹涌的波涛推到了浪尖之上。

在狂风和暴雨中,加尔维斯从驾驶台艰难地回到船长室。半天的时间里,这是他第三次往返这条路线了。

"还不行吗?"露西亚给他取下披在身上的雨布,瞪大眼睛问道。她的口气和目光中都带着明显的担忧和不安。

加尔维斯神情沮丧,显得很疲惫。他摇摇头,没有说话,步子急切地走了几个来回,然后,身子软软地坐到椅子上。

装有简单推进器的"科拉"号是一艘老式的三桅帆船,行驶的动力主要来自海风,推进器起的只是辅助作用。在正常情况下,航行的速度和方向还可以按照人的意愿掌握。现在,恶劣的环境使这唯一由人操纵的机器失去了存在的意义,船也完全失去了人的控制,任由汹涌的波涛一次又一次将其推向死亡的边缘。

加尔维斯去驾驶台,就是想看看有没有办法把握住船行驶的方向。这是他当前最担心的问题。但是,舵手想尽了办法,所有的努力都无济于事,甚至连利用风帆掌握航向也不可能。船已经离开了正东正西的航线,在暴风的挟裹和巨浪的推动下漂往东北方向。也就是说,他们不仅绕开了夏威夷,而且离那里越来越远,原定近几日之内到达那里补充食物和淡水的计划现在成了泡影。

食物和淡水,加尔维斯苦笑了一下,他对自己的想法感到可笑。现在,在"科拉"号随时可能沉入水底,船上的人一只脚将要踏进地狱之门的情况下,食物和淡水难道比保住航船不更重要吗?

"照这样下去,我们会漂到什么地方去呢?"露西亚又低声问,她双眉也紧紧地锁着显出了从未有过的忧郁。

"鬼才知道,也许是地狱吧!"加尔维斯说着站起来,他点燃一支雪茄,一边大口吸着,一边烦躁地来回走动。

突然,船剧烈地抖动了一下,紧接着就像是开始下沉。露西亚感觉到自己的心也在往下跌落。她眼睛里掠过一丝惊恐,跟着尖叫了一声,猛地扑到加尔维斯身上,紧紧抱住他,大声喊道:"加尔维斯,我们完了。"

"镇静,我的小姐。沉住气,不要惊慌,地狱之门还没有向我们敞开。"加尔维斯在露西亚背上拍了拍,让她坐到床上:"去,给我倒杯酒来。"

加尔维斯的话使露西亚的心情稍微安定了一些,她从一个深褐色瓷坛里倒了满满一杯酒,递到加尔维斯面前。

"你不来一杯吗?"加尔维斯问。

露西亚摇摇头,没有说话。

船颠簸的幅度比刚才小了许多,加尔维斯站在桌子前,端着酒杯看了看。那酒纯净、透明,就像蒸馏过一般,没有丝毫杂质。他仰起脖子一饮而尽,顿时,喉咙间涌起一股绵绵的香味,浑身也觉得舒服了许多。真是好酒,他暗暗赞叹着。不知中国人是怎样加工酿制的,比起来,秘鲁的酒简直就是寡淡索味儿的糖水。

秘鲁,一想到秘鲁,被酒暂时驱走的烦躁又重新回到了心中。

让露西亚镇静的加尔维斯自己却无法镇静下来。尽管到中国之前,他就多次听人讲过太平洋上变幻不定的天气和令人恐怖的风暴,还有数不清的航船被风暴卷入海底的故事,也为此做好了心理准备。可是,如今真的身临其境,不可抗衡的自然力量仍旧使他脑中不断地闪过绝望的念头。

放下酒杯,加尔维斯走到窗前。远处,什么也看不见。映入眼中的是一排接一排的巨浪和帘幕般的暴雨,以及由浪和雨展示出来的风的力量。

"咔嚓!"外边传进来什么东西断裂的声音。接着,像是重重地砸到了船上,船随即摇晃了一阵。

加尔维斯正想出去看看,门被猛地推开了,随着扑进来的一股狂风,浑身湿漉漉的布恩迪亚站到了门口。"船长先生,船长先生,不好了,桅杆被风刮断了。"他抹了一把脸上的雨水,大声说。

"什么?"加尔维斯大吃一惊,连雨布也没有来得及披,拔腿就和布恩迪亚跑了出去。到跟前一看,果然,前边的两根桅杆从下半部齐刷刷地被风截断了,上面的帆布被撕开一道三角大口子。

风,更大了,刮得人根本站立不住,而这时,船颠簸的幅度却小了许多。布恩迪亚和加尔维斯互相搀扶着,躲到水手休息室旁边一个避风的角落。在密集的雨幕中,他们看不见远方。好一会儿,两个人谁也不说话。他们只是呆呆地望着横搭在船上的两截桅杆,一时间,加尔维斯不知该怎么办才好。

"把剩下的那张帆放下来吧。"等着加尔维斯拿主意的布恩迪亚见对方一直不吭声,开口说道。

加尔维斯想了想,表示同意。很快,布恩迪亚叫来了水手。为防止被风刮进海里,他们腰间都拴着绳子,另一头绑在桅杆的根部。升降帆布的绞盘就在离桅杆不远的地方,需要四个人推动。往常,这是一件很容易又很省力的事情,可现在,去了六名水手,他们使尽了全身的力气,鼓满风的帆布却像长在桅杆上一般,连半英寸也没有降下来。

"砍断绳子。"布恩迪亚果断地下了命令。

水手们取来斧头,没用多长时间,粗粗的绳索从绞盘处被砍断了,失去向上拉力的帆布终于落了下来。

仅有过一次海上航行经历的阿梅罗不明白为什么要降下帆布。"大副先生,这么一来,船怎么能正常行驶呢?"他问布恩迪亚。

"你真是个笨蛋,阿梅罗。"布恩迪亚轻蔑地看着年轻的水手,"现在不是要正常行驶,而是要保持船的平稳。去掉帆,才能减少风的阻力,也才能避免被刮翻的危险。明白吗？你看，现在颠簸小了吧？"

船的颠簸果然小了。只是，真正意义上的行驶也停止了，完全成了随波逐浪的漂流。

"大副先生，你确实有丰富的航海经验。"阿梅罗说，"可是，这么无目的地漂流下去，什么时候才是尽头，我们最终会走到哪儿去呢？水手们都很担心'科拉'号是否还能回到秘鲁。"

"不用担心，阿梅罗。"布恩迪亚说，"你回去告诉大家，这是暂时的，风暴一停，我们就会找正航向。"说完，他和加尔维斯回到船长室。

船被风暴掀翻的危险不像帆挂着的时候那么严重了，但加尔维斯的心情并没有因此而轻松下来。难以预测的未来使他忧心忡忡，再这样下去，说不定还会发生什么意想不到的事情。

"该死的天气。"加尔维斯骂了一句，问布恩迪亚："大副先生，根据你在太平洋上航行的经验，风暴还能持续多长时间？"

"谁也说不清，船长先生。也许是一天，也许是两天，甚至可能是一个月。到底会有多久，只有上帝知道。我们只能听从上帝的安排。"布恩迪亚说，"不过，我想，它不会长久刮下去。总有一天会停息，或许就是明天。"

"总有一天？大副先生，你可真会说话。要是明天，那当然好了。可是，我看绝不可能。"加尔维斯说，"大副，我是担心，如果时间久了，舱里的苦力就呼吸不到新鲜空气。他们或者会闷死，或者身体会变得十分虚弱。那样，回到秘鲁，他们能卖出什么样的价钱就很难说了。"

"你有理由担心，船长先生。不过，上帝的旨意谁也无法抗拒，也没有能力改变。"布恩迪亚说，"你也许听说过。前年，装着五百名苦力的'伊莉沙白'号遇到的那场暴风雨。四十三天，整整四十三天没有停止。当然，苦力们也只能在舱里待着。结果，还没回到卡亚俄，就死掉二百多人。"

听完布恩迪亚的话，加尔维斯想了想，说："大副先生，过去所有苦力船的经历，都应当使我们有所启示。我知道，以前，在苦力贩运中，每逢遇到风暴，都会出现大批苦力死亡的情况。这一点，应该成为我们的教训。'科拉'号是赚钱的工具，不是屠场和坟墓，让苦力死亡就是把金钱扔进了大海。这一点你比我更明白,我想,如果风雨还不停止,也该让他们走出船舱。这样,对苦力保持良好的体魄很有好处,当然,更重要的,是有利于回到卡亚俄以后的交易。"

"我理解你的心情,船长先生,你有一副非常仁慈的心肠。不过,我不能同意你的决定。"布恩迪亚说,"作为大副,我有责任告诉你,让苦力在暴风雨中走上甲板,在贩运苦力的历史上,只有过一次。那是1852年,由英国籍船长查尔斯先生指挥的'罗莎·埃利亚斯'号。结果怎么样呢?苦力发生了暴动,杀死了查尔斯,把船开到了新加坡。此后,在暴风雨天气中,禁止苦力走出船舱成了所有苦力船的准则。"布恩迪亚说完,看了看加尔维斯的脸色,补充道:"当然,为了苦力的健康,可以让他们轮流把头伸出舱口几分钟。这样,保证他们能够吸到新鲜空气。"

"就照你说的办法做,大副先生。"加尔维斯赞赏地望了布恩迪亚一眼,接着说,"愿上帝保佑他们。"他双手合十,仰起一张脸来,而眼睛却闭上了。他在祈祷着。

十八

已经十七天了,雨仍在没完没了地下着,风也没有停息。但是,同开始的几天相比,明显地减弱了许多,不再对航船构成威胁。漂流到夏威夷群岛北部近二百海里的"科拉"号重新挂起风帆,找正方向,开始了正常的航行。

苦力仍旧被禁止走上甲板。不过,如果他们愿意,倒是可以爬上梯子,把头伸到外面看看灰蒙蒙的天空,享受一会儿雨淋脑袋的滋味。

连绵的阴雨使舱里的空气变得分外潮湿,似乎一把就能捏出水来。六百多人长时间拥挤在一起,身上各种各样的气味,衣服和行李的霉味,以及马桶里的酸臭味,这些,都难以从小小的舱口散发出去。因此,空气不仅潮湿,而且闷热、浑浊。使人头昏脑涨,胸中憋闷,呼吸困难,时常产生出一种窒息般的感觉。

自始至终花样和品种都一成不变却变了质的食物,肮脏污秽的环境,只有坐和躺两种单调的活动姿势,使一些身体状况不好的人很快衰弱下去,失去了对疾病的抵抗力。从暴风雨出现的第五天起，就开始有人患上了痢疾。之后，有的人身上生了疮。对于疮，大夫郑永祥正好带有一些可以治疗的药。而痢疾，他却实在是无能为力。

环境不断恶化，痢疾在迅速蔓延。短短几天时间，几乎有一半人受到了传染。加尔维斯听到这种情况，让水手们每天往舱里送几桶盐开水。但是，收效甚微，也可以说是无济于事。密集的人群、脏乱不堪的船舱，还有发霉的食物，都为这种疾病的传播提供了恶性循环的条件。患病的人数在不断增加，铺位上到处都躺着一具一具虚弱的身体。放在各处的马桶旁边，每时每刻都密密麻麻地围着一圈人，急切地等待前边蹲着的人腾出那块只有一屁股大的位置。然而，谁一旦蹲到马桶上，却总也不想站起来。有的人刚提起裤子，又想往下蹲。在这种情况下，船舱里能听到的，几乎是清一色的催促前边人快点的声音和叫骂声。

从第十天起，死神把罗网撒进了船舱。

最先死去的是一个大约三十来岁，极其瘦小的人，似乎永远也拉不完却又总也拉不下的痢疾，彻底耗尽了他的精力。他躺在铺上，用微弱的声音无力地对人说了一句"我再也回不去了"，便慢慢地闭上了眼睛。

死者以从未有过的安静躺了半个时辰，熟识的人们把他送上了甲板。

"唉。"坐在不远处的刘永旺叹了一口气，"还是没有迈过这道坎。"

"照这样下去，恐怕我们都迈不过去了。"郑永祥跟着说。

"大夫，一点办法也没有吗？"石桥问。

"按说，只要有药，这种病一般死不了人，可现在……"郑永祥无奈地摇了摇头，"就看个人的造化了。"

造化没有降临到苦力的头上，死亡像痢疾一样在迅速蔓延，每天的死亡人数都在增加。这种情况引起了加尔维斯的不安和担心，他赶快叫人改善伙食，连着几天往舱里送来白花花的米饭。但是，一切都晚了。到今天，石桥算了算，已经有三十多具尸体被送到了外面。

船舱里如同墓穴一般，弥漫着一片阴沉的气息。往日的谈笑声，喧闹声都听不见了。死亡的阴影笼罩在人们心头，沉重得让人喘不过气来。除了那些幸而没有染上痢疾的人之外,谁都在想着自己能不能逃过这场灾难。

上午,又有两个人死了。一个石桥他们不认识,另一个是辛怀礼的弟子。

教书先生悲痛欲绝,和另外两个弟子一起放声大哭。这是几天来船舱里出现的唯一一次高亢的声音。石桥和刘永旺几个人劝了好一会儿,才使他们安静下来。然而,辛怀礼已被一连串的打击刺激得到了精神崩溃的边沿。哭声止住了,却没有从悲痛中解脱出来。不管别人怎样劝说,他只是用失神的目光呆呆地望着那具尸体,一边低声叫着学生的名字一边念叨:"都怪我,都怪我无能,没有照看好你。以后见了你父母的面,我怎么向他们交代呀。"

尸体被抬走了,辛怀礼的念叨声仍旧没有停止。没有人再去劝他,谁都知道,劝说不会起任何作用。何况,人们对死亡和悲哀已经变得麻木起来。

把孩子送出舱口,石桥和苏守文走到刘永旺坐的地方。算命先生旁边躺着也患了痢疾但并不重的刘宗仁。自从在巴腊坑相识之后,刘宗仁就把刘永旺当成了最亲近的人,几乎是形影不离地和他在一起。

刘宗仁正在问刘永旺,天晴了以后,还能不能把船夺过来,开回澳门去。

刘永旺苦笑了一下,没有回答,转脸问石桥:"你家那口子怎么样了?"

"还不如前两天。"石桥声音低沉,眼睛里布满忧虑。杨兰草患上痢疾八天了,近几天越来越重。软弱的身子几乎没有一点力量,需要人扶着才能坐起来。

刘永旺没有再说话,苏守文叹了一口气,旁边的人也没有吭声。他们都觉得无话可说。安慰毫无用处,闲聊没有心思,死亡是人人都避讳和讨厌的话题。

"石桥哥。"这时,小三子一边大声喊着,一边从他们的铺位处跑过来,"快过去看看,阿财他……"

石桥心里一惊,没等小三子说完,急忙拔腿向那边走过去。

陈玉财患痢疾的时候,正是晕船那段时间。从一开始就上吐下泻,再加上一吃饭就恶心,使他胖乎乎的身体很快消瘦了许多。这两天,变得更加衰弱,连爬下铺位蹲马桶的力气都没有了。

洪海平和王夜生正守在陈玉财身旁。

陈玉财仰面躺在铺上,暗淡无光的眼睛好一会儿才无力地眨一下。那原先圆鼓鼓的两颊已深深陷了下去,脸上毫无血色,惨白中带着一点微黄。他的呼吸十分艰难,又十分微弱。只有从那微微张开的口中和时不时翕动的鼻翼上,还能感觉到一点活人的气息。

石桥一阵心酸,他把嘴对到陈玉财脸前,轻轻叫了一声:"阿财。"

陈玉财的眼珠迟滞地转动了一下,稍微张大了的嘴里发出含混不清的声音。石桥把耳朵伸到他嘴边,才听清那断断续续的话语。

"石桥哥,我……我是回不去了。我真想……想朝家乡的方向,给我爹妈磕个头,可也不……不行了。你们以后见到他们,不要说我死了。就说我还……还活着,正在外国挣……挣大钱,等挣够了,就回去……看他们,给他们养老,送终……"

石桥的心里像刀绞一般难受,他用充满悲伤的目光望着陈玉财,重重地点了点头。"阿财,别想那么多,你能挺过去的,能挺过去,咱们一定会回到家乡的。"

陈玉财的眼睛忽地亮了一下。

石桥把陈玉财的话告诉了旁边的几个人,大伙儿只觉得泪珠在眼眶里打转。沉默了一会儿,小三子终于忍不住抽泣起来。

"小三子,别哭。"陈玉财的话突然变得十分清晰,"记住,好好活着。"他似乎是用尽了生命中的全部力气,说完,疲惫地合上眼睛,闭上嘴。微弱的呼吸使鼻翼翕动了一下,便永远停止了。

小三子扑到陈玉财身上放声大哭,哭声在船舱内回荡。谁也没有劝阻,也没有人想劝阻。石桥和洪海平一人握着陈玉财的一只手,天快黑的时候,他们才把自己的兄弟和伙伴送上甲板。

头顶是黑沉沉的乌云,从乌云里抽下来一条条的雨,像一条一条皮鞭,抽打在他们的身上,抽打在他们的心里。

十九

风暴终于停息了,雨仍在不紧不慢地下着。舱口也照常在打开,不过,把头伸到舱外去的人已经不多了。被雨水冲刷得滑溜溜的梯子上,前天接连掉下来三个人。其中一个,摔断了一条腿。

死亡仍在继续,而且人数越来越多。最多的一天,曾经往外送上去十二具尸体。舱口的作用,完全成了吊马桶和运送死者。原先十分拥挤的铺位,现在明显地宽松下来,有的地方甚至可以横着躺下睡觉。不断增加的死亡使东西也显得多了,一些没有铺盖的人,获得了死者亲友慷慨赠予的被褥。

人们已经习惯了死亡。面对一具具被吊出去的尸体,大家没有了初始时的悲痛和哀伤。甚至都产生不出在家乡时自己喂养的一头猪或一只羊死了之后的那种惋惜之情。

对死亡的淡漠和麻木使人从精神的压抑中得到了解脱,船舱里逐渐恢复了往日的喧闹。谈话中的开怀大笑,赌博时的激烈争执,猜拳时的高声叫喊……所有原先存在过的一切,都重新回到了人们中间,有些比以前还要放纵。是啊,该怎么样就怎么样,想怎么做就怎么做吧,谁知道哪一天自己就会被吊上去呢!

辛怀礼也死了。在疾病和失去弟子的双重打击下,教书先生的身体和精神被彻底摧垮了。临死之前,他没有留下对家乡亲人思念的片言断语。他只是用难以割舍的目光呆呆地瞪着两个孩子,大概是为没能把他们保护到长大成人觉得遗憾。然后,他用断断续续的话语请求石桥和刘永旺看在都是中国人的分上,无论如何照看好两个幸存的学生,让他们有一天能够平平安安地回到家乡。

把辛怀礼送出舱口的是苏守文和李同,这对昔日的同村仇人现在成了好朋友。过去的已经过去了,在大难临头、生死未卜、同受外人欺负的时候,作为乡亲,还有什么冤仇不能化解呢?

石桥没有动手抬辛怀礼。近几天,他蹲马桶的次数也多了起来,身子感到疲乏无力。不过,据郑永祥说,这是拉肚子,不是痢疾。对于庄稼人来说,拉肚子不算什么病,很快就会过去的。

刘永旺也帮着把尸体抬到梯子旁。从来是动口不动手的算命先生这一举动,引起了刘宗仁和王夜生的惊奇。

"大叔,你今天是怎么啦?"王夜生不解地问。

"不怎么。"刘永旺说,"从对弟子的事上,就能看出辛先生的品格和为人。单凭这一点,我就得送他一程。"刘永旺的双眼红红的,声调也有些哽咽。

石桥钦佩地看了刘永旺一眼,对两个痛哭的孩子安慰了一番,然后,回转身向杨兰草和吕秋雁住的过道走去。妻子的病近来一直在不断地加重,今天早晨开始出现了昏迷不醒的症状,他原本就沉甸甸的心里冒出一种不祥的感觉。明知道无药可用,他还是让郑永祥看了看。摸着空荡荡的药袋,郑永祥知道自己回天无力。他试着在杨兰草瘦得皮包骨头的身上扎了几针,但是,除了疼痛让杨兰草呻吟了一阵外,没有任何效果。

这次劫难,妻子似乎躲不过去了。想到这一点,石桥的心猛地紧缩了一下。

过道边的铺上,小三子和洪海平背靠舱壁默默坐着。洪海平也因痢疾而瘦下去许多,小三子还算幸运,没有染上。两个人都没有和石桥说话,陈玉财的死引起的悲伤还未完全消失,仍旧淡淡地笼罩在他们心头。

"辛先生死了。"石桥声音低沉地说了一句,弯腰进了过道。

杨兰草闭着眼安静地躺着,吕秋雁坐在她旁边。终日不见阳光的舱底,使姑娘的脸上失去了红润和光泽,蒙上了一层虚弱的苍白。她拿着一把梳子,正在清理梳子上的头发。见石桥进来,轻声说了说杨兰草的情况,起身走了出去。

石桥在杨兰草身边轻轻坐下来,目光滞滞地望着妻子完全变了样的面容。那凹下去的两腮使她的颧骨显得格外凸出,深陷的两只眼窝像两个小坑,而小坑四周又网着一层浓浓的黑晕。干瘪的嘴唇裂出一道道细缝,看不出一丝血色。在这张苍黄的脸上,昔日的清秀荡然无存。唯一没有变的,是吕秋雁每天给她梳理得丝毫不乱的乌黑头发。

石桥心里涌起一阵悲怆。十多天了,每一天,他都怀着希望,总觉得妻子能支撑住,能挺过去,会好起来。可现在,杨兰草的状况使他的希望变得虚幻和渺茫了。他想起几年来困苦生活中的夫妻恩爱,想起妻子无处不在的柔情。这一切,难道真的要永远离他而去了?不愿想象,更不愿看到的后果使他产生了一种空洞洞的感觉,他觉得眼睛发涩,鼻子发酸,喉咙里像是堵了什么东西。终于,抑制不住的泪水从眼里涩涩地爬出来,一滴一滴,掉落在杨兰草的脸上。

杨兰草慢慢睁开眼睛,那无神的眸子迟滞地转了几圈,才在石桥一张痛苦的脸上定下来。她艰难地露出一个虚幻的笑意,头动了一下,想翻转身子坐起来。但是,软绵绵的脖子连扭动脑袋的力气也没有了。石桥连忙轻轻扶起她,把那瘦骨嶙峋的身子小心翼翼地揽进怀里,让头枕着他的胳膊斜躺在胸前,又把那枯树枝一般的手握进自己手中。这可恨的疾病,仅仅半个月,就把一个健壮鲜活的生命折磨成了这个样子。石桥无奈地想。就这样,他们谁也没有说话,静静地坐了好长时间。

躺在亲人怀中,杨兰草的心里充满幸福和满足。在家乡时,这样的相拥曾经有过多少次啊。这一次却不一样,这也许是最后一回了。

她艰难地仰起脸,目光直直地盯着石桥,滞滞地没能离去。她想把丈夫面容上的每一个部位、每一道皱纹、每一根汗毛,都刻进自己脑中。那目光盯得石桥心里发毛。"兰草,你怎么啦?"他急忙问。

"没啥。我想……我想好好看看你。"杨兰草的表情很平静,断断续续的话中却透着一股悲凉,"以后,恐怕我……再也不能,伺候你了。"

"别胡说,兰草,你会好起来的。"

"唉,我知道,我不……不行了。"杨兰草凄惨地一笑,"往后,你得自己……照护好……自己。"接着,她把目光转到石桥的衣服袖口,那里有一个洞,"你看,我……也不能……再给你……补了。"说完,疲惫地闭上了眼睛。

石桥没有再说宽慰妻子的话,他下意识地把她往紧的抱了一些。杨兰草的身子轻飘飘的,像一把干草。原先细腻肌肤中的油脂已快耗干了,身上的衣服显得特别宽大。他心里又涌起一阵酸楚。兰草,无论如何,你要挺过这一关呀! 石桥的泪又掉了下来……

杨兰草慢慢睁眼,她望着石桥,浑浊的目光像燃尽的油灯一样蓦然亮了一下,旋即就熄灭了,永远地熄灭了。石桥看着妻子,坐着没有动。他无声地抽泣着,任泪水在脸上流淌。就这样,过了好长时间,他在妻子那干瘪的嘴唇上深深吻了一下。然后,解开她的红肚兜穿在自己的身上。接着,又铺开被子,仿佛怕惊醒妻子似的,轻轻把她包起来。做完这一切,他步履沉重地走出过道。

"石桥哥,嫂子她——"洪海平问道,"怎么样啦?"

石桥慢慢地摇了摇头,没有吭声。

不用再问,谁心里都清楚是怎么回事。尽管这是迟早都会出现的事情,几个人还是感到来得太突然,脸色顿时暗了下来。吕秋雁怔愣了一下,紧接着跑进过道,跪在杨兰草身边不可抑制地痛哭起来。

"雁子,别哭了。再哭,人也活不过来。"石桥强忍着心中的悲痛,一边劝吕秋雁,一边招呼洪海平和小三子帮着把尸体抬出去。

听到吕秋雁哭声的刘永旺和苏守文快步走到这边。一看眼前的情景,立即明白发生了什么事情。

"石桥兄弟,让弟妹安安静静地多躺一会儿,不要急着送她走吧。"刘永旺说。

"多久还不是一样,迟早都得走啊!"石桥的声音听起来很沉闷,"迟不如早。这样,她安静,我们大伙儿也安静。"

"想得开,兄弟,就应该想开些。"刘永旺说,"在这种情况下,人是应当像你一样大彻大悟,把生死置之度外的。"

石桥露出一丝苦笑:"想不开又能怎么样。我看,在这条船上待过的人,谁也不会把死看得那么可怕,那么重了。以后,不管遇到什么事,都会大彻大悟。"说完,他挡住要帮忙的苏守文,双手抱起妻子的头部,洪海平和小三子抬着腿脚。三个人小心地爬上梯子,把杨兰草送到舱外。

石桥把头伸出舱口,看着水手把杨兰草抬到船边,抛进了汹涌的大海。妻子就这样永远离开他了。生前没有过上好日子,死后也没有个安定的处所。不知她孤独的魂魄,往后能不能飘回家乡?

石桥想着,不留神脚下一滑,从梯子上摔了下来。小三子赶忙叫来郑永祥,幸好只是扭伤了脚脖子。虽然很重,总算没有伤着骨头。

"到底还是心里有事。"刘永旺对郑永祥说了一句。

二十

雨终于停了。整整二十八天。潮湿得早已发霉的日子总算结束了。

吃过早饭,加尔维斯和布恩迪亚在船上转了转。一切正常,除了折断两根桅杆外,没有损失其他东西。暴风雨过后的大海显得十分平静,顺风鼓满了帆,已改变航向的"科拉"号以最快的速度往东南方向驶去。

加尔维斯对目前的情况还是满意的。如果不再发生意外,照现在的速度计算,最多有四十五天就能够回到卡亚俄。都是那场该死的风暴耽误了时间。不过仔细想一想,"科拉"号往北多绕了几百海里也不完全是坏事。单从补充的食物和淡水来说,在那个名叫圣雷斯的岛上,就比在夏威夷要便宜将近一半。

从船尾走到栅栏边,望着对面空荡荡的甲板,加尔维斯说:"大副先生,禁令应该解除了。让苦力出来晒晒太阳,呼吸呼吸新鲜空气。这对他们恢复体质,保持良好的精神状态,是极为有益的。"

"是的,船长先生。你说得完全正确。"布恩迪亚说完,叫来水手打开舱口盖。

最先被送出来的是两具尸体。随后,三三两两的苦力抱着潮湿的衣服和被褥慢腾腾地爬出舱口。他们看上去都很瘦弱。眼窝深陷,脸色苍白、发黄,走动时显得疲惫无力,全然没有了刚上船时的那股生气。

"大副先生,他们确实需要恢复。"看着栅栏对面的情景,加尔维斯说,"我们一共损失了多少苦力?"

"连同刚才的两名,一共一百三十八个。"

"损失太大了。五万多块钱,我们白白地扔掉了五万多块钱。这该死的风暴,该死的天!"加尔维斯惋惜地说,"大副先生,应该采取有效的办法,杜绝死亡继续发生。否则,我们将会遭到更大的损失。我想,从现在起,应该给他们改善伙食。"

"我们已经改善过一次了,船长先生。"布恩迪亚说。他指的是痢疾刚发生时的那三天白米饭,三天过后,又恢复了老样。

"是的,大副。我们是改善过,但时间太短了。"加尔维斯说,"这次一定要坚持下去。要知道,等在卡亚俄的买主需要的是强壮的劳动力。不从现在起为改变他们的身体状况创造条件,回到秘鲁,他们根本不可能完全恢复。这样,能否将他们顺利出手,能否卖一个好价钱就成了大问题。"

"我明白了,船长先生。你的意思是,从现在到回到卡亚俄这一个多月,正好是他们的恢复时期。"布恩迪亚说。

"对,大副先生。所以,我们要立即改变苦力的饮食状况。"加尔维斯说完,正要往回走,忽然看见一伙苦力把两个站岗的水手围在中间。苦力们一边叫骂,一边和水手厮打。

"那边是怎么回事?"加尔维斯问。

布恩迪亚还没回答,一个水手跑过来报告说:"船长先生,我们的人被苦力打伤了。"

"这些可恶的臭苦力。"布恩迪亚一听,恶狠狠地骂了一句,从腰间抽出鞭子向那边奔过去。

闹事的中国人仍旧围在一边,他们的脚下踩着被摔成了几截的枪支,两个水手满头是血,躺在苦力中间不住地呻吟,看样子伤势不轻。布恩迪亚没想到苦力竟敢打伤船员,心中顿时冒起一股怒火。他挥手抡起鞭子,朝着人群没头没脑地抽了过去。然而,令他想不到的是,苦力不仅没有被驱散,反而越聚越多。在一阵阵高高低低的叫骂声中,人群像潮水一般涌到了他跟前。

布恩迪亚有些慌了,不由得往后退了几步。他睁大眼睛盯着人群,又四下看了看,急忙取出哨子,想召唤站岗的水手。但是,哨子还没衔到嘴里,已被人们团团围在中间。"打死他!""打死这个洋鬼子!""弟兄们,我们再不能让洋人欺负了,大伙儿一起上啊!"随着一声声愤怒的呼喊,人们不断地向前拥挤。紧接着,雨点般的拳头打在布恩迪亚的头上、胸前和脊背上。看上去瘦弱不堪的苦力,打出的拳头却十分有力。布恩迪亚用仇恨的目光瞪着周围同样是满眼仇恨的人们,他想反击,但面对密密的人群,皮鞭已发挥不出任何作用。他想拔出腰间的手枪,可是,在苦力的推搡和打击下,他的双手根本不听头脑指挥,怎么也到不了插枪的位置。他缩着脖子,双手一会儿挡在胸前,一会儿举在头上,本能地招架着来自各个方向的拳头。然而,这一切都无济于事,苦力们像是发了疯一般,拳头和耳光一下接一下地向他打了过来。在接连不断的打击下,布恩迪亚觉得肝胆俱裂,脑袋似乎要爆炸了,他赶快用两手护住头部。不料,小腹又重重地挨了几拳,紧跟着,腿上是狠狠的几脚。一阵疼痛和眩晕使他忍不住叫了一声,接着,软绵绵地倒在了甲板上。

周围的人对躺在地上的布恩迪亚一阵乱踢,有的还踩到他身上。布恩迪亚大张着嘴喘了几口气。血,从他的嘴巴鼻孔和耳朵里小溪一般流出来,他双眼一瞪,脑袋一偏,死在了众人的暴打中……

就在布恩迪亚准备吹哨子的时候,散布在船上站岗的水手想跑过来帮助他。但是,面对人数众多的苦力,根本无法靠近大副。没有船长的命令,他们不敢开枪,只能站在人群外边,用苦力谁也听不懂的语言大声叫喊。过了一会儿,有两个水手挥着枪,想在人群中打开一条路,把布恩迪亚救出来。结果,枪托刚抡起,就被一拥而上的人们痛打了一顿,枪也被摔成了两截。其余的见势不妙,急忙掉转头,撒腿跑回了栅栏那边。

苦力们的愤怒平息了一些,围在一起的人群渐渐向四处散开。有的指着躺在地上的水手解气地谈论着什么,有的议论布恩迪亚挨打时的狼狈样,还有些身体虚弱的人疲乏地躺了下来。

栅栏对面的加尔维斯没有看到布恩迪亚挨打时的场面,那个场面被人群严严实实地挡住了。但是,他看到了中国人愤怒的情绪,看出了苦力的仇恨。对这一点,他没有感到意外。他知道,同黑奴贩运者和黑奴一样,苦力贩运者和苦力之间也存在着一种天然的、水火不相容的矛盾。让他不明白的是,没有一点前兆,为什么会在突然之间发生这样的事情。他问站岗的水手,水手们也结结巴巴地说不清楚。刚才几乎要被苦力吞下去的情景,仍然让他们心惊肉跳。

望着渐渐散开的苦力,加尔维斯看见了满脸是血,一动也不动的布恩迪亚。他心里一惊,完了,大副见上帝去了。他想让人把布恩迪亚抬到船尾这边,但水手们还没迈步,只见对面有两个人挥着拳头喊了几句话,已经散开的苦力又聚拢在一起,带着一股逼人的气息向栅栏这边涌了过来。

加尔维斯急忙让人关上栅栏的大门,用木棍紧紧地顶住,又很快召集来全部水手,命令他们子弹上膛。同时,让炮手往加农炮里装好炮弹。对付手无寸铁的苦力,这些,已经足够了。

人群走到了栅栏前边,加尔维斯估计有三百多人。也就是说,有一部分还在舱里。从羊群一般散乱的队形上看,他们不像是有计划、有组织的暴动。加尔维斯有些放心了。他又仔细看了一遍,发现二十多天没见过的苦力一个个面黄肌瘦。他在心里冷笑了一下,如果同自己的人一个对一个打起来,苦力绝不是对手。

站在栅栏前的苦力吵吵嚷嚷了一阵,有几个走到前边大声喊了几句话。紧跟着,后边的也七嘴八舌,高高低低地叫喊起来。

加尔维斯问翻译对方说的是什么。翻译告诉他,苦力们不想到外国去做工,他们要回中国。

回中国?加尔维斯感到可笑,这真是愚蠢的要求。他想了想,对翻译说:"去,把他们的头叫过来,我要和他谈谈。"

翻译到人群中问了一番,很快返了回来:"他们没有头,船长先生。"

这确实是一次无组织、无计划的骚乱,加尔维斯完全放心了。"去告诉他们,立即滚开,离栅栏远点。或者回船舱里睡觉,或者安静地晒晒太阳,这对他们恢复身体是极为有益的。"

翻译照着加尔维斯的话刚说完,人群中起了一阵更大的骚动。呼喊声、叫骂声响成一片。拥在前边的人喊着号子使劲地推栅栏,粗粗的方木在众人凝聚起来的力量中微微晃动。有的苦力踩到别人的肩膀上,试图从上面跳过栅栏。水手们的脸上显出一片紧张和不安。加尔维斯正想着要不要开枪,只见一根两头尖尖的竹片从对面飞过来,扎到一个水手的肚子上,那个水手"哎哟"一声倒下了。加尔维斯过去一看,是苦力挑行李用的扁担。他刚直起身,又飞过来几只鞋,有一只不偏不倚地扣在了他的脸上,鼻孔里随即钻进一股难闻的气味。

加尔维斯完全激怒了,苦力在公开挑衅,这是一个危险的信号,绝不能让这种行为发展下去。否则,将会出现可怕的后果。他没有再犹豫,"开枪!"一声命令,水手们手中的枪响了。随着沉闷的枪声,滑膛枪的枪口冒出一股股青烟。前边有几个苦力倒下了,刹那间,船上变得死一般的寂静。但是,枪声使愤怒变得更加强烈。很快,人群像被飓风掀起的大潮,又一次更汹涌地冲向栅栏。

栅栏在剧烈地摇晃,方木已难以承受巨大的推动力,发出"咯吱咯吱"的响声,随时都有倒下的可能。有的苦力踩着同伴的肩膀,试图再一次越过栅栏。同时,又有几根带尖的扁担飞到水手身上。

面前的形势变得严峻起来。不能再考虑金钱的损失了,必须采取更加坚决的措施,对这场暴乱进行无情的镇压。要毫不犹豫地继续制造死亡,为太平洋里的鱼提供更多的食物。否则,后果将不堪设想。加尔维斯果断地向炮手打了个手势,片刻工夫,两颗炮弹呼啸着飞出了炮口。

炮手技术不佳,炮弹落到了人群后边,而且只爆炸了一枚。但是,仍然死伤了一些人。顿时,尖厉的哭叫声和凄惨的呻吟声响成一片。前边的人还没有反应过来是怎么回事,正想回过身去看看,又一排子弹射了过来。

鲜血和死亡使愤怒的人群冷静了下来,有的人悟出了一个道理:对洋人的攻击只是一种声势,实际上,并没有给对方造成多大的伤害。在一阵短暂的商议之后,人们开始慢慢地往后退。大家似乎现在才明白:用这种打架的方式赤手空拳同拿枪的洋人去斗,纯粹是把脖子伸到洋人的刀口上,白白送死。在各种各样的议论和恶狠狠的叫骂声中,苦力们渐渐离开栅栏,分散到各处。

"洋鬼子,别他妈得意。你们等着,总有一天老子要找你算账。"不知是谁可着嗓子喊了一句。

没有再听到有人说话,船上出现了死一般的宁静。栅栏前的空地上,留下了一摊摊红得瘆人的血迹,还有十几具各种姿势的尸体。

二十一

暴动来得太突然,船上所有的人都没有想到它会发生。不仅原先准备起

191

事的石桥他们，就连当时参加的人也没有料到。

那天，石桥没有离开船舱，扭伤的脚使他走动起来很不方便。洪海平也因为还在拉痢疾，浑身不舒服，不想上去，两人便和吕秋雁到了刘永旺那边。刘永旺正在教几个孩子背文章，自从辛怀礼死后，算命先生改行成了教书匠。

刘永旺教完学生，几个人闲聊了一会儿，话题转到夺船的事情上。这时，从上面返下来准备拿被褥去晒的苏守文和小三子也走了过来。大家商量了一番，决定过几天，等得病的人身子好了以后再动手。在这段时间里，再分头鼓动鼓动大伙儿。

也就是在这时，暴动居然在上面发生了。

事情的起因并不复杂：一名患痢疾的苦力实在憋不住了，甲板上既无厕所又无马桶，跑到舱里已来不及。于是，他在船边解开裤子蹲了下来。站岗的两个水手看见了，在他光光的屁股上踢了几脚，又在他背上捣了几枪托。旁边的人气愤不过，吵吵嚷嚷地围住了水手。蛮横的洋人又抡起枪托在一个苦力的脖子上砸了一下，结果，激起了人们更大的愤怒。继而，越来越多的人拥了过来……

意外的暴动完全打乱了石桥他们起事的计划。从第二天开始，加尔维斯不再让舱里的人在当天全部走上甲板。他规定，每天只能分三批轮流上去，每次不能超过五十个人，连吃饭也是如此。这样，甲板上苦力的数量，永远都不会超过水手。无论发生什么事情，中国人在各方面都绝对占不了优势，而且也能很容易受到枪炮的伤害。当然，这只是加尔维斯的想法。实际上，暴动已不可能重复出现。如果谁硬要再一次组织，唯一的结局只能是失败，只能会有更多苦力的尸体被抛进大海。

不过，人，似乎没有白死。血，似乎也没有白流。不知道是不是暴动的结果，反正，自从那次事件之后，伙食比以前明显地好了起来。每天不仅能吃到一顿米饭，甚至有了菜。偶尔，还能见到一星半点的干肉。饮食的改变，使苦力虚弱的身体逐渐得到了恢复。

石桥和刘永旺他们商量了几次，决定放弃夺船的行动。那次无计划、无组织的起事，使洋人不仅提高了警惕，而且从各方面都加强了戒备。这一点，单从水手对栅栏的加固和他们站岗时的神态就能看出来。既然毫无成功的可能，就没有必要再去冒险。不管以后会怎么样，现在，要紧的还是保住性命。阿财的话说得对，要好好地活着，留得青山在，不怕没柴烧。

日子一天一天过去了，曾经让人生畏的痢疾已经完全消失。身体和精神正在恢复的人们也恢复了以前的一切活动，用能想到的各种方式消磨时光。在家乡时的往事，到外国后的情形，天堂里的神仙，地狱中的阎王，都是人们谈论的话题。只有三个多月来船上发生的流血和死亡，几乎没有人再提起，更没有人有意以此为由头发表议论，似乎那是一段特别伤感的却年代久远的历史。

天气变得越来越热，仿佛是到了夏天。每到中午，甲板上的人忍受不了火辣辣的太阳，纷纷返回到舱里。减少了一百多人的船舱虽然不像原先那样拥挤，也不像甲板上那样暴晒，却让人闷热得更加难受，简直就是一座蒸笼。人们光着膀子，袒胸露怀，一把一把从脸上抹下泉水一般渗出来的汗珠，真想面前有一个池塘，立刻跳进去痛痛快快洗一顿。

"刘兄，你说这是怎么回事。按理说，现在已经是冬天了，怎么还这么热？"郑永祥问刘永旺。

刘永旺摇摇头。他虽读过经史子集，并且常年在各处奔走，比久居农村的乡下人见多识广，但对眼前的现象也说不出所以然。只记得书上云：天象变，有异常。莫不是又要发生什么事了？不过，他没说出来。

听到郑永祥的问话，和王夜生坐在对面铺上的小三子过来说："这个道理太简单了，刘叔，你也不懂吧。我告诉你们，这是因为离赤道近的缘故。"

赤道？刘永旺疑惑地望了小三子一眼："什么是赤道？"

小三子被问住了。他只是前两天在甲板上听阿梅罗说了这么一句，其他的道理也不明白。至于什么是赤道，在什么地方，当然也就更说不清楚。看见大伙儿不相信的样子，急忙说："不信你们问海平，他也知道。"

人们四下瞅了瞅，没有见到洪海平。自从杨兰草死后，洪海平就和吕秋雁一起住到了过道里。刚才两人又进去了，还没出来。为了证明自己的话是对的，小三子想去叫洪海平，但被石桥制止住了："行啦行啦，我们信你的话。"

"外国的东西总是怪怪的,听这名字,我们是不是到洋人的地盘上了?"郑永祥又问了一句。

"不可能吧,这不还在海上吗?"苏守文说。

"老苏,你这话没道理。咱大清朝有海,洋人也有嘛。"石桥说。

"倒也是。"苏守文说着向对面的王夜生喊了一声:"王夜生,你不是和洋人在一块干过吗?这外国到底在他妈的哪儿?这么长时间了,怎么连个鬼影子都见不到。"

"见不到就是快了。"王夜生说着,走到苏守文他们这边,"大叔,你耐心等着不就是了。早一天到了,还得早一天干活。你想,洋人总不会白白养活咱们吧。所以,我倒是愿意在船上一直漂下去。"

"我可是不愿意。"苏守文说,"再这样,非把人闷死不可。就是干活,也比困在这牢狱一样的舱里强。你说呢? 老刘。"

刘永旺苦笑了一下,没有吭声。

看着刘永旺的神态,苏守文觉得有些不对劲:"老刘,你的神色不对,是不是病了?"

"老苏,你问的真是傻话。"石桥说,"你看老刘的样子,干过活吗? 眼看到外国的日子一天比一天近,他是为以后干活犯愁呢。"

"石桥说对了,我真的没干过活。"刘永旺恢复了常态,老老实实地说,"从小就没干过。手不能提,肩不能挑,只会卖嘴皮子。这几天我真的发愁了,以后要是洋人让干力气活,我这身板能不能应付下去。"

"大叔,你别担心,到时候有我们呢。田里的活有轻有重,重的给我们,你专干轻的。万一哪一会干不了,大家都会帮你的。"刘宗仁说。

"事情不会那么简单吧,宗仁。"刘永旺苦笑了一下,"这又不是在自己家里盖房种地,忙不过来,大伙儿帮一帮就过去了。洋人既然把咱们弄到他们的地盘上,还不得像牲口一样使用。到时候,你们恐怕连自个都顾不过来。再说,到了人家的门口,不管什么事,可就都由不得咱了。帮得了一时,帮不了一世啊。"说完,他长长地叹了一口气,"朝廷无能,害得百姓漂流外洋,有家难归,不得安生。今后,这把骨头是非撂在异国他乡不可了。"

"大叔,照你说的,我们是肯定回不去了?"听到刘永旺的话,刘宗仁心里有些发急。他问了一句,又眨巴着眼看了看周围的人,"上船之前,不是说干够四年就行了吗?白纸黑字订下的契约,洋人难道能说话不算数?"

"真是傻小子,洋人的话你也信?"刘永旺瞪了刘宗仁一眼,"就算以前不知道他们的德性,在船上待了三个多月,总该醒悟过来了吧!"

刘宗仁不好意思地咧嘴苦笑了一下,不吭声了。

接下来,话题又转到以后洋人会不会兑现契约上。谈论了一阵,谁也没有说出个所以然。看到陆陆续续有回来的人,几个人便相跟着出了船舱。

天色已到傍晚,甲板上没有了中午那样的酷热。带着凉意的海风掠过船面,使人烦闷的心情舒畅了许多。石桥和刘永旺立在船头,望着仿佛永远也走不到尽头的大海。近处,波光粼粼;远方,水天一色。混混沌沌,迷迷茫茫,就像是难以预料的前途,看不清,也看不透。

"王夜生,你说,广州现在在哪个方向?"两人的身后,传过来小三子的问话声。

"不知道。"王夜生的声音,"小三子,我说,还是把广州忘了,抛到脑袋后边去吧。现在该想的,是到了外国以后怎么办。"

王夜生的话使石桥产生了同样的想法。确实,别的念头都没必要,也不应该存在了。现在,只能顺着这条非走不可的路想想以后。可是,话又说回来,外国是白是黑都不知道,想又有什么用呢?

他看了看刘永旺,刘永旺正眯缝着眼睛,出神地望着西天,似乎那里有什么特别吸引人的地方。他不由得转过头,顺着对方的目光向西边望去。一开始,除了云层里透出的一抹晚霞,什么也没有。他又仔细看了看,果然,那霞光很怪。颜色像血,却又比血深。有些发黄,还有些发暗。感觉中,从来没有见过。

"知道吗,石桥兄弟。"好一会儿,刘永旺才把目光收回来,他声音低沉,满脸严肃地说道,"这是卦书上说的血光。"

整个西天被染出一片壮丽的血红。

二十二

漫长的航行终于结束了。1865 年 1 月 21 日黎明，"科拉"号返回它当初的出发地——卡亚俄。

一大早，加尔维斯船长就起了床。站在船上，望着卡亚俄港口熟悉的一切，他感到心情特别愉快。尽管几个月当中发生了不少事情，甚至差点送掉性命，但总算平安地回来了，感谢万能的上帝。不过，让人遗憾的是，一百多名苦力的死亡，将会使收入大大减少。还有，布恩迪亚大副和死去的另外几名水手，得付给他们的家属一笔赔偿金。想到这一点，他就觉得有些心疼。不过，船上还有四百多名苦工，他们是完全可以卖出一笔好价钱的。即使华工中途死去二分之一，他也绝不会赔本儿。想到这儿加尔维斯的心理很快得到了平衡。

晨起的港口和他们出发时没有什么两样，机器船的突突声，此起彼伏的汽笛声，以及其他各种嘈杂的声音响成一片。远处，是一张又一张不断升起的五颜六色的帆布，码头上来来往往的人群，运送货物的马车、人力车，还有港口里一艘又一艘缓缓驶出的船只。这熟悉的一切，显出一派繁忙、热闹的景气，让加尔维斯产生了一种亲切感，不过，港口的忙碌又让他感到心里急躁。艰难而危险的太平洋航行终于结束了，下一步，事情办完之后，是在卡亚俄或者利马过几天惬意的日子，快快乐乐地享受一番。因此，船上的苦力应该赶快销售出去。他真想立即找来买主，立即做完这笔交易。但是，不行。不管怎么着急，他还得耐心等待。按照卡亚俄市政府的规定，苦力船要经过当局的三次检查，才能够组织拍卖，进行正常贸易。而且，在第一次检查之前，船只必须处于隔离状态，船上所有的人都不准上岸。

眼下，首要的事是把船上整理一下，以准备应付即将开始的检查。如果布恩迪亚大副还活着，这件事就完全不用自己操心。可惜，那么能干的一个人死掉了。帮手没有了，下一次，在哪儿去找一个像布恩迪亚那样的大副呢？

加尔维斯带着翻译，前前后后仔细检查了船上的情况，特别是卫生状况，甚至还到舱里转了一圈，然后上了驾驶台。他对停在泊位上没有出港的船只挨个观察了一遍，从所有的迹象看，那些都不是苦力船，也不是贩运黑奴的船只。这一下，他完全放心了。看来，这次到港的苦力船只有"科拉"号一艘，不存在竞争，这批苦力必定会卖出个好价钱来。

金钱在眼前晃动，喜悦在心里蹦跳，加尔维斯抑制不住地笑出了声。走下驾驶台，看见正在出神地望着码头的露西亚。他走过去按住她的肩膀："宝贝，是什么东西把你吸引得如此专注呢？"

露西亚早已对船上的生活厌烦透顶，回到卡亚俄，乏味的日子总算熬到了头。然而，进了港口却不能上岸，她急迫的心里又增加了烦躁不安。听到加尔维斯的话，她反问："加尔维斯先生，我们什么时候才能离开船？"

"快了，露西亚小姐。快了。"金钱激起的兴奋依然充盈在加尔维斯脸上，"为什么要急于离开呢，宝贝。当然，利马是个让人着迷的城市，我知道你想赶快回到那里。可是，难道你不想和我在一起多待几天吗？"

"我对这牢狱一般的船上生活厌烦透了，加尔维斯先生。"露西亚说着又把目光转向码头，"同这儿比起来，我觉得，酒吧里的乐趣更多一些。"

"太遗憾了。"加尔维斯摊了一下手。

这时，阿梅罗和几个水手走过来，问加尔维斯今天有什么事情要做。

"清理卫生，船舱里和甲板上都要彻底清扫一遍。这些活让苦力去干。"加尔维斯说，"阿梅罗，你带几个人去监督他们。记住，每个人的行李都要整理好，摆放整齐。干完之后，让他们把自己也打扫得干干净净。还有，要穿上在澳门发给他们的新衣服。否则，检查人员来了，看到的会是一个肮脏的猪圈和一群肮脏的蠢猪。"

"船长先生，如果苦力不愿意去干这一切，我们该怎么办？"阿梅罗问。

"告诉他们，那样做的后果将是没有工作可做。不过，你放心，阿梅罗，他们会去干的，我丝毫不怀疑你动员他们的能力。"加尔维斯说完，让翻译跟着阿梅罗去召集人，自己和露西亚回到了船长室。他还得为检查人员准备一份文字材料。

事情并不像加尔维斯说的那样。听到要清理船上的卫生，苦力们虽然没有从行动上表现出明显的抵抗，但从那冷漠的态度和不满意的议论声中，阿梅罗完全能够看出他们根本就不愿意干。是啊,这个简单的道理谁不懂呢。过不了多久,就要离开这条让他们受够了苦难也让他们伤心透顶的船,况且他们永远也不会回来了,干净不干净还和自己有什么关系呢?

面对乱哄哄的人群,阿梅罗不得不让翻译一遍又一遍告诉苦力,这是检查机构的要求。如果检查人员对船上的状况不满意,所有的人就都不可能上岸。同时,这还关系到他们能否尽快找到工作,能否在最短的时间内获得挣钱的机会。就这样,说了好长时间,人们才慢慢腾腾地动了手。一直干到半下午,才把舱里舱外彻底清扫了一遍。脏乱了三个多月的船舱里变得井井有条,看上去,总算像是人住的地方了。为了让污秽的空气尽快散发出去,阿梅罗还让人撬开几块船板。干完这一切,苦力们又分批跳进甲板上那只水箱里,将自己也彻底洗刷了一番。然后,换上了在澳门发的那身布料稀薄的新衣服。

清扫完毕,阿梅罗把加尔维斯叫来察看了一遍。加尔维斯检查完之后,对船上的状况非常满意。"干得很漂亮,阿梅罗。"他说,"不过,这两门加农炮的炮口应该再抬高一些,让它瞄向船前方的海面。"

"为什么要这样做呢? 船长先生。"阿梅罗不解地问。

加尔维斯狡黠地笑了笑:"阿梅罗,船上的武装是为了对付海盗,炮口不对准海面,又能瞄到哪里去呢? "

"你是说,这些也是检查的内容? "

"当然不是,年轻人。不过,对于这些细小的地方,我们绝不能忽视。否则,就有可能通不过检查。"加尔维斯说,"因为,总统卡斯蒂利亚先生希望我们能够对苦力人道一些,所以,在苦力船上,他们应该获得良好的待遇。阿梅罗,立即安排人,把那些变了质的食物全部扔进海里。"

忙碌了一天,加尔维斯把"科拉"号变成了苦力温馨的家,变成了洁净舒适的家园。

检查是从第二天开始的。首批来到船上的是港口检疫局的官员,他们检查的内容是船上有没有发生过传染病,然后决定是否解除船只的隔离状态。加尔维斯深知这帮人的厉害,"科拉"号上的人员什么时候能够上岸全由他们说了算。因此,在整个检查过程中,他自始至终都对他们赔着笑脸。但是,那几个家伙全然不理睬加尔维斯讨好的神态和恭维的话语，一直都是满脸严肃、一丝不苟地履行着自己的职责，以至连苦力的行李都要翻开看看。而且，他们简直就是冷血动物，脸上泥塑木雕般地没有任何表情。尽管加尔维斯对检查被通过很有把握，底气十足，他们还是从一些身体尚未完全恢复的苦力身上和塞在铺盖卷里没有洗的衣服中了发现了可疑之处。结果，加尔维斯不得不忍痛给每个人的兜里塞了一块中国丝绸，并许诺上岸之后请他们到卡亚俄最豪华的"金伯利"酒店共进午餐，那帮可恶的家伙才做出了没有传染病，允许全体人员随时都可以上岸的决定。

第二批到船上来的是卡亚俄港务局的官员。这次比较简单，是一次例行公务式的检查。他们验看了"科拉"号的注册证，贩运苦力的许可证，加尔维斯同卡内瓦罗公司签订的合同，收取了几个月前启程去中国时港务局签发的一些手续和证件，没有找别的麻烦，也没有停留就离去了。

两次检查算是比较容易地通过了。但是，加尔维斯不敢大意。他知道，难过的一关还在后边。

下午，一支由卡亚俄市政府有关成员、港务局长、翻译、医生等十多人组成的队伍，在市长的带领下开到船上。这是三次检查中的最后一次，通常被苦力贩子称为官方检查。检查的内容为苦力的食物质量，船上的卫生状况、卫生设备，苦力的住宿条件以及他们的身体健康状况。另外，市长还要亲自听取苦力的申诉。如果他们在航行中受到过虐待，就要对船长进行处罚，处罚的唯一手段是向政府缴纳巨额罚金。这一点毫不留情，无论在什么情况下，无论有什么理由，罚金都不可能被免除或者少缴。因此，所有的苦力船船长都对应付这次检查极为重视，都要采取各种办法做好充分的准备。

加尔维斯船长当然也不例外。他知道，参加官方检查的人员都是经验丰富的老手，非常善于在苦力船上找出不符合要求、不符合规定，以及不能令人满意的现象。过去，他们曾经把许多试图用各种方法掩盖自己劣迹的人贩子搞得狼狈不堪，使苦力贩运者不得不乖乖地把金钱送进政府的保险箱。但这一次，让他们失望去吧！加尔维斯不像那些笨蛋，他不会在这方面为官僚机构的运转提供资金。

加尔维斯安排水手把检查人员带到船上的各个地方,果然,检查的结果出乎每个人的意料,"科拉"号根本就不同于以前那些肮脏得让人作呕的苦力船。厨房内堆放的新鲜而可口的食物,每个角落都干干净净的甲板、整齐清洁的船舱和休息室,苦力良好的身体和饱满的精神状态,这一切,使所有的检查人员得出一个共同的结论:加尔维斯船长是一个善良的人道主义者,他对待苦力像对待自己的亲兄弟一样,从吃到住都为他们创造了最好的条件。他把航船建成了一个温馨的家,"科拉"号完全可以作为其他苦力船的楷模。有一位市政府的成员从舱里出来后,甚至咒骂懒惰的妻子不收拾家务,不清理卫生,抱怨自己的房间还不如苦力住的船舱里干净。

在检查进行当中,加尔维斯一直陪着市长坐在休息室里。他面带微笑,用绘声绘色的语言,向卡亚俄的最高行政长官讲述在中国的见闻和漫长的太平洋之旅。他告诉市长,在中国,苦力生活在社会的最底层。他们不被人看重,没有任何社会地位,干的是最苦、最累、最肮脏的活,但获得的收入却极其微薄。他们不仅衣食没有着落,还要受官府和富人的剥削和压迫,负担用各种名目收取的繁重税赋。以致有许多人流落街头,无家可归,依靠讨饭为生。直到上了"科拉"号,才使他们跳出苦海,离开那片苦难的大地。而漫长的太平洋航行没有爱情、没有暴力,甚至连海盗和风暴都没有遇到,几个月没有任何波折的时间让人过得十分枯燥和乏味。不过,庆幸的是,平安的旅途加上"科拉"号良好的环境和营养丰富的食物,为苦力身体调养和恢复起到了极为有效的作用。现在,苦力个个身强体壮。如果市长先生见过他们以前面黄肌瘦的模样,一定会对这些中国人目前的身体状况感到惊讶的。

市长带着很感兴趣的表情静静地听着加尔维斯的讲述,他一直没有说话,只是时不时表示赞同地点点头,或者偶尔向旁边的露西亚瞟过去一眼。等加尔维斯说完了,他才像是随意地问了一句:"加尔维斯先生,这些苦力出手之后,你的收入一定不会少于这个数吧?"说完,伸出手比画了一下。

"当然啦,市长先生。如果情况好的话,也许比这还要多。"加尔维斯用得意的口气说。但话刚出口,他就意识到有些不对劲,又赶快补充了一句:"不过,给卡内瓦罗公司交完费用之后,就没有多少了。"

市长哈哈大笑起来,脸上的肉都在抖动。他一边摆着手一边说:"别害怕,加尔维斯先生,你完全可以说出实际数字。不用担心,你这是合法收入,政府不会要你的钱。当然,我个人更不会要。我是想,应当让苦力贸易得到进一步的扩大和发展。这样,才会不断增加政府的财政收入。"说到这里,他停顿了一下,露出一副忧愁的样子,把脸转向露西亚,说:"目前,政府的经费遇到了前所未有的困难。"

加尔维斯听出了市长的弦外之音,他望了对方一眼,没有吭声。

"加尔维斯先生,我想,我们该去听听苦力的申诉了。也许,在几个月的旅行中,他们会有一些不愉快的事情需要向我诉说。作为市长,主持公平和正义是我的职责。"看见加尔维斯对自己的话没有反应,市长说了一句,站起身准备往外走。他的话里有一种商量的意味,脸上也恢复了先前的微笑。

"等等,市长先生,检查人员的工作还没有结束,我们还有时间再聊一会儿。"加尔维斯急忙站起来走到市长面前:"市长先生,我想,作为一个市民,为政府分忧是我应尽的责任。为了帮助政府解决财政困难,我准备在苦力交易结束以后,拿出一部分钱捐给政府,不知您是否愿意接受。"

"加尔维斯先生,我很欣赏你的责任感。当然,作为市长,我无法拒绝一个市民对政府的忠诚。"市长说完,又坐回到椅子上。

加尔维斯没有坐,他打开箱子,拿出一件精美的中国瓷器,说是作为礼物,送给初次见面的市长。

"市长先生,这是一件遥远东方的瓷器,据专家说,它至少已有一千年的历史了,我想,只有尊贵的市长大人才配拥有它,才配成为它的主人……"加尔维斯此时非常躬歉地说。

"加尔维斯先生,我要提醒你。"市长露出一副严肃的表情,正色说,"你看,我正在履行公务,即使是朋友的赠品,也绝对不能接受。否则,会让人以为我是在收受贿赂。"

"那么,市长先生,"加尔维斯说,"等处理完船上的事情,我亲自到府上拜访。到时,我再给您带一坛味道醇厚的中国美酒。"

市长对加尔维斯的话既没表示同意,也没表示不同意。他十分小心地拿起那件瓷器,端在手里饶有兴味地欣赏了一番。过了一会儿,检查的人员回来了,他们用赞美的口气向市长汇报了船上的情况。

"既然如此,对于充满仁慈心肠的加尔维斯先生,我们还能怀疑他虐待苦力吗?"市长在每个属员的脸上扫了一眼,"我看,听取他们的申诉已经完全没有必要了。先生们,你们的意见如何?"

没有人表示异议,检查就这样结束了。

二十三

拍卖苦力是在检查结束后的第二天进行的。

天还没有完全放亮,加尔维斯就派水手把拍卖公告贴到了码头上。为了吸引更多的买主,他还让人往卡亚俄的街头贴了一部分。实际上,这后一种做法完全没有必要。因为,在卡亚俄,常年都聚集着一批人贩子。他们对苦力船到港的时间、苦力的人数和身体状况,都通过检查人员了解得一清二楚。所以,根据检查进行的情况,不用看公告,他们就能确定拍卖的时间。

早晨,阳光刚刚照射到卡亚俄的码头,买主就陆陆续续来到"科拉"号上。他们大都是分布在秘鲁西部的种植园的主人,还有一些来自南部沿海一带的鸟粪场和中部安第斯山中的铜矿。

苦力全部被赶出了船舱,他们穿着新衣服,带着自己简单的行李,密密麻麻地挤在一起。人群中,没有了往日的喧闹,也没有人来回走动。一张张表情漠然的脸上,茫然的目光望着向这边指指画画的洋人。那情景,使人会很容易地联想到一群即将被赶进交易场的羊群。

加尔维斯用炫耀的口气把他的货物向买主做了一番介绍,说他在中国时对购买的所有苦力都做过了解。他们每个人从小就受过良好的教育和训练,身体健康,有多方面的技艺和才能。不仅聪明,而且勤奋能干;不仅胜任体力劳动,而且能适应多种需要技艺的工作。谁得到他们,谁就是获得了巨大财富的源泉。然后,他和翻译站到一条凳子上,向苦力宣布:在"科拉"号上欢乐悠闲的日子就要结束了,他们将被面前的这些先生们带往秘鲁各地。在那里,每个人将获得一份轻松舒适并且收入很高的工作,他们发财的梦想很快就会成为现实。挣到足够的钱以后,只要干满契约上规定的年限,就可以回到中国,回到自己美丽的故乡。

听了加尔维斯的话,人群中响起一片高高低低的议论。不过,没有人相信会有什么轻松舒适的工作。人们谈论的是以后,以后会给什么样的洋人干活。谁都知道,这是决定今后、也许是一生命运的时刻。前面的那些洋人,就是掌握自己命运的人。可是,命运又如何呢? 谁也说不清。

石桥和刘永旺站在人群旁边,两人对今后的去向猜测了一遍,也没有说出所以然。于是,话题又转到买他们的洋人身上。

"老刘,你看出来没有。"石桥把眼睛向前边盯了一会儿,发现了一个奇怪的现象,"那些洋人,不管皮肤颜色还是长相,有的人和咱们很相似。你说,他们是不是中国人的子孙。"

"不会吧。"刘永旺摇了摇头,用肯定的口气说,"像倒是有些像,不过,再像,他们也是洋人。"他不相信,在离中国这么远的地盘上,从老辈子时候就有中国人的种。

"不知道这些家伙长着一副什么心肝。"石桥又说,"以后的日子,不是三天两天的事,时间长着哪。要是他们都像这个船长和大副,我们可就惨啦。"他的语气显得很沉重。已经到了外国的地盘上,干满契约上规定的年限之前回家是肯定不可能了。眼下,只能面对现实,想一想将要身临的境地。

"是狼是虎都一样。如今,前面就是火坑,也得往下跳。"刘永旺说,"只是,看情形,往后,我们不一定能在一起了。"

刘永旺的话刚说完,人群前边忽然起了一阵骚动。原来,拍卖已经开始,几个水手正在按买主们相中的目标往外叫人。第一个被叫出去的是苏守文,由于与众不同的身材和体格,他被几个洋人同时看中了。

这是一种没有主持人、没有规定的程序、形式非常松散的拍卖。实际上,从严格的意义上来说,根本就算不上拍卖。按照多年来苦力交易形成的习惯,买主可以在人群中自由地挑选苦力,苦力也可以直接找买主,希望对方买下自己。至于价格,则完全由卖方来定。当然,船主也不会漫天要价,他得考虑市场行情和买主对苦力需求的急迫与否。近两年来，每个苦力的价格，根据各人身体状况的不同，最低为四百五十索尔，最高可卖到四百八十索尔。一般来说，有了最低价格，当然不会有人愿意再出更多的钱。而且，苦力的体质通常没有太大的差别，所以，竞争的现象并不多见。如果出现了像苏守文那种被几个买主同时看中的情况，竞争才会发生。不过，这种竞争没有中间人协调，完全是在买主之间直接进行。他们以协商的方式互相抬高价格，谁出价最高，竞争的目标便归谁所有。自始至终，卖主都不参与其中。

买走苏守文的是一个长着两撇小胡子，面孔黝黑，鼻子不高，鼻头却很大，身材也高大的洋人。他叫桑切斯，是秘鲁南部比得岛上鸟粪场的场主。桑切斯用五百索尔的价格，击败了所有的对手。据说，在苦力交易中，这是出价最高的一次。

顺利的开局让加尔维斯心花怒放，他叫翻译找出苏守文的契约，交给鸟粪场场主，满面笑容地说："恭喜你，桑切斯先生。你得到了最上乘的货物，他一定能胜任你安排给他的所有工作。不过我想，你专程从比得岛来到卡亚俄，绝不会只是为了购买一个苦力吧。"

"当然，加尔维斯先生。政府在大量出口鸟粪，我的产品长期以来供不应求，不增加产量，行吗？"桑切斯用拇指抹了抹胡子，说："这次我需要三百名。不过，除了这一个以外，其余的，我可不想出过高的价格。"

"按照你的意思，能出到多少呢？"加尔维斯问。

"四百三，每个苦力四百三十索尔，我不再一个一个地挑选。"桑切斯说着向人群指了指，"你随便给我数三百人，我一起带走。如何？"

"桑切斯先生，你应该再往上加一点。四百四，每人四百四十索尔，怎么样？否则，我就没有多少赚头啦。"加尔维斯的神情显得有些为难。

桑切斯诡秘地笑了一下，他看了看周围，压低了声音："加尔维斯先生，你不用瞒我。对于这一行，我比你清楚多了。你花在苦力身上的费用，总共加起来，每个人还不到一百八十索尔。"

听到桑切斯的话，加尔维斯不自然地笑了笑。他想了一会儿，脸上表现出一副痛下决心的样子，说："好吧，桑切斯先生，就按你的意思办。不过，我按这个价格只卖给你,你可不能给我往外传啊。"说完,他数了三百份契约交给翻译,让他和阿梅罗带几个水手,按照名单把人叫出来。

"刘宗仁、石桥、李同、徐思福……"在翻译的喊声中,三百名苦力从人群中走出来。他们聚集在一起,低声议论着,猜测将要干的会是什么活计。

一直到最后也没听见自己名字的洪海平和小三子急了,两个人赶快走到翻译和阿梅罗跟前,说石桥和他们是一个村的,几个人想在一起,不愿意分开,能不能让他们也跟着这伙人走。翻译和阿梅罗都表示这是买主定的人数,没有办法。

看来,和石桥在一起是不可能了,两个人只好带着吕秋雁去同他告别。三百人的队伍中,许多即将分别的亲朋好友都在表情沉重地互相叮咛或说着宽慰的话。有的人眼圈发红,有的哭出了声,整个场面给人一种生离死别的感觉。

石桥正和刘永旺站在一起说着什么,他们旁边,是辛怀礼的两个弟子。被叫出来的三百人当中没有刘永旺,倒是有王江的一个伙伴,就是徐思福。

"石桥哥。"洪海平和小三子几乎是同时叫了一声,便觉得眼睛发涩,鼻子发酸,泪水在眼眶里打转,无话可说了。

"你们这是怎么啦?大丈夫男子汉,怎能轻易流泪呢?"石桥劝慰着两个人,表情显得很轻松,"别难过。分开就分开了,谁和谁都不能一辈子守在一起,就是夫妻也有先走后走的。小三子,你还是在广州见过世面的,更该想开点。"

"石桥哥,我们以后还能见上面吗?"小三子声音有些哽咽。

石桥心里颤了一下,但他脸上还是很平静。"怎么会不能呢?"他故作语气轻松地说了一句,想了想,解开手中的包袱,把离家时带来的那包泥土给洪海平和小三子一人抓了一撮,说道:"放到怀里揣好,以后不管到了哪儿,都不要忘了咱石桥村。就是有了儿女,也得让他们知道咱是从哪里来的,没有根就没有树,没有树就没有叶。"接着,他又拿出一件蓝上衣递给吕秋雁,"这是你嫂子临走时做的,还没来得及上身。雁子,你留着穿吧。"说完,他又叮咛洪海平:"海平,以后要照顾好雁子,不要让她受了委屈。她跟你出来,不容易呀!"

"石桥哥，你的话我记住了。"洪海平说着重重地点了点头，一直没有说话的吕秋雁忍不住抽泣起来。

这时，桑切斯手下的人大声吆喝着催促苦力们动身。在洋人的喊叫声中，三百人拖拖拉拉地走下了船。随后，又被带到不远处的另一条船上。人们看见，那条船停了不长时间便开走了。根据太阳升起的位置，他们驶去的方向应该是南边。

人数已大大减少的"科拉"号上显得空荡了许多。剩下的苦力，有的在低声议论自己的去向，有的望着在人群外边转来转去的买主，期望能遇到一个好主人或者找到挣钱多的活儿干。

站在一起的刘永旺、洪海平和小三子被一个身材矮胖，叼着雪茄，目光阴沉的买主叫到了人群外边。一同叫出去的还有郑永祥、王夜生和王江。但是，他拦住了跟在洪海平后边的吕秋雁。

一看这情形，洪海平急了。他返回身，紧紧拉着吕秋雁，向矮胖子表示两人决不分开，要走就得一起走。小三子也在旁边不住地求情，结果，全都无济于事。听完翻译的话以后，矮胖子坚决不要吕秋雁。

正在同其他买主交谈的加尔维斯看到了这边发生的事情，他想赶快把这个女人卖掉，便走过来对矮胖子说："卡纳瓦尔先生，我觉得，你应该把这个女人带走。如果你愿意，我只要男苦力一半的价钱。我知道，在秘鲁，还从来没有出现过中国女人。不过我想告诉你，中国女人比你的那些黑人女仆更会料理家务，更善解人意。况且，也会对提高苦力干活的兴趣有所帮助。或许——"说到这里，他意味深长地笑了一下，"她还能满足你别的需要。"

被叫作卡纳瓦尔的矮胖子用不屑的目光瞥了加尔维斯一眼，冷冷地说："船长先生，我经营的是种植园，需要的是能干活的牲畜，而不是什么中国女人。至于提高苦力干活的兴趣，难道说，除了皮鞭，除了严厉的惩罚，还会有更好的东西和办法吗？看来，你对种植园确实是一无所知。"

"在这方面我当然不如你，卡纳瓦尔先生，你是种植园主嘛。"加尔维斯耸耸肩，"看来，我只好把这个女人送到利马的酒吧里去了。"

"那完全是你自己的事情，加尔维斯先生。现在，请你让她立即滚开。我要让苦力下船了,阿托明种植园的土地正等着他们去修整。如果这个女人耽误了我的时间,我要让人把她扔到海里去。"卡纳瓦尔说。

"我一定按照你的意思去做,卡纳瓦尔先生。"加尔维斯说着,挥手招来几个水手:"把那个女人赶到一边去。"

加尔维斯同卡纳瓦尔的谈话,洪海平听不懂。但是,从他们的神态和说话的语气上,他还是明白了其中的意思。对于和吕秋雁在一起,他刚才还抱着一线希望。此刻,水手的到来,他知道,希望完全破灭了。

洪海平紧紧拉着吕秋雁的手,离别的痛苦使他们沉郁的眼睛里溢满泪水。两个人互相凝视着,谁也没有说话,他们想要把对方的面容深深烙进脑海中。

水手对吕秋雁喊了几句,示意她赶快离开。吕秋雁没有动,他们把她拖到了一边。随后,又推着洪海平向船下走去。

"海平!"吕秋雁撕心裂肺地喊了一声。

已经到了船边的洪海平回过头,望着站在人群外的吕秋雁,那凄惨的面容,满脸的泪水,使他感到一阵揪心的疼痛。他想返回去再同她说几句话,可是,旁边的水手死死地挡着他。"雁子,以后,不管到了哪儿,我都要找到你。你一定要等着我啊!"他可着嗓子说了一句,便被水手们推上了码头。

卡纳瓦尔带着他的苦力走了。随后,又经过几轮挑选,所有的苦力都跟随不同的买主先后上了岸。到了半下午,宽阔的甲板上,只剩下孤零零的吕秋雁。

"科拉"号这次的使命完全结束了,水手们整理好船上的物品,领到报酬之后,也陆陆续续往船下走。心情十分愉快的加尔维斯同每一个人握手道别,希望他们再次到"科拉"号上来工作。

年轻的水手阿梅罗带着满脑子贩运苦力的情况,也要回报社写他的太平洋之旅了。这次航行,那些或平淡无奇,或惊心动魄的事情,不可磨灭地永远留在了他的记忆中。他要把这一切揭露出来,让所有的人都知道,在现代文明社会,竟然还有如此残暴、如此罪恶的行径。

在甲板上,阿梅罗看见露西亚和吕秋雁站在一起。

"露西亚小姐,你还不走吗?"

"明天。"露西亚指了指吕秋雁,"加尔维斯先生明天要送我和她到利马。"

"利马? 加尔维斯要把她卖到哪儿去呢?"阿梅罗问。

"不知道。"露西亚说。

阿梅罗看了看神色黯淡的中国姑娘,她脸上挂着忧伤,挂着泪痕,正用求助的目光定定地望着他。

"露西亚小姐,这个可怜的姑娘遇到了麻烦。如果没有人帮助,也许她会活不下去。"阿梅罗说,"我想,到利马之后,你能为她解决一些困难吗?"

"是的,阿梅罗,她确实需要人帮助。可是,我实在是无能为力。况且,她以后在什么地方我也不知道。"露西亚的口气既有同情又显得无可奈何。停了一下,接着说:"不过,如果可能,我会想办法帮助她的。"

阿梅罗深深地看了吕秋雁一眼,又把目光转向大海,过了一会儿,他对吕秋雁说:"姑娘,不管环境怎样,你都要顽强地活下去。以后,我还要采访苦力在秘鲁的状况,我想我还会见到你和你的中国同胞。那时候,我一定想办法,帮助你和他们走到一起。"说完,他向两个姑娘摆手告别,转身离开了"科拉"号。

第三部　悲辛种植园

　　可怜的中国人惨遭虐待的地方,毫无疑问的是在大种植园里。在这里,对种植园主虐待中国人可怖的、罪恶的行径,没有法律去制裁,而且地方当局从来没有听取过中国人对其主人的控告。据说,这些雇主都有很高的地位,是些有影响的人物,因此,移民们毫无余地地被置于纯粹的奴隶的地位上了。

美国驻秘鲁总领事霍维将军致美国司令函
1866 年 11 月 28 日

　　对于被奴役的中国人来说,天亮和劳动一起开始;在那些疲惫不堪的钟点里,劳动始终追逐他不放,这种劳动不会给他带来硕果,而夜幕只给他带来这样内容的梦:明天等待着他的是照例的折磨……亚洲人被运来之后,分散在无数的私有者的手中,他们的存在被遗忘了,他们不是生活,而是混日子,最后像禽兽一样,死于他们的监工的皮鞭下或是死在他们无力承担的重压之下。

——(秘鲁)塞拉加《外国人在秘鲁的法律地位》

一

纵贯秘鲁西北到东南的滨海一带,称为滨海沙漠区。自西部海岸向东,这个区域最宽处为一百三十公里,最窄的地方仅三十公里,区域内大都覆盖着流动的沙丘。尽管靠近海边,这里每年的降雨量却极少。按照一般情况,这种热带沙漠草原气候,并不特别适宜农作物生长。但是,由于紧靠滨海地区东部的安第斯山山麓有许多短小的河流,终年不断的流水不仅在流动的沙丘地带哺育出一块又一块绿洲,也为人工灌溉提供了极为便利的条件。因此,滨海一带便成了秘鲁种植园集中、农业最为发达的地区。

位于利马西北部大约五十公里的阿托明种植园,就是遍布在滨海地区许许多多种植园中的一个。阿托明种植园原先只有一百多公顷,七年前,园主卡纳瓦尔继承了其富有的叔父留下的一大笔遗产。他用那笔钱成片地购买了周围毗连的土地,使阿托明成了拥有一千多公顷面积的颇具规模的大种植园。

大面积种植需要大批的劳动力。同秘鲁所有的种植园一样,阿托明种植园只养着少量供人骑的马和拉车用的牛。从耕种到收获,所有的农活几乎全部依靠人工完成,这就更增加了对劳动力的需求。卡纳瓦尔刚开始经营种植园时,主要使用的是黑奴。1854 年,卡斯蒂利亚总统颁发了解放黑奴的法令。奴隶贸易从法律上被禁止了,黑奴也从此成了自由人。从那时起,审时度势的他开始启用中国人。当初是抱着试一试的态度,想看一看中国人干得怎么样。几个月之后,情况令他很满意。无论从勤恳、诚实,还是从吃苦耐劳方面来说,黑奴都不如中国人。而且,苦力都是孤身一人,没有家庭拖累。每天除了干活之外,再无让他们分散精力和体力的事情。为此,他每年都要购进一批。这次本来计划多买一些,因为买主太多,后来经过再三调查,加尔维斯先生只给了他六十名。

现在,苦力已经来到阿托明种植园。他们排着散乱的队形,站在离卡纳瓦尔住所不远的一块空场地上。一天多的匆匆赶路使每个人都显得神色疲惫,土头灰脑。但是,初到异国他乡的好奇和对陌生环境的新鲜感,依然掩饰不住地从那四处张望的眼睛中流露出来。

卡纳瓦尔叼着雪茄,坐在一把雕花的橡木椅子上。他的旁边,站着种植园的总管胡安,监工加西亚和仆人。仆人是中国人,约莫四十来岁,名叫于阿祥。他另外还有一个秘鲁名字,叫埃里索斯。

这是苦力到达种植园后的第一件事情:重新给他们命名。种植园主们认为,中国人的姓名叫起来太生硬,太拗口,起一个顺口的秘鲁名字是完全必要的。

"准备好了吗? 胡安。"卡纳瓦尔一边翻看着苦力的契约,一边问总管。

"好了,先生。"胡安把一本登记簿放到卡纳瓦尔面前的桌子上说。从阿托明种植园扩大的第一天起,长着一双黄褐色眼睛,身体又高又瘦的总管就在这里担当这份角色,负责种植园里所有的具体事务。多年来,他忠心耿耿地为主人尽职尽责,深得主人的信任。

"那么,我们开始吧。"卡纳瓦尔说。

"是的,先生。"胡安说完,让仆人按照契约上的名字叫人。

第一个被叫出来的是牛天成,他毫无表情地站到了桌子前边。

卡纳瓦尔打量了一眼面前的中国人,考虑该给他起什么名字,过了好一会,他对胡安说:"给他改作潘克拉西奥吧。"

胡安还没有来得及回答,监工加西亚插嘴说:"不行啦,先生,我们已经有一个叫潘克拉西奥的苦力啦。"

"我们有叫普罗达西奥的吗?"卡纳瓦尔随口问。

"还没有,先生。"加西亚说。

"那么,就管他叫普罗达西奥吧。"卡那瓦尔说。

仆人告诉牛天成记住自己的名字,接着又把他的情况写到登记簿上:普罗达西奥牛天成,年龄三十二岁。身材,中等个头。脸型,消瘦。肤色,黄褐,略显黑。前额,突出。眼睛,眯缝眼。鼻子,扁平。嘴,大嘴叉。个人特征,左臂肘部上端有一伤疤。

卡纳瓦尔拿过登记簿看了看,大嘴叉几个字使他皱了皱眉头,忍不住朝牛天成望了一眼。"大嘴叉大嘴叉又是个能多吃饭的家伙。"他自言自语地抱怨了一句。当看到个人特征时,他心里起了疑惑,亲自把牛天成的胳膊检查了一遍,发现伤疤并不严重。但他仍不放心,怀疑这个中国人干过海盗或打家劫舍的勾当。

"你的伤疤是怎么来的?"卡纳瓦尔站起来围着牛天成转了一圈,神情威严地问,"是不是在当海盗的抢劫中或是在偷窃时被人打伤的?"

牛天成目光茫然地看着面前的洋人,有些不知所措。卡纳瓦尔说的是西班牙语,他根本听不懂。但从对方的神色和语气中,他意识到胳膊上的伤疤对自己不利。

卡纳瓦尔做了个手势,仆人走到前面翻译了一遍。

眯缝着眼睛的牛天成头脑很精明,他很快明白了洋人的话里隐藏的意思。出于维护自己的本能,他急忙申辩:"我从小在家种地,是老实本分的庄稼人,从来没有当过海盗,也没有见过海盗,更没有偷过别人的东西。"

"那这伤疤是怎么回事?"牛天成刚说完,胡安紧接着问。他脸上的表情很严肃,说的居然是中国语。虽然生硬,但听起来还是能让人明白的。

"是我小时候,也就是一岁多的时候,学走路时摔了一跤,左臂肘被瓦片划了一道口子,就落下了这道伤疤。"牛天成解释说。

不管牛天成说的是真是假,卡纳瓦尔不想再问了,反正那道伤疤不影响干活。他向胡安摆了一下手:"下一个。"

第二个被叫出来的是洪海平。

程序同前边一样。只是在命名的时堠,卡纳瓦尔说了几个名字,都被以前的苦力用过了。他想了一会,也没有想出新的来。

"先生,我们倒不如和梅格斯先生那样,把他们编成号码。这样,叫起来会更方便一些。也不会出现找不下名字的麻烦。"加西亚给主人出了个主意。梅格斯是和阿托明种植园相邻的另一个种植园园主,他那里的苦力被叫作1号、2号、3号……

"不行。"卡纳瓦尔坚决地说,"那会给人一种我们在使用罪犯的感觉,要知道,阿托明种植园不是监狱。"

"可是,该叫他们什么呢,先生,我们实在没有新的名字了。"加西亚看着主人的脸色说。

卡纳瓦尔没有吭声,是的,每年都要给新来的苦力起名字,这确实是一件麻烦事。他望了望面前站着的苦力,突然,一个想法从头脑中冒了出来。他让胡安取来一本日历,那上边印着的奇闻逸事中有许多生僻的名字。他从中挑选了一个,对胡安说:"就叫他戈尔西耶吧!"

"先生,这真是极其聪明的办法。"胡安满脸含笑地恭维着主人,"这个名字还没有在我们种植园使用过。"

卡纳瓦尔得意地笑了笑,又低下头在日历上寻找新的名字。

就这样,用了半天的时间,命名和登记才进行完。为了让苦力加深新名字的印象,仆人又重新点了一遍名。之后,给每个人发了三碗玉米,几块干硬的咸菜和一个小铁锅。胡安宣布,玉米就是今天和明天的饭食,每顿一碗,铁锅的钱将从以后的工钱中扣除。

契约也发到了每个人手上,人们小心翼翼地折叠好装进怀里。那张密密麻麻地写满西班牙文的纸片,所有的苦力都看不懂。其中的内容,在澳门时,操着方言的翻译本来就念得含含混混,让许多人听不明白。如今,除了每个月五十索尔的工银和八年的做工期限外,其他的内容,谁也记不清了。

卡纳瓦尔扔掉手中的雪茄站起来,胡安明白,安排的事情全部结束了。他把契约归还给苦力,又让加西亚把他们带到住的地方。想到监工不太懂中国话,又让仆人跟了过去。

二

这是一个用高高的土墙圈起来的围场,里边有一排同样是土墙的寮棚。寮棚的顶上盖着一层薄薄的茅草,被隔成一小间一小间的屋子里,用竹片搭着低低的床铺,每间屋里勉勉强强能睡五个人。

这就是苦力们的住处。

分完房间,加西亚把人重新召集到一起。他抽出腰间的皮鞭,一边晃动一边恶狠狠地说:"先生们,现在,我要提醒你们,今后,对所有逃跑、反抗,或者懒惰的行为,我将用皮鞭同他说话。但愿你们不要违反种植园的规定。"说完,他用鄙视的目光看了一遍,见人群中没有任何反应,高傲地笑了一声,"今天的时间由你们自己支配。记住,从明天开始下地做工。"接着,让仆人于阿祥把他的话对苦力重复了一遍。

肚子饿得咕咕叫的人们早已听得不耐烦了,于阿祥的话刚一落音,就急忙寻问做饭的地方。但是,他们得知,这里根本没有灶房。

"没有灶房,饭怎么做?难道就让吃这些生玉米。"有人大声叫起来。

"那边有石臼,可以把玉米捣碎。"于阿祥指了指石臼的位置。随后,领着人到围墙外去找柴和支锅用的石头。

刘永旺干活确实不行,刚拾了一把柴草,手就被扎得流出了血。转悠到他跟前的于阿祥觉得很奇怪:"看你这样子,根本不像卖苦力的,怎么也做工来啦?"

"哪里是我想出来,是别人非让我来的。"刘永旺看着面前已经没有了辫子的中国人,苦笑着说。

"我明白了。"于阿祥说,"我们那次也有不少人是被骗出来的。"

"你们来了多长时间?"

"六年多了。"仆人说着指了指远处的几排寮棚,说:"这边住的是我们一起来的,那边住的是黑人,他们在这里有两三辈子了。"

看见两个人说话的洪海平走过来问:"这里的活好干不好干?"

"不好混,咱中国苦力被人瞧不起,"仆人摇摇头,"我们那次来了五十个,现在只剩下二十多个了。病死的、被打死的、受不了这份罪自杀的,还有逃跑的,唉,都有。"他停了一下,又说:"我原先也在地里干活,当了仆人以后,情况才好了一点。我叫阿祥,也叫埃里索斯,你们叫我什么都行。以后能帮忙的地方,我就尽量帮帮大伙儿。"

正说着,加西亚向这里走过来,"你们得提防点,这家伙坏得很。"于阿祥低声说了一句,立刻又提高了声音,"快点快点,这样慢慢腾腾的,得拾到什么时候。"

等到人们把柴草和石头送回围场里,加西亚锁上大门,才和于阿祥离开。

吃过晚饭,天完全黑了。连续几天的赶路,疲乏使人们失去了闲谈的兴致。尽管时间还不太晚,大多数人都躺在黑乎乎的屋子里早早地进入了梦乡。

洪海平怎么也睡不着,自从在船上分开以后,他心里就一直挂念着吕秋雁。现在,一个人静静地躺在床上,思念变得更加强烈起来。他想起在家乡相处时那虽然困苦却欢乐的日子,秋雁不顾家人的反对和自己相跟着出来。想起在航船上小过道里那甜蜜时光,秋雁给了他最温馨的爱。此刻,她在什么地方,又和什么人在一起呢? 一个孤苦伶仃的姑娘,到了这连说话别人都听不懂的异国他乡,举目无亲,会不会遭人欺负,甚至能不能活下去呢? 想到这里,他的心禁不住紧缩了一下。

他想同人说说话,借以排除心头的烦闷。可是,屋里的人都沉沉地睡着。静寂中,身旁的王夜生打着均匀的鼾声,听起来特别响亮。小三子被分到另一间屋子里去了,没有可说话的人。他干脆下了床,轻轻地走到外面。

秘鲁的天气比家乡要暖和许多,按季节应该是严冬了,但却并不让人感到寒冷。洪海平在房门前站了一会儿,黑暗中,听见对面的寮棚前有人小声说话。他走过去一看,是刘永旺和郑永祥。

"海平,怎么还不睡?"郑永祥问。

"睡不着。"洪海平说。

"怎么啦,是不是惦记你的雁子姑娘?"刘永旺说。

洪海平点点头:"是,也不知道她被带到什么地方去了。一个姑娘家,无依无靠,可怎么办。还有石桥哥他们,一块跟着出来,想不到脚尖还没有沾上土,就四分五散了。"

"可不是,我们村的崔诚信也不知道去了哪儿。"郑永祥叹了一口气,"没办法,谁让我们落到这个地步呢? "

"想开点,海平。"刘永旺劝说道,"月有阴晴圆缺,人有悲欢离合。你们都还年轻,以后的路还很长,终归会走到一起的。"

"老刘说得对。世事艰难,现在出门在外,更是由事不由人。"郑永祥说,"雁子姑娘说不定会遇到好人,去的地方或许比我们这里要好得多。"

黑暗中,洪海平苦笑了一下。他明白,两个人是在给自己宽心。可是,他的心情却无论如何也轻松不起来。由对吕秋雁的思念他又想到死去的陈玉财、杨兰草，想到在船上的所有遭际。落到洋人手里，他不期望命运会有多大的变化，谁知道厄运哪一刻会降临到头上。

"已经到了这一步，还能怎么样。像我这个连庄稼地都没有去过的人，明天也得给人家干活了。"刘永旺说，他的语气流露出明显的忧虑。他不知道将要干的是什么活？自己这副瘦弱的身子能不能撑得住。

"咱们都一样，我也没下田种过地。"郑永祥说。自小就学医的他一直以行医为业，不过，同刘永旺比起来，郑永祥的身体显得很结实。

"你总比我强吧，就是比胳膊也比我粗。"刘永旺叹了一口气。

洪海平记得，在船上时，刘永旺就提起过这件事。他连忙安慰说："大叔别担心，有我们大伙儿呢。"

"我早就说过，帮得了一时，帮不了一世。"刘永旺说着，抬头望了一眼黑沉沉的夜空，"其实，一世也没有多长时间。人生如白驹过隙，转眼就是百年。这不，又是一年到头。"

"今天是二十几？"洪海平问。他大约记得应该是过了腊月二十，具体是哪一天却不知道。

"腊月二十九。今年是小年，明天就该过大年了。"刘永旺说。

"要是在家里，快到吃年夜饭的时候了。本该团圆的日子，家里人还不知道我们在什么地方。这个年，他们过得也不会开心。"郑永祥的声音很沉闷，他的眼前浮现出一幅全家老小围着饭桌唉声叹气，难以下咽的情景。

"可不是，咱中国人看重的就是过年。平白无故地少了一口，且生死不明，谁的心里能舒畅。"刘永旺说。

洪海平没有郑永祥那样的感受。从小失去父母，常年在外头给人做工，团聚的气氛和感受压根儿就没有。此刻，过年的话题，使他自然而然地又想起了吕秋雁。要是能和她在一起，这年，也许还能过出点味道来。

三个人谁也没有再说话。静默中，他们似乎听到，从海洋那边的遥远故乡里传来了一阵又一阵噼噼啪啪庆喜的鞭炮声。

三

早晨五点,种植园内的大钟敲响了,这是上工之前为集合人员而发出的信号。听到钟声的监工们很快到了主人的住所前。

卡纳瓦尔已经早早地站到了门口,他的旁边,是总管胡安。作为主人,卡纳瓦尔本来没有必要亲自召集人员上工。这类事情,通常只有那些刚刚起步的小种植园的主人才会起早摸黑、不辞辛苦地去干。而在阿托明这样的大种植园,琐碎、具体的事务都是由总管处理的。何况,卡纳瓦尔还是天意银行的股东和董事,经常要到利马处理一些金融方面的业务,并且顺便在那里住一段时间,享受豪华、奢侈的生活。这样,在管理种植园方面,他的时间和精力就很有限了。不过,今天是个例外。新来的苦力第一天做工,他要对手下的人讲一讲,让他们管好还不懂种植园规矩的中国人。

监工站在台阶下,一共有十多个人,每个人手里都握着皮鞭。那是他们的工具,也是武器。大约是刚刚起床的缘故,有的人不住地打着哈欠。

“先生们,请打起精神。”卡纳瓦尔站在台阶上说,“现在我宣布,新来的六十名苦力编成阿托明种植园的第十三队,加西亚担任这个队的监工,我的仆人于阿祥·埃里索斯担任队长。”说到这里,他停了停,同旁边的胡安低声说了几句什么,又转过身来对监工们说:“对这批苦力,我们没有像往常那样把他们分别编进别的队,而是全部编成了十三队,这就增加了管理的难度。当然,主要是增加了加西亚先生的难度。不过,加西亚是有丰富经验的监工,我相信他能胜任,我也相信他会采取有效的措施,使新来的苦力在最短的时间内学会做工,并且能够遵守阿托明种植园的所有规定。”

“先生,我一定不会使你失望。我要让十三队的苦力成为其他苦力的榜样。”卡纳瓦尔的话刚说完,加西亚立即接着说。

“好。”卡纳瓦尔赞赏地望了加西亚一眼,又叫他的仆人:“埃里索斯阿祥。”

"先生,你有什么事要吩咐吗?"于阿祥应声答道。

"埃里索斯,"卡纳瓦尔说,"你要同加西亚进行良好的合作。对这些新来的苦力,如果他们出现越轨行为,我想,你一定不会因为他们是你的同胞而容忍他们。"

"是的,先生,一定不会。"仆人说,"相反,我会同加西亚先生一样,采取严厉的措施惩罚他们。"

卡纳瓦尔感到很满意,不再吭声了。接下来,胡安对各队今天要干的活进行了安排。然后,监工们每人从狗圈里牵出一只凶猛的狼狗,便分别赶到苦力住的寮棚。

在种植园,所有做工的人都被编成了不同的队。每个队里都有一名监工,还有一名队长。在苦力比较集中的队里,为了便于管理,通常都任命中国人担任队长,那是一些被主人或者总管赏识的苦力。队长不仅是一种职务,更重要的是表明了一个苦力地位的上升。队长可以不干活,而且能拿到比苦力高一些的报酬。但从地位上说,自然是不如监工的。

在每个队里,监工拥有绝对的权威,队长也得听从他的意愿。一般情况下,主人和总管不干涉监工对苦力的行为。只有一点,他们必须完全忠实于主人,无条件地服从于主人。新担任十三队的加西亚干这一行已有十年之久,一开始是监督黑人和印第安人,后来是中国人。长期的监工生涯使他积累了丰富的经验,他很善于采用不同的手段去对待苦力。出于对监督对象的鄙视心理,他从来不把他们当人看待。只要他愿意,无论什么时候,无论什么情况下,他都能找到借口很自然地用咒骂、拳头、挨饿、皮鞭或者别的办法对待苦力。因此,在监工中间,他被称为"模范驯兽师"。不过,对主人和总管,他永远都像一只被驯化得极其恭顺的看家狗。

叫苦力起床的事一般情况下都是由各队队长去干,因为今天是新来的苦力第一天做工,按照主人"让苦力从开始就养成良好习惯"的要求,加西亚决定自己去叫。

在一阵粗暴的喊声、踢门声和狼狗的狂吠声中,睡梦中的苦力被惊醒了。有的人看了看门外,又把头缩回到被子里;有的人一边打着呵欠,一边慢腾腾地穿衣服。这些情景，立即招来了加西亚恶狠狠的咒骂。起床的速度加快了一些，光线模糊的屋子里，到处都是竹片床咯吱咯吱的声音。

洪海平很快穿好衣服，下了床，他推了推还在躺着的王夜生："起来起来，你是不是想挨鞭子了。"

"天还没亮，就叫人干活，这洋人的心也太狠了。"王夜生一边穿衣，一边嘟嘟囔囔地说。

"这不是把人当牲畜用吗？"旁边床上的一个年轻人跟着说，他叫李家兴，是住到这间屋子里后才和洪海平认识的，"洪海平，看这样子，我们以后的日子好不到哪儿去。"

"你还准备来这儿享福哪。"王夜生说，"实在混不下去，就得另想办法。总不能在一棵树上吊死。"

"那也得先干一段时间，把这里的情况熟悉了再说。"洪海平说。

走出屋子，洪海平找到小三子，说了几句话，看见刘永旺带着王江刚走出来。自从辛怀礼死后，刘永旺就把王江和徐思福当作自己的孩子一样看待。现在，徐思福不知道被卖到什么地方去了，两个孩子就剩下一个。

"这些孩子从小就娇生惯养，不明不白地被人拐出来，还不知道能不能受了这份罪。"洪海平对小三子说。

天已经有些发亮，加西亚又开始吆喝了。在黎明时暗淡的灰色微光中，衣衫不整、脸也来不及洗的人们在场地上排起一个凌乱的队形。

接下来是点名，被点到的人必须立即回答"到"。这件事是由队长于阿祥干的，由于他叫的是苦力昨天新起的秘鲁名字，许多人总也把拗口的外国名和自己对不上号。因此，常常出现不能及时回答的情形。每逢这时，同样把人名和实体对不上号的加西亚便会朝人群狠狠地瞪一眼。跟着，从厚厚的嘴唇中吐出两字：蠢猪。

名终于拖拖拉拉地点完了。一阵忙乱的准备之后，苦力们扛着铁锹，提着铁锅和前一天晚上捣碎的玉米，在加西亚的催促和骂声中向地里走去。

天完全亮了，异国的原野一览无余地展现在眼前。人们四处望了望，辨认了一下自己所处的位置。东边，是连绵的群山。其他三面，是起伏不平的沙丘地带。不远处，从东边的山坡上，流下来一条小河。河的两岸，是一片松树和另外一些不知名的树木组成的树林。田野里，四处都是劳动的人群。整地、挖沟，还有些在锄地。看样子，他们已经干了好长时间。

眼前的一切，使洪海平想起昨天在路上看到的情景。他对旁边的刘永旺说："大叔，这地方的季节和咱广州不一样。在咱们那里，现在还没有下种，可这儿的庄稼都长这么高了。"

"天下之大，哪里会都一样呢？"刘永旺说了一句便不吭声了。他正在为要干的活犯愁，没有心思想别的事情。

没过多久，到了干活的地方。第十三队今天是翻地，加西亚一手牵着狗，一手拿着鞭子很随便地指画着，给每个人分了一块，每块大约有一亩地的样子。他让于阿祥告诉人们，今天必须把分到的地翻完。否则，不仅要扣除工钱，而且要受到严厉处罚。

从农村来的苦力都知道，在一天的时间里，用铁锨翻一亩地的活几乎就不可能干完。于阿祥的话刚落音，立即就有几个人叫喊起来，说是分的活太多，明摆着不让干完，明摆着是监工故意要扣工钱。

一看这情形，于阿祥正准备劝说，被加西亚挡住了。加西亚对中国人的话没有完全听懂，但从神态上已看出了他们的意思。这些苦力，第一天干活就敢表示不顺从，这不是蔑视他这个监工的权威吗？绝不能容许这种现象存在下去，不能让苦力有任何反抗的念头。要让中国人明白，他们唯一能做的事就是老老实实地干活，而不能有别的想法。如果胆敢反抗，那只能是自找倒霉。在挡住于阿祥的同时，加西亚一边骂着，一边抡起鞭子朝叫喊的几个人身上抽去。接着，他往身后摆了一下手，那条狼狗低低地呜了一声，猛地蹿到前边，一下子扑到一个苦力的身上。那个人猝不及防，连忙抬手阻挡，不料胳膊却被咬住了。

人群顿时乱了起来，于阿祥可着嗓子喊了一阵，让大家赶快去干活，但没有任何作用。最后，加西亚放了几枪，人们才安静下来。

没有人再吭声了，倒不是加西亚刚才给了他们一个下马威。实际上，许多人都在想，刚到异国他乡，两眼一抹黑，还是不要挑头闹事。洋人的脾气是什么样,谁也不知道。何况又是第一天,先干着看吧,只要能挣到钱,活多一点就多一点吧。都是受过苦的人,再苦一点又有什么呢!出来不就是为了挣钱吗?再说,反正力气也用不完。

在于阿祥的催促中,人们翻起了第一锨土。

这片异国的土地,是带有少许沙子的比较绵软的土地,较遥远故乡的稻田,要相对好翻一些。

真正的做工就从搭锨的这一刻开始了。

四

安排新来的苦力上工之后,卡纳瓦尔决定到利马住几天。按照计划,在一个月之前他就准备去的,之所以拖到现在,就是为了买到这批苦力,才不得不等着加尔维斯先生的船只。这次到利马,他有两件事要办。一是给妻子宝利娜看病。宝利娜患腰腿痛有一年多了,虽经多方求医,但总也不见好转。近来比以前还有些严重,连走路都困难起来。前一段时间,在利马上学的儿子来信说,那里新开了一家专治腰腿痛的诊所,就治的人很多,大概医生的医术还不错。因此,卡纳瓦尔计划带着宝利娜去看看,不知会不会有效果。如果这次再没有好转,不幸的宝利娜下半辈子可能就得在床上度过了。一想到这一点,卡纳瓦尔就感到金钱真是无用的东西。是啊,为了给宝利娜看病,他把大把大把的钱扔给了那些庸医,可是,却给妻子换不回健康的身体。看来,金钱也有致命的缺陷。

卡纳瓦尔要办的第二件事是谈生意。去年,美国爆发了国内战争,一年了还没有结束。由于许多种植园主都参加了战争,种植园也成了战场,造成了奴隶大批逃跑,大片大片的土地无人耕种,致使农产品极为短缺。秘鲁原先就是美国的重要出口国,现在,粮食和棉花更成了美国人的抢手货。看来,阿托明种植园今年的产品不愁卖不出去,而且还会卖一个好价钱。

吃过早饭,车夫已备好马车。卡纳瓦尔站在院子里,一边欣赏着他的马车,一边等待宝利娜服完药便准备上路。

这是卡纳瓦尔前不久花了一千二百索尔请人做成的新车,车厢上蒙的不是平常的丝绒,而是鹿皮,包装两边窗口边沿用的是银片,车厢的前部,还镶了几颗闪闪发亮的宝石。卡纳瓦尔认为,拥有一辆好车是完全必要的。它是身份、地位和富有的象征。在他认识的人当中,还没有谁拥有这样一辆华贵的马车。到了利马,他的朋友们看了一定会大吃一惊。

　　"先生,我当了二十年车夫,还没有见过这样漂亮的马车。"旁边的车夫用恭维的口气说了一句。

　　"是啊,好车真是太少了。"卡纳瓦尔随口说着,绕车转了一圈,感到很满意。他正要回屋里看看宝利娜准备好了没有,这时,从大门外进了一个人。扭头一看,是镇长索罗斯。

　　"镇长先生,你好。"卡纳瓦尔满脸笑容地迎上去,"欢迎你的到来。"

　　"你好,卡纳瓦尔先生。"身材高大的镇长微笑着,"好一辆漂亮的马车。朋友,你这是准备出行吧,看来我来得不是时候。"

　　"没关系,没关系。我准备到利马去一趟,不过事情不是很着急。如果镇长先生有事,明天去也可以。"卡纳瓦尔说着,和镇长相跟着进了屋子。

　　索罗斯原先是专区商贸局的一名小官吏,由于贸易上的业务,卡纳瓦尔和他打过交道。三年前,小官吏来此地当了镇长,成了当地的最高行政长官,卡纳瓦尔和他的交往才多了起来,而且还成了好友。

　　"索罗斯,你有什么事需要我帮助吗?"坐下之后,卡纳瓦尔问。

　　"不是我,而是你需要帮助,卡纳瓦尔。或许,阿托明种植园将会面临一场危机。"索罗斯满脸严肃地说。

　　"危机?"卡纳瓦尔摇摇头,"你不是开玩笑吧。你不会不知道,今年的贸易情况比往年任何一年都好,利马正住着大批的美国商人,他们准备出高价收购玉米和棉花。"

　　"你理解错了,卡纳瓦尔,我说的是苦力。苦力,你明白吗。"索罗斯说。

　　"苦力怎么啦?"卡纳瓦尔仍然不明白索罗斯的意思,他用疑惑的目光看着对方,"他们总不至于发生暴动吧?"

　　"事情倒没有那么严重。"索罗斯说,"朋友,我要告诉你的是,上一个月,乌什卡地区种植园的苦力联名写了一份控诉状,说是中国苦工在种植园内遭到非人的虐待。他们把状子交给了在那里购买粮食的美国商人。请美国大使馆转给中国政府,以帮助他们离开秘鲁。"

"这确实不是什么好消息,不过,镇长大人,难道你真的相信,苦力会被送回他们的家乡吗?"卡纳瓦尔说着摆了一下手,"不会,绝对不会。据我所知,腐败的清朝政府根本就不关心他在海外子民的死活。况且,乌什卡地区种植园苦力写的状子,和阿托明种植园有什么关系呢?"

"你说得很对,卡纳瓦尔。但是,问题的严重性不在于此。"卡纳瓦尔的话刚落音,索罗斯立即说,"也许你不知道,美国的几家报纸都登载了那份控诉状。引起了国际社会的关注。许多国家都批评我国政府纵容和支持苦力贸易,卡斯蒂利亚总统对国会通过《中国人法令》很不满意,下决心要对苦力役用进行整治。另外,听说《民族报》也要派记者调查苦力遭受虐待的情况。卡纳瓦尔,这一切,对你们这些种植园主都很不利。"

"这些可恶的美国人,我们提供给他们粮食,他们却为苦力说话。难道他们不明白,这样做,同时也是在损害美国的利益吗?"卡纳瓦尔愤愤地说。

"别把话扯远了,还是考虑考虑下一步。美国人说地方政府从来不听取苦力的控诉,使他们得不到法律的保护。卡纳瓦尔,我想,对苦力的惩罚,你们也应当收敛一些。否则,我将不得不使用镇长的权力进行干预。"索罗斯说着看了一下卡纳瓦尔的神色,"当然,我并不希望事情发展到那一步。"

"索罗斯镇长,你这是替苦力说话。"卡纳瓦尔的口气有些逼人。

"你理解错了,卡纳瓦尔先生。我的意思是——"

"你的意思是要对苦力进行宽容。"卡纳瓦尔打断索罗斯的话,提高了声音,"我不能接受你的建议,朋友,苦力做工,我为他们提供食物,提供住所,付给他们工钱,这是合理的交换。但是,他们违犯了种植园的规矩,就应当受到惩罚。什么美国人,什么《民族报》,都他妈的见鬼去吧!"说完,他看了一眼索罗斯,见对方的神情有些尴尬,便缓和了一下口气,"不过,索罗斯,你放心,不管遇到什么情况,我都不会让你处于为难的境地。"

"可是,假如有一天,苦力的控诉状摆到我的办公桌上,我难道能不管吗?

卡纳瓦尔,那是要犯渎职罪的。"

"不会,不会,镇长先生。你知道,许多议员都赞同役用苦力,特别是很有地位的一些上层官员们。如果没有苦力,秘鲁的农业会变得一团糟糕。所以,即使他们控诉到最高法院,又有什么用呢?惩罚苦力是维护种植园正常秩序的保障,不这样做,难道放纵他们懒惰、怠工、偷盗的恶习吗?还有前两年在许多种植园或是鸟粪岛上华工苦力聚众闹事,甚至杀死他们的主人以及无辜的秘鲁人士的暴力事件,我想,尊敬的镇长先生肯定耳闻过了,难道您还希望那样的悲剧和血腥事件在我们阿托明种植园也上演一次吗?"

"您完全误会了,卡纳瓦尔先生,我并不是这个意思,完全不是。既然如此,我就不耽误你宝贵的时间了。祝你一路顺风,朋友。"索罗斯说着站起来向卡纳瓦尔告辞。

"好吧,我们回来见。感谢你向我通报情况。"把索罗斯送到门口,卡纳瓦尔说。

五

虽然几个月来刘永旺一直在为干活的事发愁,但此刻,手握铁锹站在外国的土地里,再无别的选择,只得硬着头皮干下去。他的动作很笨拙,加上力气不足,铁锹总也踏不到底。后来,洪海平和刘宗仁教了他一些省劲的办法,才慢慢地掌握了一些要领。再加上这里的地都是沙土地,很松软,翻起来不怎么费劲。干了一会儿,尽管比别的人慢了一些,但觉得还不算太累,紧皱着的眉头才逐渐舒展开来。

现在,他担心的倒不是自己,而是王江了。这孩子,别看个头不小,但那是从小好吃好喝养出来的。有钱人家的子弟,从来没受过累,要说干力气活,肯定不行。

王江就在离他不远的另一块地里,扭头一看,果然,那孩子已经远远地落在别人后边。

"海平,看样子,王江今天的活是完不了啦。"刘永旺对旁边的洪海平说,

"我也帮不了他,要是真干不完,那个监工肯定不会放过他。这一顿鞭子是逃不掉的。"

"大叔,你不要担心,等我们把这里翻完,再过去帮帮他。"

"你们也是运气不好,碰上我们这几个什么也干不了的人,总是麻烦你们。"刘永旺说。他之所以没落下,是因为洪海平时不时地帮他翻几行,如今说再要帮王江,他觉得有些过意不去。

"大叔,你这话见外了,咱们在一起几个月了,往后还得在一起干八年。八年哪,不是一家人也是一家了,一家人不说两家话。"洪海平真诚地说。

"大叔,干完八年,我们还坐一条船回去。"在洪海平另一边的小三子说。

回去?刘永旺苦笑了一下,他不知道还能不能回去。真要能熬过八年,可就是万幸了。他没有吭声,为了不给年轻人添麻烦,暗地里加了把劲,使自己的速度稍微加快了一些。

不知不觉到了中午,加西亚回家吃饭去了。于阿祥无家无舍,留下来领着大伙儿做饭。

做饭其实很简单,同昨天晚上一样,把捣碎的玉米熬成糊糊。但刘永旺不想做,不是不饿,实在是太累了,浑身像散了架似的,手上的血泡生疼生疼。他想躺下来,利用这段时间休息一会儿,不然,下午怎么办呢?

"老刘,是不是撑不住了?"刚把水倒进锅里的郑永祥看见了刘永旺的情形,走过来问道。

"实在是不想动了。"刘永旺少气无力地说着,把手伸出让郑永祥看了看。

"那也得吃饭呀。这样吧,今天我们在一个锅里做,你歇着吧,我给咱们做。"郑永祥说,"吃过饭我给你把手上的泡挤一下。"

"还有王江,那孩子什么也不会。我们还得帮帮他。"刘永旺说。

这时,王江抱着柴火从远处走过来。

优裕的生活在转眼之间被打碎之后,几个月的经历,使王江同他的年龄极不相称地成熟起来。尽管他平常很少说话,但在心里,他已完全明白了所发生的一切。父母的庇护肯定不会再出现在身上,今后的路只能靠自己走下去了。

"大伯,你歇一会儿,我来给咱们做饭。"王江把柴火放到刘永旺身边,又开始摆石头准备支锅。

"你——"刘永旺摇摇头,"你哪里会做饭。"

"我要学,大伯。学会了,就不拖累你们了,也省得你们总是为我操心。"

"好孩子,是得学。"刘永旺说,"不过,今天不做了,我们和你郑大伯一起吃。"说完,他看了看王江的手,那两只满是嫩肉的手上也起了几个泡。

刘永旺叹了一口气,又问了问王江干活时的情况,谈了几句,郑永祥喊他们吃饭。

"大夫,你这手艺还行。"刘永旺喝了一口,"以前在家常做饭吧?"

"做是做过,"郑永祥说,"不过,玉米糊糊能熬出什么手艺。你是饿了,吃啥都香,凑合着哄哄肚子吧!"

"大夫,我想到一件事,你看行不行。"刘永旺看了看身边的王江,"让王江跟你学学医术吧,学会一门手艺,往后到哪里也不会饿肚子。"

"行。"郑永祥一口答应了。

"一言为定。"刘永旺说着让王江给郑永祥行拜师礼。

"免了免了。"郑永祥连忙阻拦,"都是遇难之人,还讲究什么礼节呢!"

"不管怎样,礼节还是少不了的。一日为师,终身为父嘛。"刘永旺一边说一边指点着王江给郑永祥磕了三个头,又叮咛道:"王江,往后,除了记住教你书的辛先生,还要记住教你医道的郑师父。"

"是,大伯。"王江认认真真地说完,又恭恭敬敬地叫了郑永祥一声"师父。"

洪海平看见了这边的情形,他和小三子走过来问:"大叔,你们这是干什么,在这野地里又是磕头又是行礼的。"

"我给王江找了个师父,让他跟郑郎中学学医术。"刘永旺说。

"这是好事啊。"小三子说,"大夫,我也跟你学吧。学会了,往后不管到哪儿,也有一门吃饭的本事。"

"还有我呢,干脆连我一起捎上。"随后跟过来的王夜生说。

"行啊,我就连你们一起收下了。今天回去就开始背汤头歌。"郑永祥说。

一听说要背汤头歌,小三子连忙说:"别别别,那我可不干了。我从小就不识字,背书可背不了。"

　　"我也是,你还是教王江一个人吧。"王夜生说。

　　正在旁边聊天的于阿祥听到这几个人的谈话,过来问郑永祥:"你还是个大夫?"

　　"岂止是大夫,他的医术高明着呢,非一般医家可比。"刘永旺说。

　　"天下灾荒,饿不死郎中。看样子你不像干惯活的,放着家里的日子不过,怎么跑出来受这份罪?"于阿祥不解地问。

　　"我也不想受这份罪呀,还不都是拐子手害的。"郑永祥说。

　　于阿祥明白了是怎么回事,停了一下,他说:"你遭了罪,可来到阿托明种植园,对咱们华人有好处。我们来到这里六年了,从来没遇到过大夫。大伙儿有了病,受了伤,就只好忍着,挺着。有几个人就因为把小病忍成了大病,结果死了。你在这儿,往后大家有个三灾六难的,也能找你看看。保不准秘鲁人也有求到你的时候呢!"

　　"这么说,我这一行还用得上?"听到于阿祥的话,郑永祥对今后的出路产生了一些希望。

　　"怎么会用不上,谁能断定自己一辈子不得病,以后有机会,我给你传扬传扬。"于阿祥说

　　"于阿祥,看你这人心眼不错。"刘永旺说,"那你也帮帮大伙儿,大过年的,又是初来后的第一天,给洋人说说,让咱们歇两天。"

　　"这可不行。这不是在自己家里,想干就干,不想干就不干。这是给洋人扛活。"于阿祥说,"其实,我这个当队长的也只是领着大伙儿干活,别的事管不了,再说,我们这些人的话主人也不会听。"

　　"照你说的,一年三百六十五天,每天都得这样干下去?"洪海平问。

　　"不干下去,你还想干什么?这几年我们就是这样过来的。得了病也得干,干不了重的也得做轻的,反正不能让你歇着。"于阿祥说着叹了一口气,"不过,总算快熬到头了。"

　　"阿祥。"有人在远处喊了一声,不一会儿,一个身材中等,又黑又瘦,大约

三十岁的人跑了过来。

"齐炳泰,你怎么跑过来了,有什么事?"于阿祥迎上去问。

"金明昨天晚上死了,我来给你说一下。"那个叫齐炳泰的说。刘永旺注意到,他的表情很平静,看样子,死人的事是经常发生。

"怎么死的?"于阿祥又问。

"他两天里被监工打了三次,一只胳膊都快断了。昨天晚上就跑到那边——"齐炳泰指了指远处的小树林,"上吊了。"

"这个金明,几年都过来了,怎么不能忍一忍呢!"于阿祥望着那片林子,对齐炳泰说,"知道了,你快干活去吧。别让监工找你的麻烦。"

齐炳泰对刘永旺他们点点头,走了。

"他是八队的,金明和我是本家兄弟,我们都是一块来的。"于阿祥对刘永旺说。

刘永旺没有吭声,洪海平问于阿祥:"既然在这里干不下去,为什么不跑呢?"

"哪有那么容易,兄弟。跑不了。再说,也没有地方可跑。已经走到这一步,就慢慢熬日子吧!能熬到头就算你命大。"说完,他冲人们喊了一声:"开始干活了!"

六

天渐渐地黑下来。刚才,太阳的余晖还把西天和西天下的这片宽阔的沙土地染出了一大片虚幻的橘红色,可是,不长的一会儿,太阳就沉下去了,沉到哪儿了呢?小三子说,他每天傍晚看到太阳沉到远处的树丛和灌木里了;王夜生说,太阳是沉到看不清楚的云层里了;小王江说是沉到天边有山丘土峁和绿树的那一片山堆后面了,可是,队长于阿祥却说,是沉到望不到尽头的海平面下边去了。气喘吁吁又少气无力的刘永旺说,管它沉到哪里去,反正天就要黑啦,每天就盼着天黑呢!只有天黑透了他才有可能躺在那条窄窄的小竹片床上,睡一个死觉。可是,要盼到这时候不容易,他得把自己的活儿干完,干不完莫说回屋睡觉了,还得挨监工头的无情的皮鞭子。每次,都是洪海平小三子他们在尽量帮他翻地刨地,才使他免受了许多的皮肉之苦。现在,在浓稠的暮色里,他疲惫的身子在机械地运动着,好像是那把安了木把儿的铁锹在拽拉着他的双臂,又在指挥着他的两脚,去蹬、去踩,借了惯性,右臂再一前抛,那一锹沙土就被翻起来,又倒扣了下去。

监工加西亚似乎长了一对老鹰一样的眼睛,无论干活儿的苦工有多多,仓促或应付性的干活儿举动均逃不脱他那双严厉的眼。那天刘永旺翻地落后了大伙儿丈余,动作进度加快时,锹搭得远了些,而翻地尺寸也浅了一些,他正干得起劲时,听到空中好像有什么响声,极短促的一瞬,也极短促的一声,那是鞭绳带动着鞭梢儿在空中的快速掠过,带有一股凉凉的风,刘永旺还没有反应过来呢,鞭梢像一条蛇信子一样咬在他的小腿上,他居然被麻辣辣的剧痛一下击倒在地,身上脸上满是潮湿的沙土,没待他爬起来,小刀一样锐利的鞭梢接二连三打下来,麻布衣片被打得开裂,腰背上刀割一样生痛。

挥鞭的加西亚用短短的鞭杆指着刘永旺翻过的地,被一圈儿浓密的短胡子包围着的嘴巴里蹦出一串愤怒的责骂,他是嫌刘永旺的锹搭得远了些,而翻地的深度也不够。

加西亚的这次鞭打警示了其他人,他们时时得小心着,活儿干得快了的时候,也万万马虎不得。

在接下来干活儿的日子里,洪海平总是有意识地挨着刘永旺和小王江,这似乎成了一个习惯,不是为别的,是为了帮他们多多少少干些活儿。洪海平个儿大,身子骨结实,又正当二十二三岁的旺盛年纪,有着一身的好力气,初来阿托明种植园里时,他把对秋雁姑娘的深深担忧和强烈的思念化为一种烦躁不安和情绪的动荡。渐渐地,当适应了种植园的单一而无比艰辛的生活后,他陷入了沉默,说话少了,更难见到他脸上的笑意,可是,他性格深沉了,稳重了,变得会关心他的难兄难弟了,特别是对身子瘦弱不堪重负的刘永旺和半大孩子的王江。为了不使他俩受到监工的鞭打和其他的惩罚,最为重要的一点是尽最大可能地帮他们按时完成劳动量,憋着一股气的洪海平每每率先干好属于自己的那一份儿活儿,再返回头来帮他们俩干一阵儿,更多的时候,他翻地翻前去了,趁势就占了属于他们俩中任何一个的地段儿,一人快快地干起来。

"海平,是我拖累了你,你不可以再这么没完没了地帮我啦,这可到什么时候是个头呀,你又不是铁打的身子骨。"刘永旺也知道自己重复了无数的感激的话,苍白无力又无可奈何,可他还是要这样唠叨几句。

洪海平无言地对他笑一笑,或是摆摆手,用一个熟悉的表情安慰他一下,命运,是莫测的命运把他们紧紧地维系在一起了。

小三子、王夜生虽说也很年轻,但来这里之前毕竟没有直接从事过如此繁重的体力劳动。小三子一直跟着人贩子胡顺跑跑颠颠,打打零碎,那时候他年幼无知,腿勤嘴甜,颇得胡来顺的赏识,他自个儿呢,自然不识好歹,混混沌沌的,一天到晚干个现成的,只图混个肚儿圆,有吃有住就欢天喜地了,哪里受过这样的压制,出过这样的死力气呢? 王夜生天生的精瘦矮小,细胳膊细腿的,一看就不是在大田里日头下做苦活儿累活儿的坯子。前两年虽说也和一帮小伙子在外国人的船上做过船工或者说船员吧,但时间并不长,那种工作绝不同于种植园里这种出血流汗的下死力的劳动,在这里,一天下来胳膊腿酸麻酸疼,晚上躺在竹片床上,身子都不翻一下,睡得真和昏过去晕过去一个样儿。这样,对在体力上还不如他们的刘永旺和小王江他们,小三子和王夜生虽说同情和怜悯,却无能为力,干活儿上帮不了一点忙,他们自己还泥菩萨过河呢!

三十多岁的牛天成倒是个热心肠的汉子,他的老乡观念特别强,从上了那艘在大海上生死于共的漂泊,到来到这异国他乡又被一块贩卖到陌生的种植园,他觉得是缘分的绳索把他们穿在了一起。干活儿之余甚至干活的间隙里,他张开那张大嘴叉子,和身边人漫无边际地聊天,问长问短,他和小三子李家兴他们住一个寮棚,半月下来就无所不谈了,他甚至到另外的寮棚和队列里,向前几年来这里的人群里打听自己的老乡和同乡,这样,他很快就熟悉了齐炳泰、田大崽和张江门一伙人,他们都是他的同乡。一人一个性格,牛天成就这么一个喜欢联系人的大大咧咧又整天乐呵呵的一个人。同牛天成的性格相反,一个寮棚里住着的李家兴则少言寡语,绝少和人说话,干活呢,一人默默地干着属于自己的那一份儿,似乎他永远不需要别人的帮忙,当然也永远不会帮助别人。那一回翻地时,工头恰好把地段分得李家兴紧挨着小王江了,无论王江怎样吃力地而笨拙地翻着地,远远地落在了他的后面,而帮王江翻三锹两锹是顺手稍带的事情啊,但李家兴就是视而不见,惹得大伙儿都看不下去了。小三子对他说,老李,帮小阿江翻几锹吧,帮了娃娃只会积德不会吃亏的。李家兴转过一张寡淡的脸,痴痴地盯了小三子一阵儿翻了翻黑少白多的眼珠,说,要积德你积哟,我又没有绑着你的手。说过便转过头去不再去理会。害得小三子和洪海平还有郑永祥几人隔了老远再过来帮小王江干一阵儿。李家兴就这么一个孤家寡人。

郑永祥是个心灵手巧的主儿,按他的体力要拿下每天的活计也够他呛的,但老郑凡事都善于琢磨,尽量地笨活儿巧干,重活儿轻干,劳动中寻找着每一项工种的技巧所在。就翻地来说吧,他讲究着每一锹的蹬踩,锹刃的深入、起翻、运动和倒扣,他搭锹不远不近,蹬踩得随了锹刃进入土面而调节力气。用了腿蹬和抬臂的惯性,再把一锹不薄不厚的沙土翻起来扣下去,又随劲地一拍,就完成了一个说起来简单实则颇有讲究的动作。锹把是直立还是侧立都关系着翻土的深浅和吃土的薄厚,人呢,再根据深浅薄厚在那么短短的时间里考虑一下用多大的气力,力气用小了土翻不起来,力气用大了,明显地功倍事半,费了力气,干着前面的活儿,得思谋着如何把自己仅有的力气平均花费在一晌或一天的活路上呢……

夜的黑色的幕布愈来愈重愈来愈浓,当把天和地严严地遮蔽起来的时候,监工头目加西亚骑着一匹棕色的高大的马在辽阔的沙土地上转了一圈儿。他的验工才算结束,经验丰富的加西亚不仅仅对付这些牛马一样的苦力们有他软硬兼施的一套手段,他对种植园里所有的活计也都烂熟于心,就拿翻地来说,在一片刚刚翻松了的土地上,他看一眼土质,看一眼地表土质的疏松程度,就可以断定这片土地翻动的深浅和活计的粗细程度,有时候对某一片翻过的土地表示了某种怀疑,他会跳下马来,拿了短短的鞭杆往土壤里杵那么两下三下,一切都会明白了,一丝狰狞的笑意小蛇一样爬到他那张混血儿的棱角分明的脸上,他径直地朝了这片地段儿干活的苦工走去,他知道,几分钟之后,他手中的皮鞭今儿又要吃荤了……

空旷的田野上时不时会泛起沉闷的劳动制造出来的声响,但是,因了加西亚的出现和他的那条让苦力们内心惧怕的皮鞭的挥动,田野的上空会倏然间炸起一阵痛苦的甚至是撕心裂肺的哭号。加西亚把这种哭号理解为单调劳动中调节出来的音乐,他阴沉着一张脸子,却非常欣赏由他制造出的这独特的音乐。

暮色降临的时候也是苦力们竭尽全力把自己的地段打扫尾巴的极为忙碌的时候,这时刻也常常是洪海平、郑永祥,抑或小三子和牛天成们帮衬刘永旺和小王江干活儿的时候,小王江虽说自小生长在一个富贵之家,衣来伸手饭来张口,但经过一段天地之差的生活变故之后,这孩子迅速地早熟起来了。以前圆嘟嘟胖乎乎的脸不见了,取而代之的是一个小青年的消瘦而颇有棱角的脸颊,一双大大的眼睛里不再是小男孩的单一和清纯,那是机敏的提防的和善解人意并充满了歉疚与感激的眼睛,生活的阅历使小王江变得格外勤恳了,他知道身边的这些叔叔哥哥们在保护着他,帮衬着他,那他没有理由坐享其成,他得用实际行为报答大伙儿的好意。每当干完一段活计儿,或是天将黑下来的时候,小王江要在大伙儿翻过的土地上拣拾那些来不及扔掉的柴火、草木和小小的石砾;中午做饭的时候,王江会跑到田地东边的丘陵上,拾取一大把被太阳晒干的柴火,让这些叔叔哥哥们安心地做饭,一旦吃完饭了,王江又从远处的小河里提来一木桶水,他给大家洗锅洗碗……俗话说,娃娃勤,爱煞人,娃娃懒,狼吃无人管。王江是个既勤恳又有眼色的孩子,大伙儿自然对王江就多了几分喜欢也多了几分帮衬。

终于,在劳作的苦工们相互只能看得见朦胧身影的时候,田野上荡来了一阵儿悠长而尖锐的口哨声,它在稠浓的黑黑的暮色里划过,那是监工加西亚骑在高大的马背上,将左手的两根指头探进嘴里,然后憋一口长气又用力一吹发出来的,说也怪,这声音像一只黑色的无形的鸟儿,在浓浓的暮色里穿行,刺耳又悦耳,它刺耳是因为它的尖利,悦耳是因为这是收工的号子,听到这样的号子,大伙儿就可以收拾起工具和锅碗之类的炊具,揉捏揉捏酸麻的脊背和四肢,然后拨开浓稠的暮色,朝了并不遥远的寮棚大院步去。

寮棚大院是在相对平坦的一处场地上的,从远处看,这本是一片大大的坡地,东边有高高低低连绵不断的土丘土陵,土丘上有许多不知名的树木和灌木丛,有一丛丛高大的仙人掌,在土丘和土丘之间的大大小小的壕沟里,却是一条条或长或短的小河儿,很清澈的河水哗哗地朝西边流去了,因了河水的滋润,土岸西侧就很茂盛地生长着并不高大的树木和非常硕壮的仙人掌。寮棚院落的西边是一片相对荒凉的沙砾地,很开阔的,一望无际的样子,同时又是高低不平凸凸凹凹的,在沙土和石砾的缝隙里,天然地生长出一些同样不知名的草木,据说,十多年前阿托明种植园的园主将种植园转卖给卡纳瓦尔的时候,精明的卡纳瓦尔非常廉价地买下了这一大片荒地,雄心勃勃的他计划在苦工们增多和劳力充沛的时候,再好好开发这一荒地,那时候,它们将和他的几百亩种植园连成一片,成为秘鲁国北部的一片也算壮观的景致。寮棚大院的南北方向都是早已开垦好的田地。这些并不算肥沃的土地上终年生长着甘蔗、香蕉、玉米、棉花和一些花生,由于气候较热,又有从东边山丘上流下来的河水的灌溉,庄禾们就生长得快速而繁茂。有几百名苦工的日夜劳作,庄园主卡纳瓦尔就疯狂地昼夜不息地榨取着这片土地和这片土地上的牲口一样劳作着的苦工们。

远远看,一排又一排连接着的寮棚其实是一排排有些错落的茅草屋,低矮窄小又十分破旧。二十余年前,这里曾是众所周知的故居大院,这些破破烂烂的寮棚就是当年以黑人为主也有部分白人和混血儿,还有印第安人的奴隶们的住所。是奴隶们除了干活儿之外,唯一的歇身的地方。从现在的寮棚规模可以看出,当年这里居住着三百多名没有人身自由的奴隶,废奴制的颁布和漫长而艰难的十余年的实施过程之后,将奴隶们取而代之的是同样没有人身自由的被贩来的华工苦力,当然也有一部分黑人苦力和印第安人。种植园依旧是种植园,寮棚居然还是昔日的寮棚,所不同的是寮棚大院四周高大的木栅栏朽了枯了,被庄园主新换上了纵横交错的铁丝网。

入夜,只要那孔窄窄矮矮的仅容苦力们出入的小门一关闭,巡夜人和那机警凶恶的十几条大狼狗是最得力的看护人,苦力们只能在小小的寮棚和棚外那一片沙土地上活动,铁丝网里禁区,你不得迈入禁区一步,四处周游的十余条狼狗让人远远看了都心惊肉跳。

处于原有职业的缘故,郑永祥是一个对生活细节十分讲究的人。以前在家乡当医生的时候,行医治病,他三天洗一次头,七天洗一回澡,而每天晚上睡觉前无论白天多么费力操心,他都要在热水盆里泡脚,一是卫生,二是解乏,三是促进血脉流通和循环,对自己对别人,他都干净利落,一尘不染。自上了苦力船和干了苦力活计后,无情的现实在击碎他职业的梦想之后,也打乱了他惯有的生活习性,洗澡洗头包括每天泡脚是绝不可能了,但他还是尽可能地从大院前面的大小水缸里舀来半盆水,擦脸擦充满了泥汗臭味的身子,最后也草草把脚顺便擦拭两把,这样,他才可以把疲惫不堪的身子放在那救命的小竹片床上。

后来的日子里,有眼色的小王江就主动地给这位在异国的土地上拜过的师父打来水,也帮他擦擦后背和揉捏揉捏他酸麻的双肩。

今晚,踩着暮色归来的郑永祥倒没有显出怎样的疲累,他的脸色也异于往日,只是在黯淡的灯影下无法看清他显然有了心思的那张清癯的脸,往常,那张脸是灰色的麻木,还有逆来顺受的认命和屈从,今天,稍稍有了一些变化,脸上的肌肉在微微地动了,黑黑的并不太浓的眉毛聚敛着又放开来。

师父想什么呢?

眼尖的小王江还是在灯影的朦胧里看出了师父表情的变化,他默默地打来一盆水,见师父已坐在竹床床沿上了,就泡好拧好了原本是医药纱布的毛巾,准备给师父揩脸。郑永祥点点头,接过了毛巾,心不在焉地擦了两把,对小王江说:"阿江,你也擦一擦吧,不把汗渍擦干净,时日长了,会生皮肤病的。"说罢便和衣躺在了床上。

夜,一片静寂,寮棚外面,刮着燥热燥热的风,更远处,是清晰的啸响,极遥远的,极深沉的。郑永祥知道,那是在他们居住的西边,海浪拍击岩石和海岸生发出的巨响,静夜里,那声音辽阔雄浑,让人的心里一动一颤的。

让郑永祥心颤的是他联想到了几乎被他放弃和绝望了的以前从事的医药治疗的行当。

也许,说者无意听者有心的缘故吧,在同种植园仆人于阿祥的两次偶尔交谈里,他知道了自己这门技术的不可或缺或者说举足轻重吧。

那是在一次劳动的间歇,看看监工加西亚远远地离去了,作为小领队的于阿祥非常友善地坐到郑永祥的身边,从身后掏出烟杆来紧让着郑永祥抽。郑永祥客气地笑一笑,摆摆手表示不会抽,两人就简单地聊开了家常。

"一看老郑就不像是吃苦人,听他们说在老家时你是个很有名望的医生呢!"于阿祥问着郑永祥,是那种很善意地很平淡的问。

郑永祥脸一红,忙纠正说,倒没有什么名望,只是个一般医生而已,子承父业,从父亲那里学来的,干了近二十年医生这个行当。

"哦,属于祖传。世传为医,治病救人,不简单呢,不简单呢,这也是积德的事情哩!"于阿祥在一个劲地夸赞。

"唉——"郑永祥长叹一口气,没说什么,深深地低下了头。于阿祥知道,老郑把话咽了回去,那意思是说,积德不积德吧,也落到流落他乡,当牛做马的地步了。于阿祥就劝说道:"老郑,得把眼光看远一点,三灾五难谁能没有,前头的路儿可没个尽头,什么都可以亏,但亏不了手艺人的,你是医生,是郎中,外国人也生病也得瞧医生呢。你看看咱那主子卡纳瓦尔的夫人,三天两头到城里去瞧病,就是个腰痛病嘛,多年了老也看不好,不知道利马的医生是咋样给治的,真的,老郑,说不定什么机会,主人会欣赏起你了,那情景就是另一番样子喽,我说过,手艺不亏人的,不要只看这会儿吃苦受累⋯⋯"

于阿祥就那么平平淡淡地说过,说过就撂过了,周围的人谁也没去认真地计较,这话,都在郑永祥心里划过了一道深沟,就如同他刚刚翻过的土地一样,深深的,新新的,有一个异样的面目出现了。

真说不准会重新操持医生这当子行业呢,要是那样,命运真的会有所改变的⋯⋯就不用在这热辣辣的太阳底下,当牛做马了,小王江,也真的会跟上自己学徒呢⋯⋯

"对,关键是要让主人了解自己,这得有一个好机会,"郑永祥想,"主人的妻子患有腰痛的顽疾,如果自己有机会去治⋯⋯那么⋯⋯"

郑永祥翻了一个身,他想得有些兴奋了,对,平时得多多接触于阿祥,只有通过于阿祥向主人推荐,才能赢得那样一个一显身手的机会。另外,风风雨雨三四个月来自个儿也生疏了医药,远离了病人。俗语讲,三天不拿手中生哩,自己这点看家本领万万不可荒废喽……

漆黑的夜色里,郑永祥却大睁了眼睛,他是横竖都睡不着了,寮棚里,交织着轻轻重重的呼噜声,呼噜声里夹杂着断断续续的呻吟。他知道,那是刘永旺发出的。在种植园的每一天,对身单体薄又无劳作经验的刘永旺来说,都是灾难深重不堪重负的每一天,他睡中的呻吟是对痛苦的无奈宣泄。听着耳边的杂音,郑永祥愈发地清醒起来,想到于阿祥说过的庄园主的妻子的腰痛病,他知道那显然是经络的缘由了,他自然地忆起了人体十二经脉的循行和分布的规律,这些平时自己烂熟于心的知识,半年来也有些生疏了,他可怕地想,他不能自砸饭碗,他得把这些看家本领拾捡起来,每晚躺在竹床上时在脑子里流水般过滤一遍,再苦再累也不可松懈的……

手经行于上肢,足经行于下肢;阴经行于四肢内侧而属脏,阳经行于四肢外侧而属腑……手三阴经,从脏走手;手三阳经,从手走头;足三阳经,从头走足,足三阴经,从足走腹……手三阳经从胸腔走向于指末端,交于手三阳经;手三阳经从手指末端走向头面部,交足三阳经;足三阳经从头面部走向足趾末端,交足三阴经;足三阴经从足趾走向腹腔和胸腔,交于手之阴经,从而形成阴阳相贯,如环无端的循行经路……

一行行泛黄的线装医书上的字迹现在又一次刻印在郑永祥的心上,深深的,极清晰的,以后,在这样的晚上,他自小从祖父和父亲那里承袭来的医学书将要一字字一行行地在他复活的心壁上映现出来,刻印出来哩……

不远处,传来了狗儿的狺狺叫声,那是看护寮棚大院的狼狗的嚎叫,郑永祥意识到天快亮了,他闭上了眼睛,极度的困乏使他的脑袋倏然间像一潭死水一样地静止了,汪汪的狗叫声就显得遥远缥缈起来……

七

依然是无休无止地翻地、刨地,单调枯燥,横陈在洪海平、小三子们面前的,依然是大片大片的长有杂草和野芦荟的土地,黄中略呈暗红色的土质,也

236

同样地单调枯燥。

"海平,你说这些鬼佬们,不知他们怎么想的,这大片的地,干吗非要我们一锨一锨地翻,一镐一镐地刨呀,你说他们咋就不养牲口呢,牛呀驴呀骡马呀耕起地来不比人快?这些鬼佬咋就这么死心眼?!"

气喘吁吁干活儿的刘永旺困惑地问洪海平,似乎只有让鬼佬们懂得重用牲口了,才能解脱了他。

洪海平苦笑一下,说,"起初我也不清楚,问过几次于阿祥后才知道,洋鬼子真他妈可恨可恶,原来,他们算过一笔账,买一头牲口要比买一个华工要贵重得多,况且,牲口肚子大,吃草料又多,还得有专人喂养和驾驭使用,这样的账目算下来,咱华工就便宜得多了,也方便得多了……"

"这些鬼佬真是缺德极了,我们简直连牲畜都不如啦——"刘永旺长叹一声,又埋头去吃力地刨地。

近来,刘永旺一直是唉声叹气,他的一张脸,蜡黄而消瘦,两颊的颧骨高高突出来,能看清一层黄皮下面蠕动着的骨头。每日两餐,是同样单调乏味的玉米粥,伴以一块干硬干硬的咸菜,别人干活累了,吃得狼吞虎咽的,他是贵贱吃不下去,越累越不能吃饭,每天就是盼着天黑,天黑了能像死人一样躺在小床上,什么也不知道了。

"老刘,饭是一定要吃的,人是铁,饭是钢,一顿不吃心里慌,你不吃饭咋行?三天就爬不起来啦!"每到吃饭的时候,郑永祥总要耐心地劝刘永旺,而刘永旺则就地躺在地上,四仰八叉的,身子软得像面条儿。

洪海平并不说什么,拿过刘永旺的小锅具,三下五除二就代他熬好了玉米面糊糊,款款地端到刘永旺跟前,说:"永旺叔,打起精神,坐起来,吃几口就想吃啦,我在老家时,刚开始在田里受苦也是这个样子,累了不想吃饭,可一旦吃起来,就能吃下去的,这可能是一个过渡,过了这个阶段,肯定会好起来的。"

看到这个平时不时地帮衬自己的大小伙子在苦口婆心地劝自己,又为自己煮好了粥食,刘永旺没有不吃的道理,他呻吟几声,挣扎着坐起来,歉疚地对洪海平说:"海平,真是难为你了,要不是你和大伙儿这么帮我,我哪能活到今天,早不知道死尿到哪里啦,唉,我咋能老这么给你添麻烦呢?这样下去不是个法子呀!"

洪海平用另一只手扶了一把刘永旺的腰,隔着薄薄的一层麻布衣衫,他触到的是一把干硬干硬的骨头,真的,自从开始在种植园干活儿以来,刘永旺瘦得不成个人样子了。洪海平的心里一阵阵担忧,他想了一个办法,他得给于阿祥说一说,再通过于阿祥转告给那个监工头加西亚,让给患病在身的刘永旺换个比较轻松一点的活计。一定要说的,宁碰了别误了。不然,永旺叔果真受不了啦。洪海平这样担忧地想。

太阳朗朗地悬在头上,把一团儿一团儿的火播下来,烤炙着无边的土地和土地上一群群辛苦劳作的人们。汗水刚刚从头发根下、脖颈里和腰脊上渗出来,还没待朝下流呢,就被火一样燃烧的高温蒸干了,使得人们光裸的上身显出一道道污痕和盐白的印子来。这样大晌午的天气在寮棚的竹床上躺着也难耐这样的热,在高大的柳子树荫下乘凉也要出汗呢,只有泡进东边山区那一道道流淌的河水里,才能消除这可怕的炎热的。可是,洪海平他们一群人依然在沙土里劳作着,累就不说了,一个个渴得要命,每人的嗓子眼里能冒出烟火。

"不干了,这活儿没法儿干了,这样毒的日头,这样热的天,这不是烤人的油吗,这不是要人的命吗!"洪海平说罢,把铁锹狠狠地摔在地里,他走到这片地的一角,对正在那里拍土块的于阿祥说:"于大叔,你看这天,热死人啦,你能不能对监工头说一说,让我们歇一会儿,到对面的河边喝口水,洗把脸,要不,人都全晕倒啦!"

于阿祥有些惊慌地抬头四顾,他是在搜寻监工头加西亚的影子,见视野里不见加西亚,才挤出一丝苦笑对洪海平说:"阿平,这事儿,由不得我哟,每天就这会儿最热,太阳一偏西,就不太热啦,再熬熬吧,啊?"于阿祥在劝洪海平,有些无奈的样子。

海平说:"我们几个体格好的还能坚持一阵儿,可好几个人不行啦,再不让喝水,很快就会晕倒。大叔你不能见死不救吧!"

海平的眼里有焦急,有诚挚,也有恳求,正是他的大胆和这种侠气使于阿祥有了些感动,他鼓足了一些勇气,对海平说:"这会儿监工加西亚暂时不在,你们可以小歇一会儿,我呢,就去找他求求情,或许能管用,不过你们歇时要多留着神,万万不可让他看见,我这就去了。"

于阿祥轻轻地走到地垄上,他料到这会儿的加西亚会在土坡下面的那棵塔松树下乘凉呢,他走着,一边想着见到加西亚后说什么话为好。

加西亚果然在那里。那匹高大的白马在同样高大的塔松树下悠闲地吃着草儿,加西亚就舒适地斜倚在塔松树根下,因为帽檐遮住了他的半个脸,于阿祥看不清他是否睡着了。

听到轻微的脚步声,加西亚警觉地移开帽子,深眼眶下面的两只白多黑少的眼仁射来询问而冷漠的光。

于阿祥走过去,微微地朝他鞠了一躬,他说苦力们干了大半天活计,又累又渴,主要是渴极了,有几个几近晕倒了,如果晕倒了,那这几天的活儿就不能顺利地干完,他特来请示,是让他们歇工呢,还是到东边的山丘的小河边去喝口水洗把脸……

没待于阿祥把话说完,加西亚就不耐烦地站起身来,习惯性地掂起那把皮鞭。

"你是不是同情起那群蠢猪啊,因为他们是你的同类呢!当然现在睡在寮棚的竹床上要比在这塔松的阴凉下还要舒服,告他们说,别忘了他们是苦力,这样的天气和以后比这还要炎热的天气正好适合他们的劳作,如果谁想要挨一顿皮鞭的话,可以考虑让他们歇工……"

于阿祥低着头一言不发,豆大的汗珠从头上额上滴下来,掉到土里头,哧———声,化作一股淡淡的白气。

"至于口渴,这倒提醒了我,你可以挑起木桶,不妨给他们挑两担水去。记住,喝水之后让他们好好干活,不然我的皮鞭会把他们的尿水抽出来的。"

于阿祥答应着离开了。他快快地找到了一副水桶,又快速地向东面山丘小河边走去了。

来回担了三趟水的于阿祥真的救了大家一命,几近于昏倒的苦工们的身体被透支的劳作和毒辣的太阳榨取得没有了半点水分,每个人像被风干了的鱼一样,就是那三大碗桶里的河水,把快要冒烟的嗓子滋润了一遍,使他们又恢复了一点点力气。

劳作重新开始了,打磨得又光又亮的无数把锨面上也闪现着太阳的光泽,这光泽在沙土地上刺眼地闪烁着,随着铁锨的上下起落而闪动飞舞。

土层里,生发出清晰的噌噌声响,那是锨刃将杂草柴火、细软的沙粒和来年枯萎了的仙人掌的残枝败叶们切割断裂的声音。这样的声音已伴着这伙苦力们很长时日了。

倏然间,刘永旺觉得肚子生疼起来,肠子如同无数条井绳纠结在一起,缠绕在一起,又像有几条粗粗细细的蛇在他的肚子里爬来游去,一时疼得难以忍受,原本蜡黄的脸此时成了一张惨白的纸,额上有豆大的汗珠淌下来,他呻唤了一阵倒在刚刚翻过的疏松的沙土里,身子挣扎着抽搐着。

洪海平、小三子、郑永祥几个人纷纷跑了过去,洪海平扶起浑身是土的刘永旺,连叫了几声永旺叔,郑永祥摸摸刘永旺的额头,轻轻地给他揉起了肚子。

大热的天,又猛烈地灌下几大碗凉水,胃里哪能受得了? 他身体就弱,这一凉一热的刺激,胃部抽搐呢,只有给他慢慢揉一揉,疼过一两阵就会好起来。

听郑永祥这么一说,围着刘永旺的几个人微微松了口气。

就在这时,小三子的背上冷不丁地挨了一皮鞭,毫无防备的打击和钻心的疼痛一下使小三子跳起来"哎哟——"

大伙儿回头一看,只见监工加西亚骑在高大的马匹上,还冷冷地注视着他们一堆人。给人堆外围的小三子一皮鞭,是给他们一个警示。

"这伙懒惰的猪,刚刚喂过你们河水,又在这里偷懒怠工,我说过的,我的皮鞭会把蠢猪的尿水抽出来的,不妨你们逐个试一试。"

加西亚鹰一样的眼睛死死盯着小三子他们一伙人,又一皮鞭抽打在牛天成的左臂上,他哎地号叫一声,只见光裸的胳膊上已布上了一条红红的血印。

人们惊慌地散开了,只有洪海平在抱着依然呻吟的刘永旺,郑永祥在给刘永旺揉着腹部,小三子因挨了一皮鞭并没有离开,他愤愤地盯视着加西亚。

牛天成、王夜生赶忙跑到自己翻地的位置，拿起铁锨干了起来，李家兴压根儿就没有朝人堆里去，他和其他苦工们在喝过水后就一直默默地干着活儿。

加西亚的皮鞭又冷不防地落在郑永祥的后背上，麻布粗衣被打着炸起一个大窟窿。郑永祥叫一声，他和洪海平在用身体遮挡着刘永旺，怕那刀子样的鞭梢切进刘永旺的肌肤上。

"小三子，你来抱住刘大叔，让我和那个王八蛋拼了。"洪海平气得瞪大了眼睛，他欲抽出手来，准备和加西亚拼打一番。

这时候，队长于阿祥送水桶回来了，他一看发生了这等事情，赶快走到加西亚身边，对他解释说：

"监工先生，那位苦工多日来身体一直虚弱，有病在身，还在坚持做工，今天天气太热，中午又没有吃饭，他肯定是病倒啦，如果还让他继续干活，说不定今天就会累死在地里的，倒不如让他在寮棚歇息一二日，病一好就会立即劳动的。现在田里工作正紧，死一个劳工就会带来一分损失……"

于阿祥低着头，恳切地陈述着，这使得计划美美地教训苦工一番的加西亚稍稍改变了主意。

他凶狠地盯了躺在两个苦工怀里的刘永旺一眼，他觉得刘永旺的脸色如同一个死去多日的死人的脸色，再看他痛苦呻吟的样子，并不像在装病的样子。前几日种植园主卡纳瓦尔曾对几个监工们暗示过，教训苦力们是为了促进劳动功效，而不是把他们一个个置于死地，要知道，他们是我花了价钱在市场上买来的，如果还没有给我们创造出价值就意外地死去，那赔本的还是我们，损失的还是我们，这正如鞭打一头耕地的老牛，效果是让它更快地耕地，而不是把它一阵鞭子打死，倒地不起。我想这个简单的道理，聪明的监工先生们是再也明白不过的了。

想到这里的加西亚又不甘心地瞪了几个苦工一眼，他真恨不得一鞭子抽打过去，把那个正在呻吟中的病人抽打得跳起来，他相信他手中的鞭子就是医生，鞭到病除，对这些苦力们没有什么好客气的。忽然一个念头占据了脑海，他阴冷地对于阿祥命令道："那个生病的家伙回寮棚可以，可是，他所误下的活计得有人给补上，工作是绝不能拉下的，你看着办吧，天黑前我会过来验收的。"说罢,不甘地把手中的鞭子在空中炸了一个脆响,掉转马头到另一块地亩上去了……

躬身站立的于阿祥抬起头来,长长地嘘了一口气,他把加西亚的意思转告给洪海平几个人,海平听罢道:"行,只要能让永旺叔歇歇身子啥都行。"

言罢他做了这样的安排,让郑永祥将刘永旺背回寮棚去,做一些力所能及的治疗。刘永旺和郑永祥的活计,由他和小三子来加班完成。

于阿祥目送着郑永祥背起刘永旺朝寮棚大院走去,又见洪海平和小三子加劲地干起活来,心里滚过一阵感动,就多看了洪海平几眼,这个小伙子高高的个子,结实的身材,一张脸盘瘦而棱角分明,眼睛里透露着不屈和刚毅的光,特别是认识他以来,他对刘永旺,对王江,对一块来的同胞的侠义帮衬,遇到危难时的挺身而出,使于阿祥对这个小伙子产生了好感和敬佩,在秘鲁国干了整六年牛马活儿的于阿祥深深知道,在出国在外的华工里,真的需要更多这样的小伙子,这样仗义侠气的人还是较少的,人们大多散淡,自私,明哲保身,胆小怕事,逆来顺受,熬一天算一天……于阿祥从洪海平身上,看到了一种他说不清道不明的力量,还有,令人敬畏和佩服的正气,那是不怕强暴,敢于反抗的勇气啊。漫长的六年了,于阿祥在这个种植园里像一头温顺听话的驴子,受苦受累地干了六年,他什么人没见过啊,什么事没听说过呀,在利马城里,几百号华工起义,杀死种植园主最后又被镇压的事让他听得惊心动魄,他在心里一遍遍告诫自己,还是本分一些吧,熬一天,就离自由的日子近一天,他庆幸自己比较平安地度过了如牛似马的六年时日,可从内心里还是对义气之士勇敢之将滋生出本能的敬重和向往……

将刘永旺背到寮棚,经过简单的推揉肚腹,病疼渐渐停下来,郑永祥又开了一锅水,喂给刘永旺后,刘永旺就慢慢睡去了,看看已无大碍,郑永祥关好棚门,匆匆赶往大田里,他知道,拉下的那些活儿,是洪海平小三子他们帮着干的,他不能让年轻人们再受累了,他们还要干刘永旺的那一份。郑永祥就一路小跑来到地里。

太阳依然灼热,眼前依然白晃晃一片,大田里依然一片沉闷地劳作,抬眼望去,洪海平和小三子二人翻着四个人的地,尽管十分吃力地干着,还是被其他翻地的人远远地抛下了。太阳下,洪海平和小三子像两只弯曲的大虾,忙碌地动弹着,郑永祥眼里一热,他知道,那是泪水在眼眶里涩涩地涌动。

刘永旺昏昏地沉睡了一下午,他睁开眼睛的时候,好半天了弄不清自己在哪里,就那么直直地瞪着眼睛,脑袋在那一刻里似乎停止了活动。浑身的骨架又疼又涩,就像这倾斜的古旧的寮棚,仿佛就要散了架子一般。

他是被一泡尿憋醒的,中午,喝了那么多的河水,回到寮棚后,郑郎中又喂他喝了不少开水,这会儿的下腹,圆圆的像秘鲁国的一颗木瓜吊在那里一样。他趿拉上鞋子,吃力地开了棚门,朝大院里西侧的茅房走去。

寮棚大院里仍有两只高大的狼狗在巡视,见他去如厕,四只机警的眼睛才转向别处。

解完小手的刘永旺感觉异于往日,他有了解大手的欲望,蹲下身子时,才感到肛门处一直有东西坠吊着,硬硬的一团儿,运了运气,却屙出滴滴答答的血水,那血水呈了紫红的颜色,并产生了一股股钻心的痛。我这是怎么啦?他怕怕地想着,才知道这是脱肛,是害了痔疮,是过分劳累造成的。他不敢蹲着了,他怕紫红的血就这样一直流下去,站起身来,忍着那种疼痛,一瘸一拐地步回寮棚。

"怎么办,我怎么办?"

刘永旺欲哭无泪,这可真是雪上加霜,原本瘦弱单薄的身体又生了烦人的痔疮,那硬硬的一条一直悬吊在肛门口,上不去,就那么和衣裤摩擦着,每一摩擦就生发出钻心的疼来,还会流出殷红的血……

他现在稚气地企盼着,看睡一个晚上,那脱吊下来的肛部能不能自动地收缩回去,但愿吧。

又一个晴朗的日子。太阳还没有出来,东边山丘的上空早有了一缕一缕的光亮,光亮在变幻着,由朦胧的白渐变作清晰的粉色,继而又慢慢地泛一些淡红。红色渐渐地浓起来,天就亮了。

寮棚大院早在东天呈了朦胧淡白颜色的时候,苦工们就起床了,拖着一条条没能休息够的身影,在灰白中游移着,做着出工前最简单的准备。

一片嘈杂的声音中,有尖亮的咳嗽,有狼狗的吠叫,有监工凶狠的呵斥,有小铁锅和出工农具不慎碰撞出的响动,一切都是匆忙紧张的,很快,监工严厉的呵斥像黎明时分的一股凉风,把苦力和诸多的声音通通卷跑了,卷到了一条条洁白的田埂上和大田里。这时候东边绵延的山丘所顶起的那一片青灰的天,才渐渐有了一丝微红。

一晚上的休息并没有使刘永旺脱肛的部分回缩上去,相反,它肿胀了,膨大了,每走一步,都和粗粝的麻布裤子产生摩擦,导致一次次钻心的疼痛,还没走到田头,就有稠的血流出来,从大腿上流下去,又从裤腿处流下来,染红了他的脚面。

"啊,刘大叔,你看,血!"

还是小王江眼尖,在渐亮的晨曦里,他居然看见了刘永旺脚面上染红的血,他这一叫,让洪海平、郑永祥几人都警觉了。

"老刘,你这是?"郑永祥问。

"刘叔,你哪儿破啦?"洪海平蹲下身来,把刘永旺的裤脚朝上挽。

"不打紧的,不打紧的,我只是害了痔疮,磨破了,流出血来,活儿,还能凑合着干。"刘永旺咬咬牙说。

"血都流成这样了,这痔疮多厉害呀,害痔疮要好好歇息的,这可怎么办呢?"郑永祥一脸的关切,也一脸的愁意。

"看来,我得和监工头说一下了,再不可拖延啦。"洪海平这样想过,使劲咽了口唾液,以坚定自己的信心。

洪海平知道监工在不远处的另一块地亩里,他没有通过于阿祥,便径直朝那里步去。

于阿祥见自己小队里的洪海平去找加西亚,怕出了意外,匆忙地赶了过去。

其实,洪海平是不想麻烦于阿祥给加西亚说情,他怕于阿祥为难。

监工加西亚早就看到那个细高个子的苦工朝他走来,当然也注意到他身后跟来的于阿祥。加西亚的情绪一下子烦躁起来,心里暗骂道:"这个多事的家伙,又发生了什么事情?"

他骑在那匹高大的白马上,高傲而冷漠地看着走到近前的洪海平。

"加西亚先生,那边,刘永旺犯了重病,流血不止呢,你看是不是给调换一下工作,比如让他拾捡翻过的土地里的杂草和碎石之类。真的,他是干不动翻地的苦累活计啦。"洪海平说着,边用手势比画。见加西亚冷漠的脸上又增加了一些困惑和不耐烦,他又重复了一遍。

　　这时候,于阿祥赶过来,只见加西亚对于阿祥说:"埃里索斯·于阿祥,请你告诉这个不知好歹的东西,这大好的时光他不老老实实干活儿,跑到这儿磨什么嘴?难道他大早起到地亩里,就是为了尝尝皮鞭的味道吗?"

　　于阿祥老老实实地给加西亚鞠了一躬,弯下腰来,用简单的西班牙语言把洪海平的话翻译给了加西亚。

　　"调换工作?干一些轻便活计?那他加拉格尔刘永旺的那份任务谁去完成,这个细高个子一人能干完两份吗?还是那一份你埃里索斯去帮他干呢?"加西亚嘲笑地看着于阿祥,眼角掠过一缕轻蔑。

　　"加拉格尔刘永旺确实病啦,监工先生,他的肛门里掉下一团儿肉来,不住地淌血呢,请你考虑给他调换一下活计,他还可以做些轻便活儿,病一旦好转,还可以干属于他的那份工作嘛。"于阿祥还是坚持着说了一句,但声音显然低了下去。

　　"你这个混蛋,你总是护着那群蠢猪,你骨子里还是向着他们,卡纳瓦尔主人让你当这个队长是选错了人,种植园里多年的饭食还是喂不乖你这条黄皮肤的狗,你对这个不识时务的大个子说,快去干活儿,不要多事儿,要不,我的皮鞭会让他的肛门里也淌出血来。至于那个淌血的倒霉蛋,我自会处理的,快滚吧。"加西亚骂罢,愤愤地掉转了马头。

　　于阿祥用另一种语气给洪海平翻译着,解释着,并拉着他朝他们干活儿的地里走去。

　　"阿祥叔,那家伙真说了他一会儿去处理吗?"海平问,于阿祥点着头,一边说加西亚脾气特别火爆,还是少招惹他,阿平你万万不可感情用事,那样,吃亏的还是你自己,至于刘永旺咱慢慢再想个好办法……于阿祥是一副息事宁人的样子。

　　太阳升上了东边的山丘,天显得异常的蓝,山丘上的塔松呀和许多不知名的树木愈发地青翠起来,而没有树木和青草的地方,则裸露出微红的土质。要不是又苦又累的活计,人们还真要好好欣赏这异国的还算美丽的景致呢,可是,由于难耐的苦累,谁还有心思去留意这些呢。

又快熬到中午时分了,中午吃饭的时间是可以稍稍喘息一会儿的。这时候,于阿祥奉了加西亚的命令去叫刘永旺,说是另一块地里的加西亚要见生病的刘永旺。于阿祥扶着一拐一瘸的刘永旺下了一条土坡,那里,在一棵高大的塔松下,加西亚在那里静静等候着。

"据他们说,有一条肉吊在你的屁股上,上不去也下不来,这非常奇怪,什么怪物敢这样和你开玩笑? 能否扒掉裤子让我察看一下吗"? 加西亚说着一脸的坏笑,他示意于阿祥翻译给面前站着的这个倒霉蛋。

"当着你的面脱掉裤子? 这不是欺负人吗! 这样的病我还会骗你不成? 请你看看流到腿上和脚面上的血吧!"刘永旺伸过一条腿去,同时把裤腿提了一下,那里有殷红的几道,血已干在了脚面上。

"我那会儿检查过了,你干的活儿非常粗糙,念在几个人都说你有病,我便没去计较,到底有没病症,你是不是怠工装病,我不得而知,现在你居然不敢让我看你的病处,看来你是底虚,其中有诈了……"加西亚依然冷漠地盯着刘永旺,看来他要执意地瞧个究竟了。

"看来监工先生不肯相信我,好了,我去做我的工作去了。"刘永旺现在一肚子气,他说得如此明白了,这家伙还不相信他,难道果真要在他面前撅起自己的屁股不成? 他妈的鬼佬! 刘永旺转身欲走,却被好心的于阿祥拦住了,于阿祥恳切地低声地说:"老刘,在人屋檐下,不得不低头,为了你的身体,就让他验看一下吧,人家是监工嘛,也许,他验看过后,会给你换一个轻松的活计,就权且把他当成个郎中,在郎中面前露出咱的痛处吧,啊? "于阿祥似乎是在恳求他了。

"唉,"刘永旺深深叹口气,无奈地褪下了裤子,同时撅起了他的泛黄的干瘦的臀部。

那里,在肛门处,有一条红肉垂吊下来,殷红的带着未曾揩干的血迹。

谁都没有料到,加西亚这时候迅疾地挥动起手中的皮鞭,鞭绳在空中狂疯地划过后，鞭梢带着一声脆响准确无误地炸响在刘永旺肛门垂吊的肠头上，只听啪的那么一响，棱厉的如刀一样的鞭梢便把那条肉炸得飞溅开来，红红的碎肉片伴着血滴朝四周飞去，刘永旺大叫一声，在地上蠕动，瞬间，他的臀部已经一片血红了。

"啊！"于阿祥简直不敢相信自己的眼睛，他跑过去欲抱住在地上打滚的刘永旺，这时候他的后背上换了重重的一鞭。

加西亚朗笑一声跃马而去了，他欣赏着自己的皮鞭和自己舞动皮鞭的本领，下意识地又把皮鞭在空甩一个脆响，啪——

刘永旺的伤口整整痛了半个月，半个月里，郑永祥只能化些盐水给他轻轻擦敷，好在伤口没有感染，半个月后，慢慢地愈合了，他又可以下田做活儿了。

私下里，洪海平叫上小三子和王夜生，商量如何替刘永旺大叔报加西亚毒辣的一鞭之仇，如何寻找一个合适的机会收拾教训这个毫无人性的恶魔。在午饭那短暂的时间里，或是在睡觉前各寮棚之间的苦力们可以相互走动一会儿，随意交谈一会儿的时辰里，按约定，三人自然而默契地坐在一块，作为闲聊的样子，实则是在悄悄商量报复加西亚一事。

洪海平说："要找一个杀死加西亚的机会，必须事先了解清楚这个鬼佬一天的活动规律、生活习惯、详细准确的住处，只有把这些摸透了，才好抓住最合适的机会，当然了，最好是在晚上动手，神不知鬼不觉，干得干净利落。三个人在以后的一段日子里就要处处留意这个家伙，多方打探一点情况，还不可让人怀疑和觉察出什么来。"

小三子和王夜生点点头，小三子说："多日来我发现那个家伙大中午就喜欢在土坡下的那棵高大的塔松下歇息，如果报仇心切，近几日行事的话，咱们不妨在某一个中午趁这家伙乘凉的时候，三人一块见机行事，掐住他脖子只消半袋烟功夫，就会让这个该死的家伙去见阎王。"

王夜生连连摇头，连说："不妥不妥，这样最容易让人发现，地亩里人多眼杂，有个风吹草动都容易引起人们的留意，咱报复加西亚，最终目的是为了保全咱们自己，照小三子说的那样，事情一败露，咱三人遭殃不说，大伙儿也得跟着倒霉,还是谨慎一些为好,两全其美的办法是有的,只是咱们还没有想出来……"

"可是——"小三子有些着急地说,"别等到想到了好办法,我们已经被他折磨死了,更别说体弱多病的刘永旺大叔了……复仇这等事儿,本身就是要冒风险的,怕冒风险就不要有这个想法,我看,咱还是快想办法,早些动手,过几日,地翻完了,地方移动了,那鬼佬还会待在那儿等我们去收拾吗?你说呢,海平?"小三子问。

洪海平想了想,折中了二人的意思,说,"咱既要稳妥,又力求安全,我看,白天有机会的可能很小,除非遇到特殊情况,晚上就不同了,有夜幕的遮挡,只要避开其他人就行,所以咱三人眼前的大事是先摸透那鬼佬的情况,自己留意,多多观察,向人了解,心里都琢磨着这事儿。人常说,不怕贼偷,就怕贼惦记,这话用在咱这事儿上可能不适当,但就是这个道理,只要咱时时惦记,那个狗日的死期就不远了……"

"看来,还得放长线钓大鱼,我说嘛,这事急不得的。"王夜生又这么强调了一句,小三子都不爱听,欲反驳他的话,这时,风风火火的牛天成走了过来,几人就赶快转了话题。

饭食是一味地单调和寡淡,陈年的老玉米粒,嗅起来,有一股股发霉变质的陈腐味儿,个别颗粒上,居然有了一层霉变的绿绒,每次将分下来的两天或者一个星期的玉米粒拿到手里,大家就得在里面细细翻捡霉烂的颗粒,要不然,在石臼里捣碎了,糊糊会变苦变涩难以下咽的。郑永祥对粗粮细做颇有一些讲究,他常常在寮棚大院一侧的石臼边告诉洪海平小三子几个人,玉米粒不可以捣得过于碎,过碎了,熬出来就成了糊糊,天天喝糊糊人是受不了的,捣成细小的粒状,熬出来就成了粥,吃下去也耐饿,还有,每顿饭发下的那条干硬的咸菜,边喝粥边啃咸菜自然过于单调,他用小刀把咸菜切成薄薄的一片又一片,放进锅子里同粥一块煮熬,味道就有所改善,吃起来也可口几分……在刘永旺被鞭打之后的日子里,每晚的饭食郑永祥就这样为他做着。小王江仿效师父的样子,也尽量把饭食做细做好,洪海平小三子和王夜生几个年轻人,吃饭并不讲究,太细了嫌麻烦,粗粗糙糙吃饱了就行,可是,这样的粥糊糊怎么吃得饱呢？那不叫吃饭，那叫喝汤，为了撑饱肚皮，几个青年人在小锅子里盛满了水，权且把肚子撑得圆圆的，但只能顶到半晌，两泡尿水洒过，肚子就瘪了，就空了，就饿了，身上就软软地没有了力气。在忙中偷闲里，王夜生曾几次问过于阿祥，他说："阿祥叔，这样的饭食真像咱们在老家时喂猪一样，你说，主人就让咱们一直这么单单调调地吃下去吗？不等活儿累死时，这样的烂饭就把人吃死了，真的就这么下去吗？"

于阿祥眯缝着一对昏黄的小眼窝，许久了才说："这要看主人仓库里的储物了，这些玉米都是前两三年的存货，要清理仓库，要存进新稻谷，就得把那些陈旧的玉米清理掉，咋清理呢？就成了咱苦工这一阶段的主要食物了。等把陈旧的玉米清理完了，才可以换另一样稻谷的，咳——每年都有那么一两个月，主人不知从哪里交换来那么多的生香蕉，上顿下顿的，就成了咱苦力的主要食物了，把人吃得倒胃口不说了，浑身都成了青香蕉的颜色，不吃又没办法，不吃只有挨饿啦，咳——"

"生香蕉？"王夜生瞪大了眼睛，他惊异地说，"那怎么可以一天到晚地当饭吃呢？那不会拉稀跑茅吗？"

"你说的是，那还能叫作饭？可是你就得吃两三个月，吃得脸都虚肿啦，可是人都得适应，吃不好还得做繁重的活儿，你说咋着，闭着眼睛吃吧，再难受也得下咽。年轻人，你们刚来不久，好多事得慢慢忍受着，经历着，时日一长，就习惯啦，饭再坏，也得吃，万不可把身骨弄垮了。"于阿祥的语气里有许多的无奈和沧桑。他是一个本分老实人，靠他的忍耐和逆来顺受，他居然在这里干了六年多的活计了，那可是当年做马的活计哪。王夜生听罢，一颗瘦瘦的脸袋沉沉地低下了，他不敢往以后想，以后的每个日子，就像这个摸不透的国家的长夜一样，昏黑而可怕。

刘永旺病好之后一下子变得沉默寡言了，以前常常抱怨活儿苦活儿累，感叹一番自己的苦命，和郑永祥、洪海平、小三子交交心，共同怀念在家乡时的那些不算幸福，但还比较温馨比较平安和轻松闲适的日子，还要唠唠叨叨一些生活的琐碎，可是病后的几天里，刘永旺一下子沉默了，话少得就如同和他们一块来的李家兴一样，默默地忍着病痛，默默地干着活计。洪海平、小三子抑或郑永祥、小王江问他话时,他总是问一句答一句,懒得多说一句话,这让洪海平觉得奇怪。

"小三子,"洪海平对小三子说,"这几天你注意了没有,永旺叔怪怪的和以前不一样啦。"

海平说:"咱得操些心,反正我觉得他的变化太大,你看他的眼神儿,散散的,淡淡的,还有什么,我一时也说不清楚,反正咱得照护住点他。"

"啊?"

小三子一脸惑然,似乎没弄明白洪海平说话的意思。

在地里吃午饭的时间,是能稍稍小憩一会儿的。

吃完饭,苦力们锅子也懒得洗,就地躺在田土里,闭一会儿眼睛或打一个小盹儿。

小王江是不肯打盹的,毕竟还是个大孩子,瞌睡就少,他懂事儿地把自己的锅碗、师父郑永祥的锅碗,还有海平哥小三子哥哥的锅碗抓紧时间洗一洗。先前,小王江是要到东面山丘的小河边提来一锅水,分别洗刷一遍的,后来,见他来回跑得辛苦,洪海平教他一个土办法,把地下潮湿一些的土装进锅里,用手揉搓着湿土,转着圈儿,几圈下来,土一倒掉,锅子净了,碗也净了,就地取材,倒也方便,只是晚上回去弄晚饭前,用水擦一下就行啦。这之后小王江便如法炮制,用土洗得锅儿碗儿干净光亮,更省了到土丘跑那两来回。

今儿海平眯睨着眼睛,却不像往那样能很快入睡,小王江沙沙的沙土洗锅声并不能催他入眠,刚一糊涂,忽然就醒过来,心神不定的样子,睁大眼睛,见大伙儿均在打盹儿,身边却唯独不见了刘永旺。

洪海平一个激灵站起来。

"王江,没看见永旺大叔吗?"

"没有,我光顾着洗锅呢,就……"

坏了!海平这么一想,一把拉起躺在地上的小三子。

"快起来,跟我走一趟。"

小三子迷迷糊糊被海平拉着,小跑着离开翻过的土地,直向东面的山丘跑去了。

山丘上，布满了低低的丛丛灌木和一些海平叫不上名字的乔木，都不太高大，但枝枝叶叶葱葱郁郁泛出一派翠绿，特别是有着阔大叶片的树木，长得粗粗壮壮，阔大的枝叶围成一圈儿，像撑起了一把又一把绿色的大伞，而没有草木的地方，光裸的石岩和土层均呈了一层淡暗的红色。

"永旺叔！"洪海平叫过，小三子也跟着大声地叫。

没有人回应。

无风，天蓝得令人伤心，溪水一股一股地从山丘的沟壑里聚拢过来，汇成了不深也不宽的河流，一条又一条的，分布在山丘间，向西边的平缓地带流去，正是这一条条河水，滋润着这大片大片的田亩，在天气即使大旱的年景里也足以获得理想的收成。

难道永旺叔会跳河不成？

海平拉着小三子往河边跑去，便钻进河边的低矮的小树林里，倏然间，面前十几步远的一棵小桦树下，站着刘永旺，他解下了自己的那条布裤带，正折了一圈儿朝较粗的树权上系着，由于枝权较高，他系的时候要踮起脚尖，很吃力很费事的样子。

"永旺叔！"

洪海平失控地大喊一声，几乎是扑了过去，一把抱住了刘永旺。

"永旺叔，你，你咋这么没出息，咋这么没出息。"海平摇着他的肩膀，怜惜又愤恨的神情。

"永旺叔，你咋可以这么寻短见，咱们说过的，就是死，也要将来死在咱们的国家，死在咱故乡，埋进咱的土里，你怎么可以这样呢！"小三子说罢也拉着刘永旺的一只手，他说得哽咽了。泪水模糊了双眼。

刘永旺无力地搭拉下脑袋，眼光依然散散淡淡的，他说："你们就让我去吧，我也不想这样子，可是，我活着，是一个拖累，一个负担，我不想再连累你们几个了，还有，这个罪，我恐怕遭不下来了，你们不知道，我每次解大手时，有多么难受，我真受不了啦……"刘永旺说罢无声地泣开了，蜡黄的脸皮一抽一抖的，人也瘫在了海平的怀里。

"咱得活着，永旺叔，再苦再累，再遭受洋罪，再当牛做马，咱也得活着，只有活下去,才有熬到头的那天,前头的路是黑的,谁也料不到会发生什么事儿,情况不会一成不变,不会永远是这个样子,等到变化了的那天,我们起码得活着哟……"洪海平在劝说。

"我们往后要联合起来,和他们巧妙地周旋,巧妙地斗争,大叔,海平就有一个为你报仇的计划,我们现在正悄悄地寻找机会呢,以后还要联系好多的人哩,咱们要结成一伙,老话说,三人一条心,黄土变成金,何况,咱们不仅仅是三人呀……"

二人好生劝说了一番刘永旺,就快快地扶了他返回地亩里,时间不可以误得长了,误了时间,监工加西亚肯定不会放过他们。

八

季节,在一股又一股的燥热的风里发生了变化,于阿祥说春天早已经来到这个国度了。春风使这里的草木更绿天色更蓝,原本光裸空旷的土地上因了春风一遍遍的热情地抚摸也变得葱茏浓绿起来了。

大片大片的葱茏是苦力们精心翻松的土地,是生长出的玉米、棉花、甘蔗还有沙地里一大片一大片的花生。令苦工们奇怪的是,这些土地和这些庄禾从没有底粪,不像在中国老家时在种庄稼前先在土地里铺一层厚厚的农家粪,再用犁铧深深地翻下去,让增长得力,让土质里永远都蕴含着无限的生机和应有的活力。这里不,底粪从来是没有的,就是那光裸的地表,让苦力的翻动的铁锹把土层深深地松松地翻动一遍,再用这里特有的一种特制的木耙细细地在地表上耙过,把土中的草根呀石子呀统统地耙出来,地表地层被梳理得顺溜了,通畅了,舒适了,平坦了,下一步就开始了播种,播种是纯粹的人工播种,在河水洇湿的地里,两个人组成一个临时组合,一人刨坑一人点籽,把籽粒植进冒着湿气的泥土里,当然要深浅合适,要株距和行距适当,然后用两只手将坑外的土轻轻地掩住种子,再在掩好的土上不轻不重地按一按摁一摁拍一拍压一压,干这一切动作是要快捷利索的,不然,根本就完不成一人一亩地的种植任务。更多的时候,河水洇不到地势较高的土地,这就要靠苦力们用木桶担了水,一窝儿一窝儿地浇,先洇浸好土地,再刨坑下种,下种之后的十天半月里,是种子萌芽出土的日子,也是苦力们提心吊胆的日子,担心自己所种的田亩里,苗苗出不齐,出不旺势,出不齐监工头不问青红皂白,直接追问刨坑下种者的责任,轻者要你加班补种,重者先用皮鞭惩罚了你,再让你带着伤痛去补种去劳作……王夜生就被惩罚过,那是加西亚在刚出苗儿的地里巡视时,忽然发现有那么一两行中间的好几窝儿的位置上居然没有出苗儿,这片地亩里王夜生和牛天成二人合作刨坑种子的,当时没有看见牛天成而王夜生在近前就活该他倒霉。

"你这头蠢猪你看你干得好事儿?那玉米苗怎么能没有出来?是不是你使了什么坏心眼儿?"

加西亚骂着就拧了王夜生的耳朵来到地垄上,这里,能一眼看到地心里那几窝儿没有出苗儿的地方。

王夜生一看,确实有几窝没有出来,他眨巴着平时就喜欢眨巴的小眼睛,对加西亚解释说:"监工先生,它们可能暂时还没出来,过几日,也许会出来的,再说了,如果出不来,也许是那几颗种子有问题,比如霉啦、污啦或者破损啦什么的,你不可以按这个理由就无端地惩罚我,这不公平?还有……"

王夜生话没说完,加西亚一拳就打在他的眼角上,他还没来得及躲避,头发就被加西亚揪起来,又一顿老拳饱揍,打得王夜生眼冒金花,晕死在地垄上。

事后他软软地提着一木桶水,给那几窝没出好的土坑里补了苗儿。

地里的禾苗长出之后,自然是一天一个成色,一天一个样子,但是,长到尺把高的时候,苗子就呈现了一种黄色,是那种绿中泛黄的样子,苗儿也是细细弱弱的,大片地亩里寻不出一苗粗壮的,以前种惯了庄稼的人都知道,这是由于底粪不足的缘故,而这些地亩里压根就没有底粪呀。被编入第十三队的这些苦力们心里是十分矛盾的,一面仇视着庄园主和监工头们对他们的非人的欺压和折磨,另一方面却为自己辛劳下种的这些禾苗子心焦,这就像典出去的妻子为外人生下了孩子,既仇视她的主人,但对自己生下的血肉又不能不爱不得不爱一样。这时候,让人惊讶的是,王夜生在苦力们很少,仅有小王江在场的情况下,他一人很谨慎却又有些大胆地朝了监工加西亚走去,他虔诚而礼貌地向这个曾经狠揍过他的监工深深地弯下腰去,鞠了一个大躬,随后他问道:"尊敬的监工先生,现在地亩里的玉米苗开始发黄了,不是缺水受旱的那种枯,是缺乏肥土营养的那种弱黄,我特地向监工先生建议,为了禾苗快快地生长,应该给它们上粪了……"

加西亚听明白之后很是疑惑了一阵,他弄不清前一阵自己亲手惩罚过的臭苦力如今却为自己操了心,而且绝对是好心呢,他的绒绿绒绿的狼眼睛又把眼前这个瘦小个子的苦力盯视了片刻,多毛的脸上挤出少有的一丝笑来,说:"你的建议不错,我看也是到了应该施粪的时候了,不过,这种操心的事儿目前还轮不上你,庄园主卡纳瓦尔先生和大管家先生早已派了第十队和十一队的一百号苦力去利马城买鸟粪去了,还是把属于你的活儿干好。"说罢他面无表情地挥了挥手,示意王夜生快去干活。王夜生喏喏着听罢,又深鞠了一躬,脸上有些喜气地跑回到地里去了。

小王江很是不解,他又不便多问,便埋下头去,和其他人一起干活了。

正如加西亚所言,两个队的近百号苦力们推着一种当地使用的人力木车从利马城每人推回满满的一车粪,人们说,那是鸟粪,是庄园主和鸟粪场的老板通过利马的中介环节买下来的。

苦力们披星戴月,夜夜兼程,在八个持枪拿鞭的保安(监工)的盯视监督下,用了三天两夜时间从利马赶回到种植园里。

推车苦力的食物是早已过期发硬的面包,而饮水则是沿途的井水或是河水,在利马城里似乎还好一些,长长的推车队伍顺着街道的一侧匆忙而静默地走着,每隔了十五六个人的一旁就有一个持枪的监工留意着前后,监工们怕苦力们趁城里人多时混乱中弃了粪车而溜。等到一出了城郊,人们相对也稀少了,碾过水泥地面驰入漫长土路的木车车轮就得旋转得飞快,弓腰撅臀奋力推着沉重粪车的苦力们得一路小跑着朝前赶,稍有怠慢,背上就有皮鞭炸响……等从利马城将鸟粪拉到种植园里,一百几十号苦力每人的双手都被车子木把磨得血肉模糊,每人的鞋底或破或透,双脚自然布满了血泡……

"为什么不让我们去拉鸟粪呢?让我们也见识见识利马城噢!"

洪海平忧郁而悠长地问。一说到利马城他就想到了他的吕秋雁,这一阵子,他思念惦记着他的雁子,思念正使他的神经由痛苦到麻木了。

于阿祥对他解释道:"你还不懂,这可是种植园里的规矩,哪里敢让新买来的苦力去拉鸟粪?那不是给逃路提供了条件吗?再有荷枪的保安也看不住,齐了心的大伙儿呀,去利马城拉鸟粪的都是一队二队的苦力,他们在种植园是已经待了六七年啦,也就是说,再咬牙干完一二年,就履行了契约,成了自由人,他们一般是不会再惹出其他事端的,有熬头有盼头啦,庄园主贼精着哪,他和管家就抓住了这个心理,每年去利马拉鸟粪或是干其他苦营生时,他们就调动老苦力去干,这几乎成了惯例。"

于阿祥说罢,大伙儿都没吭气。

小三子拍拍海平的肩膀,在无言地安慰着他。

不料王夜生却问于阿祥说:"于大叔,利马城大吧,比咱的广州城气派吗?利马城里的娘们儿漂亮吗?"王夜生是一脸极神往极羡慕的表情。

"什么时候了,还有这等心思,就不知道你的脑子里整天想的啥?"小三子盯了王夜生一眼,不满地说。

于阿祥回答说:"六七年了,我其实只去过四五次利马,每次都是拉鸟粪和被人押着拉粮食的活计,匆匆忙忙的,大多数儿是在城边,也有在码头上,只有两次到了市区,利马城好大好大,但和咱广州不一样,哪里不一样,我也说不清,利马,不,整个秘鲁人有一小半儿是印第安本土人,有另一小半儿是葡萄牙和本地人的混血儿,还有西方人和其他人种,所以街上来来往往的人中,有白皮肤黄头发的,还有白皮肤黑头发的,有黄皮肤黑头发的,黄皮肤黄头发的,还有黑人。至于女人嘛,形形色色的,啥样的都有,西方人和混血儿一般都高高大大的,长头发披散着,一走一甩一飘的,本地的女人吧,和咱们中国人差不太多,个子也不见得很高,脸上也平平的,不像洋女人那样高的鼻子和那样深的眼睛,不过,听他们说,深山的印第安人和北边什么亚马孙河边居住的土人都是披头散发的,过着很落后很原始的日子,他们也很少和外界联系,和咱们古时候的原始人一样,森林里的土人靠打猎和采摘野果生活,靠大河的就以捕鱼捞虾度日,不过,我没去过那些地方,是听人说的,还有好一些的靠种田过日子,很少到城里来,也不愿意让别人到他们那里去,也有一些人由于种种原因被抓来当苦力的,不过他们不能吃苦,干活儿也不行。哎,这个国家很奇怪,他们看不起劳动人,把干工做活当作最低下最低贱的活儿,本国人都不愿意干,他们原来还引来西方国家的苦力来做工,那些体格高大的西洋人也懒散得很,吃不得苦的,唉,弄来弄去,还是咱们华人能受苦能干活儿,一年一年的,引来好几万华人了,可他们就像使用牲口一样使用咱,毫不把咱们当人待,唉,鞭打快牛,鞭打快牛哪!"

于阿祥,今天话匣子打开了,由于长期营养不良而蜡黄失血色的脸上,就像贴了一层麻纸一样黄而苍白,即使在他痛心疾首十分激动的时候,脸上也泛不起任何一点点血色来。

"阿祥叔,不用难过,再熬一熬,你的苦日子就到头儿了,你就快成自由人啦!"洪海平劝慰着于阿祥,同时也替这位被折磨成木头一样的老好人感到一丝高兴。

"唉,成了自由人也是个受苦,仅仅能填饱肚子就不错啦……"

大伙儿听罢情绪一下子低落了许多,他们不知道这漫长的八年时间该如何度过,八年之后更是不敢去想。

小三子却不然,他想既然来到了这远天远地,就说现在的话,他此时在关心着另一样事,他于是拐弯地问着于阿祥:"阿祥叔,你说庄园主就住在咱从没有去过的寮棚大院的最后边宽敞豪华的,什么别,别墅里,你进去过吗?"

于阿祥顿了顿,说:"当然进去过的,那又不是什么神秘的地方,不过,平时,是绝不会让咱们这些苦力进去的,只有仆人们要忙于干活了,才能进进出出。里面有大片的花园,后面还有一个小小的树林,每年花园里的花儿园丁忙不过来时,就请我去侍弄那些高大的花卉,当然了,花园里的野草疯长起来的时候,管家也会在苦力中挑选几个老实的苦力给拔草的……"

"仆人算是自由人吗?"王夜生又问。

"仆人里面有两种,一种是自由人,做一些固定的工作,定时或定量的,工资自然要稍高一些;另一种是庄园主或管家从苦力中抽调去的,像咱们一样,没有自由,没有空闲,主人的家人可以随便指派,也可以随便打骂惩罚的,不过,受的苦要比咱们轻一些吧,不像咱们在大田里这么辛苦……"于阿祥很耐心地介绍着他所知道的一切。

"那,那,怎么才可以到主人那里去做一名仆人呢?"王夜生很感兴趣地问。

不待于阿祥回答,洪海平盯了王夜生一眼止住了他,小三子狠狠地说:"去当仆人也轮不到你呀,还有体弱多病的刘永旺大叔和没成年的小王江呢,你瞎起什么哄?"小三子为王夜生打断了他的问话而反感。

"阿祥叔,"小三子接着问,"监工们住的地方难道和主人一样阔气和舒服吗?"小三子的话在一点点地朝他们的那个"行动"上面引着。

"那倒不是,不是的,管家和监工都是庄园主雇的人,并不能享受主人的待遇,主人住在豪华气派的别墅里,而管家则住在别墅边的侧房里,监工呢,原来都住在寮棚大院的另一边的比较讲究的屋子里,这便于对苦力的早晚监督和夜晚巡视的方便,后来主人发了善心,除了夜晚值班的两个监工临时在那屋子里歇息外,当然人是轮流值班的,不值班时则住在紧挨管家的房屋边……前几日我还去过加西亚住的那间屋子,监工们一人一间,加西亚在最最边上,就和房后的小树林连着呢,他让我把他的房子里清扫了一遍,又用清水清洗了地面……"

洪海平听到这里,下意识地看小三子一眼,小三子也非常会意地点了一下头,二人拿了眼睛去寻王夜生,王夜生却心不在焉地看着别处,不知他此刻在想什么,又在操什么心……

那天收工后洪海平和小三子坐在寮棚前的土院一侧,放低声音交谈着,于阿祥无意中提供的情况对他们是一个振奋,"靠最边上,又是和小树林紧紧地挨着",那样的住处位置可真是苍天绝妙的安排,他们虽说从没进去过别墅大院一步,但他们想象着那样的位置对他们以后那个大胆行动是多么有利的条件,下一步,他们除了有分寸地向于阿祥再仔细地打听一些更具体的情况外,就得在出工或收工回来的路上,细细观察主人家房屋后边那片小树林了。有小树林就能进能退能藏身了,他们对自己的行动计划又多了一份信心。

鸟粪从遥远的利马城拉回到阿托明种植园后,又一项艰辛的劳作开始了。

被编入第十三队的苦力们要在短短的十余天时间里把大片大片的玉米地都施好鸟粪,而十一队十二队的苦力们则负责玉米田更西边的棉花田的施粪,还有甘蔗、花生和其他作物田,都必须在指定的日期里由其他队的苦力们完成。

见过猪粪、鸡粪、牛粪、驴粪和骡马粪的这批苦力们还确实没有见过这成袋成袋的鸟粪。什么鸟儿呢,有人说是海鸟,是濒临大海的岛上或干脆就被大海浸泡着的岛屿上栖息着的成千上万种鸟儿们累积的粪便,有些像鸡粪但比鸡粪还要细腻,细腻了自然就味儿大,那是一种刺鼻的,嗅一下能窒息的味道。以前在老家时,这些大大小小的汉子们或多或少地接触过鸡粪,掏鸡窝、扫鸡粪的活儿大约都干过,特别是鸡窝里掏出的粪便它们经过了一段时间的捂闷发酵,就有了一种呛死人的味道,可是在异国的土地上,他们松开袋子掏出鸟粪时,那种浓浓的熏人气味立刻使苦力们不住地咳嗽打喷嚏。

在两株玉米之间,用手挖一个深深的土坑,土坑离两株玉米的距离是一样的,不近,不远,近了,怕施下去的鸟儿粪烧死了玉米,远了,怕鸟儿粪的力量发挥不了作用,土坑用手挖好了,再抓一大把湿润黏糊的鸟儿粪填于其中,一把不够,两把,三把,三把之后,粪与地面就平了,再将挖出的土,均称地覆于其上,再用手按一按拍一拍,或起身时用脚随劲地踩一踩,那么,这一株玉米准确地说是一株半玉米苗就算是施上粪了,然后呢,再不停地弓腰撅臀去挖另两株玉米中间的土坑了。整个十几天时间里,苦力们就要简单而机械地重复这几个动作,一直到自个的任务完成,一直到这大片的玉米地全施好粪。

腰酸,腿疼,胳膊麻。

凡上了三十岁的人,三天干下来,腰就酸疼得受不了,郑永祥、牛天成、李家兴特别是刘永旺,腰已经很难直起来了,这样一累,他的老毛病又犯了,犯得相当严重,有时在地里弯下腰时,黑红黑红的血就从裤腿里流下来了,他咬着牙,从不敢呻吟一声,他怕让洪海平、小三子他们听见,听见了他们就会过来帮他,可是他们的任务咋完成呀?这不像翻地时跨几步就会过来的,玉米苗儿已尺把高了,万一踩了玉米苗,那可不得了……

258

海平、小三子他们倒不觉得腰酸腿痛,只是全身又累又乏,呆板单调的劳作使年轻的他们腻歪透顶了。洪海平每每从他起身从那个蛇皮袋子里掏鸟粪的时候,能感觉到他的永旺大叔的劳作动作的艰难和痛苦,他闭着眼不愿去看,看了又怎样啊,他无能为力了;他也能看到已远远落后了的小王江,王江吭哧吭哧地又是刨坑又是移动着鸟粪袋子,海平真想过去替小王江把那沉重的袋子移一截儿,可是,他还是没过去,帮他移了这会儿,能帮一天吗? 洪海平痛苦地收回眼光,他感到眼睛里涩涩的。

第四天,几乎所有人的手指都出血了,沙土地对手指的皮肉是毫不怜惜的,血首先从几个指甲盖里慢慢地洇出来,一点一点洇进沙土里,随后手指四周的皮肤也红了,那是沾了沙土的那种血,和泥土一样模糊着,后来沙土就无情地稍带了一小块一小块的肉皮粘在粪上,埋进土里……

钻心的痛是流血的手指被一把又一把鸟粪的侵蚀,如果说手指对沙土的摩擦已经麻木的话,那么鸟粪同伤口的一粘一贴就激活了敏感的神经,那种并非剧痛而非常刺痛让人好生难受。

牛天成伸出两只血肉模糊的手,痛得嘴咧得大大的,他直起腰来用眼睛寻着于阿祥说:"阿祥大哥,你看看,大伙儿都像我一样,手都出血啦,再这样下去,非烂掉不可,你给那个加西亚说一说,看是不是可以用一把小小的铁铲或木铲一样的工具,十指连心哪,这样下去怎么得了?"

于阿祥有些担心地看着不远处,地垄一头,监工加西亚并没有注意他们这里,他稍稍松了一口气,摆着同样糊满了鸟粪的手,说:"以前干这活计时也用过小木铲的,可是有人不免就失手铲伤了玉米苗儿,或者铲深了伤了根须,监工们就向主人提建议,让苦力用手指刨挖,说这样才能操上心……哎,年年这样,今儿明儿两天是最难熬的,到了后来,手指就顶过去了,就不知道痛啦……就麻木啦……"

"哈,苦力的两只手都不如一颗玉米苗子值钱,这,这是人干的事吗!"

小三子愤愤不平,用劲地甩着两只刺痛麻辣的手,就把黏稠的鸟粪点点滴滴洒到地里和玉米苗上了。

于阿祥看见了,压低了声音惊慌地说:"小三子,快把粪点子收拾一下,快收拾一下,可不敢让监工看见了,他看见,可就惹麻烦啦。"于阿祥的脸子都吓白了。

这时候,监工加西亚骑在马上朝这边慢慢移过来了。那马是走在洁白的地垄上的,地垄稍高于田亩。这个季节,马匹一般是不会踏入田地的。

高高在上的加西亚扫视了大伙儿一阵,他的鹰眼忽然盯住了刘永旺身后的土地,那里,在翠绿的苗禾之间,地上有两片黑污的斑点。

从加西亚的胸腔里,倏忽地炸出粗暴的喊叫:"埃里索斯——埃里索斯——睁大你的狗眼看看那个可恶的家伙,看看他的身后是不是洒掉的鸟粪——"

他叫着于阿祥,却用鞭杆指着正弓着腰身干活的刘永旺。

从地垄到刘永旺干活处还有一段距离,加西亚没能辨别出那是什么。

于阿祥应声去查看了一下,很认真地低着头查看,其实他早知道那是刘永旺裤腿里流下来的黑黑的血迹,但他还是很顺从地查看一下,然后直起腰身来,面对了加西亚,先鞠了一躬,然后恭敬地说:"报告加西亚先生,那是他犯病后流出的血迹,一共有三片。"

加西亚听罢,又厌恶地盯了刘永旺一眼,嘴里嘟哝着什么,掉转头去了。

于阿祥还不敢松一口气,他轻轻跨进小三子施粪的地行里,把方才溅落在苗叶上的几滴鸟粪用手拈去了,还用手背在那青青的叶片上擦了一擦。

正如于阿祥所言,到第四天头儿上,苦力们的手,真的没有了刺痛的感觉,那是破伤处已适应了鸟粪的刺激呢,还是如同沙丘一样磨损得麻木了?说不清的,不痛了就好,不痛了就减少一份痛苦,身体就机械地一直重复着那几个吃力的动作,但每一个动作都得小心翼翼的,不敢洒了粪,更不敢伤了苗儿。

等苦力们的手心手背均脱掉一层皮的时候,施鸟粪的营生也就干完了,活儿干完了,每人的脸蜡黄蜡黄,一个个像大病了一场。那不仅仅是十天来紧张的劳作累的,那是被刺鼻的鸟粪呛的。施粪的日子里,没有谁能顺顺利利地咽下玉米渣子粥,每每熬好了小锅子里的饭,准备着吃的时候,就有人不由得干呕了,呕声一片痛苦地响起,哗哗地,吐出青绿的汁。

那几夜寮棚大院一片沉寂,晚饭后没有人走动,没有人洗涮,更无人在一起聊天,苦力们如同死了一般睡得沉沉。

睡沉了,夜就显得极短,沉闷却宏响的钟声把清晨敲碎了,也无情地切割断可怜的一点点梦。

紧接着,十几个监工的嗓门比大钟还要刺耳和可怕,晨雾碎了,苦力们零碎的脚步踩踏着破碎的雾,移动到田亩去了。断断续续彼起彼伏的咳嗽在翠绿的禾叶上震颤与滚动。

刚刚埋下鸟粪的田亩里急需雨水的,可这个阿托明庄园的上空似乎不会落雨,尽管燥热的风中夹带着浓浓的并不遥远的大洋的海腥气,但它带不来会落雨的云朵,天,依然朗朗地晴着。

该引河水浇地亩了。

这样,苦力第十三队的六十几号人大致分成了两个部分,一部分负责河水能流进的田里,要打畦,要兜垄,要在垄埝下挖出浅浅的临时性的水渠来,就是把水尽可能匀称地引进地畦里去。另一部分苦力则要挑起木桶,从东边山丘里流出的小河里挑水,一担担地去浇灌河水流不到的地亩。

鸟粪的力量很大,给玉米施粪之后,紧接着就要及时浇水,水浇着及时了,粪力挥发了,催着玉米苗子猛长;水不能及时浇,粪力会把玉米的根须烧坏的,严重了玉米苗子会死掉。这一切,种植园管家对监工们早有叮咛,监工们自然很着急,这就催着苦力们,很快地投入这一活计了。

相比较而讲,担水或引水的活计要比翻地、点种和抓粪稍微轻松一些,比如担水吧,它有虚实区别,实担子朝地里担时,必然是空担子朝河边走,这就有了喘息和调整的机会。划分小组的时候,苦力们都企盼着,看队长或监工是否可以把自己划入担水的一组。可是,奸诈的监工似乎早就料到了这一点,他们规定,实担子挑水时要脚步踏实,不准有水荡出水桶,而空担子时每人必须跑步而去,这就把喘息和调整的机会剥夺了,监工的眼睛,似乎悬在每个人的后背上,而那盯视的眼光,则代表了锐利的令人心悸的鞭梢。

引渠浇水者得有一定的力气和干活技术,当然身负有一定的责任。划分小组是由队长于阿祥具体负责的,他把有一定劳作经验和较有力气的人分到了这一组,如郑永祥、洪海平、小三子、牛天成等,而把刘永旺、王夜生、王江、李家兴等身质较弱并没有劳作经验的人,分到了挑水这一组,可以这样说,于阿祥的划分是量体裁人带有体贴性的,他就自己的队长身份尽最大可能地给十三队里的弱小苦力们以力所能及的帮助。

小王江初次担水还没有掌握走动的步点,由于担子的压力步子就有些零碎,又因为要走得快一些,桶里的水在不平衡的情况下,自然就晃荡起来,一晃荡他心里就慌乱,心里慌了更收不拢零碎的步子,这样,桶里的水便激溅出来,溅湿了鞋子,也溅湿了干燥的路面。

桶口上溅起的水花在太阳光下闪出了一道道光线,这光线就刺激了很远处监工加西亚的眼睛,本来,在这样的天气里,面对还算顺从和驯服的苦工们,加西亚的眼光是有些散淡的,悠悠然然的,还有一些慵倦的样子。昨晚,他没能休息好,原因是在给阿托明种植园主卡纳瓦尔先生汇报十三队的近况后,得到了庄园主的赞许。通常,监工们是给总管家先生汇报生产和苦工管理情况的,这几日,管家先生病了,就得直接给主人汇报,得到主人的表扬并不足以使加西亚兴奋得失眠,促使他睡不好觉而想入非非的是他在主人家里偶然看见了卡纳瓦尔先生在利马城读大学的大女儿努尔玛,努尔玛是请假回来小住两天的,那会儿她浴后穿着一件雪白的浴衣,来到父亲房间里寻找一本什么书的,加西亚嗅到了一股香水的奇香味儿,还有,那就是一个大姑娘的身体里散发出来的青春气息,在那片刻里令他陶醉,他的眼光执着地粘在她的身上,努尔玛身材高挑,肤色白皙,漂亮的脸庞上有一双会说话的眼睛,她出于礼貌递给加西亚一个笑容,那笑容却性感万分。她离去的时候,加西亚还一直看着她的背影,细而柔韧的腰肢和腰肢下那一团儿因了丰满而颇显圆润的臀部。

从那会儿起加西亚走神了。

晚上,他的眼前尽是努尔玛的笑脸和背影下那一大团儿致命的诱惑。他以前只听说了主人大闺女漂亮热情和开朗,这偶尔一见面,又领略了她的别样的气质和让人难以忘怀的性感。加西亚翻来覆去难以入睡,蒙眬中走进一个虚幻而荒诞的梦里……

白天的加西亚显得无精打采。

是阳光下那几片荡出水桶的闪影提醒了他，唤回他失落的精神，一个扬鞭，他骑马走到了被沉重的担子压得有些趔趄的小王江身边。

"小杂种，你就用这样的劳动来履行你的契约吗？今天让我的鞭子教教你该怎样挑水怎样干活儿！"加西亚说过，就舞起鞭子抽打在王江的后背上。

王江原本就很不得法地挑着水担，他也想学着其他人们挑水的步态和挑起水来平稳走动的样子，这毕竟不是一朝一夕的事情，漫长的劳作才刚刚开始，需要他学习和掌握的各种农活的各种要领太多太多，都要他在以后的劳动中一点点去实践去把握，甚至用心灵去一点一点领悟，但是，没来得及去细细领悟呢，监工头加西亚的皮鞭就接二连三炸响在他稚嫩的后背上，十五岁少年正在发育中的嫩嫩的后背被这意外一击，打出几条血红的印子，他连人带水桶一下子哗啦啦倒地了。

木桶里的水自然会流到了土路上。

没等王江爬起来，加西亚的鞭子又劈头盖脸地抽下来。

王江本能地抬起手臂护着头脸，鞭梢带着亮亮的响声打在他的手臂上，手臂像被人砍了几柴刀一样生痛。

王江毕竟灵敏，反应也快，他用几个月来学来的西班牙语对了高高在上的加西亚说道："监工先生，请你听我说明白，我是长这么大第一次挑水桶呢，自然有个熟练的过程，我洒下和桶子翻下的水，收工后我一人再补着挑到田里去，这样总可以了吧……"

加西亚听到这个少年的解释，但他还是不管不顾地打了下去，十几鞭抽过之后，他长长地舒了口气，似乎排遣了心中的郁闷，驱马走到一边去了。

王江身边的几人快快将他扶起来，看着背上和胳膊上的十几条深深的鞭痕，无奈也无力地安慰他几句，又忙着挑自己的水去了。

刘永旺走到王江身边，将滚落一边的木桶扶直，将地上的担子捡起，他要教这个孩子挑水的一些最基本的路数了……

劳作依然在艰苦地进行着。

两天后，悟性很好的小王江能像其他人一样从容而稳当地挑担子了，走多快,水也不会溅出来。

刘永旺却走不动了。他的下身一直出血。同前一段不同的是,现在出血不感到痛了,木木的,麻麻的,痒痒的,用粗糙的麻纸去擦,麻纸就被黑污的血洇透了,起初,他非常惊怕,后来干脆不去看它,也不用再害怕。可是,身上总是乏力,人一直想躺着,脸黄得如蜡。刘永旺估摸着自己来日不多了,就有了一个新的想法。

小河从土丘里流下来,他们挑水的地方紧挨着土丘,土丘树木丛里,便于实施他的那个早有了的想法。这一天刘永旺趁人没留意,三两步跨上土丘,将木桶放置在一团儿草丛下,便朝着纵深里步去。说也巧小王江要去解手,就上了土丘,脚下被木桶一拌,知道是永旺大叔的,机警的孩子一想,联想起上次海平大哥说过的永旺叔寻短见一事,料想大事不好,就快快朝着小树丛里跑,那时候刘永旺尚无寻到合适的树杈,就被身后的小王江拽住了。

"大叔——大叔——咱离开这儿,咱离开这儿。"小王江哭了,死死拽住了刘永旺的胳膊。

小王江不会像洪海平、小三子一样劝说刘永旺,小王江只会痛心又害怕地哭,一个少年发自肺腑的哭声一下打动了刘永旺,他被小王江拽着离开了树木葱郁的土丘。

王夜生挑水时听到土丘深处隐约着哭声,好奇心使他放下水桶,上了土丘,又怕有什么不测,便站在进入小树林的十几步远,透过树隙,他看见了王江在拉拽着刘永旺,起初不明白发生了什么事情,等明白过来后,看见王江似乎在向他招手,好像要他也过去劝说刘永旺。王夜生稍一犹豫,下了土丘,挑起水桶走了。

王夜生想着方才自己没有看清楚,一定是小王江自个在摆动手臂,草木浓密里他怎么可能看见自己呢。

一个想法着实让王夜生忐忑不安起来。兴奋担忧还有心底深处的一丝自我谴责,在一起折磨着他,可是,想到以后,想到漫长的遥遥无期的以后,他觉得应当赶快去实现他头脑里闪现出的那个想法。

王夜生终于在大伙儿干活儿的紧张中,找到了在一处背凹里饮马的监工加西亚。

王夜生学着于阿祥的样子,先是给监工加西亚深深地鞠了一躬,然后轻声地叫:"尊敬的加西亚先生,苦力德尔里奥·王夜生向您汇报一个情况……"

许久,加西亚从他喜爱的大白马身上抬起头来,不经意地对他的问话哼了一声。

"加西亚先生,上午挑水时,我发现苦力刘永旺窜到土丘的小树林里去寻死,后被王江拽拉了出来……

"哦?!"加西亚抬起头来,惊异了一下,也警觉了一下,他让王夜生不许再告诉其他人,王夜生也喏喏着说让监工先生替他的发现保密,便离开了。

加西亚看着王夜生离去的背影,长满胡茬的上唇动了一动,对,他得好好发展王夜生这样的能及时给他提供苦力情况的人,这比他的一双眼睛还要重要。

种植园里曾有铁的规定,凡是组织逃跑或有自杀企图的苦力,一经发现,则受重罚,他想,这一段他似乎有所大意,如果自杀形成事实,种植园则少了一名苦力。种植园也受了损失,庄园主肯定要责怪他这个监工呢。

加西亚决定杀鸡儆猴,让肇事者自食其果。

大中午,平时到了这会儿,是苦力们弄饭小憩的时候,今天还没容得苦力们去弄饭,尖利的哨子便刺耳地响起来。

于阿祥奉了加西亚的命令,让把十三队的苦力们集中到土丘下面一片较开阔的地面上。

当六十个身上泥泥水水的苦力们困惑地如同一群羔羊一样被驱赶在这片地面上时,他们看到了一些异于往常的情景:

在他们面前的两棵并排的山树上,高高地横着一根粗糙的木棍。木棍上吊着一团儿麻绳儿,加西亚不知从哪里唤来几个对苦力们来说比较陌生的人,站在四周,他们手里都持着长长的枪杆。

气氛有些紧张了。

待苦力们站齐了而静静等待的时候,加西亚却迟迟不肯讲话,他要让这种气氛延长一会儿,他喜欢这种能让苦力们担惊受怕忐忑不安的气氛。

许久了,加西亚干咳了一声,他有模有样地又宣布了一下早在数月前就宣布过的种植园对苦力的规定和要求,特别强调了有关苦力逃亡和寻机自尽的那两条,然后,把一张凶狠而阴沉的脸仰起来,嘎嘎嘎地笑了一气,朗声说道:"今天,你们苦工中间就有一个家伙企图寻找死亡,以此来表示对种植园的抗议,让种植园因为你而蒙受损失和耻辱,让我这个监工头也无台阶可下。和阿托明种植园庞大的利益比起来,你那蚂蚁一般的区区小命算得了什么?但是,死亡造成的影响和结果都是极端恶劣的,好在因为种种原因他没能死成,我想,今天是该教训教训这个找死的家伙了,你不让种植园安宁,种植园自然也不会让你好死的。好了,现在就请这个家伙主动站出来,站出来,接受规定对你的惩罚。"

　　加西亚说罢,阴冷地看着一群苦力们。

　　苦力群中引起了一片骚动,人们不约而同地互相看看,不知道今天又该谁倒霉了。

　　"识趣一点,还是自己站出来吧,死,都敢去寻呢,这站出来又有什么可怕的?"加西亚居然把目光盯在了刘永旺的脸上。

　　刘永旺万没料到他的自杀会让加西亚知道,他非常奇怪,小王江绝对不会给加西亚去打小报告的,难道会是队长于阿祥,可是,于阿祥是个好人哪,他时时处处千方百计地在为苦力们说话呢, 他的为人是不会做出那等事情的。刘永旺起初站在下面,以为监工指其他什么人呢,当他看到加西亚那双盯视自己的眼睛,他明白了这家伙发现了自己上午的行为,躲是躲不过去了,他索性咬一咬牙,走出了人群。

　　苦工群中一片哗然。大家一看是那个体弱多病人又非常老实的刘永旺,不由得替他捏了一把汗。

　　人群中的洪海平和小三子很紧张地对视了一眼,他们在心里埋怨着永旺大叔的糊涂,同时留意着事态的发展。

　　加西亚满意地一笑,说:"还不错,还敢站出来。这就是你们中国人常说的那句话,好汉做事好汉当,是吧?"他随后一扬手,就有两位打手从左右两边走来,一人押着刘永旺一条胳膊,走到了高高的横杠下。

在起吊刘永旺之前,加西亚恶狠狠地骂了一句:"你这只东方病猪,在教训你之前,你把自杀的经过给大家说一说。"

刘永旺低头不语。

"不说? 不说可得多挨十皮鞭,你可好好掂量掂量吧!"加西亚在催促。

一边的于阿祥有些着急了,他劝刘永旺说:"老刘,你就开口说一说吧,你那身子骨,哪能经起这样的折腾,哎,说说说吧。"

刘永旺此时的脸一片惨白,他对劝说他的于阿祥送去一个感激的笑,摇了摇头,依然一言不发,他的态度激怒了加西亚,他一挥手,瘦瘦小小的刘永旺就被两个打手绑了双臂吊到了横木上,不过他是背向大家的,把一条细瘦的脊背弓向了苦力们。

人群中的小王江不敢看了,他害怕地闭上了眼睛。

怎么回事儿? 这是怎么回事儿? 刘大叔的事儿加西亚怎么会知道,自己没有告给任何人,现场只有他们二人哪,小王江忽然记起树丛后面王夜生的那张脸,他曾经向他招过手的,要他过来帮他扶回刘大叔的,可是,那张脸一晃就消失在草丛后面了,他没看错,一定是王夜生,难道他会去打小报告?

小王江不理解,心下疑疑惑惑,他用眼睛在人群里搜寻着王夜生。终于,他在后一排里看见了他,王夜生非常老实地站立着,他的脸同其他苦力的脸一样,上面写满了害怕。再就看不出什么了。

小王江一阵困惑。

加西亚今天是一个指挥者和看客,以往都是他挥鞭抽打苦力们的,今天,他要当一名观众。看看在他的命令下,打手们是如何教训这个欲寻死的苦力的。

"按规定,是要抽打三十大鞭的,但是这个家伙不肯讲话,又为自己挣回十鞭,看来,他是想饱尝皮鞭的美好滋味儿的,伙计们,千万不能让这家伙失望啊,挥起你有力的臂膀。让这个东方人好好欣赏你的臂力吧,好,开打!"

加西亚话音未落,那个粗粗壮壮长得像铁塔一样的打手,就抡圆了鞭杆,鞭梢在空中兜着风,无情地劈开正午的阳光。一道短促的弧线划过,沉闷而有力地炸在刘永旺瘦削的脊背上。

只听刘永旺失声地叫唤,"哎哟!"随了喊声,背上的麻衣已被锋利的鞭梢割开了几条缝子,又一鞭下去时,麻布已变作碎片被鞭梢兜向了空中,他的背上已洇出了血痕。

第三鞭打了下去,第五鞭打了下去。

第一鞭下去,苦力们都暗吸一口凉气,面对此,洪海平觉得那每一鞭像抽在他的年轻的心上。

谁都没想到,在大伙儿将目光驻留在鞭梢上的时候,那鞭子却停在了空中。打手的胳膊是被一个细高个子年轻人拽拉住了。

人们惊呆了,打手也一时不知所措,拿眼睛去看监工加西亚。

"我替他回答你加西亚的问话好了。"洪海平此时表现得非常沉着,他面对了加西亚,而双手仍紧紧地按住了打手的右臂。

"嗯?"

加西亚一片惑然,待他听明白的时候,他便空出时间让这个不知好歹的年轻人陈述情由。

"刘永旺大叔一直有病啊,他一直在屙血,病痛使他几乎不能走路了,可他还是咬着牙做着活计,疾病折磨得他生不如死,所以他选择死亡,加西亚,这下,你该明白啦吧,其实你心里比谁都清楚,为什么现在还要这么折磨他,他的命也是一条命啊……"

加西亚有些吃惊洪海平的勇气,他想他得用一种比较智慧的办法来惩罚这个喜欢多事的家伙。他不耐烦地说:"我没耐心听你的唠叨了,如果你有勇气替你的同胞回答问话,你可能也有勇气替你的同胞来接受我们的惩罚,我想,那样的话,你的同胞自然会真心地感激你这位大英雄,而不仅仅是光停留在嘴巴上……"

加西亚挑衅地盯着洪海平,他很为他的小计谋小聪明而感到自豪。

苦力们的眼睛也不由得看着洪海平,看着这个平时非常仗义非常厚道的小伙子。

"加西亚,你说话算数?"洪海平问。

加西亚微笑着点点头。

"那么,请先放下刘大叔。"洪海平平静地说。

脊背上挨了十皮鞭早已血肉模糊的刘永旺被人放了下来,他在地上呻吟着。

洪海平不动声色地走到了横杠下,两个打手上来,三下五除二吊起了他。

"海平——海平——你这是图了啥,图了啥呀! 让我一人去死好了⋯⋯海平呀,呜呜——我这可是做的什么孽呀,我死了倒安生了哇,呜呜,海平呀,这孩子呀——"

刘永旺躺着站立不起,但头脑还清醒着,他这时候痛心地哭了。

被吊起来遭鞭打的洪海平咬着牙关,他坚决不让自己哼出声音来,那一下又一下的鞭打真像一把锋利的刀子一下又一下割他背上的肉, 不是割,是用刀子在刳,火辣辣的,像剔他的骨头,又像一只粗暴的手,在野蛮地剥他的皮,一扯一扯的,一拽一拽的,他觉得他的整个脊背都被人拽断了,扯碎了,一片一片的⋯⋯他快要受不住了,他想叫想骂想大声喊痛了,可他还是咬着牙,他的门牙已深深地切进下唇里面了⋯⋯

人群中的小三子忽然就哭了,那是一种无声的哭,有泪流下来,冲进他的口里,咸咸的,涩涩的,他不知道自己是怎样站出来的,他让加西亚赶快命令打手们住手,剩余的鞭子让他小三子去挨。

加西亚又一个惊奇,看着小三子铁青的脸,他的心里不免一震,他被这两个年轻的苦力弄得有些不知所措了,他们真的不怕死,不怕受罪,又心甘情愿地替人受过?

这个念头只仅仅一闪,加西亚毕竟是加西亚,他没有答应小三子的要求,他意味深长地笑一笑说,留下来等下一次吧,年轻人,这样的机会多得很,只要你喜欢就行。

待打够了三十大鞭,加西亚宣布走人,吩咐于阿祥,让苦力们抓紧时间吃饭,吃罢饭快快浇水,便和打手们离开了。

小三子、郑永祥、小王江、牛天成,包括王夜生一伙人赶快去把洪海平放下来,异乎寻常的是,苦力们没有一人立刻离去,他们都关心着洪海平的身体,都被洪海平的仗义和顽强感动了。

人们里三层外三层地围着洪海平,有人把自己的毛巾和麻布衣衫撕下来为他揩拭伤处。

真是个好小伙子……

这样的年轻人少有啊!

日光下的苦力们似乎忘记了饿,他们把洪海平抬到了一处高大的塔松下面。

河水在中午的日光下面哗哗地流过,把河岸边高大浓郁的云杉树的影子映在了里面。

……

九

阿托明种植园大片的地亩里正是一派葱茏了。

玉米这种作物有了上好的鸟粪又浇灌了充足的河水,长势真是一天一个样子,细细的杆子渐渐粗壮起来,而青黄的叶片也在浇水之后的几天里变得油油黑绿了。

无论怎么说,苦力们出于本性还是十分珍惜庄禾的,尽管这庄禾的主人是异国的管理者,自己仅仅是管理者所压榨和盘剥的奴隶,但是对自己付出血汗的庄禾们爱惜有加,从劳作的质朴的动作上,从一颗颗朴素的心里。

粪与水的养分不仅仅滋润庄禾,它们也同时滋养了并不受欢迎的野草们,玉米苗子欢实地长起来的时候,草苗子也窜头窜脑疯狂地蔓延开来。

在老家就干了多年农活的大多苦力们是能把这些草叫上名堂的,可是还有许多形状各异的草不知其名,草就如同这异国的人,也有和老家不一样的,比如说这里的欧洲人,这里的本土印第安人,还有欧印的混血儿。不同的土地上生活着不同的人,那同样不同的土地上自然也生长着不同的草,不同的树木,不同的花卉。

在遥远的老家,地里有了野草一般是用锄头去锄的,俗话说,锄头有水嘛,锄头保地墒,锄头疏松土壤,锄头当然还能切断草根的,那可是一举多得的劳动哩。可是在阿托明种植园里,苦力们除草从来不用锄头,锄头就是苦力们的两只大手,同种玉米时一样,每人分了两行或三行的任务,弓起腰来,低下头去,伸开手臂,大大小小高高低低的草们都得靠了两手去拔,苦力的两只手像两把不停歇的钳子,噌噌地把生了根的大小草丛们快速而无情地钳出来。

"怪啊!这日怪的鬼佬,咋就不让我们用锄头呢?"

牛天成张开一张大大的口,边干活边放开嗓音问队长于阿祥。

于阿祥轻轻地回答说:"在秘鲁国就是这样,无论在什么田地里,无论是什么庄禾,除草一律是用双手拔的,听说以前除草也是用和咱们的锄头差不多的一种工具,后来,后来……"于阿祥又把声音压低了几许,说,"后来不断有苦力们在干活时,用那个锄头一样的东西反抗鞭打他们的监工,甚至还用那东西把监工给打死的,从那以后,各个种植园里,除草时就不用工具了,其实干其他活计也一样,能用两手做的,就绝少使用工具,避免发生恶性事故的……"

于阿祥平静地说着,他是以一个老苦力的身份给大家尽可能多地做着解释。

洪海平看小三子一眼,很有一些意味,小三子点点头。海平的伤好得很快,在鞭打的第二天,他就和刘永旺被召进主人的庄园里,干一些清扫院落的活计。这就是主人的别墅大院,好宽大好气派,主人的别墅是一幢二层楼房,平时,只有主人和他的夫人以及他们的贴身仆人居住,管家和监工的住处在楼房一侧的一排平屋里,楼房前面的大庭院里,是一大片长有各种花卉草木的花园;而那排平房的背后,则是更为葱郁和颇有一些神秘色彩的小树林,在花园和树林的衔接地带,有一泓清清的水。洪海平后来才知道,那是一个游泳池,专供卡纳瓦尔一家人享用的。借于一些清扫收拾院落的较为轻松的活计,洪海平细细留意着这里的地形,他特别注意着监工们居住的那排平屋,以及平屋后边的树林,他想看一看,能否有一条从外边进入树林的小路,只要进入了树林,就有办法摸进监工加西亚居住的房间。

洪海平清扫着院落,而刘永旺则在另一头清扫,都低着头一副老实驯服

271

的样子,海平扫着走着就有意识地拐进小树林里了。

小树林里一派繁茂,有海平能认出的云杉树、梧桐树、水曲柳树,还有许许多多他叫不上名字的树木和藤条儿,有细小的叶子如柳丝一样,更有十分宽大的叶片如同他以往见过的芭蕉。高高低低粗粗细细的树木把这个小树林交织成了一派葱茏的天地。由于气候的原因,这异国的树木终年都是碧绿的,油绿的叶片生长得疲惫了的时候,就悄然地从树上脱落了下来,就有新生的叶片悄悄地长出来,树叶就永远地推陈出新着,鲜活地悬挂在树枝上,形成一把绿色的伞。

洪海平就在这大大小小的浓郁的树木下穿行着,眼睛仔细地搜寻着对他来说有用的地形地势。树木的边缘,是一周早年间用红沙泥筑起来的围墙,高大,陡峭,其上也长满了高高低低的灌木草丛,还有一丛丛开着白花的散发着异香的草儿。海平想,要在围墙外面爬上围墙,不借助其他工具,一般来说是不可能的,就是爬上去要往下跳,也非常不容易。他顺着围墙朝前走着,忽然,他发现了在一处墙根下居然有一个类似洞眼的穴,泛着一些白亮,直通外面,有一尺多高的样子,他细细察看后,发现这是引河水浇灌小树林时所凿开的小口子,后来,慢慢冲大了,不用的时候,洞口内外长满了杂草,不留意,是不容易发现的,海平的心里一动,他试着拨开草丛,俯下身子钻出去,土墙有三尺厚,一钻,就出去了,外面是荒寂的河道,顺着河道吹来热热的风。从这里望过去,能远远看到他们劳作过的土地,不过,那些地亩离他已有了老远的距离。

海平记准了位置就迅速地钻回了树林,他知道这是一个危险的举动,这时候让种植园的监工看见了,是要按照逃亡苦力论处的。他的心里有底了,要在一个适当的夜里,从这个不被人留意的洞口进入小树林,再缓缓沿了墙根进入别墅大院,认准了那一排平房,平屋东头的第一间就是加西亚居住的。

"这个挨千刀的狗东西!"洪海平狠狠地骂一句,一股复仇的欲望填充了他的心域。

以后干活的间隙,海平把这个发现告给了小三子,小三子暗喜不已,他们总算找到了一条复仇的路线,接下来,就是寻找机会了。

"那咱们和王夜生再合计合计，人多计谋多嘛。"洪海平这样建议。

且慢！小三子摆了摆手，凑近了海平，同时压低声音说，上次加西亚发觉永旺叔寻死的事儿你不感到奇怪吗？在你养伤并在别墅大院干活的那些日子里，我曾详细过问过王江，你想，只有王江在出事现场，小王江绝不会跑到加西亚面前汇报此事的，那孩子咱们还不了解吗？王江说王夜生远远地朝他们那边瞭过，王江看得很清楚，他还招手让王夜生过去，一同拽回永旺叔呢……不料想就发生了以后的鞭打事件，除了他，还有谁告密？这小子这一阵怪怪的，咱可得小心一点，这样的大事儿万不可让他知道了。

"是吗？"洪海平心里一惊，他万万不愿意这样想，可是——

"那他告密为了什么？"海平问。

"为了讨好，为了得到某种好处，为了以后的日子里加西亚对他网开一面……"

"怎么会这样呢？"洪海平陷入了痛苦的思索中。

玉米苗子一天高于一天了，拔草的任务也一天大于一天，苦力们整天猫在玉米地里，细心而奋力地除草，人们的手臂上衣服上和脸庞上，被碧绿的草叶草汁给沫染得一片片青污，远远看，人与碧绿的庄禾已经融为一体了。

当玉米长到一人高的时候，苦力刘永旺终于受不了这强体力的劳动和下身疾病的折磨，借了遍地稠密的玉米叶子的掩护，悄悄地溜到山丘上，把自己瘦弱的饱受摧残的身体挂在了树枝上。他的双眼大大地睁着，永远也不会闭合地朝了西方，西方，越过无际的大片的土地，和一些连绵的山丘，就是波涛汹涌的海洋，海洋的那边，就是他的贫瘠而温馨的祖国和故乡，他知道他这一生一世也回不到故乡去了，但他要永远这样凝望着，凝望着，任何人闭合不了他执着的眼睛……

事后才知道，刘永旺偷偷跑往小山丘的途中，只有李家兴碰见他了，李家兴先是一惊，惊得脸子都发黄了，之后就戳在那儿，看着刘永旺跑向山丘的灌木里……他如果能及时告给洪海平、小三子或者郑永祥的话，刘永旺也会被悄悄救回来，可是，李家兴就是那样一个不问闲事，多一事不如少一事的人。

小三子事后曾拽着李家兴的衣领无比气愤地质问他："你不劝阻也就算

了,你告我们一声难道你能吃了亏,你好一个自私的家伙！你他妈以后就不需要人帮忙吗,见死不救,真他妈缺了八辈子德！"

几个人忙把小三子拉开,劝说了一阵。人已经死了,也就算了,不过这给大伙儿提个醒,在这异国他乡里,以后一定要互相帮衬着,不可以冷漠和寡情。

天气愈来愈热了。寮棚大院里那几口大小缸里的水自然就用得非常快,苦力们要喝水,干活回来还得洗涮,久不落雨的土院子还得经常用水浇一浇洒一洒。以前,曾有专门的奴仆从河里挑来水的。可是,这样的季节里,就供不应求了,无奈,就有了新的安排,由各个苦力队的人们轮流挑水,每二人一组,每天干活归来或吃罢晚饭,就抽出二人到土丘旁小河边去挑水。

洪海平和小三子心里一喜,这样,轮到他二人一组挑水时,就有了夜里走出寮棚的机会。

这一天终于来了。

二人快速地挑了二十几担水后,天已经彻底黑透了,一丈之内,很难辨清东西。当又一次挑着空桶来到河边时,他们把水桶暂时藏在一大团草丛下,二人顺了荒寂的河道就往北边疾走,一股又一股燥热的风从河道里掠过,把岸畔西边的一团又一团模糊的植物们吹打得形同滚动,仅一会儿工夫,二人就来到那个并未废弃的浇水口,海平蹲下身子听了听动静,除了风掠树木的沙沙声外,便剩了静寂的天籁之音,他趁机钻了进去,小三子紧跟着钻进去了,海平凭借着记忆顺了高大的围墙根朝前摸去,他们需要防范着巡逻的奴仆,还要防范着猝不及防蹿出的狼狗,尽量敛了声息,轻悄了脚步一点一点朝前移。

终于看到监工们居住的那排平屋了。平屋最东端那间却黑着灯,是加西亚早早入睡了,还是有事出去了？二人一时疑惑不定,他们原计划在外面轻轻敲打屋门,他一旦开门二人就扑进去死命地掐死他,神不知鬼不觉的。靠他们二人的力气徒手掐死加西亚是没一点问题的。可是,黑暗里敲打了许久,就是没有动静,是加西亚睡得太死,还是今晚他压根就不在屋里？二人一时没了主意,便躲身于一侧的树丛中,耐心地等候,又等了一些功夫,仍不见动静,二人交换了一下意见,觉得不可贸然行事,便退回树林,爬出土穴,原路快速地返回。

事后二人冷静下来一想,方觉得他们的行动太冒失了。如果那天加西亚在平屋里,他们如愿杀了他,索性逃跑了,那么,未能逃跑的十三队的几十位苦力们就得替他二人受过。这可是种植园的规定啊!他们不可以为了自己的报复行为而牵连了大伙儿,让几十名弟兄们跟着这一冒失的行为付出血的代价,这样,他们就得换一种思维,等待一个合适的机会,既报复了可恶的加西亚,又不至于使大伙儿受到无辜的伤害。

"先暂时放过这条恶狗吧,让这家伙再疯狂一些日子,总有收拾他的那一天!"小三子悻悻地骂道。在这样的大事情上,小三子是很听洪海平的安排的。

洪海平在经历了一些事情之后,变得成熟起来了,他觉得单靠个人意气用事是不可以的,这不同于在国内,在自己故乡的时候。这是在这样一个对自己来讲还十分陌生的国度,尽管在这里已干了几个月的苦力了,但,这是一个怎样恶劣甚或险要的生存环境哪!这一切都逼迫他,遇事要动脑筋,要三思而后行,小不忍则乱大谋,什么是"大谋呢"?那是一个对当下的洪海平来说还是十分渺茫的事情,就是这一团儿渺茫和混沌,这一段日子总是郁结在他的心里,就如一棵草儿,朦胧的根须已经缓缓地扎在心里面了——我们总不能在这里干这当牛做马的活计,总不能遥遥无期地做这些猪狗不如的苦力了……八年,这漫长的黑灰色日子让人想起来就心里害怕!

艰辛的日子显得特别漫长。异国的天总觉得有很多的不同。炎热与干燥形成了这一带的气候特色,风,带着沙漠的粗野和海洋的腥气吹打在这片土地上,把庄禾和山冈吹拂得一片翠绿,却把田亩上劳作着的苦力们吹打得日渐粗糙和疲惫,每人的脸子黑黑的,显出黑中泛青,营养不良的黄色,苦力们的嘴唇上无一例外燥着白皮儿,白皮儿下面是唇上开裂的大大小小缝隙,渗着隐隐约约的血迹。

经过几个月的无奈的适应,苦力们一个个像一台台被人驱使和操纵的机器,无休无止地干活,吃着粗糙甚至发霉的饭食,好几个苦力在田亩上劳动着,在监工头鞭梢的舞动下,奋力地动弹着,忽然就倒下了,像风中的一棵枯树,扑一声,沉闷地倒于地下,倒下就再没有起来。

郑永祥靠着他的忍耐和巧劲慢慢就适应了这种强苦力的劳作,他不仅仅在体力上调剂自己,同时也在精神上不断宽慰自己,既来之则安之,是他适应这种恶劣环境的心理准则。他既不像洪海平、小三子那样从骨子里有着深深的反叛情绪,又不同于刚刚悬树而死的刘永旺那样痛不欲生,没有了一点点生的勇气;他既不同于牛天成那样天生一副满不在乎的乐天派;又不像李家兴那样不同任何人联系的孤家寡人,他热情并不张扬,内敛又不沉闷,他从心底里喜欢他的五代祖传医药医术,被人贩子弄到异国他乡之后,他当然为自己的后半生的命运忧虑过,更为痛心的是将要放弃他所热爱的医学了。当郎中固然是糊口谋生的职业,是治病救人的手段,在他的心里,更是一种对医学事业的深爱,这是最为主要的。现在,郑永祥的体力和心理都承受了这样繁重的劳作和人生的大变故之后,他的心,仿佛又回到了在家乡当郎中的状态里。

夜幕把寮棚大院深深锁住的时候,是郑永祥给小王江辅导医药知识的大好时光,为了说话方便,他俩的铺位挨在了一起,话音低了,并不影响其他人的入睡。

"师父,你前些时日教我的汤头歌,我已经可以背过三十多段了,有时在田亩里,边劳作,边在心里念叨一遍,你给我抽背吧。"

小王江轻轻说,他让师父抽背,是择其中的几个段落,让他背诵,看记牢了没有。

"好,你就背背'百合固金汤'吧。"郑永祥闭上双眼在抽查他的弟子。

百合固金二地黄,玄参贝母橘甘藏;
麦冬芍药当归配,喘咳痰血肺家伤。

小王江很熟地背了下来,几乎如数家常,郑永祥又抽查了一首,说,你背一下"小建中汤"吧——

王江想都没想,脱口背诵道:

小建中汤芍药多,桂姜甘草大枣和;
更加饴糖补中脏,虚劳腹诊服之瘥;
增入黄芪多亦尔,表虚身痛效无过;
又有建中十四味,阴斑劳损起沉疴;
十全大补加附子,麦夏苁蓉仔细哦!

听着王江如此熟练和流利的背诵,郑永祥非常满意,但他嘴上却没有表示出来,他说,背得熟烂是一方面,重要的是要仔细体会,好好理解,将来有条件了,要对药物药材一一辨认。就说"百合固金汤"吧,它主要医治是肺伤咳血的,这些药物的组成主要是生地黄二钱,熟地黄三钱,麦冬半钱,百合、芍药、当归、贝母、生甘草各一钱,元参、桔梗各八分。药物配制好了,自然是用水煎服了,它们的功用是养阴清热,润肺化痰,主要医治肺肾阴亏,虚火上炎。症状是咳嗽气喘、痰中带血,咽喉燥热,头晕目眩,午后潮热,舌红少苔,脉细数。

郑永祥给王江仔细分析说,肺肾阴亏,虚火上炎,为本方的主治之症。肺受火灼,气失宣降,故而见咳嗽气喘,为次要症状,方抑百合滋阴润肺,清热止咳,二地黄滋补肾阴,清心凉血,用甘寒为君药。麦冬玄参助君药滋养肺肾,增液止咳,为臣药。贝母、桔梗润肺化痰,清利咽喉,载药上行,而当归、白芍养血柔肝,保肺止咳,同为佐药。生甘草清热泻火,调和诸药,为使药。诸药合用,肺肾同补,虚火自平,痰清止咳,实为治本为主的良方哪……

小王江则默默地记着何为君药臣药,何为佐药使药。郑永祥叮咛说:"记烂一则汤头歌,必须弄明白这么几点,一是药物组成,二是药的用法,三是药物功用,四是具体主治病症。当然了,知道它的每一则的来源更好,比如'百合固金汤'来于《医方集解》,而'小建中汤'来源于张仲景的《伤寒论》,明白吗?"

王江使劲点点头,经过师父这么一指点,他在后来的日子里就不仅仅是死记歌诀了,相关的知识,也得牢牢记住。

这一段日子里,王江能记牢近百则汤头歌了,郑永祥欣喜也欣慰了,他想,就是自己这下半辈子再与医药行当无缘,也要把一肚子的药物学问传授给小王江,年轻的王江在这里满满干够八年,之后,他也才三十多岁,他完全可以在这异国他乡拷上一只药箱或开一家诊所,给这里的成千上万个华人抓药看病的。自己就是死在这里,也可以瞑目了。

说是这样说,郑永祥一刻也没忘了自己的那个想法,他比以往更多地接近于阿祥了,常常在于阿祥面前,有意无意地提及医药一类话题,以引起他的留意,提醒他在必要时候可以向庄园主推荐他。

"老郑,据我所知,主人的太太一次次上利马城瞧病,可总也不见好转,这一程子,已经很少出屋了,偶尔出来一次,都有家奴搀扶着,可能是腰病哩,我在这里干了七年活儿,就知道太太病了六七年啦,如果你真能医好那病,我想主人是不会亏待你的。"于阿祥这样对郑永祥说道。

"主人对他的太太好吗?"郑永祥这样问。

"那还用说,听人说原来这座庄园是主人岳父的,他没儿子,死前就把庄园连同家奴一块给了女儿女婿,这样,主人就发迹了,当然,他对太太一直很好。"

"是这样。"郑永祥思忖着,并点点头。又有些恳求地说:"那就烦老哥你费心引荐一下吧,宁碰了别误了。"

"行,我找一个合适的机会,让他知晓你的本事。"于阿祥很诚恳地说着。

机会终于来了,那是同于阿祥谈话后的第三天晚上。

郑永祥收工后匆匆吃罢饭,和往常一样擦洗了全身,与小王江坐在寮棚门口,正抽查汤头歌时,他听见有脚步声由远而近,抬脸看时,就见于阿祥领了大管家还有两个家奴站在他面前。

"老郑,主人想见见你,问问话,主要是了解一下,你以前当郎中的情况,是和夫人瞧病有关系的,这不,主人派大管家几人来了,咱们就去吧。"于阿祥说这话时,眼光热热地看看郑永祥,那眼光里藏着一些鼓励和欣喜。

说实在的,于阿祥这个老实的胆小怕事的人,是鼓足了很大勇气或者说冒了一定风险去庄园主卡纳瓦尔那里去推荐郑永祥的,事有凑巧,下午,于阿祥要到别墅大院去送一件东西,正好碰见了两个女仆人搀扶着太太在院子里缓缓散步,而主人卡纳瓦尔也坐在一棵大榕树下乘凉,看看太太走路吃力的样子,于阿祥若有所思,只停顿了一下,他就走到主人面前,深深地鞠了一躬,传个安,就用委婉的话语询问太太的病情,并推荐了他所了解的郎中苦力郑永祥。

庄园主卡纳瓦尔起先很奇怪地看着这个平时胆小听话默默无闻的苦力,有些吃惊他今天的做派,当他弄明白了原来是出于好心给太太推荐一个郎中,而这个郎中居然是他新购来半年的一个苦力,他原来在那个遥远神秘的中国,居然还是一个妙手回春医术高明的郎中,卡纳瓦尔,这个有着辽阔土地也拥有七八百苦力家奴的庄园主,一时间倒显得犹豫起来。这样的事,他得和夫人商量以后再说。卡纳瓦尔和夫人是晚上商量起此事儿的,夫人是抱着试一试的态度,而卡纳瓦尔的骨子是渗透着对华人苦力的轻蔑和仇视,可是,眼看夫人被顽疾折磨着, 他又不愿意放过这么一个不需花钱就能诊病的机会,出于有病乱投医的心理,他也愿意试一试,不过,他的心里却滋生出一个计谋来。

郑永祥没忘记背起他的早已没了药品却仅剩几件小器械的药箱,并叫上了徒弟小王江,跟着大管家和于阿祥一行走进主人的别墅大院里。夜色还浓浓地罩着,只见一丛丛胖大而柔和的树木在院庭里站立着,抒写出一派夜史的神秘。忽然,有光亮把黑暗切割开来,清晰了一条由鹅卵石铺就的宽宽的路,路两旁是高高大大的奇草异花,蒙蒙灯光下愈显出几分别致来。鹅卵石一直铺展到别墅门口,上几个台阶进一道门,光线就更加亮了,那是主人的客厅,宽敞、亮堂,地面是木质的,仿佛是檀香木的厚重板面铺就,被擦拭得油光泛亮,侧面墙壁上有一面大大的能映出人像的东西,他们几个的身影全在里面了,郑永祥还不知道,那是玻璃镜子。

庄园主卡纳瓦尔与夫人坐在正面的沙发上,注视着刚刚进来还有些拘束的郑永祥。

于阿祥轻敛了脚步走前去,对主人和夫人深深地鞠了一躬,用当地语言说几句什么,卡纳瓦尔就细细地盘问起郑永祥。郑永祥原想也前去给他们鞠一躬的,犹豫了一下,觉得算了吧,他是请我来给他太太治病的,我并没亏欠他什么,何必弄得贱兮兮的,关键是治病,病治好了,一切都好,治不好病,一切都枉然。想到这他就那么站着,一副不亢不卑的样子。

卡纳瓦尔的眼睛刀子一样剜着郑永祥,他大致问他从医的时间和如何学来的医术,以及治好病人的数目。当听说郑永祥并没有上过什么医生学校,而仅仅是从祖父父亲那里承袭来的,他的脸上现出了一片狐疑。

于阿祥不失时机地走上前去,又一个鞠躬,解释道:"尊敬的主人先生,你有所不知,在我们遥远的中国,许许多多的名医甚至神医都没有上过什么专门的学堂,都是祖上传下来的医术,祖传是有讲究的,传长子不传次子,传男不传女,传儿媳不传女儿……中国是一个神奇的国家,尤其是中国的医生和中国的药材,它可以医治许多疑难顽劣病症的,不妨让郑郎中一试……"

几句话倒起了一些作用,卡纳瓦尔看了看夫人,想征求夫人的意见。

太太被可恶的腰痛顽疾折磨了二十余年,二十年里她吃了多少药挨了多少针数也数不清,光跑利马的大医院就无计其数,可是收效甚微,病疼依然折磨着她,且有严重的趋势……今儿踏实老实的家奴举荐了苦力中一个东方国度的医生,何不让他治一治呢?

"看样子,他是那种和善之人,从他的眼睛里,能看出一些智慧。他和那一群干活的苦力有不一样的气质呢……"太太这样对丈夫说。

那就让他看一看吧!卡纳瓦尔这样决定了。

与秘鲁大医院完全不同的诊治方式,仅仅是让太太伸出一截手臂来,郑永祥轻轻捏了其手腕,细细把脉。

片刻,郑永祥说:"太太,您这病已有二十多年了,这是生下小孩后患上的病疾,我们中国叫月子里留下的病,是较严重的神经病,要治疗需要针灸的。"

针灸?庄园主和太太不解。他们既佩服这个苦力能瞧出患病二十余年的确切性,又为所谓的"针灸"大惑不解。

"就是用银针扎刺相应的神经穴位。"郑永祥轻松地说。

"用什么银针?"卡纳瓦尔问。

郑永祥从他破旧的出诊箱的夹层里,取出一只薄薄细长的牛皮夹。打开牛皮夹,只见有一排细针别于发黄的药棉上,他取出一根来,出示给卡纳瓦尔和夫人察看。

只见一根五寸长的银针在郑永祥手中颤着,在亮亮的灯光下闪着。

啊——

卡纳瓦尔和夫人几乎同时惊叹了一声,眼睛也立时瞪大了。

郑永祥轻轻一笑,说:"这可是属于我们中国的医药一绝,针灸的历史已经几千年了,治愈过多少疑难病症啊。它的治疗没有服药的难受,没有手术的痛苦,只是轻微的麻痒的感觉,而夫人的病,最捷径最见效的手段就是针灸了。"

卡纳瓦尔与夫人嘀咕一阵,又同大管家说了些什么,只见管家耸动着一撮深黑的胡子,对郑永祥说道:"你是我们主人花钱买来的苦力,主人让你为夫人瞧病是主人开恩看得起你,你得对夫人的身体,对治疗病症负起全面的责任,如果经你医治之后,病体康复,主人自然不会亏待你的,如果相反,那你敢拿自己的性命担保吗?"

"这?"

郑永祥没想到鬼佬们会说出这种混账话来,这分明是对他医术的不信任,他强压住火气,知道目前要改变自己的命运也仅仅只有这一举动,就挺了挺胸脯自信地说道:"我敢。"

那好。管家随取过来一纸一笔,让郑永祥前来签字。这显然是事先准备好了的。这是一张生死状,状文里没说治好了太太如何如何,仅讲如医治不好,或病情反而严重了,庄园有权给郑永祥最严厉的处置。

这是一张不平等的生死状,换一个环境,换一种条件,郑永祥是绝不会签上自己姓名的,这是生死场上的赌博,是生命的抵押,可是,此时此景下的郑永祥没有想得更多,在国内时,他就听说了清政府和外国人签下的一个个不公正的条约,他想,政府大约也有如同他现今一样的无奈吧,他一介草民,如今流离失所,离乡背井的一介苦力又有什么好的招数呢?签吧,是沟是崖就纵身一跳了!

郑永祥几步踱到管家跟前,拿起那管鹅毛笔来,忽然,他停顿了一下,说道:"不过,你们也应答应我的条件,每次治疗我得把我的徒弟带上,好给我当个好帮手。"说罢,他深切地看了王江一眼,得到许可后,他果决地拿起笔来,签下了自己的名字。

一日两次针灸,十天一个疗程,三个疗程初见效果,郑永祥的治疗计划自然得到了主人的准许。这样,在一个月内,郑永祥和小王江每天在田亩里做半天活计,而下午的时间则是诊治的时间,郑永祥用这金子一样的光阴精心医治太太的疾病外,又按部就班地辅导王江一些中医基础知识……虽说,每天只下半天,但郑永祥明显地清瘦了,双眼也熬出了血丝,对卡纳瓦尔夫人的陈年疾病,他也并没有十分的把握,他把担心和焦虑深深地埋进心里,每次从夫人的腰背上拔出他的十二根细长的银针,他都在心里默默祈祷:苍天保佑吧,让他的腰病好起来,那么,我和小王江就有救啦。

一个月,对于在田亩里受累的苦力,时间是显得沉闷而滞涩的,对于签下生死之约的郑永祥,更是漫长的熬煎和如坐针毡的担忧与期望。一个月毕竟太快了。短短的三十天,像是种植园东边山丘里流下来的河水催涌着一样,只是个眨眼间的功夫。

一个月是卡纳瓦尔夫人针灸的三个疗程,第二个疗程中她的病情曾出现过反复,腰酸、腰麻、腰疼,甚至疼痛得直不起身子来,尽管郑永祥在每次治疗中都苦口婆心地劝慰,解释,说这是医治中一个不可或缺的过程,就像怀胎十月生小孩子的孕妇要经历阵痛一样,但一旁的卡纳瓦尔的一对眼睛总是敌视着他,刀子一般带了无言的仇恨。郑永祥的心里惴惴着,惧怕和不安罩着他,他弄不清这异国的阔太太和中国的女人有什么不同,在老家时,他可是用针灸医好过许多的人啊,当然有男人也有女人的。

现在,三个疗程过去了,卡纳瓦尔夫人的腰部居然没有了往日的疼痛,身子也奇迹般地站直了,在庭院里行走,完全像一个健康人一样,这让卡纳瓦尔一家人出乎意料的兴奋,当然,卡纳瓦尔在看郑永祥时,目光也多了几分平和。他不得不对遥远东方的那个神秘国度里的这几根长长的银针也神秘起来,对操纵这几根银针的郑永祥就改变了一些看法。

夫人毕竟不同于卡纳瓦尔,夫人多年来深受病痛折磨,那种苦楚是无法言表的,她吃过多少药物住过多少次医院,连她也记不清了,有时腰疼得整夜整夜不得入睡,那滋味简直生不如死!现在,就这么短短一个月,就这么一个外来的异国苦力,就那么几根带有魔幻而神奇的长针,她不用花费一分钱,病就神奇地退却了,那个朴实厚道的东方人,要么具有驱除病魔的神力,要么有一套高超的医技。让这样一个绝技在身的人整天在种植园里受苦,和那些愚昧的只能出力而没有头脑的苦力们一样,天天出几身臭汗,挨一顿鞭打,也真委屈了他。

夫人把让郑永祥作为他们家庭医生的想法告诉了丈夫卡纳瓦尔。

家庭医生?

卡纳瓦尔抖动着他那蓄得非常整齐的浓黑的胡须,他没有立刻回答他的夫人,他得认真地考虑考虑。

还是管家想得周到,他对主人说,夫人的建议并不是没有道理,要让郑永祥当家庭医生,这固然好,但是对咱们整个庄园的利益并不见得有多大,倒不如让他和他那个小徒弟开一个治疗坊,既能医治家人的疾病,又可对全镇的人们开放,治病交钱,天经地义,咱可以专派一个人收钱管账,何乐不为?

管家的建议让卡纳尔顿开茅塞,那对十分严厉的陷进深凹眼眶里的眼睛忽间迸出了喜悦的光点,他略一思忖,便连连点头,并喜不自禁地破例地拍了拍这位对他忠心耿耿的大管家的肩头。

正如于阿祥所料,郑永祥的命运在他医治好卡纳瓦尔夫人之后的半个月时间里,居然发生了大的转变。

就在临近阿雷基帕镇大街街面的那一排三层阁楼的第一层,空出了两间还算宽敞的厅室,这里,按照郑永祥的吩咐和安排,置放了较为简易的三张医床,五只包有布面的木凳,郑永祥后来才知道那叫沙发。行医用的木桌木椅还应当有一排装草药的木柜木箱的。可是,郑永祥弄不清这异国山涧里生长着的那些野草和植物们,是不是像在老家一样是可以入药的?他以后就得像古时名医那样,在山野采植,尝遍百草了。他对大管家比画了半天,管家还是弄不清他所要的木柜的样式,不得已,又叫来了于阿祥对管家解释了大半天,这才吩咐手下懂木活儿的匠人,照着郑永祥大致画下的图纸样式试着去做。

那些天郑永祥的一对眼窝熬得红红的,他显然已经把那两间宽敞的厅室当作自己的家来经营来操心了。他心中的喜悦和新的压力可以说是同等的。尽管大管家委派了一个分管账目的本地人严厉而狐疑地监督着他和小王江，生活的新希望像这异国的气温一样烘烤着他，燃烧着他。那天，当卡纳瓦尔准许他开一所小型诊所的时候，他悲喜交加。那是在夜里，他忘记了疲劳和饥饿，踏了浓浓的暮色回到寮棚，他冲动地抱了海平失声痛哭，吓了几人一跳，当海平、小三子和小王江知道事情的原委后，几个索性抱成了一团儿。怎能不惊喜和激动呢？这毕竟是赌着身家性命换来的另一种生活方式，是冒着极大风险赢来的，在某种意义上讲可以改变命运的转机啊，不但他郑永祥有了转机，小王江也跟了他有了生存改善，他可以发挥他的医生特长，小王江也可以好好学一门本事了……

希望之光仿佛从异国乌黑浓重的云层里透出来，照在简陋寮棚里几个苦命汉子的脸子，几对眼睛自来异国之后，第一次放出了喜悦的光。

那一晚，他们拉拉杂杂谈了很久很久，兴奋早已驱散了周身的疲惫……

十一

王夜生自从给监工加西亚打了几次小报告之后，他明显地觉得那个凶狠的家伙在看他的时候，目光里多出了几分内容，那内容他也说不清楚，反正比凶狠要好一些，对他不像对其他苦力那样怀了深深的敌视，好汉不吃眼前亏，大丈夫能屈能伸，做人就得学得精明一些，识趣一些，这不是在自己的国家，不是在自己的故乡，不可以一条肠子通到底，由着性子来，就像洪海平那样要吃大亏的，王夜生曾经有和洋人打交道的不长的经历，对洋鬼子，得顺着他们的性子，他要抽烟呢，咱赶快给他点着火儿；他要喝酒呢，咱一杯一杯给他斟，他哈哈大笑的时候，咱也随了他大笑，他恼怒的时候，咱看着他的脸色躲得远远的，这不就结了！

打小报告得寻找一个大伙儿看不见的时机，这不免有些偷偷摸摸的样子，得躲开大伙儿的眼睛，还得能和监工加西亚一个人说上话，这就使王夜生费了好多精力，时时得操心着，留意着。

从报告刘永旺寻死开始,直到眼下,王夜生先后打了五六个人的小报告了,有他们十三队的,居然还有其他队的,这使得加西亚就暗暗佩服这小子的观察能力和获取消息的能力。这样,监工加西亚就多了两只眼睛和两只耳朵,对他没有考虑到的可能发生的不测,也好有个预防和心理准备。

天气愈来愈热,田亩里的庄禾也比赛似的疯长。这一阵十三队的苦力们在做务大片大片的仙人掌。

在老家时,他们也或多或少见过这东西,但大多是在富贵人家的花盆里,那是仅有尺把高的当作花来养的叶子长刺儿的东西,可是在这异国秘鲁的土地上,它却让人惊讶地长成了气候,十几亩几十亩的带有沙性的土地上,遍布着这种足有一人多高的阔叶儿植物,阔厚硕大的叶片上,长满了怕人的长长的刺。起先,苦力们弄不清种这么多仙人掌有何用途,后来才慢慢知道,这仙人掌的用途很大,它可以当蔬菜来吃,只要摘掉叶片表层的刺芒,它就是可口的食物了,可以炒菜,可以和玉米面搅拌着烙饼,还可以榨出汁液当饮料来喝,这可是当地人很喜欢的食物哩。听于阿祥说,不仅仅是秘鲁,就是和秘鲁相邻的国家什么巴西、智利、墨西哥都种植这东西。一方水土一方人,一方水土一样庄稼……于阿祥就他知道的当然也是听人说来的东西尽可能详细地告诉他的这些落难的同胞们,于阿祥的心,被这漫长的七年半的苦力生计磨砺得麻木而平淡了,但他却还有一点点念想,那就是,每过一天就离满约近一天,到契约满了的日子,他就可以成为一个自由人了。可是,成了自由人也得受苦,不也得给这异国的有钱人帮工吗?他每每这样想时,心就平静寡淡得像一瓢凉水一样,他清楚,对他一个年过五旬的人来说,人生最美好的日子早已过去了,即使成了自由人,也仅仅是在这异国的土地上了却残生了,活一天算一天吧,安分守己也听天由命吧!

在仙人掌大田里做务活计,一点都不比在玉米地里轻松,追粪拔草,疏松土壤,还有浇灌河水,那都是一样的苦累,一样的叫人筋疲力尽。还有一样,在高大的仙人掌地里干活,还得多几分小心,那就是,不敢触碰到它遍体的芒刺,虽说它绿着也嫩着,但触碰到刺头上还是十分疼痛的。苦力们几乎是赤身裸体地钻在仙人掌大田里做务营生,在身体的起伏和运作中,与仙人掌的触碰不可避免,每人的上身都染着浓浓的绿汁。天气出奇地热,仙人掌大田里又遮挡了外面的风,憋闷得令人喘不过气来,偶尔伸展一下酸麻的腰,不慎肉体就被刺痛一下,苦力们流着汗,粗粗的喘息声就从高高的仙人掌上,伴着一股一股的热浪飘荡上来。

仙人掌大田里,苦力们苦不堪言。

在园主卡纳瓦尔的别墅大院的花地上,许多不知名的野草也趁势偷偷地长起来,草苗子长长地延伸着,甚至高过了身边的花卉。

庄园大管家胡安曾调动几个仆人去拔草,女仆们都难以胜任这项极其平凡的劳动,在那多种肆意蔓延的野草中,有一种非常难以拔除的锯齿草,这草高大,颈粗,叶子阔挺,且异常坚硬,叶子的边棱一道道锯齿还割人的手,弄得几个女奴非但没能拔利落野草,都让锯齿把手给割破了。

大管家胡安只好求助于监工加西亚,他细长的个子走到加西亚跟前,心里并不乐意地把自己的一面水蛇腰在这个可恶的监工面前弯了一下。

除了庄园主卡纳瓦尔,加西亚并不把其他人放在眼里,此时他傲慢地仰着头,一对鹰眼却眯缝起来,他觉得眼前这个长有一对黄褐色眼睛的半大老头儿其实只不过是一个高级仆人而已。

加西亚再傲慢,但庄园的分工职责使他不得不听从胡安的安排,在某种程度上,胡安的声音代表着庄园主卡纳瓦尔的声音。

这样,在加西亚略有沉思之后,就把两个身力较差的苦力派到别墅大院拔草了,王夜生也鬼使神差地成了这其中之一。

王夜生暗喜,当加西亚示意他和另一个苦力跟着大管家胡安到别墅大院的花卉去拔草时,他顿生感激之情,知道这是监工对自己的照顾,比起在仙人掌大田里的劳作,在花卉园拔草简直是享清福了。

王夜生猜想,加西亚对他的照顾才仅仅是一个开始,他前一阵子在加西亚面前的表现和殷勤,这一番功夫是没有白费的。

王夜生喜滋滋地对加西亚深深地鞠了一躬,就跟着管家胡安走向了远处别墅大院。

小三子看了洪海平一眼,欲言又止,两人心里都明白,加西亚为什么偏偏会挑上王夜生？要知道,比王夜生体力差的苦力大有人在啊!

别墅大院真是太大了,这让第一次进入这里的王夜生大开眼界,这富人家可真舍得占用地盘,他用自己家乡的算地亩数来估约这宽大的面积,有五十亩地,还是一百亩地呀,宽大得让他无法计算,那一大排主屋是主人卡纳瓦尔一家居住的,那是三层高的洋楼,表层刷着洋红色的涂料,显得庄严又浓烈。洋楼两侧,是一幢看来十分古旧的二层楼,表层泛蓝的色彩已经很斑驳了,那是岁月和风雨的使然。那里住着主人家的管家的和其他家务人员,还有部分佣人和奴仆,洋楼后面是一片花园,而花园另一侧是一排平屋,这里住着家族的监工和保镖,包括加西亚在内。平屋之后,是很浩大的一片树林,浓郁葱葱,遮天蔽日。

王夜生的任务是和另一名苦力除去在花卉园子里的杂草。说是花卉园子,那简直是有二三十亩地的大片地沟,里面有着王夜生能认出的玫瑰和牡丹,月季和莲蓬,更多的是他无法辨认,也根本叫不出名字的异国的花草、花树,有的花树丈余高,开着离奇古怪的各样花朵,这里的花工和园丁是固定的,平时浇水修剪干一些杂务,只有在这蓬勃的旺季里忙不过来的时候,才会临时让大管家调用几个苦力来帮忙,干一两个月。

花卉园自然以除草为主,在一名华工简单的示范下,王夜生和另一名苦力就埋头拔开了杂草。

在花卉园里荡漾着异样的花香,还有青草的浓浓的草腥味儿,各种花蝶飞虫也在花草叶上飞舞,这让王夜生有了很惬意的感觉。是的,这里的苦是不算重的,也暂时脱离了监工那钉子样的目光和怕人的皮鞭,和几个仆人一起做务活计,活儿就干得非常从容。况且,大家都在草丛花树中,有疏朗或浓郁的花叶藤条们做遮挡和掩饰,你就是坐下来歇息片刻,也不会有人注意,不会有人发现的。

这其实是卡纳瓦尔庄园管理上的不同,对家仆和苦力的区别对待。家仆或家奴,一般都是本国人,或印第安人或混血儿,同样为仆,同样为奴,但待遇和庄园大田里劳作的苦力不一样,苦力是从异国买来的,使用苦力如同使用牲口一样,家仆虽也有契约,同样为下等人,但下等人毕竟还是人,他不同于任人宰割、任人欺凌的牲口,苦力是没有任何一点人身自由的,家仆相对来讲还是有一些个人生活的空间,这其中的差别是有着质的不同和相当距离的。

王夜生就很有些向往地想,如果从此在庄园里当一名家仆,这八年的漫长岁月也算不十分难熬的啊!心下,对和他一同干活的家仆们,就多出了几分羡慕。

午饭后,对这个庞大的庄园是相对静谧的时辰,天气出奇地热,浓荫里的鸟雀也似乎在避暑和午休,只有无畏的蝉儿在枝叶间聒叫。王夜生不想在闷热的寮棚里待着,索性一人走到他劳作的花卉园里,他想寻一处合适的又长草又干净的地方,一人静静地躺一会儿。在花卉园转悠了好久,他也不知道是什么方位,地下是层绵绒绒的深绿的草儿,身边是十分茂密的一丛丛灌木,在这儿,他静静地躺下了。

刚躺下的王夜生却听到了身边有哗哗啦啦的水的涌动声。他好生奇怪,奋着双耳细听,水声中似乎还伴有人的不匀称的喘息,他越发地好奇了,悄悄站起身,循了水的响动就朝那一丛浓郁的灌木里步去。灌木的尽头却是一个圆形水池,水池里流动着碧绿清水,水池里还跃动着一条白色的身影,当看清那条雪白身影是一个几乎光了身子的年轻女子的时候,王夜生一时惊呆了!

那是一个异国大姑娘几乎全裸的身躯,只有小小的两块布片,围着她高高的胸脯和浑圆硕大的屁股。王夜生虽说也是经见过一些世面的人,可这个场面对他还是第一次,他弄不清眼前这个高大苗条又光着身体的女子是游泳还是洗澡,他的眼睛被姑娘丰满的身躯粘住了,移也移不开,只觉得浑身燥热,嗓子眼儿像要冒火。他想掉头离去,脚步却不听使唤,钉子一样牢牢钉在地下,他就那样出着汗,执着而贪婪地从草丛灌木的浓郁叶片中盯过去,看过去,眼珠一刻也未离开变换着游姿的大姑娘的迷人身躯……

第二天午饭之后,鬼使神差地,王夜生又做贼一样,心怀鬼胎地来到了这片浓郁草丛的深处,那姑娘居然又在水池中。

看得津津有味的王夜生并不知道,危险正一步步朝他走来。

王夜生二十七岁,如果不被人贩到这异国他乡,如果一直在他的老家乡村,早已娶妻生子,成家立业了,但是,在这个陌生的国度里,只能是单身光棍,对异性的渴盼是生理和心理的需求。当看到光裸女子之后欲火的燃烧比当下的天气还要炎热。

人和人不一样,谁让王夜生没有洪海平、小三子那样的自制力呢!

王夜生根本不会想到,危险来自于监工加西亚,加西亚在这个炎热季节的大晌午正悄悄地朝这片草丛灌木的浓郁里走来,岂不知,这儿,已是他窥视多日的老地方了。

自上次监工加西亚在庄园主卡纳瓦尔的房间里见到了在利马读书的小姐努尔玛之后,这个凶蛮的汉子自此就魂不守舍了。无数个难挨的长夜里努尔玛成了他暗想与拥围的对象,努尔玛的一举一动一笑一颦,直让他想入非非,夜不能寐,加西亚不是迷恋于作为一个女大学生纯情、自然、热忱、浪漫,颇有大都市女性的高贵的气质,加西亚迷恋的是努尔玛天生的丽质和浑身无处不散发的性感,努尔玛细细的腰肢更烘托了她胸脯的高耸和丰满,颀长柔韧的大腿使她的身材高挑亭亭玉立,兀起的臀部柔和而饱满,张扬了一个年轻女子的迷人魅力……在努尔玛暑期休假的日子里,加西亚私下里留意她的一举一动,他终于发现,努尔玛每天中午在天气最炎热的时分要在花卉园最西边的那一泓清水池里游一个小时的泳,这样,无论有多么繁忙和疲劳,加西亚总要设法脱开身来,一人悄无声息地钻进这片浓郁的灌木丛里,透过枝叶的缝隙偷窥努尔玛半裸的泳姿。

让加西亚吓了一大跳的是,他偷窥的最佳位置居然已被一个黑影占据了,浓绿的树丛里他一时没看清那是谁,要不是同样被吓坏了的王夜生转过头来,并惊恐地叫出声后,加西亚是不会马上认出他来的。

一股复杂的愤怒的情绪使惊魂已定的监工头一把揪住了王夜生的那脏烂的衣领,他把他拖出浓浓的灌木丛之后,劈头盖脸就是几拳头。

"你这头不安分的蠢猪,你在这里干什么?"加西亚凶神恶煞一般,仿佛他早已心爱的人被这个低贱的苦力抢去了一样,他的浑浊的眼睛里燃烧着一股无名怒火。

"我,我,我……我在这里乘凉的,不料……"王夜生结结巴巴,一时无法分辩。

加西亚狞笑道:"你这只东方的臭猴子,你分明是在打我们家小姐的主意不成,多亏我及时赶到这里,不然,我家小姐就要让你这个臭苦力强奸喽,走,跟我到主人那里,看主人怎么惩办你这个坏小子……"

加西亚的气愤源于属于他独自窥视的地方,居然能被别人占据,而这个人还是一个苦力,努尔玛美艳动人的娇躯只能被他一人偷偷窥看,怎么可以让一个牲口一样的臭苦力也偷看呢?加西亚如同受到了莫大污辱,一路叫嚷着,容不得王夜生有半句分辩,连拖带拽弄到了庄园主卡纳瓦尔的大院里。

吵闹声惊动了很多人,许多家奴揉着睡眼走到大院里,不知发生了什么事儿,惊恐地看着他们俩。

大管家胡安从他的房阁里走出来,慌慌地摆着两只手,看着这个他并不喜欢的监工头儿,责怪道:"吵吵嚷嚷弄这么大动静干什么?要知道先生和夫人刚刚午休啊,有什么事非得到后院理论不可?你一个堂堂大监工,难道遇到了芝麻粒大的事儿也得找主人不成!"

胡安抖动着那一撮杂色小胡须,带有挖苦和讥讽地说道。

加西亚却不买他的账,他不屑地斜了管家一眼,说:"管家先生,今天如果是你的女儿遇到了坏人,将要被人强奸的话,你现在就不会这么轻松地在这里说这些没用的话了吧?"

"你,这,这是什么意思?"胡安不解,脸难看地扭曲了。

院里的人越围越多,这时候,主人卡纳瓦尔出来了。

大伙儿静下来。

加西亚带着万分气愤的情绪并且添枝加叶地叙说王夜生如何偷窥小姐洗澡(他把游泳故意说成洗澡),并且如何对小姐图谋不轨,如果不是他及时赶到,阻止了这起恶性事故,那后果真是不可想象云云……

庄园主卡纳瓦尔的脸色越来越阴沉,那一丛蓄得整整齐齐的胡须居然也抖动不已,他万没想到在自己的庄园里会发生这样的事情,这还了得?一个臭苦力,居然敢打自己女儿的坏主意,这不吞吃了美洲豹子的胆儿了吗?他气愤而厌恶地瞅了一眼此时口鼻已被加西亚打得流了血的王夜生,他要即刻处死这个胆大妄为的家伙。

王夜生此时吓得瘫倒了地下,他想分辩,却没他说话的机会了。

大管家胡安这时候却把一对狐疑的眼睛转向了颐指气使的加西亚。他说:"这可真凑巧了,这该死的苦力在那么隐秘的地方偷窥小姐,怎么会让你给撞见呢?你是在一直盯梢苦力呢,还是一直在盯梢着我们的小姐?这可真成了一个疑问。"

加西亚翻了翻白眼,他没料到管家会含沙射影地怀疑到他的身上,这只可恶的老狐狸!他在心里恨恨地骂一句,干脆嘴硬地说道:"我就是这样凑巧地碰到了,这原来是你大管家的责任,谁承想让我这个监工给抓了个正着,难道大管家还有什么想法吗?"加西亚有些挑衅地看着胡安。

胡安并没去搭理加西亚,他凑在卡纳瓦尔的身边耳语了一阵什么,庄园主便吩咐人把王夜生押进了一间用板钉成的又矮又窄的临时囚房里,以便弄清了事由后再做处置。

这是在花卉园后边一个不为人留意的地方,这地方没有树木的遮挡,在这个大热季节里一整天都在太阳的照射之下,一些坚硬而粗糙的木棒木板被严密而坚固地钉在一起,箍在一起,只剩能容纳一个人的窄小地界儿。

王夜生像只猴子一样被囚在里面,炎热的日光从木板的缝隙里照进来,不可回避地晒在他的脸上身上,一身大汗出过,很快就被太阳晒干,又一身汗出来,又很快被蒸干,他像一只蔫茄子,委缩在那只小小的木棚里。

当庄园主卡瓦纳尔再一次提出尽快要处死王夜生时,大管家胡安出于对监工头加西亚的憎恶,反而婉转地给王夜生说情。胡安说,既然加西亚说那个臭苦力要强暴小姐,何不问问小姐本人呢,这么大的事,作为当事人,应听听小姐的意见才是啊!

卡纳瓦尔觉得胡安说得有理,便抽了时间去问努尔玛,努尔玛摊开双手耸着肩膀说:"我什么也不知道,更说不到伤害,只是在游泳中间听到花卉园那边有人的争吵声,也没留意,又继续去游,怎么啦?"

卡纳瓦尔摆摆手,也不便细说。不过,他还是要借机把这个华工惩罚一下,以警示其他心怀鬼胎的苦力们。

"卡纳瓦尔先生,将那苦力在笼子里关两天就行啦,还是让他出来干活儿吧,他可是咱们花钱买的哪,教训一下让他记住是咱的目的。"

卡纳瓦尔阴沉地一笑,说道:"只警示他是不够的,要发挥他的潜能和作用,使得以后的华工们见了他就有一种后怕才行……"

卡纳瓦尔意味深长地看着他的忠心耿耿的管家,脸上却露出了一丝不易察觉的狞笑。

事发后的第三天大晌午,监工加西亚把几百号苦力们集中在寮棚大院里,四周几只凶狠的狼狗吐着猩红的舌头,一时把气氛渲染得有了几分紧张和恐怖。

加西亚在列队的华工面前走来走去,忽然,顿住了,他面对黑压压的苦力们说道:"今天把你们召集起来,是要你们看一看,我是怎样处置一个不安分的家伙的,原本是要把他处死的,是我们的主人发了善心,才用今天的处置办法,这就要让你们睁大了眼睛,看一看,看仔细喽,你们以后谁胆敢有不安分的心思,重则是处死,轻则就是今天这样的处置办法。好了,闲话不说,处置开始。"

加西亚话音未落,几个凶悍的监工拖着一个浑身瘫软的人来到了场地上。

"是王夜生!"

小三子惊讶地对身边的洪海平说,洪海平也非常惊讶不知王夜生出了什么事。

王夜生连着暴晒了两天,又饿了三天,早已晕死了过去,此时他脸色惨白,双目紧闭,被人拖到了场地上,双腿双脚磨着滚实的土地进来的。

大伙儿一片沉寂。

大晌午暴烈的太阳下炎热中的恐怖气氛让人窒息。

身如面条的王夜生被两个监工大汉提溜起来,摁在一块木块上,一个监工扒去了他破烂的裤子,另一个则操一把匕首样的割刀,在大伙儿尚没弄清怎么回事儿的当儿,操刀者则麻利地割去了王夜生裆里的两颗蛋丸。

晕迷中的王夜生一声惨烈的大叫。

华工队伍一阵骚乱。

四周的监工和凶恶的狼狗制止了片刻的骚乱。

"怎么会这样？他们怎么能这样呢？"小三子在问海平，也在问他自己。

洪海平紧握着小三子的手。

王夜生被人抬下去了。

苦力们也各自散去。

王夜生偷窥小姐洗澡（游泳）的话题也在华工之间传开了。

多亏了郑永祥和小王江的几次治疗，王夜生才保住了一条性命，命是保住了，他的腰却像一个老汉一样地弯曲起来，他原想废了的身子留在大院里，当一名家奴，扫院，担水，拔草，干杂活儿，过着古时太监一样的繁杂却无欲的日子，可是这微薄的愿望也不能够实现，他依然拖着无力的身子，住在破败的寮棚里，和洪海平、小三子、牛天成、李家兴一样度过一个华人苦力遥遥无期的苦日子……

对监工头加西亚，王夜生可以说恨到了骨头里，这只喂不乖的恶狗，别看老子身子已成了这样，老子会寻找机会千刀万剐你个杂种的！

每当这样悲愤寻思的时候，王夜生对他前不久讨好加西亚的一些事件后悔得肠子都青绿起来，他在心里一遍一遍地痛骂自己，谴责自己，没人的时候，他把脑袋撞在寮棚的干土墙上，以宣泄他的悔恨之意。

洪海平却没有嫌弃他，如同前一阵子帮扶体弱的刘永旺大叔一样，在王夜生遭到酷刑恢复身体的这一段时日里，洪海平和小三子尽可能地替他干活儿，夜晚在寮棚里，见他垂头丧气，目光散淡，洪海平就同他谈起心事，劝他不要想不开，咱还这么年轻，来到这个陌生的国度生活才刚刚开始，要像于阿祥那样，忍辱负重，坚决地柔韧地活下去，只要人还活着，就有希望。于阿祥苦苦地默默地干了七年半了，再受半年，不，再受三个月他就干够了八年，他就是个自由人了，就可以在这个对他来说早已不陌生的国家，自由地生活了，呼吸自由的空气，过一个自由人的小日子啦……

洪海平掏心掏肺劝慰着王夜生，小三子也偶尔在一边附和一半句，这让王夜生大为感动，他久久地握着海平和小三子的手，羞惭地说不出话来，许久，这个疲惫却也十分精明的人，终于流出了两行清泪。

"海平，小三子，我，我王夜生落到这个田地，是我罪有应得，我对不起你们，对不起死去的刘永旺大叔，是我，好几次给加西亚打小告，才致使……"

王夜生涕泪交加，他痛悔地说不下去了。

海平下意识地摸一摸身上留下的伤痕，那些尚无痊愈的疤痕让他记起不久前的痛苦，虽说导致这莫大痛苦的缘由也是有王夜生打小报告的成分，可此时的洪海平不去那样想，一次次的遭遇和教训让这个高个子青年人变得成熟和思维开阔起来，这会儿，他拍拍王夜生的肩膀，一字一句地说："夜生，想开些，过去的事儿就让它过去吧，我们是一条船上的难友，这笔账，就记在加西亚头上吧，我们有收拾他的时候，眼光往长远处看……"

三个年轻人的三双大手，在这个没有灯火的黑夜里紧紧地握在了一起。

十二

时间一长，洪海平他们才知道，秘鲁这个国家和自己祖国的季节正好相反，那里是夏天的时候，这里正是冬天，而这里进入夏季，那里正好是冬天。遥远的距离怎么会把季节给弄得颠倒了呢？起初，他们这样奇怪地想，后来向于阿祥请教，才算知道了一些简单的地理知识。

"这里属于南半球，就是到了冬天，天气也不会冷的。"于阿祥有些淡然地这样说着，在异国他乡的秘鲁，于阿祥就快熬到八个年关了，他常常对同他一样不幸的华工们说："说慢也真难熬，度日如年哩，说快也算快了，一晃八年就快到啦，人只要认了命，苦日子当成平常日子过，就没有过不去的坎儿呢……"

于阿祥的话的确起着潜移默化的作用，安慰着辛勤劳作中的华工们，于阿祥本人也无意中成了人们看到自个儿未来的一缕希望，虽然这缕希望淡薄微茫，但它毕竟是暗夜里的一点闪光，于阿祥成了"安分守己，忍辱负重"的一个代名词。

自王夜生被阉事件发生之后，苦力们倒相对平静起来，默默地干活，静静地吃饭，不是害怕，而是忍耐。

相对平静的日子就这么过了一段时间。

入夜,四周一片沉寂。

洪海平他们刚刚入睡,蒙眬中听到寮棚大院有非常嘈杂的响动,这响动不同于平时人们的出工,出工号子一响过,大伙儿的脚步声是紧凑的,着急的,而收工回来的时候,虽然也嘈杂,拖拉,但各种声息传达的却是一种迟暮疲惫的状态,像是混合在一起的叹息声,无奈却又放松。而现在这些混杂的声音让人感到紧张不安,还有一种大祸临头前的恐怖和无所适从。

神经有些敏感也有些衰弱的王夜生忽然就坐了起来,奋起双耳仔细听辨外面的动静,他的脸立时苍白起来,他轻轻推醒身边的洪海平,有些胆怯地问:"海平,快听,外面是什么响动? "

其实洪海平也早被惊醒,他没出声,只是静听着,王夜生这么一叫,他便披衣坐起,这时候郑永祥也披衣起来。寮棚里只有小王江似在熟睡着。海平向王夜生摆摆手,示意他说话小声点,以免惊醒小王江,黑暗中三人静听着,其实三人心里忐忑不安,终于,可怕的钟声很突兀地敲响了,那声音震得破旧的寮棚瑟瑟发抖,条件反射,连熟睡的小王江也忽地坐起身子,惺忪着双眼问:"天亮了? "

洪海平爱抚地拍拍他的头,说道:"天还没亮,有其他情况,咱们一块到外面集中吧,别怕。"

此时的寮棚大院里被点起了几堆柴火,几堆硬木柴火熊熊燃烧着,把大院甚至把半个天空映着一片通红。

华工苦力第十三队的六十号人马全被集中在大院的两侧,大院东侧,是早于他们两三年被贩来的其他队的华工们,十几个打手在熊熊火边走来走去,显得异常活跃和亢奋,他们手里无一例外地提着长长的木棍和卷起来的皮鞭。

气氛霎时凝重起来。

人们能听到各自的喘息声。

这时候,手被反绑着的三十几号人被打手带到了大院中央,需要补说的是,大院中央有一棵古老的洋槐树,那三十几号人就被带到靠近大树的地方。

久没露面的加西亚幽灵一般出现在人们面前,他以一个监工头的身份在向大伙儿叙说这三十几位华工的罪行。原来,他们是早一年被贩卖到秘鲁的华工,就在今天下午,当他们那一队被带到种植园最边远的地方去砍伐甘蔗的时候,忍受不了工头的折磨和强体力的劳作,经过私下里短暂的商量,他们选择路线决定逃亡。由于准备不充分和对地形的不熟悉,这次逃亡失败了,他们中途迷了路,居然又鬼使神差地返了回来,监工们动用了狼狗和马匹,终于在入夜时分把他们又逮了回来。现在,情况明摆着,是要对他们的逃亡行为进行严厉体罚和制裁。

"这是我们阿托明种植园有史以来第一次出现的苦力逃跑事件,我也希望它是最后一次,就让他们给大家做个样板吧,让他们的那一张张喜欢逃亡的脸上永远烙下可耻的印记。"

加西亚的话像此时正燃烧的火星子。噼噼啪啪溅到了列队的华工们的脸上,脸上就有了被灼被烫的疼痛。

"怎么样,谁有勇气站出来,掂起火堆里的大烙铁,给逃亡者的脸上烙上一烙啊?"

加西亚这时候走到了十三队华工的队列前,有些期望也有些幸灾乐祸地鼓动大家。

人群里忽然就有了一阵阵骚动,华工们忽然意识到,今儿夜里,要往逃亡华工的脸上烙烙铁呢,那一团团燃烧的火堆中间,插着一根又一根可怕的烙铁!并且,还要让他们华工掂起烙铁来,朝自己同胞的脸上去烙。

鬼佬!

牲口不如!

真不是人干的事!

人群里低声嚷嚷着:"弟兄们,只要是中国人,我们就谁也不要出去,谁也不能出去!"洪海平在叮嘱着大家。

"对,听海平的,绝不能做对不起同胞的事,打死也不能!"小三子也在向大伙儿表决心。

众人默默地点着头,默默地盯着火堆,盯视着火堆耀亮的大院场地上活动着的监工头们。

"你们听好喽,这可是自觉自愿的事情,谁主动去烙,以后断不了有谁的好处的,这机会是不可错过的。"加西亚依然在鼓动着大伙儿。

"不要听他的鬼话,这家伙,我算是看透啦,万不可上当啊!"王夜生也在人群里这样说,这样提醒着其他华工们。

见没人肯站出一步,加西亚移动了脚步,走到其他队列前面鼓动去了。

几个监工这时候在加西亚面前耳语几句什么,加西亚点点头,他忽然走到第十一队里,从里面抽出了十几名黑人苦力和几名印第安人苦力,他用本地话在同他们吩咐交流了一通后,这十余名黑人和印第安人稍事犹豫,就有几名到火堆里,抽出了被烧得通红而溅着火星的大烙铁。

残酷的烙刑在深夜的寮棚大院里拉开了惨绝人寰的一幕——

两个打手架着一名原本就被绑了双臂的逃亡华工,一直架到那棵大刺槐下,然后用一根粗粗的麻绳将他的腰胸部位紧缚在树身上,使其动弹不得。这时一个黑人晃动着黑塔一样的身躯,掂着一根暗红的烙铁走了过来,不容分说,一烙铁就冲华工的左脸杵过去了。

"不——啊——"

华工的叫喊声还没有出口,就变成了撕心裂肺的惨号,一股难闻的焦肉的味道在洋槐树下弥漫开来……

那把暗红色的烙铁结结实实杵在华工的左脸颊上,这名打上烙印的华工旋而被人松了绳索,让人推到一边去了。

又一名华工被强行绑在了大树上。

华工尽力挣扎着,头摆来摆去,最后,一名打手把他额头也箍了一条绳子,紧箍在大树上。

当一个高大粗壮的黑人拿了烙铁靠近他身体的时候,华工飞起一脚,铆足了劲儿,一脚踢在黑人的裆部,黑人立刻倒在地下,哎哟哟叫唤起来。

打手们蜂拥着过去,抽了华工耳光之后,又把他的双腿也用绳子绑在树根上。

这下华工动弹不得,只是口里大骂着打手们。

297

黑人爬起来,重又捡起掉在地上的烙铁,他朝烙铁上吐了口唾沫,以试烙铁的温度,暗红的烙铁滋滋地响着,燃烧起可怕的声响。黑人显然被这一脚给激怒了,一把把烙铁烙在华工的左脸上,久久不肯拿开,在华工的惨叫声中他体会着一缕复仇的快感。这一次肌肉焦煳的味道伴随了一股股浑浊的烟雾荡开来,刺激着人们的口鼻……令人没想到的是,当黑人把粘了皮肉的烙铁拿开后,却迅速地又烙到了华工的右脸上,华工又是一阵凄惨的号叫。

　　人群这次有了大的骚动,咒骂黑人的残暴,华工队列里有人用口水朝黑人喷去。

　　几只狼狗张牙舞爪地朝人群示威,打手们费了很大劲儿,才平息了方才的骚乱。

　　烙刑一直在继续,被烙华工的惨叫声传出好远好远……

　　洪海平数过,一共三十七名华工,就这样被残酷地上了烙刑。打手们这次却例外地没有动手,而手执烙铁的,却是同样是苦力的黑人和印第安人。

　　"怎么能这样,怎么会这样呢?"人群中的李家兴浑身抖动着,他脸色惨白,显然被这一幕给吓坏了。

　　"我们华工也是人啊,他们怎么可以这样对待我们?!"小三子的眼泪给憋了出来,他的拳头攥得紧紧的。

　　洪海平这时候没说什么,他忽然有了一个想法。

　　小三子是在事情过后的第二天中午,才知道海平这个想法的。

　　日光烈烈地悬在天空,把火一样的热流倾泻下来,整个土地上给人的感觉是干燥、炎热、空旷,给人的情绪增加莫名的烦躁。

　　郑永祥领着洪海平,在这样一个炎热而静寂的大晌午敲开了镇长索罗斯家的大门。

　　洪海平是颇费了一些周折才打听到他们所居镇子的最高行政长官镇长索罗斯的居住地,它离他们居住的寮棚大院其实并不远。洪海平是通过于阿祥打听到的,仅仅打听到还不行,他和此时已经在庄园正式行医的郑永祥一块商议过此事。正好前不久郑永祥曾经给镇长夫人进行过针灸,效果还不错,前两次是镇长索罗斯到他们刚创办不久的医疗所就诊的,后来,是郑永祥在索罗斯家奴的引导下到他家里医治的，索罗斯惊异于遥远的中华医术的高明，同时他也为华工郑永祥的医技和他勤恳忠实的医疗态度而感动，对郑永祥的好感就此而萌生。当一个疗程治愈了索罗斯的腿疾之后，出于感恩心理，索罗斯对郑永祥说："我对你的医术深感钦佩，对你离乡背井在陌生的秘鲁国重新开始的生活表示同情和关切，以后，无论你或者你的同胞遇到什么事情或麻烦，只要在我的职权范围内，我可以力所能及地帮助你。"

正是基于郑永祥与索罗斯镇长的这层关系，(如果也能称作关系的话)洪海平就同郑永祥商量，他们要把阿托明庄园在华工脸上烙印记的酷刑以及平时如何虐待华工的一系列情况，反映给镇长索罗斯，他想通过索罗斯，一级级一层层告给有关部门，通过官方行为改善华工的待遇，最起码让官方知道"烙刑"这样的惨案，让他当镇长的知道，在他所管辖的区域内的阿托明庄园里，居然会发生这种惨无人道的行为！

当郑永祥背着药箱走在这个镇子最热闹和繁华的地方的时候，无论各色人等都已不会用疑惑的目光去盯视这个肤色黄黄的中国人了。"他是医生，他是遥远的大清国被贩卖到这里的苦力，可他是很神奇的医生，阿托明庄园主卡纳瓦尔太太宝利娜夫人的腰疾病折磨了她二十多年，利马的大小医院都跑遍了就是治不好，可是，就是这个华工，用几根神奇的银针，居然治好了她的病，这可真是不可思议，不可思议……"小镇上的本地人每每这样窃窃私语的时候，总要多看几眼相貌平平，看起来厚诚老实的郑永祥，而郑永祥背着药箱无论在大街小巷里走动，都是再平常不过的事情了。

现在，郑永祥就背着药箱穿过镇子的中心，尽管他身边多了一个洪海平，人们也不去过多的留意，何况，这会儿正是大晌午，是人们午饭后小歇的时辰。

镇长索罗斯的家在镇子中心一条闹中取静的巷子里，那是高高的三层阁楼，阁楼的外表涂着浓浓的艳丽醒目的红色，而不少墙壁还涂有淡蓝色，一红一蓝，对比强烈。洪海平就奇怪秘鲁这个国家，凡是阁楼和较高大的阔叶子的树木，都喜欢涂上艳丽的颜色，再加上四周一些高大的阔叶子的树木，就把环境点缀得妖娆动人了，这一点也不同于遥远的老家，老家的瓦屋或草屋，要么是灰灰的颜色,要么是黑乌黑乌的,即使在广州那样的大城市里,楼房呀平屋呀都是灰乎乎的一片!这可能就是国家和国家的不一样吧,一个地方有一个地方的建筑,一个地方有一个地方喜欢的颜色,就连人的肤色都不相同嘛,何况喜欢的色彩呢!洪海平这样漫无边际地想着时,镇长家就到了。

还好,镇长刚刚吃罢午饭,见郑永祥引了一个苦力模样的年轻人到了他家,还算客气地让座,并让家仆给他们每人倒了一杯水。

郑永祥自然地并且关切地询问了索罗斯镇长腿部的恢复情况后,就把话题引到了三天前阿托明庄园如何给逃亡华工脸上打烙印上烙刑的事情上。

"天哪,居然有这等事情,就是奴隶制没废除时,这烙刑也是极少使用的,这个卡纳瓦尔,可真是越来越大胆啦,照这样下去,他迟早会栽大跟头的,这个人,有时候过于刚愎自用,自以为是,别人的意见总是听不进去,这,太出格,太出格啦……"

索罗斯惊叹着,一副诧异而略显无奈的样子。

为证实事件的确切性,洪海平就把那天晚上三十七名逃亡又被抓回的华工被烙铁残酷烙脸的过程尽可能详细地叙说了一遍。

索罗斯静静地听着,时不时站起身来,在宽敞的大厅里度几个来回,他转过头来,问了一句洪海平:"华工为什么要逃亡呢?为什么就不遵守当时的契约呢?如果华工不逃亡,不就没有后来的烙刑事件了吗!"

这个身躯高大的索罗斯,此时从他那双深褐色的眼仁里蹦出了一缕困惑和疑虑。

"镇长先生,这是庄园主和他所雇佣的那帮打手平时对苦力太苛刻了,我们没有半点人身自由,平时就是解个小手都得请假,稍有不慎,打手们便拳打脚踢,打手和监工只要看不顺眼,就可以随时随地挥动皮鞭抽打我们……干着强体力的活计,吃着发霉的食物,而生命却得不到一点点保障……"洪海平索性从华工们的衣食住行全盘说起,他说到刘永旺如何一而再而三地遭到鞭打,加西亚如何残忍地打他的肛部,致使他自缢而死;讲王夜生如何被莫名其妙地阉割了下身;讲年少体弱的王江如何受到折磨;一直讲到前两天对三十七名华工的脸烙……讲着,洪海平脱下自己的上衣,裸露出脊背上一道道鞭打过的伤痕,那是前几个月他替刘永旺受刑所留下的印记,横竖交错的道道鞭痕已经永远地刻印在洪海平宽阔的背上了……洪海平为了证实庄园里的虐待华工,这时候不得不展示给镇长索罗斯察看……

"太残忍了,太残忍了!"

索罗斯站起身来,帮洪海平穿好衣服,他有些不忍心看面前那背脊上的条条伤痕,他闭了眼睛,好半天说不出一句话来……

"这简直是黑奴时代的重演,简直是……"

索罗斯又在自己的客厅里踱了两圈,待平静了情绪之后,说道:"我不止一次地对卡纳瓦尔先生提醒过,绝不可以把对待黑奴的那一套对待华工,可是卡纳瓦尔先生听不进去,以为我站在华工这一边。这不是站在哪一边的问题,这是一个原则性问题,前几天,听说有《民族报》的记者要来镇上,调查几个较大的种植园里华工苦力遭受虐待的情况,看来,卡纳瓦尔那里的情况,本是没办法给解决的,我只能如实地讲给《民族报》的记者们了。到时候,如果记者果真来了,我可以想办法让你们单独和他谈一谈,我也不希望在我所辖管的区域内,出现这种耸人听闻的没有人性违背人道的事情。"

"不过,在记者见你们之前,我再找卡纳瓦尔深谈一次,我想,在有关条文和法规面前,在长远利益和种植园的前途上考虑,他也应该立刻停止不人道的做法,我相信他会有所改变也有所改进的……"

看来,索罗斯说这番话时,是经过深思熟虑的。

洪海平和郑永祥的心里,就又燃起了一缕希望。

"为啥当时不叫上我呢?"

当听完洪海平所说的到镇长索罗斯家里诉说阿托明庄园虐待华工的事情后,小三子责怪为洪海平不带上他。

"这不是怕人多目标大,惹人眼目嘛,以后的一些事情,尽量要悄悄地办理,悄悄地行动,要缜密,再缜密。"洪海平又一次叮嘱小三子。

"鬼佬们,他会为咱们说话吗?"小三子问海平。

"不要求他为咱们说话,只要他以镇长的身份主持个公道就行,对比他更高的上司或者什么《民族报》了解情况的记者如实把虐待咱们的事实报上去就可以啦。依我看,索罗斯这人一是还有些同情心,二来是一个按规章办事儿的人,三嘛,他不希望在他管辖内的地界上发生黑奴时代的不光彩的事情。不管怎么说,咱利用郑永祥和他的那一层关系,首先让他知道种植园里的实际情况,这对咱总是有利的一面。"洪海平的分析让小三子心服口服,他感到海平明显地不同于以前了,生活的大波大澜使他很快地沉稳和成熟起来了。和海平在一起,无论遇到什么事和应对什么事,小三子的心都是踏实的。

就在郑永祥和洪海平见到镇长索罗斯之后的第五天,这个身体高大性情沉稳有着一对深褐色眼珠儿的中年汉子,迈着他不紧不慢的步子,走到了阿托明种植园庄园主卡纳瓦尔的家里。

"亲爱的索罗斯镇长先生,我昨晚肯定做了好梦,不然不会在今天这样一个好的日子里见到您的,您不知道我此刻有多么高兴啊,是您高大的身材给我带来了莫大的喜悦啊!"

阿托明庄园主卡纳瓦尔抖动着他那撮动人的胡须,一边带有夸张性地说道,边说边迎过去,和索罗斯进行了一个带有久后重逢意味的拥抱。

气氛一下子亲热起来了。

卡纳纳瓦尔赶忙吩咐下人,拿出他不久前去利马时带回来的一瓶上等好酒,斟了两杯,他要和这位一镇之长当然也和他关系不错的老朋友干上几杯。

镇长索罗斯心里有事,他知道自己不是来阿托明种植园主的家里闲坐来的,更不是来品酒加深友谊来的,他有些矜持地坐下来,象征性地和卡纳瓦尔碰了碰杯,便把话语引到了正题上。

"卡纳瓦尔先生,最近您的种植园里一切都好吗?"索罗斯这样问道。

精明的卡纳瓦尔眨了眨有些警惕性的眼珠儿,他没有直接回答索罗斯的问话,他顿了一顿,反问道:"是不是镇长先生听说了些什么呀?"

索罗斯微微一笑,说道:"几乎全镇的人都在谈论您的种植园发生的事呢,我就是再迟钝,那敏感的事儿就像眼下这炎热的风一样,也会尽数吹到我的耳朵里的。卡纳瓦尔先生,真的,作为老朋友,我不得不出面同您交涉了……"

"交涉什么?"

不待索罗斯说完,卡纳瓦尔就有些着急地打断了他的话。

"我劝老朋友就不要装糊涂了,难道给逃亡华工的脸上烙烙铁还不够严重吗?你这样一意孤行,我害怕,迟早会带来一场大的危机,或者,或者是大的灾难,这灾难,可是人为的灾难啊!"索罗斯的话有些意味深长。

卡纳瓦尔立刻从沙发上站起来,他是最不喜欢听这一类的不利于他的种植园的话了,何况还是这种带有灭顶之灾的预兆性的凶音,他显然有些恼怒了,他在宽大客厅里连踱了几圈步子,气哼哼地说道:"好了,我尊敬的镇长先生,请您不要用这种不太友好的语言诅咒我的种植园,这家业虽说是从我那年迈的叔叔那里继承过来的,但也渗透了我的心血和汗水,多年来,我为这偌大家业和这偌大的种植园操了多少心,付出了多少精力,别人是无法体会更无法理解的,我会为维护种植园的利益而不惜一切手段的,这一点,还请镇长先生能理解我。"

卡纳瓦尔说得有些激动了,嘴巴里居然喷溅着唾沫星子,他意识到了这一点,赶紧从上衣口袋里掏出一方叠得方方正正的手帕揩了揩嘴唇。

索罗斯一直不动声色地听他的这位朋友的激动陈述,他坐在沙发上并没有动,他有些惊讶卡纳瓦尔的一面之词,卡纳瓦尔的确为了自己的利益而到了不择手段的地步。

索罗斯有些讥讽地一笑,说:"庄园主先生,您完全误会了我的意思,正是从你的大庄园长远的利益的考虑,我才提出了这样善意的警告,你应当明白,华人苦工在秘鲁的种植园、鸟粪场所遭受的非人待遇和种种虐待,早已引起了国际社会的普遍关注,我国政府在这一点上是很有压力的,如果下面的种植园对苦力的待遇还不改善,那政府就下决心对苦力使用进行全盘的整顿,要知道,来自上方的整顿历来都是要抓典型的,对虐待华工出格,不择手段且屡教不改者,那肯定是首批整治的典型。卡纳瓦尔先生,如果您听不进去我的劝告,依然我行我素,到那时,您和您的种植园不幸当了被整治的对象,那受到的损失将无法计算哪,当然,还不说在声誉上、道义上受到的损失……前不久,美国的一家颇有影响的报纸上有一篇专论秘鲁国种植园的文章,说在种植园里对华工的奴役,是黑奴时代的死灰复燃,文章列举了很多种植园,您的阿托明种植园也不幸被列入了其中……"

"是吗!？"卡纳瓦尔一副惊讶的神情,他的眼睛立时瞪圆了。

"那白纸黑字,还会有假吗。"

"那报上还说了些什么？"

"主要说种植园里有虐待华工的行为,有不人道的行径,有奴役华工如同当年奴役黑奴一样的做派,报纸把这种做派叫作罪恶,卡纳瓦尔先生,那可是罪恶呀……"

"这可恶的报纸,这可恶的美国佬……"卡纳瓦尔气得双唇抖动起来。

"报纸还要组织联合一批记者,注意,这种联合是国际性的,不仅仅是美国的记者,可能还有古巴记者、巴西记者、加拿大记者,也有我们的秘鲁记者,他们由报馆统一组织起来,又分散到我们秘鲁的各大小种植园里、鸟粪场里,他们可能装扮成一个苦力,或者单刀直入走进种植园里,他们用卧底或其他形式要真实地了解种植园的真实情况,了解华人苦力的生存状态,总之,他们要得到他们认为最真实的第一手材料,然后再通过报纸发表出去,让世界尽可能多的人们读到它,让关注华工苦力的人们进一步关注华工的命运,让苦力们的控诉真正起到引发人们悲悯和同情以及强烈谴责虐待者的声浪,到那时,尊敬的卡纳瓦尔先生您还能如此安闲地坐在舒适的大厅里,让您的手下帮您打理种植园吗？说不定,当我们坐在这里交谈的时候,就有《民族报》或其他报馆的记者们已经悄悄地走进您的阿托明种植园,边干活计边和华工苦力们交谈起来了……"

"这,这不可能,那您说,当下,我该怎么办？"卡纳瓦尔被索罗斯说得有些惊慌起来,一时间无所适从。

索罗斯沉吟少许,款款说道:"如果我的意见您认为合理和可行的话,我觉得,对以前虐待过的华工进行适当的安抚,这当然不解决大的问题,根本问题在于您今后的做法,必须停止对华工苦力的所有虐待行为,并且尽可能地改善他们的待遇,这是一个观念和意识上的问题,您待他们好了,他们才能好好地作务种植园,没有是非,没有节外生枝,没有捣蛋调皮,也没有了逃亡事件,同样的道理,他们吃住好了,才有力气耕种田亩,做务活计,劳动的效果也较之以前不同啊……"

"什么？什么?！您没有搞错吧,镇长先生,我花巨款买的是苦力,而不是座上客,对苦力不用皮鞭难道要用鲜花和美酒吗？我这里是种植园而不是慈善堂,这些得寸进尺的臭苦力,你给他一块面包他还想得到一根香肠,吃了一根香肠还要一条火腿,您想想,吃着香肠和火腿的人能在种植园里淌汗吗？皮鞭,只有皮鞭能驱赶着牲口,在大田里劳作,这是多年来种植园里的经验,让那些多事的美国佬见鬼去吧,等待他们的只有烧红的烙铁和阴森森的坟墓,让那些追腥逐臭的可恶的小记者来吧,到我的种植园来吧,那一排排还没倒塌的寮棚等着他们居住,河边上百公顷的河地也等着他们去耕种,我的得力的监工头加西亚正手痒痒呢,他的皮鞭可以给那些无聊的记者们的头上脸上和脊背上留下深刻的印记,我手下的十余个打手也绝不是吃素的,他们可以让记者们真正明白种植园的真正含义是什么,狗娘养的,我倒想见识见识那帮欠揍的记者们长着几只脑袋,他们的脑袋还能硬过打手们手中的大棒,我倒想领教领教了。"卡纳瓦尔气愤地喋喋不休,居然握紧拳头把皮沙发的扶手击打得嘣嘣作响。

"疯了,这个人早已歇斯底里地疯了,我不会同一个发了疯的人谈论事情的,不会的！"

索罗斯吃惊地看着愤怒不已的卡纳瓦尔,无奈地摊开两手,他耸耸肩,在卡纳瓦尔依然发表他愤慨的言论时,他索性离开了他的客厅,走出了他的家。

"真是不可思议,这种人实在是不可理喻了！"

索罗斯摇了摇头,他为自己的一通毫无效果的说教感到了几分尴尬和无奈,同时觉得自己的不辞而别是维护自己一镇之长尊严的凛然行为。

"不听劝阻的家伙,等着吧,吃亏的最终还是你自己！"索罗斯边走边愤愤地想。

十三

在今天这样一个阳光晴好的日子里,郑永祥获准和小王江乘着拉货的马车到利马城去啦。

　　新开不久的诊所,渐渐被小镇的居民们接受下来,他们起先是好奇,之后试着治疗一些小病小恙,不能说立竿见影,但是很快就有了效果,本地居民们惊讶郑永祥手中的那九根银针,更奇怪由他开出的一些草药,什么事情都有一个过程,当医治所度过了由被人们观望、浅探,最后乐于接纳的过程之后,便有了一个很喜人的局面。可以说,郑永祥的这一步是踏踏实实走出来了。可是,令他心情沉重的是,他看病的客人大都是小镇的上流人物和一部分居民,很少有华工苦力来瞧病,不是苦力们不瞧病,是阿托明种植园不给苦力们看病的权利,除非万不得已不瞧不行⋯⋯在郑永祥手下,经他扎过银针或进行其他医治的,是体面排场的白人,是高高大大的混血儿,是有着同华人肤色一样的印第安人,黑人同华工一样稀少,他们很难得到看病的待遇⋯⋯

　　不管怎么说,医治所总算在小镇立了足,这一点很重要,这关系着郑永祥和小王江以后的命运。无论是大管家胡安,还是医治所负责收支的监督人罗杰尔,他们都对郑永祥的敬业和踏实放心,时间一长,对他就有了一定的信任度。

　　在医治所开业的这段日子里,没病人光顾的时候,郑永祥喜欢引着小王江在小镇东面的山丘上采一些他认为是当地的药材,郑永祥明白,橘生淮南为橘,淮北则成为枳了,这可是在遥远的异国他乡,这里草药的功效肯定和国内的不同,一方水土一方植物,这就要他亲口去品尝了。说也怪,在这方有沙土有山丘有山泉而土质略呈红色的山地上,却长着千奇百怪形形色色的山草和灌木,凭许多年经验,郑永祥把它们的形状色泽把它们的根茎、叶花以及圆圆的果实,同他脑海中储存的中药材一一比较,他认为有药物功能初步鉴定出的草物们分门别类,并且给它们拟出名称来,收集在这个并不甚大的医治所的货架药箱里,时间并不长,郑永祥收集到了三十多种草药药材。

　　在医治所给病人医治期间,郑永祥早就听说了秘鲁首都利马有华人开设的中医店和中医所,他曾经强烈地渴望到利马去,到利马的中医所,和那里的医生们好好地交流和切磋,好好地学习和请教,郑永祥想,既然是中药店,那肯定是中国人经营呢,他有一种迫切见到中国医生的愿望。

时机果然来了,随着就医者的逐渐增多,草药的供求就成了问题,还有,一些医疗器械也需要装备一下,这样,在郑永祥的一再请求下,在罗杰尔向大管家胡安的说明与陈述下,最终,卡纳瓦尔答应了他们的要求。这样,在一辆马车赶往利马城进货的时候,他们一行三人(罗杰尔在内)就驱往了对郑永祥来说向往已久的利马城。

　　阿托明种植园位于利马城西北部,距利马也就是五十公里的样子,马不停蹄,一路小跑,赶到利马城时天正黑得透彻,罗杰尔联系了一家车马店,郑永祥和小王江还有马车夫在车马店住下了,罗杰尔和拉货人则登记在车马店附近的一家旅店里。

　　天刚麻亮,罗杰尔就叫醒了郑永祥,草草吃了些随身带的干粮,就走出低矮的车马店,来到了宽阔的大街上。利马城是一座典型的沿海城市,大街两旁的楼群并不算太高,但楼房的外表一律涂着浓重的红红蓝蓝的色彩,显得别有情致,最引人的建筑要算高高低低的天主教堂了,远远就可以看到醒目的十字架,也可以听到从教堂传来的钟声。

　　利马城的街面大多是用石子铺就的,郑永祥知道,那是鹅卵石,又有街面是一大块一大块石板铺就的,显得牢固而整齐。这个国家虽说终年气候炎热,但利马城紧靠大海,海洋性的气候使这座城市湿润而凉爽,太阳也晒得暴烈,但雨水却勤快,一场又一场雨水的冲洗,城市就清新洁净,而城市街道两边的树木,翠绿高大郁郁青青。

　　郑永祥的目光却顾不上观看这些,他的一对有些泛红的眼睛留意着街道旁的厅面,因为,在利马大街的许多面门上,都写着两种或三种文字,西班牙文字和当地的印第安文字,西班牙文字是作为官方的文字,而在两种文字之外,偶尔还有另一种文字,刚才,眼尖的王江就发现了一家写有"大清国餐馆"字样的文字,他的发现让郑永祥的内心一阵欣喜,忽然就有了某种"家"的感觉,见到"家人"的感觉,要不是罗杰尔在身边,他真想走进那家餐馆里,认一认中国的老乡,诉一诉离别故土的乡愁。可是他不能,他得把这种情绪压抑下来。他有比这更为重要的事情,他再三叮嘱王江说:"小江,看仔细点,有咱们中国的餐馆肯定会很快发觉咱们中医诊所的,要知道,早在十多年前就有一批又一批的华人被贩到这个国家的,我听于阿祥说,前后被贩到秘鲁国的,就有十万华人了,十万人!那可不是个小数目哩,你想想,十万人里面,还没有二三十个懂中医精通中草药的吗?中医药是一种文化,是文化就有互相交流和借鉴的功能,最早可能有一些排斥和怀疑的现象,但慢慢就接受了,就和咱们开的医治所一个道理……"

虽然这一段郑永祥很劳累,但他心劲十足,一是重操旧业,干上了他祖辈相传的中医,尽管是在陌生的异国,毕竟是治病救人,积德行善,再则他从小小医治所看到了前途,并且从王江身上看到了祖辈承袭中医的后继传人。人要知足啊!比起前一段自己在种植园里牲口一样地流血流汗,比起至今仍在大田受累的洪海平、小三子、牛天成、李家兴他们,他简直到了另一个世界!

能把他的医术推广到这漂洋过海远在千里万里之外的异国他乡,郑永祥也觉得对得起列祖列宗,不枉过一世了,他甚至感到这更有不同寻常的意义,这是一种中医文化跨越国度的大传播大交流,尽管这种交流是被动的,一方面它充满了残酷和强迫,但从另一方面讲却为这种传播提供了条件。在家时,郑永祥无数次地翻阅家谱,上溯十代、十二代,祖辈们一脉相承地都沿袭了中医药、中草药,但都无一例外地是规模较小的中药堂,虽在方圆一带颇有一些声望和名气,但都没有把业务做大,这似乎和他们郑家人的本分、固守,安于现状又踏实勤恳的性情有关。到了他郑永祥手里,天哪,居然发生了这么大的变故,他的命运一夜之间就被改变了,是厄运哪!他像一头牲口一样,被人劫持被人贩卖了,贩到了这举目无亲的异国,但塞翁失马,几经周折后他又神奇地拿起了他的银针,挎上了他的药箱,在异国的河岸山坡上采集对他来说还是十分陌生的草药植物,他开了列祖列宗的一个先河啊,谁能说得清这是坏事还是好事呢?不过,他心中只有一个念头,他要把这个诊治所好好开下去,让大清国祖传下来的神奇的诊治手段医治千千万万个病人,当然包括被命运之船载到这里的不幸的华工华人……

郑永祥这样想着,脚步就加快了,踩在利马城清新的石子石板铺就的大街上,他有一种急于寻觅到老乡同行的愿望,这愿望使他的浑身涌满了一种力。

"师父,您看……"

顺着小王江手指的方向看过去,见大街对面有一排门面,其中一家门面的上方,在外文下面有几个熟悉而亲切的汉字:中医草药堂,但是字迹显然已经有些陈旧了,比起它们上方那一行色彩鲜艳的外文字,这一行汉字颇有些苍老和颓败。

郑永祥心里还是掠过一阵欣喜,躲过了行驶过去的几辆豪华马车,他们一行穿过马路,到了那家门面前。

郑永祥急匆匆走了进去。

这是一家不大的门面,房间也不甚宽敞,有两间屋子那般大小,墙壁上和横杆上却悬挂着各种兽类的皮毛,这些皮毛都是熟好了的,这显然是一家皮毛店了,皮毛下面,两个本地的印第安人在悠闲地说笑着,对他们的到来视而不见。

郑永祥一片迷惑,转头去看罗杰尔,他的意思是,让罗杰尔问一下店主,这到底是怎么回事?

罗杰尔便走过去,和两个印第安人打招呼并寻问起来,两人懒洋洋地告诉他,这里前五六年曾是一家中国人开的中医店,后来不知何故,门面就转让啦,他们接了门面的时候,已经是再次转让,鬼知道那家中医店和他的店主到了什么地方。当罗杰尔问到门面上的店名字迹仍是汉字的时候,两个人说,他们只是懒得将它们去掉而已,再要询问什么,两个人已经很不耐烦了。

走出店门的时候,罗杰尔愤然骂了一句:

"这群当地的懒猪,除了坐享其成外,他们还能干了什么!"

郑永祥知道罗杰尔骂话的意思,他曾经听于阿祥说过,本地的一部分印第安人是非常懒惰的,他们不能受苦,有的甚至钻在森林和大山里不愿意出来,但郑永祥不愿意深知这些,这似乎和他无关,他想知道的是那家曾经开门面的中医到底到哪里去了?

"小江,咱先找一家中国餐馆,向他们打听打听这条大街上有没有中药铺,饭馆毕竟要多于药铺嘛,这样就不盲目寻找了。"郑永祥说着,眼光又落在街边的门面上。

小王江眼睛还是尖,走不了多远之后,他意外地看到了一家写有汉文字的中国制衣铺。

　　"师父,您看——中国衣岭南制衣铺,是不是咱们说的裁缝铺子呢?"小王江很欣喜。

　　"大概是吧!"郑永祥端详一会儿,几个人便朝制衣铺走去了。

　　制衣铺很窄小,铺子似乎是两幢楼房之间的一段地方,细而长,一个师傅模样的看起来是个华人,有五十来岁,慈眉善目,已谢顶、光着黄黄的脑门心,耳朵上架着一副花镜,正在认真地在一块布匹上画着衣样。

　　"师傅,打扰了,我是来问个事儿的。"

　　郑永祥赔着小心地说道。

　　老裁缝抬起了头,同时摘去了花镜,他不无惊奇地问:"你,你是华人吗?"

　　"是,是的,师傅,我是广州人氏,我是几个月前被……唉,不提啦! "

　　老裁缝忙起身给他们几人让座倒水,显出一个同胞和老乡本能的亲情来。

　　"慢慢熬吧,总有熬出头的一天,过一天,就离那个日子近一天,在这里,咱就得认命……我在秘鲁国快二十年啦,经见的华人也多啦,就这制衣铺子,也开了十多个年头,还在这里成了家,有了儿女……"

　　老裁缝看看身边的一对儿女,给郑永祥做了介绍。郑永祥看到,那是两张本地的印第安人的脸型,又有他们广东人的脸型特征,额较窄,高颧骨,嘴阔大,不细细辨认,是看不出和华人有什么不同的。

　　"说了半天话,我都忘记先问您老尊姓大名了。"郑永祥见老裁缝是很实诚善良的人,就想问细一些,以后免不了和他有些联系。

　　"不敢,不敢,我姓曲,叫曲中合……"老裁缝很谦恭地回答着,将手头的衣料放在了一边。

　　"爸爸,怎么秋雁姐姐这么长时间还没回来呢?"

　　老裁缝的小儿子问道。

　　"不用急的,今天的路儿远一些,你姐她得多花费些时间的。"老裁缝慢悠悠回答。

　　小儿子的"秋雁姐姐"一句话让郑永祥敏感了一下,他不禁有些警觉地问道:"你老几个孩子? 还有个大姑娘吗?"郑永祥装着随意地拉家常,心却咚咚跳个不住。

"哎,说来话长,姑娘也是个可怜人,她是去年随着一批华工被贩到利马的,种植园不要她,和同来的对象生生地被分离了,姑娘几经周折……唉,不说那么多了,一个极偶然的机会,才认识了我,才到了我这个小小制衣铺……慢慢熬吧,这姑娘人很聪明,也很能干,几个月来,什么都学会了,真是心灵手巧,人缘还特别好,我这俩孩子,非认她做姐姐不行,这样一来,我倒成了她的干阿爸……真没想到,在这个万里之外的利马城里,我会组成这样一个家庭……"

老裁缝曲中合还要说什么,郑永祥急不可耐地打断了他的话,问道:"曲师傅,请问那姑娘是不是叫吕秋雁?"

"是啊,是的,是叫吕秋雁,你,你认识她? 你们是一块来的吗?"老裁缝也颇为惊讶。

郑永祥粗略地讲了一下他们一行被贩到秘鲁的经过,讲了洪海平和吕秋雁的情况,郑永祥真有些喜出望外,他万没想到,就在他初次来利马的时候会打听到吕秋雁的下落,他真为洪海平高兴。

"曲师傅,秋雁出去了? 她多会能回来?"郑永祥急于见到吕秋雁,好让他知道洪海平的近况,这样,秋雁也就不会着急啦。

"秋雁去送衣服了,要拐好几条大街,咱这制衣铺做好衣服都要给客户去送的,多年都这样。要见到她还要等一会儿。"

郑永祥有心要等,可是一块来的罗杰尔有些不耐烦了,他对郑永祥说,我们是到利马城来寻中药店的,而不是来这里到处打听你的老乡的,凡事都得有个度,过了这个度,我不好在卡纳瓦尔那里交代的。

郑永祥对罗杰尔歉意地一笑,连说了几句对不起,又让老裁缝传话给吕秋雁,说她的对象洪海平一切都好,非常想她,有机会他会想办法见她一面的,这样,郑永祥叮嘱着老裁缝,顺便记住了利马的这条大街和老裁缝的门牌号码,并在老裁缝的指点下,走向离这里最近的一家中药店……

十四

吕秋雁汗津津回来的时候,已经快晌午了。

她转了利马城的三四条大街和四五条巷子,终于把订制好的衣服按照顾客所留下的地址一一送到他们的寓所或是他们工作的地点了。

每送一批裁制好的衣物,曲裁缝总是让秋雁和他的一儿一女打车去送的。在偌大的利马城,在每一条大街或小巷子里,总有马车或是人力车停泊在街头的某一宽敞处,等着前去办事的人们去租乘,前几次送衣物,是由老裁缝的女儿小荷和儿子小异领着秋雁送的,秋雁执意不打车,一来为干爸节省那点钱,二来嘛,她想,走得多了,对这个城市也就会慢慢熟悉起来,在后来的这两个月里,秋雁索性一个人去送衣物了,对他们居住的这一带,以及周边街巷,细心的吕秋雁已经非常熟悉了。

今儿,是她送衣服以来跑路最远、送衣物最多的一次,自然,时间也最长,秋雁走路原来就快,要送这么多的衣物,走在异国的大街小巷里,她简直就像小跑一样。

秋雁是在街边的人行道上走着的,身边的一棵棵高大的芭蕉树蒲葵树像一把把天然大伞,给她遮了阴凉,她惊奇这利马的大街两边何以长有这么高大的树木,是树吗?它们能叫作树木吗?在老家时,她曾见过类似这样的植物,阿爸笑着告诉她,那叫老人葵,就是这种毛毛糙糙的东西。当然,还给她介绍了鱼尾葵、蒲葵,还有低矮的春芋。她在利马的大街边还发现了同老家的棕竹一样的植物,一整片一整片的,长得茂密而有气势,就像街边的植物园……

这一阵子吕秋雁熟悉了秘鲁这个国家的气候,她听老裁缝讲过,这里和老家的季节正好相反,老家是冬季这里正是夏季,而这里的气温一年四季都比较暖和,树呀植物呀,终年叶子常青。在送衣物的路上,吕秋雁只要看到类似家乡的一棵树,哪怕是一棵草,她都要收住脚步,深情地注视良久,想想身已阔别几个月的家,家里的亲人们,她的眼里立时蓄满了泪水,又想到正遭受磨难的海平,她的心就揪起来,痛起来,她担忧着,海平正在为她的下落不明而苦苦熬煎。

秋雁把泪水往肚子里咽,即使对善良的老裁缝,她也没有说出她和洪海平的那一段生死别离的人生遭际,她在忙碌中默默地等待着,等待着上苍会给她带来好的消息。

这一天终于等来了,是在她忙忙碌碌却浑然不觉当中。

吕秋雁汗津津地回到制衣铺时,曲老裁缝而此时秋雁早已改口唤成阿爸的曲中合正笑眯眯地在门口迎着她,妹妹荷儿给她递来擦汗的毛巾,口快的荷儿说道:"秋雁姐,你送衣服时,咱铺里来了几个人,还有一个人认识你打听你呢,如你回来得早,还能见到他呢!"

秋雁一怔,"是吗? 除了咱铺里的人,我在这里可是举目无亲哪,有谁会认得我打听我呢?"

"是的,秋雁,肯定你昨天晚上做好梦了,不然不会好事临门的……"曲老裁缝笑眯眯的,不慌不忙讲了一遍郑永祥的"造访"和郑永祥带来的洪海平的消息,末了,他说:"秋雁,你在秘鲁的乡亲他们一切都好,特别是那个叫洪海平的小伙子,他在华工里有着很好的人缘,他活得不错,心里一直惦念着你,真是难得呀,只要活着,只要一心想着你,这就是你姑娘的福分和念想,也是个盼想,秋雁,你说这还不是好事吗? 这可真是天大的好事哩!"

"是吗?! 阿爸,我,我真没有料到,今天会有这么好的消息,遗憾的是,我没能见到郑永祥大叔,不过有这样的好消息,我就知足啦,你的闺女就知足啦……"

今天,曲中合的传话给她带来了莫大的慰藉和莫大的希望,她想,只要活着,只要海平活着,他们就有重逢的机会,她就要等着他,等契约满了的那一天……

自从在卡亚俄的码头分手后,吕秋雁的心像被人掏空了一样,那可真是个生离死别的场景哪,眼看唯一的亲人倏地就离开了自己,她觉得她像一片无依无靠的羽毛儿在全然陌生的土地上飘零,她不知道命运之风会把她吹到哪里,她的眼泪就那么无声地流着,一条一条从脸上滑下去,在那么炎热的天气,凉津津的。

"秋雁小姐,你不要过于害怕,对你的遭遇,我也深感同情,可是,眼下我还无法带你,你一个大姑娘跟上我一个陌生的异国男子,也是不可能的。我只能把你托付给一个人,一个对你来说并不陌生的女人,她可以暂时给你安排一个可以糊口的工作的。"

当华工们全部离去,而吕秋雁还站在码头一角痴痴站立的时候,那个秋雁并不陌生的水手阿梅罗站在了她身边,阿梅罗并不是真正意义上的水手,他其实是一家报社记者,主编为了探究贩运华工的秘密,就派了阿梅罗扮了水手去卧底,为的是写一部揭秘长文,来轰动秘鲁乃至相关的国家,同时也抬高报社的声誉。在回报社写他的太平洋之旅之前,这个正直的小伙子,要把吕秋雁托付给露西亚。

露西亚只是"科拉"号船船长加尔维斯在漫漫远航中的一个消遣品和尤物,船只一旦停泊在卡亚俄,一旦把手中的货物(华工)交易出去,那大把大把的票子到了他手里的时候,加尔维斯几乎要把露西亚给忘了。不过,按他们的合约到了利马加尔维斯是要付给露西亚一笔钱的,露西亚深知那个家伙的老奸巨猾和斤斤计较,没等他将她带到利马城,而在他成交之后离开"科拉"号轮船之前,颇有一些心计的露西亚就要到了那笔她该得到的钱,她要带着这个无依无靠的东方姑娘,先到利马城,在她跳舞陪酒的那家夜总会里先安顿下来,让这个老实本分的姑娘干一份清理卫生的工作。

吕秋雁在露西亚的帮助下就在那家夜总会暂时住下来,她的工作主要是清理几个舞厅,擦木制的地板,擦拭大大的窗台和长形圆形的桌儿,到深夜时将所有的垃圾清理出去,隔一段时日,还要把桌布帷帘儿清洗一次,对吕秋雁来说,活不算太苦,但绝对繁杂,并没有多少清静的时候。

活儿多并不可怕,吕秋雁最害怕夜晚。到了晚上,来这喝酒跳舞寻欢作乐的可真是各色人等,有巨商富贾,也有文质彬彬自视清高的官员;有无所事事的富家子弟;也有一身匪气霸气的牛仔们;蹬皮靴戴仔帽,当他们喝得醉醺醺的时候,狂劲的舞蹈把木制地板踏得山响……在舞厅的后边,是几排小巧而隐蔽的休息间,跳罢舞的男士们各自拥一个或两三个陪舞女郎走进那一间间小房里,不多时,便有浪笑声和尖叫声从一间间休息室里传出来,听得吕秋雁心惊肉跳。

此起彼伏的尖叫声常常要持续好长时间,即使无活儿可做的吕秋雁在自己独居的那间暗屋里也无法入睡,在黑暗里,在四周高高低低的浪笑和尖叫声里,她如同又置身于摇晃而颠簸的轮船上,尖叫形成的波涛不亚于狂风乍起的大浪。吕秋雁每每捂住双耳,紧闭了双眼,她强迫自己去想遥远的故乡的事情,思念故乡的亲人。她不敢入睡,她得等到淫笑与尖叫声一浪又一浪平复下来,客人们断断续续全部离开之后,她还得打扫清理那一间间休息室……

干完所有活计,清理干净那一间间休息室后,天就蒙蒙地亮了,只有到了这时候,吕秋雁才会在困乏疲累中沉沉地睡去……

白天,露西亚在不陪奉客人的时候,也偶尔会和吕秋雁说说话,她们的交流往往伴着手势,传达一些大概的意思,见吕秋雁如此辛苦地干着清洁工这样的脏黑活计,性格坦率的露西亚也仅仅表示一些同情,但她无能为力,有一次她甚至劝说吕秋雁不妨和她一样,当一名陪酒陪舞女郎吧,能赚到比清洁工高出几十倍的钱,还不至于劳累。吕秋雁明白了她的建议后,脸上煞白煞白,头摇得像拨浪鼓。露西亚无奈地摆摆手耸耸肩,似乎困惑又好像明白地走开了……

在这样的环境里,吕秋雁总有一种担忧,或者说有一种不祥的预兆一直在她的脑子里萦绕,特别是在她清理杂物不得不到酒吧和舞厅而感觉到总有一对对色迷迷的各种蓝色的棕色的黄色的各样被酒精浸泡过的眼仁,不怀好意地盯着她的时候,她总感到浑身的不自在,感到那个不好的预感在一点一点逼近她。

那个事情还是发生了,发生在吕秋雁在夜总会干快满一个月时候。

那是一个下午,一个天气闷热得令人烦躁的下午。

因为天气闷热,吕秋雁在午后稍稍梳洗了一下,穿了一件从老家带来的月白色的中式衬衣。她得到酒吧里去清理收拾一下,收拾午饭时的遗留杂物。

从她住的小小暗室到夜总会的酒吧厅有一道狭长的走廊,那会儿走廊里正有几个有几分醉意的家伙在朝后面的休息室走去,他们看见吕秋雁的时候,眼睛倏忽间闪亮了一下,随之交换了一下眼神,都淫荡地笑起来,走廊原来狭窄,站了几个人,就更显得拥挤了,秋雁的心咚咚狂跳,低了头想快快从人缝里过去,不料三个家伙有意拦住了她的路,那是三个身材高大的牛仔,有黄发也有黑发。他们一字排开堵在秋雁面前,秋雁只能看到他们叉在胸前的几条长满长长的汗毛的胳膊,秋雁一急便说道:"请让开一下,我要去清理酒吧!"

不料她的话让三个家伙像听到什么稀奇话儿一样地哈哈地笑了一气。是的,听一个异国年轻女子的话语,对几个酒鬼来说无异于是一针性欲的刺激剂,交换了眼神的三个家伙两人架着吕秋雁的胳膊一人在背后捂着她的嘴,容不得她叫出声来,便架了她朝休息间走去。

救命——

救命啊——

吕秋雁的喊声还是从一只大手掌的缝隙里传了出去,但是听起来却那样微弱。

这里能听懂华语的人几乎没有,她的呼救就没有了任何意义。

在三条大汉的挟持下,吕秋雁像一只落入老鹰爪下的无助的小鸟儿,任凭她怎样挣扎也无济于事。

吕秋雁嗅到了一股浓浓的臭烘烘的气味儿,那是某个汉子腋下扩散出来的浓浓的狐臭。

他们拖拽着吕秋雁进入了一个休息间。

救命啊——

吕秋雁还在喊,她趁一个家伙换手的当儿狠狠地在他多毛的胳膊上咬了一口。

啊——

那个戴着牛仔帽儿的家伙痛得大叫一声,挥起拳头欲朝秋雁砸来。

另一个留有一脸胡须的高个子挡住了他挥来的拳头淫邪地笑一下,将秋雁抱起来,重重地摔到了一侧的床上。

六只毛烘烘的大手一起朝她抓来,搵了胳膊大腿撕拽她的衣服。

"如果没猜错的话,这一定是遥远的东方大清国来的小妞儿……"一个汉子说。

"看来,上帝还是眷顾我们,让我们今天饱饱地尝鲜儿⋯⋯"高个子说过,粗暴地撕开了吕秋雁的上衣。

一片少女圣洁的胸脯就被几只大手粗鲁地抓捏着。

野兽,畜生!你们不得好死——

救命啊——

吕秋雁仍在挣扎着,呼喊着,只是,她的头发被一个大手揪着,头和上身动弹不得,嘴巴仍被紧紧地捂着。

忽然,她的下身一阵刺痛,那是从未有过的钻心的疼痛,她一下晕过去了⋯⋯

那时候,露西亚正从走廊里经过,她是小睡了一觉之后猛然醒来了,她在房间里就隐约听到了求救声,她以为是一种错觉,再细听,好像是吕秋雁的呼喊,她一急就出得门来。走在长长的过道里,她终于在一个休息间门口听清了是吕秋雁的呼叫。

颇为愤怒的露西亚是最痛恨这帮在夜总会里总想揩陪酒女的油甚或吃白食的家伙,那是社会上的一帮混混,他们既没有绅士的大度又没有庄园主和企业家的阔绰,他们还想花天酒地地寻欢作乐,往往用欺骗的手段玩了陪酒女而后耍赖皮一走了之,或者靠暴力去欺负弱女子。前两年,露西亚刚来这家夜总会时,曾受到这班无赖的欺骗,如今,他们居然强暴一个夜总会的清洁女,这帮狗娘养的⋯⋯

气愤中的露西亚一脚踢开了休息间的木门,那木门竟然没有关闭,性急的家伙们在欲火中烧时居然忘记了关上木门。

露西亚的撞入使三个家伙一时慌了手脚,毕竟是在干一件无理的事情,三人是心虚的,都拿了眼睛去看愤怒的露西亚。

"蠢猪!癞皮狗,你们这帮遭天杀的东西,有本事正儿八经和我露西亚来,强暴一个清洁女算什么玩意儿,遭报应呀!上帝也不会饶恕你们的!"

露西亚嚷着,那嗓子又尖又亮,整个夜总会的人都可以听见,她边骂边拽拉踢打着几个家伙,三个怕事情败露不好收拾,那点酒意也早已被吓醒,一个个像安第斯山下的惊狐一样溜之大吉了。

露西亚把惊魂未定披头散发的吕秋雁扶回小暗屋后,安慰了几句就忙她的陪酒事宜去了。

许久许久了,吕秋雁才从惊惧恐吓中回过神来,等她完全清醒过来才意识到自己姑娘的身子被这异邦的鬼佬糟践了,她的脑海里又出现了一片空白,一颗心刀绞似的疼痛,怎么会,怎么会这样?厄运怎么偏偏又降临在我的头上?!

吕秋雁无声地哭了,她用一块枕巾蒙住了脸,她觉得她再也无脸面对尘世的一切了。

海平,我对不起你,海平,我无脸见你,你现在在哪里呢?

整个一条枕巾都被她的泪水浸湿的时候,吕秋雁的眼里再没有泪水了,那时候夕阳西下,夜总会的走廊里洒满了一片橘黄色的光亮,吕秋雁的眼里布满了血红血红的绝望,她跟跟跄跄走了出来,无目的地走在那条对她来说依然十分陌生的大街上。

其实,这家夜总会的位置处于利马城的最北端,已经十分接近卡亚俄了,或者说它已经属于卡亚俄的区域了,从这条大街再往北,有一条源于安第斯山的河流,河流不大,但水势不小,弯弯曲曲自东朝西流去,最后流过卡亚俄而注入了浩瀚的太平洋,这条河叫里马克河。

吕秋雁的脚步毫无目的地朝前走着,她越来越清晰地听得见里马克河流浑厚而喧嚣的声响。平时,特别是在寂静的深夜里,她一人躺在黑暗狭窄的小屋里,打开小窗,虽看不到什么,但她能听见隐隐约约的一种声响,那是一种激越的声响,那音响让她的内心里产生强烈的生存下去的念头,她静静地倾听着,倾听着,河水声就渐渐清晰了起来,听得清河水拍打河岸的声音,河水汹涌地撞击岩石然后猛烈地碎为无数水花的声音……这些声音从不太遥远的里马克河传来,激越着吕秋雁的心,使她一次次想到遥远故乡的那条清溪河,河边一春一夏甚或一秋里都开放着饱满的各样花朵们,隔三岔五的,她和阿妈在河里洗衣裳,阿妈搓衣,她则挥动着竹筒做就的浆衣锤一下一下夯在一堆泡就的衣服上……也是在清溪河里,她和她的一帮姐妹们戏水喧闹,度过了她清贫却有不少欢乐的少女时代。也是在清溪河畔,她和身材高大的洪海平私下定了终身,那时她就想,她和海平哥的情谊要比故乡的清溪河水还要绵长,比河水南边的青龙山还要长久,无论何时何地,河水隔不断他们,青山阻挡不了他们……想起昔日的一切,听着里马克河水的喧嚣,她对生活就有了希望,那希望是在她心域里朦朦胧胧产生的,产生了,就有了生活下去的勇气。

如今,异国流氓的肆意踩躏把她心底的那点希望也踩躏去了,她一直期待着洪海平,并将她少女的全部献给他的那点期望被瞬间粉碎了,吕秋雁此时的眼里一片绝望。

无知觉地,或者说浑身麻木地,她一步一步接近了里马克河畔。异国的河畔树木葱郁,杂草丛生,杂草下面偶尔能看到一片又一片猩红色的岩石和沙土,这显然不同于故乡的清溪河,清溪河畔是青青的岩石,一块一块地让人看起来那么柔和那么悦目,而里马克河畔的杂草树木让她顿感到一股恐怖。

她青春的身体就要长躺在这条陌生的河流里了,就要躺在这条可怕河流里了……

伤心与悲凉又紧抓了她的心,又红又肿的丹凤眼里此时又汹涌地掉下一串眼泪来,一滴一滴,掉落在里马克河畔血一样的岩石和沙土上。

海平,永别了——

海平,我们来世再做夫妻吧——

吕秋雁绝望而又从容地一咬牙,飞身跃进脚下的河流里,那一片河水呈了深黑的颜色,打了一个问号样大大的漩涡,激溅起一串串白色水沫,又朝前逝去了。

……

那时候在河下游一公里的开阔地带, 华人裁缝曲中合正和他的儿子小异,女儿小荷浆洗一批新购来的白布。女儿小荷在洗布的一抬头瞬间,惊异地看到不远处河水中挟裹了一个人,一个留的长头发的女人,她惊叫一声,父亲和弟弟小异也全看清了,还看清了那人在水中挣扎,三人几乎同时跳到了河里,救起了已经被河水冲晕的吕秋雁。

这以后便有了曲中合收留吕秋雁并认她为干女儿的一段相对平静的经历。

十五

洪海平是在一个阴雨绵绵的日子里知道了吕秋雁被利马城一家华人裁缝店收留的情况的。

那时候夜色已经降临,他和小王江及其他苦工们正踏了泥泞一脚深一脚浅地朝寮棚方向走去。说也凑巧,郑永祥和小王江他们在罗杰尔带领下,已从利马城里返回来了,罗杰尔和郑永祥到主人的大院里向大管家胡安和主人卡纳瓦尔做详细汇报去了,剩下小王江一人在路边苦苦地等着郑永祥,因为,汇报完之后,郑永祥和小王江还得回到诊所里去,他们这一趟出去已三天了,他们得到诊所去把从利马城华人中药铺购回的中草药按类别收拾整理一下。

小王江便在一个土路边顶着愈来愈浓的夜色和淅淅沥沥的小雨儿等着师父郑永祥。

远远的,小王江听到了拖拖沓沓的沉重的脚步声,还有鞋子在泥泞的土路上溅起积水的声音,他知道是苦力们收工回来了,他退到了一边去,静静地看着这些疲劳的被雨水浇透的苦力们木讷而迟钝的身影儿。同时,他也希望能看到他所尊敬的洪海平大哥,告诉他,秋雁姐在利马城一家华人裁缝店工作的消息,王江是个懂事早熟的孩子,他想,他带回来的消息准会让他的海平大哥高兴得合不拢嘴巴的。

小王江终于在浓郁的黑暗里辨出了身材高大的洪海平,海平身边是身材稍矮胖的小三子,小王江敛了嗓子,低低地喊了声:

海平哥——

海平哥——

四周是烦人的淅淅沥沥的雨声,雨声就把小王江的叫声一块儿送进了洪海平的耳朵里,他和小三子顿了一顿,就离开了拖拖拉拉的人群,走到小王江这边来。

"海平哥,我和郑师父刚从利马城回来,在那里,我们打听到了秋雁姐的下落。"

"什么？秋雁有下落啦？"

洪海平一下子来了精神,暗雾中的眼睛炯炯地有了光亮,他一把抓住了小王江的胳膊,急急地追问。

王江便一五一十地告给了洪海平他们在利马大街上如何寻找中药铺又如何见到华人裁缝曲中合的经过。

"海平哥,你放心,曲裁缝说了,秋雁姐很好,他们一家待秋雁姐也很好,曲裁缝已把她认作干闺女啦。"

"你们干吗不多等一会儿呢？说不定还会见到秋雁呢！"

意外的喜悦一下冲去了笼罩在洪海平心头多日来的担忧,但他还是为他们没能亲眼见到吕秋雁而遗憾。

"放心吧,海平哥,郑师父已把你的情况告给曲中合,让他转告秋雁姐呢,秋雁姐知道了,也一定会高兴的。海平哥,你们相会的日子就不会远了。"

洪海平躺在沉闷的寮棚里,心里热乎乎的,双眼放出异样的光亮。是的,他日思夜想的吕秋雁终于有了下落,并且在一个华人裁缝铺子里干一份还算不错的工作,他担忧的心,他紧悬着的心,在这个阴雨绵缠的日子里终于放下了。一年多了,多么难熬的一年时间啊,洪海平经受着肉体的折磨的同时,也经历着心灵的熬煎,其中主要是对吕秋雁的担忧和惦记,不明她的生死,不知她的下落,多少个迷茫的夜里,他忧心如焚……如今好了,她在利马城就好,只要平平安安踏踏实实活着,他们就有同聚的一天。活着吧,像牛马一样地活着吧,熬一天,就离那个团聚的日子近一天。

不知什么时候,睡不着觉的小三子进到洪海平的寮棚里,就那么窝坐在海平的竹床边,像往常一样,他们交谈一些生活的琐碎,谈眼下的处境,交换对某一些事情的看法,小三子为洪海平知道了秋雁的下落而高兴,小三子也为洪海平担忧。他说:"海平,你和我不一样,我一个单身汉,既然到了这个地步,就无牵无挂了,死了也无非是做了他乡野鬼,你得想办法,想个办法离开这里,你想,你忍心让秋雁一直等到你干满这个苦力的七八年才团聚吗?谁知道这么多年里还会发生什么变故,咱们干等着不行,得想个逃离的办法,我想,只要常常惦记这事儿,就会有好法子出来的。"

一说到华人苦力漫长的八年契约,洪海平就不敢往下想了。小三子说得对,他得为吕秋雁负责哩,他绝对不能像其他华人苦力那样老老实实地待在种植园里,他得寻找一个十分合适的机会,逃离种植园,然后到利马去,找到秋雁,干一份合适的工作,在这个异国的城市里,成立一个属于他们二人的小家。他要养活他的吕秋雁,他不忍心让她干活让她为他吃一点点苦头。

知道了吕秋雁下落的洪海平,更坚定了逃离种植园的决心,要逃离,不可能像上次早于他们的那批华工的群体逃亡一样,那样人多,目标太大,容易被人发觉,客观上也行动不便,海平决计就和小三子一块行动,只是得事先选好逃离的路线,安第斯山脉大山纵横,地势复杂,有陡峭的峡谷,有泥泞的沼泽,还有呈大斜坡状的草原,有茂密的原始森林,也有布满沙砾的干旱的沙漠,一旦误入这些地方,十有八九会迷失方向,三天五天十天八天也走不出来,不是被凶猛的野兽吃掉,便是饥饿而死。故而,他们事先得慢慢打探一条最宜逃亡的路线,先逃离种植园,然后再到某一个小城镇里落脚,下一步再计划到利马城里去……

这固然是冒了极大的风险,这是用两条青春的生命在做赌注,但冒险本身就包含了侥幸,有侥幸就有逃亡成功的希望。与其在漫长的苦苦岁月里被折磨而伤残甚或死亡,还不如同厄运拼搏一回,是沟是崖跳它一跳!

在相当长的一段时间里,洪海平或是小三子,有事无事了总要找许多理由和老华工于阿祥在一起,讲讲在国内时的一些事情,又请他详细指画指画他们种植园四周的地形地貌地理位置,种植园附近的小城镇以及通向外面的道路……貌似不经意的闲谈,每一次海平或是小三子都在心里默默地记着。无人的时候,他俩在一起详细地在地下画路线图,以弄清种植园东西南北各个方向,朝外延伸后的线路,是峡谷、高山、沙地,还是大河、沼泽、草原抑或森林、城镇……这样心里有了一张无形的线路图,那颗不安分的心,也就充实起来,踏实起来。剩下的,就是在悄悄地等待机会了。

洪海平与小三子这一段时间的行为多多少少还是被监工头加西亚有所怀疑,这家伙似乎比以前变得聪明了几分或者说狡猾了几分,他没去直接教训他们二人,他知道洪海平的倔强和厉害,知道这个高高大大的华工苦力不是个好惹的主儿,他似乎可以充当这群华人苦力的头头,他身上的那种气质,他的仗义的为人,他年轻却练达的处事,以及他积累起来的谋略,是可以充当这群苦力的领袖人物了,在长达一年多的时间里,加西亚渐渐地了解了这个小伙子的脾性,也渐渐地从内心里惧怯这个小伙子了。有时候加西亚想,如果不是上帝安排了他们在种植园里的这种苦力与监工的关系,说不定,他会和这个东方国度来的黄皮肤黑头发的小伙子成为跨越国界的好朋友呢,因为在他加西亚的身上,也能找出这个东方小伙子身上所具有的一些品性呢,要强,无畏,聪明,心计,当狠则狠,当断则断……只可惜,上帝安排他们在种植园成了这种敌对的关系,这可是没办法的事情,他加西亚既然受庄园主卡纳瓦尔的器重,让他充当一名监工头儿,他就得像一条忠实的狗,看护好这个庄园,监督这群猪一样的华人苦工!要看护好庄园,要监督好这群蠢猪一样的华工,就得监督洪海平这样的最具危险性的人物,时时刻刻得留意着他,以防不测才对。

　　这个想法像山坡上的野草一样滋生在加西亚的脑子里,他便格外地留意起洪海平了,他发觉洪海平总是和小三子形影不离,疑心他俩在一起不知在思谋和筹划些什么鬼主意,这天收工的时候,加西亚发觉他俩走到了一块,说说道道,还比比画画,过了片刻小三子远远地跑到加西亚的跟前,对他打着手势说,在种植园南端,他和洪海平发现了一种植物,大型植物,医生郑永祥曾对他们吩咐过,在干活时要留意一下,看有没有中药铺需要的草药药材,他小三子觉得那是一种中药材,他想和洪海平把它刨挖回去,让郑医生鉴定一下,是还是不是,如果是,那也是给中药铺充实一种药材啊!

　　加西亚费了半天劲才弄明白小三子表达的意思,在此之前大管家胡安曾传达过种植园主人卡纳瓦尔的旨意,因为中药材是需要众多的华人去辨认、辨别的,以后在干活中,如果华工苦力发觉了有药材价值的植物,可以让他们直接采回来,交给药铺的郑永祥医生的,作为监工的加西亚绝不能违背了庄园主的命令,在华工主动要求采集药材的情况下,他不得不准许了他们。

小三子离开加西亚,朝远处洪海平那里走去,那是有一面陡峭的山崖,山崖山坡上长满了蓬蓬勃勃的野草和其他连加西亚也叫不上名字的植物,加西亚厌恶地朝那里投去了一瞥,骑到了马背上,准备溜达几圈,等他们采挖好了一同回去。

小三子回头见加西亚已经走远了,便和海平一同爬上了山崖,山崖真高,也真陡峭,他们是攀着灌木和杂草以及长长的藤条爬上去的,攀到高处,两人的手掌被藤刺划破了不少,绿绿的汁液和红红的血迹从掌心里渗出来,手掌间麻麻辣辣地疼痛。

极目远眺,他们能看到不远处一大片浓密的森林,绿森森无边无际,另一边,是有稀疏的植被和大片大片浓绿的沼泽地,沼泽地边,又是一片绵延的丘陵,丘陵的尽头,是类似沙漠的呈了暗红石砾的地带,在日光的照射下,一块块大大小小的岩石反射出刺目的光亮来,在沙漠地带的西边,隐约着一个小小的镇子,能模模糊糊看得见并不高的房尾阁楼和教堂高高的富有特色的顶端……洪海平深感到这一片地形的复杂,如果真的逃离种植园,钻进那片大森林里,他们是没办法走出来的。想到这里,海平的心里又多了几分忧愁。

还有,森林和沼泽地、沼泽地和大丘陵、森林和丘陵、丘陵和荒漠地带里相互连接并且交叉着的,它们之间并没有明显的界定线,这给复杂的地形地势又多了几分曲折。这使洪海平、小三子二人都感到了逃亡的艰难和辨识路线的不易。

"这个鬼地方!难道当初卡纳瓦尔选择种植园的时候,就是为了逃亡的苦力们迷失方向,逃不出去吗?"小三子苦笑着一个人闷闷地发问。

"也许有这个因素吧,前面的逃不出去,以后的也没人敢再逃亡了。"洪海平说。

他俩不自觉地沿着悬崖另一面的坡走去,从这里下去,是一片稀疏的树林,而树林的两边,好像是一大片沼泽地了。

探路的好奇心使他俩几乎忘记了此时应该快返回种植园,他们在这里耽误的时间已经很长了。

复杂多变的地形像一块铁牢牢地吸引着他俩,一直走到那片稀疏的小树林里了,他们此时倒想看一看,穿过这片树林,那边会是什么?

他俩做梦都没有想到,从稀疏的树林里,倏忽间冒出了一个骑马者,拦挡在他俩面前。洪海平和小三子以为碰到了本地的牛仔,细看,却见是骑在马上的监工头加西亚。

加西亚此时一脸阴笑,他讥讽地说道:"好两头蠢猪,你们要到哪里去?不是说要采药材吗,你们手里的药材呢?我早就留意你们啦,还自作聪明说要采药材呢,骗鬼去吧!是老老实实挨我一顿鞭子呢,还是回到庄园里接受庄园的惩罚呢?"

骑在马上的加西亚一副高高在上,傲视一切的神态。

小三子和洪海平对视了一下,是的,两人太大意了,手里哪怕随便拿几丛野草也行,也是应付加西亚的一个说辞嘛,可是他俩手里是空的。

怎么办?绝对不愿意再挨加西亚的一顿皮鞭,更不能让他带回到种植园去,一旦回去了,将有诸如烙刑等残酷的刑罚等着他们。

怎么办?!

在那短短的瞬间,小三子深深看海平一眼,那意思是让他做出个决断来。

洪海平目视着加西亚,却压低了声音对小三子说:

"三子,不要慌,要知道,这可是荒山野地里,不是在平时的种植园里,他今天来找咱们,算他自寻倒霉,咱们二对一,谁怕谁呀,只是这里离种植园还不算太近,咱俩把个狗日的引得更远一些,对咱就更安全一些,到那会儿,咱再下手也不迟!"

"对!海平,就听你的,今儿一不做二不休了,咱就朝树林那边跑吧!"

小三子说罢,撒腿就跟着海平跑了起来。

"天哪!这可恶的蠢猪,这两个狗娘养的,你们居然敢在我面前公然逃跑,这成何体统,看我逮住你们,不活剥了你们那两张狗皮!"

加西亚大骂着,策马追了起来,这家伙不愧为牛仔出身,早已练就了一身骑马的本领,尽管在稀疏的小树林里,不时有矮矮的树林和一团团灌木,还有大片大片的棕竹和老人葵阻挡着,他策动下的马儿就像是一只灵巧的兔子在飞蹿狂奔,机敏地躲过大小树丛绕过一团团蒲葵,直朝前面两个黑黑黄黄的影子追去。

洪海平和小三子这才晓得了那飞马儿的快速和厉害,便专拣树林稍稍茂密的地场跑去,这一下还果真奏效,身后的马儿东躲西躲,速度立刻慢了下来。

这样快快慢慢大约跑了一个时辰,洪海平和小三子早已大汗淋漓,再往前跑,二人立刻发现,前面的树林忽然低矮了下来,也愈加稀疏了。原来,这片并不算大的树林已到了尽头,面前,是令人可怕的沼泽地,他们虽然没有趟过沼泽的经验,但多多少少听说过沼泽地的可怕,那一大片貌似安详的暗绿色的泥浆上面,一丛丛一片片长着同样颜色的植物和不怀好意的漂浮物,整个大沼泽里,散发着一种浓浓的植物腐烂的气味和酸酸的泥腥的味道,那是长时间发酵之后的混合气体,隔了老远,便呛得洪海平和小三子连连打了几个喷嚏。

已无路可跑了,二人立时停下了脚步,互望了一眼。

身后,加西亚的马儿已追了上来。

二人再次对望时,已交换了眼神,拿定了主意。

加西亚,你这条恶狗,不是我们今儿心狠,是你逼人太甚了,我们不得不发狠招儿。小三子这样想过,一下子站在原地了。

一道鞭影在小三子刚站立时就迅猛地掠过来,小三子防不胜防,凶狠的鞭梢已抽打在他的脸上,他哇地叫一声,捂住了脸,脸上已烙上一道斜长的血痕。

"加西亚,老子日你先人!"小三子狠狠地骂了一句。

当另一道鞭影掠过来时,小三子不顾脸上火辣辣的疼痛,一把拽住了鞭梢,他猛一用力,一拽一拉,想把加西亚连鞭子带人从马背上拉下来。

谈何容易?

加西亚一是身材硕大,二是这家伙有一股蛮力,再加上有多年的骑术,小三子是不会轻易把他从马上拽拉下来的。

加西亚凶猛地往回一拉,小三子几乎打了一个趔趄,他还没有站稳呢,又一鞭子抽在他的背上,衣服立刻破裂开来,腰背上也如同挨了重重的刀割。

"三子,和他拉开距离!"

洪海平提醒着小三子,他快速地在地下拣到了一块石头,牢牢地篡在手里。

小三子又一次拽到了鞭梢,又一阵和加西亚对峙僵持着。

这时候的洪海平并没有和小三子一块拽拉,在加西亚专注地同小三子较劲的当儿,海平一个腾跃翻上了那匹枣红大洋马,两腿刚刚骑在大马的后胯上,身子还没有坐稳,就举起右手的石头直朝加西亚肥硕的大脑袋砸了下去。

那时候加西亚下意识里一个躲闪,他根本没想到洪海平吃了豹子胆会跃上他的马来,正愣怔间感觉脑袋上方有一只臂膀斜劈下来,短促而迅猛,便下意识地偏了一下脑袋,这一偏救了他一条命,洪海平手里的石头重重地击打在他的左肩上,他哇地大叫一声,翻身掉下马去,就在他身子倾斜的一瞬,也是一个下意识的动作,右手死死地拽住了海平的衣裤,在衣裤的撕扯声里,他们两个一块掉下马去。

小三子趁势猛扑了过来,在加西亚还没有来得及翻身的时候,小三子就骑在他身上,挥起拳头,朝那颗硕大的脑袋上和长有浓密胡须和肥肉的粗糙的脸盘上一顿猛砸。

哇呀——哇呀——

加西亚尖叫着。

小三子觉得自己的拳头都被碰撞得痛了起来。

洪海平早已起身,朝加西亚的腰身上猛一顿狂踢。

加西亚死猪一样不动了。

由于长时间的奔跑和一阵紧张紧凑的打斗,海平和小三子也早已累得够呛,二人狠狠地骂加西亚,便坐在附近的一棵棕榈树下了。

天空是那种常见的湛蓝,仅有几缕浮云在做缓慢地飘移,似感觉几许缥缈的空阔。早已被他们甩到身后的树林里似乎隐隐传来风掠树林的风涛声,一阵一阵的,顿觉浑身凉爽,而沼泽地的浓郁泥腥味儿也似乎淡下来。不是淡下来,是他们已渐渐适应了这种气息。

海平和小三子不约而同地又看了不远处加西亚死猪一样躺着的身子,都知道,这家伙在他们的重重的打击下已沉沉地晕死过去了,即使马上没有死去,一时片刻也不会苏醒过来,索性不再去搭理他。二人得谋划着下一步该怎么办,该选择哪个方向去逃亡。

现在,只有逃亡了,摆在他俩面前的,已没有了第二种选择。

那匹枣红色大洋马似乎感觉到了主人异于往日,嗅着地上的柴草味,一边走到加西亚身边,用长长的嘴巴拱了拱主人的身子,随之昂扬起脑袋鸣叫了几声。

此时这里静极了。马儿的嘶鸣更增添了这种让人有几分担忧的寂静。

二人马上还决定不下来该朝哪个方向去逃,如果逃到远方的小镇子里,又怕被人认出是逃出种植园的华工苦力,这样会很快被人告发从而被当地巡警逮获的;如果沿了山坡丘陵一直朝前走,这样安全系数会大一些,但往往容易迷失方向,将会被可怕地困在山沟和丛林里,渴死、饿死、累死或被野兽伤害,那后果也是不堪设想的……

二人正在这么思谋的时候,想也没想到,加西亚会忽然起身朝他们飞扑过去,而且还捡了一根粗粗长长的棒子。原来,加西亚在他们二人的重打下在佯装晕死,闭着眼睛,他一是在养精蓄锐,二是在静静地等待反扑的时机,在他觉得时机到来的时候,便以迅雷不及掩耳之势扑了过来,是拿棍子击打过来的。

稍有了些大意的海平和小三子竟然没能一下子反应过来,海平便看到那根大棒直朝他的面门扫来,虎虎生风的样子,赶忙用双臂双手去护自己的面门和脑袋,那条大棒已凶猛地击打在他的脖颈上,人便一下子倒在地上。多亏有双臂的拦挡,不然,那可是要命的一击。

海平的双臂被击打得疼痛发木,好半天没有知觉。

小三子一个箭步跳起来,拦腰抱住了加西亚,加西亚手中的棒子派不上用场。索性扔掉了,二人便在那里摔开了跤。

加西亚有一股蛮力,一次次把小三子摔倒在地,拳头凶猛地在小三子身上胡乱击打,小三子一面护着自己的身体,边钻空子撕打拽拉一下,他终于找准了机会,一拳用力打在加西亚裆部,加西亚哇呀地叫一声,身子立时趔趄起来。那时候二人已经摔打滚爬在一面斜坡上了,斜坡下面,便是散发着浓浓的泥腥气息的沼泽地。

就在加西亚疼痛趔趄的时候,早已起身的洪海平飞也似的跑过来,铆足了劲,高高地跃起,把全身力气都用在了双脚上,憋足劲儿的双脚啪地踢在加西亚厚重的脊上,就像踢蹬在一面厚重的土墙上一样,他感觉到那面土墙倒下去的时候,加西亚的硕大的身躯像一团硕大的肉球儿,滚着,从斜坡里碾下去了,下面就是对海平和小三子来说陌生而可怕的沼泽地。

斜坡本身增加了惯性,肉球儿愈滚愈快,他俩还未能细看呢,加西亚的半截身子已陷进稀乎乎的黑泥里去了。

啊——救命——救命——

加西亚在泥淖里挣扎。

洪海平和小三子实在想不到,沼泽地的最边沿居然也这么可怕,他们不知道那稀泥下面到底有多深。

加西亚的身子依然在朝稀泥里陷去,陷去,他越是挣扎,身子越陷得快,而本能又使他不断地挣扎,这样,片刻工夫,加西亚只有一颗脑袋还停留在沼泽面上,而两只胳膊依然在抓捞着什么……

洪海平和小三子在那一刻里看呆了,他俩想不到和他们斗争了一年多时间的可恶的加西亚,会是这么一种可悲可叹的死去。

沼泽地面倾斜了一下,又归于平静了,加西亚把他最后的求救呼号留在水面上的暗绿的植物和一些漂浮物上,那颗脑袋和两只胳膊便慢慢被泥浆淹没了。

不远处的那匹枣红马却悲凉地嘶鸣了一声。

……

片刻之前,洪海平和小三子二人还在担忧斗不过凶恶的加西亚,片刻之后,神奇可怕的沼泽地却吞没了那头猪,二人想想一年多来加西亚的作恶多端,觉得这家伙死有余辜,他俩真的为华工苦力除了一个大祸害。

无论打死不打死加西亚,目下的路只有一条逃亡。

小城镇人多眼杂,作为华工苦力,他们往往惹人眼目,谁知道加西亚失踪之后,他俩逃亡之后种植园会不会向附近城镇和各种植园贴出这方面的消息也说不准,要知道,逮住一名逃亡华工要奖励多少钱啊,异国他乡什么人没有哪!

那就只有沿着森林边沿的大丘陵逃跑了,远看一眼,大丘陵无边无际,罩在一片浓郁的苍茫里,起伏绵延,延伸到未知的遥远处。

洪海平和小三子也觉得,他们此次逃亡就像远处茫茫未知的山岳一样,肯定充满了坎坷崎岖,命运的绳索已经不可能攥在自己手中了,暗暗地向上苍祈祷吧,但愿老天爷会保佑他们。

别了,抛洒了一年心血的种植园;

别了,种植园里当牛做马猪狗不如的日子;

别了,相依为命的郑永祥、牛天成、小王江以及于阿祥、王夜生这些不幸的人们,但愿你们能平平安安度过漫长的苦工生涯,只要有一线希望,就活下去,活下去。我们就有相见的那一天。

回头望一眼种植园的方向,洪海平和小三子两人的眼睛都红了,有泪水倏忽间流了出来,都没有擦,挂着一脸的泪珠儿,迈开步子,他们朝了　道山脊跑去……

第四部　喋血鸟粪岛

　　在鸟粪岛上被雇佣的苦力们，没有人关心他们的吃穿，结果他们之中每四个人就有一个患病，但是只要他们还能勉强站起来就不会被送到医院。很多苦力衰弱得几乎站不起来了，他们还要被迫跪着劳动，被迫要完成他们的每日工作量……在这种情况下，生命对中国人来说已毫无意义——借死以摆脱他生活中的悲惨命运——苦力们的这种想法促使在雇佣苦力的那些鸟粪岛上，在岸边经常布置岗哨，以防止苦力投海自杀。当苦力们在绝望的时刻是会奔向那样的结局的。

美国驻秘鲁领事威廉森致国务卿函

1870 年 9 月 20 日

　　二十年间有成千上万名中国人被运到秘鲁，他们不停歇地从早劳动以晚，不论寒暑皆无任何休息之日。"我们深知这就是我们换得衣食的所谓代价，但是谁会相信我们对契约的内容无所知呢？在雇主方面，他们是鲜耻寡廉的，谄媚取宠于富豪而轻蔑贫穷之辈，他们抑善毁义，使我等之契约形同废纸，视我等生命如同草芥。所给衣食和薪饷极为可怜；我等由于缺食而身体羸弱,雇主却对我等命运毫无怜恤之心……"

美国驻中国公使劳文洛斯转秘鲁苦力给清政府的控诉状

1869 年 6 月 3 日

这里存在着人数众多的绝望的人们,使秘鲁笼罩着一种不安全的感觉。这些苦力与这个国家的人没有心连心的那种关系,或者说无法防止他们在起义事件中进行报复。每个人都武装起来,每间农场的住房都是一所小小的军械库……

——(美国)斯蒂尔《美国外交关系》

当他们疲惫不堪,苦恼万分,走投无路的时候,中国人就用绝望的剑武装自己,反叛的呼声震破天空,他们用悲叹和鲜血覆盖我们的大地。

——(秘鲁)塞拉加《外国人在秘鲁的法律地位》

一

蔚蓝色的太平洋如同蔚蓝的天空一样,浩瀚、旷远、无边无际。日光投放在小水面上,就把一道道炫目的光亮抹在湛蓝的水面了,熠熠生辉,看一眼,让人的眼睛生疼生疼。

海与天常常是一个色彩,而它们的衔接处却交织着许许多多灰色的、黑色的和白色的海鸟儿,因了数不清的海鸟的穿梭,海与天的衔接处才显示了分外的生动和喧闹。

太平洋领近海岸的涌动是惊心动魄的涌动,看似无风的情况下,海水就翻涌着冲到海岛的石崖上了,哗——哗——地把海水连同浪花在一起摔打在巨大的崖石上,击溅下来的是一大片一大片白色的泡沫,将崖石上停留的几只海鸟惊得展开双翅,朝海天的苍茫处飞去了。

这是秘鲁国有名的海岛,这也是享誉世界的素有"鸟儿的王国"的一座座美丽无比的风光独特的群岛——钦查群岛,人们说不清到底有几百种或上千种羽翼斑斓的飞鸟儿们密聚栖息在这些面积并不算太大的岛屿上,有了这些大小不一、形态各异的群鸟儿的生动点缀,使得整个群岛宛如飘浮着的绚丽多彩的锦缎了。

钦查群岛离秘鲁的陆地并不算远,它在当时的利马省和伊卡省的交界海域处,但群岛离陆地的这段海域却水流汹涌,浪涛滚滚,有时候暴雨骤起,海浪翻涌起来,岛屿上的人顿觉得像是在一只水淋淋的大船上,随时会被浩瀚无垠的太平洋所淹没。

淹没是不可能的。风浪大雨过后,鲜鲜亮亮的太阳一旦从云层里射出来,钦查群岛被雨水洗得鲜活,群鸟儿又在高高的岩石和湛蓝的海面上交织并鸣唱着,歌唱着天空、海洋和美丽的岛屿。

刘宗江没有觉得半点美丽。

刘宗江几次都被臭烘烘的鸟粪熏死过去了。

刘宗江对鸟粪的敏感就像一个晕车的人对汽油味儿的敏感一样,曾经一个满面红光的结实汉子被一层又一层取之不尽挖之不穷的堆积数年发酵数年的粘连结实的鸟粪熏得面皮蜡黄,身体精瘦了。

刘宗江和石桥、李同、徐思福、苏宋文等人一起从卡亚俄和洪海平、小三子、牛天成、刘永旺,郑永祥、王夜生、小王江、李家兴他们分手后,就被人用船渡到这个陌生国度的陌生群岛上了。初次登临这个对他们来说无比新鲜的点缀在太平洋上的岛屿,面对浩瀚无边又浩浩荡荡的太平洋,头顶是瓦蓝得让人看一眼就能掉下眼泪的苍苍太空,他们真有些不知所措了,每人的心里空落落一片茫然。

怎么就被人弄到这个地方了?

从卡亚俄坐船到这里的时候,他们就知道被分配到鸟粪岛干苦力挖鸟粪了,他们一种全然陌生的新奇感支配着,他们可是第一次听说什么鸟粪岛,鸟粪怎么能聚集成岛呢?

他们像一群无所适从的牲口一样被人从船上驱赶到这座鸟岛上了,蔚蓝的天和苍茫的海就如同他们空空的无所依托的心一样,无着无落,几个人就不约而同地把眼光盯视在石桥的脸上。

石桥沉默着。

石桥只是拍了拍身边几个哥们儿的肩膀。他的眼光是复杂和坚毅的,他不知道他们将会面临怎样的活计和怎样的厄运。但是,轻轻地一拍,石桥就把同样复杂的意思拍给大家了,那里面有互相鼓励和共同面对的内容啊!

他做梦都没有料到,这么风光美丽的小岛上,居然堆积了一层又一层厚厚的各类鸟粪,有的厚度达到了一二丈高了,堆积高高的鸟粪却因了多年积累和风吹雨淋而坚硬粘连,有的地方就像在祖国北方冬天的冻土一样结实坚硬。

他们这一拨儿人的到来,和早于他们来到这里的大批华工、印第安人、个别黑人苦工一样,立即就投入了开采鸟粪的工作。

开采鸟粪的工具是他们在国内从未见过的东西,三条股的铁钗和扁平扁平的铁锹,三股叉像国内的镐头一样负责刨挖,而扁平的铁锹则是将刨下的疏松的鸟粪铲进入担的粪筐里或是人推的宽大的木车里。

作为一批新来的华工苦力,他们很快分了队和劳作小组,第二日就按队和小组为单位,领取了任务,投入了艰苦的开采。

石桥被大伙儿推举为小队队长,将负责三十几号华工的劳作和生活。

这下可好了,有石桥叔当咱们的家长,我就不怕那些坏家伙欺负我啦!

徐思福的一张还未褪去孩子气的脸上,有喜色涌了上去,在经历了这么多的遭遇和坎坷之后,徐思福沉默了很多,但他毕竟是个孩子,他想问题还是要比成人简单许多。

"孩子,你石桥叔也有自己的难处啊,他要照顾我们大伙儿,但还是受人家桑切斯的管制的,咱不可以全依赖他啊!以后遇到麻烦事情了,咱自个儿能处理就自个儿处理,能不麻烦他就尽量不要麻烦他,懂吗?"

年纪稍大些的李同红肿着被鸟粪的臭味熏得直掉泪儿的双眼,有些语重心长地对小思福说着。徐思福点点头,轻轻地答应一声,似乎明白了,又似乎不完全明白。

在刚刚开采鸟粪的半个多月里,每人对这种海鸟堆积的粪便所散发的臭味儿都有程度不同的反应,或头晕恶心,或咳嗽呕吐,或双目流泪,或浑身无力,或水米不进面皮蜡黄,或皮肤过敏浑身上下起一层奇痒难受的红疙瘩……

石桥一个个安慰大家,他说这都是暂时的现象,他问过以前来这里干活计的老华工了,初来乍到闻这种气味儿,都会有不适应的生理反应,过一阵子,就习惯了,就适应了,就像每个人以前在家乡时捕鱼闻鱼腥味儿种田闻土腥味儿一样样的了……

石桥安慰着大家,他个人也脱不了这种气味造成的身体反应,他的腹部和背部遍起一层可怕的鸡皮疙瘩,不干活儿的时候,具体到吃饭和睡觉的时候,那种刺痒真是难以言状,他索性躺在地上或趴在地上,来来回回让凹凸不平的石块摩擦着他的背,他的腹,直磨得皮开肉绽,鲜血直流……做这一切的时候,常常是夜深人静大伙儿入睡的时候,他不想让大伙儿知道他的难受,他硬硬地挺过这个让人难以忍受的适应期……石桥知道,在这个远离故国的陌生异国的孤孤的小岛上,一同来的同伴们把他视为领头人和精神领袖,在他们面前,他得坚强、沉着、胸有成竹。四五十天的海上遭遇告诉他,遇事要冷静,多想想办法,最好忍一忍,前思后想一下,然后再做出利于大伙儿的举动来,万不可冒失和冒险,冷酷的现实和所经历的一切遭遇让石桥自觉地克服自己身上哪怕是一丁点缺失,他注意到了很细小的问题,他要让大伙儿在他身上看到前程和活着的希望,而绝不是悲观和失落,哪怕到生活中最小的事情和生死攸关的重大事情。

二十多天后,大伙儿对鸟粪的奇臭味儿渐渐地适应下来了,这么一来,干活也就有了效率。让石桥夜夜发愁的开采鸟粪的任务,总算每天能勉强完成下来。

石桥负责的这个小队,还数苏守文和李同算个完全劳力,刘宗江一直没能适应鸟粪的臭味儿,常常头晕呕吐,而徐思福其实还是个半大孩子,其他几个人也都各有情况,每天采粪和捡粪的任务,总得石桥狠命地和大伙儿干着,才能完成。石桥除了干完自己的那一份儿,还要帮助别人,实在累得够呛。

采粪与运粪是一组人要完成的活计,采运人员干两天也互相调换一下,这是石桥这样安排的,一来是为了大伙儿不感到劳作的枯燥,二来也是为了求得某种程度上工种的平衡,让所有人员都干几天采粪活什再干几天运粪的活什,求个公道、公平。

其实活什没有一样是轻松的。

就说采粪、刨粪、挖粪吧。

鸟粪不同于大伙儿在家乡时常见的骡马粪、猪羊粪,骡马粪很粗糙,草草棍棍柴柴棒棒的,粪便即便堆积在一起也有一定的疏松感,用铁叉子用力刨下去,一刨一翻,就掀起一大片来;也不同于猪羊粪,猪羊粪有人们定时填圈填土,就有了层次,出圈时将铁锹铲下去,也可以一层一块地铲起来。这鸟粪就不同了,这纯粹是天然的积累,有鸟儿在地下拉的,也有在空中拉下来的,均细腻而瓷实,经上百年积累,鸟粪堆得山一样厚重,有的地方居然几丈高了,风吹日晒雨淋,使这一层又一层鸟粪没有疏松风化,有的反而像石头一样坚硬瓷实了。

多日后石桥一伙人才从以前来这里做活儿的华工们口中得知,他们所在的岛屿叫钦查群岛,千百年来这里一直是鸟儿们的天堂,各类海鸟儿在这些大小岛屿上栖息生活,在大海觅食,在石崖上筑巢,在岛屿上空成群结队地飞翔,才形成了这些岛屿上的鸟粪。

石桥从他们所在的这座岛屿鸟粪层的开采上看出,这种开采虽然有运粪的大小船只,有岛屿上的各种车辆,有十分简陋的苦力居住的木棚,还有稍微讲究一些的上面派来监工的所谓管理队员的搭建的木房子,这种摊场的铺陈比起浩大的鸟粪来说,还不到十分之一。开采开挖鸟粪也仅仅开始了四五年时间。华工苦力们太多弄不清这些凶神恶煞一般的人把他们运送到这臭烘烘的海岛上,为何无休无止地开采这里的鸟粪,只是无奈地被奴役着机械地干着这难以忍受的活路。

石桥在家乡时幼年是读过几年私塾的。他又是一个善于思考的人,这比起一同来这里的刘宗江、李同和苏守文他们来,就显出了一些沉稳和这种沉稳里的思谋与智慧,在后来的日子里,在石桥接触了装扮成同样是苦力的秘鲁《民族报》记者的阿梅罗之后,石桥才从阿梅罗的口中知道,这是因为这个遥远的秘鲁国经济发展所决定的。在秘鲁国,沿海地区很多肥沃的河谷地带布满了胭脂红、甘蔗和棉花种植园,这些地域辽阔、规模宏大的种植园对粪料的需求也就越来越大。从 1840 年开始,海峡和沿海岛屿上的许多鸟粪层就被开采了,而国外市场也在一步一步地扩大着,美国、马西、古巴、委内瑞拉。甚至连遥远的北美加拿大也越来越多地需要这种对他们来说既物美又价廉的鸟粪……

在那些年里,鸟粪的价值对整个秘鲁国就如同种植园里的土地之于庄园主一样珍贵,在一定程度上,鸟粪成了秘鲁国不可多得的宝贵资源之一了。

当然,也只有化装成苦力的阿梅罗知道,是他身边的这一群群牲口般被奴役的华工和他们所挖掘的鸟粪,用船只和用火车送到国外,才缓解了秘鲁的经济危机……

日光就那么透明地照着,爽朗而炎热。

这样的日光带着刀片,薄薄的刀刃在一层一层地切割他们的皮肤,是那种生痛和刺痛,起初像是一根又一根秘鲁山坡里的长长的野刺在扎着皮肤,脊背里,胳膊上,两条腿上被日光的长刺扎得钻心的疼痛,皮肤先是泛红,之后变黑,接着就一点点地蜕着白皮儿,雪花儿一样的白皮儿,蜕皮之后的肌肤红润鲜嫩,最怕见着阳光,阳光却毫不客气地挥洒下来,照在其上,如同烧烤,如同刀剥。

苦力的汗水在身上做着难耐的循环,从背上,从腋窝里,从身上所有的毛细孔里滋滋地泉眼一样渗出来,流动的过程又是被日光蒸发的过程,又是皮肤遭受灼痛侵蚀的过程,特别是身上蹭上了鸟粪后,再被汗水一融化,痛得苦力们不由不呻吟……

这是晴天的情形。

鸟粪岛很少阴天,要么晴空万里没有半点云彩,要么狂风大作,暴雨如注,小雨又不晴的日子少见,但并非没有,这样的日子沉闷憋气,低低的天空压迫得人透不过气来,大海的腥味混合着鸟粪那令人窒息的奇臭一起在身边稠稠地移动,同时又浓浓地击袭着他们。胸闷、气短,每挪动一下脚步都有咸腥的汗水肆虐地流下来,把腰身、把屁股沟子浸得滑腻腻难受。

"石桥弟,我真受不了啦!这他妈的鸟粪的味儿把我呛死啦!"

刘宗江黄着一张寡瘦的脸子,表情痛苦地对石桥说着,同时往高地挽起了他的两只破烂的袖管。

石桥看到，刘宗江蜡黄精细的胳膊上布满了一片又一片红得发艳的疙瘩。那疙瘩大大小小，扁扁平平，像被什么蚊虫叮咬过一样。

"咋了！怎么会这样？"

石桥惊奇地看着，令他更为惊讶的是，他看到刘宗江撩起衣衫后，他的肚腹上，脊背上，腰胯上完全布满了这些让人看了心瘆和担心的红疙瘩。

"它们痒起来，痛起来，简直要我的命哩，不挖不挠，痒得心尖难受，一挖起来，手就不由我了，非得挠得疙瘩都破了，都流了血才行，只要一流血，那个痛呀！浑身像锯齿割一样……"

刘宗江说罢，没等石桥同意就择了一片较干燥的地方躺下来了。

石桥为宗江深深地担忧着。

一来到这片陌生的鸟粪岛，刘宗江就无法适应这极为难闻的气味儿，以前，刘宗江可是个红脸汉子，脸膛红红的如同刚喝了几两烧酒，可一登上这个可恶的小岛，他的脸一下子就黄了，是鸟粪的刺鼻味儿把他的脸他的全身都给呛黄了，那里每时每刻每日每夜都在呛着他，以至于全身都反应出这一片一片可怕的疙瘩，他现在果真是度日如年，熬煎时辰。

一阵海风吹过，少见的那片阴云倏忽间不见了踪影，天又晴朗得碧透蔚蓝。放晴的天气似乎给石桥增添了一点勇气，几天来的那个想法他要在这个炎热晴朗的天气里去付于行动，是的，他得去试一下了。

这事儿他曾思谋了几天，他吃不准会有个什么结果，他也曾害怕事与愿违，但眼下的确没什么好办法，为了刘宗江的身体，他必须得去找鸟粪场场主桑切斯，他是为刘宗江去说情或者去为他请假更为合适。

石桥踏着松松软软坚坚硬硬的鸟粪层朝北面走去。在他们开挖着的工作面的北边的大约五六百米左右的地方，以前取尽鸟粪的坚硬的岩石上，有一排用岛上的石块作为基座，用外地运来的木板搭建而起的石木二层房屋。

那石木结构的房屋还算精致，精致而坚固的房屋在表明鸟粪场主们要在这片洋海之岛上驻扎下来，执着而顽强地不遗余力地向鸟粪岛的鸟粪开掘，开掘下去，直到把岛上所有积存垢鸟粪运送出去，剩下一片光洁裸露的岩石来。

秘鲁国的建筑有意思,就连鸟粪岛上这样带有速成性质的石木结构的房屋的外表也涂有浓浓的鲜明的色彩,木板外表涂有红色和蓝色两种,在这片海洋群岛上红蓝相间的色彩格外诱人和醒目。

石桥没能走到红蓝木屋跟前,就被在围边巡视的两个巡警式的人拦住了。

"你要干什么去?在这么晴好的天气不好好挖鸟粪乱跑什么?这排木屋四周有你要挖的鸟粪吗?"

二人一看就是混血儿的那种肤色,结实、高大、面有凶色,眼光里含有高度的机警,他们用较生硬的华语问出几句话来,看来,他们来到鸟粪岛同华人苦力打交道已有好几年了,不然不会说出这相应的汉语来的。

因为要求人,因为要见到鸟粪场场主桑切斯,石桥不得不使自己变得卑微一些,他在二人问他话之后,并不急于回答,而使自己摆正身子,先向二人象征性地鞠了一躬,才眯起眼睛,缓缓说道:"二位辛苦了,我来到这儿,是不得已的事情,我也不愿耽误手中的活儿,是我们队的一位华工,浑身起了红斑,奇痒奇痛,难以忍受,我到这儿,是想见一见桑切斯先生,说明这一切,向那位华工请个假,好让他休息一段时日,一旦见轻,就可以投入劳作的。"

石桥一气说完,有些恳求地看着两位巡警,意思是让他们高抬贵手,放他去见场主桑切斯先生。

两人听完石桥的话,对望了一眼,几乎同时对石桥耸了耸肩膀,继而连连摇头道:"不,不行,你不能去见桑切斯先生,桑切斯先生此时正和几位来自南方的塔克纳卡省、莫盖瓜省,还有河雷基帕省里几个大庄园主们洽谈鸟粪的生意。他不会因为一个有病的臭苦力而中断他们的洽谈。当然,我们也不会放你过去找桑切斯的,否则,那是我们的失职,桑切斯将会以失职行为来处罚我们的。"

二人中脸上稍有胡须的似乎还比较耐心地对石桥解释不让他去找场主的理由,另一个则很不耐烦了,他恶狠狠地说道:"赶快离开这里,到你该去的地方老老实实干活去!你说的那个生病的家伙如果实在干不动活儿的话,那只有一个去处了,到美丽的大海里去吧!哈哈哈……"

石桥知道和这些家伙再费口舌已经没有任何作用了,他的悲凄与焦急绝不会换回他们一点点同情的。他把拳头紧紧地捏起来,捏得关节嘎巴作响。

鬼佬!畜生一样的家伙!

石桥暗骂一句,转身便走,他忽然想起了在国内人们常说的那句话,阎王爷好见,小鬼难缠!或许,真能见到桑切斯的话,这个拥有美丽的钦查群岛上所有鸟粪场场主,会动了恻隐之心,想个办法让刘宗江休息并治疗一段时日的。

石桥没来得及细想怎么去见桑切斯,眼下,他得先见到他们的监工头,那个有着一脸阴笑,让人琢磨不透的贝拉约。

贝拉约不像其他监工头那样凶悍霸道,蛮不讲理,贝拉约有着内向的性情,整日仰着一张寡瘦的脸,那张脸上却浮动着莫名其妙的笑意,让人搞不清他为何事所笑,笑为何事。

贝拉约也不像其他监工头那样死死地盯着苦力们,只要任务分下去,他就不知道哪儿转悠去了,只是到验收时候,他的严厉和苛刻才显露出来。

贝拉约是个得罪不起的人,你顶了他的嘴或者无意对他派给你的活计表示出不满意的话,那你就算倒霉了,三两天之后,必有一两个打手在暗中向你下毒手,轻则拳打脚踢,重则棍棒相加,直到打个半死为止。

苦力们猜测肯定是贝拉约暗地里派的打手,时间长了对贝拉约也就惧怕了几分。看到他那张阴笑着的脸,你干着活儿还得赶紧赔出一张笑脸迎着,以不得罪这个可怕的家伙为上策。

石桥思谋着怎样在贝拉约面前为刘宗江请假。

拐过一道石弯,是鸟粪岛上最为洁净的地场,这里有宽宽的石楞,有凹进去的石崖,在那一片洁净的凹窑里,阳光照不到那儿,那儿又可以看到远处波涛汹涌的海浪的翻滚,看到远处近处各类海鸟的飞翔戏闹,只要起身登到那一块巨大的石盘上,就能遥视到一处处挖掘鸟粪的苦力们,苦力们的一举一动其实都在他的掌控之内。

石桥此时正朝了石弯处走来。

看到石桥走来的贝拉约换了一个姿势依然斜躺着,贝拉约对华语的听辨能力到了惊人的程度,尽管石桥详尽的描述刘宗江的病情时有些紧张,有些表达的不尽如人意,贝拉约还是听明白了石桥的意思,知道了这个华工苦力小队长为人请假的意图。

"他歇息的这几天里,属于他的那一份鸟粪采挖的任务如何完成?"

贝拉约寡瘦脸子上,浮荡着的那一缕阴笑旋即变成了一个大大的问号。

"贝拉约先生,这一点你放心,刘宗江和我分在一个小分队里,他的那份任务,就由我们平摊着完成吧,只要他稍一好转,肯定是闲不住的。他不会长时间为我们增加负担。"

石桥说罢,看着贝拉约。

贝拉约却好长时间没有说话。

石桥静静等着,在这个阴阳怪气的贝拉约面前,石桥心里确实有些惧怯。

"如此说来你们还是有潜力可挖的,挖鸟粪的任务并没有使你们的力量达到极限,如果你们中间再有一个人生病请假,你们小组的其他人员依然可以替他们完成对你们说来繁重无比的任务的,你说是这样吗?"

贝拉约说罢发出一阵怪笑。

这笑声让石桥浑身不自在。

刚来到这片陌生的岛群上,每天夜深人静的时候,睡不着觉的石桥总能听到距他们居住的木棚不远处,传播来一阵又一阵这样让人惊悚的啼叫声,像一个伤心妇人的哭,又如同一个病患者的失去理智的狂笑,让人在静夜里产生莫名的恐惧。

石桥没料到贝拉约的笑声比那夜鸟还要让人惊悚。

"这……"

石桥一时间无法回答贝拉约的问话。

石桥知道,知道这家伙在刁难他,贝拉约不会轻易准许刘宗江的休假,就如同这里的任何一个监工头儿们不会对华工苦力产生哪怕一缕同情心一样。

在岛上的这段日子里,石桥曾时不时听比他们先来岛上的华工们议论过贝拉约,说这家伙在和华工们打交道的几年里,通过直接与间接的和华工们接触,对大清国产生了浓厚的兴趣和深深的好奇,曾有华工们为了少受皮肉之苦给他从国内千辛万苦带来一些金银首饰玉石之类的小宝贝。

这是个眼小薄皮贪财贪小便宜的家伙……

石桥不是没想到这一点。从老家出来时，他身上曾带了几块大洋，为防丢失他不敢放在衣服里，他把几块大洋分别塞进他的鞋底的布层夹缝里，他的鞋是那种农村常见的千层布底鞋，塞进鞋底的布缝中间夹得好结实，有时干一整天活儿，夜里提起鞋子看看，依然深嵌在鞋缝里。在朝这边走时，石桥就有两手准备，如果这家伙不多麻缠，出于多种原因准了老刘的假，那固然好，如果发刁设卡不好好准假，石桥就得先牺牲自己的这两块大洋了。

说实话，这东西跟随自己到了这个遥远的陌生国度，已经失去了它原有的价值了，之所以如此这般留在身上，实在是个念想而已，看到它，夜里手里捏着它，便想到了故乡，故乡的山水，故乡的亲人……这一辈子，还有希望回去吗？这一辈子就在这个陌生而冷酷的国家里，无休止地劳作，出力流汗。当牛做马直到累死的那一天……

想到这些，手里的那两块从国内带来的大洋，就格外地珍贵了，它几乎成了石桥的一种精神寄托，一种思念故土的象征。

可是，刘宗江的那张蜡黄的脸子在石桥面前晃动着，他全身红艳得可怕的斑疮和他蜡黄的脸子形成了对比，劳作中他忍耐不住的呻吟声萦绕在石桥耳边且深深地刺进他的心里。同刘宗江的性命相比，手中的这两块大洋就变得无足轻重了，他石桥得把它们舍出来，为刘宗江争取一个喘息的救命的机会。

趁监工头贝拉约没有完全否定他给刘宗江请假的这个短暂时辰里，石桥赔着一张憨厚的笑脸，步到了贝拉约身边，贝拉约此时站在一块相对较高的石板，而石桥专拣他身边较低凹的石槽里，这样，好让贝拉约有一种居高临下的感觉。

"尊敬的贝拉约先生！"

石桥此时就用一种恳切的恳求的甚或乞求的口气说道：

"贝拉约先生，自来到鸟粪岛以来，我们苦力们一直是在您的监护下做活计的，我们之间配合得还是比较默契比较和谐的，比起其他监工的凶暴和残忍来，贝拉约先生对我们苦力还是比较体贴和照顾的，这一点，并不是我石桥一个人看在眼里记在心里的,其他苦力们都有这样的看法,先生您是一位心地慈善的人,我想,先生您以前这么做,现在这么做,往后依然会这么做的……作为一个漂洋过海离乡背井的苦力,我石桥真的无法表达对先生的感激,我的一张笨嘴除了会吃饭会打哈欠之外,不会说一句完整的话,但我希望贝拉约先生能理解我的心情。今天,我有一点小小的,小小的礼物,要拿出来奉送给贝拉约先生,希望您不要拒绝我,在我们中国有句俗话叫作瓜子敬人一点心,心,嗯,就是胸脯下面的这颗心,懂吗,还有一句俗话叫礼轻情义重的,请贝拉约先生笑纳。"

石桥把他少年时候读了六年私塾的看家本领全用上了,说以上话的时候,流畅利落得像他平时做活儿办事一样,干干净净,绝不拖泥带水。

石桥想,如果眼前这个眼小薄皮的家伙会伸出手来掂一掂这两枚异国的钱币,那么,刘宗江请假一事就不会有大问题,万一这家伙心气清高看不上这区区两枚钱币的话,那就,那就听天由命了……

贝拉约的两只深陷进眼眶里的小眼睛在那一刻里忽闪出两枚亮丽的斑点,他完全被石桥手里的两枚大洋的造型和色泽惊住了,可以肯定,在此之前,他绝对没有见过这等异国的玩意,也就是说,贝拉约毕竟是贝拉约,当他意识到自己在那一刹那有些失态时,他竟快快地移开目光,口气矜持地说道:"没想到你挖掘鸟粪是一把好手,你的一口嘴巴绝不比你的两只手差,甚至更为优秀,如果有条件的话,你可以当布道的神父了,最起码你的嘴巴不亚于鸟粪岛上的那个神父。"

说完这句话,贝拉约的眼光又打量着那两枚色泽鲜亮的大洋了。

"嗯,嗯,监工大人在嘲笑我了,我一个干粗笨活计的苦力,怎么敢和神父老爷比,那不折我的阳寿吗!"

"好的,不错,"贝拉约说道,"好像你们华人有这么一句话,恭敬不如从命,今天,我就把这个玩意儿替你收藏起来了,这是咱们之间的关系和友情,和其他人没关系。至于你刚才说的你们那个叫作刘宗江的苦力生病一事,我想,从他的身体和病情来看,不妨准他三四天假,这可是我最大的极限了,不过,他的活计还得你们小队分摊完成,万万不能拖了大家的后腿。误下挖粪,场主桑切斯可要找我算账的。"

谢过贝拉约后石桥匆匆地赶往工地,他的心里空洞洞的,一颗心忽觉得像被人掏走一样,他知道那是心疼他的那两个大洋的缘故,他暗骂着自己的小气。小气的人成不了什么大气候,便尽量不去想这事了,想到两个玩意儿能给刘宗江换来几天假期,能挽救老刘一条性命,有一缕充实和兴奋涌上了心域。他快快地走着,他要扶着刘宗江回到他们的木屋里去,要对他的斑疮想想办法哩!

二

苏守文的双手奇痒无比。

在挖掘鸟粪的过程中,许多的时候工具是派不上用场的。

除了三齿刨子,用得最多的就是那把平头铁锹了,因了平头,往车子里铲粪的时候总不大得劲儿,性急的汉子们往往用手掌大把大把的鸟粪抓到平头铁锹里,然后再倒进木车子里。

苏守文性子急,他一直是用双手抓着大把鸟粪朝铁锹锹面上放的。

起先,苏守文的双手被互相粘连的鸟粪们侵蚀得通红通红,他并没有在意,觉着和以前在家里的水田里插秧种稻手中活什一样,有时一双手在水中、在泥浆里抓摸得久了,自然会蚀得泛红的,特别是水冷泥浆发凉的时候,发红的手掌指常会发痒痒的,故而苏守文的两手发起痒来,他依然没有在意,他红着痒痒着两只手,铲粪掘粪,拉着木车子运送鸟粪。

两只手红得厉害的时候,自然也痒得难受了,苏守文看到手掌背连同十根手指一夜之间粗壮起来,哦!原来是肿了,是胀了,这时候他才警觉起来,才害怕起来。他的双手已无法握住三股刨子了。

石桥发现苏守文双手肿胀的时候,刘宗江的一身红斑刚刚痊愈。

短短的四天假日并不能使他的一身红斑全部退去。是石桥从前年甚至更早来岛上的华工们口里了解到的一个也算医药的偏方。老华工们说,他们来岛上干采鸟粪活计的时候,也有人浑身起这种又痒又疼的红斑疙瘩,那是皮肤同鸟粪臭味所起的反应。有病乱投医,荒凉的鸟岛上,除了光裸的岩石,除了成千上万大大小小的海鸟儿以外,哪有什么医生呀!华工患者奇痒难忍时,抽出宝贵的一点吃饭时间到海湾另一面的阴坡里,那里长有高高低低的树木,长有许多不知名儿的野草,就有一种像我们国内菠菜一样的野草,叶片比菠菜更阔大,绿汁儿更饱满。它的茎秆上布满了锋利尖锐的芒刺的植物,把这种植物叶子采摘下,揉搓成一团儿,或者干脆就在患者脊背上、胸腹不间断地揉搓,让浓浓的绿绿的汁液慢慢渗进皮肤里,这样一天两三次揉过,十余天过后,红斑疙瘩慢慢就消退下去了……这是在这个特殊的岛屿上,不知多少患病的华工苦力们一点一点慢慢地在自己的身上尝试过后,得出的一点弥足珍贵的经验,要知道,有多少人,也采摘过有毒汁儿的野草儿,溃烂了全身的皮肤以至葬送了性命。

他们把它叫作医溃草儿,这可是前辈华工用生命试验出来的医溃草啊!

当石桥扶着全身红斑的刘宗江,并引了年纪尚小的徐思福,来到那片背阴的海湾,摘了一把鲜嫩硕大的医溃草时,不无感叹地说。

内向而内秀的徐思福摘了一大把医溃草儿在刘宗江身上慢慢地揉搓着,他由轻到重,由慢到快地使劲揉搓时,把揉出的一些浓绿的汁液着重涂在他的红斑厉害处,口里还在慢慢安慰着刘宗江:"宗江叔,涂抹时肯定会蚀得疼痛,你就挺住点吧。我的动作尽量轻一点……"

听到徐思福这样安慰自己,刘宗江的眼泪一下子涌了出来,小徐原本还是一个孩子啊,细细高高的他由于营养不良发育得像一根豆芽菜,头发黄黄的,脸色却苍白苍白,他的眼仁也黄黄的,像一只多愁善感的小猫儿。从他那对黄黄的眼睛里,流泻出的是怯怯的卑微的光。如果没有那场命运的变故,没有那次人生的大遭遇,小徐这孩子还坐在条件不错的私学里听先生授课,学国文,学算术,打算盘,吟诗作文,靠这孩子的内秀和他的内敛的性格,他还会考到高一级的学堂里,完成学业,然后走向他全新的人生……可是,命运之舟就来了那次巨大的颠覆,把这样一个内向的孩子抛到这个陌生国度里陌生的鸟岛上,干着牛马一样的活计,吃着猪狗一样的食物……

刘宗江的眼泪汹涌地流下来,他不是为自己哭,他是为小徐这么懂事这么听话的孩子的遭遇哭泣。

那时候刘宗江把小徐紧紧地抱在怀里,他抚摸着小徐的头,摸着他兀显出一条条肋骨的胸,他的泪掉到徐思福瘦削的胸脯上,一条一条地流下去了。

……

将近十天光景,刘宗江浑身的斑疮居然奇迹般地好了,身上没斑疮的折磨了,但他还是不能闻得那呛死人的鸟粪味儿,他常常被熏得头晕目眩,好在没有皮肤的痛苦了,他还可以咬紧后牙坚持着把属于自己的那份儿活计干完。

大伙儿谁都没料到,苏宗文的双手肿胀成了这种样子。

这可慌坏了石桥、刘宗江、李同他们。石桥责怪自己的粗心大意。多日来,他除了要负责大队完成规定的繁重任务外,就是操心刘宗江的斑疮,真没想到苏宗文的双手会成了这种样子,他让徐思福和李同赶快到那片背阴的海湾里,快快采摘被他们叫作"医溃草"的药叶儿,采摘的时间不能占用劳作的时间,只能利用短暂的吃午饭的功夫或者是夜晚睡觉之后。

夜晚是不可以随便出动的。每当夜色罩住了这片美丽的小岛,白昼鸟儿回归巢穴而夜游鸟儿又开始在天空交织成一派忙碌景象的时候,一队像夜游鸟一样神出鬼没的巡逻者和打手们,手里拿着可怕的火枪和棍棒、皮鞭,还有细长结实的竹竿,就在鸟岛四围巡视,他们时刻防着华人苦力,怕他们趁着夜色逃走,怕他们遭受不下这样非人的磨难趁着夜里人不留意的时候跳海自杀,怕他们聚众闹事起义造反……在这样的夜色里苦力们除了在木棚子里睡觉,在离他们居住的木棚有二十余米的搭建简陋的茅厕里解手之外,他们几乎不准到任何一个地方。时间长了,到其他人的木棚里串串门聊个天倒是可以,即使这样也要受到严密监视,生怕他们在一起谋不轨,商议什么不利于鸟粪岛开采鸟粪的大小事宜……

在如此严密的监视下,他们如果要去采"医溃草"必须征得监工头领的同意并且有几名监工的监督才可以。这几乎是不可能的事情。

这样,他们草草吃了午饭或者几个人拿着两三根作为午饭的青香蕉,边吃边采药草,就等着天黑下来后给苏宗文涂抹上。

给苏宗文涂抹揉搓草药的任务是刘宗江主动担当的。因了自己浑身的红斑烂疮经这神奇草药的治愈,刘宗江似乎有了体会和经验。苏宗文和他不同,他浑身都是斑疮,苏宗文是双手肿胀,为了加大药剂量,刘宗江把"医溃草"揉搓成一团儿,挤出汁儿,盛在一只碗里,之后让苏宗文的手一只一只浸在碗里泡着,这样,药汁会迅速地浸入他的肌肤,从而快快地生发药物的作用的。

一夜过来,苏宗文的双手依然肿胀着。

又一个白天过去了,苏宗文的双手丝毫没有消肿的迹象,反而肿胀得更粗壮,色泽更瓷亮了。

大伙儿面面相觑,不知这究竟是什么原因。

石桥一趟一趟走到别的小分队的住地,询问和请教早他们几年来到鸟粪岛干苦力的华工们。

答案几乎都是困惑的摇头。

以前也有人双手肿过,不过,涂了"医溃草"几天或十余天,就慢慢消解下去了,有的就让它肿着胀着,不去搭理,半月二十天后,也就慢慢好起来……一个中年华工这样告给石桥,他的表情是疲倦之后的麻木,还有一丝很无奈的样子。

石桥心情沉重地返回来。

他还能有什么办法呢?

可怕的事情终于发生了。

不知从哪天开始,苏宗文的双手一点一点开始溃烂起来,起先是指头的指肚虎口生疮化脓,接着整个手心手背也化脓掉水……谁都以为脓疮好了后手上的皮肤也随之会好,谁都没料到手心手背上的皮肤和肌肉居然会一点一点烂掉,裸出白森森的手指骨头来。

肌肉溃烂的过程也是钻心疼痛的过程,苏宗文五尺高的汉子常常被疼得呻吟,甚至尖叫起来,十指连心哪!为了不影响其他人宝贵的睡眠时间,夜里他常常走出木棚,对着远处苍苍茫茫的大海呻吟哭泣……现在,他双手上的肌肉几乎全溃烂掉了,手已经不是手了,成了可怕的十根尖细的骨头。

石桥硬着头皮,他决定再见一下贝拉约,他必须给苏宗文请假,哪怕他们几个长期把苏宗文的那份活计包揽下来,多受些苦累也挺得住,但愿苏宗文的病会出现奇迹。

这回，石桥实在拿不出给贝拉约上供的东西了，他想，贝拉约那个笑面虎不会因为他的"干蹭"而不准苏宗文的假吧。让他看看老苏的那双手，即便是铁石心肠也会为之颤抖和同情的。

石桥在对贝拉约叙说苏宗文病情的时候，贝拉约听得仔细认真，他的一张有些泛黄的白脸膛浮动着一些笑意，深深嵌进眼眶里的黄眼珠儿散发些不可捉摸的光线。直到听完石桥的讲说，他做了一个让石桥前面引路的手势，他要跟着石桥亲自去看一看苏宗文的病情。

苏宗文依然在鸟粪的工地。

没有得到监工头贝拉约的准许，即使有重病缠身的苦力也得待在工地守在工地上。

苏宗文的双手如同废掉一样，不能拿铲铲鸟粪，也不能拿刨子刨粪了，装满一整整木车的粪是要从采粪点拉运到五百多米远的装载点的。在装载点儿，经过称斤过两，又有别的苦力们把车里的鸟粪装在一种帆布一样的袋子里，这样的袋子大小一样，袋面上还印有华工们看不懂的字母，统计过袋子数目之后，最后又有华工们扛起一袋袋鸟粪来，踏着一块五尺来宽的鸟粪岩石和泊在水中的船只之间搭起来的木板，再送往一只只硕大的木船上……

徐思福瘦瘦的豆芽一样的身材驾着装满鸟粪的木车车辕，车辕旁边则紧拴着一条绳子，绳子另一头紧紧缚在苏宗文的腰际。因不能动用双手，苏宗文只有这样拉边套的劳作方式了。

徐思福毕竟年少力薄，他双手驾着木车车把，不免摇摇晃晃，他还没有完整的一个成年男子的力量来驾驭这辆装满鸟粪的木车。

以前，是苏宗文驾着车辕的，而年少的徐思福则搭着绳子拉边套。自苏宗文双手溃烂之后，两人就换了位置，这沉重的车辕就由少年徐思福来承载了。

五百米，要在故乡老家，就是一里地的样子啊！徐思福驾辕拉车后这段路程就显得分外遥远了，脚下是经过往日挖采过鸟粪的凹凸不平的石板路。如果也能叫路的话，有坑的地方只是粗粗糙糙用小石子和风干并板结的鸟粪干片子垫一垫。木把木帮木底木轮子本身就沉重的且装了满满当当一车湿润的鸟粪的木车子,从这样的石面路上碾过,实在是要费吃奶的力气。

徐思福拉着木车走在这样软硬不平的石板路上,虚汗直流,他觉得他的两条精细的胳膊实在制服不了两条粗粗的车把,当然还有一车满满的鸟粪,尽管旁边有苏守文在埋头躬腰撅屁股卖力地拉着车绳,他还是难以把握木车的平衡。拉车走到一处有些倾斜的坡道时,一只车轮在石板上,而另一只轮子碾在有些松软的鸟粪上,车子一侧一转,他没能压住木把,车身整个后仰起来,一车鸟粪就从车后面的挡板处溢了出去。

湿润黏稠的鸟粪散发着刺鼻的臭味儿,高温下蒸腾着一缕缕热气,人们看不见气体,看见的是日光下不时闪动的花花绿绿的色彩。

木车一后仰一倾斜,就把身材单薄的徐思福甩到一边去了,转过身来的苏宗文干着急没办法,他的双手已经失去了扶一把徐思福的能力了。

徐思福还没能站起身来,倏忽间就从石路一侧蹿出两个监工大汉,一个挥动着皮鞭没头没脑地朝徐思福身上抽打,另一个则一脚一脚踢着徐思福的腿、腰。

徐思福哇哇地哭叫着,抱着一颗小小的脑袋。

苏宗文前来想用身体护着徐思福,被一监工狠狠地一推,推倒在石路的一侧了。

石桥这时候引着贝拉约赶过来。

贝拉约挥挥手,两个监工退到了一边去。

贝拉约并没去理会此时仍在地上抱着脑袋的徐思福,他走到已站起来的苏宗文身边。

现在,苏宗文的两只手垂吊着,仍有一滴一滴的脓水从光裸的手指骨头上掉到干燥的石道上。

贝拉约看了大概十几秒钟,他可能嗅到了鸟粪臭之外的一种同样刺鼻的腐臭味,他厌恶地赶忙用手掩住了鼻子,走开了几步,招了招此时站在一侧的两个大个子监工,两个监工恭敬地走到他跟前,听他如此这般地耳语几句,一个监工快快地跑了去,另一个则走到苏宗文跟前,把他的两条胳膊抬了抬,摇了摇。

石桥不知道监工们要干什么,反正是有关苏宗文手伤的事儿吧,他便借了这个机会,对贝拉约强调说:"贝拉约先生,这次你亲眼看到了,苏宗文的双手烂成了这种样子,医溃草儿也医不好了,再这样下去,怕他,要,要成个废人了……"

石桥痛苦地低下了头。

贝拉约忽然转过头来,对了石桥,双眼有些深不可测的样子,他阴阴地说道:"废人,废人,你可知道,桑切斯先生怎样对待废人吗?"

贝拉约忽然问这一句话,石桥困惑地摇了摇头。

"鸟粪岛不是收容院,更不是接济所,这里从来不养活一个病人,更何况废人,如果确实成了一个废人,那么,上帝啊,就只好把他投放在一个安宁太平的去处了……"

贝拉约脸上泛起一片阴笑。

"安宁太平的去处?是哪里?"

石桥仍不解地问。

贝拉约却把一对阴冷的目光投放在波涛汹涌的大海里……

"啊——"石桥惊怕地喊出声来。

"不过,我们慈悲为怀的密斯石,你的同胞还没有成为废人,我还不忍心让他享受一个真正废人的待遇,他完全可以为我们共同的鸟粪场出力流汗,完成属于他的那一份不算沉重的劳动任务的。"

贝拉约说罢,对石桥深深地笑了一笑,哼着一首秘鲁民间小曲儿悠闲地走了。

方才离开的监工匆匆地返了回来,他的手上拿着零零碎碎的布条子,石桥一看,知道是装鸟粪用的那种袋子的碎布条子,他拿这东西干什么用呢?

两个监工不由分说,把苏宗文一把拽到木车跟前,又在苏宗文刺痛的叫声中把他的两条小胳膊分别紧紧地绑在木车车把上。

石桥上前阻拦时,被另一个监工一脚猛踢到肚腹上,他一下倒在路边,半天没能起来。

就这样,苏宗文的两只胳膊被固定在木车车把上,改成了以往的拉车为推车,而徐思福则拉了一根绳子拉车边套。

……

这就是贝拉约所说的还不让苏宗文享受"废人"待遇,还让他为鸟粪场出力流汗的活计!

石桥悲愤地想。

在以后的许多日子里,苏宗文的胳膊就那样被紧紧地固定在车把上,同其他苦力一样完成着拉运鸟粪的繁重任务,只有中午吃饭的一小会儿和熬到了夜晚收工时,才让徐思福给他解开那一层又一层紧扎着的布条。

被缚在车把上的早已溃烂的双手,散发着浓浓腥臭,有红红绿绿大大小小的苍蝇们叮咬追逐,徐思福用绳头也驱赶不开。推着鸟粪的木车子是在不断颠和抖动的,那些可恶的苍蝇们居然不惧怕抖动,执着地叮在苏宗文绑在木把的两只手上,动也不动。

不去管它了,不去管它了,遭吧,遭吧,遭死算啦! 苏宗文好像对徐思福说着,其实是对他自己这样痛苦而无奈地说。

蝇蚊及鸟粪岛上叫不上名字的小飞虫的叮咬,其实是一种病毒病菌的传播传染,因了蚊蝇无休止地叮咬,苏宗文手上的肌肉几乎全部溃烂掉的时候,现在又可怕地朝两只胳膊上发展蔓延了。白天的劳作由于在不停歇地抖动、用力、使劲,致使疼痛麻木而迟钝,使他已经感觉不到那种钻心的疼痛了。夜里,当双臂从车把上卸下来,胳膊以及双手上的脉络重新活动了,神经枝梢恢复知觉的时候,那种折磨人的疼痛让他欲活不能。通常情况下是由徐思福用毛巾给他擦脸和出了一整天汗水的脊背、胸腹,再由刘宗江给他剥掉几条青香蕉皮,一条一条送到嘴边喂他吃。青香蕉是苦力们自登上鸟粪岛之后的主要食物,一早一晚地吃这种叫作饭食的东西。刚来的时候,大伙儿都拉稀了,半月二十天地拉,止也止不住,一个个脸色蜡黄,浑身没一点力气,再加上开采鸟粪时那种奇臭无比的味道,不少华工就三次五次地晕倒在岩石上,昏迷在鸟粪堆子上。石桥他们多次对监工头提出要求,提出建议,最后提出抗议,要求换一换食物,他们是人,是要干苦力活计的苦工,不是这鸟粪岛上空飞旋的海鸟儿,不是鸟粪堆里窜出窜进的粪鼠。他们有那么繁重的劳作任务,单吃这种青香蕉咋能抵得下来?

回应石桥他们的,是起先的不闻不问,是沉默和冷漠,是之后的谩骂与鞭打,还有,当着新新旧旧苦力们的面,几个监工们把气息奄奄的三个苦力像抛甩一袋鸟粪一样,把他们抛到岩石下波涛汹涌的大海里……

石桥他们终于明白过来了,桑切斯这个鸟粪岛的场主人,在用最廉价的投资来换取如同金银一样宝贵的鸟粪,他们并不缺少苦力,一个苦力倒下去了,很快就会买来更强壮的苦力,在他们眼里,苦力并不比粪鼠多值几个钱。

只吃了两条香蕉,苏守文摇摇头,他不想吃了。

这怎么可以,人是铁饭是钢,不吃饱三天就垮了!

刘宗江劝苏守文。

其实,不是饿极了,谁也不想吃那个青香蕉,好几个月,大家早吃坏了胃口。

苦工们住的木棚简陋而粗糙,那是开采过后的岩石上支起来的木棚,木板透风漏气,顶子也是由木板搭建起来的,只是有一道斜坡,便于下雨时雨水流泻。木板相联结的缝隙间,就地取材用稀稀稠稠的鸟粪抹起来糊起来,如果雨下得大了,这些缝隙里会渗下水来的。

木棚大小不一,住人数的多少也不一样,地面的岩石肯定凹凸不平,凹陷下去的坑样的地方就用风干的鸟粪填充起来,地面上放有窄窄的二尺多宽五尺来长的木板子,那便是华工苦力们的所谓的"床"了,每个木棚里放有四块五块不等的木板床。华工苦力们就睡在这一寸厚的木板上面。

在这座鸟粪岛上,千百年由数千种海鸟们堆积起来的鸟粪,有的地方厚达几丈高,薄的地方也有三五尺高。鸟粪中除了数不清的各种虫子如毒蝎、土蝎、核桃虫、粪蚓外,还有许多大大小小的粪鼠,这些粪鼠以食鸟粪中的虫子为生,灰花的皮毛尖长的嘴巴,常常有三只五只在夜里挤进苦力们居住的木棚里,乱窜乱咬,李同的一只左耳朵就是被一只硕大的粪鼠给咬伤的。

看到苏守文只吃了两条香蕉,石桥真为他担忧,同时也想到了一个很绝的办法——杀鼠食肉。

白天,石桥利用小队长的身份下到长有灌木的海湾里,那里不仅仅有许多草木花卉,还有许多叫不上名字的树木植物,他折了一段木棒,作为猎鼠的木器,夜里睡不着或被惊醒的时候,就观察着一只只不速之客的动静,他的眼睛早适应了鸟粪岛夜里的暗雾,瞅准了一只后猛地挥棒打去,那只粪鼠就挣扎着不动了。当然,石桥的选择是那些肥胖高大的家伙,打一只顶一只,这只肥鼠挣扎着的时候,其他鼠们愣怔了一下,石桥在鼠们发愣的片刻,又一棒杵过去,另一只大鼠也毙命了,群鼠惊吓而逃。

在夜色的微光里,石桥捡拾了一些柴草,把两只早已剥皮开膛的粪鼠插在一根铁棍上翻转着烧烤了几袋烟功夫,鼠肉的香味儿早已把同屋的各位诱醒了,辘辘饥肠使他们顾不上粪鼠不粪鼠,石桥撕了粪鼠腰身上最为丰肥的大片肉,让苏宗文吃了个精光。

石桥和他同住一棚的苦力在鸟粪岛上开了一个吃粪鼠的先河。

一开始,不少苦力们还在犹豫不决,怕吃后有什么不适,那可是异国的粪鼠啊,嘴那么尖,须又那么长,浑身灰乎乎让人一看就厌恶甚至惧怕。不要说食它们的肉,看到那个样子就直犯恶心。但空洞的肠胃总是要填充内容的,何况他们已经食用了几个月的青香蕉,吃得他们直吐酸水,浑身无力。粪鼠肉毕竟还是肉啊,烧烤过的鼠肉泛着一层层滋滋的油花,还是吸引了他们的肠胃。这样,烧吃或煮吃粪鼠的行为便迅速地在鸟粪岛上,在四百余名华人苦工们中间流行开来。

以往,开采鸟粪的劳作中,常常遇到成群成窝的粪鼠,这些东西们贼头贼脑,鼠眉鼠眼,机警而防备地盯视着这一群干扰了它们宁静生活的苦力们,吱吱吱抗议性地叫一阵,就无奈地跑开来。苦力们顶多挥一挥手中的工具,赶它们跑了为目的,现在不同了,现在这一群群一只只粪鼠成了苦力们的猎物,只要采粪中刨出或发现一窝儿,用刨子砸的,用铲子拍的,用脚去追去踩的,用双手去活捉的,总会有一阵紧张的喧闹和捉拿的欢笑声。捉拿住了,把那颗尖尖的脑袋在岩石上碰两碰,粪鼠就晕死过去,待到收工时分,便拿回各自的木棚里烧吃或煮吃……这样,吃食粪鼠的举动给他们凄楚艰辛的苦力的生活平添一点点小小的乐趣……

鸟粪岛的监工们起先一片惊讶,他们甚至干扰和阻挠过苦工们的捉鼠行为,看到苦力们吃食鼠肉的样子,他们惊讶和惊奇。这些来自遥远的大清国的苦力们怎么就能吃食这种丑陋不堪的粪鼠呢?并且吃出了规模和气势……

事情就反映到鸟粪岛场主桑切斯那里,有着一撮儿浓密的黑胡子的桑切斯听罢汇报后又是耸肩又是摇头,之后便开怀大笑起来,对前来汇报的贝拉约等监工头兴奋地说道:"上帝哪,我们仁慈的主,我想肯定是您带着悲悯的情怀布施给这片荒岛上那么多的施舍,使那些远离故园前来谋生的苦力们,有了焦渴中的雨露,有了果腹之物,我们对您的感恩就如同岩石对岛屿的感恩,如同海鸟对大海的感恩一样啊!阿门——"

其他监工们面面相觑,有些丈二和尚摸不着头脑,还是贝拉约脑子机敏,反应也快,他在桑切斯对上帝感恩的时候,悄悄引了监工头们出了桑切斯住地之后对大家说:"你们就不想一想,原本一群无用的丑陋的粪鼠们,经苦力们一食用,哈哈,废物变宝啦,这样一来,可给鸟粪场主节约多少食物的开销啊!你们想过没有,桑切斯先生不愧为鸟粪场主,他对事情的判断与看法一步到位哪,弟兄们,咱们可要学着点哪!"

贝拉约似乎炫耀自己思维的敏捷,他阴阴地笑着,笑得颇为得意。

"这群清国的蠢猪,难道他们在自己的国家里就食用这可恶的粪鼠吗?他们和可恶的粪鼠已经毫无二致了。上帝呀,难道我们整天就和一群一群恶心的粪鼠打交道吗,上帝!"

监工及监工首领们骂骂咧咧离开了桑切斯办公的阁楼,被他们逼迫无奈饥肠辘辘不得不食用粪鼠的华人苦力们反而成了他们此时恶毒诅咒的话题。

"鬼佬!不是人的野兽,看你们还好意思骂得出口,总有一天,狗日的你们会栽到我石桥手里,老子把你们剁成几截喂了粪鼠!"

每每听到大小监工们恶毒地咒骂华人苦工,石桥总在心里默默反击,他想,他会熬到报仇雪恨的那一天的,一定会的。

三

李同弯腰刨着鸟粪,越往深处刨,鸟粪的臭味就越大,刺鼻的臭味儿像一把把无形的尖刀,一股一股刺进他的嗓子里,刺进他的脑袋里,也刺进他的眼睛里,他的双眼被臭味刺激得一阵一阵酸痛。

刚登上这片陌生的鸟粪岛,李同的眼就适应不了四周的环境,远处是一片烟雾茫茫的海洋,天空里是纯净透明的瓦蓝,一颗太阳在空里照着,就把许多雪白而刺眼的银丝射下来,那是朝人的浑身射呀,射在厚重的鸟粪层上,滋滋地就刺进去了,射在采过鸟粪的光裸的岩石上,岩石和光线就碰溅出许多闪亮的火花,射在人们的身上,就像面刀子一样割进了人的皮肉里,生疼,生疼。李同和别人不一样,那些太阳光线好像刻意要往他的眼窝里钻,起初,把他的双眼刺扎得酸酸的,麻麻的,不由得就要用手指手背去揉去搓,揉搓出一些酸酸的眼泪出来,后来,他渐渐地适应了这铺天盖地的光线,可是,他的两眼还是在流泪,无缘无故的,就有很涩巴的几颗泪从眼眶里爬下来,渗下来,干一整天活儿,他的眼泪就几乎流一整天。两只衣袖,干活的间隙里,忙里抽闲就要替换着擦呀揩呀,湿了又干了,干了又湿了……

"老李,你流泪是鸟粪熏到的,知道吗? 是这鸡巴鸟粪熏到的,这臭烘烘的鸟粪熏得我脑仁都疼,熏得我晕头转向,这鸟粪臭都熏到你的眼窝哩,熏得你整天掉泪,不也用手呀袖子呀胡乱擦抹了,手上袖子上都粘有鸟屎,越抹越厉害了……"

是刘宗江的提醒让李同清楚了,原来是浓浓的鸟粪臭让他终日流泪不止的。可是,他能有什么好办法呢? 一点办法都没有,就像刘宗江的脑袋晕眩一样,他对鸟粪的敏感表现就是流泪,除非他们彻底离开这个该死的鸟粪岛!

流泪归流泪,但流泪丝毫不影响李同的干活儿,他弯着腰抡刨子刨着坚硬的或松疏的鸟粪层,就惊讶这片海岛上居然积存了这山一样的粪料,还是他们以前从未见过的海鸟儿的鸟粪层。

海鸟儿的粪便大多细腻,有海鸟静静停立时大便下的,也有一边飞翔一边从空中便飞下来的。因了粪便的细腻,也因了自空中飞砸了下来,堆积起来的粪便就如同岩石一样坚硬了。

大自然赋予每一种物质都有相对的一面,坚硬的鸟粪并非绝对的坚硬。大自然同时给了它一种克星,那就是大大小小的粪虫,鸟粪里滋生的粪虫不仅仅在粪层的表面生存,它们首先是在粪层的中心地带里繁衍生息,掏窝钻洞,然后再偶尔到粪层表皮上活动和游移,粪虫在鸟粪堆积的顶端活动是有危险性的,时常被栖息在粪层顶端的海鸟们啄食。海鸟们有时在海面上捉不到鱼虾吃,就在粪堆上啄食虫子,啄着刨着,吃得也很起劲。

李同在鸟粪的坚硬与疏松里开采,有时候一杈子扎下去,用劲一揭,就撕开板结很大的一片鸟粪,装到木车上时,他还得用杈子的背棱把它敲碎,因为车子运到鸟粪装载点时,是要一袋一袋装进帆布一样的袋里去的。如木车里的鸟粪有很多的板结块,拉车人是要挨监工的打骂的。他们这一劳动小组有石桥、刘宗江、苏守文、徐思福。刘宗江常常被鸟粪熏得昏死过去,他就是闻不了鸟粪的这种臭味儿,一点办法都没有,干一会儿活计,就到一边咳嗽起来,狠狠地打一串喷嚏,满脸是鼻涕和眼泪儿;苏守文的两手是彻底地废了,在石桥等人的护理下,溃烂再没有朝胳膊上蔓延,但两手手指们全部萎缩成一小团儿了,他成了一个无手的人了,他要不成为一个废人,就只能让人把他的两条胳膊绑缚在木车把上,人与木车形成了一体,他只能拼命地推车、推车,看眼下的样子,他只能这样,他只能这样推车了,不然就是废人一个! 徐思福能看出来身体已经严重透支,晚上一收工,他累得连手脸都不洗一下,晚饭那三根青香蕉也免了,一头倒在小木板上就睡着了,半夜里李同能听到徐思福的呻吟声,那是不堪其苦不堪其累的痛苦的呻吟,他还委实是个孩子哪……

故而,李同在刨粪和装粪的过程中,尽量把活儿做得细致一些,把板结的粪块用刨头敲打得碎碎的才装上木车,他不能因为他的粗心和偷懒给这些弱者带来不必要的麻烦。

可是,他的眼睛咋就一直适应不了这可恶的鸟粪的熏味儿呢,光流泪会不会把眼睛流瞎?

李同担忧地想着,眼泪又模糊了视线,无奈,他用粘满鸟粪的手背去揩拭,因了这一刺激,泪流得更凶更猛了。那是些什么眼泪呀,又酸又涩,却流得如此汹涌,李同的心,着实害怕起来了。

他忽地想到了在故乡时候,那是前三四年吧,他的一个堂弟在海上捕鱼遇到了一场飓风,整个渔船全淹没在大海里了。婶子就这个独子,她坚信儿子没有死,天天在岸边等着,半年后,婶子绝望了,擦湿了一条又一条毛巾,到年根底下,婶子的泪流干了,眼睛什么也看不见了。乡邻们说,婶子的眼泪能流几大缸,那可是生生哭瞎的……

难道李同也要以另一种方式,在这遥远的异国他乡,也要流干眼泪,瞎了双目吗?

想到这里,李同不寒而栗。

可能,流一段时间的泪,眼睛就适应了这种气味儿,干啥都有个过程的。只不过这个过程时间长一些罢了。我可要挺住哟!

李同一次次在心里叮嘱着自己,不要往坏处想,事情总会好起来的。天无绝人之路嘛。

这样安慰着自己,心里就轻松起来,他干着活儿,边想,就是嘛。自他记事以来,他的太爷爷、爷爷、阿爸、阿叔叔们,一个个眼睛亮如火炬,还从没听说过李家门里有一个眼瞎的人哩!我就不信干这个鸡巴脏烂的鸟粪营生,就能把我李同的一对眼窝熏瞎了?

李同的自信心一点一点地建立起来了,干起活计来,就比前些时日有了许多精神,今天是他挥杈刨粪。刘宗江用铁铲往木车里铲粪的日子,由于劳作的过于单一和枯燥,他们干一两天或三五天就会主动地换一下活计,苏守文是不能换的,溃烂的双手决定了他只能将胳膊绑缚在木车车把上,无休无止地推车送粪。是推车不是拉车,他已无法拉车了,要知道推车比起拉车来,更要费力更要难受几倍。

石桥除了负责几个劳动小组的组织人员劳动任务外,就在他的这个小组里干活儿,他一会儿都不肯停歇。苏守文和徐思福拉得慢了,他一人就驾起另一辆木车运粪,如果鸟粪层坚硬不好刨不好铲了,他便放下木车抡起刨子狠命地猛刨一阵儿。石桥有一副好身板,他也就仗了自己硬朗的身板和一身的好气力,完成着他们这个明显的是病弱小组的繁重的活什。

石桥老弟,在咱这个小组里,可是苦了你啦,拖累你啦!每看到石桥弓腰撅屁股,汗水常常把衣衫和裤子浸湿的时候,李同和刘宗江总要面带愧疚地感叹一番,是他们,是他们不争气的身体拖累了小组,亏欠了石桥啊!

石桥无言地拍拍他俩的肩膀，是的，到了这个份上，还谈什么拖累不拖累，亏欠不亏欠的话呢？

石桥想，只要咱哥们儿几个能挣扎着活下来，总有熬出头的那一天，俗话说，沉住气，不少打稻谷啊！

石桥边干着活儿，一边想着心事，那边，也就是还归他负责的另一个小组，不知道有什么事儿了，有几个华工在远远地朝他招手，要他过去。石桥吩咐李同几句，就匆匆跑过去了。

这边苏守文和徐思福推着空车过来时，却不见了装车铲粪的刘宗江。这在以前是没有过的事儿，不要说木车来了不见装车人，装车者要早早等着空车过来，不敢有片刻的耽误。

苏守文和徐思福不解地对望了一下，眼前的确不见刘宗江的人影。

"老李，老刘哪儿去啦？"

苏守文问埋头刨粪的李同。

李同转身一看，也奇怪，怎么不见了刘宗江了呢？

他们所处的位置是这样的，面前是一处高高的待采刨的鸟粪堆，鸟粪堆下面是一堆李同刚刚刨好的鸟粪，也就是待装车的鸟粪，而另一侧，是以前采过并拉运的鸟粪底层。它有两丈来深，底下还有一层紧挨岩石的质量不高的鸟粪底子，就算是一片暂时的废弃地，平时，在干活中间，他们一般就在那个低凹的大坑一样的鸟粪底层里大小便。这已是苦力们约定俗成的事儿了。

四周不见了刘宗江，李同就猜想，老刘是不是去凹坑里解手去了？

等了片刻，仍不见归来。几人就急了，好在监工一时不在跟前，要是监工知道了，他们每人都会换一顿皮鞭的。

李同就和徐思福分头悄悄去找，李同走到低凹大坑下，一眼看到坑底靠鸟粪的崖根下斜躺着一个人，那不正是刘宗江吗！

"老刘——"

李同大叫一声跑过去，徐思福也闻声朝坑下跑。坑下多亏还有一层鸟粪作为底垫，他的身上以及从粪崖滑下去蹭下去的脑袋才没有被碰伤。尽管有两丈多高的震动，他居然没有被震醒，他依然在深度昏迷中。

李同把刘宗江抱在怀里，只见他脸色蜡黄，没有一点点血色。他的确是被鸟粪薰得昏死过去的。

"宗江叔——宗江叔——"

徐思福见状，吓得直叫唤，他的眼泪也流了出来。

李同揉了揉依然酸涩肿胀的双眼，两只手在衣服上揩了又揩，轻轻地对徐思福说："阿福，不要哭，你宗江叔是晕过去了，没有大事儿的，你扶住他的头，让我给他推推额角，掐掐人中。你扶好了。"

徐思福听话地将刘宗江的上身扳进自己的怀里，李同就一下一下用劲匀称地推拿他的额角。之后又随劲儿掐他的人中……

终于，刘宗江哼出了轻轻的呻吟声，双眼也慢慢地睁开了。

"唉，我只知道头昏脑涨的，想到坑下去解手哩，谁料就掉下来了……"

李同要背他上坑，刘宗江起身后活动了一下腿脚，感觉没有大碍，就由他二人扶着，一步一步从另一斜坡里走了上来。

粪堆边的苏守文双手当然还是紧紧缚在车把上，他也为刘宗江着急，急地没法儿，他现在是和木车连成一体了，他和粪车静静地待在鸟粪堆边。

"没事儿吧，老刘，吓死我啦，吓死我啦……"

刘宗江歉意地笑一笑，此时他的脸惨白的像一张纸，一串黄豆样的汗珠子挂在脸腮，他弱弱地说道："还好，还好，咱快干活儿吧，这要让监工看见了，大家就要跟上我倒霉啦！刘宗江晃动了几下身子，终于站稳了，他是拉着锹把站稳的。平静了一下自己，就弯腰铲开了鸟粪……"

繁重的劳作又重新开始了，枯燥又沉闷。

直到收工时，石桥也没有回到他们劳作小组。

李同眼睛流泪不说了，眼皮一直奇怪地跳着，用手去抚一下，摸一下，还是跳下不停，从工地一直到收工，回到他们的木棚里，眼皮儿就是蹦蹦地弹跳。

静下心来，才发觉是右眼皮跳，俗话说，左跳财，右眼跳灾。想起在家乡时这句老话，他的心一下害怕了。他不知道会有什么可怕的事儿发生，有什么灾难会降临到他们头上……

如同往常一样，草草地吃了几口饭，他们就在沉寂里歇息了，但谁也睡不着。李同用一块干净布子轻轻擦着他的眼睛；苏守文则用徐思福白天采下的医溃草的汁液在一点一点往溃烂的手上去洒去浸；刘宗仁则闭着眼想心事，他明白自己今儿是被鸟粪奇臭味儿熏得晕死过去的。他责怪自己为啥就和别人不一样。就适应不了这种臭味儿呢。他怕以后的劳作中再被熏得昏死过去。那可如何是好？小徐思福则睁大眼。往常这会儿早就一头栽下睡着了，今儿想着一个很简单的事儿——石桥叔为啥还不回来呀？

如此艰辛的生活和繁重的劳动促使小徐一点点成熟起来了。他愈来愈深切地感到，石桥叔才是他心目中的依托和生命的依靠，他们几个人像一个家庭，石桥叔才是这个家庭里的拿事儿的人，他徐思福还太小，算不得一个大人的，而李同叔、宗江叔和守文叔则身有疾病，他们常常需要人去照顾……平时，无论劳作或者干其他，只要一看见石桥，徐思福的心就一下踏实了，觉得什么都不怕了，遇到什么事儿都可以不放在话下……以前，他们还在船渡过遥远的太平洋时，他小小的心目中，英雄便是洪海平，海平的不畏强暴和浑身的仗义早早成了徐思福做人的楷模。长大以后，成了大小伙子后一定要像洪海平那样，顶天立地，除暴安良……可是，一到了这个陌生国家，洪海平就和他们分开了，只知道他们那一拨人被分到了什么种植园，不知道海平叔现在好不好，不知道以后还能不能见到他……

徐思福这样想着，眼皮就沉重起来，在他将要入睡的时候，那扇木门一下被轻轻推开，石桥的身影闪了进来。

"石桥叔？"

徐思福着急地问。

几个人都起身坐起来，问石桥："不会有啥事吧？"

石桥悲愤地摇摇头，许久了才说道："我刚从桑切斯那里回来，是听他训话来着。所有劳动小组负责人、监工头领，还有整个鸟粪岛的管理人员，都在听桑切斯训话呢，那哪里是训话，那简直是破口大骂，先是骂各劳作小组负责人负责不力，劳作任务不能按预定的数量完成，如再不能完成他们便要采取什么什么措施；之后是骂监工及监工头领们，骂他们监工无能，居然在眼皮子底下能让华工苦力们三十余人集体跳海，如果以后再发生这类跳海事件，那干脆让监工们也一起跳海了事……最后骂上层管理人员管理不善，吃不了这碗饭还不如趁早卷铺盖走人……"

集体跳海?!

听石桥这么一说，大家又惊又怕。

石桥才细细说道，原来在今天凌晨，早他们来到鸟粪岛两三年的一批华工苦力们，他们实在忍受不了岛上沉重的劳动和非人的折磨，三十多人早就商量好，寻找机会集体跳海，他们之前已经选定了一个跳海的地点，那是鸟粪岛最西端也是最荒芜的一处悬崖，四周长满了无名草木，绿葱葱有一人多高，而从华工苦力居住的木棚区离这里有五六华里之遥，只要悄无声息地走出居住区，不被巡视的监工发现，一进入岩石上的这条荒地，就很难发现这里有人的动静了。这一行被两三年艰苦的劳作和非人的待遇折磨得早已不成人形的苦力们，以他们的智慧躲过了大小监工狗一样的嗅觉和鹰一样的盯视，终于匆匆偷跑到了那绝命崖上，那可真是绝命崖呀! 陡峭高耸的那么一大片岩石，站在岩石边朝下一看，究竟有多深谁也说不清，谁看了谁都会头晕眼花腿肚子发软的，看深幽幽的崖下，有飞鸟掠过，有半崖横生出来的叫不上名字的树木枝杈，还有一挂一挂的石灰色的海石，再有，就是自海上袭上来的浪涛的拍击声，那是大浪激流遭遇礁石之后又被猛烈抛甩之后的回响，飞瀑激流，震耳欲聋。又有一股股凉气裹挟着海浪的咸腥飞卷上来……

一行三十余人的华工苦力目睹这样的场景，人人不寒而栗，他们没想到会以这样的方式，在这样恐怖的海崖上结束他们年轻的生命，他们的身体将被卷入深不可测的大海里，没有葬身之地，只有喂鱼虾，还有可怕的大鲨鱼……

他们低声地抽泣着，相互拥抱做最后的诀别，并且相互鼓励着，之后紧闭双眼，憋足一口气，朝前一跑，便一个个朝崖下跌去，跌去……

空旷高深的崖下，回响起他们失控的最后的生命的呐喊：

啊——啊——啊——

或许，在临跳崖的一霎时他们中有不少人害怕了，犹豫了，但没有一个反悔的,也没一人退缩。只是有那么一瞬间的心里害怕,之后牙一咬就纵身跳了下去。

华工苦力们只有用牺牲自己的生命,来反抗桑切斯的无休止的折磨。他们中间,年纪大的四十七岁,年纪小的仅有十九岁哪,一少半人的身体已经不同程度地残废了,跛脚的、断臂的、瞎了一只眼的……

石桥悲痛地讲完这一切,他痛苦得埋下了脑袋,他还能再说什么呢?

沉默,死一般的沉默。

许久了,木棚角落里传来了压抑不住的哭泣声,是年少的阿福在哭,毕竟,阿福的承受力有限,听到那么多的华人苦工在跳海自杀,恐惧、不解、痛心、悲苦,一起涌注了少年的心里,他索性哭了起来。

石桥走过去,轻轻地抱住了阿福,用一只粗糙的大手揩着他的泪脸。

此时的沉默就是最好的劝慰,在石桥山石一样的沉默里,阿福渐渐止住了哭泣。

"唉,他们也是遭不下去啦!"刘宗江低沉地说。

"跳下去一了百了,也是一种解脱啊!"苏守文长叹一声,无奈而悲凉地说。

老苏说得也不一定对,到什么地场就说什么话嘛,死了果真是解脱了,可是,总还有坚持下来的人哩,好死不如赖活着呢!咱就遭吧,咱就受吧,真到了活不下去的那一天,咱再死也不迟,只要能活一天,咱就应该活下去,遭下去,直到死的那一天……

李同的声音是从黑暗里发出来的,石桥却被这软软的内容但无比坚硬的声音感动了。是的,在这种恶劣的甚至险恶的环境下,真的需要老李这种认识,这种对生命的珍惜。他甚至有些后悔刚才给大伙儿说了华人苦工集体跳海的事情。他真害怕这事儿对老苏、老刘起到不好的作用,甚至是启发的作用,引导的作用。他真的没有想这么多,现在却忽然意识到了。

石桥这时候接了李同的话道:"老李说得好,不管怎么讲,自杀总是没有出息的,父母给我们的身体怎么可以自我作践呢?咱得好好活着,强硬地活着。只要生命还在,能有什么困难难倒咱们呢?不就是多受些累多遭些罪吗?

只要使出心劲来,就能活下去,只有活下去,才能熬到出头之日！不就是八年吗？不就是两个四年！大不了咱在这个臭岛上干八个年头,奶奶的,咱豁出去干满八年,咱们熬死他个监工头,熬死他个桑切斯！"

石桥的话多少起了些作用,起码,阿福不再哭泣了,苏守文也不再唉声叹气,整个木棚的人不再谈论"死"的话题,不再提及这个凶险的字眼了。

夜色在朝浑沉里走去,少数夜游海鸟儿的啼叫声在为木棚里劳累一天的华工苦力唱起了催眠曲儿。

除了海浪的拍击声,夜还是静谧的。

四

华工苦力集体跳海事件的确让苏守文有了一些想法。

常常在推车推粪中间,苏守文会望着不远处的大海发呆。

"苏叔,身体不舒服了？"

阿福一边拉绳套,一边看着苏守文呆愣的样子,心里不禁疑惑。

"哦,没,没有,苏叔我现在忽然就想到家乡了,想到大海那边的家了……"苏守文在搪塞阿福。

家乡,家……

看着远处苍苍茫茫的一片大海,阿福觉得苏守文这几天怪怪的样子,呆愣愣的样子,还有,就是心事重重的样子。

守文叔怎么了？

阿福想不明白。

这几天,苏守文也不好好吃饭。当然,千篇一律的生香蕉让每个华工都倒胃口,可是,干一天活儿,胃里咕咕叫唤不停,不要说是青香蕉,就是一团草,也得闭上眼睛吃下去,不吃,胃里空得难受,四肢没半点力气,夜里哪能睡得着啊,胃里像有两把刀子在绞在割哩！可是,苏守文要么剥开香蕉皮,胡乱吃上几口,要么闭上眼睛,青香蕉连看也不看上一眼,一人枯枯地坐着,不知他在想些什么。

这天下起了大雨,监工头下了命令,破例要大伙儿歇工半天,一旦暴雨停下来,要苦工们加班加点补起下雨时误下的活计。

每个小木棚里的苦力们都在呼呼噜噜睡觉,他们知道,老天给他们一个喘气的机会,可恶的监工们并不给予。天一放晴,要他们加倍地补回来,不趁机会歇息一会儿,待干起活儿来,哪还有喘息的功夫!

暴雨如注,海岛上的暴雨更加可怕,一道道闪电像要把蓝天和大海切割成数块,而一声声炸雷仿佛要刻意毁灭这些孤零零的岛屿。在这样的天气里,人和一切有生命的动物是轻易不敢在露天走动的,那样极有可能被可怕的雷电所击。

以前,曾发生过雷电击人的悲剧。那是五六年前的类似这样的天气,毫无经验的桑切斯在大雨天里也不让苦力们休息,依然同晴天一样刨粪铲粪运粪,只是把木车里的鸟粪倒在靠崖的岩石上,等天气放晴后再用船运走。

苦力们在监工皮鞭和棍棒的驱使下,在倾盆大雨里艰难劳作,忽然,一道刺眼的电光划过鸟粪岛,继之是一阵惊天动地的滚雷,随着电光在岛屿岩上碰撞的一瞬间,苦力中立刻有百十号人被击倒在地,当场击死的有八十多人,受伤的三十余人,死伤者中也包括监工头领……

有了那次惨重的大事故大损失,桑切斯才在之后的雷暴雨天气里不得不躲雨歇息,权且让苦力们预支了吃饭和夜晚睡觉的时间。

这样可怕的鬼天气里即使巡逻者和监工们也只有躲在他们修建得还算体面的木屋里,他们远离铁器,远离有可能导电的一切东西,在木屋的木床上休息,或悄悄地几人一伙地进行小型赌博。

就是在这样一个雷电交加的天气里,苏守文在木棚其他人员都已歇息且入睡了的时候,悄悄溜出木棚,他沿着早已私下里打听好的那条通往绝命崖的荒芜小路匆匆而去。他觉得这是一个绝好的机会,是苍天悲悯他的遭遇让他从此告别苦难而给他创造的一个绝好条件。当他匆忙地却迅速地冲进雨雾里的时候,那个选择就坚定和决断起来,他知道他这样做的结果会给石桥李同他们带来很大的麻烦,带来一个无法破解的疑团,恐慌和无尽的思念。可是,他苏守文顾不上这一切了,真的,他受够了,他遭够了,每天清早他睁开眼睛迎接一个白天的时候,他迎接的是一个痛苦和灾难,是朗朗日头下的真实的噩梦,是永远推不完的鸟粪,永远挨不完的责骂和皮鞭,还有,就是对工友们的拖累……

每一天对他来说都是难熬的地狱般的光阴。平时,监工的眼睛真比天上的老鹰还刁钻。他像一只鸡或一只兔子难以逃脱他们的盯视,现在好了,茫茫雨雾挡住了一切,两丈开外什么也看不见,苏守文悄悄地离开木棚离开苦工居住的地带后,撒开双腿尽情跑起来……

铜钱大的雨点真像铜钱砸在他身上一样,有一种切割的疼痛感,跑了不到小半里地,苏守文就被这劈头盖脸的大雨砸得头晕起来,他放慢脚步,仔细辨认着路径,半人多高的荒草和灌木多次让他犹豫不前,他试图辨别出前不久几十号华人苦力踩踏过的踪迹,但瓢泼大雨早已使这一切模糊不清了……凭着一种直觉,他一直朝西方小跑着,且一直沿着海岛的边缘。

雨越来越大,雨点把苏守文的眼睛打得都睁不开了,不知过了多久,苏守文终于摸索到了绝命崖上,蒙蒙雨雾里他根本看不到崖下,他却透过雷声清晰地听到了万丈悬崖下的海浪声:

哗——啪——

哗——啪——

……

再往崖边走去,探脑袋朝下一看,一团又一团的白雾弥漫了整个崖下,使人感到崖上崖下成了一个平面,而崖下的白雾像一大团一大团的棉花在柔软地召唤着想要亲近它的人,让人一时间会产生美好的错觉,甚至是幻觉,从而纵身一跃直向那些柔软的白雾里跌去,跌去……

苏守文并没有产生那美好的幻觉,他是一个地道的现实主义者,他双手双臂的钻心疼痛容不得他有那些浪漫的联想,他只知道他要朝那万丈深崖下跳了,临跳前他没忘记面朝遥远的故乡的方向跪下来,连连磕了三个响头。

雨水已把他的脸淋打得铁青了,他起身来,一头就朝深崖栽去了——

为了给自己壮胆量,苏守文在栽倒前的一瞬还大吼了一声:

"嗨——"

随了那声底气饱满的喊声,在他身子朝崖下倾斜的刹那,仿佛自天而降临的一双有力的长臂膀拦腰抱住了他,且把他朝里直拖了几十米远⋯⋯

在惊讶和惊吓之后,苏守文以为是监工在后面追来抓住了他,他尽力挣脱着那双有力的修长的臂膀,且大声叫喊道:"放开我——放开我——放开我——"

"你叫苏守文,我们曾经认识的,还记得我吗?"

拖苏守文的是一个高个子的面有胡须的年轻人,一对幽蓝的眼睛透着和善,高挺的鼻梁和棱角分明的嘴巴表明了他的欧洲人的特征。

"苏守文,你为什么要自杀,你这是一种软弱哪!"

当断定眼前的大个子不是监工也对自己构不成威胁的时候,苏守文此时平静了下来,他转身认真打量起这个和他一样穿着苦工服装的年轻人。

"你是?"

年轻人对他微笑着。

"你是,是那个什么报社的记者,叫阿梅罗,是,是阿梅罗吧?"

苏守文终于认了出来,是《民族报》的记者阿梅罗,他们在太平洋上,在那个终生难忘的"科拉"一号的苦力船上,漫长的四十多天的大海航行中,他们被拐华工遭到了野蛮的虐待,也遭到了海浪的冲击,是这个当时装成水手的三十来岁年轻人给他们一行以最大能力的帮助。

苏守文当时曾听洪海平和石桥等人详细介绍过。阿梅罗在中国广州小住过一段时日,他是作为很有影响的《民族报》的记者,跟踪调查了解华人苦工到秘鲁国的前前后后的内幕详情。之前他曾采访过在秘鲁种植园修铁路和其他地方做工的苦力,写了大量的有国际影响的报道文章,让全世界更多的正直的人们真正了解华人苦工在秘鲁国的真实境遇。当然,阿梅罗也学会了很多华语。这次,他又作为本地的苦力,来到鸟粪岛上,和这些华人苦力们一起刨粪铲粪,用木车运粪,被编进苦力的队列里。当然,桑切斯和他手下的大小监工们根本不会知道这个大个子是个来体验生活,了解真实情况的记者。

阿梅罗紧紧地拥抱了苏守文,他好言相劝,让他一定要活下来,等到时机成熟的时候,他阿梅罗可以悄悄地引大伙儿从一条他熟悉的水路上游出去,逃离这该死的鸟粪岛。

暴雨依然下着,雨像箭一样射在鸟粪岛上,激溅起白雾茫茫。

阿梅罗本来是在这个难得的雨天里实地察看前几天华工苦力们集体跳海的场地,他被华工们的悲壮举动感动着,悲苦着。他记住了那个悲剧发生的日子,并且费了好多周折一一弄清了华工们的名字,这一切都铭记在他的心里,刻在他的脑海里了。一旦离开了鸟粪岛,他要把他所见所闻所亲身体验的鸟粪岛上的生活真实而详尽地写出来,发表出来,让全世界不明真相的人们了解一个真实而神秘的鸟粪岛。

这同样是一次艰难艰辛并且充满生命危险的卧底和体验。如同他以往深入种植园、深入修建铁路的工地,甚至来到广州扮成水手了解华工被拐、被骗、被运的许多次卧底一样,充满了险情和挑战。

阿梅罗喜欢这种挑战,尽管它需要付出许多的艰辛和代价,甚或是生命的代价。

这是阿梅罗的性格,也是作为一个大报社记者的人道和良知。

就在阿梅罗冒雨来到绝命崖仔细察看华工集体跳海的地场时,他忽然发现有人朝这里摸索而来,他以为是监工尾随而来了,不是,是他原来就认识的苏守文,苏守文吊着他的两条伤手来到了绝命崖,他绝没想到他会被此时藏在草丛里的阿梅罗所救。

茫茫雨雾成了阿梅罗护送苏守文回住地木棚的最好的遮掩。

……

阿梅罗的一片苦心并没有打消苏守文自寻短见的念头,雷雨交加的大暴雨之后的二十天,那是另一处临海的悬崖峭边上,苏守文越过了作为禁区界线的那一排粗粗大大的木桩子。于监工小头目在身后穷追不舍的情况下,他跃下了悬崖……不过,令人惊讶的是,在他临近悬崖仅有一步之遥的时候,他猛地回转身来,一把抱住了追他的监工头目,一个跌倒一个翻身,他死命搂着可恶的监工头目,用皮鞭和木棍曾无数次抽打过他,用最难听的话污辱过他,责骂过他,在他双手溃烂后又把他的双臂绑在车把子上的,如今在他即将结束自己的生命还依然在身后穷追猛打的这个监工小头目,他死死抱住了他,不,应该说死死掐住了他腰身上的一团儿肉,并且用嘴巴一下子咬住了他的那一颗蒜头大鼻子,只一个翻身就滚下了悬崖。

　　在脱离了岩石,整个身子抛到空中的时候,苏守文听到了监工头目声嘶力竭的号叫。他在下意识里不吭不哈,只是更为可劲儿地咬着他的大鼻子,并拼命抱搂着他,紧掐着他……当他们身躯重重地接触海面的那一瞬,巨大的海浪把他高高地抛了起来,他的身子才离开了监工头,而嘴里已着实地咬着了整个一大块鼻子,当海浪又把他抛入深谷的时候,他已被海水击打得失去了意识,但他的脸上却浮出了一个舒心的笑。

　　那笑纹便固执地定格在苏守文的脸上,升降沉浮,在惊涛骇浪里穿行……

　　当然这是后话,这是那场特大的暴风雨之后二十多天的事情了。

　　特大暴风雨之后接着是罕见的大海啸,使这些自小在广州城乡长大的苦力们第一次见识了大海发狂发怒之后的可怕模样。

　　起先是带有咸腥味儿的大风刮来,刮得由木板钉起来的木棚摇摇摆摆,和雷电暴雨天气一样,这样猛烈的大风之下绝对不可以刨粪劳动,一个一百多斤重的人,在屋外走动,很容易就被大风无形的大手抓走,如同抓一根柴草一样,一下就扬到了半空中,之后又轻易地抛到大海里去了。

　　再看看鸟粪岛下面的大海,波浪如山头一样,一座一座由远而近就地涌着过来了,连绵不断,前推后涌,而大风又推动着浪,浪还挟裹着风,一浪一浪排空而来,一座一波,一波一座,袭击着鸟粪岛,摇撼着鸟粪岛,鸟粪岛在这么强暴猛烈的拍击之下,地震一般在动荡、在撼动。再看天气,乌灰色的云团在朝一起积压着,堆砌着,云居然变成灰黑色的了,铅黑色的了。好像要把整个钦查群岛统统地压迫起来,覆盖起来,让人胸闷气憋,感到末日来临。

　　鸟粪岛此时倒像一条航行在大海里的小船,船身在海浪的袭击下,好像在剧烈地摇摆颠簸起来。时高时低,在浪的高峰和海的深谷间不断上升和跌落……

　　在小小的木棚子里,当然能看到大海的喧啸和狂怒,华工苦力们看得心惊肉跳,惧怕不已……每个人,都不由自主地又联想起在太平洋上的"科拉"

一号的苦力船上,遇到特大风暴的情形……一个个紧紧地闭上了眼睛,他们不敢看更不敢再回想下去了。

大海终于恢复了平静。

浪涛声声也一如往日有规律地喧啸和拍击。

天空很快呈现了一望无际的那种湛蓝,海上烈日却像要补回前两天阴天里的损失,完完全全成了纵情燃烧的一枚火球,把炙人的烈焰一簇簇地凌空抛下来,抛下来。

整个鸟粪岛成了一片巨大的熏笼,鸟粪堆上,岩石的缝隙里,包括各类树木花草的花叶儿上,都一股股一缕缕冒着热气,气体们在空中扭动着,日光下闪烁出虚虚幻幻的五彩斑点。

这样的天气绝对是起鸟粪的绝好天气。

由于海啸耽误了两三天活计,这天桑切斯亲自督察了。一个佣人模样的中年人给他撑一把白帆布一样的遮阳伞,伞下自然有了一小片荫凉。这一小片荫凉是移动着的,它随着桑切斯的一个个劳动小组一片片作业面的督察而移动着。

贝拉约跟随着桑切斯,成了桑切斯的引导者和解说者,每到一个作业面,他都如数家珍一样,把每一处的苦力人数、作业面的鸟粪储量、每天刨铲和运送的任务详尽详细地告给桑切斯。这时候他一反平时无精打采,表现得兴致勃勃和胸有成竹。主子桑切斯像一把无形的气管儿,给大小监工和监工头们不断地充气,使他们永远精神饱满,斗志充盈,挥舞着皮鞭木棍,活动在每一处的工作面上。

桑切斯是一个不多说话的人,他几乎永远沉默着一张毫无表情的脸,没有笑容,也不见恼怒。在贝拉约详细给他介绍每一处生产情况的时候,他也仅是把一对鹰样的眼睛翻一翻,打量一下忙碌着的苦力,打量一下这一处堆积和正被刨铲的鸟粪。

原本艰辛的劳作任务这几天又加大了工作量,听贝拉约给监工们和劳作小组组长们讲,这个季度,也就是这个月份,又有哥伦比亚、委内瑞拉、墨西哥、阿根廷、巴西、玻利维亚、古巴、加拿大、美国等国家的合同,有的为了最早最先得到优质鸟粪,不惜冒了风险把鸟粪款项一综的百分之八十预先打到桑切斯的账号上……那一段日子,桑切斯居住在鸟粪岛考究而舒适的桦木阁楼里,而大把大把的金银飞越了遥远的美洲大陆,飞越了从利马省到钦查岛这一段美丽的海湾,纷纷来到了他的保险柜里……但是,刨粪运粪的任务量却比以前增加了一倍多,这繁重的劳作无疑又全部施加给了这些不幸的华工苦力们。

石桥从贝拉约口里得知,最近,桑切斯又从人贩子手里购买了一批华人,运送到钦查岛的各个鸟粪开采工地,充实这里的苦工人数,不然,那些开采数目就是累死现有的苦力也无法完成的。

唉!又有一批华工苦力将被运送到这里,受苦受难,重复他们的命运了!

石桥心里沉甸甸的。

这几天,石桥私下里已经和化装成苦力的阿梅罗联系上了。石桥利用自己劳动小组负责人的职务之便,一次次接触了阿梅罗,以谈论鸟粪开采为名,话题一次次触及了一个极为敏感的问题上:如果组织苦力们逃亡的话,走什么水路能离开鸟粪岛?从哪里下水,能凭借人的有限的力气,可以游到对岸东边的陆地上?

阿梅罗靠着自己记者的身份,多年来走遍了秘鲁大地,包括临海的岛屿,还有亚马孙河流域和著名的安第斯山系,作为一个本土记者他起码对著名的风景优美的钦查岛屿还是颇为熟悉的。然而要真正地找一片既能躲开鲨鱼又距离较近的水域,对他来说还是一个新的课题。

作为"鸟儿的圣国"的钦查群岛,阿梅罗曾多次登临这里,但每次都是以一个记者的身份来这里采风和体验见识这里的上百种羽翼斑斓的飞鸟,领略群岛上宛如飘浮着的绚丽多彩的锦缎景致的,揭秘这形形色色美丽飞鸟密聚栖息群岛的神秘所在的。阿梅罗知道,与钦查群岛隔海相望的,是皮斯科布,在行政区划上,还应当属于利马省,尽管它是在利马省和伊卡省的交界处,他也弄不清从钦查群岛到东岸的皮斯科这段水域有多远,但他可以找到群岛延伸东海岸的最远处,也就是说,如果组织苦力们逃离鸟粪岛,乘一叶木船或干脆游水到东岸登陆,他要努力寻找到距离最近的那一段……

这也成了阿梅罗最近一段时日除了干活儿吃饭之外找各种理由四处游走的最主要的目的。

对于阿梅罗这样一个本土的却又有着西班牙血统的苦力,不知道出于什么缘由,从监工头领贝拉约到一般的小监工人员,他们对他的管理还是较为宽松也时时网开一面的,这是因为他的西班牙的貌相还是另有什么原因呢?石桥一直也弄不清楚。

天无绝人之路!

石桥为阿梅罗的待遇暗自欢喜,这可能是老天爷派来给华人苦力找一条生路的贵人吧!

石桥每每这样想着,同时滋生在他心里的那个大胆的逃亡计划也愈加坚定起来。

由于任务的加重,活计是一天苦于一天,一天累于一天了。

天完全暗下来,苦力们相互看不到脸面的时候,监工才准许收工。

苦力们累垮了,一回到木棚,手脸也懒得洗一把,就纷纷躺倒在自己的那一窄条木板上入睡了。

腰酸、腿疼、足重如铅。躺倒在木板上时,许多人连衣服也累得怕脱,就那么长叹一声,立时就打起了呼噜。

石桥起先还想劝劝大伙儿,吃几根青香蕉,喝几口水再睡觉,当他拿起一根香蕉匆匆吃了两口时,眼皮就沉重地打起架来,他知道自己实在也困极了,头一歪,就那么斜斜地躺下了。

……

不知过了多久,石桥是在困顿的入睡中感到自己的两只脚一阵阵被啃咬的疼痛。好像翻了一个身,也好像抽动了一下腿脚,又睡了过去,但那种被啃咬的疼痛,又一阵一阵地袭来,困乏之极的瞌睡和起身看一下究竟的意念在他朦朦胧胧,混混沌沌的意识里矛盾着争斗着的时候,他忽然听到了一声声惊恐的尖叫——

"啊——啊——啊——"

"石桥叔——几只大老鼠咬破了我——"

哦,是阿福!

石桥一个激灵坐起来,这时,就听到李同和刘宗江也惊叫起来。

"粪鼠,是粪鼠——好多的粪鼠啊——"

"啊——咬破了我的脚——"

石桥在惊慌中点亮了油灯,他借了灯光一看,他简直被惊呆了——

小小木棚的地下,灰乎乎居然钻进来三四十只大大小小的粪鼠,在地下光裸的岩石上、木板上、他们的身体上窜着爬着,偷窥着,还有的在撕咬着属于他们晚饭的二十几条青香蕉,目中无人地在木棚的地下就互相争斗起来,吱吱的尖叫声响成一片。

小阿福哪里见过这等场面,顾不上被粪鼠咬伤并流血不止的左脸,一下子躲在木棚角落里,李同和刘宗江一边大声叫骂着粪鼠一边用脚猛踩这些可恶的家伙。

石桥顾不上早已被咬伤而此时一直在流血的双脚,在点好油灯之后,他一把抓住了门角的那根木棒,一棒一只一棒一只直往死里打这些胆大妄为的粪鼠。

粪鼠大的有小兔子那样的个头身骨,小的才刚刚学会了跑动,它们是一窝儿一窝儿商量好了似的倾巢出动的,它们仗了自己的鼠多势众而不把木棚里居住的人放在眼里,先是成群结队地溜进木棚来,啃咬苦力们的手脚和头脸,之后在苦力们击打它们的时候居然用跳蹦躲避,有的甚至顽强反扑来进行抵抗。最后,眼看地下已死伤将近一少半儿粪鼠的时候,才在领头粪鼠的带领下不甘而无奈地夺门而逃……

……

那一夜鸟粪岛上六十多间木棚里居住的近三百号苦力们遭到了这些可恶家伙们的骚扰和啃咬,有近一百号苦力不同程度地被咬伤咬破。

这之后有两个夜晚相安无事,第四晚上又同前几天一样遭到同样的袭击和啃咬。

粪鼠同样没有放过大小监工们居住的那一排排场宽大的木屋,只是因为门窗的牢固和同岩石地面接触缝隙的严密,没有成群结队地拥入,还是有一些灵敏机警的粪鼠们挤了进去钻了进去,咬伤了监工的鼻头和耳朵,同样让监工们惊悸不已……

由于过于快速且大量地刨取鸟粪,使得许许多多的粪鼠们流离失所无窝可归。以前,粪鼠的窝穴也在不断被刨挖,但绰绰有余的时间还能使它们又重新选择一片鸟粪堆积的地方,再掏洞穴。而今不行了,一处处堆积多年的鸟粪被人们夜以继日地开采挖掘着,容不得粪鼠们有掏挖的时间和地点……一群又一群失去洞穴的粪鼠们就在夜晚的鸟粪岛上四处游荡,它们就像商量好了一样,抓住人们睡熟的机会,钻门破窗,千方百计进入一间间简陋破旧的木棚里面,向让它们不断失去家园的人们示威、骚扰反抗、啃咬,每咬破一个人手脚或脸面,粪鼠们都能获得一种报复的快感,并且有了以利再战一斗到底的决心和信念……

粪鼠的疯狂扑咬和前赴后继在开采鸟粪岛有史以来还是第一次。

石桥就唤起苦力们,利用一切劳作之余的时间,掀起一场自发的灭鼠行动,是自卫,也是自救。

贝拉约在给鸟粪场主桑切斯汇报并解释粪鼠咬伤近百名苦力的时候,他把粪鼠灾祸缘由没有说成是把鸟粪层无节制地快速开采,他居然添盐加醋居心叵测地说成是苦力们大量食用粪鼠而引起粪鼠的反抗……

"上帝呀,我圣明的主——"

听罢贝拉约详尽的汇报和解释,桑切斯久久无语,之后他走到卧室里悬挂着的基督圣像之前,喃喃地祈祷说:"圣主啊,请降下您的甘露,润泽这些枯萎的心田,拯救这些堕落的灵魂吧……阿门——"

贝拉约也在外间画蛇添足地补充了一句:

"阿门——"

五

粪鼠泛滥之后,确有几十号人被啃咬伤破了。天气炎热,不少人感染化脓了,一时间劳动力就明显地减少下来。

不到半个月，桑切斯又通过人贩子买来一百多以华人为主力的苦力队伍,这样,采挖鸟粪的苦力们算是得到了补充。

又一个夜幕降临了。

回到木棚的石桥、李同、刘宗江和小阿福洗了把脸,一如往常那样味同嚼蜡地吃了属于自己那一份的几根青香蕉,无精打采地准备睡觉时,监工胡利奥来到他们的木棚外面,他推开那扇象征性的小木门,并不进来,而是对石桥招招手说道:

"走,到石场去,有事情。"

木棚里几人看看石桥,不知这大黑天的又有什么事情。大伙儿都知道石场是鸟粪场场主桑切斯居住的那一排考究高档的小木阁楼前的一大片场地,因是早几年前开采过鸟粪的地方,这里地势开阔,地面平坦,起过鸟粪的地面是灰白灰白的岩石,故而大伙儿都叫石场。桑切斯同苦力以及周围同大小监工们每有什么大事儿了,就召集大伙儿在石场训话或活动。

李同揉揉依然在流酸泪水的一对眼窝,拍了拍石桥的肩膀,对石桥说:"今儿下午,我的左眼皮儿一直在蹦蹦狂跳,合也合不住,左跳财右跳灾,说不准还有什么意外的好事情呢!石桥你就放心去吧,争取给大伙儿带来个好消息哟。"李同的眼睛红肿着,脸上却挤出一团儿苦笑。

刘宗江跟了话音儿说:"能有什么好消息?桑切斯不会发了善心,派一只大船送你李同回国去吧!"

"……"小阿福欲说什么,又没说出口,每次这种情况下石桥要出去,徐思福总是有些担忧地看着他。

"石桥叔,早些回来。"

阿福还是那句话。

石桥起身拍拍阿福的肩膀,向李同、刘宗江他们看了看就走出了木棚。

夜虽黑了,灰白灰白的石场场地却把开阔的四周衬出一片灰白来。这儿地势较高,又有开阔的场面,看得见落日的西天还有一抹一抹的淡淡的红晕和黛青色云彩,使这里有了比其他处更多一些的薄亮。

因了这片薄亮,石场四周便没有往日有事时燃起的火把。一片灰白的颜色衬托出石场中间站了几排的新购买而送来这里的苦力。

苦力总是以华人为主的,也有少量的当地奴隶和一部分倒霉的智利人和秘鲁人。应该补叙的是还有极个别的自由劳工,阿梅罗就是其中之一。当然,争取到自由劳工的身份是由于工人来源和诸多原因,每一个自由劳工的手续都是经过鸟粪场场主桑切斯亲自办理的。

石桥是个有心人,自担任他们那个劳动小组负责人之后,利用接触监工、领受任务、察看地形和汇报劳作情况等工作便利的条件,曾在心里细细地统计过开采钦查岛鸟粪场的工人来源,这里六百多名华人苦力,他们是先后被贩卖来的,有五六十个包括黑人、印第安人和个别白人在内的属于奴隶性质的苦力,他们最早在秘鲁国的种植园,修建铁路的工地等,几经贩卖转卖,才被运到这荒寂的鸟粪岛;苦力中还有二百多名智利人和秘鲁国本土人,他们大多是囚犯或是战场上的逃兵,极少数的自由劳工也在其中。

借着微茫的夜色,石桥看着站成几排的新贩运来的苦工,一眼扫出大多数依然是他的华人同胞,也有不到二十个黑人和印第安人。他们木然地然而却惶恐地站在暮色里,脸上是多日未曾洗过的脏污。

石桥是给自己负责的劳动小组挑人的,经过近一年的劳作,经过大大小小的磨难,他们小组的劳工伤亡还是比较严重的,人员已经短缺了,他是被叫来这里挑选补充自己劳动小组的劳工的,他当然要挑选自己的同胞,还有,凭他的第一印象,人是一定要能合得来才行啊!

石桥同其他劳动小组负责人一样,拖着缓慢而沉重的步子,穿行在站成几排的新来的苦工中。

挑什么挑呀!其实石桥心里明白,这些新来的华人同胞将面临怎样的厄运呀,无论在哪个小组里劳作,还不都得和牛马猪狗一样,忍受着饥饿劳累疾病,还有几乎每天都抽到身上的皮鞭和挥到身上的棍棒!

石桥的心像被刀割一样难受,他现在已不忍心再看那一张张蜡黄的陌生却又熟悉的脸庞了,他也有些木然地走着……

"石桥大哥,石桥大哥——"

在苦力的行列里,忽然传出压低声音的叫,居然是在叫石桥。

起初石桥以为自己听错了,他停下脚步后,真切地听到的确有人在叫他。透过暮色,石桥朝那一排苦工望过去——

"石桥大哥,这边,石桥大哥,这边,我是小三子,我是小三子,我和海平在这儿哪——"

又有人在低低地叫他。

这次他听清了。

石桥浑身一震——

怎么会是洪海平? 还有小三子?

石桥扭过头来,立刻他的眼睛和洪海平的眼光碰撞在一起了。

石桥惊讶不已。

身材高大的洪海平此时的目光都是镇定平和的,他悄悄做了一个手势,不让石桥因为惊讶和激动而做出不妥的举动来,他随之送给了石桥一个笑容。

小三子也欣喜地看着石桥。

石桥镇定一下自己,装作什么事情也没发生的样子,又走了两三排人群,之后又返回到洪海平和小三子身边,之后对监工头领贝拉约说:"贝拉约先生,我就挑选他们三个吧!"

当时和洪海平、小三子紧挨着的,还有一个身材较壮实的年轻华工。

贝拉约此时也走到石桥身边,用眼光上下打量了洪海平、小三子他们三人一番,之后又转脸盯视了石桥一阵,当他从石桥脸上没看出任何可疑和蹊跷时,便放出了一阵低沉的笑来。

"呵呵呵,看来到现在你石桥还是个非常合格的劳动小组长的头领了,你挑人的眼光还是非常独到的,用你们大清国的一句名话来说叫作'强将手下无弱兵'吧,好了,你可以领他们走了,你还得给他们强调一下鸟粪岛的规矩和法则,以及违反了这些规矩和法则之后的严重性,要把警戒和严惩反复强调,这一点你和你新入队的华人苦工必须明白,好吧,你们走吧。"

贝拉约说完,看着石桥将洪海平、小三子一行三人引去了,他的目光许久才从他们身上离开。

洪海平的到来,在鸟粪岛同一批到来的华工中激起了一阵又一阵喜悦的浪涛。

首先是石桥把洪海平安排在他和李同几人住的小屋里,因为这时候苏守文已经跳崖身亡,木棚里有了一张空板子,其次是石桥把小三子和他挑选的另一名叫阿耕的年轻人安排在与他紧邻的另一个木棚里,这样,在客观上造成了说话谈事都十分方便的条件。

洪海平在华工中形成的影响是早在一年多前漫长的四十多天太平洋"科拉号"航行时,就已经形成的,他的不畏强暴,敢于斗争,同时也善于斗争的正义和豪情,曾深深感动和鼓舞了全体华工苦力们。在利马分手之后,被载到鸟粪岛上的百十号苦工谁人不晓得洪海平呢!故而,洪海平的到来让现有的八十多号华工们的心里,有了莫名的欣喜,有了一种莫名的冲动。它是一种力量,原本是在身体里面潜伏和收敛着,甚至是压抑着,洪海平的到来使这些力量像遇到雨水和阳光的小小竹笋们,噌噌地长出了地皮,势不可挡地抽芽拔节了。

这让同一木棚里居住的李同、刘宗江和小阿福喜出望外了,自石桥把洪海平引进他们这个小小的简陋的木棚之后,几个汉子紧紧地搂抱在一起,就连多日不曾哭过不曾掉过眼泪的硬汉石桥,跨进木棚后的第一个举动就是一把将洪海平紧紧地抱住,他大叫了一声:"海平——"就哽咽着一句话都说不出来了……

当认出洪海平之后,李同、刘宗江和小阿福几个人的反应各不相同。

"啊——是海平叔叔——"

小阿福原本已经睡下,他连衣服也顾不上穿,光着瘦骨嶙峋的身子一把抱住了洪海平的大腿。

李同原本就红肿着眼窝流淌着眼泪,这时候眼泪居然涌泉一样流淌不止了,他一边擦着眼泪一边说道:"石桥走时我就说过嘛,我一后晌左眼皮就跳个不停,左跳财右跳灾哩,这可和前几次不一样,咱不企求发什么洋财了,但咱得企求喜庆事哩,你看看,你看看,一下午这海岛上的海喜鹊子肯定叽叽喳喳叫唤哩,只是咱听不懂人家的叫唤,要不,海平兄弟能来咱这儿嘛?哎——喜庆呀,喜庆呀!"

当刘宗江一眼认出洪海平时,他却像一根木桩一样栽在地上,许久许久了动也不动,之后他蹲下身子哇一声大哭起来,最后当洪海平过来劝他们时,刘宗江才把海平紧紧地抱住。

……

在石桥他们这个木棚里,这一晚是他们破天荒一个全体不眠之夜,他们听洪海平、小三子讲述了他们在种植园里的经历和遭遇,讲了他们如何逃离种植园又如何被监工加西亚追杀并杀死加西亚之后的逃亡之旅……那可是噩梦一样的逃亡之旅呀——

六

经过了一番殊死搏斗,加西亚在垂死挣扎的时候,被洪海平铆足劲儿的双脚一个腾跃猛踢,踢往斜坡下面了,加西亚肥胖的身子像一团硕大的肉球儿,在长有低矮的野草和布满了小碎石的斜坡里朝下滚去,坡下,是一片对洪海平和小三子来说异常陌生和神秘的沼泽地,貌似平静的沼泽地面上长有一片片绿色的浮萍一样的植物和一些叫不上名字的漂浮物,偶尔有两三个地方倏忽间就冒出一串串气泡儿,咕咕嘟嘟像有什么神秘的动物在沼泽下呼吸换气……加西亚的身子一下子滚进了沼泽里,一下打破了沼泽地里相对的宁静,硕大的蚊蝇们一下子嗡嗡地飞起来,围起了加西亚尚露在沼泽外面的上身,很快,加西亚就完全沉下去了……

这让洪海平和小三子感到了沼泽地的恐怖和可怕。

沿着人烟稀少的丘陵地带,二人开始了逃亡。

渴了,他们寻找山泉或小河流,饿了,就地拔一些可充饥的野草,山坡里的野蘑菇和一些看起来水气很大的无名树叶儿,短短几天时间,他俩的脸和全身的皮肤都浮肿起来。

“不能这样盲目躲下去了。”

海平对小三子说:“这样下去,咱只有饿死病死,咱得争取当个自由劳工,那样,虽说干活儿也一样的苦累,但毕竟有一些人身自由,可能,待遇比苦工好一些。"

洪海平以前还是听《民族报》记者阿梅罗说过关于自由劳工一事儿的,听他说好像在利马以北的丘陵一带修建铁路的工地,往往由于劳力不够,要在当地招收一大批自由劳工的。

"可是,可是,那样不就暴露了咱的身份吗?"

小三子困惑地问。

"不怕,阿托明种植园在利马的南边,而铁路修建地往往都是从利马往北的地带,咱们现在虽然在丘陵地带,但咱们的大方向是一直朝北的方向跑呢,大方向没错,咱就一直往北走,越远越好,等过了利马那个地段,咱就最好沿着现在铁路朝北走,肯定能找到铁路修建工地的。"

洪海平细心地想着,分析着。

小三子眨眨眼睛,问道:"我不明白,为什么铁路都是利马往北的,往南的他们就不修吗?"

海平听罢笑一笑,他觉得小三子的确会想问题了,能提出这样的疑问,是小三子的进步。

海平解释道:"我也是听阿梅罗说的,他当时还悄悄地在地上画了一个地图的,他说秘鲁国现在必须得修铁路,一是朝北修,二是朝东边修,朝北一直要修到和他们的邻国什么厄瓜多尔还有哥伦比亚接连上呢,那里有一条运河,叫作巴拿马运河,这样就容易把秘鲁国的特产比如矿石呀,鸟粪呀运送到更北边的一些大国家,有墨西哥、美国,还有加拿大的,再把这些国家的一些东西运到秘鲁国;往东呢,也是一个不小的国家,叫巴西,听说往巴西修铁路很费劲,铁路要越过安第斯大山呢,许多地方是要从山腰里挖出一条深长的洞来,那种长洞叫作隧道,你想想,这得需要多少个劳力。以前的奴隶毕竟是有限的,种植园里需要,鸟粪岛上需要,修铁路更需要,哪有那么多的奴隶呀,你想想,他们肯定要多招一批又一批的自由劳工的,在他们本国招,也在邻国招,听说一个叫智利国的人就被招去了成千上万呢……"

听海平这一解释,小三子基本上听明白了,是的,他们必须朝北边跑,或者朝东北方向跑,只有这样,以后的生计才会有个着落。

心里有了目标,身上的劲儿大起来了,尽管好几天了吃不上一顿像样儿的饭食,脸皮肿着,小腿肚子也肿着,用手指头在小腿上摁一下,出现一个肉坑坑,好半天好半天起不来,他们多天了没吃到一点盐巴了,之所以还能跑动起来,完全是一种心劲儿。

尽管在无人的丘陵地带,有时一整天都走在沙砾上面,他们就觉得走在了沙漠里一样,头上是一枚闪闪发光的老太阳,脚下是热得烫脚的沙石,口干舌燥,气喘胸闷,他们真担心自己走不出这陌生的沙石地带了……但是,洪海平坚信,戈壁的尽头是绿洲,只在坚持,定会走出去的。根据在阿托明种植园里劳动的一年多时间里,他们无论耕种或是挑水,是撒粪还是收割,多多少少接触过这片秘鲁国稍靠西部的土地,它还是属于滨海沙漠的地带,只要朝东北方向走,慢慢就接近安第斯山麓之下了,除了山川丘陵外,还显示出了北部亚马孙平原的某些特征,就会有一片一片较为浓密的树林,也会有流量不大的河流的出现……

正是因为心中有这样的信念,洪海平和小三子在饥渴了三天三夜后终于走出了那片可怕的沙漠之地,看到遥远处的那一簇浓绿。

"三子——"

洪海平在最为艰辛的戈壁腹地时,对小三子说道:"三子,从现在起,我俩必须互相喝对方的尿液,不要不好意思,这是活命的需要。"

小三子眨眨眼,同时也舔了舔干裂的嘴唇。

……

第三天,两人已经筋疲力尽了,走到一处丘陵的红沙石凹峡里,小三子忽然发现不远处有一只很硕大的土蛤蟆在缓慢地爬动。求生的本能和饥饿的肠胃使他踉踉跄跄走过去,弯下腰来,拣起一块泛红的石头,追着那只蛤蟆,并朝它的背上猛砸下去——

噗的一声,蛤蟆一下就被砸得翻了个个儿,把青白色的肚皮正对了他俩。

……

那会儿,两人已没了任何顾忌。要在平时,对一只癞蛤蟆他们不会去多看一眼的,更不会说吃它了,想一下,就会恶心翻胃的。今儿不同了,小三子倒提

380

了那只倒霉的蛤蟆，抓起两只后腿一用劲就撕裂开来，一人一半儿，在炎热无助的沙漠里，二人风卷残云连皮带肉吃光了一只硕大的沙漠蛤蟆。

是二人愈来愈少的尿液和那只肥大的蛤蟆，让他们终于走出了那片可怕的沙漠丘陵，看到远处显示的一簇浓郁的绿色。

那片绿色不是树林，不是传说中的亚马孙平原，走近了细细地悄悄地察看过后，才知道那是一大片种植园。

"怎么办？"

小三子看着洪海平。

"……"

洪海平沉默着没说什么，显然他在想着下一步。

是种植园就有苦力，就有奴隶，就有监工，就有像加西亚一样可恶的家伙，就有猎获和使用逃亡华人劳工的特权和手段……

在距离那一大片浓郁还有几公里的地方，海平和小三子决定昼伏夜出。

屋漏偏逢连阴雨，恰这时一只土蝎把海平的脚面蜇了一下，疼痛难忍，整只脚背肿得老高，看来当天晚上是不可能行走了。

小三子在附近的山坡里弄了一些止肿胀的药草儿，拧出汁液来，给洪海平的脚面涂抹上，让他好生歇息。而他，则要借了夜色的遮掩，到种植园的庄稼地里，弄一些可以吃的东西，他们已经五六天没有吃过东西了。

"三子，你可要小心啊，弄下弄不下不要紧，千万别出了什么乱子！"洪海平在叮嘱他。

"我知道了，你千万别动，就在这儿待着，等我回来。"小三子说罢，融进夜色里去了。

他们待的地方是一处崖壁凹进去的洞穴，没洞那么深，待在这里还是可以遮风歇息的。能看得出，这里是非常荒凉的，没有真正意义上的地，是那一片沙漠的结尾处。可见，不远处的种植园是近年来开发并朝这里延伸过来的。

洪海平还是为小三子捏了把汗，他人生地不熟的，要去弄吃的，也真苦了他了。

小三子自有小三子的机警，夜色里他像一只地鼠沿着一片荒滩朝那片浓绿里蹿去。走进种植园时,他屏气轻足最后几乎是贴了地皮挨近一片青绿的。

小三子对种植园太熟悉了,隔老远就闻着了那浓浓的青绿里散发出的气息,那是庄禾与水土共同散发出来的,混合了甜甜的甘蔗、腥腥的玉米,还有淡淡的白菜、涩涩的西红柿的味道,还有,那就是说不出来但完全能感觉到的高大的仙人掌的气味儿……这些气味儿和几天来吸入小三子鼻腔里的干燥涩巴的沙漠戈壁的气味儿比起来,他还是有一种熟悉的却又可怕的感觉。

熟悉是因为他在这种气味儿的氤氲里,没日没夜地苦受了一年多时间,可怕的是一旦被人抓住又得在这个陌生的种植园里牲口一样被人奴役着没死没活地又重复阿托明种植园的日子……

想归想,小三子的脚步却没有停下来,循着一条潺潺流动的小河儿,他摸到了一片玉米地里了。

四周静悄悄的,小河的流水声更烘托了这大片玉米地的静寂。

这里的地形就是这样,刚刚从沙漠一样的地带走过来,立刻就有清澈的小河了,就有大片大片的绿地了,就有平坦地里的各种庄禾了。

这个季节的玉米还没成熟,但玉米肯定已经长出了玉米粒子。钻进玉米地里的瞬间小三子的心还在咚咚狂跳,但可怕的饥饿感和强烈的进食欲使他早已忘记了可怕。将眼睛朝了四周一瞭,除了黑黑的夜和绿绿的庄稼什么也没有了。小三子挥出双手一下就掰下了一大穗玉米,剥去厚厚的衣皮,他还是模模糊糊看见了一排排白白的牙齿一样的玉米粒儿,张大了嘴巴,他的一排门牙像耙子一样把尚未成熟的玉米粒噼噼啪啪全耙进自己的嘴巴里去了,他吃出了腥腥的甜甜的味道……

小三子在玉米地里如此这般地一连吃了二十几穗,他准备在腰里的裤带里面别上一圈玉米穗儿,带给洪海平。

小三子的裤带能松能紧,松下来的时候别一圈玉米棒子有个二十穗都没有问题,便匆匆掰着玉米穗儿,又急着朝裤带腰上别,动作就有些急切起来,动作急了,必然会弄出些响动。

已吃饱了的小三子对身体同玉米叶子以及掰玉米穗子弄出的响动便有了一些大意,有了一些侥幸心理——这么黑的天,不会有人吧!

朝腰里别了五穗棒子的时候,一条更黑的影子风一样闪过来,那动作快得让小三子毫无防备,当他明白是个人影来到身边时,他的脖子已被人用手臂一把抱住了。

"啊——"

小三子下意识的惊叫了一声。

糟了!

小三子想,一定是让种植园里的监工逮住了,或者是夜里巡视看庄园的人逮了个正着。

小三子很快镇定下来,同时,有一股浓浓的脏污的臭味儿熏着他的鼻子。

他下意识里去看一眼紧勒着他脖颈的胳膊,那是一条粗壮的乌黑的胳膊。

是个黑人!

小三子当即判断出今儿他栽在黑人手里了,而且是个又粗又壮又高大的家伙,那家伙的周身都在散发着一种令人窒息的臭味儿。

在种植园里,小三子接触的黑人多了,老远就能闻到这种奇臭的味道,至今他弄不清为什么黑人奴隶或是苦力们身上会这么臭?

小三子在那一刻真有些绝望了。

在种植园里,黑人奴隶和黑人苦力的力量大得惊人,他亲眼见过一个黑人把一头病牛从种植园里背回来……现在,只要他稍有一点反抗,那家伙会一拧胳膊就把他的脑袋拧下来的。

因为紧贴了他的身子,小三子的后背上能感觉到这个黑家伙的鸡巴的存在。那可是一条悬吊着玉米穗子一样又粗又长的大鸡巴,因为只穿了一条小短裤,又紧挨着小三子,小三子就能清清地感觉到了。

在种植园的一年多时间里,因了无数次的一起劳作,一起起居,小三子已经见过无数黑人的大鸡巴,那东西常常让他想起在故乡的配种站上,那一条条小叫驴儿的那东西,粗硬,黑长。

现在,黑汉子一手掰了他,另一只手里不知还拿了什么,小三子知道,这家伙一定是这家种植园里的苦力,或者是由苦力升到监工头目,或者是监工头目派他在夜里巡视庄园的,要知道,要活捉到一个偷盗庄园东西的贼,作为巡视的黑人苦力,是会得到报酬的,是几斤玉米面?是几个西红柿,还是老板准许他和一个黑人女奴交配一两次?

反正黑人奴隶或黑人苦力接受了这种看守任务是十分卖力的,他们当然乐意得到主子的赏识和赐予。为了这种微薄的赐予,他们不惜把猎获者打得断臂跛足,甚至活活掐死……

想到这里的小三子自然有害怕和不甘。

远处传来可能是另一个黑人看守的呼唤声,这呼唤分散了这个铁塔一样黑家伙的注意力,就在黑人朝那边转头去,准备回应的时候,小三子的一只右手快速地探下去,一把揪住了那家伙玉米穗一样的黑鸡巴,同时左手也闪电一般粗暴地充当了右手的搭档,他几乎是用尽了吃奶的力气,嗯的大声一叫,两只手掰棒子一样把那条长鸡巴朝上用力一拽,再向边侧奋力一拽——就像他平时猛力去拔一段树根一样。

嗷——

黑人像野兽一样大号一声,跪下去,双手下意识去护着他的裆部。

前几天打杀加西亚的勇气使小三子很想把眼前这家伙也给报销了,想到这黑人仗了自己的高大威猛,平时不知欺负过多少华人苦力时,小三子就飞起一脚,朝他的那张黑乎乎的脑袋上尽力踢去。

又是一声嗷的号叫,这家伙像一条高大的口袋一样朝后倒去了。

远处,有朝这边跑动的脚步声。

小三子不敢恶战,猫起腰来,向来时的路上快速跑去。

路过一片甘蔗林时,他啪——啪——随手折断两根粗大的甘蔗,这既是洪海平的今晚的食物,又可以在回去的这段路上充当武器。

……

洪海平听罢小三子简略叙述,他觉得不敢在此地逗留,吃罢甘蔗,忍着脚疼,绕过了那一大片绿油油的神秘而可怕的种植园,一直朝东北方向去。

白天观察地形,确定位置,尽量弄些可以充饥的东西,再找一个荒僻无人的地方好好歇歇身子,睡上一觉,养足了精气神儿,夜晚再摸索着前行。

这样昼伏夜出,走了大约半个月,也没有碰到修建铁路的工地,倒是不少青壮年的本地人,这些印第安血统的秘鲁山区人,不见他们做务庄稼,也不像在外务工的样子,他们就那么悠闲地居住在自己的土窝里,一个个懒洋洋不问世事,事不关己的样子。

洪海平和小三子对自己的寻找和判断产生了怀疑,工地,工地到底在哪儿呀?

他俩身心疲惫,又处在惊慌与饥饿之中,他们现在需要有一个好的主意了。

"海平,俗话说,大隐隐于市,小隐隐于野,咱们这样像丧家之犬,不妨到一些城市里碰碰运气吧,咱看看城里一些工厂要不要工人?"

小三子这样问洪平。

此时洪海平也没有好的办法,他想了想,咬咬牙,像是对小三子又像自言自语地说道:

"咱再顺着这个路线走两三天,如果还是找不见铁路或其他工矿工地,咱就朝西边走,西边地势平缓,大小城镇也较多,活人总归不会被尿憋死的……不过,咱还是谨慎为好……"

小三子想一想,也只有这样了。

如果是荒凉的山地,他二人白天也敢走了,这样日夜兼程又走了三天时间,洪海平从一处小河里发现了一些异常。

"三子,快看——"

小三子顺着海平的话音去看他们身边的那条小河,小三子一时看不出什么名堂来,那不就是从东边的小树林与树丛中流下来的一条河吗!

可是,再一细看,情形就不同了,通常情况下,这样的小河河水清澈见底,无泥无沙,一般是东部亚马孙地带的林区延伸,无数小河就从那里潺潺地缓缓地朝西边流去……可是,二人眼下的这条小河里泛了一种浅红的泥色,自上而下都是,看来水并不是因了一时的人或兽的搅动泛起的那一片浑浊的泥色,整条水流都是这颜色。

"肯定上边是矿区,有人在开矿,并且十有八九是石矿,一种呈红色的石头!"

洪海平说罢,二人心里就涌来一阵窃喜。

顺着红色的小河,二人有些急切地朝上走去。

他们听到了木车倒碎石的声响。

远远看到半山崖一处,从浓绿的山坡斩杀开拓出的一片呈红色的裸露。

渐渐近了时,看到好大一片空地,周边站着几个持枪的侍卫。

海平和小三子转到了与矿物平行的另一个方向,躲在一丛松树后边,细细朝了那边望去。

有六七个持枪的护卫,他们有的站在原地,警惕地盯视着远方,有的则在十几步之内走来走去。

很快,有很宽大的木车子出来了,是三个人推着出来的,中间把车,两边各一人用手推车,他们的脑袋埋得很低,很用力也很有吃力的样子。

"海平,快看——"

小三子吃惊地叫了一声,用手指着推车者,说道:"快看,三个苦力怎么都还戴着脚镣呢?"

小三子眼尖,经他这一说,洪海平再细看,果然,三个推车苦力都戴着脚镣,又推车,又有脚镣,推车人的脚步是十分沉重的。

等这一车碎石推到矿场地的边上,三人再一起将碎石倒于崖下,空车返回来时,二人都看清楚了,推车者都和他们一样是华人。

二人敛了气再等着细看。

又一辆木轮宽车从崖面的矿洞里推出来,这是另外的三个人了,依然是戴着沉重的铁镣,依然埋着头,依然是华人的貌相。

此时的洪海平和小三子心情忽地就沉重起来,那沉重的铁镣,戴在了他们的心上。

还有更可怕的事情在后面。

他们二人看了有一个多时辰,看了有二三十辆木轮车子倒石头之后,他们看出这二三十辆车子的推车人居然没有重复的面孔,可见这矿洞里劳工的人数有多么多了,这还仅仅是推车人,还有采挖矿石的,打洞放炸药的,还有运送石料的,还有……

那神秘可怕的矿洞里不知道有多少华工苦力在干着苦累活计。

忽见矿洞口又出现了一辆木车,推车的三个人并没有带脚镣,貌相一看也不是华人,他们穿着一样的蓝色的衣服,木车里也没有像其他木车那样装满石头,车里装的居然是四五个戴着脚镣的华工。

怎么回事?

海平和小三子的心被紧紧地揪起来。

五个华工躺在木车里,被推到矿场边的崖畔时,推车人把车子停下来,一人把着车把,另二人拿了斧头叮叮当当在车上砸着什么,后来才看清,他们是在卸铁镣呢。铁镣一条条被卸下来的时候,能看到车上的华人,有的身体还在微微地扭动,有的艰难地伸出手来,想做什么,想说些什么……

他们肯定是有病了,或者,他们在矿洞里干活儿时,受到了重伤。那几个推车人要么是监工者,要么矿场的其他管理或负责人员。他们想做什么?

海平、小三子二人还没想明白,就见全部卸下脚镣后的华人在木车子里挣扎着。而木车子则被那三个推车者一下推到崖边,并用力扬起木车把子,把车里的华人苦力像矿洞的碎石一样全部倒在了崖下边——

五个华人苦力身体扭动着,翻滚着,可能还在呼喊着什么,一起被倒了下去,翻滚了下去……

传到洪海平和小三子耳朵里的,是从矿洞里排到崖下的哗哗啦啦的废水流泻声。

……

洪海平把头埋进伏身的土里,无声地抽泣起来。

"日他妈! 把生病的大活人、受伤的大活人就那么像石头一样倒下去了,倒以前还不忘卸下铁镣,他们舍不得把铁镣倒下去,镣子以后还要镣其他华工呢……日死他妈哩,操他矿主的八辈子祖先! "

小三子满脸是泪,骂着。

"华人苦力的命,在这里,还真不如一根草,不如一条狗哩! 呜呜……"

海平也哭出了声。

远离了那家可怕的矿场,他们找了一处自然凹进去的石穴,二人躺下来,神情凄然,几乎一整天时间,他们没有离开石穴,就那么躺着,想着心事。

......

"不行了，我们就返回到利马去，冒险就冒险吧，看能不能找到《民族报》的大记者阿梅罗先生，让他帮咱们一把，再者，咱还可以再找一找的，或许还能找一处落脚点！"

海平在和小三子商量着下一步的打算。

"是沟是崖，就跳他一跳吧，就依你说的来，利马毕竟是个大城市。"

小三子也下了决心。

其实，这时候的他俩已经走到了当时的胡宁省并且靠北的地带了，远远超过了利马省，并且即将接近瓦努科省了。他们得往西南方向返才行，他们必须先找到利马省，再朝利马市行走。

一晃就是十余天的时间了，他们弄不清自己到底走了多少路程，洪海平责怪自己没有做好判断，没有当好向导，害得他和小三子走了几百里几乎上千里冤枉路。小三子给他宽心说："不怕，就当种植园放了咱俩的假期，让咱俩在这个国家里悠闲地逛几圈儿，见识了森林和沼泽，登上了这山峰和丘陵，还有那么多大大小小的河流，不怕，咱走到哪一步算哪步吧！我现在才感到，作为一个游民的自由和快乐，如果心里不害怕的话。"

洪海平无言地笑了笑，他从心里喜欢小三子这种性格，干得多，想得少。敢作敢为，不计后果。

那就朝着利马的方向走吧！

二人的主意达成一致后，就边打听路线边快疾地走起来，他们依然沿袭了昼伏夜行的方式，从来不敢有一点点粗心大意。

又走了大约有八九天，抑或十余天。他们行走的速度简直快得连他们自己也惊讶，哪里敢直线朝利马市走呀，还得同以往一样绕着走，专拣被荒芜了的大片土地或是因为某种原因废弃了的种植园的路径走去。远远看去，种植园是因为没有了人们的侍弄而颇显得荒寂破败，曾经是奴隶和苦力们居住过的寮棚，一排又一排如今尽显颓败的样子，一丛丛荒草长在棚顶上，杂乱无章，许多棚顶半截子掉拉下来。矮小的土墙大多已经倾斜，有的塌了半截，有的漏天的寮棚里面居然也生长着三两株玉茭杆儿，显得非常可笑……大片大

388

片的土地里,曾经种植着玉米、仙人掌、甘蔗,还有大个头儿的白菜,西红柿等等。曾经点缀着动弹着数不清的华人苦力,黑人奴隶,还有许多本地的印第安人,被掳来的智利人……监工头头和监工们则骑着高头大马在地与地之间的狭隘的土路上踱来踱去,居高临下地察看着监督着干活儿的苦力们……可是,如今这里的种植园却荒废了,那些苦力们,特别是华人苦力到了哪里去啦?

二人边走边看,心里不是个滋味儿……

由于陌生和绕道而行的原因, 这一次他们南行许久又朝西折的时候,才知道,还未到达利马市,他们现在的位置是利马以北离利马仅有一百多英里的沿海地带。后来才知道这地方叫巴蒂维尔卡的河谷地带,这里有好几座城镇,有巴蒂维尔卡、巴兰卡和苏佩、瓦桥这些比较著名的沿海城镇。在这些城镇的周围,都横陈着许许多多富饶的甘蔗种植园。较大规模的有阿拉亚种植园、乌帕卡种植园、阿尔瓜伊种植园、巴拉蒙加种植园、拉斯乌埃尔塔斯种植园、拉斯蒙哈斯种植园……

种植园在大的经济背景和政治背景下,也存在着明里暗里的竞争,当然,那是种植园主们斗智斗勇、钩心斗角的漫长过程,在这个过程中,一些经营不善者,一些背景不力者,一些种植园的地理位置不好者,包括靠近丘陵地带,接近海滨沙漠,水源较远和土质不肥沃者,沙化硬化易于板结的种植园,在强盛种植园的胁迫之下,只有改辕更辙,换作其他了,大片大片的土地便被无情地抛弃了,荒芜了,而老板们则派人押解着大批的苦力和奴隶们,转移到他们新垦植新买下的土地上,重新开发种植园,或者到他们新项目的地点,开采铁矿铜矿金矿,或修筑某一条某一段铁路……

半月前洪海平和小三子看到的,就是在那种背景下荒弃了的种植园。

而越过巴蒂维尔卡的河谷,踏入巴兰尔通往瓦桥的河谷地带时二人立即就嗅到了浓浓的属于繁茂的种植园的气息了,这使得洪海平和小三子格外小心起来。他们清楚,朝前每走一步,就离那个梦幻般的利马城近一步了。在这节骨眼上,可不敢被人逮住或发生其他什么意外,必须小心才是。

当二人穿过阿拉亚种植园,准备绕过乌帕卡种植园时,他们被一阵又一阵有些惊奇也颇为蹊跷的厮杀声弄得停步不前了。原说是准备在天黑下来时绕过种植园边的一道河流，再从东边越过这一大片郁郁青青的种植园的，谁料就听到了不远处种植园里传出的异于往日的嘶喊声。

"小三子，咱蹲下来，仔细听一阵儿。"

洪海平有一种直觉，直觉告诉他，这座叫作乌帕卡的种植园里，正在发生着一桩非同寻常的事件，是一桩石破天惊的大事件！

二人仔细听了一阵，那种呼喊和厮杀声愈来愈清晰，也愈来愈激烈了。

"走，三子，我们往种植园中心的那座大院子靠近一些，再靠近一些。"

此时，洪海平的眼里似乎有两点火星在燃烧了，他的声音也有些颤抖，猫下的身子躲在一大丛高大的仙人掌背后，他的拳头捏得好紧。

"好，听你的，再往前。"

小三子应一声，他也被一种从未有过的却还未知的大的刺激激动着，浑身的血液就流淌得快了，一下一下，撞击着脉搏和心肺。

二人猫下腰来，如同两只健壮的田鼠，噌噌地顺着一条大地垄朝前蹿去了。

"看——"

小三子用手一指。

洪海平看到，近在眼前的种植园的一大片由种植园主、监工以及苦力和奴隶们分别居住的大大的场院里，上空有了一片火红，或者说，一片一片的火红烧红了大院上空。

哭喊声和厮杀声打斗声几乎汇合在了一起，能清晰地听见木棒、铁器，当然还有皮鞭的抽打声。

"啊——哇——哇——"

"啊——杀——啊——杀啊"

"烧啊——烧啊——"

"啪——啪啪——"

居然也有枪声。

枪声却是稀疏的那种。

……

洪海平和小三子在海涛一般喧嚣的混合的厮打声里,还是辨别出了长矛和砍刀的锐利的砍削刺杀的声音,辨别出木棒击打的沉闷的嘣嘣声响,还有人与人绞合撕扯在一起的拽拉打斗声……他们还辨别出,是华人的呐喊声占了主导,里面还混合着西班牙语和当地短促的土语。

呼喊,叫骂,声嘶力竭的呼救,还有大火燃烧了草垛和棚顶芦苇的噼啪的紧促声,一时间响成一大片。

洪海平看一眼小三子,问道:"小三子,怎么办? 不用问肯定是苦力们造反了,反抗了,起义了,咱在这儿是坐山观虎斗呢,还是闯进去帮咱同胞一把呢? 海平盯视着小三子,此时他的拳头已经捏得嘎巴作响了。"

"这还有说? 进去杀它个驴日的一回,不是鱼死就是网破,这个种植园比咱那个种植园要强,起码这儿的苦力们敢反抗,敢起义! "

"走,一不做二不休! "

洪海平和小三子一人就地拣了一根木棒,在不远处火光的映照下,判断一下路径,直奔那陌生的而此时正翻天覆地的种植园去了。

……

如前所述这座规模浩大的种植园叫乌帕卡种植园,后来知道种植园主人叫 H·卡纳德,这里拥有六十名华工苦力和二百余名黑奴以及本土印第安人、智利被掳来的苦力和一少部分自由劳工。这样大规模的种植园是有大大小小近五十名管理人员和监工头目,还有荷枪执鞭的职业打手守卫人员五十余名,面对远远大于打手和守卫人员的庞大的华工苦力,庄园主 H·卡纳德和他的谋士及监工头目们则一直采用所谓"以毒攻毒"的管理策略,用黑奴和智利人来制裁中国苦力的办法,以强大他们的统治力量。

华人苦力因生病体弱而未能完成当天的劳作任务,那么监工便将所有华工苦力集中在大院的场地上,每人戴上手铐脚镣,站成几排,将未完成任务的华工捆绑了手脚,推到场地中央。每次生病的华工人数不等,三五个或七八个,那么便由监工头目从黑奴和智利苦工中选出十几个二十几个身强力壮的打手,每人手执皮鞭从第一个华工开打,等到十几个二十几个黑奴轮完毕,平均每个华工要挨七十到一百下皮鞭。说也怪,这些黑奴从来对华工没有同病相怜的感觉,没有意识到自己是被监工利用打人的一个工具,没有意识到自己随时有可能成为一个被鞭者……黑奴一旦被监工们抽到自己,亢奋不已,急欲鞭打,这时候的兴奋是因为监工抽到了他,看得起他,器重他,他得奋力鞭打华工来回报监工。另有的黑奴打手则把一腔的愤怒,把受到监工鞭打的怨恨宣泄在此时鞭下的无辜华工身上……无须监工指挥和督促,黑奴打手比赛一般把皮鞭高高地抡起来,朝华工的背上、腿上和头脸上没命地抽去。华工苦力每一声痛苦的惨叫反而激发这些黑奴们的鞭打欲望,鞭身抡得更狠,下手更重了。三五鞭下去衣服便被打烂,鞭梢如钢条抽打在皮肤上,皮开肉绽血滴飞溅,血成了黑奴打手的催化剂,一个个如同狂暴的畜生,这时刻里他们没有理智,没有人性,有的只是一个打手的机械和变本加厉……

"狗娘养的,今儿让你尝尝你黑人爷爷的皮鞭的滋味儿。保你这一辈子不会忘记。"

"狗娘养的,黄种狗,难道你们来到这里就是为了生病为了躺在寮棚里享清闲吗,吃我这一顿皮鞭,有你的清闲好享,有你的……就不信你的骨头是石头做的,石头也会在我的鞭下炸开裂缝!"

"……"

往往,黑人打手们为了解气,边抡皮鞭边破口大骂被打的华工,直到他这一轮打够为止。而另一个旁边等待的黑奴打手则快速地接了皮鞭,开始了由他执鞭的另一轮抽打。

"哦——呀呀——"

"啊——啊啊啊——"

"狗日的黑鬼你杀了我吧——杀了我吧——"

华人苦力的惨叫声、叫骂声,穿透了在场的几百号华工的心肺,直传到种植园的远处。

就这样,几年时间下来了。

起初,华人苦力们把鞭打的仇恨相当一部分记恨在黑奴打手上,记恨这些残暴鲁莽的家伙,这些只有四肢而没有头脑的家伙,渐渐,华工们只把黑奴当作像皮鞭与棍棒一样的工具了,是的,工具本身是不会主动打人抽人,只有受了人唆使和指挥,工具们才会如此无情和残暴地助纣为虐。

经常地,在场院里,在寮棚边,或在种植园的大田里,华人苦力和黑奴以及那些原是队伍后被俘虏而变成苦工的智利人,随时都有可能发生冲突,轻者拳脚相加,重者动用棍棒,地里的甘蔗杆子,就是他们手中的武器⋯⋯

当然,这种斗殴的结果常常是两败俱伤,挑起事端的双方,抑或双方打斗的骨干,常常被监工和种植园真正的雇用打手们一个一个地反绑了手臂,在大太阳下暴晒两天两夜而不给一滴水喝,或者,罚他们戴了脚镣在大田里劳作半月二十几天,同不戴脚镣一样要完成必完的任务,否则,又有新的更严厉更严酷的惩罚项目在等着他们⋯⋯

一两年过后,当新的苦力渐渐成为"老资格"苦力的时候,他们对这种打斗和群殴就看得淡了起来,就学会了忍让和宽容,他们心里记恨的,自然是种植园的拥有权势者,以及这些权势者的爪牙和疯狂的走狗!

华人苦力中有一个叫阿明的三十来岁的人,这人为人正直,有正义感。早在家乡广州时,他曾担任过一所颇有规模的学堂的校长,在假日回家的途中被人贩子打晕劫持到船上,拉到了巴拉坑,最后才来到这异国陌生的种植园,他白皙文雅,不多说话,却有非凡的组织能力和鼓动能力。对这样一个白面书生,种植园从庄园主到大小监工头头,都没认真留意过他,这种不留意恰恰为他在华工中悄悄活动创造了一种条件,无论白天在种植园的劳动中,还是夜晚苦力们临睡前的寮棚里,阿明抽出哪怕只有短短的一袋烟的功夫,也要向同胞苦力们宣讲一些道理,鼓励苦工们只有组织起来,反抗强暴,才能寻找到一条自救的出路⋯⋯

另一方面,阿明悄悄做着起义的准备工作,先是物色了一批值得依赖的中青年华工,安排了如果起义暴动时,这骨干华工的具体任务,阿明按劳作的分工小组和居住寮棚的自然小组,把华工们分为几个纵队,每个纵队都选有队长、副队长和下面的小组组长,经过他两年来的观察和时间的考验,他确定起义核心领导人,每人都有明确分工和具体任务⋯⋯

这一切,都是在悄悄地进行中。

三年时间过去了，漫长而难熬的三年。

阿明觉得条件成熟时，就等待着一个机会了，一个监工头目令黑奴或智利人鞭打生病华工的机会。

这样的事件下最能激发华工同胞们的义愤和起义暴动的激情。再不用现场鼓动和激励。

机会终于来了。

这个收工之后的傍晚里，场地上早早燃起了一簇簇火把，有七八个华人苦工因身体虚弱未能完工，被反绑了双手，推到了大场院的中央，毫无疑问，一场残酷的鞭打又在等待着他们。

七八人中，有两个十七八岁的少年，面皮蜡黄，此时早已吓得哭起来。

五六百名苦力们被押解到场院一边，这一次，可能由于时间仓促的原因，还是监工头目们有所松懈或者说大意了，因为在以往任何一次鞭打华工时，戴了脚镣的围观者均没有其他动乱的表现。故而这一次破天荒就没有给他们加戴手铐脚镣，监工们知道，以往的无数次鞭打体罚，杀鸡给猴看，早把这些人给弄怕了，他们只有胆战心惊的分儿，只有欲看不能的分儿……

阿明知道这是一个天赐良机，以后，在这样的时间里，不会让他们松着手脚了。

他必须抓住这个机会。

往往鞭打开始的时候会出现一阵阵叫嚷和相对的不平静，这是很自然的现象，就连在外围放哨和察督的监工头目们和一些巡视的护守们也往往会挤过来，伸长脖子观看那惨烈的一幕。

阿明早在队列里向几个华工组织者和领导者使了眼色，再由他们用特殊的联络方式传达给各个小组的负责人和每个华工苦力。

在鞭打刚刚开始时，阿明就给大家布置好了，哪几个小组对付监工，哪几个小组对付打手和护卫，哪些人负责解救被打华工，哪些人负责到后一排大院里擒拿庄园主H·卡纳德等等事宜，他在十几分钟时间里就安排妥当了。

约莫过了半个小时，鞭打华工正在激烈地进行时，阿明在黑压压的华人群落里忽然嘹亮地打了一声口哨，众人一怔，只听阿明大声喊道："华工同胞们,不幸的兄弟们,这几年我们受够了苦,遭够了罪,这样的日子再不能继续下去了,与其累死,饿死,被他们打死,还不如和他们决一死战,弟兄们,机会来了,大伙儿按事先安排的小组行动吧,捡起身边的家伙,不是你死,就是我活,咱就和这些坏家伙血战到底,兄弟们,杀死他个坏家伙,杀呀杀呀——"

"杀——"

"杀——"

黑压压的华人苦工,早已憋了一肚子怨气和仇恨,此时阿明的动员如同给久积的洪水决了一个豁口,他们轰地涌向了四周,先逮身边的监工,打手还有护卫们,逮住后放倒,手擒,脚踢,或挥了拳头朝脸上猛打……

监工、护卫以及打手们绝没料到华工们会发洪水一般,意想不到地爆发起来,爆发得如此整齐勇猛还井井有条,因为他们不是一窝蜂地乱打监工,而是分了好几股人群,各自有所对付。

杀红眼的华人苦力们把正在执鞭毒打华工的十几个黑奴团团围住,黑奴也没想到会出现这种局面,便挥鞭朝了人群乱抢乱打,华工们一拥而上,不少人手执火把,用熊熊燃烧的火把朝了黑奴的脸上,光裸的肚子上捅去、杵去……

毕竟人多势众,十几个黑奴片刻便被制服,躺在地上或死或伤,华工们一部分去对付大大小小的监工,按照原计划一部分去制服巡逻的打手。阿明则率领一批华工冲到种植园的后院里,他将要把庄园主老板 H·卡纳德活擒了。同他谈判,谈如何改善华工的待遇问题……阿明还没冲到后院时,另一位华工负责人则率领着百余人华工冲到寮棚那边了,那边儿,正有许多黑奴和本地印第安苦力还有智利苦力在不知所措。那位华工负责人准备率领大伙儿把这些平时欺负过华工的外国苦力们一并杀死。

阿明拦住了他。

"不可以的,他们欺负咱们,是受了监工头目的指使和命令,由不得他们,其实他们也同咱一样,是贩来受苦的,咱不可以乱杀无辜的,杀了他们,咱们就错了,不可以乱来,赶快走那边,那边的打手和监工准备动用枪支呢,赶快去呀!"

华工负责人领着百十号人冲进另一边去了。

这边阿明领有五六十人冲进了后院，有五六只凶恶的狼狗在狂吠着，一只只朝着他们扑咬过来。平时，见了这样凶猛高大的狼狗，他们唯恐躲之不及，害怕极了，血红的大口，长长的舌头，凶狠的两只狼一样的眼睛，真能把人撕成碎片。可是现在，华工们不怕它们了，他们手里拿着棍棒火把，有从监工和打手里夺过来的皮鞭，还有的拿着铁锹、铁耙、铁铲，一齐朝了扑过来的狼狗打去、杵去、砍去，当狼狗高高地跃起身子，朝他们扑咬的时候，狼狗身边就有七八条棍棒或五六只钢锹砍过来，容不得狼狗下口，早被打得摔倒在地了，立刻就有七八只钢锹的锹刃铲刃一下一下砍到了脑袋上、肚子上，片刻毙命。一只只脚们踏踩着狼狗的尸体，奔向了 H·卡纳德平时居住和办公的那排高大的颜色艳丽的屋子……

H·卡纳德居屋的看守以及其他办公人员早被吓呆了，也有反抗者简直不堪一击，他们往往被愤怒的华工们三拳两脚打翻在地下，又被众人连踢带打滚爬到地下了，或抱头鼠窜，或瑟瑟发抖，或因折了一条腿破了半边脸在一边哭号起来……

H·卡纳德不在!

里里外外没找见 H·卡纳德的影子。

阿明吩咐手下人说:

"再细心查找，看这只老狐狸是不是闻风躲藏起来了？"

翻遍了居屋和办公大厅，均没有 H·卡纳德的一点踪影。

阿明把残存的 H·卡纳德身边的办公人员集中起来，一审问，才知道，下午 H·卡纳德乘车回了利马的家中。

失望此时像一盆油，又浇在华工们愤怒的烈火上，他们开始乒乒乓乓砸开了这座宽大的建筑物，以及屋子里的所有陈设，有人干脆举了火把把屋子点着了……

熊熊大火燃烧起来。

侥幸活着的办公人员以及佣人们尖叫着逃离了屋子，奔向了同样杀喊声打斗声混合着的场院里。

早有人点燃了平时监工头目和打手护卫们居住的那一排房屋，浓烟四起，火光冲天，熊熊火光把宽阔的场院以及场院四周燃烧得一片红亮。

呐喊声厮杀声依然在庄园大院里回响。

大院的场地上借了火光能看到横陈的一具具尸体和因了伤痛而不断扭曲抖动着的躺着卧着的人。从衣着和肤色上，能看出有一个个一条条死去的打手、监工、黑奴，当然还有华工的尸体，有无数只脚们匆忙地从这些横七竖八的尸体旁踏过、跑过，能看出，是华人苦力们在奋力追杀着种植园顽抗到底的打手们。

火光中，一个华工死死追赶一个监工模样的家伙，没想到监工跑着跑着猛一个回转身，腿一伸绊，把华工绊倒在地，紧接着，一棒就砸在华工脑袋上，第二棒砸过去，华工翻了一个身，死去了。

这一幕恰被后来的华工看见，一个腾跃压倒了监工，双方卧地翻滚且搂抱在了一起。

又有后来的华工无法帮打，看着他们上下翻滚，怕误伤了伙伴。

"咬他！咬个狗日的家伙！"

有华工在嚷，也是在帮他出主意。

立刻，有猪嚎一样的尖叫传来，华工咬掉了监工的一只耳朵。监工抱头号叫的时候，被旁边的另一个华工一铲子铲下去，监工的半个脸被铲掉得血肉模糊。

地上的华工快速爬起来，与拿铲子的华工又朝前跑去了……

大火越燃越旺，听得见有木椽和砖瓦的坍塌声。

阿明朝前跑着，观察着整个局势，有人前来汇报说，一伙黑奴、印第安苦工和智利苦工，大约有百十号人，愿意和华人苦工一起，共同造反，并听从指挥。

"好！"

阿明心中一喜，知道这次起义已经初步成功了，起码，种植园的监工、打手们被他们征服了和正在被征服着，华工绝对处于有利局面。

"阿明！"

有几个满面是血的华工气喘吁吁地跑过来，显然，有急事相告。

"阿明，种植园南大门那边，有三十几个巡逻队的打手们，持枪拿矛，把二十几个黑奴、印第安人、智利苦力，还有三四个华工苦力劫持到一个高高的土坎上，作为人质。他们扬言，要将他们团团围了的四周华工朝后撤退五百米，放他们出去，放他们一马，并保证他们的人身安全，如果不这样做，他们便将这二十几个苦力们一一枪杀……"

"狗日的，最后还捞一根救命稻草。"

"不管他个坏家伙，人质大多不都是黑奴和智利人吗？几个华工我们就算是搭进去了！"

"不答应他们！"

"……"

大伙儿吵吵嚷嚷，都等着阿明的最后定夺。

"大家冷静一下，冷静一下，几个华工也是我们的同胞，黑奴和智利苦工也和我们一样是被掳来的受苦人，咱再不可以让他们滥杀无辜了，咱和他们谈一谈，他们把人质放了，咱们可以考虑放他们一马。"

阿明在一片混乱中十分冷静地说道。

"不能放了他们，这些家伙们多年来作恶多端，他们打死打伤打残了我们同胞呀！放了他们，怎么对得起那些被打死的华工？"

反对放打手们的华工占了很多人数。

"我是为活着的人着想，尽量把打手们拖拖，不让他们再朝苦力下毒手啦，咱好好想一个法子。"

阿明说过，就和几个负责人聚在了一起，而几个小组长则尽量说服依然在气头上的人们。

……

洪海平与小三子就是这时候出现在种植园南大门的高土坎上的。在此之前他们已经在混乱的打斗中，放倒了七八个监工和打手，人们涌着他们退到南大门的时候，恰巧看到了三十几个持枪的打手们在其中一个负责人的指挥下，押解了二十几个苦力，苦力中有黑奴，也有几个华工，打手们也是在混乱中劫持这二十多个苦力,这会儿,在众多华工的团团包围里,只好拼死一搏,把二十几个苦力作为解救他们的人质了。

洪海平和小三子在高大土坎的蓬荆棘丛的遮掩下,看清了事情的来龙去脉,他俩认清了两个巡护人员的头领后,决定来一次冒险的反劫持,即出其不意地抢到二头目的枪支,并把二头目作为人质,令其释放土坎上的所有苦力。

果真一不做二不休,洪海平和小三子各认准了一个,在巡护们只注意眼前而忽视了身后的情况下,他们豹子一样冲过去,一把夺过他们手中的长枪,且三两拳头打过去,打得半死过去,再用左臂膀挟了他们的脖子成了他们手头的人质。

"让他们走开,放下枪支,否则先杀的就是你!"

洪海平和小三子嚷嚷着,一时镇住了其他巡护和打手们。

打手们根本没料到,会从天而降下二位神秘的不速之客。

还有僵持的必要吗?二首领声嘶力竭地对他的部下喊道:"放下枪!放下枪!狗娘养的,难道你们想让他们杀死我不成,放下!放下!"

有十几个巡护犹犹豫豫把枪支放在了地下,还有七八个仍不愿放下手中的武器。

在这场壮烈和解恨的暴动中,洪海平已知道了阿明的大名,此时,海平朝着土坎下面大声呼喊道:"阿明兄弟,还等什么,快派你的人马上到土坎来,收拾这些武器,收拾这些家伙呀!"

局势的急转直下,真的让阿明他们一时没能明白过来,但是,却有精明的华工们一伙三四个人冲上了土坎,捡起了枪支,并把那持枪的七八个巡护打翻在地,好一通拳打脚踢。

被解救了的黑奴、印第安苦力和智利苦力们此时一拥而上,把曾经押解他们而此时已经缴枪投降的巡护们、监工们一阵暴打后,又把早已昏死过去的他们一个个提起来,朝高高的土坎下抛去。

嗵——嗵——嗵——

扑——扑——扑——

此时的种植园大院早已燃烧在熊熊的火光中。

399

阿明走上前来紧紧握住了洪海平和小三子的手。

……

其时已到子夜时分,乌帕卡种植园的场院已成了一片火海;大火的燃烧声,房屋的坍塌声和地上伤者的呻吟声交织成了一派暴动的夜歌。

阿明和加入他们队伍中的洪海平、小三子,还有其他几个负责人商量决定草草打扫一下场院,收拾一下战场,整理一下苦工队伍,并把所有从巡护和监工手里夺回来的枪支,发放给会使用枪的起义者。

他们清扫了一下场院,监工、巡护的打手们被打死打伤者五十人,华工死亡十六人,伤残四十八人,黑奴、印第安人和智利苦工死亡九人,伤二十六人。

于匆忙中安置了一下伤亡者,整理好现有的五百多名苦力,他们或枪或棒,或铁器或农具,每人都武装起来,他们决定连夜赶到利马市,根据种植园H·卡纳德身边工作人员和服务员提供的主子在利马市的住址,阿明和洪海平一起商量决定,率六百多苦力包围H·卡纳德的住地,逼迫他当场同苦力们签订每位苦力成为自由人的协约,如果H·卡纳德不从,届时阿明和洪海平再做决断。

火把在前,刀枪在后,一支浩浩荡荡的起义队伍行进在利马北部的乡村和一座座种植园大小土路上……

一百七十多英里的路程,天亮时他们就赶到利马市北城区了,那时候东边燃烧起一片红霞,鱼肚的鳞白上也染着半边红晕。

太阳就要喷薄而出了。

当阿明、洪海平、小三子率领六百号苦力来到利马市南端的一大片建筑豪华的别墅式的洋楼前,并确认了H·卡纳德的那一栋楼房时,他们根本没有想到,在很短的时间里他们四周的平房上、楼房顶上,还有楼房每一层的窗台上,以及场地边的杨树榕树桦树的每一棵树后,倏忽间探出了戴着军队帽子的人头来,而长长短短的枪支像各种树的枝杈们一样,一起对准了苦力们集聚的地方。

"大势不好,狗日的庄园主纠集了队伍来对付咱们!"

洪海平最早发现了险情,对阿明,也是对大伙儿这样喊道:"大伙儿散开,有部队在四周埋伏,防备他们袭击我们,大伙儿散开!"

阿明下意识地喊过这句话,话音尚未落下,就从楼顶上、房顶上和场院的树背后朝他们射击开来——

呼——呼——呼——

啪——啪——啪——

是军队的火药枪朝人群中开火了。

苦力们万没料到这一着,水一样向周边散开去,人群一时有些混乱了。

……

原来,昨晚上华工苦力们烧毁了种植园场院,打垮了巡护和打手并朝利马方向冲来的时候,早有H·卡纳德的部下趁混乱中骑了一匹马儿抄小路朝利马跑去,不到夜半时分告给了H·卡纳德庄里的一切情况……H·卡纳德大惊失色,他绝没想到苦力们会如此团结如此神速地暴动起来,也绝没想到他手下的那些巡护打手和监工们会如此不堪一击!

H·卡纳德惊悸之余,就决定破釜沉舟,花大价钱雇用利马市郊的警护队,对这些毁了他庄园暴乱恐怖的苦力们实施紧急坚决的打击和无情的镇压。

警护队经过传示很快得到上峰的准许,坚决镇压,不留后患!

这样,在这个利马市南区的黎明时分,一场由庄园主老板买通,由三四百名全副武装的警护队直接出面,由当地政府支持和操纵的血腥镇压华人苦工的暴烈行为开始了。

当第一束火药枪朝人群肆无忌惮地射来时,阿明和洪海平分别率一支华工朝两个方向突围,以减少华工的伤亡。这时候,知道华工意图的警护队便以四面密集了火力,拦挡了华工的出路。外围有一批华工倒在了血泊中。

突围失利,怎么办?

"操他妈,索性和狗日的拼了!"

小三子气咻咻地嚷道:"对,拼了,拼了,咋着都是死,拼死也值了,拼吧,阿明!"

"咱仗了人多,分几股朝狗日的们冲去,打死一个够本,打死两个赚一个!"

此时的华工们众口一词,他们的决一死战和齐心合力让阿明和洪海平感动不已。

　　二人很快分一下工,分一下人群,由阿明率领一伙人攻打楼房、别墅的警护,由另一头率一伙人攻打平房上的警护,由洪海平、小三子率一伙人攻打场院里大大小小粗粗细细的树木背后的警护。

　　"弟兄们,华人同胞们,搏斗的最后时刻来到了,庄园主不要我们活,雇了政府军队对付我们,火枪大炮对付我们,我们不会乖乖地举手投降,不被他们俘虏。我们已经受够罪了,现在就和他们决一死战!拿好手中的家伙,按照我们要对付的目标,冲啊——杀啊——"

　　洪海平高高地举起一根木棒,大声呼喊动员着。在他的鼓舞之下,华工队伍已热血沸腾,从昨晚到今晨,许多人已经杀红了眼,几年来所受的欺负压榨和种种委屈要统统爆发出来,忘了疲倦,忘了一切,心头只有燃烧着复仇的烈火。

　　冲啊——

　　杀啊——

　　人群潮水一般朝各自的目标冲去,涌去⋯⋯

　　会使用枪支的五十余名华工也由三人指挥着进行了分工,分别朝三个方向开枪,当楼顶上,平房顶上的警护被打中号叫一声一个个掉到地上时,华工们看到了反抗和起义的收获。同时,也鼓舞了大家,冒着火药枪弹,踏着倒下来的华工同胞的尸体,他们呐喊着,呼叫着,猫了身子冲锋着⋯⋯

　　枪声密集,喊声冲天!

　　从东方跃起的一轮太阳也把血红血红的光线抛洒在这片场地上。

　　洪海平紧跟在枪手身边,因为是在平地上,那边的警护军又都有树木的掩护,枪手的威力就很难发挥出来,不过枪手的枪弹可以给他们的冲锋赢得一下时间。洪海平感到身边的华工在纷纷倒地,同时也有后边的华工涌前来,就像有一股大水流进干旱的地里,前面的渗下去,后面的又涌了上来,不间不断前赴后继。

　　洪海平杀进了那片树林后面了,也有十几名华工先后杀了进来,那些躲在树后开枪的警护军们此时就已失去了以树为掩护的优越条件,还来不及朝远处瞄准,身边就有一身衣衫褴褛的手执了木棒或铁锨的华工出现了。

这样,一场惨烈的肉搏就在所难免。

当洪海平抡圆了木棒结结实实地打在一个警护脑袋上的时候,他的腰背上也挨了重重的一枪托,沉闷、疼痛,他"哎哟——"一声,倒在了地上,接着枪托又朝他的脸上砸了过来,海平忍着疼痛一躲一翻身,枪托砸在一具华工尸体上了,那警护不依不饶,又一枪托砸在他的小腿上,忽然,那家伙嗷的号了一声,不动了,木桩一样栽在一棵树下。

是他身后的一个华工抡起大铁锨,一下拍在他的脑壳上。

啪——

这家伙显然被拍懵了,就那么站着呆呆的。

起身后的海平一棒扫过去,打在他的腿膝上,像一堵墙一样,轰的倒下了。

一个华工捂着肚子依然朝前跑,从他的五指间流出汩汩鲜血来,那是火枪打中了肚腹,肚腹那里有了一个血窟窿,他的手没能捂住,有一团肠子从那里流了出来……

在他即将倒地的时候,他拖住了一个同样受伤的警护军,拖倒他,抬起血淋淋的手指,直向那警护的眼睛戳去……

他们滚爬在一起……

火枪把一个年轻华工的头皮揭开了一层,他的脸已经乌黑一片,有血从脸上流下来,那红红黑黑涂抹得脸上一片恐怖,他依然捏着一柄铁锨,正追赶那个朝他开枪的警护,警护被他的面容和他的行为显然吓坏了,撒腿便跑,他终被地下横七竖八的尸体绊倒了,他倒地的一瞬,追赶者的锨刃一连数十下砍向他的脖颈……

年轻人终于倒下了,他的身子压在另一个血肉模糊的华工身上。

小三子捡了一把铁钩子一连砸倒几个警护,他的手一挥一伸,就从背后勾住一个家伙,警护的身躯穿戴得较华工要复杂得多,衣服背后也有几条带子,一勾,就勾住了。小三子对被勾住的警护先是给一记上勾拳,右手成拳紧紧握了自下而上,勾上去,就打中了警护的下巴,警护就踉踉跄跄倒下了,小三子一钩子砸下去,就把他们的脑袋或者脸打得扭曲变形了。

勾——勾——

砸——砸——

小三子早已杀红了眼。

小三子一脸一身的血迹,不知是他自己流的,还是别人的血溅到身上的。

这样的追杀搏斗持续了近两个时辰。

当地政府的援兵来了,派来的是骑着高头大马手握马刀的骑兵。

他们一路砍杀过来,对那些受伤和逃亡的华工,逮住了,便用绳索系住,牢牢地拉了一长排,这些不幸的华工要么砍头,要么就终身为奴了。

此时起义的华工已伤亡过大半,海平和小三子也不知道阿明的下落,不知是死是活,在这种情况下,他俩和身边几个华工选择了逃亡。

逃亡总比活捉受罪要多出一条活路。

华工同胞中有一个较熟悉这里的路线,还是海平考虑的较多,逃离之前,他们匆忙脱去了破烂而血污的衣服,一律换上了从警护军的尸体上剥下来的内衣,擦了擦脸上的血迹,沿着一条树林草丛中的小道,快速逃去了……

他们现在是在利马市的北市区,只有朝北穿过他们曾经来过的卡亚俄,再一直往北走,就避开被官兵追杀的危险了……

带着惊惧和沮丧的心,他们匆匆穿过利马区北城区的大片树林和一人多高的草丛地带,傍晚时分,他们逃到了一条宽阔的河边了,河畔一丛一丛的苇草儿,为他们一行做了一个天然掩护。

他们几乎是从苇草丛里爬过去,爬到河边的。

惊怕、疲累、饥渴,尤其是好几个华工负伤失血过后的对水的渴望,那简直是致命的。

那时候,他们谁也不知道失血过多后根本不敢暴饮的,他们没有这个常识。此时一见到河水,见到这一大片悠悠从容的从东流向西面流去的清澈的水流,他们像离开水多日的鸭子,一头就扎进去了。

先是没命地大喝了一气,之后有几人在苇丛的遮掩下痛痛快快地洗了一个澡,最后他们就死人般躺在河畔苇草里了……

是第二天还是第三天,洪海平睁开眼睛后,已是傍晚时分了,他摇醒了身边的小三子,却怎么也摇不醒其他几位华工了,他们就那么或躺或卧,长眠在异国的这条河流侧畔了……

洪海平不知道,这条在利马市北、紧靠卡亚俄和乔里略斯这些著名港口的河流名叫里马克河,它同由此往北帕蒂维尔卡河、瓦尔梅河、奇卡马河一样,是这个陌生的秘鲁国的自东朝西流淌,最后注入浩瀚的太平洋的著名的河流……

洪海平更不知道,同他相依为命的未婚妻吕秋雁为反抗强暴,为保洁贞操,曾烈女一般一头扑入这条里马克河里,尽管后来被好心的华人救了,但这条河对她有了刻骨铭心的记忆。她曾把一个姑娘的眼泪,同亲人告别的泪水,尽情抛洒在这悠悠远去的河水里……

现在,当吕秋雁投河一年后的今天,洪海平和小三子含泪把五名因劳累伤病和死命喝水而丧命的华人同胞草草葬在这条里马克河畔的苇丛中了,他和小三子是用一根木棍刨开五个土坑的,河边,是沙土坑,一点一点埋了这五个不知姓名的同胞后,洪海平,这个铁打的汉子此时也已经泪流满面了……

坐在异国的这条清澈的河边,洪海平让泪水尽情地流下来,流下来,滴进沙土里,滴到里马克河畔……这泪水是对不幸的亡友的祭奠,也是对亲人的无尽的怀念。

里马克河水啪啪地掀起了浪波,哗哗地朝了西方流泻而去。

拉着一根既可做杖又能充当武器的木棒,洪海平和小三子的小腿肚子也肿起来,他们正准备找一处安全地方歇息一会儿时,忽然,听到身后有四五个人追过来,一边喊着他们听不懂的生硬的话语。

难道是追兵不成?

二人一惊便撒开腿跑起来。

小三子渐渐落在了后面。

"小三子,快跑! 决不让他们逮住,拼命跑呀!"

洪海平转头拉了一把小三子,紧紧拽着他的一只胳膊,猛用劲儿跑起来。

那时候,小三子确实感到了海平的力量,那是一股决不屈服,逆境不馁、顽强抗争的力量,小三子心里一热……

跑了有半里地的光景,二人听见后面响起了枪声,啪啪地响,他们企图躲避一下,忽然,在又一阵枪响里,小三子一下栽倒了,洪海平欲弯腰去拉他一把时,腰部猛然疼痛了一下,脑袋随之晕了一下,身子晃了一晃,人就失去了知觉,倒在一片沙砾上了。

……

再次睁开眼睛的时候,洪海平和小三子双手被捆绑着,来到了一个码头上了,这个码头好生眼熟,想了一想,又努力想了一想,哦,这不是他们两年前从太平洋渔船上下来时,登临的那个叫卡亚俄的码头巷吗?

原来,洪海平和小三子掩埋了五个华人苦工,告别了难忘的里马克河畔,重新踏上逃亡之路后的两天里,他们遭遇了一伙本土人贩子,人贩子用麻醉枪打中了他俩,装在一辆马车上,把他们运到了卡亚俄,按事先同钦查岛鸟粪场接纳苦力的负责人交接好,一手交人,一手拿钱。

就这样,洪海平和小三子,还有一群被人贩子用各种手段弄到卡亚俄的不幸的人们,被一艘大船运到了鸟粪岛……

在被贩卖的华人苦力中,居然还有乌帕卡种植园和海平他们一起暴动起义之后逃亡被逮的十几名同胞,他们向海平哭诉道,阿明作为这次起义的领导人,被官方军队逮住后,被砍头示众了……

悲愤又一次撞击着洪海平的胸腔。

……

洪海平含着极为复杂的情绪向石桥、李同他们讲述了自己离开种植园来到鸟粪岛的经历,他的声音低沉却有力。首次起义的失败又使这个年轻人沉稳和成就了许多,来到鸟粪岛,他的心里有没有新的策划呢?

七

鸟粪岛因新近增加了一批苦力,劳作效率明显地高于以往了。

鸟粪岛场主桑切斯并没有因为鸟粪的运出量大了收益多了而改善苦力们的生活。没有,他常常眯缝着一双细小的眼睛,心里也在细细地盘算,盘算着每一吨鸟粪的收入以及一个星期内苦力们会给他创造的纯收入……

上顿下顿的生香蕉,吃得初来的洪海平和小三子们直闹肚子。

"难道你们来后就一直吃这东西啊?"

海平问身边的李同。

现在李同身体已是极度地虚弱了,他整天整夜地出虚汗脸色惨白如纸,每动弹一下,虚汗就从头发丛里,从脸颊上,从耳根处,滋滋地流下来,夜里常常把铺的和盖的单薄的麻布片子浸得湿淋淋的,还把身下的那薄薄的木板浸湿一大片。

由于极度劳累,李同近日发觉自己脱肛了,只要一大便,那红红的一条就从肛门口掉下来,推也推不上去,掉着那一条肉,别说干活儿,走路也不方便,裤子,两腿常把那条肉摩擦得生疼生疼,有时候便未完呢,却发觉便出血来了,一摊一摊的红,像女人来身子一样……

李同的眼睛自来到鸟粪岛就一直红肿着,从没有好过,他也非常责怪自己,咋就没有一点点适应能力呢?其他人的眼睛还不是一样被鸟粪熏着吗?咋人家就不肿呢?

李同是个很多心的人,他怕自己身体的原因拖累了大家,他体质弱,帮不上别人,但心里也不愿意让别人帮他,他不愿意落埋怨。可是,他就这么个身体,不让人帮行吗?

石桥引了身体虚弱的李同找到了监工头目贝拉约。

"贝拉约先生,您好!"

石桥如同以往一样,见了贝拉约先深深地鞠上一躬。

"我的工友李同眼睛肿得厉害,疼痛难忍,他还患有脱肛,下面也疼痛得厉害,还常常出虚汗,一点力气也没有,贝拉约先生,求您发发善心,让他休息一段时日吧,他的那份劳动任务,我们保证替他完成喽,贝拉约先生,您就发发慈悲吧,上帝知道了,也会善待您的。"

"……"

贝拉约审贼似的审视着李同,他欲走近李同时,就嗅到了一股腥臭腥臭的气味儿,他厌恶地止住步子,忙去掩了那只硕大的鼻头,他从刚才石桥的带有手势和动作的话语里,听到了一个大概,看看李同这个人,的确已是一个严重病人的样子了,想了一想,眼珠儿转了一转,他对石桥说:"眼下劳动任务繁重,我们的劳力还是奇缺,怎么可以请假休息?这个决不可以的,至于他身体虚弱,刨不了鸟粪,拉不动木车,但他还是可以在鸟粪岛装袋子的场地上捡石子嘛,他的红眼睛总还不至于看不见鸟粪中的石头吧!"

　　这样,石桥给李同争取了一个相对轻松的工种,就是在靠近渡船的那片场地上,晾晒着一层层厚厚的早已刨好的鸟粪,因鸟粪里常常有大大小小的石头,怕影响鸟粪质量,故而需一些老弱病残的苦力们去推开厚厚一层的鸟粪,把大小石头一一捡出来。

　　是的,相对于其他活计,捡石头要轻松许多,可是,对患有脱肛的李同来说,一直蹲着那条肉就一直要吊下来,唉!还说什么呢?石桥对他已经尽力喽,谁让他有这个破身体呢!

　　那是铺有尺把厚鸟粪的相对平坦和开阔的场地,捡过了石头子,这些鸟粪就可以装在袋子里直接搬到运船上了。

　　蹲在厚厚的鸟粪上捡石头,李同要不断变换姿势的,他不能一直蹲着,蹲一会儿,他得弯腰站一会儿,站一会儿,又得双膝跪一会儿,石头子儿是刨鸟粪时刨出来的,大小不一,他得常常把手伸探到尺把厚的鸟粪里去摸去揣。这样,浓浓的鸟粪的奇臭味儿又熏得他的双眼好一阵掉泪儿……

　　这是远离刨挖鸟粪的工地,离工地大约有一英里左右吧,故而,这里就有几分静寂,宽阔的场地上,有时有两三个人拾石头,有时就他李同一个人,不远处,有三四个持枪拿皮鞭的巡护在走来走去。可能因为捡石头的人少吧,又多是老弱病残的苦工,对这大片场地的警戒就放松了许多。

　　却有大群大群的海鸟儿光顾这里,大大小小,各种羽毛儿的都有。有的海鸟李同还能叫上名字,好多他是叫不上名字的。这些鸟儿和人一样,有善也有恶的,有平和的也有凶狠的,因为鸟粪这样大面积地摊开晾着,里面就有许许多多的粪虫子在蠕动游走,白的、红的、黑的、灰的都有,有软体的还有硬壳的,海鸟儿们在粪层里用嘴啄着,也用双爪刨着,一派忙碌景致。

李同的双眼已肿得剩一道细缝了,远远看,像两只红红的桃子按在眼眶里……这天,宽阔的场地上只有他一人在捡石头,而不远处有三四个巡护在走来走去,并没有认真注意他这个病快快的捡石人,困乏一阵一阵袭上来时,李同靠在那只捡了半筐石子的筐上,不知不觉,李同睡着了……

就在李同睡实的时候,他的身边游荡着十几只凶狠贪婪的恶鸟儿,长喙、扁头、尖嘴、灰黑的身躯,它们徘徊着,围着李同转着圈子,终于有两只俯冲下来,直接去啄李同的两只眼睛。

李同大喊一声,下意识里用双手去抵挡,哪里还能挡得住,几只凶狠的海鸟儿早已啄出了他的两只眼珠儿,丝丝缕缕藕断丝连拉拽到空中去了,没啄到眼珠儿的恶鸟儿却在他的空洞的眼眶里、脸颊上、鼻梁上乱抓乱啄一气……是李同红肿眼睛的腐腥味儿诱惑了这一只只凶鸟,是李同睡觉的姿势让海鸟们产生的他是一具尸体的错觉,从而大胆地向他发动攻击。这种海鸟一旦攻击起来有一种群起攻之且不制服目标绝不罢休的凶狠架势,李同的招架和反抗更激发了它们狠命叼啄的欲望……

李同惨叫着,捂着脸,在鸟粪层上打着滚儿……

他的脸上已经鲜血淋淋了。

几十只凶鸟就叼啄他的衣服,他的腰身,他的腿脚。

“救命啊——”

“救命啊——”

“疼死我啦——”

李同的惨叫声撕心裂肺。

从凶鸟一开始叼啄李同的双眼开始,不远处的几个巡护人员就跑到距李同十几步的地方好奇地观看,他们完全可以驱赶走这些大鸟儿的,再凶狠的大鸟儿也害怕走动的活人,何况是几个手持枪支皮鞭的年轻的巡护。

说也巧,几个巡护正津津有味地看稀奇的时候,监工头目贝拉约此时不知从什么地方走了过来,巡护们正有些不知所措时,贝拉约却轻轻地摆摆手,示意他们不要动,静静观看好了。

监工头目贝拉约就和几个巡护一起看热闹。

大约有二十几分钟吧,李同已不再招架了,身子只微微扭动着,几十只凶狠的海鸟儿见没什么叼啄的意思了,嘎嘎地尖叫几声,扑棱扑棱抖动着灰黑的翅膀,心满意足地朝大海的湛蓝里飞去了。

贝拉约和几个巡护走到李同身边。

李同已看不清面目了,浑身上下血肉模糊,身躯依然在扭曲和抖动着。

几个巡护面面相觑。

贝拉约却异常冷静,他吩咐其中一个巡护去拿一只装鸟粪的那种结实的袋子过来,让几个人把李同的身躯弯曲了狠劲地塞进那只袋子里,再由两人用手提了绑了口儿的袋子,匆匆忙忙走到场地边缘。

越过用木杆和铁丝封边的网络形的那道界线,下面便是悬崖和汹涌奔流的大海。

贝拉约冷笑一声做了一个抛扔的举动,两个巡护便一使劲儿把装有李同的那个袋子抛到悬崖下面去了……

那只鸟粪袋子在下的过程中和悬崖中间的几处岩石碰了几碰,弹了几弹,便掉进波涛起伏的大海里去了。

在以后几个月的时间里,洪海平、石桥和小三子阿福他们寻遍了他们所在的这座鸟粪岛,问遍了包括贝拉约和监工巡护在内的所有的人,但是终没结果。

李同莫名其妙的失踪成了一个天大的蹊跷,成了一个永远的谜。

八

在繁重艰辛的劳作里,洪海平和小三子很快就适应了鸟粪岛的苦工生活。

在石桥的精心安排下,洪海平和装扮成自由劳工的《民族报》记者阿梅罗见面,并在阿梅罗的引领下悄悄地察看了钦查岛的整体地形,悄悄地跑了几趟,才搞清楚了,钦查群岛由北钦查岛、中钦查岛和南钦查岛三个小岛组成,它们的位置就在太平洋西部沿岸,紧靠着秘鲁国的利马省和伊卡省二省的交界处。他们所处的北钦查岛就距伊卡省的皮斯科镇二十三公里。而在皮斯科镇里,那里有《民族报》的一个分社和阿梅罗特别熟悉的皮斯科大教堂,教堂里的神父是阿梅罗最好的朋友……

在察看地形的整个过程中,洪海平和阿梅罗心照不宣。

四十几里水路,对像他洪海平、小三子这样的壮汉来说,要从这头游到阿梅罗所说的对岸的皮斯科镇,也实在够呛了。何况华工苦力中大多因劳累或伤残都没有了足够的力气,尽管这些从广州沿海一带来的华工们都有不错的水性。可四十里水路那是个什么概念?何况,几百名苦力,那得有艘大船或者十几条小木船才能把苦力运送到对岸的呀!

兴奋和矛盾纠结在一起,缠绕在洪海平的心里,兴奋是因为阿梅罗引着他,躲开了巡护和监工们的眼睛,悄悄地却比较完整地察看了整个钦查群岛,清楚了他们所处的位置,甚或留意了脚下的每一处岩石和每一处水域,洪海平甚至在心里勾勒了如果从岛上逃走的话,从哪里下水,从哪道海湾里放船,什么地方能躲开巡护和火药枪,如果纯粹下水靠力气渡海的话,从哪片水域里开游最为安全和省力……

石桥借了小组长的身份,充当了洪海平的保护伞。在和华工同胞们的一次次接触中,石桥往往出头露面,不让巡护和监工对洪海平起一点点疑心,常常在收工之后浓重的夜色里,石桥分期分批把三三两两的华工们唤到他石桥住的木棚里,由洪海平一点一点由浅入深讲自己在种植园的经历,讲种植园华工同胞们所经受的种种非人磨难和痛苦遭遇,讲他们的一次次反抗和斗争,讲逃亡途中所参加的乌帕卡种植园六百多名华工苦力的起义和造反……洪海平返回来讲来到鸟粪岛几个月来的自己和华工们共同遭受的苦难,忆及一个个病弱华工的不同的死亡方式,说到华工们的集体跳海,讲到每天仅有八根青香蕉的悲惨境况……他说,他们必须组织起来,组织起来才能发挥集体的力量,一个人反抗,他们可以用皮鞭活活抽打死你,一百个人反抗、五百个人联合起来反抗他们就胆怯了,他们就退缩了,他们就得考虑苦工们提出的条件,他们就不得不让步了……

又两个月过去了,洪海平、小三子和几百名华人苦力已经分别交谈过数次了,并暗中选定了联络人和几十个组织者,华工们按劳动小组和居住木棚的排次,分了一小组、二小组……一中队、二中队、三中队……一大队、二大队、三大队……小组长、中队长和大队长是石桥两年时间里观察考验推选出来的华工骨干。同时,阿梅罗也在利用他自己自由劳工的身份和便利的语言交流条件,尽最大能力地争取和动员黑奴、印第安苦力和智利来的俘虏苦力们。同时,阿梅罗也受洪海平与石桥的启发,暗中发展这结构复杂的操着西班牙语、克立亚语、阿伊马拉语和其他土语方言的外国苦工的骨干,并安排他们一次次同洪海平、石桥、小三子见面,由他当翻译,听洪海平、小三子讲他们同庄园主的斗争经历以及参加乌帕卡种植园规模宏大的起义……

两个月后,洪海平、石桥、小三子和阿梅罗碰头商量,集体斗争的条件成熟了。

不是起义,并非造反,也还不到暴动的时机,他们组织起所有苦力们,罢工绝食、绝食香蕉,以争取食用玉米、高粱、大米等粮食作为最低标准。

监工头目贝拉约准备好好睡一个懒觉。

天亮的时候他解了个小手,他如同以往听到了屋外近处的鸟粪岛和远处的海面上,伴着阵阵海浪的波涛声,鸬鹚、鲣鸟、鹈鹕、海鸥、海燕、海鸭等晨起颇早的海鸟们早早奏起的旋律优美又雄壮的大自然的绝妙交响……以往在这种鸣响里,他就早早起床了,督促着监工和巡护们早早到各自的工作点儿上,用木棍和皮鞭督促那些永远疲惫的苦力们。

今天他不想那么早了, 一是鸟粪岛场主桑切斯先生这半个月不在岛上,在这个美好的季节里,他带着妻儿到安第斯大山秘鲁境内的一处名胜游玩去了,要回到岛上还得一两天光景。他贝拉约不必要起个大早讨好桑切斯了;二是昨晚和其他几个监工巡护头目玩了一把赌,一进财到下夜三时了,小赢了一把的他带了些许满足和疲劳要在今儿个美美地睡个回笼觉了,睡到午饭也未尝不可。

贝拉约是被他的部下唤醒来的,唤声紧凑,还伴了三下两下的敲门声,他惺忪着或者说红肿着一对小眼睛,一颗心却在惊悸里跳动不止,他懵懵懂懂中不知发生了不什么事,但直觉告诉他肯定发生了大事情。

"不好了,不好了,贝拉约先生。"

来人慌慌张张,一脸的惊骇。

"怎么回事?苦力们闹事儿了不成?"

贝拉约也一阵害怕,平时,手下的监工们很少有这样的表情。

"是的,贝拉约先生,苦力们集体罢工了,还说要绝食呢,都在他们的木棚里待着,没一人肯出木棚。"

"罢工?还绝食?他们想干什么?"

贝拉约恶狠狠地问。

"他们吵嚷着绝不吃青香蕉了,他们要求吃到正常劳工的玉米高粱和米饭,他们说他们也是人,是人就应吃到正常人的饭食,何况他们还有那么繁重的劳动,他们还说……"

"还说什么?"

"他们还说不达到这个要求,就一直不吃不喝不干活儿!"

贝拉约感到事情严重了。

"这群清国的狗,这群苦力猪,他们不愿吃香蕉,他们想吃什么哪?他们不想到利马的国际饭店去吃宴席吗,他们不想到巴西的巴西利亚去吃烤全羊吗?美的他们,要你们手中的皮鞭干什么,要你们手中的棍棒干什么?当拐杖吗,当玩具耍吗?把你们驯服烈马的劲头使上啊!"

"……"

"都使用过了,都打过了,不仅仅打了华工,还打了黑奴和智利人,可是,可是,他们就是被打死,也横竖不动了。"

监工为难地看着贝拉约,又是摊开双手,一副无奈的样子。

贝拉约就警觉起来。

怪了,这次,苦力们怎么会这般心齐,这么行动一致,莫不是有人暗中组织,早已串联好预谋策划好了?

"能看出领头的人吗?"

贝拉约问。

监工摇摇头。

贝拉约咬牙切齿地说道：

"抡圆你们手中的皮鞭，一个木棚一个木棚挨着打，看他们的皮肉能比岩石还要结实？不出工就打，打，朝腰背上头脸上抽打啊！"

监工为难地答应一声，去了。

贝拉约现在还不出动，他是先让手下的监工巡护们把这事儿给摆平了，他知道对付这几百号苦力们，也不是一件容易的事情，万不得已了再出面吧。

贝拉约在屋子里焦急地等待着，当然是等待经过一番又一番鞭打之后，苦力们复工的消息。

这消息也没人给他送来。

傍晚的时候，另一个监工前来汇报，苦力们铁心了打死不出工，除非答应他们的要求。

监工补充说，在挥鞭暴打的过程中，智利苦力们终被打怕了，拖着带血的四肢走往工地，谁知就被一百多号华工拦挡住了，一阵拳脚暴打之后，智利人毕竟人少力单，被大批华工重新又逼回到木棚去了……还有一股黑奴也欲到工地，但很快就被一伙操着阿伊马拉语的秘鲁土著人打了回来，这之后，没有人再提复工的事儿了，他们宁愿挨皮鞭，也不愿意落一个"软骨头没骨气"的恶名声……

"能看出他们的头领吗？"

贝拉约狡猾地问，他感到事态较为严重了。

监工把整个局面想一想，又想一想，终没能想出挑头罢工的头目来，他只好摇摇头。

贝拉约当即决定，派这名监工乘坐今天的最后一趟运送鸟粪的船只，到利马桑切斯的家里。按原定时间桑切斯已经结束了他的十余天的旅游，应当到家了，让监工给桑切斯汇报一下这里的情况，最好请他迅速赶往鸟粪岛，拿一个处理意见和办法。

监工领上任务走了。

这边依然在僵持着……

第二天，第三天……

贝拉约着实已心慌了,他曾派监工分别叫来几个他所熟识的劳动组长,包括石桥在内,让他们动员苦力复工,小组长们纷纷表示没有办法,几百号苦力只等着答应他们提出的唯一条件,如不答应,宁肯饿死。

贝拉约自始至终没有正面接触罢工的苦力们。

第四天头上,已有六七十人饿得晕过去……

事态已经很严重了。

有十几个木棚里拖出了已经死去了的苦力的尸体。

傍晚,鸟粪岛一片死寂,只能听见远远近近众鸟的大合唱。那是凄婉的歌吟,是哀伤的号叫,是悲壮的长鸣。

从利马驶往鸟粪岛的水域上,行驶着一艘旧式木船,它笨重,巨大。船舱里堆满了一袋袋玉米和一袋袋糙米。鸟粪岛场主桑切斯此时站在甲板上,双眉紧皱,神色凝重,夕阳的余晖涂抹在他的一张高低不平凹凸有致的脸上,脸子上便显露出一些深不可测的表情。

九

规模空前的罢工绝食的抗争在桑切斯的鸟粪场还是第一次。

抗争的结果是百多人受到了皮鞭暴打并在绝食过程中死亡了二十余名苦力,但初次大规模有组织有计划的行动还是收到了明显效果,几百号苦力在鸟粪岛上终于吃到了玉米,吃到了米饭,尽管是糙米,总算是人吃的饭食啊!

他们用殷红的血迹顽强的生命赢得了做人的尊严。

这也是一个值得纪念的日子和值得纪念的大事件,从这次事件之后的多少年里,钦查群岛上的挖鸟粪的苦力们一律吃到了人应当吃到的粮食。

就在数百号苦力们为这次空前的绝食行动并取得了初步的收获而内心喜悦的时候,他们并不清楚,一张大网,一张无形可怕的大网已经向他们悄悄地抛撒了过来……

那次桑切斯带了粮食来到鸟粪岛,把管家把包括贝拉约在内的监工头目们骂了个狗血喷头。奸诈的桑切斯知道冰冻三尺绝非一日之寒,苦力们在私下里早已经有了一个秘密的组织,有了挑唆大伙儿的头目了……

贝拉约在桑切斯大骂过后,监工巡护以及管家们散了之后,才悄悄地把一张尖嘴凑到桑切斯耳边,如此这般地一说。

这是一个筹划,是一个擒贼擒王,斩草除根的筹划,同时还提供了他手中已经掌握了的几个名单。

为了进一步证实这些名单的确切性以及没有上了这个名单的苦力私下活动的头目们,贝拉约将在近日里实施他的证实和扩充名单的行动。

这个行动无疑得到了桑切斯的首肯和绝对的支持,也是贝拉约将功补过的一个承诺。

一个漆黑的夜里,贝拉约派手下的巡护和打手将智利苦力拉斐尔和本土印第安苦力奥索尔诺叫到他的房间里来。

智利人拉斐尔在苦力们绝食之后曾向贝拉约告过密,根据他多日的观察和掌握到的一些情况,把石桥暗中联络华工的事儿告给了贝拉约,并说有不少华工曾悄悄往石桥住的木棚里聚会,而本地苦力印第安人奥索尔诺给贝拉约透露了自由劳工阿梅罗曾引了华工洪海平、小三子等人曾在鸟粪岛一带看过地形云云……贝拉约颇感事态严重,并把石桥、洪海平、阿梅罗、小三子等人作为重点嫌疑人,私下里让拉斐尔和奥索尔诺再搜集一些可疑的人与可疑行踪,贝拉约给二人承诺是,将这些可疑人员一网打尽的时候,让拉斐尔和气奥索尔成为自由劳工……

一边是皮鞭、木棒、无穷无尽的劳役,一边是求之不得的自由劳工的诱惑,两个苦力就这样成了贝拉约最忠实的间谍。

近来,二人还给贝拉约提供了十余人的华工头目的名单,而石桥所住的木棚,被贝拉约定为"黑据点"。

这样,连石桥、洪海平、小三子、阿梅罗,包括阿福、刘宗江,还有刚刚上了贝拉约黑名单的十余位华工,一共二十余人的苦力,成了贝拉约下一步,不,随时都可以囚禁并实施致命折磨的对象了。

贝拉约要狠狠地出一口心中的恶气。

桑切斯要杀鸡儆猴,用这二十个苦力的人皮让其他苦力们看看,作为带头闹事者的悲惨下场。

桑切斯和贝拉约商定,将在那一片晾晒鸟粪的宽阔场地上,树起二十余根粗粗的木桩,将带头闹事者绑在木桩上暴晒三天,然后在全体苦力面前让几个黑人打手执刀将二十余人的人皮生生剥下来。

以后敢有组织联络苦力们图谋不轨者,便是此等下场。

这个恐怖的日子一天天逼近了……

可是洪海平、石桥和阿梅罗却浑然不觉。

其他苦力们依然沉浸在斗争的初见成效,吃上粮食的暗喜之中。

其实最早知道这一消息的是桑切斯手下的一个仆人。在桑切斯与贝拉约共同计谋的时候,小仆人是给桑切斯用托盘来送咖啡的。这个仆人跟了桑切斯八九年了,是桑切斯身边最可靠最忠实,也最为老实的仆人,仆人听到这一可怕的事件即将发生也有些心惊肉跳,更让他寝食不安的是这一串将要被剥皮的人名单里,居然有他过去的救命恩人,《民族报》的记者如今扮成自由苦力来鸟粪岛卧底的阿梅罗。十年前,这个叫作斯蒂尔的仆人因涉猎一桩冤案被判了死刑,是《民族报》记者的阿梅罗四处奔波,最后澄清事实,救了斯蒂尔一条命。现在,面对恩人即将面临的灭顶之灾,斯蒂尔经过一整夜的煎熬,他做出一个果断决定,尽早尽快地告给恩人阿梅罗,只告给他一个人,让他乘了夜色,渡水而逃吧……

斯蒂尔趁了没人注意时把桑切斯和贝拉约的这一恶毒计划告给阿梅罗,夜色已经很浓了,阿梅罗感到事态的严重,谢过了斯蒂尔,他平静了一下自己,就找了石桥、洪海平、小三子等人紧急商量一个应对措施,硬抗是无果的,只能送死,而等待也只能是等待死亡,他们决定分头通知几个骨干人员,于半夜时分逃离鸟粪岛,游水度过这二十三公里的漫长水路,然后到达皮斯科。

小三子、阿福和刘宗江由洪海平引着事先隐秘的小石路下到鸟粪岛濒临海水的地方,这里洪海平早早记牢了,几个人分别准备了一些较大的木板、树杈、树桩,一共二十几个,作为他们游水时的辅助,靠他们现在的体力,是不可能有人在这片海湾里游上二十多公里的。

洪海平几个人在岛子下面准备好了木板、木桩之后,就焦急地等着石桥和阿梅罗他们,他不知道石桥他们能不能把那十几个骨干唤出来,唤出来能不能躲过巡护的眼睛,悄悄地顺着那条阿梅罗已经很熟悉的隐秘小石径顺利地下到岛子下面来呢?

就在洪海平和小三子们焦急等待的时候,石桥和阿梅罗已经悄然地通知到了近二十个华工苦力的骨干。他们先聚集到石桥居住的木棚里,然后分散着三三两两找到那条小径,这是为了分散目标,不被夜里的巡护们注意。尽管他们脚步比猫还要轻,但还是引起了一个地段巡护的警惕,那是石桥准备跨过木栅栏的时候。

"谁? 干什么去?"

巡护一声断喝走了过来。

"先生,我这两天胃口坏了,一直跑肚子拉稀,所以,在这里……"

几个人迅速爬到草丛中去了,只有石桥装着提裤子的样子,走到巡护跟前,一边说一边打着手势。

巡护认出了石桥,十分狐疑地看着他,不对呀,这里离苦力居住的木棚已经很远了,再说,解手也无须跑到这里来的,一定有什么地方不对劲。

没待巡护彻底怀疑时,石桥一个箭步前去,用臂死死卡住了巡护的脖子,再用力拧,不动弹了。其他几人将死尸拖到了草丛中,迅速地顺着隐秘石径朝下跑去了……

终于在岛下水域边会合了,二十几个人长长地透了一口气,现在,他们得快快下水,在阿梅罗的引导下,迅速离开鸟粪岛,游往海洋,朝东,朝东,一直朝东岸游去。他们不得不提防随时可能发生的不测,害怕有追兵会从天而降阻挡了他们的去路,把他们掳回到鸟粪岛。

只有快快地下到海里去,才能摆脱来自身后的随时有可能发生的险情。

还好,月色朦胧,风平浪静,他们每人拿一块或一根木板,一一下水了。

洪海平照护着年少的阿福,小三子照护着有病的刘宗江,阿梅罗游在前面引路。石桥在大伙儿的最后边垫后,一行二十几人在这个朦胧月色的子夜时分一个个下到海里,跟在阿梅罗身后,朝东边开始了艰苦又漫长的游渡。

多亏了无风,大海无风也有起起伏伏的三四尺浪头,水心里总是有一股巨大的推涌力,催涌着他们一涌一涌地向前。

刚下水时,每人都有一种清爽凉快的感觉。真的,自从来到鸟粪岛,苦力们没一次认真地洗过身体,整天钻在鸟粪堆子里,身上和鸟粪一样有一层厚厚的污浊的皮,臭气熏天,都臭了也就都麻木了。平时哪有时间洗呀,累死累活连脸都懒得洗了,再说监工和巡护还有打手们盯得那样紧,他们无法走到有水的地方……这时候,他们像久别河流的水鸭子一样,一入水,浑身就痒痒了。一边游着,一只手抓了属于自己的一根木桩或木板,另一只手则在背上、腰上、大腿上抓挖着,揉搓着……那种爽快呀,简直无法说了。

渐渐地,波浪大了起来,可能由于每一段水域地理位置的不同,地下水流的不同,涌动的力量就大了起来。起先,由阿梅罗、洪海平在前面游着寻找水路,由小三子照护着小阿福,其后紧跟着刘宗江,再后面是二十几个华工们,慢慢地,刘宗江就落在后面了,而小三子照护着小阿福也非常费劲,海浪一会儿把他们推到一个水谷里,片刻又掀到一个浪峰上,这么反反复复多次过来,原来的大致队列早已乱套了,每个人只要保证不远离大伙儿就行。

刚下水时,洪海平就告诫大家,无论遇到多大的海浪,手中木桩或是木板万万不敢丢掉,它是一种依托,是游过十余里之后的唯一的依靠,超过一半路程,人就没有多大力气了,只有紧紧地抓着木板,凭借水势的涌动朝前推去,推去……

海水愈来愈凉了,一行华人们都感到一种难受的冷,这种冷一点一点地进入皮肤,接近他们周身的骨头了。

这种冷带来的是动作迟滞了,游动的速度也缓慢起来。

"大家奋力游动起来,让臂胳腿们都运动起来,千万不要缩着不动啊,越冷越要甩臂蹬腿,使劲划游,但别把木板弄丢,别让海水冲跑啊!千万要注意啊!"

洪海平自个甩臂蹬腿奋力划游着,一边转过脸来对后面的弟兄们说道。

"三子哥,我的腿不会动了,咋回事呀?"

忽然,阿福惊叫一声。

小三子游到小阿福身边,他才知道,小阿福的一条腿抽筋了。

小三子清楚,小阿福是没有力气了,这个细细高高的少年,原本还是个孩子,自从来到鸟粪岛就干着成人的苦力活计,苦累不说了,吃不饱一顿饭,他哪能有力气?现在,他是使着心劲在游呢。

小三子停下来,在水中给他拽了拽腿脚,阿福此时的脸儿已经泛了青,四肢硬硬地已不听话了。

小三子鼓励说:"阿福,坚强一些,你看,咱们现在已经脱离鸟粪岛了,再坚持半天,咱就登上海岸,阿梅罗和你洪海平哥就引着咱们过另一种生活,咱就成自由人啦,真的,阿福,登上海岸,咱就过上属于自个儿的日子啦!"

阿福泛青的脸上泛出一丝笑来,那是一朵苍白泛青的无力的笑,他说:"三子哥,我现在就感到浑身无力,胳膊腿的都不听我的使唤,我尽力游吧,游到哪儿算哪吧,我怕游不到海岸上了,真的,三子哥,别管我了,我在后边慢慢游,看到你们游到岸上,我也很高兴很高兴的……"

"阿福,不准这么说,我不会放下你的,绝不会,你肯定能游到对岸,肯定!"

小三子说罢,一手搭着木板,一手拖着阿福朝前费力地游去……

因为拉着阿福,还有阿福身边的那根木桩,小三子的游动就十分地缓慢了。

过了夜半时分,起风了。

海浪变得有了几分可怕和喧嚣,浪头翻卷时有五六尺高了,一涌一涌,常把人与木桩卷入浪谷又忽然抛到浪尖之上。

一个浪峰猛烈地打过来,把小三子和阿福分开了。

"阿福——阿福——"

小三子回头去找,却不见了阿福的身影,不远处却漂着阿福的那根木桩。

"阿福呀——"

小三子哭唤着,他的哭声很快就淹没在波涛中了……

几个浪头过来,刘宗江被远远甩到人们的后边了,他现在早没了一点点游水的力气,潜意识里只是死死地抱了那根救命的木桩,一任海浪把木桩和依靠木桩而漂游的他,冲击到大海的遥远处了……

刘宗江是在黎明时分被身后赶来的两条鲨鱼分食了的。那时候他已无力搂抱木桩了,他被一个浪头掀起来的时候,从左右两边赶来的两条体形并不大的鲨鱼,就分别咬住了他的脑袋和腿脚……就这样,可怜的刘宗江被凶狠的鲨鱼咬成了两段……同时遭遇鲨鱼的还有另外四名华工……

苦难华工的鲜血,染红了黎明时分的那一片水域。

……

远远的,一轮鲜活的太阳跃出了苍苍茫茫的安第斯大山,给起伏开阔的海面洒了一层壮烈的血红。

"大家快看,那就是皮斯科镇,那些楼房,那些树木,啊——那不是皮斯科大教堂的顶端吗?阿门——上帝保佑着我们,上帝会保佑我们——阿门——"

此时阿梅罗兴奋地尖叫起来,用手指了远处愈来愈清晰的皮斯科镇,镇上的高高低低的楼房,以及掩映在一片绿丛树林中的高高的教堂的顶端。

大伙儿看清了并不遥远处的那一切,这无疑给疲惫到极致的华工们以极大的鼓舞,他们现在就是依托那一根救命的木桩,把握着朝前的方向,漂啊,漂啊——

他们又重新游动起来了。

洪海平高声嚷道:"华工弟兄们,再坚持一会儿,我们就上岸啦。我们的苦日子就熬到头啦,弟兄们,加把劲儿,划一下游一步,就离我们的目标近一步,都使劲来呀,游吧!弟兄们,好日子在对岸等着我们啦,游吧!"

此时,洪海平的眼前,出现的不仅仅是对岸的楼房教堂,不仅仅是街道行人,不仅仅是树木庭院,出现在他眼前的,是他在非人的日子里在苦累的劳作中一刻也不曾忘记的未婚妻吕秋雁,是秋雁望眼欲穿的等待,只要等待还存在,相聚就不会遥远。

太阳升高了,海水也渐渐地暖起来,飞鸟愈来愈少了,皮斯科镇真切地出现在了一行苦苦游渡的华工们的眼前,那个噩梦一样的却美丽异常的鸟粪岛和鸟粪岛上噩梦一样的日子就被他们远远地远远地甩到身后了……

新的日子在对岸等着他们。

太阳下的大海对岸此时罩在一派诗意的朦胧里。

他们在朝那一片迷人的朦胧里奋力游去。

近了，皮斯科。

近了，另一种还在期待他们艰辛创造的生活。

主要华工成为自由人后及有关人员的命运交代

洪海平：磨坊经营者

吕秋雁：洗衣匠人之后经营浆洗坊

郑永祥、王江：利马开设一家华人诊所

石桥：泥瓦匠、盖房工头

小三子：制雪茄工人

王夜生：花圃园丁、杂工

李家兴：面包匠、矿工

牛天成：面包匠、矿工

齐炳泰：皮斯科镇开办一家中国餐馆

阿梅罗：《民族报》总编辑

露西亚：利马市某夜总会总管